BESTSELLER

Isabel San Sebastián (Chile, 1959) es periodista todoterreno. Ha trabajado en prensa (*ABC*, *El Mundo*), radio (Cadena SER, Onda Cero, RNE, COPE, esRadio) y televisión (TVE, Antena 3, Telecinco, Telemadrid y 13TV), actividades a las que roba tiempo para dedicarse a su pasión: escribir. Autora de diversos ensayos, ha publicado *La visigoda* (2006, Ganadora del Premio Ciudad de Cartagena 2007), *Astur* (2008), *Imperator* (2010), *Un reino lejano* (2012), *La mujer del diplomático* (2014), *Lo último que verán tus ojos* (2016) y *La peregrina* (2018). Todas ellas han gozado de gran éxito y ya superan los 400.000 ejemplares vendidos.

Biblioteca

ISABEL SAN SEBASTIÁN

Astur

DEBOLS!LLO

Papel certificado por el Forest Stewardship Council®

MIXTO
Papel procedente de
fuentes responsables
FSC® C117695

Penguin
Random House
Grupo Editorial

Primera edición en Debolsillo: mayo de 2022

© 2008, Isabel San Sebastián
© 2022, Penguin Random House Grupo Editorial, S. A. U.
Travessera de Gràcia, 47-49. 08021 Barcelona
© 2022, Ricardo Sánchez, por el mapa
Diseño de la cubierta: Penguin Random House Grupo Editorial
Imagen de la cubierta: composición fotográfica a partir de las imágenes
de © Shutterstock, © Istock y © Alamy / Leo Flores

Printed in Spain – Impreso en España

ISBN: 978-84-663-5693-0
Depósito legal: B-5.313-2022

Compuesto en M. I. Maquetación, S. L.
Impreso en Liberdúplex
Sant Llorenç d'Hortons (Barcelona)

P 3 5 6 9 3 0

A Iggy y Leire
por tantas buenas razones
que ellos y yo conocemos

I

La profecía

La tierra tembló bajo sus pies y ella ahogó un grito de pánico, al tiempo que un destello bestial rasgaba el cielo, cuya respuesta fue un aullido ronco. Era como si los dioses, furibundos, hubieran entrado en combate y entrechocaran sus hierros, descargando golpes capaces de aniquilar de un tajo a todo un ejército de mortales. El aire olía al humo de algún incendio cercano. La luz parecía haber huido en pleno día. Resultaba difícil adivinar la causa de semejante cólera, pero algo grave debían de haber hecho los hombres para despertar tamaña ira. Mal presagio...

Obligándose a demostrar una calma que estaba lejos de sentir, Naya, Hija del Río, se detuvo bajo las ramas de un fresno, musitó una oración a la Madre rogándole que intercediera por ellas ante Tárano y buscó los ojos de la criatura que se agarraba a su mano como el dolor se agarra a los huesos de los ancianos.

—¿Falta mucho?

Más que una pregunta, era una súplica, formulada con la extraordinaria serenidad que caracterizaba a la niña desde que llegara al mundo, dos años atrás, en aquella noche extraña en que un manto oscuro cubrió a la Diosa hasta velar su resplandor, precisamente cuando Naya empezaba a sentir los primeros dolores del parto. Ella nunca había contemplado un prodigio semejante. En realidad, únicamente el Guardián, a cuya morada secreta se dirigían madre e hija en ese momento, había sido capaz de tranquilizar a los habitantes del castro después del aterrador fenómeno, asegurándoles que la luna saldría airosa del trance y volvería a reinar en el firmamento nocturno. Pero para entonces el miedo ya había hecho presa en todos los corazones.

La Madre se había mostrado hasta ese momento singularmente propicia. Los primeros síntomas del alumbramiento habían llegado con la luna nueva, señal inequívoca de abundancia y buena fortuna para la pequeña que estaba a punto de nacer. No en vano su pueblo había reverenciado desde antiguo al astro de la noche en su fase primera, renovada y pura, como máximo exponente del infinito poder de la vida para perpetuarse a través de las generaciones y abrirse paso hasta el mañana entre las trampas de la muerte.

La criatura que pugnaba en esas horas por salir del vientre que le servía de hogar, a fin de comenzar su andadura por el mundo, venía bendecida por un destino favorable. Esa era la opinión común entre las mujeres de la aldea mientras ayudaban a Naya a calmar sus jadeos y su respiración, para entonces ya quebrantada por la enfermedad, soportar el suplicio de las embestidas del bebé y hacerlo pasar a través de sus caderas primerizas, sin quejarse, como mandaba la tradición. Ellas parían en silencio, por pundonor y dignidad, en medio del sembrado o con la guadaña en la mano, si así se presentaban las cosas. Eran mujeres fuertes, recias, valerosas, justa contrapartida a la autoridad que habían ejercido siempre en sus familias. Mujeres de una pieza, tanto a la hora de luchar como en el trance de dar la vida, fuente y origen de ese respeto sagrado que habían sentido por ellas los hombres... hasta que los dioses venidos de lejos empezaron a cambiar las cosas.

No fue aquel un parto laborioso, sino todo lo contrario, especialmente considerando que era el primero de Naya. La Diosa lo rodeó desde el comienzo con su abrazo protector e iluminó con su luz tenue a la niña mientras se asomaba al mundo, hasta que de pronto empezó a palidecer. No la niña, sino la Diosa. Fue poco antes del alba, tras una noche estrellada y limpia como pocas veces se veían por allí. No se divisaba una sola nube en el cielo, pero sin previo aviso la luna se fue cubriendo con una capa oscura, ominosa y densa, que pronto apagó su brillo. Y un murmullo de estupor se elevó desde todas las gargantas, rogando a Lug que tuviese piedad con ella y se la devolviese a sus hijas.

Dos de ellas, una recién nacida y otra aturdida aún por la emoción de tenerla en sus brazos, eran las escogidas de la fortuna para protagonizar el acontecimiento, pero estaban demasiado absortas la una en la otra como para darse cuenta de ello. Tampoco las gentes de su alrededor les prestaron mucha atención. Nadie se fijó en la pequeña desde el momento en que la luna comenzó a desaparecer tras ese manto de niebla negra que parecía anunciar el fin de los tiempos. Todas las miradas se desviaron hacia el cielo y todas las palabras se hicieron oraciones. Únicamente la Hija del Río siguió contemplando ese minúsculo pedazo de carne surgido de sus entrañas, musitando ternuras nunca antes imaginadas, completamente ajena a la agitación desatada por el eclipse.

Al despuntar el día, un emisario partió a caballo hacia la morada oculta del Anciano, único capaz de descifrar el misterio, para pedirle una explicación sobre lo sucedido. Tras consultar a los espíritus y buscar su respuesta en las cenizas de la hoguera, aquel a quien los cristianos llamaban despectivamente «mago» y la mayoría consideraba sabio en sus vaticinios emitió su veredicto:

—Así como ha de morir una vez consumado su ciclo, para renacer al cuarto día y reconquistar su poder, así también recobrará la fuerza y regresará a su trono. Reinará redonda y plena sobre el amor y la guerra, se oscurecerá ante la muerte negra, territorio de las hechiceras del mal, y lucirá carmesí, cual sangre de virgen, sobre la pasión que solo algunas mujeres saben encender en los hombres. Ha perdido una batalla en la pugna feroz que libra contra el Padre Sol, pero aún conserva el vigor, si bien mermado. Su tiempo se acaba, al igual que el nuestro, aunque lo que tenga que suceder no sucederá hoy, ni tampoco mañana.

Dos otoños, dos inviernos, dos cosechas más tarde había llegado el momento de buscar una forma de llamar a la pequeña nacida en medio de aquel espanto, pues había crecido sana y robusta como pocas, inmune a las dentelladas de la enfermedad. Ni demasiado hermosa, lo que habría suscitado la inquina de las criaturas que habitan en la oscuridad, envidiosas de la belleza femenina, ni tampoco desagradable a la vista. Una más entre las rapaces de la aldea, capaz de pasar desapercibida pero poseedora de luz propia. Silenciosa, sosegada y extraordinariamente fácil de criar. Una niña como cualquier otra en apariencia, aunque escogida por la Diosa para un destino especial. A los dos años de su nacimiento, sin embargo, únicamente su cabellera, negra como la noche en la que fue alumbrada, recordaba las dramáticas circunstancias de su llegada a la aldea.

Era costumbre antigua entre aquellas gentes esperar al vencimiento de ese plazo para dar un nombre a sus hijos, con quienes intentaban en vano no encariñarse en exceso, pues la muerte exigía un elevado tributo en vidas inocentes que ni los dioses ni las pócimas eran capaces de aplacar. Sacrificados a la voracidad de la Dama de las Sombras, muchos pequeños no llegaban siquiera a dar sus primeros pasos, y los que lo lograban tras haber superado calenturas, flujos de vientre y, lo peor de todo, el temible mal de ojo lanzado por algún vecino resentido en busca de venganza, perecían a menudo víctimas de un accidente: quemados, ahogados en el río, atropellados por un carro o devorados por los cerdos.

Ella no. Ella había recibido de la Madre unos ojos color de helecho cuando lo baña el sol del atardecer, una piel casi translúcida, piernas sólidas para sostenerse, una intuición especial ante cualquier peligro y toda la salud que le faltaba a Naya. Con dos veranos recién cumplidos ya era capaz de hacerse entender, se comportaba como una niña crecida y estaba preparada para el encuentro que estaba a punto de celebrarse... siempre y cuando la furia de los amos del cielo concediera una tregua a los mortales atrapados bajo su bóveda.

Habían partido las dos viajeras con las primeras luces de un alba despejada, hacia un destino que un hombre adulto habría alcanzado en poco más de media jornada de marcha. Ellas eran, empero, caminantes mucho más lentas: una criatura que apenas un año antes aún no sabía andar y una joven gravemente enferma que había olvidado tiempo atrás lo que significa poder llenar el pecho de aire y sentir cómo alcanza todos los rincones del cuerpo, transmitiéndole vigor. Cada repecho le provocaba unos ataques de tos que parecían arrancarle las entrañas para hacérselas escupir entre lágrimas de impotencia. Cada paso le imponía un esfuerzo superior incluso al que debía realizar la niña para aguantar sin emitir una protesta. Por si no bastara, a medida que avanzaban el cielo se iba cargando de nubes cada vez más feas, hasta reventar en la tormenta seca, y como tal feroz, que tenían encima en ese momento. De ahí que se vieran obligadas a descansar a intervalos cada vez más breves, prolongando con ello hasta el hastío la duración de su aventura.

—¿Falta mucho?

—No, pequeña, ya vamos llegando. Un poco más y estaremos allí, junto al Anciano que habita entre las piedras sagradas y conoce el lenguaje de los pájaros. Un esfuerzo más y tendrás por fin tu nombre.

El corazón de la Hija del Río era para entonces un hervidero de emociones que a duras penas conseguía dominar. El miedo embestía contra el muro levantado por el orgullo. La fatiga pugnaba por vencer a la voluntad. La soledad alimentaba corrientes de aire gélido, que se colaban por sus miembros cansados con el propósito de paralizarlos. Las dudas se abrían paso a través de la determinación, amenazando con adueñarse de su alma. Todas las voces de su interior hacían coro para empujarla a dar marcha atrás, a medida que se alejaban de la aldea y se adentraban en un bosque viejo, tupido y oscuro, habitado no ya por fieras salvajes, sino por los vigilantes de esos secretos que nos están vedados. Seres misteriosos de los que solo se habla en voz baja en las noches sin luna, no sea que acudan a la llamada de quien se atreve a invocarlos.

Azotada por dos tormentas a cual más fiera, la que retumbaba a su alrededor y la que llevaba dentro, únicamente la mirada de su pequeña daba a Naya el valor necesario para seguir adelante. Sus ojos mansos, profundos como las aguas de un lago. En ellos no había miedo, ni fatiga, ni soledad, ni mucho menos dudas. Estaban llenos de fe, de confianza ciega, de un abandono incondicional basado en la certeza de que sucediera lo que sucediese, fueran a donde fuesen, llegaran a donde llegasen, nada podría ocurrirle mientras aquella mano la tuviera bien sujeta.

Una mirada como aquella encerraba mucha más luz que un cargamento de candelas hechas de la mejor cera.

Inundada de gratitud, Naya se agachó, estrechó a su hija entre sus brazos con toda la fuerza que le quedaba y utilizando la lengua antigua, como hacía siempre que se permitía un arrebato de cariño ajeno a la severidad propia de su rango, le dijo al oído:

—¡Dulce regalo de la mañana!

Apenas fue un instante. Un paréntesis de paz bajo un cielo en llamas que bramaba con cada dardo incendiario lanzado sobre los campos azotados por el viento. Un alto fugaz tras el cual era menester seguir avanzando, pues de lo contrario la noche les caería encima y, con ella, las bestias que cazan a esa hora, ya sean de este mundo o del otro.

La niña esperaba un gesto para ponerse en marcha. Su madre le arregló el cinturón que ceñía su túnica de lana fina, comprobó que seguía en su sitio el amuleto que había prendido en ella antes de salir de casa: una luna creciente de plata destinada a protegerla de los azares del camino, y ató los cordones de sus abarcas, que se habían aflojado hasta caer a los tobillos. Pese al cansancio y la preocupación, esbozó una sonrisa de satisfacción al recordar cómo ella misma había cortado y cosido esos zapatos, utilizando el pellejo de un cordero recién parido, con el fin de que el cuero tierno no dañara con su roce la delicada piel de la pequeña. Una consideración que jamás tenía para consigo misma... Luego se levantó con dificultad, procurando ahorrar aliento, le dio una vuelta más al manto que la envolvía y reanudó la marcha, bien agarrada a la manita de su hija.

Habían partido de Coaña poco antes del amanecer, sin el consentimiento de su hombre, Aravo, sumamente reacio a respaldar los planes de Naya, temeroso de las consecuencias que pudiera acarrearles una transgresión tan grave a las normas establecidas. Lo que su esposa e hija se proponían hacer estaba considerado por la ley como un delito de los más graves, susceptible de llevarlos a la hoguera a los tres si es que llegaba a oídos de la autoridad real. Siendo como era de naturaleza pusilánime, el mero pensamiento de que tal cosa pudiera ocurrir, por más improbable que fuera una denuncia, le ponía los pelos de punta. Morir asado como un cochino, después de padecer tortura, no entraba en sus planes de futuro. Compartía a grandes rasgos las creencias de su esposa, aunque no su fervor, pero no estaba dispuesto a arriesgar el pellejo para cumplir con sus ritos. El dios de los cristianos había vencido a los suyos mucho antes de que nacieran los abuelos de ambos, y si los dioses no eran capaces de defenderse a sí mismos, ¿qué podían hacer ellos? Era una locura empeñarse en desafiar al rey para seguir una tradición moribunda.

Allá lejos, en la corte cristiana de Cánicas, los augures como el viejo asceta a cuyo encuentro se dirigían Naya y la niña eran considerados siervos del diablo, idólatras, abominaciones de un pasado pagano que era menester extirpar de la faz de la tierra mediante el hierro y el fuego, sin mostrar piedad ni vacilar en el celo. Allá los llamaban «brujos» o «encantadores», enemigos de la verdadera fe, aborrecibles a los ojos de Dios y merecedores de los más duros tormentos para el alma, empezando por la excomunión que la expulsaría de la morada eterna. Tampoco debía escapar de ellos el cuerpo pecador, más sensible al dolor infligido con fines purificadores. Allá nadie se acercaba ya hasta las cuevas antaño sagradas, porque todos abrazaban la cruz o temían afrontar el castigo reservado a quienes consultaran a los vates o practicaran ritos prohibidos, sin consideración de sexo o edad. Pero Cánicas estaba lejos, muy lejos de Coaña.

En el castro la antigua religión aún se mantenía viva, si bien muchos evitaban dar muestras visibles de su fe por miedo a las consecuencias. La Madre era venerada por los dones de su abundancia, pero se le rezaba en silencio. El agua recibía su culto a escondidas, al igual que la sagrada luna, y era frecuente ver velas ardiendo junto a las fuentes, las cuevas o los cruces de los caminos. Rara vez se olvidaba dar un pedazo de pan al fuego o desgranar una espiga de centeno sobre un determinado tronco, dejándolos caer con aparente descuido, como sin intención. En el poblado los espíritus de los antepasados seguían estando presentes, transmitiendo su legado a las nuevas generaciones, como siempre había sucedido, aunque con mayor prudencia.

Los ancianos pasaban el testigo de su saber y memoria de mano en mano, las madres a las hijas y los padres a sus hijos, de acuerdo con códigos establecidos mucho antes de que hubiera reyes o conquistadores ajenos a la tierra de los astures. Las mujeres llevaban a sus vástagos al venerable Guardián del bosque, con el fin de que este desvelara su destino observando los astros o escuchando el canto de las aves. En Coaña el tiempo se había detenido, creía Naya, o más bien soñaba, mientras se estremecía imaginando lo que habría de oír de labios de su marido cuando la pequeña y ella regresaran a casa.

Aravo no compartía esta visión de su esposa, tributaria de una tradición antigua que él ni comprendía ni respetaba. Él era un hombre de acción, práctico, poco dado a espiritualidades y más preocupado por encontrar la forma de arrebatar a su compañera los últimos vestigios de poder que atesoraba ella, en virtud de la autoridad moral que ejercía entre los habitantes del castro. Suya era la fuerza verdadera, la derivada de la reverencia que su pueblo profesaba a su linaje de sacerdotisas sanadoras, custodias de la vida y servidoras de la Madre. Su rango era muy superior al que podría alcanzar nunca el hombre con el que había cometido la imprudencia de casarse, pensaba ella cuando podía liberarse del temor que le inspiraba, por mucho que levantara él la voz en las asambleas o amenazara con el puño a quienes se le enfrentaban. Era un ser rudo, brutal hasta en la manera de divertirse, aunque de físico atractivo; dotado de la ambición necesaria para alzarse hasta la jefatura militar del grupo y bendecido con una gran fortaleza. Esas eran las cualidades que la habían cautivado a ella, probablemente por situarse en el polo opuesto de lo que era su naturaleza frágil, de salud quebradiza, carente de belleza exterior, con tendencia a la melancolía y siempre perdida en el mundo de sus ensoñaciones.

Naya no mostraba ninguno de los rasgos que suelen adornar a una jefa de clan, favorita de la diosa Luna, aparte de su habilidad para aliviar el sufrimiento de su gente. Parecía carecer del vigor que infunden en nosotros el deseo, el odio, el miedo o la esperanza, como si nada deseara, temiera o esperara, y como si fuera incapaz de odiar o amar profundamente... Hasta que tuvo a su hija. Ella le abrió las puertas de la emoción y borró de su rostro la tristeza que hasta entonces lo tatuaba. Pero el amor no es suficiente para enfrentarse a la vida.

Cuando regresaran, si es que regresaban, Aravo demostraría su enfado con violencia, como era costumbre en él. No se atrevería a levantar la mano a su mujer, por temor a matarla de un golpe más que por respeto, pero se las arreglaría para hacerla sufrir. Y si no lo hacía él, ya se encargaría su madre, Clouta, miembro destacado de la familia y enemiga declarada de su nuera. Entre ambos casi habían anulado a la muchacha, todavía adolescente cuando se entregó a él, y pronto la enfermedad había acudido en su ayuda privando a Naya de resuello y debilitándola a ojos vistas. El mal avanzaba deprisa, no le restaba mucho tiempo y no quería marcharse sin cumplir con su deber. Lo que tuviese que ser, sería. Con la ayuda de la Luna.

A esas alturas del viaje, madre e hija caminaban bajo un aguacero que había empezado a caer sin que por ello amainara el temporal de rayos y truenos. Naya intentaba cargar con la niña para abrigarla bajo su ropa, pero no tardaba en ahogarse por el esfuerzo, con lo que la pequeña regresaba al suelo y arrastraba los pies por el barro, intentando no resbalar, siguiendo las huellas de la mujer que ya estaba a punto de desesperarse.

El sendero serpenteaba colina abajo, entre troncos milenarios, helechos frescos y mimosas. Desde lo alto de la montaña, en la braña más elevada de cuantas habían dejado atrás, las dos viajeras se habían detenido un buen rato a contemplar el paisaje, cautivadas por su magnificencia. Entonces la tormenta apenas era una amenaza oscura avanzando desde el mar y la vista se abría a un horizonte de cumbres inexpugnables, bajo un cielo azul intenso salpicado de manchas blancas. Nubes esparcidas por los dioses de manera caprichosa, jugando con sus sombras a crear aquí un árbol hecho a su escala, allí una seta descomunal, y más allá un animal gigantesco, pastando tranquilo junto a las vacas en la ladera jugosa.

Desde aquella atalaya privilegiada podían verse también los restos de algunos castros abandonados, testigos mudos del esplendor perdido, hoy esqueletos de piedra poblados solo de fantasmas. Las mismas gentes que los levantaron fueron obligadas a prenderles fuego, o eso era lo que contaba la Guardiana de la Memoria, cuyas historias escuchaba Naya con deleite siendo aún una niña. Gentes bravas, orgullosas y valientes, pero sometidas por el poder de Roma. Los antepasados de la pequeña sin nombre que iba en busca de su destino en un atardecer sombrío de finales de verano.

El desánimo, unido al agotamiento, parecía proclamarse ganador del desafío emprendido al alba, cuando una piedra de poder colocada al borde del sendero, blanca, brillante y con señales evidentes de haber sido tallada en un tiempo remoto, les hizo saber que ya estaban cerca del santuario. No era muy alta, pero su visión produjo el efecto del mejor bálsamo. Como si la Madre hubiese concentrado allí toda su fuerza, un bienestar tan extraño como repentino se adueñó de las dos caminantes, que se miraron en silencio, sonriendo conscientes de su complicidad.

—Ya estamos cerca, pajarillo, ya puedo sentir la presencia del espíritu que habita en la cueva sagrada, casi comparto su aliento.

La pequeña no dijo nada, no respondió más que con los ojos, pero algo en el interior de Naya le dijo que también ella percibía el magnetismo especial que aquel lugar desprendía. Que captaba a la perfección esa corriente invisible para el común de los mortales que se colaba en ellas a través de la piel hasta penetrar en su interior e inundarlas de paz.

En ese instante supo con certeza que su hija tenía el don.

Aún avanzaron un buen trecho entre fresnos, castaños cuyas ramas parecían cerrarse en un abrazo sobre ellas y algún manzano descuidado, siguiendo el curso del Esva que corría por el valle. Nada indicaba el punto en el que debían desviarse de la senda para adentrarse en el bosque, pero ellas no necesitaban marcas. Aunque no hubiera sabido Naya que aquel arbusto y no otro era el lugar exacto en el que girar a la izquierda y subir monte a través, sobre un suelo blando de musgo y hojas caídas, el instinto se lo habría indicado. De modo que doblaron donde debían, treparon con dificultad hasta la cima, sorteando colmenas de abejas instaladas en las grietas de la pared, al abrigo de los vendavales, y llegaron a una especie de saliente cortado a pico sobre el río, que remansaba en ese punto sus aguas para proyectar reflejos plateados entre las copas de los árboles.

Justo allí, asomándose al precipicio, otro conjunto de rocas sagradas colocadas en forma de mesa, la de mayor tamaño reposando sobre las otras dos, a modo de patas, señalaba la proximidad de la gruta, que tenía que estar muy cerca, escondida por la maleza para proteger al servidor del culto a quien habían venido a consultar. Un hombre maldito por la Iglesia y perseguido por el rey en su condición de «adorador de las piedras», quien, según decían los más viejos del castro, había sido incapaz de encontrar discípulos dispuestos a aprender sus saberes para continuar su labor. El último de una vieja saga de augures que moriría con él cuando la Madre le llamara a su regazo.

Lo habían logrado al fin. El sol estaba a punto de ponerse bajo el espeso manto de lluvia, cuando Naya y la pequeña sin nombre llegaron a la boca de la cueva, guiándose por el oído, ya que antes de ver al Anciano oyeron su letanía.

Yo os conjuro, dioses protectores, Bodus, Nimmedo, Evedutonio, Cossua, Mandica, Lug, padre celeste, Decanto, madre eterna, que domináis el poder del fuego, para que alejéis la devastación del rayo y enmudezcáis el bramido aterrador del trueno. Os suplico que aplaquéis la cólera de Tárano. Os exhorto a que enjuguéis la catarata de lágrimas amargas que derrama sobre nuestros campos...

La estampa resultaba estremecedora. De pie, a unos cien pasos de la entrada de la gruta, con la larga cabellera gris empapada por la lluvia y la túnica pegada a un cuerpo de asceta viejo, puro pellejo y huesos retorcidos, el venerable augur alzaba los brazos al cielo con el rostro vuelto hacia el norte, donde se concentraba en ese momento la oleada de flechas flamígeras que atormentaba a los hombres. Una hoguera de rescoldos mojados humeaba junto a él, ajeno a todo lo que no fuera la plegaria que desgranaba. A juzgar por su aspecto agotado, llevaba largo tiempo intentando ablandar el corazón de los dioses, a los que apelaba en vano, pues Naya podía dar fe de la saña con la que la tormenta se había cebado ese día en la comarca.

El Anciano, inasequible al desaliento, persistía en su empeño de acallar la furia divina y recurría para ello a todo su arsenal de exorcismos, consciente de su responsabilidad ante la comunidad que le alimentaba y vestía. Los campesinos de la región se aseguraban de que no le faltara nada de lo imprescindible, y él debía velar a cambio por que las divinidades invocadas desde antiguo, las introducidas por los conquistadores romanos y también el dios de los cristianos, sus patriarcas, ángeles, arcángeles y santos, garantizaran cosechas abundantes. Cualquier ayuda celestial era bienvenida a la hora de conseguir que el granizo no arruinara los frutos jóvenes, las vacas parieran terneros sanos y el rayo, más temido que cualquier otro flagelo, pasara de largo por allí en su devastador deambular por la tierra.

Los hombres somos tan pequeños, tan impotentes e indefensos ante la inmensidad de todo aquello que escapa a nuestra comprensión...

Os conjuro a vosotros, todos los patriarcas, Miguel, Gabriel, Ceciteil, Oriel, Rafael, Ananiel, Harmoniel, que tenéis las nubes cogidas con vuestras manos: esté exenta de ellas la villa con nombre de Coaña, donde habita su fámulo Turaio, con su cementerio y sus piedras sagradas, con los vecinos que la habitan y todas sus posesiones. Sean expulsadas de la villa y de sus campos, de sus bosques y sus costas. Libres de ellas queden sus habitantes y ganados. Por montes vayan y vuelvan, donde ni el gallo canta ni la gallina cacarea, donde ni el arador aró ni el sembrado obtuvo semilla, ni nada es de nombrar. Aléjense de los que os invocan.

A medida que avanzaba en la oración, pronunciada a retazos en la lengua antigua y en su mayor parte en el romance que ya todos hablaban habitualmente, la voz del arúspice iba subiendo de tono y quebrándose, hasta convertirse en un grito desgarrado.

Naya y su hija estaban tan fascinadas por el espectáculo desarrollado ante sus ojos, que casi habían llegado a olvidar el motivo que las había llevado hasta allí. Aunque la niña, en realidad, ignoraba que hubiese un motivo. Ella se limitaba a cogerse con fuerza de la mano que la sujetaba y hacer lo que su madre hacía. Por nada del mundo habrían interrumpido la ceremonia a la que asistían por pura casualidad y que muy pocos no iniciados habían tenido ocasión de presenciar. Se limitaban a callar y esperar pacientemente a que aquello terminara, cosa natural en la mujer, pero excepcional en una niña tan pequeña, que había heredado, a juzgar por su comportamiento, un talento singular por lo precoz y ciertamente superior al de su madre. Su recompensa fue constatar cómo el rugido de los cielos iba alejándose poco a poco, señal inequívoca de que el conjuro producía el efecto deseado.

Semejante poder resultaba tanto más espeluznante cuanto que sería igualmente efectivo en sentido contrario. Era cosa fácil de deducir con solo ver lo sucedido. En el mismo momento en que el tempestiario invocara al relámpago y al trueno para que azotaran un determinado lugar, derrumbándolo todo a su paso, uno y otro le obedecerían dócilmente, llevando la destrucción allá donde el dedo de su amo hubiera marcado la señal fatídica. ¿Quién podía resistirse a semejante dominio? La ley, escrita en algún rincón abrigado del palacio real, lo había intentado, imponiendo duros castigos a quienes practicaran esa clase de magia, si bien era poco lo conseguido hasta entonces.

Los aldeanos temían mucho más a la furia del cielo que al Fuero Juzgo. Este mandaba perseguir a los hacedores de tempestades, capturarlos y ponerlos a buen recaudo. Una vez apresados, jueces y funcionarios debían velar por que recibieran doscientos azotes bien contados, fueran señalados a fuego en la frente y se los obligara a caminar diez millas alrededor de su ciudad o poblado, a fin de que todo el mundo los viera y quedara espantado por la severidad de la pena infligida. Tras el tormento, les aguardaba el encierro de por vida, destinado a darles tiempo para arrepentirse de sus actos. Pero nadie se arrepentía de saber apaciguar el rayo, conducirlo del ronzal y hacerlo caer aquí o allá, dependiendo de su voluntad.

En el nombre del gran dios vivo Adonai, Eloim, Jeovah y Mitratón, te ordeno que te disuelvas como la sal en el agua y te retires a las selvas inhabitadas, en donde no puedas causar daño. Yo te vuelvo a conjurar por las seis palabras que Dios habló a Moisés: Uriel, Seraph, Josefá, Ablati, Agla, Caila. Que ceda tu fomento. Te conjuro a que te disuelvas por Adonai Jesús, Lagarot, Alphonidas, Paatia, Urat, Condion, Lamacrón, Yodon, Arpagon, Atamat, Lenyon, Veniat y Serabany. Te mando que te disuelvas por el poder de este signo y lleves las tinieblas y el pedrisco a los abismos del mar, de donde proceden.

Cuando el Anciano, aparentemente exhausto tras realizar con grandes gestos el signo de la cruz empuñando un cuchillo de mango blanco, como para cortar en pedazos las nubes apuntando al horizonte por donde huía la tormenta, cayó al suelo de rodillas y empezó a hablar en un tono inaudible, sus visitantes temieron que fuera a quedarse allí mismo dormido, o incluso muerto por el esfuerzo que acababa de realizar. Pero no sucedió ni una cosa ni la otra. Tras unos minutos de abandono, se levantó recuperado, volvió sus ojos hacia la cueva y las vio ante sí: madre muy joven e hija recién destetada, quietas, muy juntas, cogidas de la mano, mojadas y probablemente asustadas, pero revestidas de dignidad.

Sin decir nada, Naya se le acercó con la cabeza ligeramente inclinada, sacó de un zurrón que llevaba colgado bajo el manto un queso de buen tamaño, curado con esmero para que se mantuviera fresco largo tiempo, y se lo entregó con la mayor naturalidad posible, esbozando una sonrisa tímida. Ambos sabían que con eso y la miel de las colmenas que abundaban en los alrededores, miel dulce y oscura de brezo salvaje, un hombre austero como él tendría para alimentarse durante varias semanas. Era un presente generoso, que pareció complacer a su destinatario, aunque no le sorprendiera en absoluto. Él sabía que vendrían y no lo harían con las manos vacías. Él leía en las estrellas y podía descifrar el lenguaje de los pájaros.

Hija de la noche negra, te conozco. Te vi bailar entre las aguas mucho antes de que nacieras...

Su voz ahora era ronca, profunda y suave como la caricia de un enamorado. Envolvente como la lana. Una voz que parecía proceder de las profundidades de la gruta o de la propia tierra, y no de la garganta de un anciano apenas cubierto con una túnica harapienta, de manos sucias y cabellera enmarañada, que lucía en la frente el tatuaje ritual de los sacerdotes que aún rendían culto al sol: una cruz de cuatro brazos retorcidos entrelazados entre sí, también conocida como «nudo de Salomón», labrada a cuchillo quién sabe cuándo, sobre la piel tersa de la juventud, teñida de negro azulado con agua y hollín antes de que cicatrizara y surcada de arrugas como el resto de su rostro, en el que dos ojos increíblemente claros parecían capaces de alumbrar con luz propia.

Dirigiéndose a Naya, que seguía aguardando en respetuoso silencio, añadió mientras se encaminaba al interior de la cueva:

—Paciencia, mujer, ten paciencia. Sé lo que has venido a buscar y no te marcharás sin ello, pero ahora debes dejarme descansar, pues el combate que has presenciado se ha llevado todas mis fuerzas.

No añadió palabra ni las invitó a acompañarle. Cruzó el umbral de su hogar, un agujero en la roca tiznado por el humo de muchas generaciones de augures, y dejó fuera a sus dos huéspedes, condenadas a pasar la noche al raso.

La humedad era excesivamente fresca para la estación y la leña, apilada junto a la boca por la que había desaparecido el Guardián, estaba empapada, lo que no arredró a Naya. Imbuida de una vitalidad sorprendente desde su llegada a aquel lugar, llevó unos cuantos troncos hasta la hoguera que había empleado el Anciano en sus ritos, sacó de su bolsillo unas ramitas de brezo seco, que siempre llevaba consigo para poder encender fuego, y se las arregló para avivar la lumbre, que acogió en su calor los nuevos leños y los fue secando poco a poco, hasta arrancarles llamas capaces de reanimar a las viajeras. ¡Cómo se agradece ese calor cuando cada rincón del cuerpo duele y grita de frío!

La niña no tardó en quedarse dormida, acurrucada junto a su madre. Esta sentía cómo se le cerraban los ojos, vencida por la fatiga, pero se resistía a caer en un sueño profundo por miedo a las criaturas que acechan en las tinieblas. Desde donde se encontraba, podía ver luz en el interior de la caverna y oír el ir y venir del sacerdote, que se movía inquieto de un lado a otro como si buscara algo o a alguien, lo cual no resultaba precisamente tranquilizador. Finalmente, a pesar de sus intentos por evitarlo, la Hija del Río sucumbió al cansancio y se abandonó, aunque no por mucho tiempo. Despertó incómoda, antes de despuntar el día, con la sensación de sentirse observada. Pero al abrir los ojos y acostumbrarlos a la oscuridad comprobó que no era ella quien suscitaba el interés del Anciano, sino la pequeña que dormía a su lado. Mientras descansaba plácidamente, sumida en algún sueño gozoso a juzgar por su sonrisa, él la miraba desde lo alto de su estatura, clavando en ella las pupilas con una expresión de pena infinita en la mirada.

—Despiértala, es la hora.

Naya obedeció, obligándose a no pensar en lo que acababa de leer en el corazón del viejo augur. Acarició con suavidad la mejilla de la pequeña, hasta sacarla de su torpor, y preparó un desayuno compuesto de queso, miel y pan de mijo, que compartió con ella. Entre tanto el Anciano despachaba despacio el contenido de una pipa de barro, cuyo humo inhalaba con avidez, mostrando más apetito por el polvillo verdoso que se quemaba en la cazoleta que por cualquier alimento que hubiera podido engordar su delgadez extrema. Cuando ya no quedó nada que respirar más que el aire puro de la madrugada, tomó asiento junto a ellas y empezó a revolver con una vara de tejo las cenizas de la hoguera.

Al principio sus movimientos eran desordenados, sin propósito definido, como los de un niño chico que juega a ensuciarlo todo. Luego, paulatinamente, los trazos fueron cobrando sentido y de aquella pluma improvisada en forma de tizón surgió en el suelo la imagen de un toro. Una cabeza perfectamente perfilada, con la cornamenta poderosa y el gesto altivo, seguida de un cuerpo fibroso, tan real como si estuviese vivo, en actitud de embestir.

—El uro. Este es el tótem de tu hija —afirmó el asceta con voz pastosa, dirigiéndose a Naya, aunque sin perder de vista a la chiquilla. A partir de ese momento empezó a hablarle a ella directamente, como si supiese que le entendía. Como si la especie de trance en el que se encontraba la niña sin nombre en ese momento no fuese la consecuencia lógica del cansancio y la modorra propia de la hora, sino un puente misterioso tendido por la Diosa entre ella y el encargado de descifrar su destino.

Su espíritu te acompaña desde este mismo instante. El uro te protege y viaja contigo, aunque tal vez no sepas distinguir su voz en medio del ruido que hacemos los hombres. El uro es tu amigo y tu aliado, pero acaso no sepas verlo y pienses que te deja sola.

No era fácil comprender ese lenguaje. Naya conocía al anciano y había escuchado de sus labios frases crípticas como aquellas en otras ocasiones. Era consciente de que los espíritus nunca se expresan con la sencillez con que lo hacen los humanos, pues de hacerlo serían tan insignificantes como ellos. Sin embargo, en esa ocasión era de vital importancia que asimilara cada palabra del Anciano, con el fin de poder repetírselas a su hija cuando llegara el momento. De modo que se olvidó de entender y se afanó en memorizar, poniendo toda su voluntad al servicio de ese empeño. El sacerdote, entre tanto, volvía a buscar entre las cenizas la respuesta a las preguntas que habían venido a hacerle, sin que ella se hubiera atrevido a formulárselas.

Eres hija de un tiempo que ha quedado atrás. La era de la Madre toca a su fin. Este nuevo dios crucificado es hombre y es pastor. Es simiente que fecunda, no tierra que anhela ser fecundada. Su cruz no representa al sol ni señala los horizontes, como hicieron siempre las nuestras, sino que recuerda el suplicio de un carpintero que hablaba de amor. Eres la última, al igual que yo, de un pueblo condenado a morir...

Al pronunciar esta frase, con una mezcla de rabia y resignación, el sacerdote de Lug lanzó un puñado de hierbas a los rescoldos de la lumbre, y esta revivió en un resplandor fugaz antes de desprender un humo blanquecino, dulzón y penetrante, que entró por la nariz de Naya, llegó rápidamente hasta sus pulmones y le provocó un ligero mareo, agradable y familiar. Ella también utilizaba en sus fórmulas la flor de la amapola seca y molida, así como determinados hongos, extracto de beleño, o bien hojas y cogollos de cáñamo, en las dosis adecuadas, con el fin de agudizar los sentidos y hacerlos más receptivos al lenguaje de los dioses. Ellos eran quienes hablaban en ese momento a través del hechicero y por un instante la Hija del Río tuvo la sensación de que podía escuchar su voz celestial y no la del vate, que seguía desgranando su profecía.

... Mas no temas a la noche ni a la oscuridad, pues hay un mañana que alumbra ya y la luz no llega sino tras las sombras. El sueño precede al despertar. La vida se perpetúa transformándose y la propia Daganto, la Madre, te ha escogido como morada...

La niña parecía dormida, tan quieta como una estatua, aunque sus ojos muy abiertos delataban que no lo estaba. ¿Cuánto alcanzaba a comprender? Probablemente poca cosa, aunque, llegado el momento, Naya sería su memoria, pues cada vez veía más claro que su intuición era correcta y la niña había recibido un don excepcional incluso para su linaje. Un regalo de la Madre Luna que marcaría su vida.

... De tu vientre nace un río caudaloso, crece, se bifurca y alimenta innumerables arroyos, para verter luego sus aguas en el gran océano, donde alcanzan la catarata y se adentran en ella, pero no desaparecen. Por eso tu nombre ha de ser Huma, que significa «la que mana».

Huma. Un nombre hermoso para una hermosa niña. Satisfecha por haber encontrado lo que venía a buscar y preocupada por la tardanza de ambas en regresar al castro, donde Aravo estaría más furioso que inquieto, Naya hizo ademán de levantarse para emprender el camino de regreso. Pero un gesto del Guardián la detuvo en seco. Con el brazo alzado y la palma de la mano a pocos centímetros de su cara, le lanzó una mirada encendida antes de espetarle con voz tonante:

—¡Detente, mujer, aún no he terminado! ¿Acaso crees que esos muros decrépitos pueden interponerse entre Huma y su destino?

Coaña se muere. El castro se resquebraja. Tal vez no lo vean tus ojos, o tal vez sí, pero el jinete que trae la destrucción a la aldea, ese lugar rescatado de un ayer que no puede ser mañana, ya cabalga a lomos de una montura veloz. No tiene rostro ni boca ni nariz ni cabello. No tiene alma. Únicamente ojos, negros como la pez y como la pez viscosos...

La voz del Anciano volvía a quebrarse, como mientras conjuraba a la tormenta. El corazón parecía latirle muy deprisa. Su mirada ahora era roja, pues el azul de su pupila se había perdido en un mar de diminutas culebrillas carmesíes y un temblor espasmódico le sacudía los huesos.

... La muerte vive en la bruma. Guárdate de los jinetes de la niebla, Huma. El mal cabalga un corcel silencioso...

Luego, retomando el hilo de la reprimenda que estaba derramando sobre Naya, concluyó:

Lo que tú llamas tu hogar no tardará en ser una inmensa necrópolis, pero no temas. Aquellos a quienes adoraron vuestros antepasados velan sobre ti y tu descendencia. Buscad siempre cobijo en los que habitan en las fuentes y duermen bajo piedras milenarias, allá donde los reyes han levantado iglesias, pues hallaréis en ellos protección. Su reino es profundo y antiguo, como el de las aguas que nos aguardan a todos. Que nos aguardan y nos acechan.

Parecía el fin del augurio. El viejo sabio calló, entornó los ojos y comenzó a salmodiar una especie de cántico en la lengua antigua, mientras movía el torso hacia delante y hacia atrás con sorprendente agilidad. Como si se tratara de una llamada atendida, el sol asomó a sus espaldas por encima de las montañas, alumbrando con su luz una sinfonía de verdes bruñidos por la tormenta de la víspera. Una gama infinita de variedades de una misma tonalidad, recortada sobre el azul del cielo y salpicada de amarillo, blanco y rosa por las matas de brezo aferradas a las laderas rocosas. Una vez más madre e hija hicieron ademán de marchar, y una vez más fueron detenidas por el vate, aunque en esa ocasión con suavidad.

—Espera, Huma, aún tengo algo más que transmitirte. Y tú, Naya, guarda celosamente en tu corazón estas palabras, con el fin de repetírselas a ella con fidelidad cuando llegue el momento de hacerlo. No permitas que nadie las escriba. La escritura de los hombres no sirve para conservar la memoria de lo que realmente importa. Solo tu boca y tu amor pueden trasladar a tu hija la profecía de la Madre. Escucha con atención:

Un hombre venido de tierra extraña conquistará tu corazón y otro vendrá a robártelo.

El dolor será tu fortuna y la fortuna, dolor, aunque conocerás placeres que les serán vedados a la mayoría de las hijas de la Diosa.

En tu lecho la loba amamantará al cordero, el águila arrullará al ratón y la osa abrazará al cazador.

Por dos veces llamarás a la muerte, buscarás su abrazo helado y ella te ignorará, pero cuando venga sabrás que acude y estarás preparada. Ella trae la respuesta. Es la mensajera de un destino que te será desvelado con el último aliento de vida. Pues lo que aquí vemos no son sino sombras de lo que los dioses han dispuesto para nosotros. Solo su piedad hace que no nos sea dado conocer lo que no podemos cambiar.

Aún dijo una cosa más el Anciano, que la Hija del Río nunca hubiera querido escuchar. Pronunció una sentencia cuya dureza le heló la sangre. Mientras se alejaba de aquel lugar desde entonces maldito, suplicando a la Diosa de la Bondad que lo que acababa de oír no fuera su voluntad, se preguntó si alguna vez tendría el valor necesario para repetir a Huma esas últimas palabras sobre su destino... o se las llevaría con ella a la tumba que la esperaba impaciente.

II

Crónica de un reino en ruinas

Recópolis, enero de la era de 768[*]

—He aquí, hermanos, que nos ha helado de espanto la funesta noticia traída por los mensajeros de que los confines de nuestra tierra están ya infestados por la peste y se nos avecina una muerte cruenta.

Badona había acudido al templo en busca de consuelo y esperanza ante las fiebres del pequeño Ickila, pero la homilía del sacerdote no hacía sino acrecentar su angustia:

—¡Aparta ya la plaga de nuestros confines, Señor todopoderoso! Que el azote inhumano de la peste se alivie en aquellos que lo padecen y, gracias a tu favor, no llegue hasta nosotros. Mas, si es Tu voluntad que con esa calamidad purguemos nuestros pecados, danos fe para so-

---

[*] Todas las fechas de la novela se corresponden con la era hispánica, el sistema de datación que se utilizó en la península ibérica en los diferentes escritos desde el siglo III d. C. y hasta bien entrado el siglo XIV en algunos lugares. Según este sistema, el cómputo de años se inicia el 38 a. C., fecha en la que los romanos dieron como finalizada la pacificación de Hispania. Por lo tanto, para obtener la datación actual, a todas las fechas de esta novela hay que restarles 38 años.

brellevarla con resignación. Nadie muere antes de que le llegue la hora señalada para su fin. No se inquieten por tanto en exceso aquellos que hayan de morir, pues al final del camino se encuentra la morada celeste. ¿Qué importa, a fin de cuentas, que nos mate el morbo inguinal, si no faltan tantas otras clases de muerte que nos harían igualmente emigrar de esta vida?

La gran iglesia palatina estaba repleta de fieles. En la cabecera, a ambos lados del altar, media docena de clérigos seguían la ceremonia acompañando al celebrante con los correspondientes cánticos, mientras la nave central era un hervidero de hombres y mujeres abrumados ante la inminencia de un nuevo castigo divino, dispuestos a cualquier penitencia con tal de escapar a la enfermedad. Todos hincaban la rodilla sobre las losas de piedra irregular que pavimentaban el suelo, aunque las gentes de baja cuna lo hacían en la parte trasera, cerca de la puerta de entrada, reservándose las primeras filas a los cristianos pudientes de la ciudad.

Recópolis seguía rezando mayoritariamente al Dios Padre de Jesucristo, a pesar de estar sometida a los sarracenos que se inclinaban ante Alá. Desde su llegada, a finales del año 749, los berberiscos de piel oscura y modales salvajes procedentes del norte de África la habían rebautizado con el nombre de Medinat Raqqubal y mantenían en ella un destacamento fuertemente armado. Ellos controlaban los caminos, se habían hecho con la ceca, yerma a partir de entonces, y ocupaban algunas dependencias del palacio, donde alojaban a sus caballos con más cuidado del que ponían en procurarse su propia comodidad. Por lo demás, dejaban que la vida de los ciudadanos siguiera su curso habitual.

La capitulación firmada por el conde Gundemaro, gobernador visigodo del distrito, establecía el compromiso de pagar a los ocupantes la jaray, un tributo territorial anual correspondiente a la quinta parte de los frutos de la tierra en trigo y cebada, vinagre y mosto, aceite y miel, corderos, ovejas de cría y cabras, así como cueros y otros productos manufacturados, además de una contribución personal llamada yizia, reservada a los más ricos, que se abonaba en monedas de oro: cuarenta y ocho dírhams anuales o su correspondiente en tremises godos los potentados; la mitad de esa suma las gentes de mediana fortuna y los trabajadores libres la cuarta parte.

A cambio de cumplir escrupulosamente lo acordado, los nuevos amos del país permitían al magnate local mantener un estatuto de amplia autonomía para sus dominios. Y así languidecía lentamente bajo el yugo musulmán la ciudad fundada ciento cincuenta años atrás por Leovigildo, en homenaje a su hijo, el príncipe Recaredo. La urbe de blancas murallas y paredes encaladas, levantada a la vera del río Tagua sobre un altozano orgulloso como símbolo del luminoso momento de unidad que vivía el reino de Hispania. El testimonio pétreo de la grandeza de los visigodos, firmemente asentados en el poder una vez vencidas todas las resistencias, sofocadas las rebeliones de los bárbaros del norte y aniquilados los caudillos que intentaron oponerse al avance imparable de los verdugos de Roma. El hogar de un pueblo de guerreros originarios del este, más allá de la cordillera pirenaica, que había aprendido a hablar latín hasta el punto de olvidar su propia lengua y se había impregnado de la cultura del imperio derrotado, asimilando a un tiempo lo mejor y lo peor de ese legado que, fundido con el suyo propio, contribuyó a forjar una nueva nación en suelo hispano.

Con el ánimo oscurecido por lo que acababa de escuchar, aunque reconfortada tras recibir la sagrada comunión, Badona salió de la basílica y cruzó la plaza en dirección a su residencia, situada en el extremo occidental del conjunto de edificios que albergaba el complejo palaciego. Antaño esa amplia explanada había sido un ágora libre de construcciones, abierta al disfrute de los viandantes, pero el declive de la urbe, paralelo al del conjunto del reino, la había llenado de viviendas de baja calidad, amontonadas las unas sobre las otras sin ningún criterio que ordenara su colocación. Un caos de cobertizos más o menos precarios, poblado por gentes variopintas. Chamizos que dificultaban el tránsito e impregnaban el aire del hedor característico de la basura mezclada con excrementos de humanos y de animales, fundiéndose en un mismo tufo.

Acompañaba a la dama su sierva, Marcia, que la había cuidado desde niña y de la que rara vez se separaba. Ambas cubrían su rostro con un velo mientras caminaban deprisa, pues la calle, muy concurrida a esa hora de la mañana, no era el lugar más adecuado para una mujer recatada como la esposa de un funcionario de alto rango, de grácil figura, hermoso rostro, costumbres castas y conducta limpia, que siempre se distinguió por la humildad manifestada ante su marido. Su sitio estaba en casa, junto con los hijos de su cónyuge que había hecho suyos al contraer nupcias con un viudo de excelente posición, como Liuva: un hombre cuya fortuna resultaba imposible calcular y que, por añadidura, demostraba una especial elegancia al vestir túnicas recamadas en oro, calzas de seda oriental y hebillas de plata en los cintos. Prendas que realzaban una figura imponente incluso en plena madurez, acorde con un rostro de facciones regulares que conservaba la mayoría de los dientes y en el que sobresalían los ojos verdiazules de mirada penetrante.

Era este un prócer de vasta cultura, hábil en el tratamiento de los asuntos más complejos y ducho en el manejo de las letras, que tras la conquista de Tariq había conservado su puesto de numerario o encargado de la recaudación de los tributos locales, dada su probada eficacia en el desempeño de tan delicada función. No resultaba la suya tarea fácil, y menos en la confusión derivada de la caída del reino de Toledo y el advenimiento de una nueva autoridad que pugnaba por asentarse. Sin embargo, la desempeñaba a plena satisfacción de sus superiores jerárquicos, ya fueran estos godos cristianos o beréberes islamitas, que de todo había.

Tenía Liuva experiencia suficiente como para saber que en todas partes se esconde una porción de virtud y dos de vicio, por lo que cualquier cautela es poca. Desde esa premisa, tan arraigada en su conciencia como la fe en Jesucristo y el desencanto ante los hombres, procuraba protegerse de la traición o el desengaño con una espesa capa de desconfianza que, con el correr de los años, se le había pegado a la piel hasta el punto de convertirlo en un ser huraño, solitario, descreído y escéptico, aunque obstinadamente honrado. Ya que no se fiaba de nadie —solía decirse cada vez que era amenazado o tentado con un soborno para faltar a su deber, cosa frecuente—, necesitaba ese último resquicio de confianza en su propia persona para seguir adelante. Porque cuando se fallara a sí mismo en sus más íntimas convicciones ya no habría motivo alguno para pensar en el mañana.

En cualquier caso, desde la integridad o fuera de ella, nunca había sido sencillo administrar la Hacienda real con justicia y equidad, salvaguardando las necesidades del soberano y al mismo tiempo procurando que ningún hispano, siervo rural del fisco o propietario libre de tierras, pagara más de lo permitido por su situación. La podredumbre de la Administración era tan universal y acusada que ya en tiempos de Recaredo, el monarca que instauró la paz en todos los territorios, había sido menester dictar una ley civil destinada a sujetar la codicia de los funcionarios, prescribiendo que ninguno de ellos impusiera exacciones en beneficio propio como retribución a sus servicios, puesto que al nombrarlos el rey se ocupaba ya de otorgarles el salario correspondiente al pago por su trabajo. Una norma que, de haberse cumplido, habría evitado los excesos de esa casta de desvergonzados —pensaba Liuva de sus propios pares—, cuyos desmanes tanto mal habían procurado a las gentes más humildes.

A los magnates de origen godo, como él mismo, que pertenecía a la estirpe de los Balthos, descendiente nada menos que de Alarico aunque por una rama menor mezclada con sangre más baja, se les había encomendado desde siempre el ejercicio y gestión de las tareas de gobierno. Simultáneamente, los más altos dignatarios del clero, en representación de la población hispanorromana, única contribuyente a las arcas del Estado, velaban a través de los concilios por impedir los abusos y garantizar que la carga fiscal impuesta al pueblo no superara los límites de lo soportable. Vigilaban, se suponía, o eso se esperaba de ellos, aunque a sus cuarenta y cinco años cumplidos Liuva había visto de todo en materia de iniquidad, arbitrariedad y atropellos por parte de los recaudadores ávidos de enriquecimiento ilícito, por supuesto, pero de igual modo en la tendencia a lavarse las manos mostrada por quienes habrían debido ser la voz de los expoliados.

Para cuando él, siguiendo los pasos de su padre, entró al servicio del conde Tulga, antecesor de Gundemaro, a poco de estrenarse el siglo VIII de la era de Nuestro Señor, el estipendio de los administradores se pagaba ya en forma de tierras, con sus correspondientes labriegos.

Gracias a ello, a lo largo de su carrera Liuva había acumulado una considerable hacienda agrícola, trabajada por un ejército de siervos rústicos, que incluía fincas de olivos, huertas de frutales provistas de un sistema de regadío puesto en marcha por los romanos y primorosamente conservado desde entonces, y otras propiedades situadas en la vega del río.

El agua era un bien preciado, cuya utilización se atenía a las normas fijadas por una ley dictada en época de Recesvinto, que permitía distribuir equitativamente el tiempo de riego y garantizar así la explotación satisfactoria tanto de las tierras húmedas como de las de secano. Con los abundantes fastos de ambas, el legado recibido de su progenitor y el patrimonio heredado de sus difuntas esposas, el prócer gozaba de un confortable nivel de vida sin necesidad de robar a las arcas públicas, incluso en esa etapa convulsa en la que el hambre, la langosta y otras calamidades similares se cebaban con saña en los hijos de Dios.

Mas tanta ventura había de tener un precio, pues rara vez la fortuna nos sonríe por igual en todos los aspectos de la vida. La suya era pródiga en lujos, éxitos y talentos, pero le dio la espalda en materia de mujeres. Su primera esposa, Brunilda, comprometida con él desde la infancia y a la que le unía un tierno afecto, falleció de fiebres y de pena después de dar a luz a un niño muerto. Tras un largo periodo de duelo, durante el cual llegó a pensar en profesar en un convento, contrajo nuevas nupcias con una dama de condición similar a la suya, Hildegarda, que le proporcionó algunos años de vida conyugal sosegada, interrumpidos bruscamente por su muerte prematura como consecuencia del parto de la tercera hija de ambos, Ingunda. Viudo y con tres criaturas de corta edad a su cargo, no tardó en casarse de nuevo y lo hizo con una doncella casi treinta años más joven que él, de padre germano, fideles del conde Gundemaro, y madre hispanorromana, perteneciente a una familia patricia tan antigua como empobrecida. Con ella esperaba ennoblecer sus blasones, amparar a su prole e incrementar sin tardanza el tamaño de la familia.

Puso todo su empeño en conseguir este último propósito, sin encontrar en Badona el calor que anhela un hombre, aunque sí su consentimiento. Pese a ello, transcurridos más de tres años desde la boda, la Providencia no había tenido a bien bendecirles con un nuevo vástago. Y ante la probada virilidad de Liuva, demostrada cada noche en la intimidad de la alcoba, solo cabía pensar que ella hubiese sido maldecida con el baldón de la esterilidad. Un castigo que él soportaba por el momento con paciencia y que ella vivía como una condena divina necesitada de expiación. Porque un vientre seco cual sarmiento la abocaba a una soledad segura en sus años de ancianidad. Un vientre incapaz de engendrarle otro heredero a Liuva la colocaba ante el riesgo cierto de ser repudiada, devuelta con vergüenza a su familia y encerrada en un cenobio. Un vientre yermo suponía la privación de cualquier herencia procedente de su marido, cuyos bienes pasarían directamente a los hijos habidos de sus otras esposas una vez que el Señor lo llamara a Su presencia. Un vientre estéril la convertía en una mujer perfectamente inútil.

Por eso mortificaba Badona el cuerpo y el alma con penitencias frecuentes, oraba suplicando a Dios que le concediera la dicha de engendrar y se prestaba cada noche dócilmente a las caricias de su marido, a pesar de lo desagradables que le resultaban sus embates. Por eso era pródiga en caridades, devota como la que más y una madre ejemplar para las dos niñas y el niño que había asumido como propios en el momento de dar el sí a ese hombre por el que no sentía la menor atracción física, pero al que amaba como se ama a un esposo, con reverencia y voluntad sincera de procurar su felicidad.

Al llegar a su residencia, una de las más opulentas y mejor conservadas de la ciudad, un sobresalto añadido esperaba a la atribulada dama. El chico, que llevaba varios días sintiéndose mal, se había puesto peor, lo que había hecho necesario enviar recado al médico. Este acababa de llegar y se hallaba ya visitando al enfermo, con el consiguiente revuelo por parte de la servidumbre.

—¡Dómina, dómina, hemos tenido que avisar al galeno! —le informó Claudio, el mayordomo de la casa—. El chiquillo deliraba, ponía los ojos en blanco y no respondía a nuestras preguntas. Lucio corrió a prevenir al amo, que ya está en la habitación de su hijo, mientras yo mismo iba en busca del magíster Ervigio.

Sin demorarse un instante, Badona corrió hacia la estancia que ocupaba el pequeño Ickila, de cinco años, situada pared con pared respecto a la suya, al otro lado del patio central adornado con una fuente que recibía el agua directamente del acueducto que abastecía la ciudad. Por el camino se despojó del velo dejándolo caer al suelo y a punto estuvo de tropezar con los pliegues de su túnica, pues más que correr volaba temiéndose lo peor. ¿No había dicho el sacerdote que la plaga más temida avanzaba ya con su guadaña hacia las puertas de Recópolis? Si el morbo había entrado en su hogar, no cabría sino encomendarse a la misericordia del Señor y prepararse para morir todos.

—¿Vivirá el niño? —fue todo lo que acertó a preguntar cuando llegó al cabezal del enfermo, que en ese momento dormía.

—Vivirá, no os inquietéis —la tranquilizó el médico, un anciano de barba blanca y uñas sorprendentemente limpias, que ejercía su profesión con dedicación casi monacal. Le asistía su aprendiz, joven, delgado y con aspecto de novicio, que callaba observando atentamente las maniobras de su maestro con el fin de aprovechar al máximo los doce sólidos de oro que su familia había pagado como precio por su formación—. A primera vista no parece sufrir más que una calentura pasajera, que remitirá con una infusión de corteza de sauce, reposo y toda la bebida que pida el chico. Mosto ligero o vino muy aguado y endulzado con miel en abundancia.

—¿No estará contagiado de...? —insistió ella aún imbuida de sus propios temores, sin atreverse a pronunciar la fatídica palabra ante el padre del pequeño, quien no apartaba los ojos de su hijo.

—No puedo descartarlo todavía, aunque los síntomas no concuerdan con los de ese mal. No aprecio entumecimiento de los miembros, ni bubones en ingles y axilas. Habrá que esperar a ver cómo cursa la enfermedad, pero el muchacho es robusto y yo diría que de aquí a unos días debería producirse una mejoría.

Por experiencia y por carácter el maestro Ervigio era de los que siempre dejan una puerta abierta a la retirada. Su negocio prosperaba únicamente en caso de acertar con el diagnóstico y el tratamiento, ya que los elevados honorarios que cobraba por sus servicios, acordados por anticipado, solo se hacían efectivos si lograba curar al paciente. Pero por encima incluso de esa circunstancia pecuniaria estaban su nombre y su prestigio. Fracasar con el hijo de un magnate semejante podría llevarle a la ruina, por lo que toda prudencia ante un caso así le parecía poca. Cuanto menos dijera y más cautela mostrara, mejor para todos.

—¿No convendría sangrarle a fin de aliviar la congestión de esos humores malignos? —intervino a su vez Liuva, que se tenía por persona docta en todos los aspectos de las letras y las ciencias, incluidos los rudimentos de la medicina. Era una proposición arriesgada, pues tanto él como su interlocutor sabían que si la sangría provocaba daños graves al enfermo el galeno habría de abonar una fuerte suma en concepto de compensación a la familia, fuese o no suya la responsabilidad del fracaso. Consciente del retraimiento que podía llegar a provocar esta disposición legal, añadió—: Por supuesto, yo asumiría plenamente las consecuencias que pudieran derivarse de la intervención y renunciaría de antemano a cualquier composición...

—Esa no es la cuestión, mi querido numerario —le interrumpió Ervigio—. Simplemente creo que la cuchilla no es lo más indicado en este momento. Mañana a primera hora volveré a visitar al niño y veremos si su estado aconseja otra cosa.

Sin dar oportunidad a más réplicas, recogió sus instrumentos dentro de una bolsa de cuero, se envolvió en una pelliza que le cubría de la cabeza a los pies y salió cojeando de la pierna izquierda por el efecto que las heladas y la humedad causaban sobre sus viejos huesos en esos días crudos del invierno. Su aprendiz le siguió sin un ruido, en actitud sumisa, tomando nota mental de la lección recibida.

Liuva abandonó la estancia tras ellos, con el pretexto de terminar de acordar la cantidad de sueldos de plata que cobraría el galeno si tenía éxito, aunque decidido a preguntarle en privado por la gravedad real de Ickila. La respuesta del maestro le tranquilizó, por lo que regresó a sus quehaceres dejando al niño en manos de su madrastra. Esta acercó un taburete al lecho de su hijastro y le besó en la frente para comprobar su temperatura. Seguía alta, aunque su sueño parecía tranquilo.

Le quería de verdad. No tenía modo de saber lo que se siente por un hijo, puesto que Dios no le había concedido esa gracia, pero estaba segura de que su corazón no la había engañado cuando estuvo a punto de salírsele del pecho ante la noticia del mal que aquejaba al pequeño. Sí, decididamente amaba a ese chico tanto o más que a su padre y haría lo que estuviera en su mano por atenderle. Badona era mujer de principios sólidos y alma generosa, que no se dejaría arredrar por el miedo a la plaga. Ickila la necesitaba y ella no le fallaría. Lo que hubiera de ser, sería, y lo compartirían todos.

La estancia, de forma rectangular, era amplia y estaba recién pintada con cal, lo que contribuía a que pareciera aún más reluciente de lo que la tenían siempre las esclavas encargadas de su limpieza. Los postigos de madera que protegían la ventana en forma de herradura permanecían cerrados y cubiertos por cortinas, a causa del intenso frío, lo que obligaba a dejar la puerta abierta con el fin de que escapara el humo del brasero que ardía día y noche, cebado con el mejor carbón. Junto a la cama, vestida con dos colchones de lana, sábanas de hilo de lino y edredón de plumas, rompía la penumbra una lámpara de aceite colocada sobre una mesilla, al lado de una copa a medio vaciar. Todo era quietud en los dominios de un chiquillo ruidoso e imparable, cuyos juegos llenaban habitualmente de bullicio su hogar, desde las cocinas a la gran sala donde comían y desde los almacenes a los establos. Ese día Ickila descansaba y la casa entera se cubría de silencio para proteger su reposo.

Al cabo de un rato acudieron a la llamada del ama las dos hermanas del chico: Clotilde, la mayor, de siete años, e Ingunda, la benjamina, que acababa de cumplir tres. Ambas habían estado al cuidado de su nodriza mientras su madrastra acudía a oír misa y atendía al galeno, pero había llegado el momento de su lección. Badona tenía por costumbre dedicar cada día algunas horas a instruir a las pequeñas en la religión en la que habrían de vivir, si se cumplían sus deseos, a pesar de la dominación musulmana. En vista de que el médico no había dado señales de alarma, esa mañana la clase sería impartida en la habitación de Ickila, con lo que el enfermo estaría acompañado y escucharía también las historias de esas reinas piadosas merced a cuya determinación y valentía —estaba convencida la joven— la Hispania goda había abominado al fin de la herejía arriana para abrazar la verdadera fe católica.

—Hoy os hablaré del origen de vuestros nombres, que honran en vosotras la memoria de grandes soberanas de la cristiandad.

—¡Sí, sí! —Aplaudieron las niñas, más interesadas por ese relato relacionado con sus personas que por las vidas de los muchos mártires de ambos sexos cuyos suplicios solían poblar de detalles aterradores las narraciones de su madrastra. Adelantándose a su hermana, la mayor de las dos exigió:

—¡Y empezad por el mío!

Badona leía correctamente latín, como todas las mujeres de su clase, pero prefería dejar que estas historias salieran espontáneamente de sus labios, expresadas con su propio lenguaje. Siempre sería más accesible este para las pequeñas que el de los piadosos monjes que las habían recogido en sus libros. No obstante, le gustaba intercalar expresiones que a ella le parecían poéticas o eruditas a fin de realzar la importancia de lo que les transmitía. La lección de lectura era impartida a sus pupilas con otros textos más apropiados para dicho cometido. Aquí se trataba de compartir emociones, y para ello nada mejor que mirarlas a los ojos a medida que desgranaba el relato, engolando levemente la voz:

—Clotilde, esposa de Amalarico, nieto de Alarico, era hija del rey de Francia, Clodoveo. Se trataba de una princesa hermosa y casta, de conducta siempre intachable, y tan firme en la religión católica que por eso padeció mil injurias de su marido y del pueblo que habría debido acogerla. Pues no cediendo Clotilde a las sugestiones con que Amalarico intentaba apartarla de la verdadera fe, empeñado en arrastrarla a la abominación arriana, dio el bárbaro licencia a la chusma para que cuando fuese por la calle la injuriasen, no solo de palabra sino por obra, tirándole inmundicias. Hasta que el mismo rey pasó al vil procedimiento de poner sus manos en la reina.

Capturadas en la magia algo morbosa que la mujer de su padre lograba siempre imprimir a todos sus cuentos, las chiquillas escuchaban con la boca abierta, compartiendo hasta el último resquicio del miedo, el coraje, la humillación o la resistencia santa de la protagonista.

—Llegó el día en que la ofendida, no pudiendo sufrir tan bárbaros excesos por parte de quienes tendrían que haberla amado y protegido, dio parte a Childeberto, su hermano, soberano del país vecino, haciendo la carta con un lienzo teñido en su misma sangre, derramada por los golpes de su esposo. Salió el hermano en busca de justa venganza y, muerto Amalarico con violencia a manos de su propio ejército, murió también Clotilde al volver a su patria, de accidente no esclarecido sufrido por tierras del Turonense. La constancia en la fe hace digna a esta señora de tomarla como primera piedra de la fábrica con que fue levantada la santa Iglesia católica en Hispania.

Ickila se había despertado con el rostro encendido por la fiebre, aunque hambriento, por lo cual Badona hizo una pausa para encargar la comida del niño, consistente en unas gachas de trigo ligeras bañadas en leche, que le dio personalmente a la boca. Al acabar de comer, le suministró una nueva dosis de la infusión recetada por el médico, que no tardó en hacer el efecto de bajar la calentura y sumir al paciente en un sueño reparador. Ella aprovechó el momento para cumplir lo prometido a las niñas relatando la historia de la reina Ingunda, cuyo final era más cruel aún, pero igualmente glorioso, que el de su predecesora gala.

—En el año de 617 vino de Francia, como esposa del príncipe Hermenegildo, la infanta Ingunda, hija de Sigeberto, rey de Austrasia, y de la reina Brunequilda. Era una joven poco mayor que tú, Clotilde, que a la sazón no debía de tener más de doce o trece años, aunque espiritualmente ya fuese una mujer adulta, católica de todo corazón. Hermenegildo era el primogénito de Leovigildo, nacido de su primera mujer, a quien no solo correspondía la sucesión del rey de los godos, sino que ya gobernaba junto con su padre desde algunos años antes. Para este hijo de sus entrañas pidió Leovigildo por esposa a la mencionada princesa, y conviniendo sus padres en la boda la enviaron a Hispania con un gran aparato.

»Fue la princesa muy bien recibida en nuestra corte —prosiguió Badona la narración— porque además de venir por mujer del primogénito, era su abuela la reina tuerta Goswinta, esposa de Leovigildo y madre de Brunequilda, habida de un matrimonio anterior. Y así, a los fastos celebrados en honor de la recién llegada, se añadía la particular circunstancia de ser la novia nieta muy querida de la reina, lo que obligaba a que la fiesta hiciese gala de especial magnificencia. Sin embargo, duró poco la alegría y pronto se turbó la paz del palacio, por discordia de las voluntades.

En ese momento dramático, Badona interrumpió el relato a fin de incrementar la tensión, y obtuvo exactamente lo que andaba buscando: que las dos niñas a un tiempo le preguntaran:

—¿Qué sucedió entonces?

—Era Ingunda ferviente católica. El palacio, todo hereje: el novio, el hermano, el padre, la abuela de la novia, que era al mismo tiempo madrastra de los príncipes, todos ciegos en la herejía de Arrio...

Ni ella misma sabía bien en qué consistía la desviación en cuestión, pero tampoco importaba. Era una ofensa a los ojos de Dios y con eso bastaba para abominar de ella, exactamente igual que había hecho su heroína.

—... Goswinta, con los cariños de abuela, con el imperio de reina y con la sugestión de la serpiente, intentó envolver a la princesa para que bebiera con ella el veneno de los errores del hereje, que a ella la tenían embriagada en el afecto y con el alma difunta. A tal fin, la instigó a que se rebautizase en su secta. Pero la católica princesa, firmísima en la fe, dijo que el pecado original solo se borra una vez y que a ella le bastaba con haber sido lavada en el agua bautismal de los católicos. Goswinta, furiosa con la confesión católica de la princesa, perdió todo el respeto al decoro y, cogiendo a Ingunda por las trenzas, la arrojó al suelo, la pateó y golpeó con extremada violencia, hasta hacerle echar sangre por la boca. Y como eso no alcanzase para saciar su ira ni para hacer que se ablandara la valiente princesa, mandó que la desnudasen y la metiesen por la fuerza en la pila en la que bautizaban a los suyos.

Las niñas, sobrecogidas de espanto, palpaban sus propias trenzas rubias como si fuesen ellas las víctimas del suplicio y se cubrían los ojos con las manos para no ver lo que su madrastra lograba evocar en sus mentes infantiles con sus terribles palabras.

—No temáis —las tranquilizó—. Como todo esto era violento a la princesa, no la manchó aquella agua, sino que quedó su fe mucho más acrisolada. El rey Leovigildo, considerando que con aquellas discordias no podía haber paz en el palacio, resolvió poner casa aparte para el hijo y la nuera en la ciudad de Híspalis, dando al príncipe heredero parte de sus estados en la Bética. Allí empezó a reinar Hermenegildo junto con Ingunda y allí comenzó también su felicidad, pues conociendo su esposa que no podría reinar bien si permanecía esclavo del error que le apartaba del Reino de los Cielos, empezó a persuadirle en la religión católica. No consiguió al principio ningún fruto, pero como una reina puede mucho con los halagos y la familiaridad continua, no desistió Ingunda del empeño y, al cabo, su locuacidad y sus lágrimas lograron labrar esa piedra endurecida que era el corazón de su marido.

—Dómina —la interpeló el mayordomo desde la puerta, mostrando su respeto con una ligera inclinación de cabeza—, el amo ha llegado y reclama vuestra presencia en el gran salón.

—Dile que ahora voy. Termino la historia y me reúno con él. Las niñas no me perdonarían que las dejase sin conocer el desenlace, ¿verdad? —les preguntó a ellas.

—¡No! Contadnos qué le sucedió a la bella Ingunda.

—Los ruegos de la princesa se unieron a los del obispo de Híspalis, Leandro —concluyó Badona—, hasta que la persuasión de una y las prédicas del otro lograron convertir al rey a la verdadera fe, pudiendo Hermenegildo proclamarse sin error el primer rey católico de Hispania. Mas con la luz de Cristo llegó también la persecución paterna, pues era Leovigildo un gran enemigo de nuestra sagrada religión. Cinco años duró esa guerra entre padre e hijo, respaldados por el grueso de sus súbditos, que tiñó de sangre el sol del meridión peninsular. Finalmente, traicionado y vencido el rey católico, hubo de capitular en Corduba, fue desterrado a Valentia y posteriormente conducido a Tarraco, donde murió mártir en la Pascua de Nuestro Señor del año 623, degollado a manos del carcelero Sisberto por no querer recibir la comunión de un ministro arriano.

—Pero Ingunda, ¿qué fue de Ingunda, madre? —insistían las pequeñas.

—Ingunda, antes que solicitar el perdón de Goswinta y Leovigildo, optó por buscar refugio en tierras de Bizancio, llevando consigo al hijo habido con Hermenegildo, llamado Atanagildo como el abuelo de la princesa y primer esposo de la malvada Goswinta. Madre e hijo embarcaron rumbo a Constantinopla, donde reinaba el emperador Mauricio, pero la primera no pudo concluir el viaje. Enfermó durante la travesía y murió en tierras de África, en plena juventud, cuando apenas contaba dieciocho años de edad, que eran los que tenía yo cuando me casé con vuestro padre. En cualquier lugar donde se descubra el sepulcro de esta princesa admirable, merece Ingunda que se esculpan en su frente los elogios de mujer fuerte en las amenazas, constante en los tormentos, probada en derramar la sangre y firme en el destierro y privación del reino de este mundo. Nuestro Señor Jesucristo la habrá compensado con creces, sin lugar a dudas, reservándole un puesto en el cielo a la derecha del Padre.

Acababa de pronunciar estas palabras, cuando Liuva le recriminó en tono severo desde la puerta:

—No deberías confundir a las niñas con esos cuentos de mártires en la fe de Cristo. ¿No te das cuenta de que habrán de vivir en esta Hispania sometida a los mahometanos en la que un exceso de celo religioso no puede sino acarrearles graves problemas? ¿Acaso quieres que también ellas vean acabar sus vidas prematuramente bajo el hacha del verdugo?

Habría podido extenderse en una prolija explicación histórica sobre la grandeza de Leovigildo, desafiado a una guerra civil por su propio hijo, a quien había dado fortuna y poder, o explicar el hondo sentimiento anticatólico de la reina tuerta apelando a su desdichada experiencia. Habría podido exhibir su erudición ante Badona contándole la historia de Gailswintha, la hija adorada de Goswinta, que cruzó los Pirineos para desposar al rey católico de los francos, Chilperico, cuya fe abrazó con humildad, lo que no la libró de encontrar una muerte atroz asesinada por uno de los sirvientes del monarca, quien poco después se casaba con su concubina Fredegunda. Sabía lo suficiente de las debilidades humanas como para no compartir el entusiasmo religioso de su joven esposa ni su confianza ciega en la pureza de las motivaciones de los hombres y podría haber intentado instruirla en ese sentido. Mas no habría servido de nada.

Tras su matrimonio con ella, forzado por la necesidad, no había tardado en descubrir que su mujer era una muchacha educada en principios sencillos, aunque inquebrantables, que no mostraba gran curiosidad por aprender nada que pudiera debilitar sus convicciones. Dijera él lo que dijese, ya fuese en tono de crítica, preso de la cólera que le embargaba con cierta frecuencia o simplemente con el deseo de compartir con ella una inquietud, ella prefería callar, obedecer y refugiarse en el papel aprendido desde la más tierna infancia.

—Perdóname, esposo. Me preguntaron por el origen de sus nombres y pensé que les resultaría entretenido conocer las vidas de las reinas Ingunda y Clotilde. Pero será la última vez. Te aseguro que no volverá a suceder.

Aplacado con el arrepentimiento de su esposa, que él sabía tan sincero como la fe que transmitía a los niños en la certeza de ofrecerles el don más preciado de cuantos estaban a su alcance, él se mostró algo más amable sin olvidar, no obstante, el enfado que le causaba la imprudencia que acababa de presenciar:

—¿Cómo está mi hijo? —inquirió, acaso acentuando el posesivo más de lo necesario—. ¿Ha surtido efecto el remedio que recetó el médico?

—Así es —sonrió ella—. Tomó algo de alimento al mediodía y descansa tranquilo desde hace horas. Creo que la calentura le ha dado tregua, pues ya no se estremece ni habla en sueños.

—Bien, en tal caso es hora de que estas damitas se retiren a sus aposentos y tú me acompañes a la sala, donde nos aguarda un huésped ilustre que merece ser recibido con el decoro debido a su rango y al nuestro.

Aparentaba tener una edad parecida a la de Liuva, aunque la tonsura y la fatiga le echaban años encima. Llevaba un hábito de monje tan cubierto de mugre que se habría sostenido en pie por sí solo. Iba rasurado, cumpliendo lo establecido por la Iglesia para todos sus servidores, aunque sucio y con trazas de llevar días sin afeitarse. Su única posesión viajaba dentro de unas alforjas de cuero repujado que sujetaba entre las manos y el pecho y que debía de ser muy valiosa, pues se había negado a confiársela al siervo que se hizo cargo de su montura. E incluso allí, en el lujo de ese salón adornado con frescos y alfombrado de pieles, se aferraba a ella como si de un tesoro se tratara.

Dijo llamarse Adriano, lo que denotaba su linaje hispanorromano, y proceder de Corduba, de donde había partido hacía varias semanas camino del norte cristiano. Explicó a sus anfitriones, con grandes muestras de humildad, que le habían informado en palacio de que aquella era la residencia de uno de los próceres de la ciudad y que solicitaba hospitalidad durante unos días, a fin de reponerse del cansancio y recobrar fuerzas para seguir adelante. En cuanto hubiera reposado y el tiempo lo permitiese, les prometió, reanudaría su camino sin demora.

—Debéis de haber errado la ruta, pues os halláis lejos de vuestro destino —le informó Liuva, tras invitarle a sentarse cerca de un brasero y hacer que le sirvieran vino caliente aderezado con especias. Aquel fraile venido de la vieja Corduba había excitado su curiosidad y constituía una promesa deliciosa de noticias y conversación renovada, en tiempos de enorme carestía de ambas cosas. Por ello, forzando su naturaleza huraña, se esforzó por extremar la cortesía—: La calzada que desde vuestra urbe conduce a Emérita y de allí a Legio, siguiendo la antigua vía de la Plata, os habría resultado más corta que dar este largo rodeo hacia el oriente.

—Así es, en efecto —contestó el monje en un latín similar al de Liuva, atestiguando así su excelente educación—, pero lo cierto es que los avatares del viaje me han traído hasta aquí, cruzando dos cordilleras, y ya me siento más cerca de Cánicas, adonde se dirigen mis pasos. ¿Habéis oído hablar de la rebelión de ese caudillo llamado Pelayo que ha instalado su corte al abrigo del monte Auseva, en el nevado septentrión del que ha expulsado a los sarracenos?

Algo había oído Liuva de ese hombre. Algunos le consideraban un jefe astur alzado en armas contra el invasor extranjero, siguiendo una vieja tradición de su pueblo, y otros un noble godo, hijo del duque Fáfila y espatario en la corte de Witiza, emigrado tempranamente a Asturias con la determinación de defender desde su bastión la verdadera fe cristiana y los restos del reino naufragado en el Guadalete. El prócer conocía la leyenda, sí, mas nunca le había dado importancia. Desde Recópolis las andanzas de un loco dispuesto a luchar con una partida de montañeses contra la fuerza arrolladora de los ejércitos de Alá se contemplaban de un modo similar a como lo hacía el emir de Corduba: con el más absoluto desprecio, sin preocupación ni tampoco esperanza en el daño que pudiera causar al ocupante ese visionario a quien los árabes llamaban «asno», que se alimentaba de miel y demostraba ignorar los rudimentos de la civilización, por más que en un golpe de suerte hubiese logrado infligir una pequeña derrota a la expedición enviada a desalojarle de su covacha.

—¿Y qué buscáis en ese lugar sombrío, tan apartado de vuestro hogar? —se interesó el anfitrión con amabilidad forzada.

—Un refugio en el que concluir mi obra bajo la sombra de la cruz. Un sitio en el que poder escribir en paz la crónica de estos años atormentados que Dios nos ha enviado como castigo por nuestros pecados. Un retiro seguro en el que cumplir con la tarea que me he impuesto y que dará testimonio a las generaciones venideras de lo que este humilde monje de la Bética hispana vivió y padeció bajo el yugo de la media luna.

Había algo cautivador en ese hombre y en su manera de transmitir la fuerza que le movía. Su mirada era puro fuego, capaz de traspasar la piel para llegar hasta el alma, aunque sus modales resultaran casi serviles y su actitud fuese mansa, como correspondía a un buen fraile. Liuva intuyó que bajo esa corteza impuesta por la disciplina conventual encontraría en él a un interlocutor con el que poder medirse en el campo de las ideas, contrastando conocimientos e intercambiando opiniones sin temor a las consecuencias. En esos tiempos de oscuridad, marcados por el miedo generalizado que los conquistadores sarracenos habían infundido en los habitantes de Hispania con su avance arrollador a través de la península, el magnate interpretó la llegada de Adriano como un regalo del cielo. Por tal motivo le abrió de par en par las puertas de su residencia, confiando en poder hacer lo mismo con las de su corazón a poco que esa intuición resultara acertada.

—Gran tarea, sin duda, la que os habéis propuesto. Sed nuestro huésped todo el tiempo que lo deseéis y sentíos como en vuestra propia casa. Será un placer para mi esposa y para mí contribuir de ese modo a la causa del manuscrito que imagino guardáis en esa bolsa y que constituye una pieza de incalculable valor. ¿Tendréis la bondad de dejármelo leer algún día?

—Hoy mismo, si esa es vuestra voluntad —respondió con entusiasmo el huésped—. Aún no he hecho más que relatar los tristes sucesos que acompañaron a la conquista, pero será un gran honor para mí que os dignéis echarle una ojeada.

Tras una cena digna de reyes, en la que se sirvieron las mejores viandas que guardaba la despensa, Badona se disculpó pretextando ir a interesarse por el niño enfermo, el monje se retiró a sus aposentos y Liuva permaneció despierto hasta altas horas, quemando una candela tras otra, atrapado por el relato contenido en ese grueso códice compuesto por varios pliegos de pergamino cosidos los unos a los otros y encuadernado en madera bellamente tallada. Tanto el pellejo de buena calidad como el papiro eran artículos prácticamente imposibles de encontrar, incluso pagando una fortuna por ellos, lo que convertía un libro, y no digamos uno con algunas páginas en blanco, en un joyel. Este estaba escrito solo hasta la mitad con una caligrafía cuidada, prieta y casi exenta de borrones, fácilmente legible.

Decía así:

La peste no fue más que un preludio de lo que habría de venir más tarde. Durante el reinado de Egica azotó sin piedad campos y ciudades con su aliento pútrido, sin que hubiera rogativa, procesión, penitencia ni santa reliquia que lograra aplacar su furia Los siervos huían de sus arados pese a la amenaza de severos castigos, en busca de una salvación imposible. Los cultivos se perdieron ante la falta de brazos capaces de recoger las cosechas y la sequía concluyó la faena iniciada por el morbo negro. En la Carpetania una plaga de langosta como jamás se había visto devastó las tierras, hasta el punto de que no quedó árbol, ni viña, ni bosque, ni hierba verde que no hubiera sido devorada por los insectos. La hambruna pronto hizo su aparición, con tal virulencia que diezmó a la mitad de la población hispana, castigando con más crueldad a las mujeres y niños de corta edad. La sodomía alcanzó cotas tan escandalosas que obligaron a la Iglesia a instaurar cánones específicos para combatirla. En el XVI Concilio de Toletum se condenó con igual firmeza a quienes sucumbían a la desesperación y cometían el horrendo pecado del suicidio: una práctica nefanda nunca tan presente entre nosotros como en esa hora amarga.

Desde el palacio del rey se alzaban clamores de dolor por los males de Hispania. Todas las calamidades que puedan ser concebidas se habían abatido juntas sobre los habitantes de esta tierra, cuando la Misericordia divina pareció darnos una tregua antes de enviar la peor aflicción de todas.

Hacia 698 de nuestra era, Egica designó corregente a Witiza, un hijo suyo y de la reina Cixilo que apenas había llegado a la adolescencia, a quien asignó el gobierno de la antigua Galecia sueva. Dos años más tarde el rey, ya decrépito, llamó junto a sí a Witiza, que recibió la unción regia el 15 de octubre de la era de 738. Aunque fogoso y petulante, Witiza fue un soberano clementísimo. Amnistió a los reos presos como consecuencia de su pertenencia a familias rivales, restauró las clientelas nobiliarias, compensó generosamente a los que habían sufrido destierro, hizo quemar los documentos de reconocimiento de deudas que su padre había arrancado por la fuerza y devolvió su rango y funciones al Oficio Palatino, reintegrando su dignidad y sus bienes a aquellos de sus miembros que habían sido despojados de ellos. Fueron tiempos florecentísimos, en los que toda Hispania se sintió transida de alegría, confiada y desbordante de gozo. Mas estaban destinados a durar poco, pues Witiza murió antes de cumplir los treinta años, a comienzos de 748.

Tres hijos dejó el monarca tras de sí: Akhila, Olmundo y Ardabasto, demasiado jóvenes para haber sido asociados por su progenitor al trono, aunque suficientes como pretexto para que el poderoso clan de su padre pretendiera retener el poder valiéndose de su existencia. El senado, integrado por los magnates y obispos encargados conforme a la ley de nombrar al sucesor, aclamó como rey a Rodrigo, duque de la Bética y acreditado hombre de armas. Los witizanos no se resignaron con su suerte y estalló la guerra civil pronto ganada por seguidores del monarca legítimo, que acabaría provocando nuestra ruina.

Con gran esfuerzo habían logrado los árabes conquistar toda la Mauritania y llegar al estrecho pasaje entre océanos antaño guardado por las Columnas de Hércules. Les resistía en la provincia Tingitania un magnate católico aunque de raza beréber llamado Julián y antiguo miembro de la clientela de Witiza, quien a la muerte de su rey capituló ante el caudillo Tariq a condición de conservar su gobierno. A él acudieron los vencidos en busca de auxilio, pidiéndole que mediara ante los musulmanes a fin de entablar una alianza.

Tan antinatural coyunda no era, desde su perspectiva, un gesto descabellado. Atanagildo había vencido a Akhila gracias a la ayuda de los bizantinos que dominaban el África. Sisenando había destronado a Suintila apoyado por un cuerpo expedicionario franco comandado por Dagoberto. Los sarracenos les ayudarían a recuperar el poder a cambio de un magro botín, después de lo cual cruzarían de vuelta el mar y regresarían a sus desiertos. O eso al menos debían de pensar ellos en el momento de tejer semejante alianza, odiosa a los ojos de Dios. Mas hoy sabemos que fue inmensa insensatez la embajada que envió el clan derrotado a los invasores, pues franqueó las puertas de la península a unas gentes que desde la remota Arabia, al conjuro de una nueva fe y un apetito insaciable de conquista, se habían abierto paso hasta la orilla opuesta de nuestras costas, ebrios aún de sangre enemiga y ávidos de nuevos triunfos.

Tariq debió de recibir de sus jerarcas la orden de actuar con cautela, pues mandó una primera expedición exploratoria de quinientos hombres que desembarcó en el lugar hoy llamado Tariq, al igual que el capitán que la comandaba, quien comprobó la veracidad de las promesas de los godos traidores y regresó para preparar la invasión.

Entre tanto, los feroces vascones se sublevaron de nuevo en su solar montañoso. Sus levantamientos coincidían de ordinario con los momentos de confusión en el reino y las disputas entre Rodrigo y los aspirantes rechazados les ofrecían una oportunidad que no desaprovecharon. Se habían alzado contra Leovigildo cuando este hubo de combatir a los bizantinos en la penínsu la. Volvieron a plantar cara a Recaredo aprovechando la resistencia arriana frente a él. Y también Chindasvinto y Wamba sufrieron sus embates en tiempos de debilidad. Su nuevo desafío se produjo en el momento en que la marea islámica se abatía sobre nuestra tierra. Rodrigo estaba combatiéndolos cerca de Pompaelo, cuando Tariq cruzó las aguas del Estrecho al frente de siete mil guerreros. Y todos pagamos el precio de su enconada rebeldía. Pronto fueron subyugados ellos, como el resto de nosotros, por las huestes mahometanas, y hoy viven sometidos al yugo con el que nos han uncido a todos. ¡Quiera Dios que cuando vean a sus caudillos encadenados tomar el camino de la esclavitud o envíen a sus hijas a los harenes de los vencedores se arrepientan de todas las ocasiones en las que alzaron las armas contra sus reyes cristianos!

Porque en la noche del 27 al 28 de abril, mientras Rodrigo combatía a esos paganos en el norte, los guerreros de Alá pusieron pie a tierra en la roca de Calpe, arrollaron a las menguadas tropas que comandaba el sobrino del rey y comenzaron su avance hacia el interior de la península. Eran en su mayoría berberiscos, como el propio Tariq, conocidos por su ferocidad y destreza como jinetes. Sembraron el terror entre los desdichados que tuvieron la desgracia de cruzarse en su camino, como un anticipo revelador de lo que habría de ocurrir a partir de entonces en todos los confines de la nación.

Largas jornadas hubo de marchar el ejército del rey desde los valles vascones hasta el confín meridional de Hispania una vez enterado del desastre por los mensajeros despachados por su hermana para llevarle la noticia. Mientras él corría a encontrarse con la muerte, las tropas invasoras fueron reforzadas con más de cinco mil infantes enviados a toda prisa, que llegaron hasta el valle del Guadalete, cerca de la ciudad despoblada de Lacea, el 22 de julio de aquel infausto año 749 de nuestra era.

Allí se encontraron los dos ejércitos al amanecer del siguiente día. La batalla comenzó al despuntar el sol, precedida por las voces retadoras lanzadas desde ambos lados de las líneas de las tropas formadas en posición de combate. En el bando cristiano los espatarios de la guardia real rodeaban al monarca que luchaba junto a sus fideles, mientras duques y condes comandaban las huestes regulares integradas por los guerreros de soldada, los reclutados por la fuerza entre los hombres libres y los siervos obligados a seguir y obedecer a sus amos. Las alas habían sido puestas bajo el mando de nobles pertenecientes a la antigua clientela de Witiza, que se pasaron al enemigo a poco de producirse el choque, conforme a la celada previamente urdida con los sarracenos. El centro, bajo el mando de Rodrigo, resistió valerosamente, pero fue derrotado al cabo, vencido por la traición. En la masacre pereció el mismo rey, cuyo cadáver, empero, no capturaron los infieles, ya que sus caballeros lo rescataron a fin de llevarlo a enterrar a Viseo.

Grande fue la mortandad entre las tropas cristianas, aunque volvieron a hacer frente a los islamitas en una batalla librada días después, cerca ya de la capital amenazada. Muchos mahometanos cayeron en la lucha, pero suya fue la victoria. Tariq se adueñó de Toletum y con ella del tesoro de los reyes godos, cuya riqueza era legendaria. Allí estaban las mejores piezas obtenidas por Alarico tras el saqueo de Roma, entre las que destacaba la mesa del templo de Salomón que los soldados del imperio habían traído a su capital desde la Ciudad Santa de Jerusalén. En innumerables cofres se guardaban joyas de gran valor, cálices que fueron profanados por las hordas mahometanas, obras de arte perdidas para siempre, raras gemas procedentes de tierras lejanas y oro, una montaña de oro arrebatada a los suevos, que pasó a las arcas de los conquistadores.

Los partidarios del clan witizano, que esperaban recibir con el trono la recompensa prometida, no tardaron en presentarse ante el valí para reclamar la corona. Mas, puesto que el traidor no es necesario siendo la traición pasada, Tariq los despachó con desprecio, les entregó tres mil fincas del patrimonio regio en pago por sus servicios y proclamó la soberanía del califa de Damasco. Y así, por obra de una doble alevosía, se estableció la dominación islamita en tierras de Hispania el 11 de noviembre del año 749 de nuestra era, fecha aciaga que nunca olvidaremos los hermanos en Cristo.

Ahí terminaba el manuscrito, que no daba cuenta de lo sucedido desde ese momento hasta el día señalado en el calendario: 24 de enero de la era de 768. Probablemente no había tenido oportunidad Adriano de plasmar en el pergamino el caudal de información que había compilado a lo largo de ese periodo, motivo por el que necesitaba tiempo y tranquilidad para llevar a cabo su ambicioso proyecto.

Cautivado por lo que acababa de leer, nada de lo cual le resultaba extraño aunque jamás lo hubiese visto reflejado con tal precisión y acierto narrativo, Liuva decidió que su primera impresión se veía ratificada por el contenido de ese texto y que sería el mecenas del monje. Si así lo deseaba Adriano, podría instalarse en su casa y dedicarse a escribir su crónica, bajo la protección del magnate más respetado por los cristianos de Recópolis. Él había manifestado su intención de viajar al norte, en busca de ese caudillo de Asturias, pero no sería difícil convencerle de que aceptara la hospitalidad que se le brindaba. Los caminos en aquellos días resultaban ser más peligrosos que cualquier guarnición sarracena y así debía de haberlo comprobado el cronista a lo largo de la primera etapa de su travesía. Sí, no sería muy difícil convencerle de que se quedara, al menos mientras durara el invierno.

Aunque las campanas habían dejado de anunciar las horas, desalojadas de sus campanarios por los nuevos gobernadores mahometanos y sustituidas por grotescas réplicas de madera incapaces de proyectar su voz, debían de haber pasado los maitines cuando Liuva se retiró a descansar un rato. Badona se levantó antes que él, con un sol enclenque y pálido, pues tenía que ir al mercado a por provisiones para la mesa y también con el fin de asegurarse de que su mayordomo adquiriera corteza de sauce fresca con la que tratar las fiebres de Ickila. Últimamente los puestos antaño comparables a los de la mismísima Toletum andaban desabastecidos, por lo que era conveniente aprovechar las primeras luces del día y encargarse personalmente de lo que en otras circunstancias habría podido delegar en los sirvientes. Además, quería comprar alguna chuchería para el pequeño y tal vez una sortija para ella, en el caso improbable de encontrar algo que mereciese la pena en la tienda de algún artesano joyero resistente a la penuria que exhibían en los últimos tiempos sus puestos.

Nada era ya como antes. Según contaban los siervos más viejos de la casa, en los años prósperos la calle principal de la ciudad había sido un emporio comercial en el que exhibían sus talentos los mejores maestros de los más variados oficios, mientras mercaderes venidos de todos los confines del mundo ponían a la venta sus productos. Recópolis presumía entonces de contar con los talleres más reputados de orfebrería fina y fabricación de vidrio, cuyas joyas y recipientes —fuentes, platos, vasos, copas y ungüentarios, de distintos tamaños y grosores— eran ofertados al público en locales situados a ambos lados de la gran avenida. Allí era posible encontrar igualmente aceite, vino o cerámica procedente del norte de África, fruta de la huerta próxima a Valentia o telas venidas de la lejana Asia. Todo lo que el deseo fuese capaz de evocar estaba al alcance de quien pudiera pagarlo, ya fuera en tremises de oro fundidos en la ceca de la propia urbe o en acuñaciones de menor valor procedentes de cualquier otro lugar.

Ahora por el contrario, se lamentaba Badona, era imprescindible sobornar al carnicero para obtener un costillar libre de gusanos y solo en contadas ocasiones se mostraban en los puestos piezas de loza o de vidrio que tuvieran calidad. Ahora el oro escaseaba en los moldes de los orfebres por lo que las fíbulas, broches, colgantes y pendientes expuestos al público solían ser de plata o de bronce, al igual que las monedas. Todas las que circulaban estaban desgastadas por el uso, ya que desde hacía años se habían dejado de acuñar en Hispania. En cuanto al comercio de ultramar, había sido liquidado por la guerra. Eran malos tiempos aquellos para el esplendor y el lujo. Malos tiempos en general.

Pese a las dificultades, no obstante, consiguió proveerse de lo que necesitaba con la ayuda del mayordomo, un criado crecido en casa de Liuva, leal y devoto como pocos, cuya actuación era determinante para el buen gobierno de la hacienda. En esos días de fugas y traiciones, en los que muchos huían de sus amos aprovechando el caos creado por la invasión, Claudio había demostrado una fidelidad sin fisuras a la familia, unida a una gran capacidad para mandar y organizar a la nutrida tropa de siervos domésticos que atendían las distintas labores. Merced a su buen hacer todo funcionaba con la precisión exigida por el amo, a pesar de la inexperiencia de la señora.

Fiando en él cada paso, Badona regresó rauda con el propósito de administrar a Ickila una nueva tisana hecha de corteza de sauce hervida, pero el niño no la precisaba ya...

III

Náufragos en la ciudad muerta

Coaña, era de 782

La mujer estaba de pie en el vestíbulo que daba a la plazoleta, esperando en actitud respetuosa a que Naya diera respuesta a su consulta. Había acudido a ella desde una aldea vecina con la certeza de que sabría ayudarla, pues el eco de sus poderes como curandera llegaba a los rincones más remotos de la comarca. Todo el mundo en la región conocía a la sacerdotisa de Coaña, aunque su nombre no se mencionara por miedo a las acusaciones de hechicería que pudiese formular contra ella algún converso al cristianismo especialmente riguroso en su celo. Los había aquí y allá aunque eran escasos, pues la nueva religión se abría paso con dificultad a ese lado de la cordillera, donde ni los conquistadores de la media luna habían logrado consolidar su dominio ni los seguidores de la cruz asentaban sus monasterios. En esa tierra ganada palmo a palmo al bosque por un pueblo tan fiero como avejentado, la tradición era ley y cada dios servía a un propósito. Las necesidades eran demasiado acuciantes como para encomendárselas todas a un único protector divino.

—No temas, hermana —dijo por fin Naya, rompiendo el aire denso de la casa con su voz ronca—. Tu mal es más común de lo que crees y tiene cura, pero pagarás con dolor a la Madre el privilegio de engendrar. Aun así, engendrarás, pierde cuidado. Tu vientre no es estéril. Llévate este remedio —añadió, tendiendo a su paciente una bolsita de cuero con una generosa cantidad de raíz molida de angélica, planta que ella misma recogía cuando estaba en sazón, secaba, conservaba dentro de vasijas de barro herméticamente cerradas y colocaba luego en perfecto orden en los anaqueles donde almacenaba sus remedios, bien protegidos de la luz, las goteras y los insectos— y tómalo con precaución: una infusión cada noche al acostarte, cuidando de no echar más que un pellizco al cuenco de agua hirviente.

—¿Volveré a sangrar con la nueva luna? —preguntó la chica, poco más que adolescente, en cuyo rostro se reflejaba el terror de haberse quedado seca y no poder dar a su marido los hijos que este anhelaba.

—Sangrarás, sí, y quedarás encinta una vez aprendas a controlar tus deseos y los de tu hombre...

Dicho esto, Naya se acercó a ella, le habló al oído y le explicó la forma de lograr que su esposo prolongara sus embates amorosos, se olvidara de dejarla preñada y se concentrara en gozar de su cuerpo cuando compartieran la cama. Un secreto que había aprendido siendo casi una niña de labios de su madre, y que la había sacado de más de un aprieto a lo largo de su vida.

Al otro extremo de la habitación, junto al hogar cuyo fuego jamás se apagaba, Huma ayudaba a su abuela a devanar una madeja de lana mientras su mente volaba a universos lejanos poblados de seres resplandecientes. Desde muy chica tenía el don de penetrar en moradas ocultas, inaccesibles a los demás, donde toda clase de criaturas hoy joviales, mañana melancólicas y en ocasiones maliciosas compartían con ella sus juegos sin necesidad de moverse.

Esos pobladores de su mente la acompañaban de manera habitual. Solo en contadas ocasiones había cruzado involuntariamente umbrales tenebrosos y entrevisto seres de fealdad incomparable con nada de lo que vive entre nosotros, quienes, según le había explicado Naya, eran los poderes sombríos en lucha perpetua con las fuerzas de la luz. Cuando tal cosa ocurría, la niña corría aterrada a refugiarse en el regazo de su madre, tan asustada como ella ante la intensidad del don otorgado por la Diosa a su hija. Un don extremadamente peligroso ya que muchos la habrían considerado una loca o acaso una bruja si hubieran sospechado su existencia. De ahí que Huma aprendiera pronto a ocultarlo tras un muro de aparente timidez, convirtiéndose a los ojos del mundo en una muchacha silenciosa, soñadora y timorata, que rehuía los juegos con otros chicos de su edad.

Había crecido esbelta, de porte erguido como el haya que eleva sus ramas al cielo, pero menuda. Su piel parecía de luna incluso en verano. Una larga melena lisa, color ala de cuervo, le llegaba prácticamente a la cintura y era su más preciado atributo de belleza. Cada noche la peinaba antes de acostarse, se aseguraba de tenerla siempre limpia y si por casualidad un mercader llegaba hasta la aldea provisto de algún aceite aromático con el que poder ungirla, suplicaba a su madre que lo intercambiara por una de las pócimas curativas que solían preparar juntas. Era la única muestra de coquetería que se permitía. Por lo demás, solía vestir al igual que Naya a la antigua usanza: túnica de lino, falda oscura de lana basta —como la del manto— bordada de colores, a la que iban añadiéndose piezas de tela a medida que se iba quedando corta, calzas de punto grueso en tiempo de frío, abarcas de piel y madreñas de castaño para salir al campo, que se dejaban en el quicio de la puerta antes de entrar en casa.

Ocho inviernos habían transcurrido desde que el Guardián le diera un nombre y desvelara su destino, aunque para ella aquella aventura apenas representaba un jirón de niebla en la memoria. Algo le había contado Naya de las vicisitudes del camino, pero nada aún sobre la profecía. Lo que sí sabía la niña era que su hermano Pintaio, ese cómplice adorado que siempre estaba de su parte fuera cual fuese el enemigo, guardaba alguna relación con la visita al tempestiario. No había logrado averiguar todavía cuál era la naturaleza de esa relación, por lo que intentaba descubrirlo atosigando a su madre cada vez que tenía ocasión. Sus preguntas eran respondidas una y otra vez con evasivas, tanto más cortantes cuanto más expresa se hacía su curiosidad, lo que resultaba harto frustrante. Ella volvía a la carga en cuanto le era posible, aunque nadie en su familia se caracterizaba por ser muy locuaz, excepto el propio Pintaio.

La abuela Clouta, más agria que la leche rancia, era sin duda la peor de todos. Mezquina, por no decir directamente mala, que era lo que pensaban de ella sus dos nietos. Resentida de una vida profundamente infeliz. Encerrada en una montaña de carne deformada, tan huérfana de sensibilidad como esclava de los apetitos, no perdía oportunidad de lanzar sus puyas contra la nuera en cuya casa vivía. Era ella quien se había instalado junto con su hijo en el hogar que Naya heredara de su madre, pese a lo cual era su voluntad la que se imponía siempre en caso de disputa. Gozaba del respaldo incondicional de Aravo, huérfano de padre desde edad muy temprana, quien obligaba a su esposa e hijos a bailar al son que quisiera tocar la anciana, hoy cansada, mañana enferma y pasado encaprichada de cualquier rareza que hubiese que ir a buscar lejos.

Esa era Clouta.

Apenas se movía ya de su cálido rincón junto al fuego, excepto para trasladarse al jergón, pero se aseguraba de tener siempre cerca a alguien. Sus manos largas y nudosas propinaban unos cachetes dolorosos en la nuca de cualquiera de los niños a la menor provocación, por cualquier chiquillada. No dudaba en abofetear a la esposa de su hijo en cuanto consideraba que esta le había faltado al respeto, día sí, día también. Y eso que Naya era más paciente, mansa y servicial que ninguna otra mujer del castro, siendo la más poderosa.

Aravo se parecía a su madre como una rata se parece a otra. Desconfiado, inmune a la ternura y avaro con la compasión, había alcanzado la jefatura militar del castro a través de su matrimonio con Naya y gobernaba los asuntos de la comunidad con mano de hierro, sabedor de que únicamente el miedo podría granjearle la obediencia de unos hombres y mujeres entre los que gozaba de escaso aprecio. Al fin y al cabo él era un extraño allí. Su hogar estaba al otro lado de la cordillera, en tierra de los vadinienses, sometida al influjo de los usos y costumbres que los romanos primero y después los godos habían impuesto a los lugareños. Costumbres totalmente ajenas a las que habían hecho de las antiguas astures heroínas de leyenda, en virtud de las cuales la mujer quedaba relegada a una condición inferior, sin más espacio que el de su casa y familia. Usos algo más refinados que los vigentes en la aldea, que habían hecho de él un personaje irresistible al primer golpe de vista de una chiquilla como Naya, nacida y crecida en un castro perdido entre el mar y las cumbres nevadas.

Hacía tanto de aquello...

Con su apariencia elegante y su lenguaje cortés, Aravo llegó a Coaña una tarde de verano del año 770, formando parte de una delegación de notables de su comunidad que visitaba el poblado con el fin de renovar un antiguo pacto de mutua hospitalidad y apoyo. Ella era entonces una adolescente de ojos soñadores con las fuerzas apenas mermadas aún por la enfermedad que empezaba a mostrar los dientes. Él exhibía un cuerpo atlético, moldeado por el constante entrenamiento en el manejo de las armas, envoltorio perfecto para un corazón seguro de sí mismo y ambicioso. Ella intentaba ocultar con tenacidad y sonrisas su falta de fuerzas, su agotamiento permanente, sus ojeras y su delgadez extrema, sabedora de que la superstición unida a la ignorancia podría alimentar murmuraciones y extender la voz de que había sido maldecida con alguna forma de mal de ojo, revulsivo seguro para cualquier pretendiente. Él escondía lo peor de su carácter haciendo gala de caballerosidad y fingía en compañía de su pretendida sentirse atraído por sus virtudes. Él era un segundón sin derechos en una familia de alto linaje venida a menos. Ella, la única hija y heredera del caudillo local y de su compañera, servidora del culto ancestral a la Diosa Madre además de reconocida sanadora.

Cuando Naya se fijó en Aravo y manifestó a sus padres su deseo de entregársele, tras ser objeto de unas atenciones cuidadosamente dispensadas con el fin de seducirla, ellos aprobaron su elección. Parecía ser el hombre adecuado para tomar las riendas políticas del clan junto con su hija, que siempre ejercería el poder espiritual en calidad de continuadora de la estirpe. Claro que ellos, jóvenes aún, pensaban enseñar muchas cosas a los sucesores antes de que llegara su tiempo...

No tuvieron la posibilidad de hacerlo. La plaga se los llevó sin previo aviso, junto con la mayoría de los habitantes del pueblo, poco después de que Pelayo se rebelara en los montes sagrados y expulsara al sarraceno instalado en Gegio que reinaba sobre las gentes de Asturias. Sucumbieron a decenas, entre gemidos de dolor, pústulas purulentas y fiebres que hacían delirar a gritos a los moribundos, sin que las hierbas o los sacrificios fuesen capaces de aliviar su sufrimiento ablandando el corazón de los dioses. Murieron antes los más fuertes, los que parecían más robustos, mientras Naya, cuya respiración era tan penosa como las boqueadas de un pez fuera del agua, sobrevivió incólume junto con un puñado de ancianos y niños. El destino la condenaba a ser huérfana prematuramente, al tiempo que testigo indefenso de un esplendor casi barrido por la furia de los cambios.

Aravo no fue un buen jefe, como tampoco un buen esposo. Le faltaban generosidad y grandeza de miras a partes iguales. No había demostrado su valor en el campo de batalla ni se le conocía mérito alguno que le hubiera llevado a ganarse el rango. La posición que ostentaba le había costado dos vacas lecheras con sus terneros, además de una carreta de lino sin desbastar que Naya había tenido que remojar, lavar, machacar, volver a enjuagar y nuevamente lavar, hasta ablandarlo, dejándose la piel de las manos en el empeño de liberar las hebras que hiló después con la rueca y el huso. Un obsequio perverso, a semejanza de quien lo hacía, que dio a su esposa una enorme cantidad de trabajo sucio para conseguir un par de enaguas después de hervir las madejas en agua con ceniza, tejerlas en el telar, repetir varias veces el proceso y finalmente cortar y coser la tela.

Esa fue la dote maldita entregada por Aravo a su novia el mismo día de su boda, celebrada justo antes de que la muerte asaltara la aldea. Luego todo vino rodado: la lenta recuperación del poblado hasta alcanzar el centenar largo de habitantes que tenía en ese momento, al margen de los caseríos cada vez más numerosos que surgían en los alrededores a medida que se roturaba el bosque. La paulatina transformación de Naya, sometida a un régimen constante de humillaciones y desprecios entreverados de amenazas, hasta dejar reducido a una sombra su orgullo ancestral de matriarca. La liberación del yugo musulmán, consecuencia del avance de ese caudillo oriental al que habían seguido algunos jóvenes del castro, aunque no el esposo de la sacerdotisa de la diosa, y el consiguiente periodo de paz y virtual desgobierno que sobrevino después, mientras el nuevo príncipe consolidaba su poder en Primorias, a los pies del monte Vindonio.

Ellos estaban lejos, muy lejos de allí, en el extremo opuesto del naciente reino de Asturias.

Coaña alzaba su figura pétrea en un enclave estratégico, cerca de tierras galaicas, en lo alto de una colina que dominaba la zona baja del valle del Navia, justo donde este se estrechaba y permitía cruzarlo. Desde sus torres fortificadas se controlaba un importante cruce de caminos construidos por los romanos, que se dirigían bien hacia el occidente, por la costa que terminaba en el *finis terrae*, bien hacia el mediodía montañoso, a través de selvas tupidas y cauces estrechos.

El castro siempre fue una fortaleza. Al abrigo de sus muros se intentó en vano resistir a la invasión romana y, una vez consumada esta, se vigiló el paso del río a fin de proteger el comercio cuando las barcazas conquistadoras llevaban en el vientre el oro arrancado a las entrañas de la tierra astur y los mercaderes venidos de lejos transitaban por aquellas calzadas. Ahora todo aquello no era más que un lejano recuerdo conservado en la memoria de la anciana Narradora de Historias. Una saga relatada alrededor de la hoguera, generación tras generación, en las noches de luna llena.

—¡Naya! Tengo frío, echa leña a este fuego que agoniza, como me pasa a mí, y asegúrate de que esté seca. No vayamos a ahogarnos todos con una humareda como la de hace un rato. ¡Parece mentira que una mujer tan poco agraciada pueda ser también tan torpe! ¿Qué vería en ti mi hijo?

Así era Clouta. Esa era su manera habitual de pedir las cosas. Acaso porque los dioses hubieran jugado con ella dándole un corazón tan humano como el de un jabalí —pensaba Naya intentando disculparla— o tal vez por haber tenido que soportar en su juventud las vejaciones de su propia suegra, la abuela escupía rencor desde su trono doméstico, lanzando salivazos amargos a diestro y siniestro. Sentada en el banco de piedra que corría alrededor de la pared circular de la casa, con un manto grueso sobre las espaldas y la cabeza ligeramente ladeada sobre el regazo, graznaba su resentimiento al tiempo que enrollaba en una bola compacta la hebra de lana recién lavada que su nieta, de pie frente a ella, sostenía entre las manos con los brazos extendidos. Alternando sueños de ojos abiertos con vagabundeos imaginarios, Huma se preguntaba por qué su madre soportaba aquel trato, al tiempo que se juraba a sí misma no consentir jamás, por alto que fuera el precio, que alguien, quienquiera que fuese, la humillara así a ella.

Sobre el hogar, anidado a ras de suelo en un lecho de piedras, el caldero colgado de una cadena sujeta a una viga móvil en forma de horca dejaba escapar vapores de castañas cociéndose con berzas. Cuando el guiso estuviese listo, no habría más que empujar ligeramente la olla con una vara alargada, a fin de que la viga girara sobre sus goznes apartándolo de la lumbre. Así la familia podría disponerse en círculo a su alrededor y compartir la sopa, acompañada de pan de centeno y acaso un trozo de queso, si la despensa estaba llena.

Aunque las dos puertas de la estancia, orientadas al sur y al norte, estuviesen abiertas al frío del invierno con la intención de crear una corriente capaz de limpiar ese aire viciado, el humo que con el tiempo había teñido de negro tanto las paredes de pizarra como la techumbre de paja se colaba en la nariz, raspaba la garganta y hacía llorar los ojos, ya castigados por la permanente falta de luz característica de esas edificaciones carentes de ventanas. Una herencia de tiempos inmemoriales y antepasados arraigados a esa tierra desde siempre, que construían casas redondas acurrucadas unas con otras para protegerse mutuamente.

Todas las del castro eran muy parecidas entre sí, pero la de Naya destacaba por su tamaño, como correspondía a una figura prominente de la comunidad. Además de ser amplia, gozaba de mejor ventilación y resultaba cálida al recibir durante buena parte del día la luz del sol cuando este hacía acto de presencia. Por añadidura, estaba situada en uno de los lados de una pequeña plaza, a la que se asomaba igualmente el edificio sede del Consejo, lo que le proporcionaba una perspectiva despejada de la que carecían la mayoría de las restantes construcciones, encerradas entre callejones angostos.

El vestíbulo, que la sanadora utilizaba para recibir a quienes venían a consultarle alguna dolencia, preparar sus pócimas y disfrutar de una intimidad imposible en el interior de la vivienda, era cuadrado, de unos cinco codos por cinco, recorrido en uno de sus lados por un banco de piedra cubierto de vasijas, frascos y bolsitas en las que se almacenaban los remedios empleados en sus tratamientos. Una mesa nueva, de castaño cortado hacía poco, ocupaba una de las esquinas exteriores y hacía las veces de banco de trabajo, perfumando el ambiente con su característico olor a pan recién horneado. Junto a ella una banqueta desgastada por el uso completaba el mobiliario y servía de asiento a los enfermos que no podían tenerse en pie, aunque la mayoría prefería la posición erguida. A menudo era la propia Naya quien debía descansar allí tras sufrir uno de sus ataques de tos, mientras respiraba los vapores de un cocimiento preparado por el procedimiento de arrojar una piedra de la lumbre en un recipiente con agua y polvos de helenio, capaz de proporcionarle alivio rápido a la sensación de asfixia que la torturaba en esos momentos.

Una vez traspasada la gruesa cortina de piel de vaca que separaba esa estancia de la habitación principal y solía permanecer parcialmente abierta durante el día para dar ventilación al interior, se accedía a un recinto circular espacioso, provisto de un techo bajo de madera que sostenía el tejado de paja y creaba un granero amplio y seco donde guardar provisiones. Abajo, otra colgadura más liviana, de lino zafio, dividía el espacio en dos zonas bien diferenciadas: una más pequeña en la que se alineaban tres jergones de distintos tamaños, con colchones y mantas de lana —un auténtico lujo propio de la elevada alcurnia de la familia—, y otra mayor que acogía la escasa vida diurna practicada de puertas adentro: la cocina, las comidas, el hilado, la costura y la conversación o el aburrimiento, cuando las inclemencias del tiempo no permitían disfrutar del aire libre.

Situado en la zona alta del castro, muy cerca del recinto amurallado primitivo levantado por los primeros habitantes del poblado, que permanecía deshabitado desde hacía siglos, el edificio que albergaba a Naya y a su familia era casi dos veces mayor que la mayoría de los que lo rodeaban. Únicamente lo superaban en tamaño la Casa del Consejo, la reservada antiguamente a las sacerdotisas de la diosa, poco más que una ruina a punto de derrumbarse, el destinado a depósito colectivo de víveres y el que acogía los rituales sagrados. Allí arriba la lluvia corría libremente cuesta abajo por las canalizaciones mantenidas con esmero, hacia el muro norte y el mar, con lo que los estrechos callejones pavimentados de piedra se mantenían libres de barro y de musgo. Un hecho realmente excepcional, además de cómodo para el tránsito, considerando que el castro, una reliquia del pasado, había sido rescatado de un largo sueño solitario no muchas décadas atrás.

Ningún habitante de la aldea sabía en qué momento exacto los antepasados astures construyeron la fortaleza de Coaña, un bastión de pizarra oscura con sólidas murallas y defensas aparentemente inexpugnables, pero todos conocían bien por qué razón y a causa de quién se despobló la primera vez: por imposición de los conquistadores romanos, que forzaron a los vencidos a bajar de sus enclaves fortificados, derribaron sus torres e incluso muchos de sus edificios y los obligaron a vivir en los valles con el fin de facilitar la tarea a las legiones del imperio enviadas a someterlos. De ahí que el barrio más alto del castro, situado en un espolón de roca y rodeado en su sección más vulnerable por un formidable cinturón de piedra, hubiese quedado reducido a escombros tras arder bajo las antorchas de los vencedores. De ese modo brutal habían desaparecido más de un millar de construcciones, a juzgar por las ruinas renegridas dejadas por los antiguos hogares de hombres, mujeres y niños que debieron sufrir, trabajar, reír y también amar allí, un día lejano, antes de la conquista.

Adosado a esa ciudadela muerta y protegido por su esqueleto otro poblado de chozas circulares, de menor tamaño y muros más humildes, había crecido entre callejuelas apenas practicables y plazoletas diminutas, para acoger en su seno a los hijos pacificados de los antiguos guerreros. Pero también ellos acabaron marchándose, sin dejar más rastro que unas cuantas vasijas rotas y alguna moneda perdida.

Cuando la noche del horror cayó sobre aquellas tierras al derrumbarse el Imperio del Águila y oleadas de bárbaros acudieron a cebarse en los náufragos de una civilización hundida, poco a poco fueron regresando a sus escarpaduras de antaño. Primero una familia aislada, luego unas cuantas más, hasta conformar la pequeña comunidad de supervivientes acaudillada ahora por Naya y Aravo. Huyeron de los campos abiertos y abandonaron la costa, más expuesta a los saqueos, para refugiarse en brazos del viejo gigante de piedra. Reconstruyeron la muralla exterior y fabricaron nuevas puertas de roble recio, que colgaron de sus enormes goznes adosados aún a las torres de vigilancia incendiadas. Después de levantar las paredes caídas de las mejores casas, techaron las ruinas con pizarra y paja, repararon las canalizaciones, encendieron los hogares y recuperaron las cazoletas sagradas que yacían abandonadas entre las cenizas.

Pocos lugareños habían olvidado el antiguo culto al agua, fuente de vida y Madre eterna, al igual que la tierra y la luna. Pocas mujeres renunciaban a recogerla del cielo para conservarla en aquellos recipientes de piedra empleados desde tiempos remotos: tres orificios excavados en un bloque de granito enterrado a ras de tierra, no lejos de la cocina, con el fin de derramar los dones de su abundancia sobre todos los moradores de la casa. El agua, la tierra, la luna. Tres manifestaciones distintas de una misma bendición, que permitía a los hombres sobrevivir al hambre, a las calamidades, a la enfermedad, a los infinitos peligros que trae consigo cada nuevo día.

—¡Madre, madre, venid rápido, venid a ver!

Era Pintaio, el benjamín de la familia, quien había irrumpido cual vendaval de otoño en la guarida de Naya llevando alguna noticia importante a juzgar por la excitación que revelaban su rostro colorado y su habla entrecortada.

—¿Qué hay tan interesante como para sacarte a estas horas de tus espadas, tus escudos y tus batallas por el bosque? —preguntó su madre con una gran sonrisa, sorprendida de que el pequeño, que aún no había cumplido los ocho años, abandonara momentáneamente los juegos que le mantenían correteando por los alrededores de la aldea, junto con los otros chiquillos, hasta que la llamada del hambre los hacía regresar a todos junto al puchero.

—Bodecio acaba de encontrar una ballena varada en la playa —anunció él, tirando violentamente de un brazo de su madre para atraerla hacia la salida y llevarla al camino que conducía a la costa, por donde todo el pueblo transitaba ya a grandes zancadas con el propósito de despiezar ese obsequio de los dioses antes de que se lo llevara la marea.

—De acuerdo, ya voy —se liberó Naya con dulzura, acariciando la cabeza del niño—. Deja que termine lo que estoy haciendo y me abrigue un poco, que la mañana está helada.

Sin prisa, despidió con palabras tranquilizadoras a la joven que todavía seguía allí, disculpándose por no haber podido traerle un presente destinado a pagar la consulta.

—La Diosa no nos desvela sus secretos para que comerciemos con ellos. Nos los regala con el fin de ayudarnos a soportar los rigores de este mundo. Márchate en paz, haz lo que te he dicho y no dudes en volver a verme si lo necesitas, aunque probablemente será la partera la próxima que te visite.

No hablaba a humo de pajas. Ella misma había puesto en práctica más de una vez las artes ocultas que acababa de revelar a su paciente y allí estaba Pintaio, con su corpachón enorme, su cabellera de osezno y sus ojazos despiertos, para recordárselo constantemente. Esa criatura era fruto de una noche de placer ofrecida a Aravo entre halagos y caricias, ordenados con la habilidad de una maestra capaz de conducirle al paroxismo del goce. Era el resultado de un ejercicio de supervivencia que la llevaba de cuando en cuando a convertir su propio cuerpo en un bálsamo calmante de la ira de su marido. Era el hijo de la tormenta que se desató sobre ella a su regreso de la cueva del Guardián, tras escuchar la profecía que poblaba sus más negras pesadillas a la vez que su esperanza.

Como había temido antes incluso de partir, su vuelta al castro después de la aventura no fue mejor que el viaje entre truenos y tinieblas. Exhausta, empapada, enferma, aterrada por lo que acababa de oír, hubo de hacer frente a la cólera de un hombre asustado de su propio miedo y rabioso por haber sido desafiado en su autoridad, además de humillado en su orgullo nada menos que por su propia mujer. Un hombre que gritaba, alzaba el puño, amagaba con soltarse el cinturón para emplearlo como látigo y miraba con odio a su hija, protagonista involuntaria e inocente de una batalla feroz.

Aquel día, leyendo esa mirada torva, Naya temió por las vidas de ambas y recurrió a la antigua sabiduría. Rogó a la Madre que la inspirara a fin de transformarse en diosa de la seducción. Con su ayuda se hizo muy pequeña, casi invisible, brisa cálida de aromas dulces entre los pliegues de él para después convertirse en fuego ardiente sobre su sexo. Fingió dejarse arrebatar lo que entregaba de manera calculada y precisa, llevándole con ello a la locura. Fue a un tiempo la llama que enciende y el agua que extingue el incendio, midiendo exactamente cuándo y cómo hacer cada cosa. Se derramó para aplacar su sed y le dejó bañado, inerme, dormido y desarmado.

Nueve meses más tarde nació Pintaio sin que ella hiciera nada por impedirlo, pues el corazón le decía que aquel era un ser especial y merecía abrirse camino. Sería el último y ella lo sabía. Un hermano para Huma. Un tío para sus hijos. Un hombre para ese dios que no deseaba hijas.

—¡Madre, daos prisa o no llegaremos a ver nada!

—Ten paciencia y no te inquietes que hay faena para rato...

El pequeño jamás había visto una ballena de cerca y se moría de curiosidad, pues anhelaba saber cómo eran esas criaturas de leyenda cuyos chorros de agua lanzados al cielo había divisado en alguna ocasión en la lejanía del horizonte marino, desde lo alto de un acantilado. Naya por el contrario sí había tenido ocasión de contemplar su gigantesca mole sobre la arena, ya que de cuando en cuando la mar los obsequiaba con esa fuente impagable de alimento y combustible. Una bendición especialmente apreciada en invierno, cuando la comida escaseaba y empezaba a faltar el sebo con el que cebar las lámparas indispensables para alumbrar las largas horas de oscuridad.

Finalmente llegaron a la playa Naya, Pintaio y Huma tras una caminata amenizada por las preguntas incesantes del chico. La abuela se quedó en casa, pegada como siempre a la lumbre, en tanto que Aravo llevaba un par de días ausente, cazando el ciervo junto con otros hombres de la aldea a fin de complementar con su carne la dieta habitual en esas fechas, compuesta de bellotas, berzas y castañas resecas. Salvo ellos, los ancianos y los niños de pecho, todos los habitantes de Coaña e incluso algún foráneo venido de más lejos acudieron raudos a la costa provistos de cuchillos, guadañas, barriletes y demás enseres necesarios para la tarea que se disponían a realizar.

Iban cantando, alegres, decididos a aprovechar todas y cada una de las ofrendas que les dispensaba ese animal providencialmente varado en su costa: un monstruo de más de treinta codos de largo que ni todos ellos juntos habrían podido mover de donde estaba pero que sería descuartizado, deshuesado y transportado por partes a la aldea, entre plegarias de agradecimiento a los dioses.

El hedor de la bestia muerta llegaba lejos. Una mezcla de pescado rancio y carne putrefacta que arrancaba arcadas a los más sensibles, aunque no amilanara a nadie. Rápidamente, como si lo hiciera todos los días, la multitud organizó un zafarrancho cuyo propósito era despiezar la ballena aprovechando las horas de marea baja, pues existía el peligro cierto de que la mar que se la había traído optara por arrebatársela. Armados de cuchillas afiladas y calzados con unas extrañas madreñas rematadas de clavos destinados a impedir resbalones, los más fuertes subieron al lomo del gigante para desde allí comenzar a despellejarlo. Pronto dejaron al descubierto una capa de grasa blanquecina, espesa y generosa, que una vez hervida durante dos días con sus noches a fuego vivo, aguada y enfriada, sería conservada en toneles como un tesoro, pues les duraría hasta el siguiente invierno si sabían administrarla bien.

Ese saín pestilente, del mismo color que la miel y al igual que ésta fuente de vida, se distribuiría entre toda la comunidad y serviría para alumbrar, hacer jabón o impregnar lienzos de lino con el fin de impermeabilizarlos. El mismo reparto equitativo se haría de la carne, cortada en lonchas y ahumada para conservarla el máximo tiempo posible. Por último, los huesos limpios se dejarían secar al sol y serían convertidos en vigas, dinteles o armazones para chozas. Únicamente las vísceras serían devueltas a las aguas, donde alimentarían a los peces haciendo girar la rueda imparable de la vida.

Sumida en la faena que la ocupaba: trocear los gruesos pedazos de carne que sacaban del cadáver y asegurarse de que tuvieran el tamaño adecuado para ser colocados sobre la parrilla de ahumar, Naya perdió de vista a sus hijos. No era nada excepcional. Los chiquillos estaban acostumbrados a moverse con libertad y eran conscientes de los riesgos a los que se enfrentaban en el castro. Pero rara vez bajaban a la costa. Por eso, cuando un coro de gritos a su alrededor alertó a la mujer de que algo malo sucedía, ya era demasiado tarde para advertencias. Huma se había acercado demasiado a la orilla y había sido arrastrada mar adentro por una ola traicionera, que se la llevaba envuelta en espumas hacia el reino de las sirenas.

La fuerza del Cantábrico es colosal. Su furia, aterradora. Cuando ese océano se apodera de ti convierte sus aguas en fauces de lobo hambriento, ávidas de sangre fresca. Se abate con violencia sobre tu cuerpo paralizado por el susto de la embestida, lo derriba sin miramientos, te obliga a revolearte por el fondo arenoso mientras te ahoga lentamente, siguiendo el vaivén de la marea, y finalmente escupe tus despojos a la playa.

¿Cómo resistir a semejante ataque? La niña ni siquiera intentó luchar. No tenía posibilidad alguna, pues ni sabía nadar ni sus escasas fuerzas habrían bastado en cualquier caso para hacer frente a la corriente. Simplemente se dejó ir, como en uno de sus encuentros con las criaturas moradoras de la oscuridad, rogando por que el final llegase rápidamente. Mantuvo los ojos abiertos y la boca cerrada mientras era zarandeada por unos invisibles brazos líquidos, empeñados en transportarla hasta el fondo oscuro. Pensó fugazmente en lo que dejaba atrás, lo cual le hizo experimentar una punzada de dolor agudo, no tanto por abandonar la vida cuanto por hacerlo de ese modo repentino, sin tiempo para despedirse de su madre y de su hermano. Luego todo se volvió negro.

En la orilla, otros brazos fornidos, en este caso de carne y hueso, sujetaban a Naya para impedir que se lanzara al agua a la desesperada en busca de su hija. Ya no se divisaba el cuerpo de la pequeña y todos eran conscientes de que adentrarse en un mar embravecido como aquel era un suicidio seguro, que no podía permitirse a una mujer de su valía. No cabía más que resignarse y confiar en que la Madre, en su manifestación acuática, acogiera en su seno a Huma y la llevara consigo hacia regiones cálidas. No había más refugio que la fe —intentaba decirse Naya en busca de un consuelo imposible—. Pero la fe resultaba odiosa, terriblemente absurda, cuando precisamente Ella, Aquella a quien veneraba y servía, le arrancaba del corazón alguien a quien amaba mucho más que a sí misma.

Un joven de cuerpo ágil, a quien pocos conocían, luchaba en ese momento por evitar la tragedia. Nadie se había fijado en él. Mientras unos buscaban entre las crestas marinas algún rastro de la ropa que vestía la niña, y los más se ocupaban de la madre, el chico se había desnudado a toda prisa y, sin dejarse arredrar por el rugido de las olas, nadaba en dirección a un bulto informe que aparecía y desaparecía en la superficie, a unas pocas brazadas de distancia, justo en el centro de un remolino. Era Huma. Cuando la alcanzó, asió su cabeza inerte con la mano derecha, la sacó del agua y la mantuvo así mientras empleaba la izquierda y las piernas para impulsarse, sorteando la resaca por el procedimiento de nadar en paralelo a la playa hasta encontrar el camino de regreso en una corriente favorable. Lo consiguió a duras penas, casi congelado y a costa de tragar una gran cantidad de agua salada, pero llegó a la arena con la niña bien sujeta. Así le salvó la vida.

Naya devolvió el aliento a su hija con el suyo propio, más por amor que por abundancia, pues para entonces su respiración era un jadeo tan débil como repleto de extraños ruidos. La grasa de la ballena sirvió para cebar rápidamente una hoguera levantada con las ramas arrastradas por la mar, gracias a la cual, poco a poco, el color regresó a los labios de la chica y a las mejillas de su salvador, quien dijo llamarse Noreno. Tenía catorce años y pastoreaba sus vacas allá donde encontraba prados, en las brañas altas del sur de Coaña durante el verano o el otoño y allí mismo, en las proximidades de donde estaban, cuando las lluvias y el fresco multiplicaban la hierba en los campos cercanos al litoral.

Un vaquero. El valeroso muchacho que había rescatado de las aguas a Huma era un vaquero y ella tenía por tótem un uro, tal como había dicho el Guardián. ¿Podía tratarse de una casualidad? En modo alguno. El destino y el azar están reñidos. Todo responde al designio de los dioses, que trazan un camino para cada uno de nosotros en el momento de nacer y se aseguran después de que lo recorramos hasta el final.

Noreno y Huma formaban parte de un mismo plan. Así pensaba Naya en la soledad de sus silencios, mientras el mundo parloteaba a su alrededor. Estaban unidos por una voluntad ante la cual todo esfuerzo de los hombres por separarlos resultaría vano. Además, los chicos se amaban. Se habían amado desde el momento mismo en que sus pieles se encontraron entre espumas furiosas. Se amarían hasta el fin de sus días. Ella lo sabía. Lo había leído en los ojos de su hija, habitualmente tan opacos y desde entonces transparentes. En su sonrisa, entregada espontáneamente a cada despertar. En su recobrado ape-

tito. En la alegría que, por vez primera desde su nacimiento, mostraba al descubrirse mujer.

Él respondía a esa ilusión con una gratitud infinita,
como si fuese ella quien le hubiera salvado de morir ahogado y no al revés. Buscaba mil maneras de acercársele, ya
fuera acudiendo a casa de Naya en busca de un remedio
para las picaduras de avispa, acercándose a vender su leche al castro o simplemente merodeando por allí con la
esperanza de encontrársela. No pensaba renunciar a construir su futuro con ella, aun conociendo los grandes obstáculos a los que habría de enfrentarse en su empeño.

—He visto cómo le miras y no me gusta nada. Te lo
advierto, Huma, olvídate cuanto antes de ese chico, que
no es para ti. La hija de Aravo no se casará con un pastor
trashumante sin linaje ni fortuna. Espero no tener que
repetírtelo.

—Pero padre...

—¿Qué ocurre, acaso estás sorda? —La voz del hombre era un trueno—. ¡A ver cuándo diablos aprendes a
respetarme! Ya no eres una niña y pronto habrá que
buscarte marido. Un marido digno de tu familia, no un
muerto de hambre como ese a quien miras con ojos de
carnero degollado. Te lo repito por última vez. Olvídate
de ese chico si no quieres pasarlo mal y que él pague tu
desobediencia.

—Yo te elegí a ti libremente —terció Naya en su tono
ronco, casi inaudible, pero con enorme entereza— y Huma
también elegirá. Ese es su derecho tanto como su responsabilidad. Es la tradición que han seguido las mujeres astures desde tiempos inmemoriales y no será ella
quien la abandone.

Estaban todos sentados en sendos bancos alrededor
del fuego de la cocina, hasta que uno de ellos, el que era

de madera, voló por los aires tirando al suelo a Pintaio, a Huma y a su madre. Aravo, que ocupaba junto a Clouta el de piedra, adosado a la pared, le había propinado una patada y se había puesto en pie, sin hacer el menor intento por controlar su acceso de cólera. Las escudillas en las que estaban comiendo yacían esparcidas por el suelo, junto a su contenido. La propia abuela se había quedado muda, arrebujada en su manto. Los niños no se atrevían a mover un músculo. Naya en cambio se puso en pie con la dignidad intacta, lanzó una mirada feroz a la vez que fría a su esposo, como para recordarle que en su farmacia particular disponía de una amplia variedad de plantas capaces de matarlo mientras durmiera, y envió a sus hijos a jugar a la calle.

Se había sentido de pronto avergonzada de que un hombre, solo un hombre y ni siquiera un gran hombre, le levantara la mano amenazando en su persona a toda una estirpe de mujeres de una pieza. ¿Cómo podía consentir tamaña afrenta? ¿Acaso la fatiga o el temor podían dispensarla de respetarse a sí misma, de honrar a sus antepasadas y salvaguardar su legado milenario? La Madre no lo permitiría. Desde los cielos y los mares cuidaría de ella, su hija, dándole la fortaleza necesaria para que ella velara por Huma, al menos mientras le quedara un soplo de vida.

—Esta casa en la que habitas la recibí de mi madre, quien la recibió de la suya. Esos hijos a los que tratas peor que a tus perros son sangre de mi sangre, carne de mi carne, linaje de mi linaje. —Hizo una pausa para tomar aliento—. La comida que te alimenta es la que yo preparo con los frutos que otras como yo arrancan de la tierra, mientras tú y otros como tú afiláis la espada con el único fin de devolverla a su vaina, pues ni siquiera os decidís a sumaros a las tropas del príncipe Alfonso...

Llegado ese punto, Clouta intentó interrumpirla entre indignada e incrédula ante semejante acto de insumisión, absolutamente impropio del carácter de su nuera. Pero esta levantó la mano izquierda con un gesto tan firme que detuvo las palabras en la lengua de la anciana. Tampoco Aravo encontraba nada que decir, momentáneamente paralizado por la reacción de su esposa, sorprendente e inesperada.

—... Si la fortuna me hubiese regalado un hermano, le habría buscado esposa como hará Huma con Pintaio cuando llegue el día —siguió ella entre jadeos, supliendo la falta de aire con un esfuerzo supremo de la voluntad—. La Diosa a la que rezamos las noches de plenilunio, la que duerme arriba en su templo sagrado bajo siete advocaciones, es hembra, como yo, que te elegí libremente. Así también Huma elegirá a su esposo.

—Agradece a esa diosa tuya, mujer arrogante, el que yo sea un hombre paciente. Otro cualquiera habría zanjado esta discusión de manera bien distinta. Pero ya va siendo hora de que aceptes que las cosas han cambiado y aquí el amo soy yo. ¿Me oyes, mujer? ¡Yo soy el amo de esta casa!

Aravo había pronunciado esta última frase elevando el tono e introduciendo en él una clara amenaza, que no consiguió hacer mella en Naya.

—¡Olvidas que soy la sacerdotisa mayor de la Madre, además de hija y heredera de los jefes de este clan que no es el tuyo!

—Y tú pareces ignorar que tus padres ya no están entre los vivos, tu diosa está condenada a morir derrotada por el dios de los cristianos, que reina en la corte de Cánicas, y tu propia existencia se agota. No hay más que verte... —Golpeó con saña, acompañando su ponzoña de una mirada llena de asco—. ¿Quieres dejar a tu hija en manos de un vaquero?

—Él es su destino —sentenció ella—. Lo dijo el Guardián. La ama y la hará feliz, pues los dioses mismos lo han puesto en su camino. Él es quien salvó su vida. Es el hombre venido de tierras lejanas para conquistar su corazón.

—Es un pastor. Poco más que un siervo. Escoria indigna de rozarla siquiera con el pensamiento. Ella lleva en las venas sangre tan antigua como nuestro pueblo. Es hija de albiones, vadinenses, luggones y paésicos constructores de castros. Nieta de astures arraigados a estos pastos antes de que fueran hollados por los romanos e incluso por los hombres que llegaron cruzando el océano en la noche de los tiempos y tenían por bárbara costumbre quemar a sus muertos en enormes piras funerarias. Ella es miembro de una raza de guerreros que nunca ha manchado sus manos con boñiga de vaca.

—Huma es hija mía, ¿me oyes? Es carne de mi carne. ¿Tienes tú la menor idea de lo que significa dar la vida? ¿Acaso vislumbras siquiera el poder que entraña ese don que ningún hombre ha poseído jamás?

Un acceso de tos la obligó a callar repentinamente. Plegada en dos, con una mano en la boca y otra en el vientre, intentando paliar el dolor provocado por la sacudida, Naya tuvo la certeza de que el fin estaba cerca. Aún no la había visitado en sueños el espíritu que anuncia la muerte, pero no tardaría en hacerlo. Su tiempo se agotaba y era menester instruir a Huma en los secretos ancestrales que le permitirían sobrevivir a su ausencia y cumplir la profecía.

—Sé que desprecias lo que no alcanzas a comprender, que es una gran parte de lo que te rodea —espetó a su marido haciendo acopio de valor—. Siempre he sentido tu desdén por mi debilidad, ya que nunca has sido capaz de traspasar la superficie para adentrarte en mi alma. ¡Y tú osas hablar de nuestro pueblo e invocar su gloria pasada!

»Mi vida se acaba, es verdad —prosiguió serena—, pero la de Huma no ha hecho más que empezar. Ella recogerá esa herencia sagrada que tú te atreves a ignorar y hará honor a su nombre. De su vientre manará un río caudaloso que crecerá, se bifurcará y dará vida a innumerables arroyos. ¿Lo oyes bien? En su lecho la loba amamantará al cordero y el águila arrullará al ratón porque su destino es engendrar un linaje renovado de conquistadores. Y lo hará según su voluntad. Coaña se hundirá en el olvido y con ella tú, exactamente igual que yo, pero no Huma. Ella vivirá para ver cómo su descendencia cumple el designio de la Diosa. Ella es fuerte como la roca de la que brota el manantial. Dúctil como el agua que corre colina abajo. Por eso elegirá, mal que te pese.

Para no escuchar las últimas palabras de su mujer, Aravo había salido dando un portazo, seguramente a beber o a galopar hasta reventar a su caballo con el fin de desahogar su cólera. Clouta empezó a recriminar a Naya la desvergüenza de su conducta, pero ella no estaba en condiciones de librar otra batalla con su suegra. Sin molestarse en responder, cruzó la cortina que separaba la cocina de la alcoba y allí se tendió sobre la cama que compartían sus hijos, donde prácticamente se desmayó, agotada por el combate.

Huma fue a despertarla al cabo de un rato, asustada del silencio que reinaba en la casa. La abuela se había quedado dormida junto al fuego, Pintaio seguía jugando por las calles, pese a que la tarde invernal era oscura, y del padre no había rastro. Aunque no se atrevía a preguntar abiertamente, la expresión de la niña indicaba que se moría por saber. Y Naya le respondió de la forma abstracta en que solía hacerlo.

—Tu destino fue escrito en el cielo de la noche más negra, hija mía. Solo te será revelado con el último aliento de vida. Lo vaticinó el Guardián. El tuyo no será un camino fácil, pero tampoco será vulgar. El dolor será tu fortuna y la fortuna, dolor, por lo cual conocerás placeres que a otras les serán vedados. Así habló el Anciano de la cueva escondida y tal como él lo dijo te lo repito en este instante. Mas no temas. Mientras yo esté a tu lado te protegeré y cuando me haya ido será la Madre quien vele por ti.

—Yo no conozco más madre que vos —replicó Huma sin comprender el significado de aquella respuesta—. Solo sé que si vos faltáis padre me obligará a someterme a su voluntad, como hacen otras muchachas del castro. Pero mi corazón es de Noreno y jamás pertenecerá a otro. Diga padre lo que diga, yo le amo y no consentiré en entregarme a otro hombre. Antes me mataré.

—Eso no será necesario, Huma. La Madre sí te conoce a ti y te ha escogido como morada. Será Su voluntad, unida a la tuya, la que mueva los hilos de tu existencia, por mucho que tu padre intente oponerse. Ella es inmensamente poderosa. Con sus siete nombres sagrados: Daganto, Deva, Isis, Diana, Cibeles, Venus y María, reina sobre todo lo que vive y derrama su amor sobre nosotros. Su regazo de hembra fecunda transmite ese don de abundancia a todas y cada una de sus hijas, a la tierra que nos da sus frutos y a la luna que nos hace fértiles. Habita cerca de las aguas remansadas, en lugares marcados por piedras milenarias y grutas que conducen al corazón mismo de este mundo. Su manto cubre el cielo y los campos para llenarlos de luz y de sabores dulces, porque ama los colores de la alegría del mismo modo que aborrece las tinieblas. Suyas son la vida y la muerte. Y te ha escogido a ti entre las mujeres para convertirte en fuente de la que mane un nuevo pueblo agradable a Sus ojos.

»¿No te has dado cuenta aún de que posees poderes que nadie más comparte? —Miraba a su hija con una intensidad que esta no había sentido hasta entonces—. ¿No te has sorprendido con esa capacidad tuya para ver con claridad lo que nadie más vislumbra, viajar por territorios ignotos e intuir lo que está por suceder mucho antes de que ocurra?

Yo no pedí ese don, madre, y sabéis cuánto me asusta. Además, no entiendo bien vuestras palabras. ¿Quién convencerá a padre de que me deje elegir marido? ¿Cómo lograré hacer que acepte a Noreno? ¿Quién descifrará esa profecía que incluso a vos os resulta incomprensible?

—Aleja de ti ese miedo que te nubla el pensamiento, Huma. El miedo paraliza. El miedo nos ofusca y enturbia nuestra mirada. Confía en mí y en la Madre, que sabrá hacerte ver todo lo necesario cuando llegue el momento. Pronto, muy pronto espero, celebrarás conmigo y con las demás mujeres del castro los ritos con los que La honramos y agradecemos la vida que nos regala. Entonces te serán revelados nuevos secretos que forman parte de tu herencia, al igual que esta casa, que te pertenecerá cuando yo muera. Hasta ese día habrás de ser paciente y buscar el modo de encontrarte con Noreno sin que se entere tu padre. Si es el hombre que la Diosa ha puesto en tu camino, hallarás la forma de llegar hasta él. En caso contrario, sabrás que era otro el llamado a conquistar tu corazón y habrás de seguir esperando a que él te encuentre.

IV

Fin de una era

Recópolis, 781

El invierno terminó sin que la peste traspasara las puertas de la ciudad, pese a lo cual Adriano se quedó en Recópolis.

La curación prácticamente milagrosa del pequeño Ickila, que despertó libre de todo mal tras la primera noche que el monje pasó en la casa, fue interpretada por Badona como un signo inequívoco de la santidad de su huésped, a quien rogó que permaneciera con ellos. Lo mismo hizo Liuva con no menos insistencia, poniendo el acento en ponderar las virtudes literarias de su crónica, sabedor por experiencia de que la vanidad es el talón de Aquiles que hace sucumbir al hombre más templado. Y así, entre ruegos de la dama y halagos del magnate, el viajero accedió a que la parada y fonda se prolongara unas semanas, hasta ver al chiquillo plenamente restablecido.

De esto hacía ya trece años. Trece años de convivencia, secretos compartidos y confidencias al atardecer que habían convertido al fraile en un miembro más de la familia. En un confesor paciente para Badona, cuya esterilidad era causa de permanente melancolía. En un hermano cómplice al lado de Liuva, que había encontrado en él al amigo en quien poder confiar frustraciones y desencantos. En un tío a ojos de Clotilde e Ingunda, a quienes entretenía con juegos e historias. Y en un preceptor particular siempre pendiente de Ickila, dado que su padre había dispuesto que el monje se encargara de su instrucción.

Conocedor del tratado de pedagogía utilizado en la desaparecida corte de Toletum, guía habitual para la educación de los jóvenes laicos de alcurnia, Adriano estableció un programa de estudios estricto que, comenzando con las primeras letras, pronto incluyó las artes liberales clásicas: gramática, retórica, dialéctica, aritmética, geometría, música y astronomía, materias complementadas con rudimentos de medicina, derecho y filosofía. El joven Ickila, no obstante, nunca mostró interés alguno por cualquiera de esas áreas de conocimiento e instaba en cambio a toda hora a su maestro a hablarle de la patria goda y sus héroes, concepto siempre presente en las únicas poesías que se esforzaba en aprender: las que ensalzaban las hazañas de sus antepasados guerreros, narraban las proezas de sus mayores y contribuían a reforzar ese anhelo de gloria desbocado en su interior que le urgía a la acción mientras se convertía en hombre.

Así, entre latines poco aprovechados, relatos de batallas épicas y advertencias sobre el peligro que encierran las danzas lascivas, los espectáculos teatrales o ciertos poemas amatorios subidos de tono, el fraile intentaba inculcar a su pupilo en cada lección las virtudes consideradas indispensables para hacer de él un buen soldado de Dios; a saber, sobriedad, castidad, prudencia, humildad, devoción, justicia, fortaleza y templanza. Virtudes que Ickila cultivaba ya antes de ser consciente de su significado, si bien con distintos grados de intensidad. La fortaleza siempre venció a la templanza y la devoción se impuso a la prudencia, pues el chico manifestó desde edad muy temprana una tendencia irrefrenable a buscar problemas.

De sus tres hijos, quien más preocupaba a Liuva era Ickila, que había llegado a ser adulto sin más anhelo que la guerra ni otra vocación que las armas. Incluso su religiosidad, alimentada por su madrastra desde la niñez con el auxilio de Adriano y sólidamente asentada, presentaba tintes alarmantemente belicosos. Un ardor guerrero compensado, no obstante, por una generosidad sin reservas, una alegría contagiosa que regalaba a manos llenas y una honestidad inquebrantable, aprendida de su padre. Atributos insuficientes, empero, para llevarle a seguir sus pasos. Todos los esfuerzos de este por transmitirle los conocimientos de su alto oficio palatino se estrellaron contra un muro de rebeldía infranqueable. Sus recomendaciones de actuar con cautela y aceptar la situación vigente («no te empeñes en cambiar lo que está fuera de tu alcance —solía decirle a menudo— y aprende a sacar partido de cualquier circunstancia») enfurecían a su hijo y lo alejaban de él. Claro que, cuando las cosas se ponían feas, siempre regresaba a casa.

Protegido por el estatus privilegiado de Liuva, el muchacho salía y entraba de la ciudad a su antojo, se entrenaba a escondidas en el manejo del hacha y la espada, agotaba a sus caballos en interminables galopadas por el campo y amenazaba con huir al norte el día menos pensado, sin despedirse siquiera. Los miembros de la guarnición sarracena de Recópolis le conocían y alguno incluso había tenido algún roce con él, aunque el oro y la influencia de su padre siempre acababan zanjando los incidentes de manera que las consecuencias para el chico fueran nulas. Ahora mismo venía Liuva de pagar, al doble de su valor, la mercancía de un puesto de cerámica del mercado que su vástago había destrozado en el transcurso de una pelea. ¿Qué otra cosa podía hacer? Era su único varón, sangre de su sangre, encarnación de lo que él mismo soñó para sí un día remoto, antes de que los años y el instinto de supervivencia le obligaran a torcer todas sus reglas trufándolas de excepciones. ¿Cómo no iba a comprender al chico?

—Estáis malcriando a vuestro hijo —dijo Adriano irrumpiendo en su habitación y en sus pensamientos, como si los hubiera expresado en voz alta—. Un día os dará un disgusto. Sé cuánto lo queréis y cuánto es capaz de hacerse querer, pero si no ponéis coto a sus locuras, si seguís desautorizándome, acabará mal y en su deriva nos arrastrará a todos.

El monje había trocado el hábito por una túnica larga de lana, carente de ornamentos y sujeta con una fíbula de bronce barata que facilitaba sus movimientos por la ciudad. No es que saliera a menudo, pero cuando lo hacía corría el riesgo de encontrarse con una patrulla a la que unas vestimentas de fraile habrían llamado la atención innecesariamente. En Recópolis no había conventos, por lo que, a diferencia de otros lugares como su Corduba natal, la tropa sarracena no estaba acostumbrada a la presencia de religiosos. Era mejor extremar las precauciones y mimetizarse con el entorno, aunque en su corazón Adriano siguiera fiel a los votos pronunciados siendo poco más que un niño en la pequeña iglesia del cenobio de San Justo, donde todavía elevaban al cielo sus plegarias sus amados hermanos en la fe de Cristo, si Dios, en su misericordia, así tenía a bien consentirlo.

Los años y las comodidades apenas le habían cambiado. Su tono era severo, pero no agrio. Aquel hombre ya mayor tenía un don especial para decir las cosas de manera inapelable, aunque sin voluntad de ofender, privando a su interlocutor de réplica y, pese a todo, dándole la impresión de haberse quedado con la última palabra. Esa era una de las características que hacían de él un gran conversador con quien Liuva disfrutaba repasando cada página del manuscrito que compilaba sin descanso, a medida que este avanzaba. Por lo demás, con el trato cotidiano el magnate se había dado cuenta de que la humildad de su huésped era auténtica y no un voto impuesto, a duras penas aceptado como en tantos otros casos.

Pese a su erudición, reputada ya cuando emprendió su tarea en la biblioteca de su comunidad monástica, Adriano no había perdido un ápice de la curiosidad que le había llevado a embarcarse en esa labor ni de la capacidad de sorpresa merced a la cual cada nuevo apunte añadido a su crónica le parecía un valioso presente. Aquel hombre invalidaba todas las teorías del numerario sobre la especie humana. Le desconcertaba por completo. No anhelaba riqueza ni poder. Tampoco fama. Era inmune al morbo de la ambición que había degradado a la nación goda, empezando por sus reyes, empeñados en deponer por la fuerza o la traición a sus predecesores con tal de hacerse con sus posesiones. Adriano aspiraba únicamente a reflejar fielmente la historia de su tiempo. Contar a las generaciones futuras lo que aconteció en aquellos terribles años. Nada más... y nada menos.

—Si he de seros franco —replicó Liuva con la misma ausencia de reproche en la intención—, su educación no es lo que más me inquieta en este momento. Lo que no dejo de pensar es la clase de vida a la que estará abocado en esta ciudad que respira decadencia por los cuatro costados. Deberíais salir de casa de vez en cuando, alejaros de vuestros códices y abandonar vuestro tintero para ver lo que sucede a vuestro alrededor. Recópolis se hunde en el fango. Las guerras entre invasores por el botín de Hispania han convertido esta urbe en un cuartel para la soldadesca. Los salones de palacio están llenos de excrementos, la mayor parte de las esculturas que ornaban sus muros yacen por el suelo hechas pedazos y los alazanes de los hombres del desierto campan a sus anchas por las dependencias antaño reservadas a los altos funcionarios. El reino que levantó esta urbe ha desaparecido y también ella desaparecerá no tardando mucho, pues su existencia carece por completo de sentido.

—Siempre hará falta un buen recaudador de impuestos y vos sabéis mejor que nadie lo complejo que resulta ese trabajo sin el que no hay rey, ni emir, ni conde que se mantenga en el poder.

—Mi puesto no le interesa a Ickila y tampoco estará disponible mucho más tiempo. El día menos pensado, en cuanto sea definitivamente aplastada la revuelta de berberiscos que hace un par de años sustituyó a nuestros ocupantes de piel oscura por sirios leales al emir de Damasco, Abu al Jattar enviará un valí para que se haga cargo de la administración local, como ha hecho en Toletum, Emérita o Valentia, que ahora llaman Balansiya. A partir de ese momento no tendremos más opciones que convertirnos al islam, aceptando la condición de muladíes o resignarnos a la marginación social y al pago de tributos que no tardarán en arruinarnos. Francamente, ninguna de las dos salidas me parece aceptable para mi hijo.

—Existe otra, que es la emigración al norte. Hacia allí me dirigía yo cuando caí en vuestras garras —bromeó el monje— y aquí sigo atrapado por esta molicie, aunque no vencido. Como ya os he explicado muchas veces, ese personaje misterioso llamado Pelayo, a quien ni el ocupante ni vos tomáis en consideración, logró hace unos años desalojar de la ciudad de Gegio a Munuza, un compañero de Tariq colocado por este para gobernar Asturias. Le expulsó de su tierra, a la que no ha regresado. Según dicen, el tal Munuza se había prendado de su hermana mientras él se hallaba como rehén en Corduba y la había incorporado a su harén sin el preceptivo consentimiento del único varón de la familia. Dado que su capacidad de adaptación a lo conveniente no resultó ser equiparable a la vuestra —pinchó con sorna al magnate, cuyo cinismo desencantado era objeto de discusión permanente entre ambos—, Pelayo cruzó rápidamente la península, obtuvo el respaldo de los bravos montañeses astures recién sometidos, instándoles a la insurrección, y con su auxilio derrocó al tirano, que hubo de cruzar la cordillera con el rabo entre las piernas.

Liuva estaba harto de oír el relato de la insurrección pelagiana, sobre cuya autenticidad abrigaba ciertas dudas, aunque era consciente del placer que experimentaba Adriano contando los pormenores de esa hazaña recogida en su libro con acentos épicos. Más por afecto hacia su huésped que por verdadero interés, siempre que la conversación llegaba a este punto fingía haber olvidado algún detalle con el fin de darle pie a relatárselo de nuevo...

—Según mis cálculos —prosiguió el cronista—, debió de ser hacia el año 756 de nuestra era cuando Pelayo se hizo proclamar príncipe de los astures, coincidiendo con el valiato de Al-Hurr, muerto en combate contra los francos. Unos tres años más tarde, ya bajo el mandato del yemení Anbasa, los mahometanos enviaron una expedición de castigo cuyo paso por Corduba, siguiendo la vieja calzada romana, recuerdo todavía claramente. Era una tropa de unos cinco mil soldados entre jinetes e infantes, bien pertrechada y mejor armada para la misión que se le había encomendado. La comandaba Alqama y entre sus miembros figuraba el obispo traidor Oppas, perteneciente a la facción que abandonó a Rodrigo en su batalla decisiva. ¡Así arda toda la eternidad en las llamas del infierno!

»Las primeras noticias traídas por los mensajeros sarracenos —prosiguió el fraile, que con la edad, sin perder sus virtudes, había adquirido una marcada tendencia a extenderse en las explicaciones y repetirse hasta la saciedad— hablaban de victorias rápidas e incruentas contra aquellos desarrapados comedores de miel, tal y como calificaban los árabes a los guerreros de Pelayo. Mas el astuto caudillo cristiano supo atraer a sus perseguidores hacia la celada en la que se encontraron con la muerte: un valle cerrado por las faldas del monte Auseva, tan angosto como para convertir su superioridad numérica en una desventaja insalvable. No he conseguido averiguar cómo transcurrió la batalla, pero se rumorea que los vencedores gozaron del favor divino por intercesión de Nuestra Señora la Virgen Madre de Jesucristo. En todo caso, Pelayo cosechó grandes victorias antes de rendir el alma a Dios, lo que acaeció en la era de 775.

—Creo que conozco el resto de la historia... —terció Liuva en vano, tratando de contener el flujo narrativo en el que se había embarcado su interlocutor, quien ignorando sus palabras siguió con lo que estaba contando.

—Le sucedió su hijo, Favila, desaparecido prematuramente sin que conozcamos la causa de su muerte. Ahora gobierna el príncipe Alfonso, yerno del difunto caudillo y a lo que parece más ambicioso aún que este. Lo último que he sabido por algún emigrado que regresaba del norte, incapaz de soportar los rigores de esa tierra áspera, es que ha empezado a liberar la Gallecia y prepara grandes campañas al sur de la cordillera.

—Gente inteligente esa que decide poner fin a la locura de cruzar las montañas y dejar atrás su vida —opinó el magnate—. No he dedicado yo toda la mía a acumular un patrimonio para abandonarlo ahora, cuando los achaques me obligan a vivir rodeado de atenciones constantes. Ni lo soñéis. Tiene que haber otra forma de salir de este atolladero y mi obligación es encontrarla o ganar tiempo. Resistir es vencer; esa es mi divisa. Os lo repito sin cesar, aunque no logre convenceros. Además, marchar sería tanto como abandonar a Clotilde, desposada con el gobernador de Valentia.

—En contra de mi criterio, del de su madrastra y del de su hermano, os recuerdo. No sé cómo pudisteis entregar a vuestra propia hija al harén de un adorador de Alá, en calidad de segunda esposa y sabiendo que habría de abrazar su fe, renunciando a la que recibió en la pila bautismal. Nunca dejaré de reprocharos esa decisión, por más que os aprecie y que agradezca vuestra generosidad hacia mi persona.

—Es innecesario que me recordéis vuestra oposición en aquel trance, querido amigo. No he olvidado la brutal ofensiva de reproches a la que hube de enfrentarme para cumplir con mi deber de encontrar un buen esposo para mi hija y sellar al mismo tiempo una alianza beneficiosa para la familia. ¿No fuisteis vos quien me contó la historia de la reina Egilona, viuda de Rodrigo, que contrajo nupcias con el primer valí de Hispania, Abd al Aziz, hijo de Muza? ¿No desposó el rey Teudis a una rica dama pagana de sangre romana y estirpe senatorial con el fin de financiar sus campañas en estas tierras? Ellos han vencido y nosotros hemos sido derrotados, mi admirado Adriano. Hay que admitirlo y actuar en consecuencia.

»No experimenté placer alguno al entregar a mi primogénita a un mahometano. Había planeado casarla con un acaudalado hacendado hispanorromano con el fin de ampliar nuestros respectivos dominios, pero la invasión frustró esos planes. Ahora el poder está en manos sarracenas, lo que nos obliga a entendernos con ellos, nos guste o no, si queremos mantener un cierto estatus dándonos al mismo tiempo el lujo de conservar la libertad de movimientos. Había que sacrificar a alguien y Clotilde resultó ser la más adecuada. Me llena de orgullo, como debería sucederos a todos, la dignidad con la que acató mi decisión y aceptó su destino.

—Tampoco le disteis opción.

—Por supuesto que no. Pero ella podría haberse negado y no lo hizo. En las reseñas judiciales de palacio no escasean casos de mujeres rebeldes que desafiaron la ley para imponer su voluntad y hubieron de enfrentarse a las consecuencias. Más de una murió en la hoguera por rebajarse a mantener relaciones sexuales con un hombre de condición servil y abundan los casos de hijas desheredadas por desafiar la autoridad paterna, forzando un matrimonio con la persona inadecuada al recurrir al vil procedimiento de entregarle su virginidad. Clotilde conocía la existencia de esas fórmulas, pero honró mi nombre y su estirpe sometiéndose a mi voluntad y a la de su marido. Este, por cierto, no solo acumula un poder envidiable, sino que se ha hecho con una fortuna muy superior a la mía y tiene a la chica en un pedestal. Según me cuenta Badona, que la visita con frecuencia, se ha convertido en la favorita indiscutible de su esposo, quien la colma de regalos, acude cada noche a su lecho y ya la ha dejado embarazada de mi primer nieto. Estos árabes se vuelven locos con nuestras mujeres de pelo rubio y piel clara, tan diferentes de las suyas. No padezcáis por Clotilde, que la he dejado en buenas manos, creedme.

—Si no os conociera tan bien, creería que no amáis a vuestra hija. ¿Cómo podéis vanagloriaros de habérsela entregado a un infiel, condenando con ello su alma a una muerte segura?

—El Padre de la Misericordia sabrá comprender su sacrificio y perdonar una traición que en todo caso no sería suya, sino mía. Sea cual sea el nombre del dios al que adore, ella será una esposa obediente, una madre devota y una mujer recatada, lo que confío le abra las puertas de la vida eterna. Como dice Salomón, el oro y la plata son dados por los padres, pero la mujer prudente es un don divino... que aguarda su recompensa. En cuanto a mí, el día que haya de rendir cuentas al Altísimo tendré que arrepentirme de muchas cosas, pero acaso obtenga alguna gracia por lo que pude hacer y no hice o pude no evitar y evité. ¿Quiénes somos nosotros para descifrar los designios del Señor? En estos tiempos turbulentos no podemos sino encomendarnos a su bondad y seguir adelante con nuestras vidas.

La conversación había concluido. Tanto Adriano como Liuva recordarían siempre el rostro de Clotilde arrasado por el llanto tras el velo de seda que lo cubría el día de su boda, cuando se dirigía a su nuevo hogar ataviada con sus mejores galas en un carro adornado con flores al que seguía un cortejo de caballeros y damas engalanados como no se recordaba en muchos años. No recibió dote alguna de su esposo, pues entre los de su raza no se practicaba esta vieja tradición goda, pero iba cubierta de joyas de los pies a la cabeza, regaladas por el novio en señal de su alta consideración por la dama. Nadie le preguntó por sus sentimientos. No hacía falta. Pese a las historias escuchadas siendo niña sobre aquella otra Clotilde mártir de la fe católica, las mujeres de su rango no se permitían el lujo de discutir el marido designado por sus mayores. Su misión consistía en honrar primero a sus padres y más tarde a sus esposos, dar a estos muchos hijos y enseñar a sus hijas a comportarse de igual modo cuando llegara el momento. Clotilde había aprendido bien, más de Liuva que de Badona, la forma de actuar del modo adecuado para no avergonzar a su familia.

Ickila, por el contrario, parecía buscar cualquier pretexto para meterse en un lío. Cuando no era una pelea, era una borrachera o un escándalo con alguna prostituta de las muchas que pululaban por la ciudad. Él jamás había querido oír hablar de matrimonio, ni siquiera de compromiso, y cuando su padre intentaba plantear la cuestión amenazaba con emprender la huida dejando plantada a la escogida. Liuva creía que era capaz de hacerlo, aunque el cachorro rugiera más de lo que hasta el momento había mordido, por lo que se consolaba pensando que el chico tenía solo dieciocho años, tiempo para sentar la cabeza y necesidad de desahogar sus bríos con mujeres de mala vida que no le traerían problemas graves.

Era natural, se repetía a sí mismo, que su hijo anduviese detrás de las melenas femeninas. Al fin y al cabo un gigante como él, de más de seis pies de altura, fuerza descomunal y energía cultivada cada día con duro ejercicio físico, tenía que dar rienda suelta de algún modo a sus instintos. Y a Ickila le gustaban las hembras tanto como él les gustaba a ellas. Su pecho fibroso invitaba al abrazo. Su cara de niño de ojos grisáceos, nariz pequeña, cabellera rizada de color rubio, labios carnosos y mejillas tersas, apenas salpicadas de una pelusa rubia en el mentón, era una incitación al pecado para las féminas de cualquier edad. Un reclamo tanto más peligroso cuanto que él cultivaba esa faceta suya con esmero, mostrándose infantil y desvergonzado al mismo tiempo, contrarrestando su carácter violento con una infinita capacidad de seducción, sabiendo exactamente cuándo ser un caballero y cuándo transformarse en un rufián lleno de encanto. Sí, decididamente para Liuva era un descanso que su hijo prefiriera las mujerzuelas a las mujeres respetables, porque de otro modo más de una casada habría cedido a su embrujo colocándolos a ambos en una posición de alto riesgo, ya que el adulterio se pagaba con la muerte si el perjudicado era de alta cuna.

Aquella mañana, sin embargo, contrariamente a lo habitual, el muchacho no traía alguna historieta pícara que contar, sino una cara pálida que denotaba lo impresionado que estaba por lo que había visto. De regreso de una de sus juergas nocturnas se había topado a las puertas de la ciudad con el suplicio público de unos beréberes capturados durante una escaramuza, cuya muerte le había dejado helado por la crueldad del método empleado. Al parecer, los ajusticiados habían asaltado numerosos caseríos de los alrededores, asesinando a hombres, mujeres y niños indefensos, por lo que sus captores habían decidido que su castigo fuese ejemplar. De modo que primero les habían cortado las manos, después las orejas y finalmente los habían crucificado muy juntos, con el fin de que pudieran escuchar sus respectivos lamentos, entre un perro y un cerdo vivos cuyos gruñidos y aullidos todavía resonaban en los oídos de Ickila.

—De acuerdo con sus creencias —explicó Liuva a su hijo—, morir junto a esos animales impuros es lo más humillante que puede sucederle a un hombre...

—Y además —añadió Adriano—, los expulsa del paraíso que aguarda a los buenos musulmanes...

—... Con una legión de vírgenes dispuestas a satisfacer todos sus caprichos —completó la explicación su padre.

—No deberíais bromear con algo tan serio —reprochó el monje a su anfitrión, cuya capacidad de indignación ante la crueldad humana se había agotado tiempo atrás, colmada por lo que había presenciado a lo largo de su vida—. El muchacho está asustado y merece una aclaración, no un alarde de sarcasmo.

—No estoy asustado —se defendió Ickila, esforzándose por mostrarse entero—, sino asqueado. Me repugna que alguien sea capaz de hacer una cosa así.

—Pues el repertorio de tormentos que ha imaginado el hombre para torturar a sus semejantes es infinito —le corrigió su progenitor— y no conoce fronteras. Nuestro Señor Jesucristo murió en una cruz romana, no lo olvides, y tampoco nuestros antepasados germanos se caracterizaban por su clemencia. Si no recuerdo mal una de las historias que solía contar mi abuelo, tras una de las muchas conjuras que sufrió Recaredo por parte de magnates que deseaban arrebatarle el trono, todos los conspiradores fueron pasados por el hacha del verdugo, excepto su jefe, Argimundo, a quien se reservó un destino especial: después de ser azotado, se le arrancó todo el cuero cabelludo y, tras cortarle la mano derecha, fue paseado por las calles de Toletum montado en un asno y rodeado de pompa burlesca. Se supone que se le perdonó la vida, aunque imagino que no tardaría en morir de sus heridas. Y si retrocedemos un poco más en el tiempo, me viene a la memoria también la suerte corrida por un caudillo hispano de nombre Burdunelo, que se levantó en armas contra nuestro pueblo en tiempos de Alarico II. Fue vencido, capturado, conducido a Tolosa y asado vivo dentro de un toro de bronce puesto al fuego, para servir de escarmiento ante futuras rebeliones.

—No pretenderéis equiparar a vuestros antepasados o los míos con estos idólatras que asolan nuestra tierra —le reconvino Adriano con energía y, por una vez, realmente enfadado—. Estáis sembrando la confusión en el corazón de vuestro hijo, lo que constituye un juego muy peligroso del que algún día os arrepentiréis.

—No os inquietéis, tío —replicó Ickila, que consideraba a su viejo preceptor un familiar cercano, más próximo a sus ideas y aspiraciones que su propio padre—. Mi corazón sabe distinguir muy bien entre la justicia de Dios y la de estas bestias. Cuando pueda defender con mi espada nuestra verdadera fe, no temblará mi brazo ni vacilará mi voluntad. Algún día pagarán por lo que nos han hecho y ese día no está lejos.

Reacio a escuchar otra réplica por parte de Liuva, que en ocasiones le desconcertaba hasta el punto de hacerle sospechar si no sería un traidor vendido al enemigo, Ickila salió de la estancia en busca de su madrastra, en cuyos brazos siempre hallaba comprensión, cariño y oídos dispuestos a escuchar sin emitir juicio alguno.

—¿Cómo hemos llegado a este punto, mi erudito amigo? —quiso saber Liuva.

Hundido en su silla de brazos revestida de cojines, abrumado por el disgusto de ver alejarse a su único hijo varón por un camino lleno de riesgos, sin hallar el modo de retenerle con apelaciones a la sensatez ni tampoco con sobornos, Liuva parecía más viejo que nunca. Había lanzado su pregunta al viento más que a su invitado, pues conocía de sobra la respuesta.

—Mis antepasados llegaron a Hispania con Eurico para rellenar el vacío dejado por la desaparición del orden romano —se dijo a sí mismo—. Lucharon en Tarraco y en otros muchos lugares hasta asentarse finalmente tras estos muros levantados en honor al gran Recaredo. La historia del reino visigodo de Hispania está escrita con la sangre de los míos, pero también con nuestro talento, nuestras letras, nuestras artes. Construimos ciudades, acuñamos moneda, consagramos iglesias bellamente ornamentadas, rescatamos del naufragio la ley romana para fundirla con nuestras normas germánicas y perpetuarla en ese *Liber Iudiciorum* por el que nos regimos. Nos enfrentamos a innumerables alzamientos que sofocamos con valor, pacificando una nación que caminaba a la deriva antes de nuestra llegada. Abrazamos y defendimos la religión católica... ¿Cómo hemos llegado a esto?

—Por nuestros pecados, querido Liuva, por nuestros pecados que no podían quedar sin castigo a manos del Altísimo. A espada mataron muchos de vuestros reyes a sus propios hermanos y a espada había de morir el reino, corroído por el morbo de la traición y por ese cáncer de los judíos, siempre dispuestos a conspirar para clavar nuevamente en la cruz a Nuestro Señor Jesucristo.

—No metáis a los judíos en esto, Adriano, que bastante han sufrido ya. Sabéis que uno de mis mejores amigos profesa esa religión y os aseguro que jamás ha protagonizado ninguna de las vilezas que se achacan a los de su raza. Ni asesina niños en ceremonias diabólicas, ni participó en conjura alguna con los de ultramar para favorecer el desembarco de Tariq. Es verdad que lo recibió con alborozo, dada la liberación que para los suyos supuso la llegada de los sarracenos, mas no puedo culparle por ello. Sinceramente creo que debemos buscar más bien en nuestro propio interior si es que queremos hallar las verdaderas causas que nos han conducido hasta aquí.

—Tampoco querréis oír lo que voy a deciros ahora —repuso Adriano, dejando a un lado la cuestión judía, sabedor de que Liuva nunca aceptaría condenar al pueblo de su buen amigo Isaac—, pero lo cierto y verdad es que el comienzo del fin se produjo cuando la Iglesia fue infectada por prelados y clérigos de estirpe visigoda. Sí, amigo mío, vuestro pueblo tiene grandes virtudes, aunque la humildad no es una de ellas. Desde el momento en que la clerecía hispana fue contaminada con hombres de sangre germana, no solo sufrió una gravísima crisis moral, sino que se vio inmediatamente aquejada por el mismo mal que padecían los laicos: un apasionado apetito de poder y de riqueza que la llevó a cometer las mayores tropelías.

»Las actas de los concilios de Toletum —continuó el monje con convicción— revelan la corrupción y negligencia de los obispos y sacerdotes. Algunos desdeñaban las asambleas canónicas. Otros alimentaban violentos rencores que los conducían a reprimir a sus fieles, más por odio que por deseo de corregirlos, a cometer atropellos judiciales contra particulares e incluso a robar de sus propias iglesias y del fisco. No faltaban tampoco los reos de corromper a las mujeres, hijas, nietas o parientas de magnates, asesinar a hombres de estirpe noble y violentar a doncellas de igual clase. Y era habitual que exigieran remuneración por la administración de los sacramentos, una vez alcanzado su propósito de ser ordenados a cambio de dinero. Inmediatamente después, entraban en el juego de las distintas facciones enfrentadas, se rodeaban de clientelas armadas, distribuían las tierras de sus diócesis a modo de estipendio entre sus fideles y participaban en los alzamientos y discordias de los potentados como uno más, sin la menor consideración a las leyes humanas y divinas que prohíben a los tonsurados empuñar las armas contra sus semejantes.

—Dudo mucho que esas inclinaciones naturales en cualquier hombre, tan extendidas incluso entre los clérigos, fueran patrimonio exclusivo de los godos —respondió Liuva ofendido—. Tengo para mí que estáis definiendo la condición humana, más allá de razas, credos o lenguas. Os engañáis y os cegáis, lo cual no es propio de vos, si creéis que fuimos nosotros los responsables de la corrupción de una Iglesia que ya llevaba en sí ese germen mucho antes de nuestra llegada a Hispania.

—Pues lo fuisteis, querido amigo, por más que os cueste admitirlo. La decadencia de la jerarquía eclesiástica, y con ella la del reino entero, comenzó cuando los monarcas y los nobles empezaron a comprar con privilegios y humillaciones el respaldo de los prelados, arrastrándolos así a su terreno. Por supuesto que las luchas por el poder fueron previas a esos movimientos. Por supuesto que la conquista del trono, fuente de infinita riqueza, constituyó el anhelo primordial de cuantos próceres gozaban de la fuerza suficiente como para aspirar a él. Por supuesto que si alguna de las facciones en eterna pugna hubiera logrado imponerse definitivamente se habrían acabado las venganzas, confiscaciones, asesinatos e iniquidades de todo tipo que seguían a cada magnicidio y a cada funeral regio. Pero si nuestra Santa Madre se hubiese mantenido íntegra en su espiritualidad y fiel al papel moderador que había ejercido en otros tiempos, acaso Hispania no habría vivido permanentemente perturbada por sangrientas discordias hasta llegar a la traición final que nos ha conducido al lamentable estado en que nos encontramos.

—Sin desdeñar vuestra opinión, yo me inclino más bien a pensar que la derrota de Rodrigo se debió, por supuesto, a la traición de los witizanos, pero igualmente a la debilidad de su ejército, constituido prácticamente por siervos de origen hispanorromano —devolvió Liuva el golpe recibido—. Y ahí, querido Adriano, habréis de admitir que vuestra raza no se ha caracterizado por su entusiasmo bélico. Fueron grandes guerreros los romanos, que conquistaron todo el orbe, y lo fueron también los pueblos de Hispania que resistieron dos largos siglos al asedio del Imperio del Águila. Pero la mezcla entre las dos sangres no parece haber producido un resultado muy logrado a los efectos que nos interesan. Treinta años antes de que Rodrigo fuera vencido por las huestes de Tariq, Egica se enfrentó a los francos en tres ocasiones y en las tres fue derrotado...

Por un momento esta última réplica pareció lograr su propósito de silenciar al monje, quien permaneció callado mientras un criado entraba en la estancia para cebar el brasero y preguntar al amo si él o su huésped deseaban alguna cosa. No era así y Liuva lo despachó con un gesto, al tiempo que lanzaba una mirada desafiante a Adriano.

—Percibo vuestras intenciones vengativas y las comprendo —rebatió el clérigo con su característica bonhomía los argumentos de su oponente dialéctico—, aunque no será así como os expliquéis por qué hemos llegado a esta situación. Es cierto que la ley obligaba a los godos y romanos a llevar a la décima parte de sus siervos a la guerra. Sin embargo, ese precepto no permite suponer al ejército de Rodrigo integrado por siervos. De hecho, quienes combatieron en el Guadalete eran guerreros temibles, en su mayoría godos, que infligieron graves daños a un enemigo superior en número, mejor armado y fresco para el combate, frente a unas tropas agotadas por su larga marcha forzada desde el norte vascón.

»En cuanto a mi pueblo —prosiguió su réplica—, que jamás ha sido un pueblo de siervos y del que tengo motivos para estar muy orgulloso, os diré que fueron vuestros reyes quienes se encargaron de protegerlo y preservar el estatus de los hombres libres frente a los magnates que intentaban someterlos a los peores abusos. Fueron vuestros reyes quienes dictaron leyes tendentes a evitar la parcialidad de los jueces contra ellos y ampararlos frente a los excesos de recaudadores de tributos menos escrupulosos que vos con el cumplimiento de su deber. Bien es verdad que, a la llegada de los mahometanos, el arrollador empuje de los potentados había condenado a la mayoría de esos hombres supuestamente libres a acogerse a la protección de un señor y asumir las correspondientes obligaciones, como la de combatir en sus filas. Pero en todo caso se ve que esos reyes de vuestra sangre nos tenían en una consideración más alta que la vuestra... Y una cosa más. Dos ciudades de pura estirpe romana, como Híspalis y Emérita Augusta, resistieron largos meses al invasor mahometano en condiciones imposibles, os lo recuerdo.

—No os ofendáis, viejo amigo. ¿Qué sería de nosotros si no encontráramos coartadas para justificar nuestros fracasos? Permitidme que me refugie en esos pequeños engaños para recomponer mi orgullo herido. Vos sabéis que ni siquiera todo mi cinismo es capaz de hacerme olvidar la intolerable humillación en la que nos encontramos, que leo cada mañana en la mirada de mi único hijo.

—Comprendo y comparto esa humillación mucho más de lo que dejo traslucir, no me malentendáis. En vuestro caso es la sangre goda la que hierve ante la opresión sarracena. En el mío, la conciencia cristiana la que sufre al verme obligado a admitir y recoger para la posteridad, en la crónica que estoy compilando, la responsabilidad de la Iglesia en los sucesos de los que estamos hablando. Si se tratara únicamente de narrar los hechos de una nobleza corrupta, cruel e inclinada a la traición, manejada por unos soberanos dispuestos a ordenar las más terribles persecuciones; si mi crónica se limitara a relatar lo que hicieron con tal de ceñirse la corona monarcas como Chindasvinto, quien tras consolidar su autoridad mandó asesinar a setecientos miembros de la nobleza militar entregando luego a sus fideles a las esposas e hijas de los ajusticiados; si el elenco de villanías narrado por mi pluma se redujera a las perpetradas por bellacos como Sisenando, que encabezó una rebelión contra Suintila pidiendo ayuda a los francos de Dagoberto y les prometió a cambio la pieza más valiosa del tesoro real de los godos: el *missorium* o bandeja de oro de quinientas libras de peso que el patricio Aecio, vencedor de Atila en los Campos Cataláunicos, había entregado al rey Turismundo como prenda de su alianza; si la pérdida de Hispania fuese achacable solamente a la incapacidad de la monarquía para asentar a una familia en el trono y consolidar su poder... mi trabajo sería mucho más fácil. Mas he de narrar de mi puño y letra cómo los reyes católicos otorgaron a los prelados importantes privilegios políticos, así como prebendas y riquezas, con el fin de obtener a cambio su apoyo.

—No os torturéis, amigo. De no haber sido por la Iglesia, creedme, la suerte de los más humildes habría resultado mucho peor de lo que siempre fue y los abusos de los poderosos no habrían conocido límites. Por no mencionar el hecho de que es en vuestros cenobios donde han hallado refugio en estos tiempos violentos los custodios de los conocimientos sagrados y profanos que atesora la humanidad. Debemos al sabio Isidoro de Híspalis, si no me equivoco, las *Etimologías* que recogen el acervo cultural heredado del mundo antiguo, que se habría perdido en el olvido de no ser por su trabajo. Y vos mismo, con la vasta tarea que os habéis echado sobre las espaldas, atestiguáis la contribución del clero a la preservación de la civilización que construyeron nuestros mayores. Además, sabéis mejor que yo que a lo largo de las últimas décadas los obispos, en sus concilios, reglamentaron el orden de sucesión de la corona, fortalecieron el poder real con la unción sagrada de los reyes y decretaron duras penas canónicas contra las conspiraciones y alzamientos en daño de la realeza, en un intento frustrado de mantener la paz pública. Muchos se esforzaron por obligar a los soberanos a huir de todo despotismo y gobernar en consonancia con su fe cristiana. También erraron, por supuesto. Todos somos humanos sujetos a nuestra condición pecadora.

—Pero habríamos podido pecar menos y trabajar más en la viña del Señor. Habríamos podido mantenernos al margen de las querellas entre facciones y, sin embargo, nos implicamos de lleno en ellas en busca de poder y fortuna. Durante décadas Hispania presenció un abyecto juego de influencias, servicios y humillaciones recíprocas entre la Iglesia y el Estado. Este se sirvió de aquella y aquella de él, en su propio beneficio, a costa de enormes claudicaciones. A costa de sancionar con su aprobación todas las conjuras y maniobras políticas que alcanzaban éxito, aunque quebrantasen los más rígidos preceptos por ella misma redactados para afirmar el respeto a la autoridad regia. Podría citaros numerosos ejemplos, pero no haría sino repetirme. Dios habrá pedido cuentas a esos prelados por postrarse ante reyes corruptos y también a esos tiranos inicuos por corromper a los servidores de su Iglesia. A nosotros corresponde limpiar esa infamia.

Caía la noche sobre la ciudad ocupada. En algún lugar cercano el almuédano llamaba a la oración a los fieles mahometanos —los soldados de la guarnición y apenas un puñado de conversos de última hora—, mezclando su voz con la de los mercaderes que apuraban las ventas. Sin apenas hacerse notar, una criada ataviada con la ropa pulcra de los siervos domésticos entró en la sala, provista de un cabo de vela fino, con el que fue encendiendo uno a uno todos los cirios y lámparas de aceite que acabaron alumbrando la estancia hasta crear la sensación de que el sol no se hubiera escondido. Adriano y Liuva, agotados por el duelo dialéctico que acababan de librar, acaso más afectados por los argumentos del contrario de lo que habrían querido admitir, se sumieron en una reflexión silenciosa, rumiando cada cual sus propias decepciones.

No lejos de allí, en la habitación donde desde hacía años dormía sola, sin recibir la visita de su esposo, Badona volcaba su insaciable apetito de cariño en las dos criaturas que habían crecido en sus brazos. Mimarlas, satisfacer su menor capricho y por el camino del amor guiarlas hacia la luz de Cristo era la razón que encontraba para seguir viviendo, como si así pudiese expiar la culpa que le hacía sentir su vientre yermo.

Para ella, tanto como para Ickila, la boda de Clotilde con un adorador de Alá había supuesto un dolor lacerante que jamás podría perdonar a Liuva. En vano le había explicado él los motivos de su elección, apelando a la necesidad de encontrar de ese modo protección para la familia. De nada habían servido los ruegos y gritos de su marido, pese a saber ella que se debían a una pena tan grande como la suya, revestida por añadidura del peso inherente a ser el responsable de tomar semejante decisión. En su opinión no había cálculo ni buena intención que pudiera justificar una traición así, por la que cada noche pedía perdón y ofrecía penitencias al Señor.

Incapaz de superar la vergüenza de ese parentesco con un mahometano, el hermano de la novia, a su vez, había hecho recaer en ella una responsabilidad que le era ajena, maldiciéndola con su desprecio. Ni asistió a los festejos del enlace ni volvió a pronunciar su nombre, acrecentando así el sufrimiento de la muchacha. Juró que Clotilde había muerto el mismo día en que se entregó a un sarraceno e hizo votos sagrados de vengar con sangre esa afrenta, peor que una violación, que consideraba cometida contra su persona y su honra; no la de su hermana.

En cuanto a Badona, toda su educación, todo su corazón, se rebelaba ante ese matrimonio antinatural y abominable a los ojos de Dios, que trataba de borrar ofreciéndole a Ingunda por esposa, a escondidas del padre de la chica, por supuesto.

De haber sabido el magnate que mientras las dos damas bordaban, hilaban o se acicalaban con caros afeites su mujer sembraba la tierna mente de su hija con historias de vírgenes consagradas al Señor, intentando despertar en ella una vocación monacal que ni se había manifestado ni él consentiría, habría prohibido todo contacto entre la chica y su madrastra. De haber sospechado que en ese mismo momento Ingunda escuchaba embelesada la historia de la noble Benedicta, prometida de un fidedes de Chindasvinto en la corte de Toletum, que, viendo prender en su interior la llama del amor divino que le exigía entregarse al servicio del Señor, abandonó sin permiso la casa paterna para fundar su propio monasterio junto al del santo Fructuoso; de haber podido imaginar que ante sus propios ojos su esposa instigaba a su hija a desafiar su autoridad paterna y negarse a un matrimonio conveniente para todos, como hicieron las nobles Engracia y Egeria... quién sabe cómo habría reaccionado Liuva. Mas lo cierto es que mientras él pensaba que Badona instruía a Ingunda en las virtudes que han de adornar a una dama de alta cuna, tales como la humildad, el silencio, la discreción, la obediencia, la sumisión a la voluntad masculina, el recato y la alegría, su hija se extasiaba ante la narración pormenorizada de las terribles amputaciones, incrustación de clavos en la frente y otros martirios aún peores padecidos voluntariamente por aquellas jóvenes mártires que prefirieron desafiar a sus progenitores y entregarse a muertes crueles antes que traicionar su inclinación religiosa.

Esas eran las historias que contaba la madrastra a la joven y también otras extraídas de las Sagradas Escrituras sobre la infancia del Niño Jesús o los hechos de los apóstoles, entremezcladas con vidas de reinas y santas. Estas últimas eran las favoritas de Ingunda, que casi podía experimentar el éxtasis de las protagonistas de esos relatos. Su amor profundo por su padre, no obstante, la incitaba a plegarse a lo que él ordenara, pues nada la hacía más feliz que arrancar una sonrisa de ese rostro siempre adusto que besaba cada noche antes de irse a la cama.

En esas cavilaciones andaban unas y otros poco antes de la cena, cuando un escándalo de gritos procedentes de la calle los alertó de que algo grave sucedía en el exterior.

Liuva y Adriano fueron los primeros en cruzar el patio y acercarse hasta la puerta de la casa, donde se toparon con el mayordomo y otros esclavos de las caballerizas que contemplaban, absortos, un espectáculo desolador. Badona e Ingunda no tardaron en llegar. Ickila en cambio no aparecía por ninguna parte, aunque nadie se fijó en su ausencia, cautivados como estaban todos por la visión del palacio en llamas.

Era el duodécimo día del duodécimo mes del año 781. Desde su pórtico, situado a escasa distancia del foco del incendio, la familia del numerario observó incrédula cómo aquella construcción, levantada con sólidos bloques de piedra en la época del máximo esplendor visigodo, era devorada por las llamas en un abrir y cerrar de ojos. Seguramente una chispa habría prendido algún haz de paja en la planta baja del edificio, convertida en cuadra por los ocupantes, y en pocos instantes todo el complejo palaciego se había convertido en una hoguera que arrojaba lenguas de fuego a través de las ventanas. Cientos de siervos provistos de cubos formaban una cadena para intentar apagar ese gigantesco brasero, pero era evidente que de nada servirían sus esfuerzos. El palacio en el que Liuva había prestado sus servicios desde antes de la conquista musulmana; el símbolo de la grandeza de Recópolis, fundada casi doscientos años atrás para mayor gloria de Leovigildo, empeñado en emular así la pompa de los emperadores bizantinos, se había convertido en una pira de proporciones infernales.

Resultaba imposible apartar los ojos de aquella estampa irreal. Aunque el calor era tan intenso que les encendía el rostro, aunque la más elemental prudencia habría debido llevarlos a evacuar la mansión ante el riesgo de que las llamas se propagaran y terminaran por alcanzarla, ninguno de los congregados podía despegarse de su sitio. En silencio, sobrecogidos de espanto, se estremecían ante la destrucción del conjunto monumental que había albergado a los magnates de la urbe, buscando el modo de comprender lo ocurrido.

Para Badona, como para Ingunda, no había lugar a dudas: se trataba de un castigo divino, como el que sufrieron Sodoma y Gomorra a manos del ángel exterminador, justa respuesta a la ocupación de la urbe por una tropa de infieles. Los siervos nada decían ni dejaban traslucir. Su condición no les permitía darse ese capricho, aunque esa noche más de uno celebró con júbilo en el corazón la caída de ese bastión representativo del poder señorial. Adriano, incrédulo, oraba al Dios de la Misericordia rogando clemencia para los afligidos hijos de Recópolis, ciudad en la que había encontrado un hogar donde cobijarse para concluir la tarea que Él le había encomendado. Liuva lloraba el fin de una era. La liquidación de un tiempo de sombras, aunque también de luces, durante el cual Hispania estuvo regida por las gentes de su estirpe, el orgulloso pueblo godo, que libró batallas, construyó ciudades, dictó la ley y, finalmente, agotada su energía, sucumbió ante el empuje imparable de los estandartes de la media luna.

Ickila fue más allá. Vio en la confusión generada por el fuego la oportunidad de dar comienzo a una nueva vida. Leyó en las llamas purificadoras la señal que estaba aguardando y no perdió el tiempo. Provisto de su espada, salió sin ser visto por una puerta lateral, dirigiendo sus pasos hacia el lugar donde sabía que un comandante de la guarnición mora, oficial de alta graduación, solía acudir cada noche en busca de los favores de una cortesana conocida suya. Si nada se interponía en su camino, el día sorprendería al ocupante con un hombre menos en sus filas y él podría empezar a cobrarse su venganza...

A la luz pálida del sol invernal las consecuencias del incendio se hicieron visibles en la devastación del edificio de palacio. Lo que permanecía en pie de sus paredes, antaño blancas, eran escombros renegridos por el humo. Sus artesonados de madera, finamente labrada y pintada para figurar racimos de uva, animales o escenas de la corte habían desaparecido para siempre. Nada quedaba de los muebles y los tapices que ornaron sus estancias. Únicamente polvo y cenizas.

Tras una noche insomne, pasada al raso en la contemplación de la aterradora escena que se desarrollaba ante sus ojos, Liuva seguía en el quicio de la puerta. Allí le sorprendieron dos soldados ataviados con el uniforme de la guardia del recinto incendiado, que el magnate tomó por emisarios enviados a comunicarle las pertinentes instrucciones ante la tragedia acaecida. Se equivocaba. Lo que los dos hombres venían a decirle, en un lenguaje compuesto de signos, algún latinajo manejado por los árabes y algo de árabe chapurreado por el recaudador de tributos, era que su hijo se hallaba preso en una celda del acuartelamiento exterior de la tropa, acusado de dar muerte a uno de sus altos mandos.

V

Misterios de la vida

Coaña, era de 783

La sangre menstrual llegó, roja promesa de una vida renovada, coincidiendo con la luna llena del amor. Huma la recibió con alborozo, pues había sido advertida por su madre tiempo atrás de que tal cosa sucedería pronto sin daño alguno para su salud y significaría el fin de sus años de niñez y su entrada en el espacio reservado a las mujeres adultas. Un lugar mágico, a ojos de cualquier chiquilla, repleto de misterios por descubrir y experiencias hasta entonces vedadas.

Era la época en que la luz vence a la oscuridad y los campos se cubren de flores que anuncian frutos, mientras los árboles visten sus ramas tras la desnudez del invierno, coloreando el horizonte de una gama infinita de verdes recién nacidos. La época de las cerezas, grosellas y frambuesas, tanto más dulces cuanto mayor haya sido el rigor del frío. El momento de recolectar la miel en las colmenas diseminadas por el bosque y afilar las guadañas para las primeras siegas.

Coaña bullía de actividad. Excepto Aravo y el puñado de notables en su mayoría ancianos que integraban junto con él el Consejo de gobierno, todos los hombres y mujeres de la aldea se afanaban en las labores agrícolas que los mantendrían ocupados hasta que la tierra volviera a quedarse dormida. La supervivencia del clan durante el siguiente invierno dependería de su buen hacer en la recolección y almacenamiento de todos los productos comestibles, su astucia al esconder la mayor cantidad posible de los recaudadores de impuestos y la siempre necesaria clemencia de la Madre. Todos tenían muy presente en esas fechas lo duro que resultaba estirar la despensa en los días de hielo, cuando las reservas de embutido se habían agotado, hasta las castañas estaban rancias, nueces y avellanas habían sido pasto de los gusanos y los animales carecían del forraje suficiente para seguir con vida y además dar leche.

En ese tiempo de hambre, de noches interminables e insomnes era cuando se hacía imprescindible el recurso a los dones de la mar, se recorrían las rocas en busca de mariscos y la arena era rastrillada por decenas de manos ávidas de arrancarle conchas. Si el oleaje lo permitía, cosa rara en pleno invierno, los más audaces se lanzaban en sus botes a la aventura, jugándose la vida por unos cuantos peces. En caso contrario, había que conformarse con bellotas.

Era una estación inicua esa de las nieves, de escasez y calambres en las tripas. De sabañones causados por el contacto constante con el agua helada. De enfermedad y sufrimiento añadidos para quienes, como Naya y tantos otros, sentían en el pecho o en los huesos la puñalada del viento del norte preñado de humedades marinas. Un tiempo odioso. Un frío maldito.

Por eso la primavera era acogida como la más elocuente prueba del afecto de la Madre hacia sus hijos, ávidos de recoger sus dones. En el castro, los más jóvenes y los mayores se encargaban de limpiar a fondo hórreos y graneros antes de que volvieran a llenarse. Una tarea esencial, repetida con cada cosecha, en la cual lo más importante era asegurarse de expulsar de sus escondites a los insectos y roedores que indefectiblemente, año tras año, acababan por anidar en ellos.

Ratas y sobre todo ratones, tan pequeños como voraces, trepaban hasta los depósitos de grano, por bien defendidos que estuviesen, decididos a terminar con todo lo que hubiera allí en menos de lo que se tarda en contarlo. La lucha contra esa plaga era enconada y a muerte. Amén de encaramar las paneras a postes rematados con piedras planas aparentemente infranqueables, con el fin de cerrar el paso a los enemigos, se colocaban trampas en emplazamientos estratégicos y se colgaban ristras de ajos por todo el perímetro, destinadas a espantarlos y ahuyentar de paso el mal de ojo. Cuando la gravedad de la situación lo requería; es decir, cuando los animales se habían adueñado de una casa y no bastaba con el humo para sacarlos de sus nidos, no quedaba más remedio que levantar el tejado entero, quemarlo y construir uno nuevo.

Entre tanto, la única forja de la aldea funcionaba a pleno rendimiento en la tarea de preparar herrajes, sustituir rejas de arado, guadañas y tijeras de esquilar irremediablemente dañadas por el óxido, o bien reparar las que tuvieran arreglo. Entre herramienta y herramienta, siempre se aprovechaba para fundir una espada o un cuchillo de guerrero, sin despreciar tampoco los adornos y amuletos que muy pronto lucirían las mujeres en la fiesta del solsticio de verano, punto álgido del año en el calendario de celebraciones que todas ellas aguardaban con ilusión e impaciencia.

Antes de que llegara ese día, sin embargo, los animales y los campos demandaban cuidados que no podían demorarse: las ovejas habían de ser esquiladas sin esperar a que el pelo acumulado durante los meses fríos se echara a perder y arruinara una de las mayores riquezas de la aldea; una comunidad cuyo principal tesoro siempre había sido la cantidad y variedad de ganado capaz de proporcionar carne, leche, pieles, lana, cuero, tiro y montura, compensando así la endémica escasez de cereales, muy abundantes en cambio al otro lado de la cordillera. Mijo, trigo o centeno eran para los coañeses un lujo poco frecuente. Un oscuro objeto de deseo que hasta época muy reciente había dado lugar a periódicas expediciones de saqueo por parte de sus antepasados, acostumbrados a tomar por la fuerza aquello que la tierra les negaba.

Cabras, cerdos y gallinas convivían en pequeños corrales adosados a algunas casas, o bien en recintos más amplios situados en la parte baja del castro, junto a la muralla, sin que el paso de una estación a otra influyera en sus grises existencias. Las yeguas de cría, en cambio, bellos ejemplares de esa raza de asturcones que eran el orgullo del pueblo, salían a pastar la hierba fresca tras su larga temporada de encierro, junto a los potros nacidos en los meses anteriores que muy poco a poco, siguiendo el mandato de la naturaleza, empezaban a ser destetados. Vacas, toros y terneros compartían con ellos libertad y prados sabrosos, lanzando las hembras al viento unos mugidos desesperados cuando era hora de ordeñarlas y se retrasaba en la faena la encargada de hacerlo: siempre una mujer de manos más delicadas, cuidadosas y consideradas con las ubres del animal.

La vida estallaba en cada esquina, pletórica de sabores, con su cortejo de formas y colores infinitos. Carros estrechos, sólidos, cargados hasta arriba de heno recién segado y provistos de ruedas reforzadas para abrirse paso a través del barro y las piedras de los caminos, iban y venían del poblado a las brañas más altas y de estas a los huertos que empezaban a sembrarse, tirados por bueyes uncidos a yugos antiguos. Yuntas de roble y castaño talladas por gentes precavidas, que habían labrado en ellas los signos del sol y la luna (rosas de seis pétalos, crecientes o trisqueles, junto a cruces y corazones más recientes) con el fin de proteger de los malos encuentros tanto a los animales como a la carga. En lo alto de uno de esos transportes iba sentada Huma, perfumada de hierba, cuando divisó a su querido Noreno, quien junto con otros muchachos de la aldea acarreaba tierra colina arriba en un gran cesto.

En ese paisaje montañoso de perfiles abruptos, las fincas ganadas palmo a palmo al bosque rara vez ofrecían a sus labriegos la ventaja de ser planas. Lo habitual era que tuvieran pendientes más o menos acusadas por las que la tierra fértil, privada de la sujeción de los árboles, se deslizaba durante los barbechos, acumulándose en la parte baja. Así, antes de cada nueva siembra era menester transportarla hasta su lugar de origen y esparcirla sobre su antiguo lecho, ahora cubierto de musgo, de manera que acogiera en su seno cálido la futura cosecha. Una tarea sencilla, aunque agotadora, que los chicos solían realizar entre cánticos, bromas y desafíos, probando su fuerza y habilidad cada vez que acometían la cuesta con otra carga a las espaldas.

Sin pensárselo dos veces, Huma dio un salto y cayó muy cerca de donde estaban esos muchachos, lastimándose una rodilla en la caída. Noreno corrió en su auxilio para ayudarla a levantarse con ademán de caballero, lo que desató inmediatamente las chanzas de sus compañeros. El abrazo de la pareja fue saludado con un chaparrón de comentarios jocosos, rayanos en lo soez, hasta que él hizo amago de emprenderla a puñetazos con quien se mostraba más procaz. Eso acalló las risas y sirvió de advertencia de lo que podría sucederle a cualquiera que le fuese con el cuento a Aravo, pues no era un secreto en la aldea que este había prohibido a su hija toda relación con el vaquero.

Noreno, sin embargo, era más popular en Coaña que el marido de Naya. Su gesto al lanzarse al mar para rescatar a la niña de las aguas le había convertido en una especie de héroe, admirado por todos los que habían contemplado la escena o escuchado el relato de los hechos. Él rechazaba avergonzado esa condición, pues se consideraba simplemente lo que era: un pastor trashumante huérfano de madre desde su nacimiento y privado también de padre tras la muerte accidental de este, despeñado al intentar rescatar a un animal descarriado. Un náufrago de las brañas desiertas que había encontrado en el castro un lugar en el que refugiarse. No un hogar propiamente dicho, puesto que su casa estaba allá donde pacía su ganado, al abrigo de una peña o bajo el cielo raso del verano, pero sí un grupo de gentes del que poder sentirse parte. Lo más parecido a una familia que había tenido nunca.

De estatura media, fibroso, mucho más fornido de lo que su figura dejaba traslucir y bendecido por la Diosa con unos ojos del color del mar en un día soleado, Noreno encarnaba para Huma todo lo que hay de bello en este mundo. La perfección trasladada a una piel morena y una boca sonriente de labios cálidos, incapaz de enturbiar el aire con gritos o amenazas obscenas. El poder de la seducción apenas intuida entre el despertar del deseo y la presencia aún visible de los sueños infantiles. La magia del primer amor, incrementada hasta el infinito por ese lazo indestructible que el Cantábrico había tejido entre ellos con su mortal abrazo. Era su hombre, su destino y su horizonte.

Noreno a su vez veía a Huma como el compendio de todas las virtudes que anhelaba en una mujer, pese a que ella acabara de cumplir los doce años. Aunque no hubieran tenido tiempo para conocerse como es debido, sabía que de algún modo el agua, de cuyo vientre helado la había rescatado en buena hora, compartía con la muchacha sus atributos más preciados. Así, al igual que la mar, era fluida, maleable, cambiante, indestructible... Eterna. Cada uno de sus gestos era una caricia en su rostro. Cada una de sus palabras, un bálsamo para su alma. Cuando estaban juntos, solos, en algún claro del bosque o un acantilado perdido, la vida era un regalo hermoso y la lluvia un recuerdo lejano, aunque empapara sus ropas.

—Mi padre no transige, no escucha razones —rompió ella con tristeza el hechizo del momento—. Ni siquiera respeta a mi madre cuando ella le recuerda la tradición de nuestro pueblo, según la cual es la mujer quien escoge a su esposo. A ella no le queda mucho para ir al encuentro de los dioses y yo no sé qué será de mí cuando eso ocurra. Tengo miedo, Noreno, miedo de lo que pueda pasar con nosotros cuando ella falte.

—No te preocupes —replicó él mientras la abrazaba con fuerza, intentando mostrarse más seguro de lo que estaba en realidad—. Ya encontraremos la forma de convencerle. Tiene que haber algo que podamos hacer. Algo que yo pueda hacer —añadió subrayando el yo— para demostrarle que merezco el honor de desposarte.

—No te engañes. Está lleno de prejuicios y además no me ama. Estoy segura. No conozco los motivos de su rechazo, pero lo leo en sus pupilas cada vez que me mira. Es como si tuviese celos de mí, como si pensara que le he robado algo, como si desconfiara de su propia hija. Mi padre no me quiere y mucho menos te quiere a ti. Si hemos de estar juntos tendrá que ser lejos de aquí, donde no nos alcancen ni su autoridad ni su odio. Podríamos marchar al este o acaso al sur, aunque su familia provenga de allí. Claro que al otro lado de las montañas dicen que arrecia la guerra contra el moro y el príncipe Alfonso siembra el terror por dondequiera que pasa.

—Esta es tu heredad tanto como la mía, Huma. Aquí nacimos los dos y aquí hemos de morir. No pienso arrastrarte a una vida errante como la que yo he conocido, sin un fuego que nos caliente de noche ni un lecho en el que acariciarte. No me lo perdonaría y tal vez tú tampoco lo hicieras. Nuestro amor se iría tornando poco a poco en reproches, lo que acabaría envenenándolo.

—¿Cómo puedes decir eso? ¿Tan mal me conoces que crees que prefiero un puchero caliente a la dicha de criar a tus hijos y envejecer a tu lado?

—Sé que te amo y que no podría verte infeliz, ni sometida a penurias que ni siquiera imaginas. Pero no te inquietes. Encontraremos el modo de escapar a tu padre sin marcharnos de aquí. Déjalo en mis manos.

Noreno no hablaba por hablar. Llevaba tiempo pensando en realizar una hazaña que, de funcionar, dejaría a Aravo sin argumentos, además de permitirle pagar por Huma la dote de una reina. Si lograba armarse del valor necesario, si no le faltaba audacia, conseguiría a la mujer que deseaba más que cualquier otra cosa en este mundo y entraría en la leyenda. Pero todavía no era hora de poner su plan en práctica. De momento tendrían que seguir besándose a escondidas en cualquier recodo del camino, pellizcándose bajo la ropa, al abrigo de los helechos entre risas excitadas, diciéndose picardías al oído. De momento habrían de tener paciencia. Claro que la paciencia y la juventud son enemigas enconadas.

Finalmente llegó la jornada que todas las mujeres esperaban. La noche más corta del año. La victoria de la luz sobre las tinieblas. El triunfo de la vida que derrota a la muerte con rayos de sol convertidos en flechas.

Naya y su hija partieron del castro antes del alba, a fin de cumplir con una tarea sagrada que para resultar plenamente provechosa había de ser llevada a cabo exactamente a esa hora, con las primeras luces del día del solsticio. Marcharon al campo aún de noche, como hacían cada año en la misma fecha, a recolectar diversas plantas y raíces en su mejor sazón, de acuerdo con la antigua usanza, decididas a asegurar de ese modo el máximo poder curativo a los remedios que se prepararan con ellas. Verbena y artemisa, angélica, enebro, laurel, lúpulo o violeta; cualquier flor y cualquier hoja que fuera cortada en ese instante mágico, recitando en la lengua antigua las palabras adecuadas, atraería sobre sí toda la fuerza de los astros y lograría multiplicar su efectividad de manera prodigiosa.

La mujer que durante años había puesto su saber al servicio de los demás era muy consciente de la responsabilidad que entrañaba ese trabajo, siempre inspirado por la sabiduría ancestral, y sabía también que aquella sería su última vez. Por eso puso especial empeño en instruir a la muchacha que habría de seguir sus pasos, enseñándole a distinguir las hierbas capaces de sanar de las venenosas; las empleadas para ayudar a engendrar de las utilizadas para evitar un embarazo; las que combatirían el estreñimiento de las que aliviarían el flujo de vientre; las que enfriarían un cuerpo ardiente de fiebre de las que ayudarían a entrar en calor a una persona helada por el aliento de la muerte.

—Nunca arranques una planta de la que solo vayas a utilizar la parte frondosa —explicaba a Huma mientras empleaba una hoz de plata diminuta para cortar una ramita de laurel—. La matarías sin necesidad y eso ofendería a la Madre. Procura ser cuidadosa con ellas y no dejes de expresarles tu gratitud por su generosidad, pues todo lo que vive siente y merece ser amado.

Huma intentaba prestar atención, aunque ya se consideraba ducha en el arte aprendido de su madre, a la que siempre había acompañado tanto en sus escarceos por los montes como durante la elaboración de sus fórmulas secretas.

Su mente estaba además atrapada en otros parajes, intentando comprender el significado de las visiones que la acometían sin previo aviso llenándola de inquietud e imaginando los detalles de lo que sucedería esa misma noche, durante la ceremonia a la que por vez primera estaba invitada en calidad de mujer. La parte que aún había en ella de niña se relamía pensando en descifrar al fin los misterios prohibidos que nutrían su fantasía desde que tenía memoria, mientras algo muy hondo en su interior, una faceta de sí misma que le resultaba casi ajena, se abría camino imparable de la manera más extraña.

Animada por la intimidad que el momento y el lugar les brindaba, se confió a su madre:

—He tenido un sueño que me visita con frecuencia y me atormenta.

Como hacía a menudo, Naya calló, sin detenerse siquiera, esperando a que su hija hallara el modo de abrirle su corazón.

—Sueño que una loba solitaria pare a un único cachorro a las puertas de nuestra casa en el castro y que yo estoy allí contemplando el alumbramiento, aunque al mismo tiempo soy la loba. Es mi vientre el que se derrama en ese parto. Lo sé, aunque sienta sus ojos amarillos mirarme fijamente y acaricie su pelaje sedoso. Cuando finalmente consigo ver a la criatura recién alumbrada, hija mía y de la loba, descubro que es un águila enorme cuyas garras nos destrozan las entrañas. Pero no experimento dolor, ni la loba tampoco. Ella sigue tumbada en mi regazo invisible, lamiéndose las heridas, mientras el águila vuela cada vez más alto, recorre todo el paisaje que abarca la vista y se pierde más allá de las montañas, hacia el sur, superando las más altas cumbres.

—No sé lo que puede significar tu sueño, Huma, pero estoy segura de que se relaciona con el destino que tiene reservado para ti la Madre. Cuando llegue el momento, tú misma comprenderás. No te tortures. Entre tanto ten fe y confía en ti misma, pues únicamente tú tienes la llave de tu vida, que nadie podrá arrebatarte jamás. Y ahora démonos prisa en regresar a la aldea, que hay mucho que hacer antes de la noche. ¿No sientes curiosidad por conocer lo que nos aguarda?

—¡Tanta que voy a estallar! —La niña volvía a tomar la delantera—. ¿Por qué no me contáis algo durante el camino para que me vaya preparando?

—¡Ni hablar! —zanjó Naya con gesto firme—. Muy pronto lo descubrirás tú sola.

Durante todo el día una procesión incesante de mujeres recorrió las calles que separaban sus casas del recinto sagrado del castro, algo apartado de la aldea y situado dentro de la parte antigua amurallada, donde milagrosamente había logrado en su día sobrevivir a las llamas. Madres e hijas, amigas, vecinas, e incluso alguna abuela acudieron en pequeños grupos a cumplir con los ritos de purificación previos a la fiesta nocturna. Repetían una tradición secular que permanecía prácticamente inalterada y consistía en una sucesión de baños de vapor ardiente seguidos de inmersiones en agua helada, destinados a limpiar a fondo mente y cuerpo antes de que fueran ofrendados a la Diosa de la Abundancia. Una práctica prohibida y castigada por la Iglesia, como parte de un ritual pagano, que las lugareñas justificaban apelando a costumbres higiénicas aprendidas de los romanos, en las raras ocasiones en que algún enviado de la corte de Cánicas se había interesado por ella.

Mientras el horno adosado a la pequeña sauna consumía haces y más haces de leña en el empeño de mantenerla caliente, los chiquillos cambiaban constantemente el agua de la piscina de piedra, acarreando tinajas desde el pozo. Los hombres casaderos, a su vez, habían abandonado el castro para ir a plantar en medio de la campa ceremonial un tronco de haya recién cortado, que desempeñaría un papel protagonista en la fiesta.

Los mayores del lugar recordaban haber oído decir a sus abuelos que antiguamente todos los habitantes adultos de Coaña, independientemente de su edad o sexo, participaban en esa gran celebración de la vida renovada y daban rienda suelta a sus impulsos, sin culpa, ni censura, ni malentendidos por parte de parejas celosas. Ahora las cosas eran diferentes y la nueva religión cristiana era implacable en su condena de ese tipo de festejos, asimilados al influjo de un ser maligno llamado Satán o Belcebú. Eso hacía indispensable extremar las precauciones y guardar el más absoluto silencio en torno a la ceremonia. Tal vez por ello los hombres hubiesen sido expulsados, conservando únicamente la misión de proveer el gran falo simbólico que presidiría el baile. En todo caso, en aras de mantener el secreto, cada vez se buscaba un lugar más escondido, alejado de cualquier camino y de difícil acceso, a fin de llevar a cabo el encuentro sin miedo a ser sorprendidas.

Aquel año, el último para Naya, sería en un acantilado al borde del mar, sobre una pradera tapizada de hierba y brezo, muy cerca del cielo fundido con el océano en un único e inmenso azul.

Poco a poco, a lo largo de la tarde, fueron llegando a la explanada las mujeres luciendo sus mejores galas. Túnicas de lino fino lavadas, hervidas, blanqueadas con ceniza y vueltas a lavar con jabón hasta dejarlas radiantes, sujetas por fíbulas más o menos valiosas según las posibilidades de cada cual, todas ellas pulidas hasta sacarles el brillo. Joyas rescatadas de viejos baúles, herencia de artesanos astures maestros en convertir en belleza el oro y la plata arrastrados por los ríos. Pendientes delicados en forma de medialuna. Prendedores para el cabello adornados con hilo trenzado o figuras de animales. Discos áureos en forma de anillos. Collares de cuentas y de conchas. Brazaletes enroscados en muñecas y tobillos, tan finos que parecían ir a romperse en cualquier momento. Algunas lucían un colgante en forma de sexo masculino toscamente tallado en piedra, que en tiempos remotos había sido considerado amuleto portador de buena suerte y salud. Las más preferían los símbolos lunares de la Diosa, encarnada esa noche en cada una de ellas.

Aquel era el gran momento. La solemnidad más esperada del año. Durante unas horas se olvidaría el pudor, se orillarían las vergüenzas impuestas y se honraría a la Madre celebrando con Ella el misterio de la vida alumbrada en un instante de placer eterno. La gran sacerdotisa recitaría la plegaria de rigor, invocando la protección de la deidad femenina tras declararle su devoción, y todas las presentes repetirían a coro las antiguas palabras. Todas Le agradecerían haberlas convertido en templo de Su don principal: el de la fecundidad, merced a la cual seguía su andadura el mundo, la riqueza se multiplicaba y se cumplía año tras año el ciclo de las estaciones. Todas invocarían con cánticos Su clemencia, apelando a Su generosidad para que las vacas pariesen terneros sanos, las yeguadas crecieran, la tierra y los árboles dieran abundantes frutos y ellas mismas fueran bendecidas con la semilla de sus hombres a fin de ver abultarse sus vientres por el bien de la comunidad.

Cuando ya el sol se acostaba tras las rocas de poniente, arribaron al lugar Naya y Huma, que estrenaba atuendo y adornos regalados para la ocasión. Portaban, con la ayuda de algunas jóvenes, un gran caldero de metal oscuro en cuyo interior resplandecía el ponche sagrado que sería consumido a lo largo de la noche. Un brebaje preparado siguiendo una receta tan antigua como el propio rito, pasada de boca a oído y de madre a hija generación tras generación, pues sabido es que las cosas importantes no deben ser dichas en voz alta y mucho menos escritas.

Era un caldo denso de sabor dulzón por la abundante miel empleada en la mezcla, entre cuyos ingredientes figuraban el cornezuelo de centeno, la zanahoria, la raíz de cicuta, el extracto de belladona y de beleño, las flores de cáñamo, la cerveza, el acónito, el ajenjo, la amapola, la menta, el apio, la hierbabuena, el eléboro, la angélica y otras muchas plantas cuidadosamente seleccionadas, secadas y extractadas en sus aceites esenciales, medidas con precisión de orfebre para lograr el efecto deseado sin causar daño a la salud. Algunos de esos componentes eran conocidos vulgarmente por nombres tan evocadores como «lengua de perro», «lengua de serpiente», «ojo de rana» o «matamoscas», pero Naya sabía bien que nada tenían que ver en realidad con esas denominaciones repugnantes. Ella y todas las de su linaje conocían el poder de las hierbas, dominaban el arte de su manipulación y se aseguraban de que fueran consumidas en la proporción adecuada a la cantidad de agua empleada para hervirlas. Nunca había muerto nadie envenenado por la curandera de Coaña. Jamás.

Finalmente comenzaron a tañer los tambores y las panderetas, mientras las flautas lanzaban al aire sus notas, lo que dio pie a las más atrevidas a esbozar los primeros pasos de una danza rítmica, acompasada a la percusión, que fue haciéndose más y más voluptuosa. A medida que las bocas hambrientas daban cuenta de los dos cabritos sacrificados a la Diosa para luego ser asados y refrescaban su sed con el contenido del perol, el festejo se fue animando. Cogidas de la mano, codo con codo, espalda con espalda, piel con piel, las mujeres aceleraron espontáneamente el ritmo de los pasos, moviendo cada vez más las caderas y dejando la cabeza balancearse de un lado a otro, hacia delante y hacia atrás, en un gesto de abandono inequívoco y deliberado.

Huma contemplaba todo aquello junto a otras neófitas que celebraban con ella el ingreso en la vida adulta con una mezcla de admiración y temor reflejada en la mirada. No se atrevía a participar en el baile que se desarrollaba a su alrededor, en parte por desconocimiento y en parte por aprensión ya que, a esas alturas de la noche, sin haber bebido todavía nada, le parecía muy profano como para ser de inspiración divina. A su lado estaba Zoela, su mejor amiga, tan tímida como ella e igual de sorprendida. Ambas temblaban sin tener frío, pegadas como polillas a la hoguera. Entonces se les acercó Naya, con el rostro enrojecido y un cuenco repleto de líquido en cada mano, para invitarlas a servirse:

—Está bueno, no temáis, apuradlo de un trago. Os mostrará el camino que hoy tomáis por vez primera y que habréis de aprender a recorrer.

Huma jamás había visto así a su madre. Habitualmente contenida, oculta tras una máscara impenetrable de abnegación silenciosa, Naya se caracterizaba por su habilidad para hacerse invisible allá donde estuviera, excepto cuando ayudaba a alguna persona enferma. En ese momento, en cambio, parecía gozar intensamente con la celebración, aplaudía incluso alguno de los comentarios subidos de tono que comenzaban a hacerse y hasta había empezado a danzar. No debía de ser tan malo aquello, se dijo la chica, si sentaba tan bien a la mujer que más amaba.

Sin pensárselo dos veces, Huma y Zoela siguieron el consejo de la sacerdotisa. Bebieron el ponche que se les ofrecía, primero con cierta repulsión, enseguida sintiendo un calorcillo agradable a medida que el licor bajaba por sus gargantas e iba apartando miedos y despertando alegría. Habían empezado ese día siendo niñas, pero lo terminarían como mujeres, con todas las prerrogativas, responsabilidades y también derechos propios de la edad adulta, incluido el de gozar del propio cuerpo —les explicó Naya mientras recogía los vasos vacíos—. Solo necesitaban tomar su mano. Ella estaba allí para guiarlas.

Noreno y algunos otros chicos se habían ocultado en un altozano cercano, con una vista perfecta sobre la explanada, decididos a no perder detalle de lo que allí aconteciera. Hasta entonces no habían disfrutado en exceso del espectáculo, aunque la cosa se puso interesante a partir del momento en que algunas mujeres maduras empezaron a despojarse de sus ropas. Cayeron primero las faldas bordadas de flores, luego las camisas. Una tras otra fueron quedándose desnudas, a excepción de las joyas, al tiempo que la música adquiría cadencias enloquecidas. Cuando le llegó el turno a Huma, cuya expresión denotaba incluso desde lejos que un espíritu lujurioso se había adueñado de su persona, el muchacho sintió una oleada de vergüenza que a punto estuvo de arrancarle lágrimas. También los otros se arrepentían de haber desafiado la prudencia y la costumbre, espiando a traición a sus propias madres o hermanas en semejante trance. Optaron por marcharse con sigilo, deseando olvidar lo presenciado. En caso contrario —se juramentaron— no lo mencionarían nunca.

Las mujeres, entre tanto, estaban alcanzando el cénit de su particular festín. Con movimientos sinuosos, iniciados por las más expertas e inmediatamente imitados por las demás, se palpaban unas a otras en actitud provocadora, se acariciaban en rincones que el pudor les habría impedido incluso nombrar en condiciones normales y en el colmo del paroxismo rozaban sus sexos contra el poste plantado en medio de la campa, cual si de un gran falo se tratara, imitando el gesto de la cópula al tiempo que invocaban la fuerza de la Diosa para multiplicar su fertilidad. Ninguna parecía disgustada al contemplar la redondez de las embarazadas, los senos prietos de las más jóvenes o las carnes flácidas de las viejas. Todas eran hermanas.

Huma observaba aquello desde una distancia infinita, como si hubiese abandonado su cuerpo para mirar desde el aire. Como si no fuesen ella ni Zoela ni Naya las bailarinas cogidas de la mano que trazaban círculos con la cintura, ponían los ojos en blanco y se acercaban juntas hasta el tronco de haya para emular la actuación de sus compañeras.

Cuando, bien entrada la noche, un retazo de lucidez se abrió paso entre los vapores de la droga, se preguntó si de verdad había oído a su madre decir lo que creía haber escuchado de sus labios:

—Esto es lo que has de hacer para someter a un hombre a tu dominio. Usa tu poder, hija. Siente ese poder en cada poro de tu piel y aprende a servirte de él para enloquecer a tu esposo. Niégale lo que te pida para luego dárselo poco a poco. Prométele, pero nunca le entregues todo lo que desee. Hazle siempre sentir que eres tú quien enloquece, aunque midas hasta el más mínimo suspiro. La Luna será tu cómplice.

A la mañana siguiente las cenizas se habían enfriado. Lentamente, procurando sobreponerse al dolor de cabeza, fueron regresando a sus casas, unas todavía alegres y otras fingiendo no recordar nada. Naya y Huma caminaban juntas, sin saber bien qué decirse. Sin decirse nada, en realidad, pues no existen palabras con las cuales expresar lo que ambas sentían en ese momento irrepetible. Aquella había sido su primera despedida. El adiós a la niñez de Huma y a su inocencia, pero también el último ritual que presidiría Naya. Acaso el último encuentro de la Madre con sus hijas.

El nuevo dios crucificado, había dicho el Guardián, prefería a los varones.

Cuando por fin llegaron al castro, este bullía de actividad. Las hogueras habían anunciado durante la noche con su lenguaje de fuego la inminente visita de una delegación foránea que se aproximaba en son de paz. Acaso fuesen oficiales enviados por el príncipe para reclutar tropas o simplemente vecinos necesitados de ayuda. Entusiasmado con la primera posibilidad, Pintaio discutía acaloradamente con su padre.

—Dadme vuestro permiso, padre, y os juro que honraré vuestro nombre tanto como el linaje de madre. Dejadme marchar a combatir al sarraceno.

—Tienes solo diez años, mocoso, ¿dónde vas a ir? ¿Crees que el ejército de Alfonso combate con niños de tu edad? Anda a hacer tus tareas y no me molestes.

El chico sabía que era inútil insistir. Lo más que podría ganar sería un buen bofetón, seguido de una risotada que aún le dolería más. Pero él no pensaba desistir. Desde que tenía conciencia se veía a sí mismo peleando con algún otro chiquillo del pueblo, siempre en el papel de vencedor. No solo era hijo de sus padres, lo que ya de por sí le otorgaba ciertos privilegios, sino que además era mucho mayor y más fuerte que cualquiera de sus amigos. Su anhelo más ardiente era marchar a la guerra. De hecho, esperaba poder engañar a los encargados de la leva sobre su edad para conseguir que se lo llevaran a Cánicas y desde allí a cualquier lugar en el que hubiese mahometanos que matar. No tenía una idea clara de quiénes eran esas gentes ni de lo que habían hecho, pero sabía que eran enemigos de su pueblo. Invasores. Extranjeros llegados a Asturias con la espada en la mano a quienes era preciso expulsar de allí. ¿Qué otra tarea más importante podía plantear la vida?

De momento, sin embargo, habría que seguir esperando, porque los visitantes resultaron ser notables de un castro llamado Veranes, situado en las proximidades de Gegio, que venían a ofrecer su amistad trayendo consigo presentes con la intención de obtener hombres para sus mujeres y esposas para sus hijos. Incluso se hacían acompañar de un escriba contratado en Lucus a fin de poder rubricar y firmar sobre la marcha eventuales acuerdos matrimoniales o comerciales. En esos tiempos de tribulación, con los caminos repletos de bandidos, desertores del ejército de Alá en retirada, esclavos fugitivos y demás gentes de malvivir, viajar era una actividad harto peligrosa que era menester evitar en lo posible. Cuantos más asuntos pudieran resolverse de una vez, tanto mejor para todos.

Aravo los recibió con los brazos abiertos. Llevaba ya cierto tiempo esperando una oportunidad similar para concertarle a su hija una boda que le resultara ventajosa a él, por lo que aquellos jinetes eran la respuesta a sus plegarias. Un grupo de gente influyente, constituido por tres guerreros jóvenes, un magistrado y varios miembros del Consejo de Veranes, entre los cuales alguno reuniría los requisitos necesarios para conquistar a Huma y asegurar la sucesión del poder en Coaña, reforzando al mismo tiempo tanto su posición como su autoridad de patriarca mediante una alianza sólidamente trenzada. Naya se opondría al arreglo, como había anunciado, pero no viviría mucho tiempo para defender esa posición. Cuando dejara el camino libre, él no tardaría en forzar la voluntad de una adolescente. Solo faltaba encontrar al candidato idóneo y negociar los detalles del enlace.

Como primer paso, decidió extremar la hospitalidad y ofrecer a sus huéspedes un banquete digno de reyes. Sin consideración alguna por la fatiga que mostraban todas las mujeres de la aldea, dispuso que fuera sacrificado un ternero bien cebado, además de abundantes pollos asados en la misma brasa, que serían acompañados de dulces de leche o miel y regados con cerveza y sidra, sin escatimar tinajas. En la gran casa de Juntas cada cual ocupó el puesto que le correspondía alrededor del banco de piedra que bordeaba la estancia. Se fueron sentando por turno, de acuerdo con el protocolo ancestral, en función de su edad, de los honores que hubieran ganado al servicio de la comunidad, de su sangre y, por supuesto, de sus méritos militares. La mayoría de las féminas, a excepción de Naya, se quedaron fuera.

Mostrando su rostro más amable, Aravo agasajó a sus invitados con una comida que se prolongó durante varias horas, entre promesas de mutuo apoyo, propuestas de empresas conjuntas, chistes soeces y anécdotas bélicas, hasta que cayó la tarde y llegó el plato fuerte de la jornada. Como prueba de gratitud por su gesto de aproximación, los visitantes serían obsequiados con la posibilidad de compartir uno de los bienes más preciados de Coaña. Una historia contada por una auténtica Narradora, la última de su estirpe, cuya memoria ancestral seguía intacta aunque las arrugas trazaran sobre su piel un paisaje escarpado.

Su nombre era tabú. Demasiado sagrado para ser pronunciado en voz alta. Todos en el castro la veneraban y se referían a ella como la Guardiana de la Memoria, la Contadora de Historias, la Narradora o simplemente la Anciana, con un respeto infinito. Sabía cómo recrear el fulgor de la batalla, vaciar los cielos y rescatar de la muerte a los guerreros caídos en combate para poblar con ellos sus narraciones. De sus labios no salían sonidos, sino emociones que llenaban de gloria o de fracaso el corazón de quienes la escuchaban. Era el vestigio viviente de un pasado desaparecido. Un rescoldo apenas tibio entre cenizas. Con ella morirían los recuerdos de un pueblo que desde hacía siglos convertía sus hazañas en cuentos y las conservaba en la voz de esas mujeres entrenadas desde niñas para recoger el legado de sus madres, tal vez algo embellecidas, como merece serlo cualquier proeza, pero fieles a la verdad.

Ella no podría transmitir a nadie su talento. Ciega desde el nacimiento, aunque capaz de desenvolverse sin ayuda por los recovecos del castro, la Luna, o tal vez el Sol, la maldijo con una sucesión de hijos que nacieron muertos. Y a pesar de que al oír las sagas que contaba uno se trasladaba a otro lugar donde vivía una realidad distinta, a pesar de que su saber superaba con creces la imaginación más fértil, a pesar de que sus historias tenían el don de suspender el tiempo y hacer olvidar a cualquiera, por un instante mágico la más cruda de las miserias, nadie reclamaría junto a su tumba la herencia de sus palabras.

Cuando Coaña se convirtiera en una inmensa necrópolis, tal como había augurado el tempestiario, no habría quien recogiera el testimonio de su destrucción. Solo Huma —pensaba Naya mientras se disponía a escuchar una postrera narración— sabría escapar al maleficio y convertirse en flujo engendrador de vida. Únicamente su hija... si finalmente llegaba a cumplirse la profecía.

Fueron días de gloria y agonía que forjaron en sus llamas el alma de nuestro pueblo. El mundo era entonces joven, inocente. El honor valía más que la vida. Y la sangre de los valientes empapó la tierra astur.

La aldea entera se había congregado alrededor del viejo tejo, junto a las ruinas del recinto fortificado, a disfrutar del placer de un relato bien contado. El tiempo era seco, cálido, para fortuna de los hombres y maldición de los campos, pese a lo cual una hoguera generosa alumbraba la noche. Ella, la Guardiana de la Memoria, estaba sentada junto al árbol sagrado, vestida de blanco, con los ojos cerrados y las manos convertidas en pájaros acompañantes de esa voz experta en cambiar de inflexión en el momento adecuado e introducir el matiz más idóneo para cada ocasión. El público ya estaba fascinado, rendido sin condición a la magia de la historia. Se había ganado su entrega absoluta con la primera frase y lo mantendría así mientras quisiera.

Hacía mucho tiempo que las águilas de Roma dominaban el mundo, pero nuestro pueblo seguía rechazando el yugo. Todos los territorios situados al sur de la gran cordillera habían sido sometidos a un poder tan gigantesco, tan absoluto y devastador como jamás se había visto antes. Ni las murallas más sólidas ni los guerreros más bravos lograban resistir el empuje feroz de sus tropas. Pero nuestro pueblo seguía rechazando el yugo. Construyeron calzadas para llegar hasta nosotros atravesando las montañas, arrastraron por ellas sus terroríficas máquinas de guerra, trajeron mercenarios de todos los rincones de su vasto imperio. Pero nuestro pueblo seguía rechazando el yugo. Entonces, en el año 726 desde la fundación de su Ciudad Eterna, nueve antes del comienzo de nuestra propia era, su príncipe, Augusto César, abrió las puertas del templo de su dios Jano y tomó él mismo las riendas de su ejército, pues nuestro pueblo seguía rechazando el yugo y rigiéndose por sus propias leyes.

Un murmullo de aprobación confirmó a la Anciana que sus palabras hacían mella en el auditorio, imbuido de fervor bélico.

César en persona, el mayor caudillo que vieron los tiempos, vino a Segisamo y allí estableció su campamento, abrazando toda la tierra de cántabros y astures con tres columnas de soldados armados hasta los dientes. Ni siquiera el océano estaba quieto, sino que nuestras espaldas eran batidas sin piedad por la escuadra de los enemigos, que nos acosaban como se acosa a las fieras en un ojeo.

Con tres legiones como plaga de langostas sometieron fortalezas, doblegaron ciudades y acorralaron a los cántabros en el monte Vindio, donde estos pensaban que habrían de subir las olas del mar antes que las armas de Roma y sus estandartes. Sucumbieron los cántabros, no sin antes presentar una resistencia fiera. Pero nuestro pueblo siguió rechazando el yugo.

La Narradora hizo una pausa estudiada en el relato con el fin de que sus oyentes paladearan el sabor del orgullo patrio exaltado en su letanía. Era tan gris la existencia de aquellas gentes, tan avara en motivos de sorpresa, que revivir la emoción de esas jornadas legendarias proporcionaba a los espíritus el mejor de los alimentos.

La grandeza es un atributo raro, aunque siempre apetecido, que todos buscamos a lo largo de la vida de un modo u otro. Por eso nacen los mitos y se fraguan las fábulas de las que se nutren las naciones para existir. ¿Qué otra cosa es una historia sino un anhelo compartido de escapar a la monotonía? ¿Y quién, en esa huida hacia el esplendor pasado, se preocupa por discernir la verdad de los adornos? ¿Quién se acuerda del horror, del dolor, de los gusanos que recorren las heridas viejas, del hedor del campo de batalla donde gimen los moribundos? Las sagas que dan forma a nuestros sueños están escritas con sangre. La gloria siempre huele a muerte, por mucho que la perfumemos. Los cuentos que escuchamos, en cambio, revisten de púrpura esa fealdad, decididos a que la ignoremos.

Por ese tiempo los astures descendieron con un gran tropel de hombres de las nevadas cumbres que siempre han sido nuestro hogar y nuestro refugio. No lanzaron su ataque a ciegas, sino que plantaron sus tiendas junto al río Astura y dividieron sus cuantiosas fuerzas en tres columnas con el fin de derramarse al mismo tiempo sobre los tres campamentos romanos, de acuerdo con el plan sabiamente trazado. Y se hubiera producido una lucha sangrienta, que los dioses habrían resuelto a buen seguro en favor de los nuestros, de no ser por la traición de los brigaencios, quienes avisaron a Carisio, el cual acudió veloz en auxilio de los sitiados.

Si hubiese habido algún descendiente de aquellos traidores entre los presentes, habría sido descuartizado sin miramientos. Mas tal cosa resultaba a todas luces imposible. Nadie a esas alturas conocía ya siquiera el lugar en donde moraron algún día los brigaencios, palabra que no se pronunciaba sin lanzar un esputo de desprecio.

La poderosa ciudad de Lancia acogió los restos del ejército en derrota y se luchó en ella tan encarnizadamente que cuando muertos sus defensores fue tomada por los soldados imperiales, estos quisieron incendiarla para saciar su sed de venganza. A duras penas logró su general mantenerla en pie, frenando la ira de sus hombres, para subrayar así la humillación de los vencidos y convertirla en el mejor monumento de su victoria. Pero nuestro pueblo seguía negándose a aceptar el yugo.

Cruzados nuevamente los puertos de montaña en dirección al norte, hacia la seguridad de los más elevados picos, los supervivientes se hicieron fuertes en el monte Medulio, adonde llevaron a sus mujeres, sus ancianos y sus retoños. Hasta allí los siguieron los legionarios de Roma, como lobos hambrientos. Durante el verano excavaron los perseguidores un foso de quince millas alrededor del monte, donde a costa de grandes sacrificios subsistía un puñado de irreductibles que fueron sometidos a un asedio despiadado. Llegadas las nieves y los perseguidos empezaron por comerse todas las reservas de grano. Luego devoraron sus caballos. Cuando hasta la miel faltó y el hambre se cebó en los más pequeños, prefirieron la muerte a la rendición. Por el hierro o mediante el fuego, con el veneno de los tejos que habían llevado consigo, las madres quitaron la vida a sus hijos antes de ser degolladas por sus maridos. Los jóvenes acabaron con los viejos y luego se suicidaron. La derrota y el cautiverio habrían sido mil veces más insoportables. Morir fue una liberación que acogieron cantando, para estupor de sus verdugos, pues no hay muerte más atroz que la esclavitud para quien ha nacido libre. Y nuestro pueblo jamás ha aceptado el yugo.

Más de un llanto sordo, contenido, rompía para entonces el silencio de la noche, cada vez que la Anciana detenía su relato a fin de darle tiempo a calar hasta lo más hondo de las almas. El trágico fin de los últimos guerreros astures no constituía una novedad para la mayoría de los presentes, que ya habían oído la historia en ocasiones anteriores, pero seguía embriagando los ánimos como la más potente de las pócimas. Pintaio, sentado en primera fila junto a otros chicos de su edad, sentía su corazón henchirse de ardor guerrero con cada palabra de la epopeya, decidido a emular las hazañas de aquellos héroes dijera lo que dijese su padre. Su lucha no sería contra las águilas de Roma, derribadas tiempo atrás de sus columnas imperiales, sino contra los hombres de la media luna. Ellos eran quienes hollaban ahora la tierra de sus antepasados y poco le importaba a él que rezaran a Dios o a Alá, mientras pretendieran sojuzgarle. Él tampoco aceptaría nunca el yugo. Fue un juramento que se hizo a sí mismo aquella noche, mientras la voz de la ciega reanudaba su relato. El veneno de la batalla había impregnado su corazón.

Recelando del amparo que los montes proporcionaban a nuestras gentes, cuya fiereza no tenía parangón, César les ordenó habitar en las llanuras y mandó prender fuego a muchos castros. Les obligó a excavar la tierra para provecho de otros e incluso enroló en su ejército a algunos de aquellos hombres, al principio encadenados y obligados a combatir por Roma, pero más tarde empujados por su insaciable apetito de lucha. Tan ávidos de combatir estaban y tan hábiles demostraban ser en ese oficio que llegaron a integrar la propia guardia personal del gran príncipe de los romanos, pues jamás ha habido luchadores mejores ni más leales que los astures, incapaces de vivir sin una espada en la mano.

Aun entonces, sin embargo, muchos siguieron resistiéndose a ser sometidos. Durante años dieron cobijo los bosques a partidas armadas de rebeldes al imperio que hostigaban al enemigo con emboscadas como relámpagos. En medio de la niebla, bajo un manto de lluvia o durante la noche bajaban de sus nidos de roca y sorprendían a las patrullas, evitando el combate en campo abierto donde las lanzas y escudos romanos resultaban imbatibles.

Pintaio no tenía más que cerrar los ojos para imaginarse la escena: él mismo, subido a su fiel corcel, Beleno, arrojándose con un aullido contra un enemigo sin rostro y descargando un golpe mortal sobre su coraza con el hacha de doble filo. Se veía lanzando la jabalina con la fuerza de un huracán y rematando a cuchillo a su adversario. Todo lo que quería en esta vida era luchar, ganarse el derecho a ser llamado «hombre», llevar a cabo una proeza inolvidable, formar parte de una historia como aquella.

Tan pronto como el César salió de Hispania, dejando al mando al legado Lucio Emilio, los astures se sublevaron de nuevo. Enviaron recado al gobernador de que querían entregarle obsequios para su ejército, pero cuando llegaron hasta su campamento los soldados enviados a recoger lo prometido los condujeron a un lugar apartado donde fueron ajusticiados, en venganza por tantos hermanos llevados al sacrificio.

Las represalias fueron de una crueldad inaudita. Saqueados nuestros campos, incendiadas las ciudades que aún quedaban en pie y cortadas las manos de todos los capturados, para convertirlos en tullida carga de sus familias, los últimos reductos de rebelión fueron ahogados en sangre.

¡Ay de los vencidos!

El relato tocaba a su fin. Todos querían saber más, seguir desgranando el pasado, conocer el destino de esos desdichados reducidos a esclavitud y condenados a trabajar en las minas de oro, pero por esa noche tendrían que conformarse con lo escuchado. El tono de la Anciana era ya comparable al de cualquier ocasión. Había perdido el halo de misterio que empleaba para desempeñar su arte y se había hecho vulgar. Sus ojos eran nuevamente dos cuencas vacías. Sus manos parecían viejas. La despedida que ofreció les supo a poco, aunque todos confiaran en que pronto habría nuevas historias que escuchar a la luz de la luna, aprovechando el verano.

Honremos la memoria de esos hombres y mujeres recogiendo su legado. Recordad que nuestro pueblo jamás ha aceptado el yugo.

Fue lo último que dijo. Huma se fue a dormir esperanzada por ese mensaje, sin saber lo que tramaba su padre con aquellos extranjeros de modales altivos que de pronto la miraban de una manera extraña. Pintaio se revolvió en su jergón toda la noche, urdiendo uno y mil planes para convertirse en soldado cuanto antes. Incluso Noreno sintió la tentación de abandonarlo todo y enrolarse, aunque la idea de perder a Huma le resultaba insoportable. Aravo siguió bebiendo con sus huéspedes hasta que todos cayeron borrachos. Naya, en la soledad del lecho, recibió una visita inconfundible. Soñó con el espíritu que anuncia la muerte. Vio claramente en el quicio de la puerta una figura inmóvil, salida de la nada, que no respondió a su saludo ni hizo ademán de moverse para dejarla pasar. Frágil, etérea, aureolada de luz, resplandeciente de belleza, tenía su rostro. Y un sueño plácido de espigas tiernas la acunó entre sus brazos.

VI

Camino del destierro

Recópolis, era de 782

¿Cómo había podido dejarse atrapar tan fácilmente? ¿Por qué le faltó el valor para enfrentarse a sus captores y morir espada en mano salvando con ello la honra? Encerrado entre cuatro paredes de una vieja alquería que servía de cuartel a la guarnición mora de Recópolis, Ickila estaba a punto de volverse loco. Llevaba horas torturándose con las mismas preguntas sin encontrar respuesta, después de que su plan justiciero se torciera en el último momento, una vez consumada, eso sí, la venganza que se había propuesto llevar a término.

La noche del incendio del palacio, mientras todos centraban su atención en el fuego, él había cogido sus armas para acercarse hasta el lupanar en el que estaba seguro de encontrar a su enemigo y le había desafiado a un combate singular allí mismo, sin más testigos que las aterradas prostitutas. Él no era un asesino. No quería apuñalar por la espalda a ese capitán de la tropa sarracena de nombre impronunciable que se había distinguido por su crueldad, por el placer que parecía experimentar persiguiendo a todo aquel que se atreviera a protestar cualquier decisión de los ocupantes sin el respaldo de un padre potentado como el de Ickila.

Él se consideraba un guerrero y como tal se había comportado. Lejos de aprovechar el desconcierto de su oponente, le permitió tomar su hierro, se batió con él limpiamente y con destreza le rebanó el cuello antes de que una escolta con la que no había contado, apostada a las puertas del local, se percatara de lo sucedido y corriera en auxilio del derrotado cuando ya era tarde para salvarle la vida.

Ese era precisamente el instante en el que el hijo de Liuva había mostrado flaqueza. En lugar de hacerles frente, se dejó vencer por el miedo y arrojó la espada al suelo, ofreciendo las manos a la soga sin oponer resistencia. Como un cordero que marchara dócilmente al matadero. Dejó escapar la oportunidad de caer con la dignidad intacta y ya era tarde para remediarlo. Esa misma mañana, o acaso al cabo de unos días con el fin de dar tiempo a levantar un patíbulo acorde con la categoría del ajusticiado, sería entregado al verdugo ante todos los habitantes de la ciudad, forzados a contemplar la muerte lenta del loco que se atrevió a derrotar en combate a un oficial del ejército conquistador.

Con toda probabilidad le crucificarían, como era su costumbre actuar ante el menor desafío a su poder, pero además buscarían la forma de prolongar la agonía e incrementar el dolor para disuadir a posibles imitadores y cortar de raíz cualquier conato de insurrección. La cobardía exhibida en el momento decisivo al rendirse sin luchar iba a obligarle a entregar el alma entre atroces tormentos, a la vista de todo el mundo, empezando por su padre y su madrastra. Por ello rogaba a Dios que le diera fuerzas para sobrellevar el trance sin tener que avergonzarse ni avergonzar a los suyos, que bastante estarían sufriendo ya sabiéndole culpable y cautivo.

Liuva, cuyo espíritu práctico siempre le había llevado a intentar resolver los problemas en lugar de entregarse al llanto, no había perdido el tiempo. Desde el momento en que le informaron de que su hijo se hallaba preso, acusado de asesinar a un oficial, se puso en marcha para intentar salvarlo de un destino que imaginaba atroz. Apenas sobrevoló su mente la idea de que solo a un inconsciente irresponsable se le podía haber ocurrido perpetrar una majadería así. Si pensó que Ickila había ido demasiado lejos y merecía ser castigado, no tardó en convencerse de que el castigo al que habría de enfrentarse superaría con creces lo que el corazón de un padre es capaz de soportar. De ahí su desesperado empeño en intentar evitarlo. Ningún principio o convicción tenía significado alguno comparado con la vida de su hijo. Por eso dejó que su amor hacia ese chico guiara sus pasos, por encima de cualquier otra consideración, y se presentó en el alojamiento del máximo jefe sarraceno en la ciudad, no sin antes seleccionar la más valiosa y antigua de sus joyas, una fíbula toledana de gran tamaño decorada con piedras preciosas bellamente engastadas en oro, a fin de regalársela al hombre ante quien iba a inclinarse. Una prenda de respeto e inmejorable voluntad destinada, así lo esperaba al menos, a reblandecer el corazón de su poderoso interlocutor.

Tuvo que esperar un buen rato. Su rango le había abierto siempre las puertas de cualquier palacio, pero en esta ocasión no estaba en condiciones de exigir nada. Aguardó por tanto pacientemente a que el anfitrión quisiera recibirle, repasando en su mente el discurso con el que presentaría su causa. No se había molestado en acudir al conde Gundemaro, sabedor de que el asunto trascendía la competencia del gobernador godo al afectar de pleno a un soldado de sangre árabe con probado valor en el campo de batalla. Si algo se podía hacer tendría que ser apelando directamente a la clemencia del caíd responsable militar de la ciudad, a su improbable disposición a aceptar los usos y costumbres legales de la nación sometida o, en último extremo, a su codicia.

Al fin, tras lo que le pareció una eternidad, el anciano numerario fue conducido hasta la estancia en la que la más alta autoridad de al-Ándalus en Recópolis, un hombre de mediana edad, fuerte, bien parecido, vestido con la sobriedad del militar veterano y tocado del turbante característico de los mahometanos, despachaba sentado en un cojín dispuesto sobre la alfombra con varios de sus ayudantes. Todos ellos hablaban su lengua nativa, que Liuva apenas comprendía, pero disponían de un intérprete, probablemente un cautivo cristiano, que fue quien se dirigió a él invitándole a exponer lo que hubiera venido a decir sin olvidar que el tiempo de su patrón resultaba precioso.

Después de inclinarse todo lo que le permitían sus huesos y depositar en el suelo, frente al caíd, el obsequio que llevaba consigo, Liuva tomó la palabra despacio, adoptando la actitud más sumisa que fue capaz de encontrar rebuscando en sus registros:

—Gran señor —arrancó su parlamento con una segunda reverencia, agachando al mismo tiempo la cabeza—. Vencedor de mil batallas pasadas y por venir. Magno gobernador de esta urbe que ha reencontrado la prosperidad bajo tu mando esclarecido. Permite que este padre apesadumbrado apele a tu misericordia al suplicar clemencia para su hijo, cuya conducta no encuentra justificación posible. Solo puedo aducir en su defensa que la juventud le ha cegado, llevándole a cometer esta sinrazón. Demuestra tu grandeza al pueblo de Recópolis perdonando la vida de Ickila. Acrecienta tu talla de caudillo acordando esta gracia a un viejo servidor de tu poder, que se inclina con humildad ante tu corazón generoso.

Hierático, impávido, sin reflejar una emoción en la mirada aunque dándose por enterado de lo que el intérprete traducía puntualmente, el caíd se dejaba adular, gozando en apariencia de ese bálsamo que toda vanidad recibe con agrado aun sabiendo el peligro que encierra.

—Tu magnanimidad es reconocida por todos, dentro y fuera de la ciudad —mintió Liuva—. Quienes han tenido el privilegio de someterse a tu justicia alaban tu indulgencia y se hacen lenguas de tu sabiduría. Por ello me he permitido acudir a tu presencia con el fin de ofrecer una composición adecuada al daño causado por ese muchacho imprudente al que no he sabido educar. Una reparación susceptible de compensar el quebranto, de acuerdo con la ley que ha regido los destinos de nuestro pueblo desde tiempos inmemoriales. Un fuero que, como seguramente sabrás, contempla la posibilidad de sustituir las penas de sangre por acuerdos económicos.

Se hizo el silencio. El caíd parecía ahora furioso, aunque era difícil saber si lo que encendía su mirada eran las palabras del numerario a quien había conocido en circunstancias muy distintas y desde luego más favorables para el cristiano, su comportamiento servil, impropio de un hombre de su alcurnia, o bien el crimen cometido por Ickila. A través del esclavo que hacía de intermediario le espetó a bocajarro:

—La ley que rige ahora es la de Alá, bendito sea Su Nombre, que condena a los asesinos a morir decapitados en la plaza pública. Sin embargo, podríamos hacer una excepción con tu hijo y crucificarle, si eso te complace...

—Alá es misericordioso —replicó Liuva, aterrado ante la implacable frialdad que demostraba el caíd—. Alá es grande. Alá sabe que los jóvenes hacen locuras que es de sabios perdonar. Nada devolverá la vida a tu capitán, pero estoy dispuesto a pagar a su familia una suma que acaso pueda mitigar su dolor ante semejante pérdida.

Sin dar tiempo a que el intérprete acabara de traducir, puso sobre la mesa su mejor carta:

—Con arreglo a nuestras leyes, la vida de un hombre libre adulto y en plenitud de facultades tendría un valor de trescientos sueldos; esto es, novecientos tremis de oro. En el caso de los nobles palatinos, el rango más alto que se puede alcanzar en nuestro escalafón de poder, la cantidad ascendería a quinientos sueldos o mil quinientos tremis. Yo considero más importante todavía la valía de tu oficial y te ofrezco dos mil tremis pagaderos en oro a cambio del indulto para mi hijo.

Era una suma astronómica que Liuva no estaba seguro de ser capaz de reunir de un día para otro. Ello no obstante, la intuición le decía que únicamente con una cifra así podía esperar despertar el apetito del hombre en cuyas manos estaba el destino de Ickila. Se había jugado el todo por el todo.

El caíd era un soldado. Un hombre curtido en el combate que había abandonado su Siria natal siendo poco más que un niño, sin otra ambición que llevar a todo el orbe los estandartes de Mahoma. En nombre del Profeta atravesó desiertos bajo el sol abrasador, ascendió montañas y hasta cruzó el mar en una frágil embarcación para dar con sus huesos cansados en esa al- Ándalus de riqueza sin par que constituía una cabeza de puente de primer orden con vistas a la conquista de la Galia y todo el resto de lo que antaño fuera el Imperio del Águila. O al menos eso era lo que se decía en Damasco, sede del emirato empeñado en llevar a término esa cruzada por la verdadera fe a pesar de la derrota sufrida a manos del franco Carlos Martel en la década precedente.

Él pensaba, sin embargo, haber cumplido ya su parte. Había librado incontables batallas a resultas de las cuales llevaba el cuerpo cosido a cicatrices. Tras participar en la toma de Isbilya, cuya población combatió con ferocidad aun sabiéndose incapaz de ganar, había entrado vencedor en Niebla, aliada de aquella en el largo asedio que ambas sufrieron antes de ser conquistadas. Se había dejado jirones de piel en cada rincón de la sierra de Aracena, que recorrió con una partida de hombres bajo su mando limpiando el lugar de los últimos focos de resistencia, y penado lo suyo hasta encontrar al fin un hogar donde instalarse en al-Munastyr, recién pacificada, para guardar definitivamente la espada en la vaina.

Sueños pronto truncados por decisión de sus superiores.

Allí arriba, en las alturas elegidas para levantar su casa con viejas piedras romanas a los pies de la basílica que no tardaría en convertirse en mezquita, pensaba dedicarse a ver crecer su hacienda, ganada con su propia sangre, mientras entonaba cantos de alabanza a Alá. Muchos otros, antes que él, habían recalado en esas peñas escapando de alguna violencia. Muchos cristianos habían hallado un refugio seguro entre sus escarpaduras ante el avance arrollador del victorioso ejército musulmán. Se trataba sin lugar a dudas de un entorno acogedor. Y allí, rodeado de castaños y alcornoques, a la sombra de las encinas, tomaría esposas, les abultaría el vientre y disfrutaría de un merecido descanso, mientras otros con menos años y mayor disposición llevaban la conquista hacia el norte en aras de ganarse el cielo. Él lo tenía ganado.

El dedo caprichoso de la fortuna, no obstante, apuntó en otra dirección frustrando todos sus planes. Cuando apenas comenzaba a sentir los beneficios de esa vida de holganza estalló en buena parte de la península una rebelión de los beréberes recién islamizados que habían sido empleados como tropas de asalto, lo que motivó que fuera llamado nuevamente a filas. Lo mismo les ocurrió a sus correligionarios asentados en la región, procedentes en su mayoría de la lejana Arabia, a quienes se encomendó la misión de sofocar el levantamiento. Así que se calzó las botas, desenvainó el sable, ciñó a su cintura el puñal de hoja retorcida que tantas veces le había salvado la vida, hizo ensillar su caballo favorito y regresó a la guerra, que era lo que mejor hacía.

Mató a enemigos desconocidos. Vio morir hombres a quienes amaba. Sufrió las miserias del campo de batalla, el hambre de las campañas y el frío de las noches al raso, hasta derrotar a esos falsos hermanos de fe africanos que se atrevían a contestar la superioridad de la sangre árabe y su consiguiente derecho a ejercer el poder. Y ahora, después de tanta fatiga, al cabo de tanto dolor, allí estaba ese petimetre godo, ese vampiro de su propia gente enriquecido a costa de recaudar los tributos de su propio pueblo, ese cobarde capaz de traicionar a su amo y a su dios con tal de seguir medrando, arrastrándose ante él para proponerle un trato infamante.

Le insultaba ofreciéndole oro a cambio de perdón. Metal por sangre. Riqueza con la que enjugar lágrimas. Se merecía un escarmiento y él, Ibn Gurai al Qutiyan, se lo iba a dar. Le haría caer en su propia trampa y retorcerse en ella. Le pondría el dulce néctar de la esperanza al alcance de la boca únicamente con el fin de despertarle el apetito, privándole después del goce de libarlo. Le enseñaría el significado de la palabra humillación, después de lo cual le obligaría a ver morir a su hijo.

—Te atreves a poner precio a la vida de un soldado de Alá, capitán de mi guarnición, hermano de raza y amigo querido —escupió a Liuva a través del intérprete, sin dejar que la indignación le alterase el semblante—. Osas ofrecerme oro pensando acaso forzar mi voluntad al encender mi avaricia...

—Me malinterpretas —se apresuró a responder el numerario— si crees que te propongo un soborno. Como he intentado explicarte, nuestras leyes...

—¡Calla! —cortó en seco el caíd—. Guarda silencio y escucha. Puesto que crees poder comprar la vida de tu hijo, así como la de mi oficial, te voy a dar la oportunidad de hacerlo. Pero no por una limosna. ¿Dos mil tremis, has dicho? Ese es tal vez el valor de un perro godo como tú. Nosotros valemos más, mucho más. ¿El doble, el triple...? Digamos cinco veces más. Me gusta ese número. Tráeme diez mil tremis de oro antes de la luna nueva y volverás a ver a Ickila. De lo contrario se cumplirá mi justicia.

—Pero señor —intentó protestar Liuva—, esa cantidad resulta exorbitante. Nadie en toda Recópolis dispone de una suma semejante.

—Tú has ofrecido una composición —replicó el caíd visiblemente impaciente— y yo te he complacido. No fuerces tu suerte. Quítate de mi vista antes de que cambie de opinión.

Rebañando todos los arcones, vendiendo algunas joyas susceptibles de encontrar comprador, pidiendo prestado a los amigos, habría podido reunir los dos mil tremis ofertados. Pero no había nada que estuviera en su mano hacer para alcanzar la cifra exigida por el caíd. Taciturno, lamentando cada moneda gastada innecesariamente, cada capricho satisfecho sin pensar en el mañana y de manera especial las bolsas repletas de tremis de oro enterradas en la basílica de la ciudad con motivo del nacimiento de cada uno de sus hijos, que obviamente no habían cumplido su propósito de traerles fortuna, Liuva emprendió el camino de regreso a su mansión por las calles de una Recópolis que compartía su humor sombrío.

El incendio había sido interpretado unánimemente como un augurio funesto. Acostumbradas a padecer todo tipo de calamidades, las gentes se preguntaban si el fuego anunciaría una nueva plaga de peste, una hambruna o, peor aún, el azote de otra guerra. Más de un comerciante empaquetaba su mercancía en busca de lonjas más florecientes, al tiempo que el sacerdote llamaba a los fieles en su homilía a hacer penitencia con el fin de aplacar la justa ira del Dios uno y trino. Liuva por su parte llevaba a cuestas su propio cilicio, incapaz de hallar solución para el problema más grave de cuantos había afrontado a lo largo de su existencia.

—¿Cómo está Ickila? ¿Has podido verle? ¿Te ha escuchado el caíd? ¿Cuándo regresará a casa?

Badona, con el rostro arrasado por el llanto y unas profundas ojeras causadas por la falta de sueño, lo asaeteaba a preguntas sin dejarle siquiera despojarse del manto. Aguardaba en compañía de Adriano el regreso de Liuva como quien espera un milagro, entonando plegarias junto al monje, convencida de que su marido lograría como siempre sacar a su hijo del aprieto en el que se hallaba metido, por más que en esta ocasión el muchacho hubiese sobrepasado todas las barreras concebibles. Ese hecho no mermaba un ápice su dolor. Ella había sido siempre más indulgente con el chico que su esposo y más dispuesta a culpar a cualquiera antes que a él de sus muchas travesuras. Lo adoraba con amor incondicional. No había tenido un momento de descanso desde que supo que estaba preso en un oscuro calabozo, lejos de ella, de su calor y de sus mimos.

—Exige diez mil tremis de oro —contestó Liuva cabizbajo, más para sí que en respuesta al interrogatorio, puesto que no dejaba de repetirse esa sentencia desde que había salido de la audiencia con el caíd—. Diez mil tremis. ¿Os dais cuenta? No volveremos a ver a Ickila vivo. No hay nada que pueda hacer para reunir semejante fortuna de aquí a la nueva luna. Todo está perdido.

—No digas eso —replicó Badona casi en un grito—. Venderé todas mis alhajas, recurriré a mis padres... Y tú eres rico, tienes enormes extensiones de cultivo, los campos, los siervos...

Liuva fulminó a su esposa con la mirada. La habría abofeteado impulsado por la rabia, de no haber sido un hombre de honor incapaz de poner la mano encima a una mujer. En un momento como aquel, no obstante, la ingenuidad de su compañera le resultaba exasperante y le obligaba a realizar un esfuerzo supremo de contención. Sintió deseos de salir de la habitación para rumiar su pena en soledad, pero se obligó a pensar que Badona no sabía lo que decía y merecía por ello una explicación. Haciendo acopio de paciencia, contestó:

—No vuelvas a cuestionar mi amor hacia mis hijos ni siquiera de esa forma implícita. No te lo permitiré. No hay nada, ¿me oyes bien?, nada que no esté dispuesto a hacer para salvar a Ickila. Pero ni tus joyas, ni las de tu madre, ni todas las riquezas de esta casa bastarían para juntar la mitad de la compensación que nos piden. Y las tierras no valen nada. En estos momentos no hay un cristiano dispuesto a comprar un palmo de terreno ni mucho menos un siervo, sin saber lo que los conquistadores dispondrán hacer mañana con nuestras propiedades. Todo el que se marcha pierde sus derechos. El que se rebela, también. Los nuevos amos de Hispania incorporan a su botín cada huerto, cada olivo y cada esclavo que dejan tras de sí los que deciden emigrar. ¿Quién iba a querer adquirir nada en medio de esta incertidumbre?

—Tal vez haya alguien dispuesto a ayudaros después de todo —intervino Adriano sin ser preguntado—. No se trata de un cristiano, es verdad, sino de un judío a quien consideráis vuestro amigo y al que, según tengo entendido, vos ayudasteis cuando lo necesitó.

—¡Isaac! —exclamó Liuva—. No había pensado en él. Hace tanto tiempo que no hablamos... Fuimos buenos amigos, amigos de verdad, y es cierto que mi padre primero y más tarde yo mismo hicimos cuanto pudimos por él durante las purgas de Egica. Sin embargo, desde la llegada de los caldeos apenas nos hemos visto y mucho menos conversado. Es como si el muro de prejuicios que no consiguió separarnos cuando él era víctima de una persecución feroz se hubiera interpuesto entre nosotros ahora, a toro pasado, cuando la balanza de su suerte se inclina del lado de los vencedores.

—Los amigos de verdad no olvidan —terció el monje—. La amistad es un bien tan raro como precioso que resiste al paso del tiempo. Al igual que la plata, que puede oscurecerse hasta asemejarse al plomo, aunque recupera su brillo apenas se le pasa un paño. Intentadlo. Ya sabéis cuál es mi opinión sobre el pueblo que crucificó a Nuestro Señor, pero en todo caso nada tenéis que perder.

—Ve a ver al judío, por favor —insistió Badona, cuya simpatía por Isaac era comparable a la que manifestaba Adriano—. Ruégale, suplícale. Se ha convertido en uno de los personajes más influyentes de la ciudad y también en uno de los más ricos. Recuérdale lo que te debe...

Se trataba de una vieja deuda, desde luego, ya saldada por el paso de los años y que Liuva además jamás había considerado tal. A sus ojos, testificar a favor de Isaac o mostrarse comprensivo en la recaudación de los tributos impuestos a su comunidad no constituía una merced que hubiese de ser recompensada, sino un acto de justicia. Porque los judíos habían sufrido la inquina de los reyes godos con un ensañamiento que un hombre cabal como él no podía en modo alguno compartir ni mucho menos respaldar.

Isaac era la prueba viviente de ese atropello. Procedía de una familia arraigada en Toletum desde tiempos inmemoriales, que hubo de abandonar su ciudad para escapar a la persecución emprendida por Sisebuto a principios del siglo anterior. En su empeño por imponer la fe católica como único credo vigente en sus dominios, tras la derrota definitiva del arrianismo, el monarca emprendió una auténtica cruzada contra los hebreos. Primero les vetó para el ejercicio de cargos que les otorgaran alguna clase de poder sobre los cristianos. Más tarde los despojó de la práctica totalidad de sus siervos, impidiendo que cualquier creyente estuviera sujeto a un judío por una relación de dependencia. Vino a continuación la prohibición de los matrimonios mixtos y la orden tajante de que los hijos habidos anteriormente de tales uniones fueran educados en los preceptos del catolicismo, so pena de arrebatárselos a sus familias. Y poco después los empujó a elegir entre bautizarse en la fe de Cristo o marcharse del reino.

Muchos optaron por la primera opción, sin renunciar por ello internamente a la religión de sus mayores, que siguieron practicando en secreto. Otros se decantaron por el exilio a fin de salvar su conciencia. Ese fue el caso de los padres de su viejo amigo, que encontraron en Recópolis un refugio discreto, alejado de la capital y repleto de oportunidades en el que poder practicar sus ritos sin miedo a las represalias.

Para cuando nació Isaac, en el año 713, el IV Concilio de Toletum ya había abolido las conversiones forzosas, aunque los bautizados contra su voluntad fueron obligados a perseverar en su nueva fe hasta el punto de comprometerse públicamente a ello en dos actos multitudinarios sucesivos celebrados en la iglesia de Santa Leocadia. Él, sin embargo, escapó a esa humillación y se instaló en paz con su familia en la ciudad fundada por Leovigildo, donde su padre puso en pie un negocio de comercio de especias con el Lejano Oriente que ya florecía y daba pingües beneficios en el momento en que, fallecido el fundador, el hijo tomó las riendas. Solo se trataba de una tregua, ya que la persecución distaba mucho de haber terminado.

Transcurridas menos de dos décadas, en el 732, Egica decidió lanzar el golpe final contra las comunidades israelitas que aún resistían aquí y allá, básicamente en las grandes urbes, decretando su disolución. En rigor, los hebreos eran reducidos a servidumbre y dispersados por todas las regiones del reino como castigo por su participación en una presunta conspiración judía desplegada a nivel universal con terminales en lugares tan alejados como Persia o el Atlas, en la que habrían participado las juderías hispanas confabuladas con sus hermanos de ultramar. En la práctica se les impidió el acceso a las lonjas en las que se cerraban las operaciones comerciales internacionales de envergadura a la vez que se les cargaba con un tributo especial equivalente a una losa funeraria. Un impuesto colectivo en forma de cantidad cerrada, que habría de pagar puntualmente al fisco cada comunidad en la fecha establecida, con independencia del número de individuos que integrara en ese momento el grupo, de su salud o de la situación económica de cada uno de sus miembros.

Ese fue el momento en el que la intervención de Liuva y antes que él de su padre, numerario al servicio del conde Tulga, resultó ser decisiva para salvar a Isaac de la quiebra y la esclavitud. Ambos se mostraron comprensivos con las dificultades del comerciante abanderado de su aljama para satisfacer las cantidades requeridas y le otorgaron el tiempo que solicitaba sin apremios ni amenazas. Ambos abogaron a su favor ante las autoridades de Recópolis, a fin de que se le permitiera continuar con su negocio a través de personas interpuestas, esgrimiendo como argumento la imposibilidad de recaudar tributo alguno de quien era privado de los medios necesarios para generar riqueza. Gracias a su mediación, Isaac y su familia sobrevivieron a las purgas del penúltimo rey de los godos, salvando su hacienda y su libertad. Luego llegó Tariq y los papeles se invirtieron, aunque hasta ese día aciago Liuva no había precisado la intercesión de su amigo. Ahora iba a poder comprobar si su sentido de la lealtad era comparable al del judío.

—¡Cuánto tiempo ha pasado, viejo amigo! Creí que mis ojos se apagarían sin tener la dicha de volver a verte.

Tan anciano que parecía a punto de quebrarse, encorvado por la edad y los achaques, envuelto en mantos de piel y abrigada la cabeza calva con un gorro del mismo material que apenas dejaba asomar la nariz prominente propia de su raza, Isaac se levantó para abrazar al huésped que permanecía mudo en el quicio de su puerta. Había accedido a recibir a Liuva sin demora, en cuanto el mayordomo le comunicó que solicitaba audiencia, y poco después le demostraba con su actitud afable que todos los temores albergados respecto de un eventual distanciamiento eran completamente infundados. Aliviado por esa bienvenida, el numerario se dispuso a detallar el motivo de su visita, no sin antes intentar justificar el silencio mantenido a lo largo de esos años:

—Yo también he echado de menos nuestras charlas, así como nuestras interminables discusiones, no creas. Los acontecimientos, no obstante, parecían abocarnos a una lejanía más impuesta que buscada. Tú, alineado con los vencedores y elevado a la condición de magnate de la ciudad; yo, miembro del bando derrotado, superviviente a duras penas y con la dignidad escarnecida.

—No caigas en la autoconmiseración que tantas veces me reprochaste en el pasado, te lo ruego. No es propio de ti. Y además no responde a la realidad. Si alguien carece de motivos para quejarse de su suerte ese eres tú, viejo cínico. ¿Acaso no es tu residencia, hoy como ayer, mucho mayor que esta en la que nos encontramos? ¿No multiplican tus siervos a los míos? ¿No visten tu mujer y tus hijas con un lujo que las mías nunca han exhibido?

—Me refería a tu influencia con los nuevos amos de Hispania y de Recópolis, ante los cuales tu pueblo parece haber encontrado favor.

—Hablemos claro, Liuva. Aún no sé a qué debo el placer de tu presencia aquí, pero nos conocemos demasiado bien como para andarnos con disimulos. Tanto yo como el resto de los judíos de Sefarad recibimos a Tariq como a un libertador, es verdad. Los sarracenos nos pidieron ayuda para culminar su conquista y se la prestamos sin escatimar esfuerzos, como no podía ser de otra forma. Nos otorgaron el mando militar de ciudades como Toletum, Elvira, Híspalis o Emérita, mientras ellos proseguían su avance hacia el norte, y cumplimos la misión de manera satisfactoria para ambos. Aquí en Recópolis esa tarea fue encomendada a una guarnición de berberiscos, como sabes, pero créeme que yo mismo me habría hecho cargo de dirigirla si se me hubiese solicitado. ¿Cómo no iba a hacerlo? ¿Has olvidado lo que tuvimos que soportar inmediatamente antes de la invasión? ¿Necesito recordarte la crueldad de las medidas que tus soberanos dictaron contra nosotros?

»Yo nací en esta tierra —prosiguió el anciano su alegato, como si llevara una vida entera esperando el momento de poder hacerlo—. Mis padres, mis abuelos y antes que ellos sus abuelos trabajaron para engrandecerla. Mas nada de eso bastó para que se nos considerara ciudadanos iguales en derechos a cualquier otro. Tu pueblo nunca nos quiso. Tu rey Sisebuto nos cercenó la posibilidad de alimentar a nuestros hijos arrancando al campo sus frutos al prohibirnos poseer siervos para labrarlo. Tus jueces nos llevaron al cepo, a la tenaza del verdugo o a la hoguera por cumplir en secreto con los ritos de nuestra fe que se nos prohibía practicar en público. Llevamos a cuestas un pecado que Cristo nunca perdonará, o que cuando menos no perdonáis los cristianos. ¿Cómo habíamos de recibir a quienes venían dispuestos a comprender nuestra religión y a tratarnos con respeto? ¿Por qué habríamos debido luchar junto con quienes pretendían liquidarnos contra unas gentes dispuestas a tolerar nuestras sinagogas sin más condición que la de seguir pagando tributos?

»Tengo influencia entre los nuevos amos de la urbe, dices, y dices bien —Isaac había endurecido el tono, afilando la mirada gris—, pero no acepto el fondo de reproche que deslizas en tus palabras. De haber ocupado mi lugar, probablemente tú no habrías mostrado tanta clemencia como yo con tus tiranos de antaño. Y ahora contéstame —insistió relajando nuevamente la expresión una vez satisfecha su necesidad de desahogo—, ¿qué es lo que puedo hacer por ti?,

Liuva no estaba en condiciones de discutir nada ni tampoco deseaba hacerlo. En otras circunstancias habría intentado explicar las causas políticas de esas medidas inicuas tomadas contra los hebreos, subrayar el hecho de que estos nunca habían mostrado interés alguno en integrarse realmente en la sociedad que los había acogido después de su diáspora o rebatir los argumentos con los que su amigo justificaba lo que para él era una traición sin paliativos de la comunidad judía a su legítimo rey. Pero en ese momento nada le importaba más que salvar la vida de Ickila. Y para eso se encontraba allí. Haciendo acopio de sinceridad, sin medias tintas ni estrategias aduladoras que no habrían surtido el menor efecto, confesó a su interlocutor:

—Necesito tu ayuda para evitar que sea ajusticiado mi hijo.

En pocas palabras explicó el grave delito cometido por el muchacho, relató los pormenores de su entrevista con el caíd, sin emitir juicios de valor, y confesó su desesperación ante la imposibilidad de reunir la cantidad de diez mil tremis de oro exigida a modo de composición por la muerte del oficial árabe. Evitó mencionar los favores dispensados a la familia del judío en tiempos lejanos, en parte por sentido del pudor, pero sobre todo porque tuvo la certeza de que no sería útil. En lugar de comportarse como quien cobra una deuda, ofreció:

—Por supuesto no te estoy pidiendo un donativo, sino un préstamo que sería documentado por escrito, conforme a lo establecido en derecho. Si te parece justo, te propongo devolverte la suma en el plazo de diez años, a razón de nueve sueldos por cada ocho prestados, tal como establece el tipo de interés que se aplica habitualmente...

—Te diriges a mí como si acudieras a un usurero, hablándome de intereses, en lugar de abrir tu corazón al amigo.

Liuva apenas disimulaba su nerviosismo ante la reacción del judío. Este se hizo cargo de su angustia y la cortó de raíz con una respuesta que dejaba cortas las más optimistas expectativas del numerario:

—Si fuera mi hijo el que aguardara en un calabozo la hora de su ejecución tú estarías a mi lado. No lo pongo en duda. Lo que ha hecho Ickila merece la muerte y aun el tormento que la precede, pero sé que el suyo no será nada en comparación con el que te espera a ti al verlo subir a esa cruz. Y tú eres inocente, además de una persona de conducta recta y corazón limpio. Cuenta por ello con mi fortuna y mi influencia para rescatar a ese chico de las manos del verdugo, pero procura enseñarle que ese no es el camino. Nos guste o no vamos a tener que vivir juntos largo tiempo en esta tierra y cuanto antes empecemos a aprender a soportarnos, antes restañaremos heridas.

El recaudador de tributos no era hombre de lágrima fácil ni sentimentalismo a flor de piel. Todo lo contrario. Su concepto de la vida siempre le había llevado a guiarse por la razón y desconfiar de las emociones, convencido como estaba de que estas suelen sacar a la luz lo más bajo del ser humano. En ese instante, sin embargo, una ola de gratitud se abrió paso hasta su garganta, le humedeció los ojos y casi le cortó la respiración, privándole del habla durante algunos minutos. Únicamente podía sentir, gozar de la esperanza renacida en su interior, amar intensamente a ese hombre cuya generosidad iba a pagar el rescate de Ickila a cambio de nada. Cuando por fin pudo hablar de nuevo, se limitó a repetir una y mil veces la palabra gracias. Luego se abrazó a su amigo, intentó besarle las manos, a lo que este se negó con una energía impropia de su vejez, y salió de la estancia decidido a comunicar cuanto antes la buena nueva a su familia, no sin antes acordar con Isaac la entrega del dinero prometido a la vuelta de unos días, en cuanto el judío hubiera sido capaz de reunirlo.

La noticia produjo el lógico júbilo en Badona e Ingunda, así como también en Adriano, quien hubo de convenir con Liuva en que Isaac se había portado como un hermano, mejor que muchos cristianos, lo que le redimía de la presunción de culpabilidad que arrastraban a sus ojos todos los de su raza. La alegría regresó a la casa y también a la mazmorra en la que languidecía Ickila, en cuanto una carta pasada de contrabando, mediante el correspondiente soborno al guardia que la custodiaba, hizo saber al cautivo que su liberación estaba próxima. Llegado el momento de ver realizado el sueño, no obstante, unos y otro constataron que no iba a resultar tan sencillo.

El caíd no había creído posible que sus condiciones fueran cumplidas, por lo que se llevó una desagradable sorpresa cuando se le comunicó que el magnate con el que se había entrevistado a propósito del cristiano preso solicitaba ser recibido de nuevo a fin de hacer entrega oficial de la cantidad acordada. No podía volverse atrás, pues una cosa así habría mermado gravemente su prestigio entre los habitantes de la ciudad, pero tampoco permitir que el asesinato de un oficial de su guarnición se saldara con una mera compensación económica, por muy elevada que fuera. Tras meditar su decisión durante un tiempo que a Liuva le pareció eterno, le hizo llamar a su presencia para dictar su sentencia:

—Has traído el oro y yo cumpliré mi palabra de liberar a tu hijo. Mas no quiero volver a veros a ninguno de los dos. Coge a tu familia, carga lo que puedas llevar contigo en una carreta y salid de mi ciudad antes de que me arrepienta. Te daré un salvoconducto que os permitirá transitar por territorio musulmán durante dos lunas. Ni un día más. A partir de entonces seréis objeto de persecución como reos de asesinato y cualquiera que os detenga podrá disponer de vuestras personas, reduciros a servidumbre o venderos como esclavos en el mercado más cercano. Ya me has oído. Ahora vete.

—Pero señor —arguyó Liuva—, yo he cumplido mi parte del acuerdo, he traído el importe de la composición y además, como sabes, mantengo buenas relaciones con tu hermano de sangre, el caíd de Valentia, desposado con mi hija...

Era más de lo que al Qutiyan estaba dispuesto a soportar. A duras penas contuvo su impulso de revocar su recién anunciada decisión, decretando en ese mismo instante la ejecución del asesino y la reducción de su padre a servidumbre. Obligándose con un supremo esfuerzo a mostrar prudencia por el bien de su misión en Recópolis, contestó:

—El matrimonio que invocas protege a tu hija. A nadie más. Ella ha abrazado la fe de Alá y por ende está sujeta a una consideración bien distinta. En cuanto a ti y tu familia, no volveré a repetírtelo: disponéis de dos meses para salir de al-Ándalus. Vencido ese plazo, que tu dios se apiade de vosotros si volvéis a caer en mis manos.

La tregua había sido un espejismo. Ickila estaba a salvo, aunque no por mucho tiempo. Su vida y la del propio Liuva dependían de que este abandonara todo aquello que había construido a lo largo de los años, redujera al contenido de un carro el trabajo de sus antepasados y emprendiera de inmediato un viaje hacia lo desconocido. La locura del muchacho los había arrastrado a todos a ese abismo del que no sabían aún si lograrían escapar.

Con el ánimo confuso, a ratos aliviado, en otros enfurecido, y en más de un momento entregado a la desesperación, el padre fue a buscar a su hijo a las puertas de la prisión sin la menor idea de lo que le diría al verle. ¿Le reprocharía su conducta irreflexiva? ¿Le echaría en cara la situación en la que los había colocado a todos? ¿Renegaría de él? ¿Se limitaría a gozar del placer de verle vivo?

Al ver a Ickila salir de su encierro pálido, cegado por la luz del sol, con las huellas del hambre y el miedo inscritas en el rostro donde una nueva mirada de perro apaleado había sustituido a la arrogancia característica hasta entonces, el magnate no hizo más que ver acrecentarse sus dudas. El hombre que tenía ante sí era el niño pequeño que tantas veces había acogido en sus brazos tiempo atrás, cuando la muerte prematura de su madre le privó del calor que toda criatura necesita. Un ser al que amar más allá de toda razón, cuidar y proteger. Sin embargo, su desvarío había provocado la ruina de la familia, lo que merecía un severo castigo. Poco ducho en ese arte que jamás había practicado, criando con ello a un hijo incapaz de sujetar sus impulsos, le propinó una bofetada lanzada con todas sus fuerzas, que desgarró el labio del chico. Este se arrodilló suplicando perdón, sin obtener la respuesta que imploraba. En su lugar, vio cómo su padre se alejaba sin decir palabra y se puso a seguirle cual cachorro asustado, probando el gusto de esa sangre amarga que nunca hasta entonces había derramado.

Ninguno de los dos habló durante largo rato. Se limitaron a caminar en silencio hasta la mansión que pronto quedaría desierta, mascando penas y dejando para más tarde la obligación de pensar en cómo resolver los complejos problemas que se les venían encima.

Dos meses, había dicho el caíd. Ese era el plazo del que disponían para liquidar sus asuntos en Recópolis, despedirse de una hacienda que pasaría inmediatamente a manos del ocupante, decidir qué hacer con sus numerosos siervos, comprar las provisiones y pertrechos necesarios para el camino y, por supuesto, abandonar la tierra gobernada por los ismaelitas. Liuva pensaba dirigirse al reino de los francos, donde muchos godos exiliados de Hispania habían hallado refugio, e Ickila deseaba que marcharan hacia Asturias, con el fin de incorporarse a las tropas de Alfonso y emprender la lucha contra el sarraceno.

En ese momento aciago, sin embargo, ninguno de los dos estaba en condiciones de discutir el rumbo. El hijo se mostraba abrumado por la culpa. Sentía la necesidad de suplicar un perdón imposible de alcanzar, ya que se daba cuenta de haber ocasionado con su proceder cobarde la caída en desgracia de todos sus seres queridos, quienes no se enfrentarían a tales peligros de haber tenido él valor suficiente para morir luchando contra sus captores. El padre, a su vez, se preguntaba en qué se habría equivocado para verse abocado junto con los suyos a semejante situación. Uno y otro intentaban acallar sus conciencias pensando en el modo de salir del atolladero, aunque cuantas más vueltas le daban al asunto, más patente quedaba a sus ojos la dificultad del reto al que habrían de hacer frente.

Tal vez por su arraigado deseo de huir a territorio cristiano o simplemente por la sencillez de su naturaleza, Badona, por el contrario, mostró desde el principio la mejor disposición para contribuir en su esfera de responsabilidades a los preparativos del viaje. Con la ayuda de Claudio, puesto al corriente de los graves acontecimientos en curso, se encargó de vender o empeñar sus alhajas, así como otros objetos de valor de la mansión, a fin de adquirir alimentos, mantas, pellizas y otros enseres indispensables para la aventura que se disponían a emprender, además de obtener recursos con los que pagar a la escolta de cuatro jinetes armados que los acompañaría hasta llegar a lugar seguro.

Por lo demás, poco ajuar o vestuario podrían llevarse en una única carreta, toda vez que en el vehículo tendrían que acomodarse Ingunda y ella misma, acompañada de su anciana sierva Marcia, además de Adriano. Este había decidido viajar con ellos llevándose consigo no solo su manuscrito, sino los valiosos códices incorporados a su biblioteca personal en el transcurso de los años, que constituían a sus ojos el más preciado de los tesoros: un libro de misas y otro de oraciones escritos por un santo monje llamado Julián; un homiliario de uso común en todas las iglesias, que acaso escaseara en el nevado septentrión donde el fraile pensaba instalarse; un ejemplar de las *Etimologías* de Isidoro de Híspalis; unos *Comentarios* sobre el Apocalipsis de Apringio de Beja y un par de relatos de viajes. Nada de túnicas púrpura en los baúles; nada de sedas ni de encajes. Allá donde se dirigían les serían de más utilidad los mantos de lana de oveja hispana y las capas de piel cosidas por artesanos de Corduba, cuya reputación como curtidores trascendía las fronteras de la Bética.

Y mientras su esposa se encargaba de la intendencia e Ickila permanecía encerrado en casa, alejado de cualquier tentación, Liuva resolvía el futuro de sus esclavos, la mayoría de los cuales, ya fueran domésticos o rústicos, iban a alcanzar la libertad gracias a la partida de su señor. Únicamente un par de caballerizos jóvenes se unirían forzosamente a la comitiva con el fin de atender a las monturas. Junto con ellos iría igualmente el aya de Badona, una anciana que la atendía desde que era niña y se había negado tajantemente a alejarse de ella en semejante trance. A los demás podría haberlos ignorado el magnate, marchándose sin más, aunque tal proceder no habría sido digno de una persona de su alcurnia. Estaba obligado por su honor a dejar aclarado el destino de quienes le habían servido con esfuerzo, lo que le llevó a dedicar largas horas de su tiempo, así como sus últimas reservas de pergamino, a la redacción de documentos de manumisión plena a favor de todos y cada uno de sus siervos, o al menos de todos aquellos de cuya existencia tenía constancia. Documentos que él mismo se encargó de hacer llegar a los beneficiarios instándoles a conservarlos como las niñas de sus ojos, a fin de poder exhibirlos ante cualquier autoridad como prueba de su nueva condición social y aval de los derechos que esta llevaba aparejados.

De acuerdo con las leyes germanas, esos libertos no gozarían ya de la protección de su antiguo patrón ni podrían reclamarle tampoco una donación de tierra con la que empezar a sustentarse por su cuenta, pero a cambio no estarían obligados a mostrarle gratitud ni se arriesgarían a caer nuevamente en servidumbre en caso de faltar a ese deber. Simplemente quedarían libres del yugo que casi todos ellos soportaban desde que habían sido concebidos por sus padres, esclavos al igual que ellos y encadenados a la tierra. Tendrían que aprender a vivir sin la sombra constante del amo.

Claudio constituiría la única excepción.

El mayordomo nunca había sido un esclavo como los demás. Nacido y crecido en la casa, siempre mostró una inteligencia despierta que, unida al afecto que por él sentía la familia del numerario, le hizo acreedor a recibir una educación rudimentaria gracias a la cual sabía leer y hacer alguna cuenta, un trato de favor en lo referente al vestuario y la comida, así como muestras frecuentes de confianza que a otros se les negaban. Él a su vez respondió siempre con lealtad a esas manifestaciones de estima y puso todo su empeño en no defraudar a sus señores. Llegada la hora del adiós, sentía auténtico vértigo ante la necesidad de alejarse de esa casa que había sido su hogar, buscar trabajo en una ciudad decadente, sin conocer oficio alguno, y resolver en definitiva su futuro privado de la tutela que hasta entonces había guiado sus pasos.

Cuando el momento de la partida estaba ya próximo, Liuva le hizo llamar para encomendarle una última tarea:

—Sabes el aprecio que te tengo y lo que me cuesta esta decisión. Estoy seguro de que harás buen uso de tu libertad, que te entrego formalmente con este escrito —aseveró al tiempo que tendía a Claudio un pergamino doblado y lacrado en el que se otorgaba al siervo la manumisión incondicional, extensiva a toda su descendencia—. Consérvalo como oro en paño, ya que de esas líneas depende a partir de ahora tu vida.

El esclavo recién ascendido a la condición de liberto se disponía a responder, cuando fue cortado en seco.

—Aguarda. Hay algo más que quiero pedirte. No te lo ordeno, pues no estoy en posición de hacerlo, pero sí te lo ruego en nombre de la devoción que siempre me has demostrado. Esta carta —continuó, entregándole otro pliego de tamaño más reducido igualmente sellado con lacre rojizo— es para mi hija Clotilde. En ella le explico los motivos de nuestra marcha, le expreso el amor de su familia, en la que siempre ocupará un lugar abrigado, y le pido que sepa perdonar a su hermano...

Los ojos de Liuva se habían velado de lágrimas. La emoción le quebraba la voz y su rostro parecía más arrugado que nunca. Los años se le agolpaban de pronto en las manos temblorosas, antaño tan fuertes, que apenas podían sujetar ese pedazo de piel curtida en el que con tinta amarga se despedía para siempre de su primogénita. La pena que no había sentido al casarla con un conquistador mahometano o verla partir a su nuevo hogar en Valentia le invadía ahora de golpe. Acaso fuera por su propio infortunio, que le permitía comprender el de ella, o por la certeza de no poder protegerla nunca más de los peligros que la acecharan en el futuro. Triste, derrotado, sometido su orgullo a la más dura prueba que hubiera afrontado nunca, aunque no arrepentido, concluyó:

—Encuentra a Clotilde en esa que ahora llaman Balansiya y entrégale esta nota. Es lo último que te pido.

Dile que la amo y que también yo confío en alcanzar su perdón. Toma esta bolsa que contiene el poco oro que ha sobrado tras pagar el rescate de Ickila y empléala en alcanzar el propósito que te encomiendo. No me defraudes. Ahora ve, llévate el caballo que prefieras de la cuadra y que Dios te acompañe. Tú también vivirás por siempre en mis recuerdos.

La mañana de la partida amaneció cubierta de niebla, o más bien vaho, que se alzaba desde la tierra cual gélido aliento dispuesto a desafiar al mismo sol. Era muy temprano cuando la comitiva se puso en marcha, dejando tras de sí primero la mansión donde los muebles, tapices y braseros pronto darían solaz a un nuevo dueño, más tarde la plaza del palacio, desierta a esa hora de la mañana, luego las calles del mercado, que apenas comenzaban a despertar, y finalmente las puertas de la ciudad, que los soldados de guardia les franquearon sin rechistar, una vez comprobada la autenticidad del salvoconducto exhibido por Liuva, rubricado con el sello del caíd.

Encabezaban y cerraban la caravana dos jinetes mercenarios pagados para hacer labores de escolta. A escasa distancia cabalgaban Ickila y su padre, envueltos en capas de piel con sus correspondientes capuchas y provistos de gruesos guantes que apenas les dejaban manejar las riendas. Detrás de ellos, a pie, seguían los siervos obligados a acompañarlos. Dos caballerizos jóvenes, nacidos esclavos y destinados desde la niñez a las más bajas tareas, que sin embargo habían visto el cielo abierto con la liberación de sus compañeros y a regañadientes se resignaban a conservar su mísera condición mientras los demás celebraban su suerte. Iban por tanto malhumorados, quejosos, alimentando odios y poco dispuestos a esforzarse, aunque conscientes de que cualquier gesto de rebeldía podría costarles la vida, mientras que una eventual huida los abocaría a morir de hambre o algo peor en medio de aquellos páramos.

Las fugas de esclavos no eran algo extraño. En las décadas que precedieron a la invasión se habían multiplicado de tal manera que Egica dictó leyes severísimas contra los fugitivos, condenados a atroces tormentos en caso de ser capturados. Con la llegada de los sarracenos las cosas se habían calmado un poco, aunque cualquier viajero susceptible de ser confundido con un siervo renegado se exponía a ser agredido violentamente de palabra y de obra. Además, por si esa amenaza no resultaba suficiente, la hambruna castigaba por aquellos tiempos las tierras de Hispania hasta el punto de que algunos conquistadores habían regresado a África en busca de alimento, dada la gravedad de la carestía. Se rumoreaba, asimismo, aunque muchos achacaran la habladuría a la voluntad sarracena de contener la oleada de exilios, que más de un noble godo emigrado al norte había perecido entre sus montañas sin lograr encontrar medios con los que salir adelante. ¿Qué no le sucedería a un siervo?

Solo podían obedecer mientras esperaban a que cambiara su suerte. Así pues, Lucio y Paulo, que así se llamaban los caballerizos, caminaban cabizbajos tras sus amos, resbalando con sus botas de fieltro sobre el suelo helado, delante de la carreta cubierta de lienzo encerado en la que viajaban las damas, rodeadas de bultos, soportando de la mejor manera posible el traqueteo de las ruedas de madera sobre un camino sembrado de baches. Con ellas llevaban bien escondidos los escasos objetos de valor que habían sobrevivido al hundimiento súbito de su fortuna: los libros, una sortija antigua con tres zafiros engastados en oro que había pertenecido a la madre de Ickila y llevaba siglos en su familia, una cruz de plata maciza depositaria de las plegarias de Badona, rescatada de su cabecero, y finalmente un cáliz de pequeño tamaño, aunque cuajado de piedras preciosas, que el numerario conservaba oculto en su poder desde que le fuera confiado por uno de los clérigos de la basílica de Recópolis con el ruego de salvarlo de una profanación que finalmente no se produjo.

A ratos, cuando la fatiga o el intenso frío le vencían, Liuva buscaba acomodo en el interior del carruaje. En esos momentos solía aprovechar para conversar con Adriano acerca de la gran labor realizada por los ejércitos de Roma, merced a cuyos ingenieros disponían de calzadas que comunicaban entre sí todos los rincones del imperio, incluidas las distintas regiones de Hispania.

—Lástima que lleven décadas sin ser reparadas, como atestiguan nuestros doloridos huesos —replicaba el fraile.

—De no ser por la inmensa obra civilizadora llevada a cabo por ese pueblo del que los godos lo aprendimos todo excepto el arte de la guerra, en el que siempre competimos con ventaja —insistía el numerario, luchando por apartar de su mente la nostalgia—, no habría caminos por los que transitar y mucho menos en esta época del año. Como veréis, ni el agua, ni las heladas, ni el barro, ni el tiempo han podido con ellos. La ruta hacia el norte sigue siendo transitable, incluso en pleno invierno.

—Pues no parece que los beneficiarios de esa obra compartieran vuestra opinión respecto de las intenciones de Roma, a juzgar por la extrema dureza de las campañas que hubieron de soportar aquí sus legiones a lo largo de doscientos años, antes de someter a las distintas tribus de Hispania. Los autores clásicos se hacen lenguas de su bárbara acometividad, su heroica resistencia, la magnífica soberbia de esas gentes, su orgullo indómito, la vehemencia apasionada de su carácter y el desdén por la muerte del que dieron muestra durante su larga lucha con Roma e incluso después, en el transcurso de las guerras civiles acaecidas en las postrimerías de la República. Algunas crónicas aseguran que su amor por la libertad era tal que la preferían a la vida misma, al tiempo que ponderan su resistencia a la penuria, a la fatiga y al dolor, lo que los convertía en guerreros temibles que muchos emperadores escogieron para integrar sus guardias personales, una vez sometidos los últimos focos de resistencia.

—Lo sé. Esa fiera pasión por la libertad llevó a los vascones, a los cántabros y a los astures a luchar nuevamente en su defensa frente a nosotros, los godos, unos hasta el reinado de Leovigildo, otros hasta bien avanzada la centuria pasada, y en el caso de los vascones hasta los días de Rodrigo. Nos combatieron con la misma furia con la que se habían enfrentado a Roma y acometen ahora, por lo que se dice, a las tropas sarracenas que se adentran en su territorio. Sospecho que pudieron contagiarnos algo de ese espíritu rabiosamente individualista, de ese orgullo disociador y ese desprecio por el cumplimiento de la ley que llevó a la ruina a nuestra monarquía. Lo cual no me impide regresar al comienzo de mi razonamiento y reafirmar que, aunque unos y otros intentáramos frenar su avance con toda la fuerza de nuestros pueblos, debemos al Imperio romano una red de calzadas, puentes y acueductos sin los cuales nuestra vida sería mucho menos confortable y nuestro viaje, imposible.

Los días eran cortos y resultaban extenuantes, aunque una vez pasadas las primeras horas, vencido el encantamiento que convertía los arbustos, árboles y hierbas ralas en estatuas de hielo blanco, el sol solía bendecirlos con su tibieza. Durante la noche, en cambio, el frío penetraba hasta el alma, por mucho abrigo que se buscara en las mantas. Su mordisco era tal que los hombres obligados a dormir al raso calentaban piedras en la hoguera del campamento para metérselas entre las ropas, aun a riesgo de quemarse. La comida resultaba escasa y monótona: pan mojado en aceite mientras duraron las provisiones de uno y otro, gachas de harina de trigo después, higos secos, algún embutido y vino aguado para beber.

Llevaban consigo todo lo que necesitaban, dada la penuria que asolaba el país, aunque de cuando en cuando compraban alguna cosa en una de las aldeas que atravesaban, empleando para pagarla monedas de cobre de escaso valor a sus ojos que los campesinos recibían, por el contrario, con grandes muestras de agradecimiento. Esto suscitaba el asombro sincero de Ingunda y de su hermano, que estaban aprendiendo en esos días mucho más de lo que lo habían hecho en toda su vida escuchando a sus padres o a su tutor.

La vida resguardada que habían llevado en su mansión dorada no los había preparado para lo que habrían de afrontar en el futuro. La realidad del trabajo cotidiano se les hacía extraña, aunque la encararan con valentía. Ickila por sentirse responsable de aquel peregrinar penoso e Ingunda por afán de agradar a su padre, uno y otra se empeñaban en poner al mal tiempo su mejor cara, sobre todo los primeros días, impregnándose de cualquier saber que pudiera resultarles útil en el futuro que les aguardaba. Claro que esa disposición no duró mucho.

En más de una ocasión temieron algún encuentro con una partida de bandidos, esclavos fugitivos o desertores de uno u otro ejército, de las muchas que asolaban los caminos, pero la presencia de guardias fuertemente armados en la comitiva debió de disuadir a los posibles asaltantes de intentar una acción que les habría resultado muy costosa. La aventura siguió su curso, por tanto, sin más obstáculos que los naturales, suficientes para ir quebrantando los ánimos poco a poco.

A medida que avanzaban, las alquerías se iban distanciando, las villas desaparecían y los trechos de camino desierto se alargaban, llenando de zozobra unos espíritus cada vez más vacilantes en su determinación.

Desde Recópolis habían seguido hacia el sur la calzada que lleva a Titulcia con el fin de incorporarse allí a la vía principal que seguirían hasta Septemmanca, pasando por la antigua Miacum y por Segóbriga. Una vez alcanzado ese punto, giraron hacia el oeste en dirección a Semure y, sin abandonar el camino empedrado por el que marchaban desde su partida, bordearon la ya despoblada Brigeco, superaron las ruinas de la ciudad astur de Bedunia y alcanzaron las puertas de Legio al atardecer de un gélido 16 de febrero de la era de 783, siendo Thawaba ben Salama al Chuhawi valí de al-Ándalus y reinando en Cánicas Alfonso, príncipe de Asturias.

Liuva no pudo más. Cuando ya eran visibles en la lejanía las murallas de la urbe fundada para alojar a la Legio VII Gemina, enviada a Hispania en tiempos de la conquista con la misión de asegurar la paz en los levantiscos territorios septentrionales, el anciano numerario pidió un descanso para reponerse de las fatigas del viaje. Pese a que de su boca no había salido una queja, estaba exhausto, demacrado y más flaco de lo que querían reconocer sus seres queridos. Últimamente hablaba cada vez menos, se mostraba huraño y pasaba más tiempo en el carro que a caballo. Ni siquiera Adriano era capaz de sacarlo de su mutismo. Badona e Ingunda le cubrían de caricias, intentaban hacerle comer y le entretenían con canciones o historias de reinas y santas que él oía, sin escucharlas, sumido en sus propios pensamientos. Estaba recapitulando. Preparándose para comparecer ante el Supremo Juez. Ordenando el balance que presentaría en breve ante Dios nuestro Señor, tan pródigo con él en el reparto de talentos como merecedor de réditos acordes a esa generosidad. Buscaba frutos susceptibles de ser exhibidos en Su presencia, sabedor de que muy pronto le sería exigida su cosecha.

Ickila, entre tanto, seguía carcomido por los remordimientos. Poco quedaba en su interior del muchacho soberbio, sediento de venganza, seguro de sí mismo y arrogante hasta la inconsciencia que apenas unos meses antes había dado muerte a un sarraceno, sintiéndose por ello un héroe digno de las epopeyas que le narraba Adriano en sus lecciones. El amor de su familia, su disposición a sacrificarlo todo por él hasta el extremo de verse reducida a esa miserable situación, eran como un puñal clavado en el corazón que le llenaba de culpa haciéndole tributario, al mismo tiempo, de una deuda imposible de pagar. Se maldecía por cada vez que en el pasado había sospechado de la integridad de su padre ante los sarracenos, puesto en duda su valor o despreciado su tendencia natural a buscar fórmulas pacíficas con las que resolver los problemas. ¡Qué estúpido se sentía ahora al comparar sus rabietas pueriles de chiquillo malcriado con la lección de apoyo incondicional que le acababan de dar sus seres queridos con Liuva al frente!

En su alma se entremezclaban emociones contradictorias enfrentadas entre sí: amor y odio; orgullo y humillación; vehemencia y contención; ilusión y desesperanza. Anhelaba cumplir su sueño de convertirse en guerrero, pero se despreciaba a sí mismo por cargar el precio de ese sueño sobre las espaldas de los demás. Estaba convirtiéndose en hombre a toda prisa y no sabía aún cuál de los Ickilas que llevaba dentro lograría imponerse a los otros: ¿El egoísta, el cruel, el íntegro, el rudo, el valeroso, el generoso, el visionario, el vehemente, el inconsciente, el brutal, el honesto, el orgulloso, el incansable, el impetuoso... o acaso una amalgama de todos ellos, pasada por el tamiz del dolor y templada en el fuego de la batalla?

La última noche que compartió con su padre, este le pidió que se acercara a la lumbre en la que buscaba en vano el calor que había abandonado ya su cuerpo. Él acudió a su lado en silencio, incapaz de encontrar la forma de expresar lo que sentía. Quería pedir perdón, mas no hallaba el modo de hacerlo. No hizo falta.

—Deja de torturarte, hijo mío —le dijo Liuva con una voz que parecía proceder de otro mundo—. Hace mucho tiempo que deberíamos haber emprendido este viaje. Tal vez entonces habría logrado yo contemplar el paisaje que se esconde al otro lado de esas cumbres, semejantes a una fortaleza construida por el mismo Dios con el fin de proporcionar a sus hijos un baluarte donde refugiarse.

—Lo veréis, padre —le interrumpió Ickila—. Ya falta muy poco. Un último esfuerzo y estaremos allí, en la corte de Cánicas, gozando de la hospitalidad del rey.

—Sabes muy bien que no será así. Las piernas ya no me sostienen, el frío que percibo se debe a algo más que a los rigores del invierno y además estoy cansado. Cansado de vivir y deseando cruzar el umbral que todos hemos de traspasar tarde o temprano. No te aflijas. He disfrutado de una existencia larga y feliz que a pocos hombres les es dada. Únicamente me queda una cosa por hacer, y es pedirte que cuides de tu madrastra y de tus hermanas, también de Clotilde, por más que te duela el matrimonio que yo le concerté.

—Os lo juro por mi honor —respondió al punto Ickila—. Mientras me quede un hálito de vida no permitiré que nada malo suceda a ninguna de ellas. Podéis confiar en mí, pero os suplico que me perdonéis. No abandonéis este mundo sin darme vuestra bendición.

—Yo te he perdonado, hijo. Hace mucho que lo hice. Aprende tú a perdonarte a ti mismo. Aprende a amar y a comprender, o el odio que llevas dentro acabará contigo.

¿Cuántas veces a lo largo de sus días resonaron esas palabras en los oídos de Ickila? ¿En cuántas ocasiones recordó ese último consejo de su padre mientras buscaba en el fragor de la batalla una paz para su espíritu que ninguna victoria, por magna que resultase ser, era capaz de aportarle?

Con esfuerzo cavaron en la tierra helada una tumba para Liuva, lo suficientemente profunda como para que las alimañas no desenterraran su cadáver. Allí lo dejaron descansar hasta el día de la resurrección de los muertos, después de que Adriano rezara el responso funerario. Fue un adiós en extremo doloroso, que Ickila sufrió con especial desgarro.

El plazo marcado por el caíd estaba a punto de expirar y aunque por aquellos páramos era infrecuente toparse con una patrulla árabe, las consecuencias de ser capturados una vez transcurridos los dos meses concedidos para salir de al-Ándalus constituían el mejor de los estímulos para acelerar el paso. Así pues, mal que les pesara a todos, enjugaron sus lágrimas, apagaron la fogata y retomaron la calzada que desde Legio conducía al otro lado de la cordillera Cantábrica, siguiendo la antigua ruta de la plata.

Ickila cabalgaba solo, rehuyendo la compañía de los demás, encerrado en un universo sombrío del que tardaría en salir. Los guardias se regocijaban pensando en la proximidad de la llegada y el momento de cobrar el estipendio acordado, momento en el que regresarían a casa con el bolsillo bien cubierto. Los siervos maldecían su suerte tanto como los rigores del camino, el frío, la lluvia o el hambre, mientras se ocupaban de que a las monturas no les faltara un bocado de avena con el que completar la magra dieta de hierba amarillenta que mascaban con desgana al atardecer. Adriano procuraba consolar a Badona y a Ingunda contándoles las peripecias de algunas viajeras como Melania, Egeria o Pemenia, que en tiempos no muy lejanos habían peregrinado a Tierra Santa desde Hispania, enriqueciendo sus espíritus a lo largo del trayecto mediante el contacto con gentes de diversas culturas y lenguas. Según aseguraba el fraile, a quien la expectativa de alcanzar finalmente su meta en el reino cristiano parecía haber rejuvenecido el cuerpo y el alma, el destino les ofrecía también a ellas una oportunidad excepcional, por lo que era su deber aprovecharla, sobreponiéndose a la debilidad propia de su sexo o a las múltiples dificultades que sin duda les aguardaban.

Desde abajo, a los pies de la sierra que se alzaba sobre sus cabezas como un castillo de titanes, parecía imposible que se pudiera traspasar semejante obstáculo. Y sin embargo se podía. La calzada serpenteaba ladera arriba siguiendo el curso del río Luna entre torrenteras de piedra negra, hasta alcanzar las cumbres por las que discurría en dirección norte buscando pasos practicables, pero sin bajar de las alturas. ¿Qué clase de superhombres —se preguntaba Adriano, asomándose a contemplar el paisaje— habrían construido esos caminos en condiciones tan extremas? ¿En virtud de qué maleficio había terminado por sucumbir el imperio que fue capaz de empedrar el suelo de esas montañas?

Aunque la nieve era escasa para lo avanzado de la estación, el viento arañaba la piel con millones de cristales de hielo. Dificultaba el avance. Penetraba en el cerebro hasta congelar el aliento, pese a lo cual no quedaba otra alternativa que seguir adelante. Conquistada la más alta cima a costa de enormes esfuerzos, la visión que se abrió a los viajeros resultaba impresionante. Una compensación de belleza espectacular a sus padecimientos, cautivadora hasta el punto de obligarlos a detenerse, por más que la tormenta arreciara y les hiciera temer lo peor.

Hacia el sur, moles de roca grisácea se amontonaban las unas sobre las otras, a cual más afilada, hasta formar una muralla ciclópea que milagrosamente habían logrado cruzar. Hacia el norte, nubes ominosas cargadas de lluvia o a lo peor de granizo cabalgaban desde el mar a una velocidad vertiginosa. La escala de los montes se reducía, se humanizaba y se cubría de vegetación. Y en ese horizonte cada vez más próximo se hallaba encerrada una promesa de vida. La esperanza de un mañana resguardado en valles excavados por ríos que serpenteaban entre laderas abruptas, se despeñaban, se remansaban y volvían a abrirse camino colina abajo, imparables, hasta sus desembocaduras en ese mar bravío del que hablaba Estrabón en sus escritos.

Era preciso llegar hasta allí como fuera y la tarea se complicaba por momentos. Distraídos en la contemplación de ese paisaje impresionante, la oscuridad se les había echado encima, entre aullidos de un viento salvaje que hacía encabritarse a los caballos. Su fuerza era tal que obligaba a los hombres a caminar encorvados, llevando a sus monturas de las bridas, e incluso así amenazaba con derribarlos. Dentro de la carreta las mujeres rezaban dirigidas por el fraile a la luz de una lámpara de aceite cuya llama oscilaba de manera amenazante. No había saliente rocoso ni árbol en el que guarecerse de ese vendaval furioso. Se hallaban en medio de un desierto helado, sin luna que los alumbrase, cuando una ráfaga más violenta que las precedentes arrancó de cuajo la tela que cubría el carro, apagó el candil y se llevó a los abismos ese techo precario bajo el cual se cobijaban, dejándolos desnudos entre las tinieblas de esa noche infernal.

VII

Amores furtivos

Coaña, era de 783

Siempre la había tenido cerca, acechando cada respiración, rondando todos sus pasos pero sin enseñar el rostro. Compañera inseparable de sus veintiocho años de vida, la muerte había sido para Naya una certeza inmediata, cotidiana, aceptada algunas veces con la naturalidad con que se percibe a una hermana gemela y rechazada otras desde la obstinación, con gestos de rebeldía absurda ante lo inevitable.

Cuando empezó a manifestarse en forma de losa que le oprimía el pecho y le robaba el aire, su primer impulso fue combatirla. Luchó con todas sus fuerzas, agotándose en la pelea, hasta que se vio obligada a reconocer su derrota, resignándose a convivir con esa intrusa. Después le arrebató a sus padres, mostrando una crueldad infinita, tras someterlos a una agonía que nadie desearía a su peor enemigo. Entonces la amargura se convirtió en odio, la resignación en resistencia y el afán de lucha en impotencia. ¿Por qué a ellos? ¿Por qué de ese modo? ¿Por qué tan jóvenes? ¿Por qué tan sola? Un sinfín de preguntas sin respuesta se agolparon en su cabeza. Un tormento constante se instaló en su corazón, lo que acabó remitiéndola a la Madre y Sus misterios.

El nacimiento de Huma y Pintaio trajo consigo una nueva mutación en la relación, en virtud de la cual el odio se transformó en terror y la impotencia en determinación. Morir ya no significaba únicamente marcharse de este mundo, sino abandonar en él a dos criaturas indefensas. La carne que husmeaba esa vieja zorra hambrienta no era ya la de la propia Naya, sino la de sus hijos, infinitamente más amada. Así es que regresó al combate y libró batallas mientras pudo. Mantuvo a raya a esa sombra siniestra. Consiguió alejarla el tiempo que duró la infancia de sus retoños. Pero allí estaba ella nuevamente, a los pies de su cama, tendiendo una mano impaciente por llevársela. Y esta vez no habría más demoras.

Ahora que la tenía encima, sintiendo en el cuello su aliento de cazadora, ya no le parecía tan fiera. Dejarse ir, abandonarse al fin a una voluntad ajena, rendirse con honor a esa rival que con tanto ahínco seguía sus huellas desde la cuna le resultaba incluso placentero después de tantos trabajos. Por eso aceptó su derrota con el ánimo en paz, aunque decidida a llevar a término una última obligación sagrada al revelar a su hija esa parte de la profecía que hasta entonces no se había atrevido a confesarle. Debía cumplir con la promesa formulada al Guardián casi once años atrás, en una noche de furias desatadas, cuando juró que transmitiría el mensaje de los dioses a la niña sin quitar ni añadir palabra.

No supo si fue el canto rítmico de la lechuza o los ronquidos de su padre lo que la despertó, pero antes incluso de abrir los ojos Huma tuvo conciencia de una presencia ominosa en la casa. Podía olerla. Podía percibir su figura en la oscuridad. Aterrada, salió de su cama y se acercó hasta la que Naya compartía con Aravo, donde su madre yacía boca arriba, macilenta, con un rocío de sudor helado perlándole la frente y grandes dificultades para respirar. La luz mortecina del amanecer, que se colaba a través de las rendijas, bañaba la habitación de una atmósfera irreal. Todos excepto ellas dos dormían todavía profundamente, ajenos a la visitante que se les había colado en casa.

Con un hilo de voz, Naya pidió a su hija que se aproximara sin hacer ruido. Esta obedeció, tomó las manos de la moribunda entre las suyas y sintió un latigazo en el pecho. Un dolor tan agudo que por un instante se quedó sin aire, mientras el llanto inundaba sus ojos.

—No, no, pequeña, nada de lágrimas. No tenemos tiempo para eso.

—No os muráis, madre —balbució Huma presa del pánico—. No me dejéis sola. ¿Qué voy a hacer yo sin vuestro amor, sin vuestra protección, sin vuestras enseñanzas, sin vuestro abrazo? ¿Cómo voy a vivir sin vos?

Intentó ir en busca de unas hierbas con las que aliviar la agonía de esa mujer en cuya ausencia no podía haber mañana, pero ella la detuvo en seco con un gesto que significaba «no hay nada que hacer».

—Eres fuerte, Huma. Mucho más fuerte que yo, que tu padre o que cualquier habitante de esta aldea. —Naya hizo un alto para incorporarse con la ayuda de su hija, pues le faltaba el resuello para hablar—. Fuiste bendecida por la Madre con un destino grandioso.

—Yo no deseo un destino así, madre, quiero una vida normal, con Noreno a mi lado, con vos, con Pintaio. No os muráis, os lo suplico, decidme lo que tengo que hacer para ayudaros.

—Calla y escucha, hija. No me queda mucho tiempo. Yo siempre estaré contigo. El amor que nos une no morirá jamás. Vivirá en todos los amores que encuentres a lo largo de tu camino. En el que entregues y el que recibas. Cada vez que ames te estaré amando, porque tu amor reflejará el que yo sembré en tu corazón, como la luz de la luna se refleja en las aguas tranquilas. Cada vez que seas amada recordarás mi amor y me darás la vida, pues es el amor, solo el amor, lo que da sentido a nuestra existencia. El amor no muere, Huma. Ella nunca ha logrado derrotarlo —dijo señalando a los pies del lecho, donde ambas sabían que aguardaba la muerte— y por eso lo aborrece. Quien sabe amar no morirá jamás y quien no posee ese don está muerto, aunque lo ignore y coma y beba e incluso ría. Ama sin reservas ni medida, hija, si quieres llevarme siempre contigo.

Huma lloraba en silencio, rota de pena. Lloraba por su madre y lloraba también por ella misma, pues, aunque comprendía lo que Naya intentaba explicarle, su alma era en ese momento un pozo negro de tristeza y su mente un grito de soledad.

—Me voy a un lugar cercano, no temas. Siempre me tendrás al alcance de la mano, aunque no me veas con esos ojos que apenas dejan ver nada. Además, tu hermano cuidará de ti tanto como tú de él. No permitáis nunca que nada os separe.

—Él querrá despedirse —interrumpió Huma a su madre, viendo que su piel iba adquiriendo una tonalidad cada vez más parecida a la de la cera a medida que se le hacía más difícil seguir hablando—, voy a despertarle.

—Aguarda un instante. Aún hay algo que debo decirte a ti sola. Es la profecía que escuché de labios del Guardián cuando tenías dos años. Te pertenece, aunque hasta ahora me haya faltado el valor para repetírtela en su totalidad.

Uno a uno, Naya fue desgranando los augurios que el mago de la montaña había formulado en aquella noche mágica, leyendo el designio de los dioses en las cenizas de una hoguera. Habló a su hija de su tótem, el uro; de las piedras milenarias en las que siempre hallaría protección; del hombre llegado de tierras lejanas que conquistaría su corazón y del que vendría a robárselo; de la muerte que habita en la niebla; del río que nacería de su vientre para verter su caudal más allá de la gran catarata e incluso de la destrucción del castro y el jinete sin rostro que iría a su encuentro para traerle las respuestas definitivas junto con el último aliento. Transmitió fielmente el mensaje, tal como lo había conservado en la memoria. Pero prefirió olvidar esa última frase del tempestiario que le había helado la sangre. Una maldición aterradora que empezaba a cumplirse en ese preciso instante.

Pintaio apenas tuvo tiempo de depositar un beso en su mejilla. Acudió a su cama somnoliento, perdido aún en el fragor de esas batallas oníricas de las que le había sacado Huma zarandeándole y se encontró con una madre agonizante que le regaló el calor de su última sonrisa. Su pensamiento postrero fue para él, pero él se quedó mudo, paralizado por la incredulidad, incapaz de convertir en llanto la angustia que le trepaba por la garganta. Sintió que el suelo se derrumbaba bajo sus pies arrastrándole hacia abismos de oscuridad absoluta.

Ella en cambio se fue en paz a holgar en prados bañados por un sol de primavera. Se llevó a la tumba el secreto que había guardado consigo todos esos años y lo hizo sabiendo que tenía buenas razones para callar. Murió sin desvelar a Huma la sentencia implacable que los dioses habían dictado para ella al mismo tiempo que le auguraban un destino majestuoso.

Clouta pidió su desayuno nada más despertar. Tenía hambre. De nada sirvieron las protestas de Huma y de Pintaio, ni su pena, ni siquiera el decoro exigido en tales circunstancias. La abuela vio el cuerpo ya frío de su nuera, hizo un comentario ruin a propósito de su aspecto y reiteró que tenía apetito. Por no seguir oyendo sus graznidos, vomitados sobre la difunta como una bilis de rencor rancio, la niña le sirvió un cuenco de potaje bien caliente, deseando que le abrasara la boca de una vez por todas.

Dicen que la vejez es un viaje de regreso a la infancia. Un proceso de reversión de todos los esquemas aprendidos, que deja al descubierto nuestra auténtica naturaleza y nos muestra, desnudos, tal como somos en realidad, sin el encanto de la inocencia. ¿De qué materia estaría hecha Clouta? —se preguntaba a menudo Huma—. ¿Qué clase de sustancia pútrida conformaría su alma, en el supuesto de que la tuviera? No solo había tratado siempre a su madre con desprecio y arrogancia, no solo había abusado de su mansedumbre e instigado a su hijo a «ponerla en su sitio», es decir, a humillarla con cualquier pretexto, sino que ahora escupía sobre su cadáver.

A pesar de ser el objeto favorito de sus puyas, Naya siempre disculpaba a la abuela apelando a la dureza de su vida, a lo que ella misma había tenido que soportar y a su incapacidad para perdonar las ofensas padecidas. Intentaba explicar a sus hijos que era víctima del odio que le emponzoñaba el corazón y no merecía sino lástima. Sus argumentos, sin embargo, no convencían a los chicos. A sus ojos Clouta era malvada. De una maldad animal, carente de conciencia y ajena al remordimiento. De la misma piel que las serpientes, cuyo mordisco venenoso no es fruto de la voluntad, sino que obedece al instinto. Un buche siempre ansioso de pienso que jamás albergó un sentimiento, aunque se mostrara certero en el arte de inspirarlos. Gracias a ella Huma y Pintaio aprendieron a odiar a una edad en la que esa palabra suele carecer aún de significado.

Aravo no era mucho mejor, pero sí más cauto. Consciente de la posición que Naya había ocupado en el castro, se encargó de organizar un banquete funerario acorde con las expectativas de sus vecinos. Era su oportunidad para mostrarse sinceramente compungido por la pérdida de su amada esposa y atraer hacia sí la veneración que ella había suscitado, alcanzando al fin el carisma y el rango que tanto ansiaba desde su boda con la hija de los jefes del clan de Coaña. Si representaba el papel de manera convincente, se consagraría como caudillo único de la comunidad, consolidando con ello su poder. Tiempo habría después de moldear a sus hijos con arreglo a sus planes.

Pintaio, por su parte, no era capaz de reaccionar. Sentado en un borde del lecho en el que descansaba su madre con expresión serena, se resistía a aceptar que ya no fuera a despertar jamás. El guerrero que ayer soñaba con batallas y degollinas volvía a ser un niño de diez años. Un muchacho perdido y asustado, incapaz de contener la marea de dolor que le inundaba pero remiso a exteriorizar su pena y no digamos su miedo, por temor a mostrar una debilidad impropia de su condición masculina.

«¡Los hombres no lloran!», le había repetido una y mil veces su padre cada vez que, en el pasado, se había permitido ese desahogo. «Las mujeres tampoco», apostillaba su hermana a renglón seguido, orgullosa de esa herencia astur de fortaleza ante las adversidades. ¿Qué sentido tenía todo aquello ante una desgracia como la que le azotaba? La muerte ya no era un personaje revestido de gloria en los relatos de la Guardiana de la Memoria, sino que tenía los ojos de su madre, sus manos de pronto frías, el color cerúleo de su piel y ese olor... ese aroma indescriptible, como de flores marchitas, que iba impregnando la estancia a medida que avanzaba el día. Nunca se libraría de esa sensación, pensaba el chico mientras se esforzaba por mostrarse varonil, impertérrito, tal como exigía la costumbre. La muerte para él siempre estaría asociada a un hedor que escapaba al sentido del olfato, golpeaba directamente el corazón, revolvía las entrañas y se grababa de forma indeleble en el recuerdo, como un tatuaje maldito.

—¿La volveremos a ver tal como era? —fue lo único que acertó a preguntar a su hermana.

—La tendremos siempre cerca, Pintaio. Tan cerca como estemos el uno del otro.

Había muchas cosas que hacer. Como primera medida, sin explicar nada a los demás, Huma había abierto de par en par las dos puertas de la casa, con el fin de que el espíritu de Naya pudiese abandonar ese lugar y alcanzar el paraíso que aguardaba a las hijas predilectas de la Madre. Allí siempre brillaba el sol, las noches eran cortas amén de cálidas y no existía la enfermedad. Allí se encontraría con las ánimas de sus padres, jóvenes y bellos, antes de que la peste los desfigurara. Allí prepararía una morada confortable para los que viniesen detrás. Allí la esperaría a ella, que sin saber bien por qué había empezado a pensar en su propia muerte con enorme serenidad.

Aravo, entre tanto, se encargó de proveer las viandas para el banquete, preparadas en distintas casas deseosas de aportar su particular ofrenda a la sacerdotisa desaparecida: carne asada de chivo y de ternero; hígado, riñones, criadillas y demás golosinas para el paladar, fritas en mantequilla; los restos de la última matanza, enjuagados en leche para suavizar el exceso de sal; pan de centeno reciente; dulces de miel; sidra y cerveza en abundancia, e incluso algo de vino reservado para las grandes ocasiones. Nadie podría reprochar al viudo haber escatimado en la última comida que compartiría con el alma de su difunta esposa. Cuando los vecinos acudieran a dar su adiós a Naya, encontrarían la mesa bien surtida y las flautas llenando el aire de una música alegre. Tendría una despedida acorde con lo que había sido su vida: generosa en el amor y entregada a los demás. Marcharía al otro mundo con todo el equipaje necesario para completar con bien la travesía.

Desde la noche anterior los perros de la aldea no dejaban de aullar. ¡Cómo sentían esos animales la presencia de la parca antes incluso de que se manifestara a los humanos en toda su crudeza! De haber tenido fuerzas para hacerlo, Huma la habría emprendido a pedradas con todos ellos, con tal de dejar de oír esas voces lastimeras tan parecidas a la que chillaba en su interior. En lugar de eso, optó por poner en práctica las enseñanzas recibidas de la difunta y refugiarse en la idea de que la tierra es apenas un puñado de polvo bajo nuestros pies mientras la muerte constituye solo un paso más en ese camino en el que nada de lo que importa es visible. Naya nunca dejaría de existir mientras hubiera alguien que la mantuviera viva con su amor y ella no pensaba dejar de hacerlo nunca. El consuelo que encontró en ese pensamiento le proporcionó fuerzas para llevar a cabo la tarea que tenía ante sí sin vacilar, ansiosa por mostrarse digna de la herencia que recaía en sus manos.

Tendiendo una sábana a modo de cortina con el fin de esquivar la mirada curiosa de Clouta, la chica desnudó el cuerpo de su madre para lavarlo con esmero, templando el agua previamente y empleando en la tarea el paño más suave que pudo encontrar, como si ella aún pudiera sentir el frío o la aspereza. A continuación, lo ungió con aceite de laurel, asegurándose de alcanzar cada rincón y protegerlo bien de los peligros del viaje, antes de vestirlo con sus mejores galas: una camisa nueva perfumada de lavanda, la falda con la que se había casado, bordada de flores de colores, su manto de lino fino y, por supuesto, su joya más preciada, una media luna de oro tallada con tanto acierto que parecía reflejar la luz igual que el astro al que veneraba Naya. Solo quedaba peinar la cabellera prematuramente encanecida, acomodar sus brazos sobre el regazo y prepararse para el duelo público, que pondría a prueba todo lo aprendido.

En el caldo que sirvió a su hermano puso una cantidad abundante de extracto de valeriana, decidida a endulzarle el trago en lo posible. Ella también bebió del mismo cuenco, aunque hubiese preferido conservar la lucidez intacta. No sabía si sería capaz de hacerlo, por lo que prefirió cubrir de niebla el trance del banquete funerario, el velatorio y la procesión hasta la colina donde solía darse tierra a los difuntos del castro, bajo la sombra de unas piedras milenarias en forma de círculo que un día albergaron los restos de algún antepasado digno de ser recordado de ese modo. Una vez que acabara todo, ya se pondría a pensar en la forma de seguir viviendo.

—He decidido organizar una competición para honrar a mi difunta esposa —les anunció Aravo a los pocos días, aún en el papel de doliente viudo—. Será un acontecimiento magno del que se oirá hablar durante mucho tiempo.

El caudillo estaba exultante. Había encontrado la fórmula perfecta para dar a sus gentes lo que más deseaban haciéndoles olvidar a la difunta de una manera honrosa, lo que atraería hacia sí el poder que ella había atesorado. El momento era además propicio, ya que desde hacía un tiempo reinaba en aquellas tierras una paz extraña, basada en la ausencia de autoridad superior, que otorgaba a los jefes locales la oportunidad de engrandecer sus dominios y esferas de influencia sin tener que rendir cuentas a nadie.

En los albores del año 778 los beréberes que ocupaban el occidente de Asturias y la Gallecia se habían rebelado a sus capitanes árabes, hartos del papel de perros guardianes que se les había asignado tras la victoria del islam sobre la cruz. Ellos odiaban el frío y la humedad de esos montes, aborrecían su cielo nuboso y se sentían maltratados en el reparto de botín que siguió a la conquista de la península. Al fin y al cabo, pensaban, era su sangre la que se había derramado en la lucha y sus brazos los que empuñaban las espadas vencedoras, en número muy superior a los de los baladíes o sirios que cruzaron el estrecho en compañía de Tariq. Era su fuerza la que había sometido a los godos y pese a ello los condenaban a los confines míseros del país para quedarse ellos, los altivos hijos de Arabia, con los tesoros de las iglesias, las ciudades ricas y los campos fértiles. Eso se decían los agrestes berberiscos en sus campamentos cubiertos de lodo, sin encontrar impulso suficiente en una fe que acababan de abrazar por la fuerza y a la mayoría los dejaba indiferentes. Ese fue el motivo que los llevó un buen día a rebanar el pescuezo de sus comandantes para marchar hacia el sur, en busca del sol y el oro que se les habían negado.

Desde entonces toda la cornisa cantábrica era un territorio libre de la ocupación sarracena donde un pequeño enclave cercano a la Cueva Santa estaba sujeto al control del príncipe Alfonso, quien hacía acopio de fuerzas para ampliar y asegurar su reino mientras el resto de la región parecía abandonada a su suerte.

—Enviaremos mensajeros a todas las aldeas vecinas pidiéndoles que nos manden a sus campeones a medirse con los nuestros —concluyó Aravo mirando a Pintaio, quien escuchaba con ilusión a su padre— y así tú podrás demostrar lo que vales.

Una risotada acompañada de un cachete en la cabeza de su hijo puso fin a la perorata, dejando bien claro en el ánimo de la familia que la decisión ya estaba tomada y se llevaría a efecto en cualquier caso, aunque alguno se atreviese a plantear una objeción. Habría juegos, combates y exhibiciones gimnásticas en memoria de Naya, que brindarían a Aravo la posibilidad de extender su influencia más allá de los confines de Coaña. Una jugada maestra a sus ojos, que le granjearía por añadidura la complicidad de su benjamín, deseoso de poner a prueba la extraordinaria fortaleza física que la naturaleza le había regalado.

Con apenas diez años, Pintaio tenía ya el cuerpo de un auténtico guerrero. Casi tan alto como su padre, ancho de pecho, con unas piernas como columnas y brazos acostumbrados a manejar con soltura el hacha o transportar pilas de leña, el chico aparentaba mucha más edad. Algunos detalles, como la redondez de su cintura o cierta torpeza en los movimientos, revelaban que aún era un niño en pleno proceso de crecimiento, lo que no impedía que su fuerza igualase la de un adulto. Además, una pelusa incipiente teñía ya su barbilla de un negro tan oscuro como el color de su cabello, que nacía prácticamente a la altura de las cejas y dejaba su frente reducida a una estrecha franja generalmente cubierta por una cinta de cuero con la que sujetaba su melena.

Para quienes no le conocieran, el aspecto de Pintaio podía llegar a parecer feroz. Huma, que tenía el don de ver con los ojos del alma, captaba en cambio su naturaleza bondadosa, incapaz de concebir el mal, aunque era muy consciente de su potencial destructivo. Su determinación no tenía límites. Al igual que ella, su hermano poseía una voluntad férrea acompañada de una enorme capacidad de sacrificio. No había recibido más instrucción que la de cualquier muchacho de aldea, limitada al uso de las armas, pero suplía esas deficiencias con nobleza y arrojo. En el campo de batalla, se decía a menudo la chica, sería un enemigo terrible. En las pruebas de pugilato que pronto se llevarían a cabo, vendería muy cara una derrota. Pintaio nunca pasaría desapercibido. Aquel muchacho poseía un encanto especial que hacía de él el hermano perfecto, si bien tendría que transcurrir bastante tiempo antes de que pudiera serle de alguna ayuda. Hasta entonces, se las tendría que arreglar ella sola.

—¿Habrá carreras de caballos y combates individuales? —se entusiasmó el muchacho—. ¿Podremos tirar con arco y ensayar la puntería con la honda y la jabalina?

—Si tu padre organiza una competición —terció la abuela en tono de reproche, como si su nieto hubiese cuestionado algún mandato divino—, lo hará a lo grande. ¿Tienes alguna duda al respecto?

—Dejad al chico, madre, que no había ofensa en su pregunta —replicó Aravo—. Está nervioso porque se hace hombre y va a tener la oportunidad de demostrarlo. Eso es todo. ¡Y en cuanto a ti, más te vale cumplir como espero que lo hagas! —zanjó con otro pescozón a Pintaio—. Yo a tu edad...

El rosario de presuntas proezas que siguió a ese latiguillo era tan conocido, tan aburrido y tan poco digno de crédito que nadie le prestó la menor atención. Únicamente el niño, por amor a su padre, fingió que se interesaba por sus fanfarronadas, mientras las mujeres se enfrascaron en sus respectivas tareas, Huma sumida en sus pensamientos y Clouta en masticar algún viejo agravio.

Desde el momento en que había escuchado de labios de su madre los últimos fragmentos de la profecía formulada sobre su destino, la chica intentaba armarse de valor para emprender su propio viaje en busca del Anciano de la cueva sagrada. Conocía de sobra el camino para llegar hasta él e incluso en más de una ocasión había estado cerca de su morada, aprovechando alguna expedición destinada a aprovisionar de ingredientes la bien surtida botica de Naya. Sin embargo, por algún motivo que no le fue desvelado, nunca volvieron madre e hija a hablar con él. Ahora ella necesitaba respuestas a un sinfín de preguntas que se agolpaban en su pecho, pero no tenía nadie a quien acudir, fuera del viejo ermitaño que había sido capaz de leer en su vida como en un códice pulcramente escrito cuando era un pergamino en blanco.

El Guardián constituía su única esperanza de redención. El confidente a quien hablar de Noreno sin mentiras ni disimulos con la certeza de hallar comprensión. Por ello, aunque su padre la castigara con dureza, como sin duda haría en caso de enterarse de sus planes, ella acudiría a consultarle en cuanto pudiera. Su decisión estaba tomada. Y cuando Huma tomaba una decisión, no existía poder humano o divino que la obligara a echarse atrás.

Ajeno a las cavilaciones de su sirena salvada de las aguas, a quien apenas había podido dirigir la palabra desde la muerte de Naya por estar sujeta a la vigilancia estrecha de la cancerbera Clouta, Noreno pensaba y repensaba sus propios proyectos. Estaba empeñado en llevar a cabo una hazaña que colocara su nombre en un lugar tan elevado como para vencer todas las resistencias de Aravo. Se sentía humillado por el desdén de ese hombre, pero sobre todo algo en su interior le decía que un pastor como él no se merecía a una mujer como Huma. Y esa sensación era mucho peor que cualquier cosa que pudiera transmitirle nadie. Por eso necesitaba hacer algo grande, algo que borrara definitivamente de su piel el olor del ganado que le acompañaba desde la cuna. Sabía que sería peligroso e incluso dudaba de que fuera realmente realizable, pues lo que se proponía formaba parte del territorio de la leyenda transmitida de padres a hijos con sucesivas capas de exageración y fantasía. Aun así, la certeza de someterse a un riesgo mortal no reducía un ápice su determinación. Él amaba a esa mujer. La deseaba más de lo que podía expresar. Y si esa era la única forma de conseguirla, no tenía más remedio que intentarlo.

Por la noche, a la luz de la hoguera que compartía con su mastín, Roble, templaba y afilaba el arma que habría de emplear en su singular combate. Era hábil con la navaja. Desde muy niño estaba acostumbrado a tallar collares de madera para marcar a sus vacas, grabando en ellos diversos símbolos que las protegerían del mal de ojo y las enfermedades. Figuras bellas, antiguas, copiadas de los adornos que se iban quebrando de puro viejos, cuyo significado exacto desconocía, pero que le resultaban tan familiares como los propios animales a los que ampararían con su magia. Su forma de escapar a la dureza de su vida de pastor trashumante era convertir poco a poco un taco de nogal o de castaño en un cencerro, un yugo o una cuchara que regalar a Huma, mientras Roble dormitaba a su lado alzando de cuando en cuando las orejas para alertarle de la proximidad de alguna fiera.

Últimamente ese divertimento convivía con un arduo trabajo de carpintería propio de un aprendiz aventajado, llevado a cabo en el máximo secreto, dentro de una gruta abierta al mar y oculta a miradas indiscretas. Por el momento no podía confiar a nadie, y menos que nadie a Huma, el porqué de sus preparativos. Eso le obligaba a procurarse él mismo todo lo necesario para la aventura que pensaba emprender, robando tiempo al descanso y cuidando de no despertar recelos. La cosa llevaba su tiempo. Cada día un paso más, una pieza, un progreso que le acercaba al gran momento. Pronto encontraría recompensa a tanto esfuerzo —pensaba él— y sorprendería a todos. Hasta entonces debía ser paciente y asegurar cada movimiento.

La celebración de la contienda deportiva quedó fijada para la primera semana del noveno mes, coincidiendo con el final de la siega, la recogida de la manzana y la primera y mejor sidra que saldría del lagar situado a las afueras del castro. Se despacharon mensajeros a los cuatro puntos cardinales con la misión de dar a conocer el evento y atraer al mayor número posible de visitantes, aleccionándolos en la necesidad de proclamar que era el noble Aravo, jefe del clan de Coaña, el anfitrión del encuentro.

Pocos guardaban memoria de la última vez que se había producido un fasto gimnástico de tamaña magnitud, muy enraizado en la tradición de los orgullosos astures, que en las décadas más recientes, a pesar de su afición a tales pugnas atléticas, no habían hallado ocasión de probar su fuerza y valor más que en el campo de batalla. La guerra seguía presente al otro lado de la cordillera, cobrándose su elevado tributo en sangre joven, lo que no impediría que el placer de combatir y competir se trasladase durante unos días a la palestra y a la pista. Era la oportunidad que Huma esperaba. La quiebra que tanto anhelaba en la estrecha vigilancia a la que estaba sometida.

Determinado a que su nombre saliera del trance revestido de gloria, Aravo se lanzó a una actividad frenética en la que comprometió a todos los vecinos del castro y también a los moradores de los caseríos cercanos. Por si no tuvieran suficiente con las tareas del campo, que en aquellas fechas demandaban un trabajo constante de siega y trilla, recolección de frutas, almacenamiento de forraje y leña para el invierno en lugares protegidos de la humedad o acopio de conservas destinadas a engañar el hambre durante el tiempo de escasez, los aldeanos se vieron obligados a satisfacer las exigencias delirantes de su caudillo: explanar terrenos para las carreras de hombres y corceles, acotar los emplazamientos en los que se celebrarían las batallas de ficción después de las competiciones de tiro, despejar espacios suficientes para que instalaran sus tiendas y campamentos los numerosos visitantes que acudirían a participar en el jolgorio de un modo u otro, aunque solo fuera apostando, y por supuesto asegurarse de que habría comida y bebida abundante para todos. Hasta la misma Clouta abandonó temporalmente su trono con el fin de ayudar a su hijo a supervisar las operaciones en curso, lo que brindó a Huma la ocasión perfecta para ausentarse sin ser vista.

No la desaprovechó.

Antes, sin embargo, debía cumplir con un deber asociado a su condición de heredera de su madre. Llevar a cabo un ritual que Naya había encabezado en las raras ocasiones en las que había resultado necesario y que ahora ella, Huma, se veía obligada a dirigir a petición de los paisanos afectados por una sequía tan prolongada como inusual, en virtud de la cual los prados que a esas alturas del año deberían haber sido de color verde esmeralda estaban teñidos de un feo amarillo parduzco.

La Madre no enviaba el agua necesaria para fertilizar la tierra y esta, con las entrañas resecas, escatimaba sus dones. De continuar así las cosas no tardando mucho habría hambre, seguida de epidemias. Era tiempo de rogar para que los dioses se apiadasen y abrieran las puertas del cielo a la lluvia. Hora de suplicar, siguiendo las enseñanzas ancestrales.

Cuando la luna llegó al final de su recorrido y se ocultó de la vista de sus hijas, la joven sacerdotisa decretó que era llegado el momento. Durante las últimas horas de oscuridad todas las doncellas del poblado se agruparon a los pies del sendero que conducía al manantial del que se abastecían para beber, acompañadas por los mozos más fuertes y apuestos del castro. Con los primeros rayos de sol empezaron a avanzar en procesión colina arriba, entonando en la lengua antigua cánticos que alababan la generosidad de la Diosa y apelaban a su clemencia. La propia Huma ceñía su cabeza con una guirnalda de flores, mientras todos los demás portaban ramas de laurel con las que marcaban el ritmo de la plegaria golpeándose suavemente el pecho. No era un camino largo, por lo que no tardaron en alcanzar la fuente de la que apenas brotaba un hilillo de agua turbia.

Como sucedía en muchos lugares sagrados de Asturias, un enorme tejo milenario proporcionaba sombra al lugar, forzando a los campesinos a recortar sus ramas periódicamente para evitar que se introdujeran en la boca del manantial y emponzoñaran con su veneno el líquido que solía rebosar de ella. Aquel día, sin embargo, estaba prácticamente seca. Sin perder tiempo, Huma pidió a dos de sus acompañantes masculinos que la alzaran en volandas sobre la pila de piedra, a la vez que otros iban pasándole cántaros de agua previamente bendecida acarreados desde el poblado.

Encaramada a esa altura extraordinaria, que alcanzaba sin grandes esfuerzos de sus porteadores dada su talla menuda, la maestra de ceremonias derramó el contenido de las vasijas en la boca vacía, mientras desgranaba sus letanías incomprensibles, acompañada por el ruidoso coro de voces que la flanqueaban. Agotado el último recipiente, fue depositada en el suelo, se quitó la corona de la cabeza y la dejó caer con cuidado sobre la superficie, asegurándose de que flotara mientras ella musitaba el final de su plegaria. Todos emprendieron esperanzados el camino de regreso.

Tres días después unas nubes densas, bien preñadas, aparecieron por el noroeste cargadas de buenos augurios. Llovió sin descanso ni violencia, como quiere la tierra que llueva para empaparse de vida, hasta que la humedad alcanzó las profundidades sedientas. Y aún más. Cuando por fin el cielo recuperó su tono azulado, toda la comunidad se puso en marcha con el fin de recuperar el tiempo perdido, esperando a que saliera el sol. Ese fue el momento que escogió Huma para escapar.

Partió poco después del desayuno, a una hora en la que nadie tendría motivos para echarla en falta. Saludó con naturalidad a los vigías que guardaban la entrada del castro, quienes devolvieron el gesto dando por hecho que iría a tratar a algún animal enfermo o acaso a recoger hierbas al campo, como hacía con frecuencia. Pero no era esa su intención. La cesta que colgaba de su brazo no llevaba ungüentos o pócimas, sino provisiones suficientes para un par de días, por si acaso se alargaba el viaje, además de una manta destinada a protegerla del fresco en caso de necesidad. Nada más. Ni miedo, ni dudas, ni un ápice de arrepentimiento.

Enseguida tomó un sendero que se adentraba en la selva en dirección a levante, entre vegetación frondosa. Al cabo de un rato viró hacia el sur, a través de una calzada empedrada invadida de maleza y barro, que un día no muy lejano había servido para transportar el oro de Asturias hasta la capital del Imperio romano. Ella conocía esa historia por haberla escuchado de labios de la Narradora, aunque pocas veces había pisado con sus propios pies esa senda de dolor humillado que recorrieron encadenados muchos de sus antepasados; los que no hallaron el modo o el valor de quitarse la vida para huir de una esclavitud mil veces peor que la muerte.

Esos desgraciados, condenados a una actividad extenuante, eran trasladados por sus verdugos hasta el corazón de los bosques de castaños, bajo cuyas raíces se esconde el mineral más codiciado por el hombre, y allí se instalaban en campamentos de fortuna de los que muy pocos lograban salir con bien.

Desde el alba hasta el anochecer cavaban, cargaban y seguían cavando. Horadaban las entrañas de la tierra monte arriba, provistos de pico, mazo y punterola, metidos hasta la rodilla en lodo helado, sumidos en una penumbra constante y tiritando de frío, a fin de arrancar de su vientre ese metal precioso que iría a enriquecer el tesoro de Roma convertido en monedas con la efigie de un tirano. Trabajaban con las manos en carne viva por el mordisco del vinagre empleado para empapar las cuñas de madera que luego introducían en las grietas de la roca viva con el empeño de resquebrajarla. Sufrían graves quemaduras y se quedaban prematuramente ciegos al verse obligados a utilizar antorchas no solo para alumbrarse allí dentro, sino también con el fin de provocar cambios de temperatura bruscos que rompieran la resistencia de las piedras. Cada jornada alargaba un poco más la cueva ominosa que sería su sepulcro, hasta que, exprimida la última gota de fuerza, eran destinados al lavado, criba y batea del mineral o bien a la construcción de diques y canales de drenaje, como paso previo a la muerte por consunción.

La avidez de los romanos resultaba insaciable. No se contentaban con las pepitas de oro escupidos por la Madre a los ríos y arroyos que bajaban de las cumbres, como habían hecho siempre los astures. Ellos iban a buscarlo hasta los rincones más ocultos de Su sagrado útero. La violaban sin piedad. Mandaban a sus esclavos adentrarse por sus cavidades naturales o, peor aún, les ordenaban apuñalarla con el fin de rebañar hasta la última mota de polvo dorado. Luego cargaban su botín a lomos de mulas o de porteadores cautivos y tomaban la ruta de la plata en dirección a la metrópoli, ya fuera por mar, embarcando en los puertos acondicionados a tal fin en el litoral, ya cruzando la cordillera. Para la mayoría de los prisioneros aquel era el último viaje. Los que no morían de forma natural se mataban a hierro o a fuego con tal de escapar a esa existencia miserable.

Sumida en tales pensamientos, Huma no se dio cuenta del tiempo que llevaba andando hasta que la llamada del hambre le hizo percatarse de que el sol estaba ya muy alto. Tras una breve pausa para un refrigerio de queso y miel, reanudó la marcha procurando fijarse bien en el camino y anotar mentalmente los puntos de referencia del paisaje, que debería localizar a su regreso si no quería perderse: ese risco, aquel castro en ruinas rodeado de pastos, la solitaria piedra de poder que elevaba al cielo su misterio en el centro del claro... La mayoría del tiempo caminaba a través del bosque, aunque sabía que en un momento dado tendría que atravesar brañas peladas.

El sol amable del verano se filtraba entre las ramas y convertía las hojas nuevas en joyeles preciosos. Una extraña sensación de paz invadía su ánimo, convencida como estaba de encontrarse en el umbral de un encuentro que resolvería todas sus dudas. Y aunque su madre siempre había hablado de la visita de ambas al Guardián como de una experiencia traumática en la que hubieron de vencer a las fuerzas desatadas de la naturaleza, ella estaba disfrutando del paseo como de una golosina. Solo tenía doce años, a punto de cumplir trece, y a esa edad el mañana no significa nada, como nada importan las consecuencias que pueda traer un acto que se lleva a cabo con el ánimo pletórico de convicción.

La luz era aún abundante cuando divisó la boca de la cueva que servía de hogar al tempestiario. Era más negra de lo que imaginaba, pues el humo de infinitas hogueras había tiznado por completo la pared rocosa. Estaba rodeada de excrementos que desprendían un hedor insoportable incluso al aire libre. Aquí y allá aparecían esparcidos por el suelo huesos de animales pequeños, como pájaros y liebres, además de cáscaras de huevo de procedencia indefinible mezcladas con abundantes cenizas dispersas sin el correspondiente hogar de piedras. El lugar parecía abandonado, y eso temió la chiquilla hasta que vio salir de la gruta al hombre que había ido a buscar.

En ese instante experimentó una sensación de júbilo intenso.

Pugnando por encontrar la forma de abordar al Anciano, rebuscó en su cesta el regalo que le llevaba. Su gozo, empero, duró poco. Una segunda ojeada bastó para darle la voz de alarma. Los gestos del hombre no eran normales, sino convulsos; espasmos más que movimientos. Su desaliño resultaba impropio de una persona cuerda, incluso tratándose de un anacoreta. Sus ojos miraban sin ver. Un hilillo de baba colgaba de su boca semiabierta en un rictus absurdo, como si algo le hiciera mucha gracia. El cabello le llegaba prácticamente hasta los pies, convertido en un criadero de piojos. Nada humano quedaba en ese saco de huesos milagrosamente vivo.

Si alguna vez había disfrutado del favor de los dioses, estos le habían repudiado condenándole a ese final horrible. O acaso hubiese abusado de los hongos que abren las puertas al conocimiento de lo que está vedado. En todo caso era evidente que no obtendría de él información alguna que pudiera desvelar los misterios de su destino. El Guardián ya no guardaba nada. Se había convertido en una sombra grotesca de lo que fueron generaciones y generaciones de sabios custodios del arte de adivinar el futuro, perdido para siempre desde el momento mismo en que la bruma cubrió definitivamente la mente agotada de aquel viejo.

Ella misma tendría que tomar sus decisiones sin la guía de los espíritus, lo que en ese momento de desánimo le parecía poco menos que imposible. ¡Qué fácil es pasar del optimismo a la decepción y de esta nuevamente a la euforia cuando las emociones se conservan jóvenes y no han sido apaleadas por la traición y las desilusiones!

El camino de regreso fue un adelanto amargo de lo que le aguardaba al llegar a casa. Su padre la estaba esperando, pese a lo tardío de la hora, dispuesto a sacarle a golpes las ganas de volver a desobedecerle. A medida que ascendía su furia y bajaba el sol, había estado contemplando distintas posibilidades a cual peor: desde que se hubiese fugado con ese pastor de vacas que la pretendía, hasta que se hubiera atrevido a hacer lo que en realidad había hecho; es decir, desafiar abiertamente su autoridad y la ley para darse a la práctica de supercherías prohibidas, como la bruja de su madre.

Ella no se molestó en negar. Tampoco dio cuenta de su fracaso, pues ya que iba a ser castigada prefería que al menos Aravo se quedara con las ganas de saber lo que le había dicho el mago, sobre cuyo poder él no albergaba en el fondo la menor duda. Aguantó la primera bofetada sin rechistar. La segunda le arrancó un grito que despertó a Pintaio, quien acudió en su auxilio rogando a su padre que se detuviera. Este le envió de vuelta al catre bajo la amenaza de compartir la suerte de su hermana, y demostró que iba en serio venciendo la resistencia del chico con un puño que lo tiró al suelo y le dejó un diente bailando.

Ante la mirada cómplice de Clouta y la impotencia de Pintaio, quien se lamía la sangre de la boca jurando venganza, Huma recibió una paliza que jamás olvidaría, aunque fuera una más entre muchas. Mientras la golpeaba, su verdugo repetía: «Así aprenderás, así sabrás de una vez quién manda aquí».

Durante varios días no se le permitió salir de la cabaña. Cuando finalmente lo hizo para acudir a presenciar la competición gimnástica en compañía de su padre, aún llevaba la cara cuajada de moratones. Todos intuían el porqué de esas marcas, pero nadie dijo nada hasta que apareció Noreno con Roble y vio lo que le habían hecho a su sirena. Si no lo hubieran sujetado, habría apuñalado allí mismo a Aravo, sin temor a las consecuencias. En cuanto fue capaz de recobrar la calma y encontró los ojos de Huma, que le suplicaban contención, comprendió que sería inútil enfrentarse directamente a ese hombre y optó por ganarle donde más daño le causara esa victoria: en el cuadrilátero destinado a la lucha, derrotando a cuantos adversarios se enfrentaran a él y demostrando de ese modo su valor y su fortaleza. Hasta llevar a cabo el plan en el que andaba metido, esa sería su revancha.

Coaña estaba repleta de forasteros. A la llamada de los juegos habían acudido púgiles, jinetes, forzudos y tiradores de toda la comarca, pero también mercaderes, saltimbanquis, mendigos y enfermos llegados hasta allí con la esperanza de encontrar a alguien capaz de curarlos. Muchos preguntaban por Naya, cuya reputación volaba lejos, pero habían de conformarse con la ciencia de su hija y heredera, que hacía cuanto estaba en su mano por ayudarlos. El trueque funcionaba a plena satisfacción de todos: los lugareños aprovechaban para abastecerse de cacharros para la cocina, vino, aceite o remedios universales como la flor de genciana, traídos por buhoneros desde el otro lado de la montaña, y pagaban esas mercancías con ganado, alimentos o láminas de oro y plata que también cambiaban de mano con el correr de las apuestas. Una alegría poco usual se había apoderado de la aldea, donde el nombre de Aravo era bendecido por cuantos disfrutaban de semejante fiesta.

De noche, mientras los atletas descansaban, el público daba cuenta de la sidra y la cerveza escanciadas sin racanería. Una jornada tras otra hasta llegar a la séptima, en que serían proclamados los campeones en cada prueba.

Pintaio competía en pugilato, tiro con arco y honda, modalidad en la que alcanzó un segundo puesto más que honroso dada su corta edad. Noreno hizo correr a su caballo, integró un manípulo de guerreros locales que se enfrentó victoriosamente a otro integrado por un grupo de visitantes, sin más daños que algún rasguño, y finalmente peleó con los puños desnudos contra cuantos rivales se opusieron a él. Su aspecto engañaba, ya que no era ancho y pesado como la mayoría de sus contrincantes, pero su ventaja consistía en una enorme agilidad que le permitía esquivar la mayoría de los golpes y contraatacar por sorpresa hasta agotar al otro. Uno a uno pudo con todos, para gran frustración de Aravo, quien hubo de hacerle entrega del ramo de laurel correspondiente al vencedor, tragándose su repugnancia.

Un vaquero, un simple vaquero al que además odiaba por querer robarle a su hija se había llevado el trofeo más preciado de la contienda. Huma no cabía en sí de gozo. Si el orgullo hubiera podido medirse, el que llenaba su pecho en ese momento habría batido todas las marcas. Aunque no hubiese sabido por la profecía que ese hombre venido de lejos y estrechamente relacionado con el uro, su tótem, era quien conquistaría su corazón, no le habría costado adivinarlo. No tenía más que mirarle para saber que su destino era él.

Esa tarde corrió el vino. Era un lujo caro en esa tierra sombría desprovista de viñedos, pero la ocasión lo merecía. Había existencias y sobraba la sed, por lo que el jefe del castro ordenó que se sirviera casi puro, sin aguar, con el fin de poner un broche de oro a los fastos que tan lucrativos le habían resultado en términos de fama y prestigio. Los músicos desempolvaron sus flautas, afinaron las trompetas y marcaron el ritmo con tambores y panderetas. Se hizo un gran círculo con todos los invitados a ese banquete de celebración, hombres, mujeres y niños. La comida fue pasando de mano en mano, como las jarras de tinto, sembrando una ruidosa alegría que pronto se tradujo en bailes formando un corro, todos cogidos de la mano, entonando viejas canciones.

Sin más acuerdo que su deseo de poder verse a solas, Noreno y Huma no probaron el alcohol, de modo que cuando cayó la oscuridad y la embriaguez fue generalizada se retiraron sin llamar la atención, uno primero y después la otra, para encontrarse en el escondite que acogía sus encuentros secretos. Un lugar situado en una de las casas semiderruidas de la parte abandonada del castro, que habían descubierto juntos en el transcurso de un paseo por aquel territorio silencioso.

No tenían modo de saberlo, pero otros merodeadores furtivos aprovechaban en ese momento las mismas tinieblas para cumplir un propósito bastante más perverso que el suyo.

—Cuando pueda pillar a tu padre solo se va a arrepentir de cada uno de esos golpes —rompió Noreno la magia del momento, mientras acariciaba la mejilla de Huma después de un abrazo desgarrado—. ¡Cobarde! ¡Bestia! ¿Qué digo bestia? Ninguna bestia hace una cosa así a su propia cría. Las protegen y alimentan. Tu padre es peor que una alimaña.

—No quiero hablar de mi padre. No merece la pena. Hablemos mejor de nuestro destino juntos y de la forma de alcanzarlo, pues hemos de encontrar solos las respuestas. La visita que me valió esta paliza no sirvió de nada. El Guardián a quien debemos la profecía que tantas veces has oído de mis labios ha perdido la razón, por lo que nada pudo decirme. Pero tampoco es necesario. Yo sé que te amo. Con eso me basta. Tú eres el hombre que me ha robado el corazón. Yo soy la osa y tú el cazador que ha de compartir mi lecho...

Ambos rieron al evocar esa imagen tan poco fiel con la realidad. Huma era menuda, de piel blanquísima y rasgos afilados en un rostro en forma de óvalo perfecto. Sus manos también resultaban ser pequeñas, al igual que sus pies, y permanecían todavía a salvo de los estragos que causaría en ellas la combinación implacable de tiempo y trabajo. Rara vez alzaba la voz e incluso cuando lo hacía tenía un timbre agradable. No existía criatura más alejada de un oso que la que Noreno tenía en los brazos. Una diosa a la que deseaba con todo el vigor de la adolescencia.

—Me importa poco lo que dijera un viejo loco cuando eras un bebé. Ya sabes que yo no creo en esas cosas...

—Pues deberías, porque no todo lo que sucede es visible a través de nuestros ojos ni saben nuestros oídos escuchar todas las voces. Yo misma veo y oigo cosas que a los demás se les escapan y no estoy loca, te lo aseguro.

—Tú eres auténtica y especial, pero eres única. Los demás son meros charlatanes. En todo caso confía en mí. Dame un poco más de tiempo para preparar las cosas y te aseguro que tu padre estará orgulloso de tenerme por yerno.

—¿Cómo piensas conseguirlo?

—Lo sabrás cuando sea el momento. Hasta entonces habrás de fiarte de este vaquero que se muere por ti...

Un beso llevó a otro, y otro más, hasta que la boca se quedó pequeña y los labios bajaron en busca de nuevos lugares que explorar. Cada rincón era un bastión que conquistar. Cada conquista, una invitación a la siguiente. Libres de culpa, imbuidos de sensualidad, deseosos de complacerse mutuamente, dejaron que sus cuerpos hablaran el más antiguo de los lenguajes. Huma sabía que difícilmente quedaría encinta a esas alturas de su ciclo menstrual, pues su madre la había instruido con detalle sobre el particular y conocía además alguna hierba que reduciría el riesgo hasta anularlo del todo. Noreno se esforzaba por contener el ardor que le impulsaba a derramarse, temeroso de defraudar a la mujer que estaba a punto de entregarle su virginidad. Una y otro se gozaban aplazando el momento que tenía que llegar, sabedores de que nada podría detenerlos... Hasta que de pronto Roble levantó las orejas, se puso en pie de un brinco y comenzó a ladrar con furia.

El perro olía peligro. Avisaba de que algo andaba mal. Se comportaba como cuando en el monte el lobo se acerca en exceso al ganado. Solo que allí no había lobos, por lo que el enemigo tenía que ser otro.

En un principio los chicos fingieron ignorar al animal, cuyo ladrido iba cobrando tintes desesperados. Finalmente, Noreno se vio obligado a hacerle caso y comprobar de qué se trataba, dispuesto a darle una buena zurra si tanto escándalo se debía únicamente a una rata o un conejo. Pero no era así. Desde su altozano dominaba todo el recinto del castro y aunque la noche estaba oscura, no tardó en detectar la presencia de un grupo de hombres cerca de las torres que guardaban el portón de entrada, donde los vigilantes que habrían debido dar la voz de alarma yacían profundamente dormidos. Algún vecino les habría llevado vino de tapadillo para que participaran también de la fiesta, inconsciente del peligro inherente a que se embriagaran. Ellos lo habían hecho según la evidencia con desmesura, hasta desmayarse.

En tiempos remotos el castro disponía de un sofisticado sistema defensivo, que nadie se había preocupado de mantener plenamente operativo. Los antiguos moradores del poblado levantaron alrededor de sus casas una muralla de bloques de pizarra, cuya altura en los tramos más expuestos alcanzaba la de cuatro hombres, y la rodearon de un foso capaz de detener el avance tanto de infantes como de jinetes. Por añadidura, sembraron los alrededores de piedras afiladas como cuchillas y fortificaron el único punto de entrada al recinto mediante una doble puerta. Con el correr de los siglos, no obstante, todo ese esfuerzo quedó anulado por la desidia. El foso se llenó de escombros, los pinchos se cubrieron de tierra y el muro se derrumbó allá donde la construcción era más endeble, abriendo brechas en la fortaleza que constituían una invitación a entrar. Una de esas fallas por las que un hombre podía trepar sin dificultad para saltar al interior era el lugar en el que se concentraban los intrusos, aproximadamente una docena, vestidos a la usanza de los guerreros moros y con el rostro cubierto por el tocado característico de los de su raza. Debían de ser desertores. Fugitivos de las filas sarracenas que vivían del pillaje, saqueando granjas y asaltando corrales o graneros como parecía ser su propósito aquella noche en Coaña.

Mientras Huma corría a alertar a su padre, Noreno se dirigió al punto por el que pretendían colarse los ladrones. Estaba en la parte baja, cerca del hórreo, las cuadras y las pocilgas, donde en aquella época ninguna vivienda estaba habitada. Los salteadores habían planificado bien su incursión, escogido el momento y calculado los riesgos, para llevarse las reservas de grano acumuladas con vistas al invierno, así como los animales que pudieran acarrear, sin tener que ofrecer batalla. En manos de un muchacho solo estaba intentar impedirlo.

Poniéndose a cubierto detrás de una casa en ruinas, el vaquero sacó su honda del bolsillo y golpeó de lleno al primer guerrero que asomó en lo alto del muro. Cualquier chico del castro, varón o hembra, manejaba con soltura esa arma sencilla, empleada desde los albores de la historia, y mejor que ninguno lo hacían quienes se dedicaban al pastoreo, que destinaban muchas horas aburridas a ensayar la puntería. Alcanzado en plena frente, el soldado cayó hacia atrás sin proferir un gemido. Entre tanto Noreno volvió a cargar, dispuesto a repetir el gesto y confiando en que no tardaran en llegar los refuerzos.

Para entonces Aravo ya estaba en camino, acompañado de una horda de gentes furiosas. Robar la cosecha o el ganado era condenar a muerte a los vecinos de la aldea. Matar de hambre a sus hijos y a sus mujeres. Apoderarse del fruto de su sudor. Los ladrones eran castigados sin piedad en todas partes, pues nadie andaba sobrado de nada más que de fatiga y cada miga de pan era dura de ganar. Si además se trataba de enemigos a quienes hasta fecha reciente habían tenido que pagar onerosos tributos, el castigo merecía ser mucho más cruel todavía.

Aún bajo los efectos de la bebida, que no hacía más que acrecentar su ira, el jefe del castro encabezaba una comitiva de hombres ruidosos, armados de espadas, guadañas o puños desnudos, dispuestos a despellejar a esos renegados. Marchaban a gran velocidad, pero habían de recorrer la distancia que separaba la campa del banquete del lugar del asalto. Cuando llegaron, encontraron a Noreno tendido en el suelo, en un charco de sangre, con su perro al lado, degollado. Había sido atacado por el grueso de la tropa invasora, sin un arma con la que defenderse, por lo que únicamente la ayuda del valiente Roble y la llegada de los vecinos le habían salvado de una muerte segura. Un enemigo de piel oscura yacía no lejos de él, inconsciente de una pedrada, mientras los demás parecían haber huido. No irían lejos.

Huma se abalanzó sobre el herido, poniendo el oído sobre su corazón hasta comprobar que seguía latiendo. Lo hacía, aunque débilmente. Suplicándole que luchara por su vida, arrancó varias tiras de su camisa con las que taponó como pudo el flujo de sangre que manaba de sendas llagas abiertas en la pierna y el hombro, después de lo cual pidió ayuda para trasladarlo a una cama, la de su amiga Zoela, ya que su padre se negó en redondo a que le cediera la suya. El chico respiraba y sangraba, lo que indicaba que vivía, pero no respondía a los llamamientos de su enamorada ni a sus caricias. Su cuerpo estaba frío, sacudido de temblores.

Los lugareños, entre tanto, habían seguido las huellas de los asaltantes, obligados por Noreno a marchar sin su botín. La caza de esos fugitivos se prolongó hasta el alba. Con los primeros rayos de sol les dieron alcance cerca de un acantilado y se tomaron su tiempo para ajusticiarlos, sordos a los ruegos de los suplicantes. No hubo clemencia. Tampoco caridad. Los mataron uno a uno, empleándose con saña, y arrojaron sus cadáveres al mar. De regreso al poblado la misma suerte corrió el atacante capturado. Ese sufrió el escarnio añadido de servir de alimento para las fieras, pues sus despojos fueron pasto de los cerdos.

Era el remate perfecto de la competición organizada por Aravo. Un combate real, culminado por una victoria aplastante de los suyos y la ventura añadida de esa baja que, tal como todo indicaba, iba a librarle de un gran problema.

¿Cabía pedir más a la fortuna?

VIII

Una corte guerrera

Territorio de Primorias, era de 783

El viento era un guardián implacable empeñado en cortarles el paso. Sus aullidos se mezclaban con los relinchos de los caballos en la noche espectral, pues el miedo de las bestias era similar al que atenazaba el corazón de los viajeros, por más que estos se obligaran a no gritar. Bastante tenían con mantenerse lo más calientes posible dentro de sus pellizas, evitando despeñarse por uno de los precipicios que los rodeaban. Seguir avanzando en tales condiciones equivalía a un suicidio. Detenerse significaba una condena a muerte, al menos para Adriano y probablemente para las mujeres, cuya naturaleza no soportaría ese frío a la intemperie.

Aunque nadie desperdiciara aliento en quejarse o maldecir al responsable de la situación en la que se hallaban, quien más quien menos dirigía una mirada inquisidora a Ickila, que los había llevado hasta allí, urgiéndole sin palabras a que encontrara el modo de sacarlos del aprieto. El tiempo corría en su contra. Si no se producía pronto un milagro, la parálisis derivada de la congelación los iría derribando uno a uno, empezando por los más débiles. Allí acabaría su aventura, en ese altiplano helado, con la tierra prometida a vista de pájaro, tan cercana en apariencia y al mismo tiempo tan infinitamente fuera de su alcance en esa hora de desesperanza.

Eso pensaba Ickila mientras luchaba por derrotar al pánico que le acometía en oleadas de intensidad creciente. Cada vez se sentía más pequeño e indefenso ante la magnitud de las fuerzas desatadas por esa naturaleza hostil. Se habría entregado a ellas gustoso si con ese gesto hubiese podido salvar a quienes le acompañaban, pues en el fondo de su alma estaba convencido de que la tempestad era el castigo que el Dios de la venganza lanzaba contra él para obligarle a expiar su pecado. Lo que no comprendía era que su falta los condenara a todos, incluidas Badona e Ingunda inocentes de cualquier culpa, a perecer de esa manera horrible. Por eso se prometió a sí mismo luchar hasta el último resquicio de fuerza. Intentaría librarlas a toda costa de semejante final. No cedería al terror ni a la desesperación. Continuaría él solo, si era menester, hasta encontrar un refugio en el que cobijar a sus damas, aunque fuese lo último que hiciese en esta vida. El espíritu de su padre se lo exigía desde la tumba.

Como si su resolución hubiese hallado respuesta inmediata en las alturas, una ráfaga repentina de aire abrió en la negrura del cielo un desgarro que dejó ver el rostro de la luna creciente, casi llena. Su luz alumbró durante un instante lo que parecía una cabaña, situada a un centenar de pasos del camino, a la izquierda de donde se encontraban.

Fue un relámpago fugaz, poco más que un fogonazo, suficiente no obstante para que los hombres de la escolta se acercaran a comprobar si los ojos no les habían engañado. No lo habían hecho. Lo que el astro de la noche en su providencial aparición les había mostrado era una choza de pastores, de las empleadas por los vaqueros en las brañas altas durante el verano. Una modesta construcción de piedra rectangular sin ventanas, perfectamente techada, eso sí, con haces de paja secados al sol y provista de una abundante cantidad de leña apilada en el cobertizo, al resguardo de la lluvia, lista para ser empleada en encender rápidamente una lumbre. El propio Ickila se encargó de hacerlo, tras abrir la puerta de una patada y franquear el paso a los ocupantes de la carreta. Los caballerizos, entre tanto, acomodaron a las monturas lo mejor posible en el exterior, protegidas del viento.

Por el olor que impregnaba el lugar era evidente que el ganado solía habitar el interior de la cabaña de forma habitual, disputando el escaso espacio disponible a la familia del pastor. En el caso de la expedición procedente de Recópolis, el elevado número de personas y cabalgaduras impedía esa convivencia, lo que condenó a las bestias a descansar al raso, con una buena carga de forraje procedente de las reservas almacenadas en el henil, en tanto que los humanos se dejaban caer exhaustos alrededor de la hoguera. En menos de lo que se tarda en contarlo, amos, esclavos y soldados de la guardia habían dado buena cuenta de una cena frugal al calor de la lumbre, celebrando con idéntico júbilo la vida recuperada.

El día siguiente amaneció claro y despejado como solían serlo los de su ciudad natal, sin una sola nube en el horizonte. Desde su atalaya, alfombrada de césped empapado de humedad, los viajeros pudieron contemplar el espectáculo grandioso que se abría ante sus ojos. Lo peor de su travesía, esas cumbres inhóspitas recortadas a hachazos de gigante, había quedado atrás. El camino que tenían por delante descendía suavemente hacia las llanuras, bordeando colinas arboladas, entre torrentes que parecían despeñarse monte abajo y bosques tupidos de fresnos, hayas, robles y castaños, acompañados de esos omnipresentes helechos que ellos nunca habían visto en tan elevado número y desconcertante tamaño.

Estaban en Asturias. Habían escapado de al-Ánda-lus y de las amenazas del caíd, cuyo poderoso brazo no podría alcanzarlos a este lado de la cordillera. Se encontraban al fin en tierra cristiana, desde donde dar comienzo a una vida nueva, a nuevas esperanzas y renovadas ilusiones, aunque el vacío dejado por Liuva fuese imposible de llenar.

Aquel no era, sin embargo, el momento de pensar en las dificultades a las que se habrían de enfrentar. Nadie deseaba hacerlo. Cuando Adriano propuso celebrar una misa sencilla de acción de gracias, la idea fue secundada por todos. De ese modo, una vez más, patronos, siervos y guerreros de la escolta compartieron un mismo pan y una única oración, que Badona e Ingunda recitaron en voz bien alta pues nunca más tendrían que esconderse para elevar sus plegarias hasta Dios. Todas las penalidades pasadas y por venir, sentían hija y madrastra en lo más profundo de sus corazones, estaban bien empleadas si con ellas pagaban la libertad de sus conciencias. ¿A qué otra clase de libertad podía aspirar una mujer decente?

Algunas jornadas después, muy cerca ya del valle de Cánicas emplazado en territorio de Primorias, lindando con la tierra de los cántabros, se dieron de bruces con un pequeño destacamento del ejército de Alfonso que realizaba labores de vigilancia de la calzada por la que transitaban. Ickila se identificó, solicitó ser conducido a la presencia del príncipe y despidió a su guardia privada, tras abonar a sus integrantes los honorarios acordados al partir.

Dado el flujo constante de refugiados que llegaba hasta allí, el oficial al mando de la patrulla sabía cómo comportarse. Tenía órdenes de su señor que le obligaban a tratar con deferencia a cualquier godo cristiano que quisiera acogerse a su protección. Instrucciones precisas que cumplió con la disciplina propia de quien ama a su soberano en la misma medida en que teme su cólera. De acuerdo con esas directrices, respondió al joven extranjero con cortesía militar exenta de cualquier afectación, ofreció a las damas y al clérigo una ayuda que ellos rechazaron y ordenó a dos de sus hombres que acompañaran a la comitiva hasta una posada situada a las afueras de la ciudad. Él mismo se encargaría de notificar su presencia al príncipe, informó a Ickila con los modales ásperos que le caracterizaban. Este, ausente en esas fechas de su residencia, les mandaría llamar cuando lo estimara oportuno. Mientras tanto, serían hospedados por cuenta de su señor.

Cánicas nada tenía que ver con Recópolis. Situada en un amplio valle formado en la confluencia de los ríos Güeña y Sella, la villa era producto de innumerables generaciones de prófugos llegados en diversas etapas hasta aquel enclave privilegiado, rodeado de campos fértiles y alejado de las violencias del mundo. Daba la sensación de haber estado habitada desde siempre y de haberse levantado una y otra vez encima de sí misma, sin más criterio que la necesidad de seguir creciendo.

No había murallas encaladas, ni calles trazadas por el lápiz visionario de un rey empeñado en perpetuar su nombre, ni plaza o palacio desde los cuales se ordenara el espacio. Aquello era más bien un aluvión de construcciones variopintas que los cauces hubieran ido abandonando en sus márgenes, protegidas por el formidable macizo montañoso que les servía de baluarte natural y repartidas en función de los accidentes del terreno. Las más eran de piedra con techumbre de pizarra, aunque aquí y allá se veían algunas de madera reforzada con mortero. Casi todas incluían materiales recuperados de un pasado más o menos lejano, desde columnas arrancadas a las villas romanas que debieron abundar en la región, hasta lápidas sepulcrales esculpidas con los nombres de los difuntos moradores de esas residencias, recicladas como dinteles o simple fábrica para los muros.

A paso lento, bajo la mirada curiosa de los viandantes que transitaban a esas horas de la tarde por las calles sin empedrar de la capital del reino de Asturias, los recién llegados atravesaron el puente de tres ojos que los ingenieros del imperio habían construido en un pasado remoto para poder cruzar el Sella. Bordearon la iglesia de la Santa Cruz, prometiéndose a sí mismos no tardar en acudir a inclinarse ante sus reliquias, y llegaron finalmente a la fonda que, a falta de mejor opción, les serviría de hogar durante una temporada.

Era un establecimiento de dos alturas, razonablemente limpio, regentado por una pareja de paisanos entrados en carnes —lo que anunciaba buena mano para la cocina, pensó Adriano—, de carácter afable y hospitalidad a flor de piel. Recibieron a sus huéspedes con palabras cariñosas, mostrándose comprensivos con el dolor del exilio. Prometieron hacer lo posible por que se sintieran como en su propia casa.

A Badona, Ickila e Ingunda los alojaron en una habitación de la primera planta, reservada para ellos solos, situada sobre la cuadra y en consecuencia cálida aunque pestilente, provista de tres camas con colchones de lana; el único lujo del que gozarían a partir de entonces. El fraile tuvo que conformarse con un lecho en la estancia común abierta al grueso de la clientela, algo más confortable que el jergón reservado a la buena de Marcia, pero no por ello comparable a lo que había disfrutado durante su larga estancia en la mansión de Liuva. Si se libraba del azote de las pulgas, al menos mientras durase el invierno, ya podría darse por satisfecho, se dijo a sí mismo resignado, mientras discurría sobre el mejor sitio para guardar sus valiosos tesoros bibliográficos en aquel lugar carente de intimidad. Los siervos, por su parte, fueron enviados a dormir al establo, junto a las bestias confiadas a sus cuidados. El cambio no les afectó lo más mínimo.

El tiempo empezó a correr con una lentitud exasperante. Alfonso se hallaba cazando fuera de la corte, como solía hacer entre guerra y guerra aprovechando la estación fría, lo que impedía la celebración de esa entrevista con la que soñaba Ickila a toda hora. Adriano sabía que a muy pocas millas de distancia, en el valle gemelo de Liébana, se alzaba un monasterio comparable al de San Justo de Corduba donde habría sido acogido con los brazos abiertos, pero no quería abandonar a la que consideraba su familia. Ingunda y Badona, a su vez, se extrañaban de la naturalidad con la que las mujeres y los hombres de aquel lugar compartían espacios y labores, charlas, actitudes e incluso vestimenta, puesto que ninguna llevaba la cabeza velada, como si el muro que siempre ha separado a los dos sexos presentara allí una inexplicable hendidura.

Ellas salían poco, de no ser para acudir a misa, y se entretenían bordando, hilando en el telar que les había prestado la posadera o escuchando las historias de Arausa, una vieja criada puesta un buen día a su disposición por un oficial de palacio, sin que lograran averiguar quién había cursado la correspondiente orden. Una mujer servicial, dispuesta y despierta, que resultó ser de gran ayuda como guía para orientarse en esa urbe desconocida y caótica. De su mano descubrieron la iglesia de Santa Eulalia, fundada por Pelayo para su enterramiento, extraordinariamente humilde en comparación con la basílica de su Recópolis natal, pero de hondo significado por tratarse de una casa levantada para el Señor después de la invasión mahometana. Y entre sus gruesas paredes oraron por el alma del caudillo cristiano que descansaba bajo sus pies desde hacía siete años, tras culminar una vida convertida ya en leyenda.

Su hijo, Favila, estaba en otro emplazamiento. Su última morada era fruto de una decisión del destino, toda vez que había fallecido prematuramente, sin tiempo para disponer cosa alguna.

—La muerte le llegó de un zarpazo —les contó Arausa, en una de esas veladas que los congregaban a todos en torno a la lumbre de la posada, combatiendo el aburrimiento con relatos de hechos históricos entreverados de fantasía, muy del gusto de la anciana astur—. El joven príncipe quiso desafiar en solitario al rey del bosque sin caer en la cuenta de que un rey siempre es mayor y más fuerte que un príncipe. Era un muchacho fornido, hermoso como el sol de la mañana. Con su cabellera ondeando al viento bajo el yelmo bruñido y sus brazos revestidos de vello rubio parecía él mismo un animal tan fiero como aquel al que fue a cazar en mala hora...

—¿Qué ocurrió? —preguntaron Ickila e Ingunda al unísono, intrigados por las palabras de esa criada tan locuaz y distinta de todas las que habían conocido hasta entonces. Una sirvienta deslenguada, en opinión de Marcia, cuya familiaridad con los amos irritaba a la vieja nodriza hasta tal punto de rehusar dirigirle la palabra, salvo que fuera estrictamente necesario para explicarle cómo lavar la delicada ropa interior de sus señoras sin dañarla o indicarle la forma de servir la mesa que había estado vigente hasta entonces, y no por mucho tiempo ya, en los salones de sus patronos.

—Favila era hijo de un guerrero. Del más valiente guerrero que jamás conocieran los hombres. Un caudillo cuyas gestas cantarán las narradoras de historias hasta el final de los tiempos.

Tras este prolegómeno destinado a subir en un pedestal al héroe de su relato con el fin de realzar su figura ante esos extranjeros que ni siquiera habían oído hablar de él, Arausa entró de lleno en los pormenores de lo sucedido:

—Para ganarse el respeto de quienes habían servido a su padre, necesitaba hacer algo comparable a lo que este había hecho. A falta de sarracenos que matar, puesto que ya Pelayo los había expulsado de aquí, intentó dar muerte al oso, la bestia más feroz, resistente y temible de cuantas pueblan nuestros bosques, en un alarde de arrojo muy propio de su valor. Anhelaba consagrarse de ese modo como guerrero, templando en la sangre de esa fiera la espada de su nobleza. Por eso rechazó la protección de su guardia personal. Declinó llevar consigo otra compañía que la de un esclavo encargado de decapitar a la presa una vez cobrada. Se enfrentó a la muerte desnudo, sin más armas que una lanza corta y un cuchillo afilado. Cuerpo a cuerpo.

Orgullosa del efecto que producían sus palabras entre una concurrencia de tan elevada alcurnia, Arausa concluyó:

—Cegado por sus ansias de gloria hasta el extremo de atreverse con un animal de tamaño descomunal, según atestiguó después el siervo que lo acompañaba, Favila cometió un error fatal. Buscaba la inmortalidad y en su lugar halló un final horrible, desgarrado hasta quedar irreconocible por la fiera que se proponía cazar. Murió como un valiente, en todo caso, con el hierro en la mano, vendiendo caro su pellejo y sin lamentos.

»Todos recordamos en Cánicas las lágrimas que derramó su esposa, Froiliuba, quien no tardó en regresar a la casa de sus padres junto con el sus hijos de corta edad —añadió, adaptando el tono a la solemnidad de la narración—. Los restos martirizados de su marido reposan en esta antigua tierra santa, junto a las piedras que ya veneraban los astures en tiempos de mis abuelos y bajo la cruz llevada por su padre a la batalla del monte Auseva, que nosotros llamamos Vindonio. No creo que pensara en construirse una sepultura cuando mandó edificar esa capilla a poco de ser proclamado príncipe, pero lo cierto es que allí descansa, en compañía de los espíritus que siempre han guiado a nuestro pueblo.

Efectivamente, bajo el suelo de la iglesia levantada con el propósito de acoger el crucifijo que según opinión muy extendida había obrado el milagro de dar la victoria a los cristianos en el lance bélico acaecido a las puertas de la cueva que ya empezaban a llamar «santa», junto a la tumba de Favila, se encontraba un conjunto de «piedras de poder», tal como las denominaban los lugareños. Un monumento de antigüedad incalculable, al que se había rendido culto durante siglos de forma ininterrumpida, hasta que los sacerdotes de la religión de Cristo prohibieron tajantemente tales prácticas, decretando la excomunión fulminante de quienes fueron tildados de «adoradores de piedras».

Tiempo después, no obstante, pocos dudaban del carácter sagrado de esas siete lascas de roca, dispuestas en círculo y adornadas con extraños símbolos de color rojizo trazados en zigzag, que algunos consideraban túmulos funerarios de guerreros legendarios. De ahí que ese y no otro fuera el emplazamiento escogido por el sucesor de Pelayo para edificar su templo, aprovechando las ruinas de uno anterior. Se trataba de emplear la fuerza mágica que emanaba de aquel lugar para ponerla al servicio del Dios verdadero, canalizando de paso los últimos vestigios de fe pagana hacia la luz del Señor, por el procedimiento de consagrar el recinto bajo la advocación de la Santa Cruz.

Temerosa de cometer con ello una grave ofensa, Badona no quiso oír palabra alguna relativa a esos objetos profanos, ni mucho menos mirarlos. Adriano sí que se interesó por su origen, ávido como estaba siempre de recibir información que pudiese enriquecer tanto su acervo personal como su crónica. Ingunda se acercó temerosa a contemplar el insólito conjunto, animada por Ickila, quien parecía cautivado por esas figuras rescatadas de un pasado remoto que imaginaba fascinante. ¿Qué clase de secretos inconfesables guardarían en sus corazones pétreos?

Al margen de ese misterioso círculo de rocas, el templo era pequeño, humilde en su concepción, de techo bajo y fábrica rudimentaria, sin enlucir ni exponer más adornos que aquel que constituía su razón de ser: una gruesa cruz labrada en roble macizo, de unos dos codos de alto por uno y medio de ancho, magnífica en su sencillez, pues a la guerra no han de llevarse oro ni joyas, sino fuerza, valor y fe.

Al cabo de una espera que pareció interminable, llegó finalmente el día en que Alfonso llamó a su presencia al joven magnate godo y al fraile que le acompañaba. Las mujeres no fueron convocadas a esa primera audiencia, restringida al ámbito masculino, a pesar de que la belleza de Ingunda daba que hablar desde su llegada en todos los rincones de Cánicas, donde su dulzura, delicadeza y elevada educación resultaban ser virtudes tan escasas como preciadas.

Al príncipe, desposado con la hija de Pelayo, Ermesinda, poco después de la batalla del monte Auseva, semejante reclamo le dejaba necesariamente indiferente. No en vano el poder que detentaba derivaba precisamente de ese matrimonio, que le confería a ojos de los astures la legitimidad necesaria para reinar sobre ellos. Eso convertía a su esposa no solo en su compañera ante los ojos de Dios, sino en la única madre posible para que uno de sus hijos, Fruela o Vímara, pudieran heredarle un día sin oposición de sus súbditos.

Además de garantizarle la sucesión con esos dos varones, Ermesinda le había dado también a Adosinda, una criatura luminosa cuya inteligencia superaba con creces a la de sus hermanos, dotados a cambio de una fuerza y coraje prodigiosos. Completaba su descendencia un bastardo habido con una sierva, de nombre Mauregato, que compartía con los otros la vida de la corte, si bien en un segundo plano adecuado a su condición de vástago ilegítimo, tolerado a duras penas por la reina y desde luego no querido.

Sea como fuere, por más que la curiosidad de Alfonso se viera excitada por la fama que ya aureolaba a la bella Ingunda, al príncipe le interesaba más el hombre, un posible brazo armado que añadir a su ejército, e incluso más aún le atraía el fraile, cuyos latines, le decían, superaban todo lo que su capital había visto hasta entonces.

La cita estaba fijada para la hora sexta, pese a lo cual Ickila se levantó antes del amanecer. Los nervios le habían impedido descansar, lo que hacía que su rostro apareciera surcado de profundas ojeras. Le corroía la incertidumbre sobre lo que iba a encontrarse, lo que podía esperar de ese soberano a quien veneraba aun sin conocerle y lo que este pensaría de los motivos de su presencia en Cánicas.

Todo su ser deseaba causarle buena impresión, aunque solo fuera por la deuda que tenía contraída con su difunto padre, del que se sentía embajador. Sabía, o mejor dicho intuía, lo importantes que resultan en la vida las sensaciones inmediatas, aquellas que proceden de la piel o de las tripas, antes que del raciocinio. Por ello le aterraba la posibilidad de defraudar a ese rey en cuya valentía intentaba inspirar cada una de sus acciones, a veces con acierto y otras con consecuencias tan trágicas como la de condenar a toda su familia al exilio. Era tanta la esperanza depositada en ese encuentro que ahora, llegado el momento de ver cumplido su sueño, se preguntaba si sería capaz de articular palabra.

Mientras se lavaba, se enfundaba su mejor túnica y maldecía la miseria que le impedía llevar al príncipe un obsequio digno de la ocasión, repasaba mentalmente cómo debería ser su actuación: entraría al salón del trono con la mirada baja en señal de humildad para postrarse ante el rey, y en esa postura esperaría a ser preguntado. Solo entonces explicaría brevemente las circunstancias de su huida de Recópolis, evitando en lo posible detalles innecesarios, se pondría a la disposición de su señor y suplicaría su protección para la pequeña comitiva que tenía a su cargo, con especial mención de su hermana. En caso de necesidad, Adriano le ayudaría a salir del trance. De eso estaba seguro.

Juntos, sumidos cada uno en sus pensamientos, anduvieron maestro y pupilo el camino que separaba la posada del palacio, si palacio podía llamarse al edificio chato, macizo y sombrío que albergaba a la corte de Alfonso. Estaba situado en la parte alta de la ciudad, cerca del puente, sobre una explanada ganada al monte que la nieve y antes las lluvias habían convertido en un barrizal. Era una construcción reciente de piedra oscura, tallada en bloques irregulares, carente de armonía, aunque funcional. Un complejo de tres moles rectangulares, ordenado en torno a un patio en el que varios hombres se entrenaban con la espada y el hacha mientras un puñado de siervos, con aspecto morisco en su mayoría, atendía a los caballos amarrados a unos postes situados bajo el cobertizo de madera que hacía las veces de cuadra. En el extremo opuesto del recinto un grupo de mujeres charlaba animadamente, sin descuidar la tarea de desplumar unas gallinas recién sacrificadas, cuya sangre empapaba el suelo ya de por sí enfangado. A dos pasos de allí una cuadrilla de obreros trabajaba en lo que parecía ser la excavación de un pozo. Ickila estaba demasiado emocionado para fijarse en esos detalles, pero Adriano, buen observador, miraba a su alrededor con incredulidad, preguntándose qué clase de monarca viviría en un lugar así, tan absolutamente carente de boato.

Aquella era una corte guerrera, no cabía duda. Una comunidad bárbara que nada tenía en común con el refinamiento de la Toletum imperial o incluso con la mullida comodidad de la muy noble Recópolis. La casa que le había acogido allí —se decía el monje a medida que avanzaba con su discípulo atravesando estancias desnudas— resultaba infinitamente más lujosa que esa deslavazada plaza fortificada situada en plena urbe. Una edificación a medio camino entre el campamento militar y el convento, sin el menor atisbo de lujo. Si había abrigado por un instante la ilusión de hallar entre esos muros un remedo del oficio palatino de los godos, con su conde del tesoro, su responsable de la cancillería —a cuya protección confiaba acogerse a fin de concluir su crónica—, y sus encargados de la cámara real o de los escanciadores, indispensables todos ellos para el buen funcionamiento de la vida doméstica, lo que vio en ese fugaz recorrido le hizo abandonar de inmediato toda esperanza. Los caballeros que circulaban por allí con sus pesadas armas a cuestas, la ropa remendada sin demasiada consideración y la cara aún más zurcida a cicatrices, no tenían el aspecto señorial característico de los integrantes del aula regia.

El príncipe tampoco.

Cuando fueron conducidos a su presencia estaba comiéndose el costillar de un jabalí que él mismo había abatido de una certera lanzada en el corazón. La grasa del animal asado le chorreaba por las manos y la barba, que no había visto la tijera en muchos días, acumulándose en los pliegues de la túnica que utilizaba para limpiarse de tarde en tarde. Frente a él descansaba una jarra de cerveza de tamaño descomunal, que una esclava rellenaba a medida que él la vaciaba, lo cual ocurría deprisa. Presidía una mesa larga, de tablero sin desbastar, en la que le acompañaban su hermano pequeño, Fruela, sentado a su derecha y reconocible por su parecido físico con el soberano, así como un nutrido grupo de capitanes, alguno de los cuales presentaba signos de embriaguez avanzada.

Alfonso, en cambio, parecía alegre, eufórico incluso, pero sobrio. Solo su mirada le diferenciaba de los otros comensales. Una mirada extraordinariamente penetrante, capaz de comunicar lo que su discurso torpe no lograba transmitir. Por lo demás, su apariencia resultaba tan agreste y feroz como la de quienes compartían su comida, intercambiando con él obscenidades cuartelarias que despertaban sonoras carcajadas entre la concurrencia.

Ickila le sabía hijo del duque de Cantabria y como tal de linaje godo mezclado con la sangre de ese pueblo de montañeses, más temible aún que el de los astures, si tal cosa resultaba posible. Conocía su origen noble, la alta estirpe de la que procedía, de la que cabía esperar un personaje muy distinto al que devoraba en ese momento la carne sanguinolenta de un cochino salvaje como si quisiera absorber con ella toda la fuerza de la bestia muerta. Por eso lo primero que experimentó fue una profunda decepción. ¿Había recorrido ese duro camino, embarcado a su familia en una aventura sin retorno, enterrado a su padre, alimentado sueños de gloria durante años, para acabar rindiendo pleitesía a un caudillo primitivo que se solazaba con semejantes placeres? ¿Había cometido un error fatal al depositar su confianza en un jefe tribal, en un guerrero elevado a la condición de príncipe sin más mérito que el de ser alzado sobre el escudo por sus compañeros de armas, que jamás podría plantar cara al formidable ejército de ismaelitas que en pocos años había conquistado medio mundo?

Cuando ya la angustia, reflejada en la expresión de Adriano, empezaba a apoderarse del alma del muchacho, Alfonso se percató de su presencia y levantó hacia él la vista. Lo que Ickila leyó en sus pupilas grises, la intensidad formidable de esa mirada, le devolvió al instante la certeza de no haberse equivocado.

Más tarde intentaría explicar a Badona e Ingunda el porqué de esa seguridad, sin encontrar argumentos racionales. No era arrogancia. Tampoco temeridad. No era soberbia, arrojo ni mucho menos desprecio lo que transmitían esos ojos. Lo más atinado que acertó a decir el nuevo soldado, ya incorporado oficialmente a la tropa cristiana una vez aceptado por su señor, fue que cuando Alfonso le miró vio en él una determinación inasequible no ya al desaliento, sino a la menor duda. Una voluntad inquebrantable de llevar a cabo la tarea que le había sido encomendada: consolidar a cualquier precio el legado de Pelayo, salvaguardar el reino de Asturias y engrandecer en lo posible sus fronteras con la ayuda de sus aliados cántabros. Una misión que cumpliría costase lo que costase. Ickila lo supo de inmediato.

—Señor —se dirigió a él con humildad, tal como había planeado, agachando la cabeza e inclinando la espalda—, permitid que estos refugiados de Recópolis os presenten sus respetos y soliciten de vuestra bondad ser acogidos en Cánicas para ponerse a vuestras órdenes.

—Levántate y acércate para que pueda verte —contestó el príncipe sin ceremonia, después de un ruidoso eructo que ponía el punto final a su banquete.

Tendría unos cincuenta años, la melena clara de un rubio entrado en canas, facciones angulosas que componían en su cara un gesto duro, como si estuviese permanentemente enfadado, y manos desproporcionadas, a fuer de enormes, con un cuerpo que incluso sentado se adivinaba de estatura baja. Era macizo. Recio. Un viejo olivo arraigado a la tierra —evocó Ickila pensando en su aspecto—, en esa tierra carente de olivos. Sus órdenes eran de las que no se ignoran. Algo en su voz, quebrada y ronca, invitaba a la obediencia ciega. De modo que se aproximó, seguido por Adriano, quien permanecía hasta el momento en un discreto segundo plano.

—Me dicen que vienes huyendo de la Cartaginense por haber dado muerte a un oficial de las tropas sarracenas —abrió el fuego Alfonso, dirigiéndose a Ickila en tono severo. Luego calló, dio un largo trago a la jarra de cerveza y volvió a eructar, mientras el corazón del muchacho galopaba de inquietud sin saber a qué atenerse. Tras una pausa que a sus huéspedes se les hizo eterna, el príncipe añadió—: Eso te honra, siempre que demuestres el mismo valor en el campo de batalla.

—No fue un asesinato —protestó airado el joven—. Le desafié a un combate singular del que salí vencedor en buena lid.

—No me interesa conocer los detalles. Tendrás tu oportunidad de demostrar si tienes madera de soldado o eres simplemente un niño malcriado. En todo caso llevas sangre goda, como yo, y como yo eres cristiano. Eso basta para que seas bienvenido a mis dominios, al igual que muchos de los caballeros que ves aquí, procedentes de todos los rincones de Hispania. Ahora dime. ¿Qué quieres de mí?

Esa era la parte que Ickila había ensayado con mayor esmero. De acuerdo con sus planes, él debería explayarse en ese momento sobre sus nobles orígenes, exponer al detalle la antigüedad de su linaje y solicitar para su familia un trato acorde con esa sangre. Sin embargo, nada era similar a lo que había previsto. Ese rey no se parecía en nada a los monarcas al uso en la corte de Toletum. Aquello no era un salón del trono, con sus frescos y sus columnas talladas, sino una estancia desnuda en la que unos cuantos hombres rudos se reponían de las fatigas de la caza dando cuenta de unos trozos de carne asada, sin mayores refinamientos culinarios. Incluso los atuendos denotaban una austeridad rayana en el ascetismo. Despojados de sus resplandecientes armaduras de combate, esos guerreros acostumbrados a soportar las mayores penalidades se conformaban con sencillas túnicas de lana, ni muy nuevas ni muy limpias, de manera que entre todos los presentes el mejor vestido resultaba ser con diferencia el suplicante, quien ya empezaba a sentirse incómodo con sus modales palaciegos y sus aires de grandeza en medio de tanta sobriedad. Cohibido por esa sensación desconocida hasta entonces, se limitó a decir:

—Para mí únicamente os pido un puesto a vuestro lado en el combate; el de mayor riesgo. Mas tengo una hermana menor y una madre que necesitan lo que toda mujer de su condición precisa: un hogar, algunas comodidades básicas, criados...

—Ya he ordenado que se os instale en alguna de las casas disponibles en la ciudad, pero no esperéis nada parecido a lo que habéis dejado atrás. El lujo, tan del gusto de algunos magnates sureños, es ajeno a nuestro modo de concebir la existencia. Mis antepasados cántabros por parte de madre fueron célebres en su tiempo por su dureza y capacidad para aceptar el sufrimiento. En cuanto a la sangre goda de mi padre, el duque Pedro, me quedo con la de los guerreros que derrotaron a Roma empuñando el hacha, revestidos de sus cotas de malla; no con la de quienes se aficionaron después a la púrpura.

Doblemente inquieto por lo que observaba y lo que acababa de oír, Adriano consideró que era el momento de intervenir, aprovechando una de las pausas que Alfonso introducía en sus discursos para beber.

—Si se me permite hablar —arrancó, avanzando un par de pasos y esbozando apenas una reverencia—, quisiera yo también formular una petición.

—Tú debes de ser ese fraile de quien tanto bueno he oído decir —replicó el príncipe, cuyo fervor religioso nunca había sido sobresaliente, visiblemente molesto por la interrupción—. Ya que quieres pedirme algo, deja que antes te pregunte: ¿qué tienes tú que ofrecerme a mí?

—Poca cosa, a excepción de mis oraciones y de mi memoria, que intento plasmar en un manuscrito destinado a contar a la posteridad los hechos más destacados del tiempo que nos ha tocado vivir, incluidos los protagonizados por un príncipe legendario como vos.

Halagado y tentado por esa oferta de inmortalidad en las páginas de la historia, Alfonso esbozó una leve sonrisa a la que contribuía la ingente cantidad de cerveza que llevaba en el cuerpo.

—Continúa.

—Espero que no os toméis a mal el hecho de que un viejo monje como yo se permita discrepar de vuestro juicio. Sin cuestionar la importancia del hacha ni sobrevalorar la de la púrpura, es mi obligación advertiros de que no lograréis derrotar a nuestros enemigos si despreciáis el valor de las letras. Vuestro pueblo godo no se limitó a derrotar a Roma, sino que absorbió toda su energía, su cultura, su pensamiento. Ese legado fue el que os hizo grandes, diferenciándoos de otros pueblos guerreros tan fieros como vosotros.

Al ver que Alfonso parecía interesado por ese razonamiento que seguramente nadie le había hecho hasta entonces, Adriano se atrevió a ir más allá.

—Conozco bien a los nuevos amos de Hispania. No son un hatajo de fanáticos desharrapados. Su arrojo militar es comparable a su sed de saber. Han conquistado buena parte del mundo conocido empuñando esos aceros que quiebran nuestras espadas como si fueran de madera, mientras se impregnaban de las enseñanzas de todos nuestros maestros. Su falso dios no va a ser fácil de vencer. Si no combatís armado con la cruz, tanto como con el hacha, la victoria os dará la espalda. Si despreciáis lo que ignoráis, hurtando a vuestros súbditos la oportunidad de instruirse, proporcionaréis a vuestro enemigo una ventaja decisiva.

—Ve al grano, fraile —urgió impaciente el príncipe ante la mirada atónita de Ickila, que deseaba con toda su alma hacer callar a ese anciano imprudente cuya impertinencia amenazaba con indisponer a Alfonso contra todos ellos—. ¿Qué es exactamente lo que quieres? ¿No te basta con las iglesias que mi suegro, su hijo y yo hemos consagrado a pesar de nuestros pobres medios? ¿No sabes acaso que en Líbana, no muy lejos de aquí, muchos como tú se dedican al estudio y a la oración en la paz de su monasterio gracias al amparo que les brindamos hombres como yo mismo, rudos, groseros y poco instruidos, pero dispuestos a morir combatiendo? ¿Qué más quieres de mí?

—Únicamente advertiros, mi señor. He recorrido un largo camino en busca de vuestro reino cristiano, donde espero terminar mi crónica antes que mis días. No deseo ser una rémora, sino contribuir a engrandecer vuestra labor. Por eso os suplico, con la mayor humildad, que me proporcionéis los medios para abrir una escuela en la que poder formar a un ejército de clérigos tan indispensable, creedme, como el de soldados, en aras de ganar esta guerra. Una escuela donde recibir a los chicos mejor dispuestos para enseñarles a leer y escribir, a conocer y divulgar las escrituras, a manejar los rudimentos de la matemática, la gramática, la retórica y la dialéctica, a fin de capacitarlos para la tarea de adoctrinar al pueblo y también de serviros, príncipe. ¿Habéis pensado que a medida que expandáis vuestros dominios necesitaréis administrarlos mediante una red de funcionarios expertos en las complejas artes del gobierno? ¿Os habéis planteado que pronto, muy pronto, dado vuestro formidable empuje militar, habréis de contar con recaudadores de tributos, escribas, notarios y demás personal indispensable para el buen funcionamiento de vuestro reino? ¿Tenéis idea de quién se encargará de educar a vuestros hijos, así como a los hijos de vuestros caballeros?

Alfonso no lo había pensado. No había tenido tiempo de hacerlo. Desde que tuvo la fortaleza necesaria para empuñar una espada no había hecho otra cosa que luchar, reponerse de las heridas recibidas en combate y regresar al campo de batalla. Peleó junto con Pelayo en el monte Auseva, persiguió a los sarracenos fugitivos hasta verlos ahogarse en el río Deva, cuyas aguas arrastraban todavía los huesos de los vencidos mezclados con sus armas oxidadas, y aceptó acaudillar a su gente cuando Favila murió destrozado por un oso. No sabía leer ni escribir. Tampoco lo echaba en falta. La vida le había enseñado a resistir, soportar, padecer, avanzar siempre, cada vez un poco más allá, sin retroceder ni lamentarse. Lo suyo no eran los pergaminos, sino la acción. Pero estaba lejos de ser un necio. El discurso de Adriano le había calado hondo, infligiéndole al mismo tiempo una punzada de humillación pues había dejado al desnudo una de las mayores limitaciones de su corte. Así pues, procurando revestirse de majestad para no parecer tan tosco como lo acababan de retratar, respondió a su interlocutor.

—Lo que dices tiene sentido y denota valentía por tu parte. Pocos se atreven a hablarme así, por lo cual te estoy agradecido. Pensaré en lo que me propones y te daré mi respuesta. En cuanto a ti —añadió dirigiéndose a Ickila—, preséntate mañana al capitán de mi guardia para que vea lo que sabes hacer. Te advierto que el entrenamiento será duro, pues en cuanto se derritan las nieves pienso lanzar una campaña de la que se hablará en la crónica del monje. Tenlo por seguro. Espero que para entonces estés a la altura de lo que augura tu sangre. Y ahora marchaos. Quiero echarme una buena siesta.

El príncipe cumplió sus promesas. Beneficiándose de su hospitalidad, la familia se acomodó en una casa modesta, aunque decorosa, que había pertenecido a un caballero ahora instalado en tierras ganadas a los moros en el occidente galaico. Una residencia provista de cuadra, con dependencias para la servidumbre anejas a la cocina, un dormitorio separado de la sala principal por una cortina, en el que se alojaron las dos damas, y un altillo antaño dedicado a granero que fue habilitado como estancia privada del hombre de la casa. Allí dio comienzo su nueva andadura, mientras verdeaban los árboles de hojas nuevas, el año en que Ickila alcanzó los diecinueve y su hermana pequeña los diecisiete. Una edad más que cumplida para buscarle un esposo adecuado.

Adriano obtuvo asimismo lo que quería, con una pequeña escuela emplazada junto a la iglesia de Santa Eulalia, que no tardó en convertir en su hogar. Al principio apenas acogía a un par de estudiantes deseosos de abrazar el sacerdocio, aunque el fraile confiaba en aumentar su clientela a medida que la tierra fértil de Cánicas fuese haciendo germinar la semilla que acababa de plantar. Entre tanto, seguía adelante con su escrito, aconsejaba al monarca cada vez que era requerido para ello, lo cual sucedía con frecuencia creciente, y de cuando en cuando se permitía echar la vista atrás con cierta nostalgia, recordando a sus hermanos de San Justo en Corduba. No es que se mostrara ingrato con la generosidad que le demostraba Alfonso. Es que añoraba un buen rato de conversación con alguien capaz de comprenderle, como Liuva o alguno de los monjes de su antiguo convento, un libro distinto a los que había llevado con él, que era capaz de recitar de memoria, y un buen chorro de aceite de oliva en un pedazo de pan blanco.

¡La comida!

A menudo se sentaba a la mesa de sus amigos de Recópolis, donde la conversación versaba invariablemente sobre los alimentos que no volverían a catar para gran pesar de sus paladares: trigo, aceitunas, algunas frutas como los melocotones o las cerezas, especias refinadas, buen jamón y sobre todo buen vino. ¿Llegarían a olvidar el sabor de esos manjares para acostumbrarse al de la carne roja y la mantequilla?

En un esfuerzo consciente por combatir los embates de la gula, Adriano buscaba el aspecto positivo de sus carencias y se decía que el Señor preservaba así la virtud de la joven Ingunda, quien, privada de estímulos para el paladar, refrenaría su natural concupiscencia y comería con moderación, minimizando de ese modo el riesgo de caer en el nefando pecado de la lujuria.

—Puesto que la mujer es un ser eminentemente carnal —explicaba el fraile a una Badona inquieta por el imparable desarrollo de su hijastra, convertida en belleza adulta en un entorno tan proclive a la promiscuidad—, una sobreabundancia de platos suculentos a su alcance habría excitado su gusto por la comida, abriendo el camino a apetitos de otra índole más inquietante y dando rienda suelta a su ya de por sí evidente sensualidad.

»En el caso de haber disfrutado de las sabrosas delicias de su antigua mesa —se explayaba el anciano, que presumía de conocer la obra de Galeno y sus inapelables teorías sobre la imperfección intrínseca de la constitución femenina—, la chica correría un peligro severo, puesto que la exuberancia vital que estas habrían proporcionado a su cuerpo resultaría prácticamente imposible de dominar.

»Así pues —pontificaba con conocimiento de causa—, hay que dar gracias a Dios por Su inmensa bondad, ya que compensa la débil voluntad de la muchacha privándola de tentaciones.

¿Cómo contradecir una verdad basada en tan abrumadora carga de prueba? Badona solo podía asentir con humildad, agradecer la misericordia divina y suplicar al clérigo que siguiese velando por su hija.

Esa noche, sin embargo, a diferencia de lo acostumbrado, la gastronomía no ocupaba la atención de los comensales. En su lugar todos se hacían lenguas de lo sucedido con Paulo, uno de los caballerizos venidos con ellos desde su ciudad natal, sorprendido después de robar una de las fíbulas de su señor. Este había echado en falta la joya, lo que había desatado una operación de búsqueda minuciosa por toda la casa, culminada finalmente con la aparición del broche bajo la yacija de paja que servía de cama al esclavo.

Sometido a tormento con un hierro al rojo, el ladrón no se había plegado a confesar su delito, alegando que él era inocente y que el ladrón debía de haber ocultado la fíbula precisamente en su cama, con el fin de cargarle a él la culpa. Ni siquiera tras una segunda aplicación de la tenaza ardiente reconoció su crimen, pese a lo cual nadie creyó en su inocencia. Por indicación de Adriano, versado en leyes, el reo fue condenado a recibir cincuenta azotes, la pena prevista en el *Liber Iudiciorum* para los siervos viles culpables de faltas graves, que recibió amarrado a un poste, de manos del propio Ickila.

Si este hubiera podido leer el pensamiento de su esclavo mientras lo azotaba. Si hubiese escuchado los gritos silenciosos que su víctima ahogaba a duras penas cada vez que la correa de cuero le golpeaba la espalda, amoratándola primero y abriendo después poco a poco llagas de aspecto ominoso, acaso habría tenido el acierto de detenerse a tiempo. Si hubiera sabido detectar el odio que brotaba a borbotones de ese cuerpo martirizado, junto con la sangre provocada por los latigazos. Si no se hubiese mostrado ciego y sordo a la impotencia, a la rabia de ese hombre escarnecido que atesoraba su dolor con avaricia a fin de alimentar su venganza, tal vez, solo tal vez, habría podido evitar lo que terminó por ocurrir con el tiempo. Pero Ickila era demasiado joven para entrar en tales consideraciones, ajenas por otra parte al mundo del que procedía.

En Recópolis los siervos abundaban y no se relacionaban más que con gentes de su misma condición, poco dadas a concebir rebeliones. Cánicas era, por el contrario, cuna de hombres y mujeres libres. Una invitación irresistible para quienes, como Paulo y Lucio, ya habían apercibido el aroma de la libertad al ver a sus compañeros despojados del yugo de la servidumbre por el amo Liuva antes de embarcarse en ese viaje que a él le había llevado a la tumba y a ellos hasta una ciudad perdida, sin más horizonte que el conocido desde que fueron concebidos por sus padres.

Compartía su suerte un morisco taciturno, a quien los cristianos llamaban Abdul, que el príncipe había enviado a Ickila como regalo de bienvenida al día siguiente de su visita. Se trataba de un antiguo soldado sarraceno hecho prisionero en la batalla de la cueva sagrada, veintidós años atrás, cuando apenas era un adolescente. Reducido a la esclavitud, había aprendido rápidamente la lengua de los cristianos, mostrando una clara aptitud para adaptarse a sus costumbres, lo que le había franqueado las puertas del servicio en palacio.

Con el transcurso del tiempo se había vuelto irreconocible para cualquiera que le hubiera tratado antes de su infortunio. Avejentado por los años y las humillaciones, desaparecido de su corazón cualquier vestigio de orgullo, Abdul aconsejaba a sus hermanos en la desgracia que aceptaran su destino sin oponer resistencia, confiando en la sabiduría de Dios (a quien él llamaba Alá), cuya voluntad escapa a nuestro entendimiento. Ni Lucio ni Paulo confiaban en él, no obstante, por lo que nunca le hicieron partícipe de sus planes. Su dueño en cambio encontró en ese esclavo a un guía seguro para sus escarceos por la región, pues deseaba conocer lo mejor posible el terreno por el que habría de moverse a partir de entonces, antes de someterse a la prueba de fuego del combate ante su príncipe y señor.

En cuanto la climatología lo permitió, mientras Alfonso ultimaba los preparativos de la que sería su más ambiciosa campaña de conquista, Ickila decidió ir a contemplar personalmente el escenario donde todo había empezado. Partió de buena mañana, acompañado de Abdul, en dirección al macizo rocoso que se alzaba a levante sobre sus cabezas, como un fortín construido a una escala inabarcable para el hombre. No estaba lejos, aunque su descomunal tamaño engañaba al ojo y lo hacía parecer más cercano de lo que en realidad se encontraba. Así pues, los dos viajeros tuvieron que espolear a sus monturas con el fin de llegar de día, conscientes de que en la oscuridad los precipicios que los rodeaban constituirían un peligro mortal.

Para Ickila aquella era una excursión placentera, que afrontaba con el júbilo devoto con que se emprende una peregrinación a Tierra Santa. Para Abdul, por el contrario, se trataba de una vía dolorosa cuyo recorrido le traía a cada paso recuerdos siniestros de unas jornadas que marcaron para siempre su fatal destino. No quería hablar de lo que había sucedido en esos días de derrota. Se había esforzado por enterrar en lo más profundo de su memoria el pánico experimentado durante la primavera de su perdición, entre esos riscos abruptos poblados de guerreros invisibles y por ello letales. Los años y el látigo le habían enseñado, empero, a obedecer a la primera, por lo que cuando el amo le pidió que desgranara con detalle el relato de los hechos acaecidos en aquella expedición hubo de vencer su repugnancia y dar vida con sus palabras a esa pesadilla llamada a torturarlo mientras viviera.

—Para sofocar la rebelión avivada por Belay, a quien vosotros llamáis Pelayo —explicó en un latín vulgar, casi calcado del que hablaba el propio Alfonso—, en el año 103 de la hégira, 760 de vuestra era, el valí Anbasa ordenó que fuese a someter a los astures un cuerpo de tropas mandado por Alqama, beréber como la mayoría de quienes habíamos entrado en al-Ándalus. Yo era entonces muy joven y venía en busca de botín. Nada sabíamos los soldados reclutados para aquella aceifa de los motivos de la insurrección. Solo nos dijeron que los cristianos del norte, un puñado de salvajes alzados en armas, habían desafiado la autoridad del emir, se negaban a pagar tributos y habían de ser reducidos por las armas.

»Según nuestros comandantes —continuó sin emoción alguna—, sería un juego de niños, puesto que encontraríamos frente a nosotros a un enemigo muy inferior en número, mal pertrechado y peor alimentado, que capitularía sin combatir en cuanto divisara el poderío de nuestra tropa. Para mayor seguridad nos acompañaba un clérigo cristiano, al parecer hermano del rey, llamado algo así como O'pa, que debía convencer al caudillo rebelde de la inutilidad de oponerse a nuestra fuerza.

»Partimos de Corduba con la moral muy alta, dispuestos a culminar la conquista de una tierra que imaginábamos similar a la que conocíamos. Éramos muchos hombres a pie y a caballo, una hueste como jamás se había visto, con un océano de estandartes verdes ondeando al viento para mayor gloria de Alá, ¡bendito sea Su Nombre! —se le escapó la advocación sin que su dueño, cautivado por la narración, reaccionase a la provocación castigándolo.

»Al principio todo fue según lo previsto —relató Abdul—. Penetramos en Asturias por un paso elevado, aunque amplio, desde el cual dominábamos el territorio que se abría a nuestros pies, sin encontrar resistencia digna de ese nombre. Una a una se rindieron todas las aldeas que hallamos a nuestro paso, y las que no lo hicieron fueron incendiadas. Los hombres se doblegaban o eran decapitados allí mismo. Las mujeres no recibían mejor trato. Esas eran nuestras órdenes. Tal como nos habían dicho, la mayoría de los rebeldes volvieron a la obediencia, con lo que los tributos se recaudaron de nuevo. Al celebrar tantas victorias no podíamos ni imaginar lo que nos aguardaba en estas cumbres.

A medida que avanzaban abriéndose paso entre maleza y barrancos, Ickila empezó a hacerse una idea de lo sucedido, felicitándose en su interior de la habilidad estratégica que había demostrado Pelayo. Un rápido vistazo al paisaje circundante explicaba sobradamente la astucia desplegada por ese guerrero mítico.

Tras partir de la ciudad esa mañana en compañía de su esclavo, había transitado durante horas por el valle ancho que separaba Cánicas del monte Auseva. Pese a su inexperiencia, el joven emigrado se había dado cuenta enseguida de que para defender un terreno como aquel e impedir el avance del gran ejército atacante, el caudillo legendario vencedor de los sarracenos habría necesitado un contingente de soldados capaz de cubrir semejante extensión de campo abierto. Un número elevado de soldados del que no disponía ni remotamente. De ahí que retrocediera y condujera a sus hombres hacia un lugar propicio para la emboscada, donde pudieran compensar con ingenio y la ayuda de la orografía la abrumadora ventaja numérica de sus enemigos mejor armados.

Probablemente marcharían por el mismo sendero escarpado que Abdul y él habían recorrido camino de la garganta en cuyas profundidades se encontraba la cueva escogida como escondite para él y sus trescientos bravos. Irían decididos a vencer, con demasiada prisa para fijarse en un entorno de sobra conocido, pero contemplarían desde abajo las mismas estribaciones de los picos nevados que se habían abierto ante sus propios ojos, semejantes a un peine de dientes gigantescos. Pasarían junto a los mismos robles, castaños, laureles salvajes y fresnos, trepando por las faldas de la montaña junto a un riachuelo de aguas gélidas repleto de cangrejos. Y alcanzarían finalmente el emplazamiento de la gruta sagrada, que él contemplaba en ese instante embelesado: una boca oscura, acogedora, colgada sobre el abismo a unos cien codos de altura, como un balcón envuelto en el ruido ensordecedor del torrente cuyas aguas enloquecidas se descolgaban a su lado.

—Alqama —prosiguió el esclavo una vez alcanzado el escenario de su derrota—, henchido de ánimo por el éxito de la expedición, se propuso exterminar ese último foco de resistencia obstinado en desafiarle y nos ordenó adentrarnos hasta este lugar que ninguno de nosotros había visitado antes. Los guías nos traicionaron al no advertirnos de que la garganta se estrechaba hasta topar con la pared rocosa que tenemos delante. Nosotros estábamos acostumbrados a los parajes montañosos, pues en mi tierra rifeña son abundantes, motivo por el cual nos metimos en ella sin miedo. Cuando ya era demasiado tarde para retroceder, nos dimos cuenta de que no tenía salida. Habíamos caído en una trampa mortal.

»Faltos de espacio para moverse, los caballos se empezaron a encabritar, contagiando su nerviosismo a los jinetes, quienes se veían incapaces de dominar a las bestias que se empujaban unas a otras aplastando a más de un infante —evocó el cautivo, ahora sí con un rictus de dolor en los labios—. En un último intento de evitar lo inevitable, nuestro comandante ordenó al cristiano que nos acompañaba intentar parlamentar con el caudillo sublevado haciéndole ver que nuestro ejército superaba con creces a su menguada tropa, diseminada por los alrededores detrás de los matorrales, al abrigo de las peñas o en el interior de la cueva. Para entonces, no obstante, él ya se había percatado de que esa supuesta superioridad era su principal aliada.

»Sin molestarse en contestar al que le hablaba en su misma lengua debió de hacer alguna señal a sus guerreros, porque desde sus posiciones elevadas comenzaron a arrojarnos piedras, enormes bloques de roca y flechas que causaron algún daño en nuestras filas, aunque no lograron romper la formación. Nosotros respondimos con una oleada de proyectiles lanzados por saeteros y honderos célebres por su puntería, que en aquella ocasión, no obstante, carecían de objetivo al que apuntar. El enemigo era invisible, como te he dicho antes, lo que multiplicaba su capacidad para contraatacar. Nuestras flechas rebotaban en las paredes rocosas y se volvían contra nosotros, causando un gran número de bajas. No tardaron en propagarse rumores sobre una ayuda de carácter sobrenatural prestada al bando cristiano por alguno de sus tres dioses —el morisco dijo esto último sin ánimo blasfemo alguno, puesto que los caldeos llamaban a los cristianos "politeístas", incapaces de entender el misterio encerrado en la Trinidad—, que no hicieron sino contribuir a empobrecer nuestra moral. Y cuando nos disponíamos a volver la grupa para intentar una retirada táctica, los montañeses ocultos en las laderas de los cerros cayeron sobre nosotros como una plaga de langostas, cortaron nuestras líneas separando a la vanguardia del grueso del ejército al provocar un derrumbe en aquel punto donde se estrecha el paso —dijo señalando al sitio en cuestión— y dieron comienzo a su matanza.

»Yo estaba aquí mismo, cerca del clérigo y del comandante Alqama, que fueron degollados a poco de iniciarse la carga. Nosotros también matamos a un buen número de cristianos, pero al estar apiñados nos molestábamos unos a otros y carecíamos de mandos capaces de organizar el combate. Cuando vi que un grupo de hombres emprendía la huida por esa senda que tienes a tu izquierda, me uní a ellos.

Saboreando cada bocado de ese relato que le había transportado al corazón mismo de la batalla más emocionante de cuantas hubiera oído contar nunca, Ickila ordenó al esclavo que le guiara por el camino en cuestión hasta el lugar donde había sido capturado junto con los otros fugitivos, destinados a partir de entonces a servir a sus vencedores. Con la docilidad de quien ha abandonado cualquier anhelo de libertad, sometiendo su voluntad a la del propietario de su vida, Abdul echó a andar ladera arriba por un sendero empinado, tupido de vegetación, que bordeaba un barranco conocido desde entonces como La Huesera por la ingente cantidad de sarracenos despeñados, cuyos esqueletos jalonaban sus escarpaduras.

En ese lugar maldito para cualquier forastero, una columna de soldados sería un blanco accesible hasta para un niño, pensaba Ickila mientras ascendía despacio, llevando a su montura de la brida no fuera a asustarse con alguna culebra y caerse por el precipicio arrastrándolo a él con ella. Aquel era un territorio de cabras monteses y abejas, donde los hombres estarían condenados a sobrevivir como fieras, adaptándose a la extraordinaria dureza del entorno. Algo que sin duda habrían sabido hacer los seguidores de Pelayo, ganándose con ello el derecho a la gloria de la que disfrutarían hasta el fin de los tiempos.

De cuando en cuando un pequeño claro al abrigo de un muro de roca dejaba ver algún prado de hierba jugosa, que aprovechaban para pastar las vacas medio salvajes diseminadas aquí y allá. Por lo demás, cuchillos de piedra blanquecina vigilaban el recorrido desde las alturas lejanas, como almenas de un torreón de proporciones inabarcables.

A medida que se enfriaba el aire, la vegetación se fue abriendo hasta mostrar un tapiz de helechos y brezos de distintos colores, antesala de la explanada que les aguardaba en la cima. De pronto, a la vuelta de un recodo, un lago de aguas turquesas se mostró ante sus ojos, cuajado de juncos, regalándoles una imagen de paz absolutamente ajena a la brutal historia de persecución y muerte que allí se había desarrollado apenas unos años antes.

Si el paraíso guardaba parecido con algo que pudiera contemplarse en este valle de lágrimas, se dijo el godo, debía de tener los contornos de ese mágico lugar, con el sol lanzando sus destellos sobre las cumbres nevadas que los circundaban, el cielo limpio de la primavera abrazándolos con su inmensidad azul, la hierba empapada, mullida, sirviendo de alfombra a sus pies y el aire fresco del atardecer llenando sus pechos de vida. Aquello era el techo del mundo. Su cúpula celeste. Una fortaleza majestuosa levantada por el Dios Padre de Jesucristo para que tuvieran los cristianos en ella un bastión donde defender Su nombre.

Ickila no quiso ver más. De haber pretendido llegar al lugar donde su esclavo fue capturado después de que una avalancha sepultara a la mayoría de sus acompañantes, a un par de jornadas de allí, habría tenido que andar el mismo calvario que los sarracenos fugitivos. Se habría visto obligado a descender por laderas empinadas, arrastrarse entre zarzas de espinos a la vera de ríos furiosos y resbalar por cuestas imposibles con el riesgo de matarse. No necesitaba hacerlo para figurarse el final atroz que conocieron esos desgraciados, abatidos a pedradas o a cuchillo, hambrientos, rendidos de fatiga, perdida toda esperanza de salvación y sometidos sus corazones al tormento constante del miedo. La muerte les sobrevino a buen seguro en forma de liberación y los que como Abdul escaparon a sus garras a costa de convertirse en siervos no tardarían mucho en lamentar su suerte.

¡Ay de los vencidos!

Una vez de regreso en Cánicas Ickila supo por su criada, Arausa, que los restos de la tropa derrotada, junto con el destacamento que acompañaba al gobernador Munuza, huido de Gegio al tener conocimiento del desenlace de la batalla, fueron exterminados por los astures en la aldea de Olalía, cuando intentaban escapar a toda prisa llevándose consigo el botín que podían cargar. Arausa tenía, y así la expuso sin el menor pudor, una teoría más que heterodoxa sobre los hechos acaecidos en el monte Auseva, pues lejos de atribuir la victoria a lo favorable del terreno o incluso a la intercesión de la Virgen, estaba convencida de que habían sido las fuerzas misteriosas presentes en aquel lugar desde tiempos ancestrales las auténticas artífices de la hazaña atribuida al caudillo.

—El manantial que corre junto a la gruta siempre fue sagrado, al igual que la cueva en sí —les explicó como la cosa más natural del mundo mientras Ickila transmitía a su familia, incluido Adriano, la fuerte impresión experimentada al recorrer esos parajes—. Las gentes de por aquí siempre los consideramos puertas abiertas a las entrañas de la tierra, a través de las cuales esta manifiesta su vigor y su poder; un poder que hace parir a los animales, trae al mundo a las criaturas y consigue que germinen las cosechas.

»Hay cosas que escapan a nuestro entendimiento —agregó con solemnidad—, pero que no por ello dejan de ser ciertas. Pelayo sabía bien lo que se hacía cuando escogió ese sitio para enfrentarse a los invasores. A la Madre Tierra no le gustan los extraños y siempre ha hecho pagar un alto precio a quienes se han atrevido a hollar alguno de sus santuarios.

Eso pensaba Arausa en su ignorancia, concluyeron al oírla sus señores. Badona había intentado por todos los medios corregir esas desviaciones, pero se había enfrentado a un fracaso en toda regla. La buena mujer creía en el Dios de los cristianos, al igual que en la Virgen María, lo que no le impedía aferrarse a sus viejas supersticiones. Para ella ambas creencias no solo eran compatibles, sino que formaban una simbiosis perfecta para explicar todo aquello que no alcanzaba a comprender de otra manera. Su universo interior estaba poblado de seres mágicos, entre los cuales Jesucristo era solo uno más, a quien se rezaba en la iglesia, como en la cocina se rendía culto al fuego honrándolo con un puñado de sal.

Para rematar su peculiar aportación a la historia que Ickila acababa de revivir, la criada les hizo partícipes de la leyenda que circulaba en torno al enclave que tan honda huella había dejado en él:

—En días lejanos, cuando las sacerdotisas del culto antiguo aún ofrecían sacrificios a la Madre, dicen que una de ellas tuvo una visión tan real como si estuviese acaeciendo ante sus propios ojos. En medio del ritual que estaba celebrando, entró en trance, sufrió un desmayo muy similar a la muerte y en ese estado de profunda inconsciencia permaneció siete días con sus siete noches. Al despertar aseguró haber viajado por el tiempo abarcando con sus alas todo lo que está por venir, aunque se negó a desvelar lo que le había sido dado contemplar. Únicamente habló de un guerrero extranjero, tan hermoso como el sol, que llegaría hasta la tierra de los astures procedente de donde nace la luz para fecundar a una hija de este pueblo a fin de engendrar en ella a una nación de gigantes.

»Eso al menos contaba mi abuela —precisó la sierva—, que lo escuchó de la suya. Hoy en día pocos recuerdan esa profecía, que yo misma casi había olvidado, porque supongo que serían historietas de viejas aburridas. ¿Qué clase de mujer iba a parir a un gigante, fuera quien fuese el guerrero que se llevara a su lecho? Hasta el más tonto de Cánicas sabe que los gigantes no existen.

También lo sabía el hijo de Liuva. Fascinado por el relato de Abdul, mucho más que por el de Arausa, estaba impaciente por cabalgar junto al príncipe en su inminente campaña de conquista allende la cordillera. Esa oportunidad de demostrar su valor en el campo de batalla, que anhelaba desde que era un niño, estaba a punto de materializarse. Ahora le llegaba el turno a él. Por fin descubriría el mundo de qué madera estaba hecho el verdadero Ickila.

IX

Sueños de gloria

Coaña, era de 786

Cuando el alma de Naya abandonó definitivamente este mundo, transcurrido un año desde que su cuerpo fuera entregado a la tierra, Noreno aún se debatía entre la vida y la muerte. El espíritu de la más grande sanadora que jamás existiera se mantuvo cerca del muchacho, insuflándole su aliento, hasta que cumplido el plazo que a todos nos concede la Madre con el fin de que resolvamos nuestros asuntos pendientes, se despidió para siempre de todo aquello que amaba, una vez celebrado el banquete preceptivo en su memoria.

Ella fue la invitada de honor del convite, aunque únicamente Huma sintió allí su presencia benefactora entre los vecinos y amigos que acudieron a brindar por la difunta. Solo ella, heredera de sus dones, comprendió el auténtico significado de ese ritual que con el tiempo se había convertido en un mero pretexto para compartir esos regalos del cielo que son la buena mesa y la alegría. Por eso comió con moderación, apenas probó la sidra y se mantuvo todo lo apartada que pudo de los invitados, dedicando sus pensamientos a la mujer que viajaba a esas horas hacia el lugar en el que moran los que han sabido entregarse a los demás de verdad, sin escatimar esfuerzos. En cuanto le fue posible, escapó del festejo para acudir al cabecero de su amante, postrado en una yacija donde permanecía prisionero desde hacía meses.

Apenas era una sombra de sí mismo. La piel amarillenta y reseca se le pegaba a los huesos, incapaces de sostenerlo en pie. Sus músculos antaño poderosos habían desaparecido devorados por la fiebre, que le esculpía los pómulos y la nariz en el rostro con la fiereza de un ave de presa. Las heridas que Huma cauterizaba, cosía y cubría regularmente de ungüentos de álamo negro y encina de mar se emponzoñaban una y otra vez, martirizándolo con saña hasta el punto de llevarle a suplicar un cuchillo con el que librarse él mismo del suplicio aprovechando alguno de sus escasos momentos de lucidez. Solo el amor obstinado de la mujer por cuyas manos fluía la ciencia de su madre lograba evitar que cumpliera su propósito, disputando cada anochecer su pellejo a la muerte de fauces hambrientas.

Ella le curaba las llagas en silencio, acariciando su dolor. Lo alimentaba con infinita paciencia, haciéndole tragar pequeños sorbos de caldo o miel rebajada con leche. Frotaba sus brazos y piernas con aceite de nuez, obligándole a moverlos aun cuando le faltaban las fuerzas. Se había propuesto vencer en esa batalla, que estaba segura de poder ganar. ¿No había revelado la profecía que su destino era él?

Era mejor no pensar, cerrar la mente a las dudas que la asaltaban, negar cualquier posibilidad al fracaso y refugiarse en la certeza de que el poder con el que había sido bendecida encontraría el suficiente apoyo en su inquebrantable voluntad. Era indispensable ganar cada suspiro, cada nuevo sol. Marcarse como meta un día más. Verle vivir, respirar. Combatir cualquier síntoma de desesperanza. Arrancarle una sonrisa, por leve que fuera, pues un milagro semejante podía superar en eficacia la pócima más sanadora.

Noreno, entre tanto, alternaba el sueño inducido por los remedios que le suministraba Huma con las pesadillas causadas por el mal que roía sus entrañas. Cuando la valeriana o el meliloto daban tregua a su padecer se imaginaba a sí mismo tallando collares para sus vacas junto a Roble, cortejando a su sirena entre la hierba alta de los prados o templando el mango del arpón que pensaba emplear en la hazaña que le llevaría a obtener el pleno consentimiento de Aravo para su desposorio.

A veces incluso sentía un cosquilleo en el vientre, que no tardaba en despertar un violento acceso de deseo carnal, rápidamente sofocado por la debilidad extrema que sufría. Entonces solía sumirse en un abismo de oscuridad en el cual, desaparecido su perro pastor, las vacas adquirían perfiles monstruosos sin que hubiera conjuro, ni candela bendita, ni símbolo solar, ni excremento de gallina capaz de deshacer el hechizo que las había aojado. Entonces el rostro de Huma se desdibujaba entre sus manos para convertirse en culebra de lengua bífida y ojos como carbones ardientes, dispuesta a alimentarse de su propia lujuria hasta alcanzar las proporciones de un dragón que ansía devorar a su víctima. Entonces el arpón desaparecía en la mar sin dejar rastro, llenando su corazón de un espanto tanto más aterrador cuanto que carecía de nombre.

Así pasó el primer invierno y la mejor de las tres cosechas que siguieron: frío, agua, sudor y jornadas de trabajo extenuante para la muchacha, obligada a realizar las faenas de su casa, brindar ayuda a cuantos demandaban sus servicios de curandera, cuidar de Pintaio, tal como le había mandado Naya, mantener en lo posible el sagrado culto a la Madre e impedir que Noreno se muriera llevándose con él el sentido de su vida. A partir de entonces el joven empezó a mejorar muy despacio, a medida que su naturaleza robusta se imponía a las recaídas fugaces que su cuidadora atajaba con sabiduría.

Poco a poco pudo ponerse en pie, si bien por espacios muy cortos de tiempo. Con el transcurso de los meses y el consumo de alimentos sólidos fue engordando, aunque muy lentamente. Pasaba la mayor parte del tiempo encerrado entre cuatro paredes, pues la extenuación causada por la enfermedad le obligaba a guardar cama, pero tenía la cabeza despejada, ávida de tejer mil proyectos de aventura. Desde el momento en que supo que viviría, se propuso demostrar al mundo entero que la Madre y Huma, Huma y la Madre, no le habían salvado en vano.

En el castro todos estaban agradecidos al vaquero por su gesto de enfrentarse solo a los desertores del ejército sarraceno, evitando que les saquearan la despensa. Claro que esa gratitud rara vez se manifestaba con demostraciones de afecto tangibles. Nadie ignoraba la antipatía que Aravo sentía por el chico a quien culpaba de haber embrujado a su hija, razón por la cual los vecinos medían cuidadosamente sus gestos a fin de evitar enojarle. No eran muchos los dispuestos a correr ese riesgo. La mayoría de los hombres se limitaba a pasar de largo por la puerta de la casa en la que se encontraba el enfermo acogido por la familia de Zoela, sin dirigir siquiera una mirada al interior. Algunos incluso rogaban a sus mujeres que imitaran su comportamiento por no complicarse y complicarles a ellos la vida. Ellas, en general, tenían algo más de libertad, pues el jefe daba menos importancia a sus movimientos, pese a lo cual pocas se atrevían a llevarle un cuenco de sopa o simplemente un rato de conversación, a excepción de Huma, Zoela y la hermana pequeña de esta, Neva.

El miedo anida con facilidad en los corazones pusilánimes, que son los más abundantes salvo cuando la necesidad hace de la supervivencia virtud. En caso contrario siempre hay una buena excusa para escurrir el bulto, ya que tomar partido implica ponerse en riesgo. Y, por supuesto, nunca falta una justificación de la que echar mano para tranquilizar la conciencia del cobarde. Así los traidores se disfrazan de sensatos, los medrosos de prudentes y los ingratos de pragmáticos. Todos envidian la grandeza del valiente, pese a lo cual se conjuran para ignorar esa conducta extraordinaria cuyo efecto es resaltar la vulgaridad que anida en ellos. La entierran bajo gruesas capas de olvido que tapan con el mismo manto de su vergüenza. La condenan al silencio como si así pudieran borrarla. Y de ese modo guardamos memoria de los grandes hechos del pasado a través de infinitos relatos narrados a la luz de la luna, a la vez que despreciamos a los héroes de carne y hueso cuyo tiempo compartimos.

Eso le sucedió a Noreno a medida que fueron corriendo las estaciones, aunque hubo quien no aceptó las reglas de ese juego perverso.

—Me marcho, Huma. Voy a unirme a las tropas de Alfonso en Cánicas. No soporto más el ambiente de esta casa y de este pueblo que da la espalda a un hombre como Noreno. No soporto esa mirada de padre que parece buscar en mi interior algo que no termina de encontrar. Necesito aire y espacio para cabalgar.

Con solo trece años, Pintaio se había convertido en un hombre. Su gigantesca mole tenía ya la forma de un guerrero cuyas facciones resultaban feroces. Sujetaba su larga melena azabache al modo de los antiguos astures, con una cinta ceñida a la frente y una coleta apretada a la altura del cuello. Su tez se había vuelto más oscura por el efecto del sol allá donde la barba dejaba algún resquicio, lo que contribuía a ensombrecer su aspecto. Sus ojos, perdidos bajo unas cejas negrísimas muy pobladas, miraban con intensidad. Su nariz partida, irregular, daba testimonio de una pelea brutal, al tiempo que le hacía parecer más fiero. Los labios eran del color de la sangre. Vestía una túnica corta que dejaba al descubierto los pilares de sus piernas cubiertas de vello y para rematar el cuadro solía caminar descalzo, como si fuera un salvaje.

En ningún lugar del mundo habría pasado desapercibido.

Desde la muerte de su madre, coincidente con su viaje a la edad adulta, se había vuelto taciturno, lo que le llevaba a pasarse las horas solo, ejercitándose en el uso de la espada, afinando la puntería o fortaleciendo unos brazos que parecían ramas de roble viejo. Acaso por no encontrar palabras con las que expresar lo que sentía o por no saber identificar esos vaivenes emocionales que tan pronto le hacían crecerse como esconderse en un lugar oscuro para llorar sin ser visto, le resultaba imposible traspasar la barrera de silencio que él mismo había levantado en torno a sí. No tenía más ilusión que el combate ni más meta que el ejército donde podría desahogar, soñaba él, esa rabia permanente que le atenazaba el corazón.

—Aún no se ha reunido el Consejo para determinar quiénes integrarán el cupo que ha solicitado el príncipe —le contestó Huma sin convicción, sabiendo de antemano que su hermano no cedería a sus ruegos de quedarse a su lado, por muy fundados que fueran sus argumentos.

—A mí me basta con las noticias que ha traído el jefe del destacamento que viene en busca de los reclutas. Alfonso necesita hombres dispuestos a luchar a su lado, ahora que la ocasión es propicia, y yo voy a responder a ese llamamiento. Me sumo a las tropas. Está decidido.

—Sabes que padre se opondrá.

—Aunque así fuera, me daría lo mismo. Pero no se atreverá. No negará a su príncipe la sangre de su sangre en este momento decisivo. No permitirá que sean enrolados por la fuerza todos los jóvenes del castro en edad de luchar mientras oculta a su hijo en un granero. ¿Qué pensarían de él si lo hiciera? ¿Cómo podría seguir llamándose caudillo de Coaña? Tú lo oíste igual que yo. El moro está ocupado en resolver sus propias rencillas internas, lo que nos brinda una ocasión de oro para asegurar el reino. Una oportunidad que no podemos desaprovechar. Astures y cántabros parientes del soberano han atravesado la cordillera y marchan ya hacia el sur con el fin de adueñarse de las tierras abandonadas por los sarracenos. Es preciso consolidar nuestro dominio sobre ellas. Este es el momento; mi momento —precisó subrayando el posesivo— tanto como el del reino.

—A lo que parece, ese objetivo ya ha sido prácticamente alcanzado —arguyo inútilmente Huma—. ¿Qué necesidad tienen pues de ti? ¿Qué pasará una vez que no quede un morisco que combatir?

—Cuando llegue ese día, quién sabe lo que sucederá. Tal vez sigamos avanzando y crucemos el gran río a la caza de esos extranjeros que han osado hollar nuestra tierra. Acaso vayamos en busca del botín que hicieron en sus correrías por Hispania, el cual, según dicen, supera todo lo imaginable. O es posible que nos conformemos con expulsar de aquí a los rezagados que aún rondan por nuestros valles. En todo caso mi lugar ya no está aquí, sino en el frente.

—Supongo que nada puedo decir para convencerte de que te quedes...

—Si me quedara, hermana, acabaría haciendo una barbaridad. Sabes que el día menos pensado perderé la cabeza y detendré a padre cuando intente golpearme o golpearte a ti. Lo que no sé yo es si llegado el caso sería capaz de contenerme o terminaría por matarle a puñetazos. Y en ese supuesto el destino me abocaría a morir como un perro, lapidado al pie de las murallas del castro ante la mirada de toda la aldea. No querrás eso para mí.

—No digas tonterías, Pintaio. Tú no serías capaz de matar ni a una mosca y mucho menos a nuestro padre, por mucho que a menudo nos sobren a ambos las ganas de hacerlo.

—Tal vez no, o tal vez sí. Ni yo mismo sé lo que sería capaz de hacer, te lo aseguro. Eso es precisamente lo que debo averiguar. En todo caso, tú no me necesitas. Aunque pueda levantarte con un solo brazo y llevarte en volandas por todo el castro, tu fortaleza es mayor que la mía. Tienes un poder que nadie puede igualar. Eres la escogida de los dioses.

—¡Menuda suerte!

—Lo quieras o no, tú heredarás esta casa y mantendrás unidas a las gentes del poblado, tal como hacía madre. Ellos sí que te necesitan, mucho más de lo que tú te crees. Yo en cambio no tengo un lugar definido, o al menos no consigo hallarlo. Sé que no quiero ser como padre, pero eso no me basta. Necesito una meta, un ejemplo, un propósito. Por esa razón he de irme y fraguarme un destino. Te dejo en manos de Noreno, que será rechazado para la leva dado su actual estado. Él cuidará de ti en mi ausencia. ¡Pobre de él si no lo hace!

Habían hablado mucho más de lo que solían hacerlo. Entre ellos las palabras resultaban casi siempre innecesarias, pues una corriente invisible los mantenía unidos de un modo que Pintaio solo percibía vagamente, sin alcanzar a comprenderlo del todo, y que Huma interpretaba como una manifestación más de ese don no deseado y no pedido que le llevaba a pasear de vez en cuando por el mundo de lo mágico, donde no existen las fronteras y criaturas de semblante amorfo guardan las puertas de la sabiduría. Mientras persistiese ese lazo, pensaba la chica, su hermano no estaría lejos. Ayudaría a los dioses en una de las muchas batallas en las que involucran a los mortales por causas del todo incomprensibles, después de lo cual regresaría a casa con ella.

La asamblea de notables fue convocada una mañana de otoño, en el gran edificio que la acogía habitualmente. Su propósito era designar a los muchachos que marcharían a engrosar las filas del ejército astur-cántabro capitaneado por Alfonso, esposo de Ermesinda, caudillo de todos los territorios recuperados por Pelayo tras la batalla del monte Vindio, también llamado por los cristianos Auseva.

Se sentaron en círculo sobre el banco de piedra adosado a la pared, respetando la posición que a cada cual correspondía en función de su rango, su edad y sus méritos en combate. Debían responder a la petición formulada por el portador del sello real, que requería hombres equipados con sus armas y monturas, suministros destinados a la tropa, tales como grano, piezas de lino o salazones, y en especial ganado, pues la campaña se preveía larga y habría que alimentar muchas bocas.

A nadie le resultaba grato pagar tributos, pero ante lo inevitable siempre era mejor pactar que ser sometido. Imbuido de ese espíritu conciliador que había aprendido a sazonar con hábiles toques de demagogia, Aravo fue el primero en tomar la palabra:

—El príncipe ha hablado por boca de su legado. Se dispone a atacar al enemigo, para lo cual necesita guerreros. ¿Hay entre nosotros algún hombre bravo dispuesto a seguirle?

Un rugido colectivo hizo retumbar los muros de piedra de la gran sala. Todos los allí reunidos, jóvenes y ancianos, duchos o inexpertos en el arte de la guerra reafirmaban de ese modo su virilidad, mostrándose decididos a empuñar las armas por su caudillo y marchar al combate, dejando a las mujeres la responsabilidad de arar los campos, cuidar de los animales y mantener el castro en pie. No sería la primera vez. Las astures siempre habían sido fuertes, sólidas, trabajadoras incansables que jamás se arredraron ante un desafío como aquel, aunque en el caso que les ocupaba no iban a verse obligadas a soportar a esa carga.

Una vez causado el efecto deseado, Aravo retomó el hilo de su discurso, empeñado en conducir a la asamblea hacia donde se había propuesto desde el principio:

—Esta respuesta no es menos de lo que esperaba de vosotros. Coaña luchará con Alfonso en las batallas que él tenga a bien librar y ninguno de nuestros soldados retrocederá. Sin embargo, no podemos dejar desguarnecido el castro. Hemos de mostrarnos prudentes y medir nuestras fuerzas, a fin de distribuirlas con la debida sensatez.

—Yo encabezaré el destacamento que viaje a Cánicas para sumarse a las tropas del príncipe —resonó una voz de trueno.

Quien había osado interrumpir al jefe en plena perorata era su propio vástago, Pintaio, puesto en pie, cuya estatura era ya muy superior a la de su padre. Aprovechando el momento de desconcierto causado por su atrevimiento, el muchacho habló ante todo el Consejo, consciente de que así lograría cumplir su propósito al anular cualquier resistencia de Aravo.

—¿Quién mejor que yo, padre, podría cubrir el flanco de Alfonso con el escudo de Coaña? ¿Quién mejor que vuestro propio hijo demostrará nuestra lealtad al príncipe? Sabéis que no deshonraré vuestro nombre ni el de Naya, pues vos mismo me habéis enseñado a luchar sin mostrar la espalda al enemigo.

Luego, dirigiéndose al resto de los congregados, añadió:

—Sabéis que mi brazo es tan fuerte como mi determinación. Lo he demostrado en la palestra y lo haré de igual modo en el campo de batalla. Juro ante todos vosotros que defenderé con mi sangre a los hombres que cabalguen junto a mí y moriré antes de dejar que nos deshonren. Juro que conquistaremos tanto botín como podamos y lo compartiremos como hermanos. Juro que el nombre de Coaña será pronunciado con respeto y admiración.

El chico se había preparado con esmero el discurso, procurando repetir las palabras con las que la Guardiana de la Memoria encandilaba a su audiencia desgranando las proezas de sus antepasados. Lo había rumiado hasta aprendérselo de memoria, pronunciándolo con la convicción suficiente como para hacer olvidar a todos que aún no había cumplido los catorce años. Viendo su envergadura y su coraje, nadie lo habría dicho.

Contagiados de su entusiasmo, los miembros de la asamblea acogieron la oferta con una salva de aplausos y sonoros pateos. Incluso hubo quien propuso alzarle sobre el escudo, como si se tratara de un príncipe, en aras de reconocer la autoridad que se había ganado con su valentía tanto o más que con su noble cuna. Desechada la idea por el propio interesado, que ya había colmado su cupo de emociones fuertes, la reunión concluyó sin mayores incidencias, tras acordarse el contingente de veinte soldados que acompañaría a Pintaio, así como la entrega de una décima parte del ganado y las reservas acumuladas en los depósitos en concepto de contribución a los gastos reales.

Una vez en casa, sin más testigos que Huma y Clouta, Aravo desató su cólera.

—¿Cómo te atreves a desafiarme de ese modo? ¿Acaso ignoras los planes que tengo preparados para ti? Eres mi único hijo, el heredero de este antiguo linaje de guerreros, pero aún eres un chiquillo. ¿Es que quieres que te maten?

De forma instintiva, siguiendo una vieja costumbre practicada con frecuencia, levantó la mano al compás de sus palabras con la intención de desahogar su ira abofeteando al muchacho, pero se detuvo en seco antes de rozar su rostro. Algo en la mirada de Pintaio le advirtió que no lo hiciera. Por vez primera su hijo no intentó protegerse la cara con los brazos ni retrocedió amedrentado, sino que se mantuvo firme, erguido e inmóvil, esperando a recibir el golpe para decidir si lo devolvía y quebraba con ello uno de los tabúes más sagrados. El padre supo que ante él ya no tenía a un niño, sino a un hombre hecho y derecho con reacciones de adulto, y el hijo tuvo miedo de envilecerse hasta el punto de golpear a su padre. Clouta y Huma contemplaron la escena, horrorizadas, con la sensación de que el tiempo se había detenido. Finalmente fue Pintaio quien habló, en un tono que incluso a él le pareció desconocido.

—Quiero hacer honor a esa herencia, padre. Mi lugar está en la batalla, junto a mi rey. Mi hermana heredará esta casa, continuará con el linaje de Naya, como siempre ha sido, y llevará las riendas del castro junto a vos.

—Tu hermana, al igual que tú, ignora lo que es la obediencia y el respeto. Pero ya me encargaré yo de que aprenda.

Vencido por su hijo pequeño, humillado ante las mujeres de su casa, reacias a creer lo que acababan de ver,

Aravo salió dando un portazo en busca de un jarro de sidra en el que ahogar su frustración. La abuela hizo entonces amago de regañar a su nieto, aunque se calló cuando este le dio la espalda y se puso a sacar brillo a los arreos de su montura. En cuanto a Huma, conocía bien a su hermano. Sabía que no le arrancaría una palabra en semejante estado, por lo que le abrazó en silencio, apretando el abrazo cuanto pudo, después de lo cual aprovechó para escaparse a visitar a Noreno.

Encontró a su paciente sentado frente al fuego, en compañía de la buena gente que le había acogido. Eran personas humildes, labradores refugiados en el castro con la última hornada de fugitivos de la guerra, que sentían por la muchacha auténtica veneración. La habían visto luchar sola contra la muerte y salir airosa del lance, lo que le confería a sus ojos un poder similar al de una diosa. Además, ella se comportaba como una hija, sin afectación alguna, demostrando tener siempre para ellos una palabra amable, una sonrisa o alguna chuchería que añadir a los certeros remedios con los que les proporcionaba alivio ante cualquier dolencia.

En cuanto la vieron entrar, se retiraron prudentemente al otro lado de la cortina que separaba la estancia principal del dormitorio, con el fin de permitir que los enamorados pudieran gozar de unos instantes de intimidad.

—Pintaio se va —informó Huma con tristeza, al tiempo que tomaba la mano de Noreno entre las suyas—. Ha logrado convencer al Consejo y pronto marchará al frente de los hombres del castro que se unen a las tropas de Alfonso en Cánicas.

—¡Cómo le envidio! —replicó él—. Eso es lo que siempre ha deseado. Por fin va en busca de su destino. Ojalá pudiera yo acompañarle.

Aunque todavía muy delgado y pálido por el prolongado encierro, Noreno había regresado al mundo de los vivos. Ya caminaba sin dificultad, levantaba toda clase de objetos, desde el caldero a los troncos apilados junto al hogar, empeñado en fortalecer los brazos, y veía cómo sus heridas iban sanando hasta quedar convertidas en estrechas cicatrices de color rojizo. Incluso había recuperado el deseo, que le embestía al menor roce del cuerpo de Huma obligándole a apartarse de ella ante el riesgo de perder el control.

Aquella noche, sin embargo, la chica parecía anhelar tanto como él una piel cálida en la que envolverse. La necesitaba hasta el punto de olvidar la timidez que la caracterizaba y acercársele, zalamera, fingiendo estar enfadada:

—¿Y quién iba a cuidar de mí si tú te fueras con Pintaio? ¡Júrame que no me abandonarás nunca, que siempre estarás a mi lado, pase lo que pase!

Él no contestó con palabras. Soltó su mano de entre las de ella, la atrajo hacia sí y la besó sin prisa, recorriendo con sus labios cada rincón de su boca, perfilando sus contornos con el pulgar, suavemente, casi con temor, como si estuviera besando a una mariposa. Poco a poco fue bajando por el cuello, se detuvo un rato en la hondonada de la clavícula, arrancando con su lengua suspiros de puro deleite, y siguió descendiendo hacia el pecho, tras desabrochar la fíbula que le sujetaba la túnica.

Nada habría podido detenerle en ese instante. Aunque Huma se hubiera resistido a sus caricias, él habría seguido avanzando por ese territorio con todo el vigor de la primera vez. Pero ella no tenía intención alguna de pararlo. Su goce era tan intenso como el de él y no menos deseado. El amor que los ligaba con la fuerza de un océano se derramaba en cada beso, en cada sensación recién descubierta, en cada estremecimiento regalado al amante. La intuición los guio con mano certera a través de geografías inexploradas, que una y otro recorrieron con igual libertad, sorprendiéndose a cada instante de lo que eran capaces de sentir. Se buscaron sin rastro de temor, con idéntico afán, y tuvieron la dicha de encontrarse en un mismo estallido de placer.

—¿Es esto real, ha sucedido de verdad? —preguntó Huma al cabo de mucho rato, temiendo que tanta felicidad fuese un engaño de su imaginación; una mala pasada de esa extraña mente suya siempre dispuesta a adentrarse por derroteros ajenos a lo que es común y cotidiano.

—Tan real como que estás aquí, en mis brazos, que son tu hogar —la tranquilizó Noreno—. Aquí has de estar siempre. Te lo prometo. Antes de que lleguen las nieves se concertará nuestra boda. Confía en mí. Tu padre me aceptará y hasta tu abuela estará orgullosa de tu esposo.

—Me asustas cuando hablas así. ¿Qué clase de locura estás planeando, cuando ni siquiera te has repuesto de tus heridas?

—¿Tú crees que me faltan las fuerzas? —se defendió él con retranca—. Hace un momento no parecías desconfiar...

—Júrame que no harás nada peligroso. Antes prefiero que huyamos a cualquier lugar donde podamos asentarnos con un par de vacas y un puñado de tierra. Al fin y al cabo, hemos nacido libres, nadie puede retenernos.

—Ya hemos hablado de eso muchas veces. Déjalo en mis manos y no temas si durante unos días no me ves por aquí. Querrá decir que mi victoria está más próxima.

Una de las lecciones que Naya había inculcado a Huma era que hay que aceptar lo que no podemos cambiar.

Su madre le enseñó a luchar, le legó esa voluntad de hierro que le había permitido a ella superar todas sus limitaciones y le mostró al mismo tiempo el modo de resignarse cuando no quedaba otra alternativa. No en vano su nombre significaba «la que mana». No por casualidad entre los dones recibidos de la Diosa estaba el de compartir los atributos del agua. Ella podía manar, fluir, arrastrar con su empuje cualquier obstáculo que se interpusiera en su camino, pero también remansarse, convertir su corazón en una fuente tranquila y vivir con serenidad la angustia más acuciante, proporcionando claridad a cuantos quisieran mirarse en ella. Esa era una de las razones por las que Noreno la amaba. Por eso no dudó en pedirle un acto de fe incondicional al solicitar su comprensión tras anunciarle, al fin, las intenciones que había mantenido ocultas hasta entonces.

—¿Recuerdas la ballena varada en la arena el día en que te saqué de la mar?

—¡Claro! ¿Cómo podría olvidarla? Es la criatura más enorme que he visto en mi vida.

—Voy a cazar una como ella.

—¿Te has vuelto loco? —exclamó la muchacha aterrada—. Nadie ha hecho nunca una cosa así. Es completamente imposible.

—No lo es. He oído relatos de viajeros que hablaban de gestas semejantes. Dicen que en el norte y también al oriente de aquí, en tierras de vascones, algunos hombres han conseguido arrancar al océano esos animales. Los persiguen en pequeñas embarcaciones de remos parecidas a las que emplean nuestros pescadores para su faena, los alancean cuando salen a la superficie con unos arpones que van sujetos a una larga soga y luego esperan a que se desangren. Es cuestión de tiempo. Cuando la bestia se cansa de nadar, arrastrando tras de sí el bote, es el momento de rematarla antes de remolcarla hasta la costa. Es como acechar al oso, aunque remando en lugar de caminar. Y las ballenas no tienen garras ni dientes.

—Pero son cien veces más grandes. ¿Te haces una idea de la fuerza que deben poseer? Esos hombres que, según dices, salen a cazarlas en mar abierto lo harán formando partidas numerosas e irán en galeras bien armadas, como las que cuentan que traían los romanos para llevarse el oro de nuestras minas. ¿Y tú pretendes enfrentarte solo a esos monstruos?

—Únicamente a uno. Lo tengo todo bien pensado, no temas. Incluso está lista la chalupa que voy a emplear. La tenía terminada cuando fui herido y apenas he tenido que cambiar un par de tablas, pues estaba resguardada en una cueva, bien impregnada de borra y aceite de linaza que han protegido las cuadernas de la humedad. Es una lancha sólida, créeme; resistirá el oleaje. Llevaré conmigo cuatro arpones que serán suficientes para vencer cualquier resistencia. Ya conoces mi puntería. Acertaré a la primera. Ten fe en mí.

—Te suplico que abandones esa idea descabellada. Tiene que haber otro modo. Deja que lo pensemos juntos. Mientras tanto yo seguiré encontrando la forma de que nos veamos a escondidas.

—Está decidido, Huma. No voy a renunciar a ese sueño que me ha mantenido con vida mientras el dolor se agarraba a mis heridas como una garrapata de fuego.

Ella acusó el golpe involuntario como una señal de la ingratitud que mostraba él hacia sus desvelos. Aun así, calló para no empeorar las cosas.

—Es el único modo que tengo de hacerme digno de ti. Yo sé bien cuánto me amas, pero no me quito de la cabeza la idea de que no te merezco. Y si no consigo superar esa sensación, nunca podremos ser felices. ¿Es que no lo comprendes? Tú eres la hija del jefe del castro y de la mujer más grande que jamás ha pisado estas tierras. Eres sacerdotisa además de sanadora. Tienes poderes que te permiten ver más allá de lo que cualquier mortal es capaz de vislumbrar. ¿Cómo voy a colocarme a tu altura si no es llevando a cabo una gesta? Déjame ser un loco y regalarte mi locura.

Huma supo que nada de lo que dijera podría revocar una determinación así. Supo que él iría al encuentro de su destino, por más que ella le suplicara. No había forma de escapar. Únicamente podía convertir su corazón en un estanque de aguas mansas y eso fue lo que hizo.

Pintaio también preparaba su viaje. Desde su enfrentamiento con Aravo una corriente de aire gélido se había instalado entre padre e hijo, hasta el extremo de que apenas se dirigían la palabra. Mientras el primero organizaba la carga de suministros para las despensas reales, asegurándose de que cada cual contribuyera de algún modo al tributo colectivo, el segundo ponía a punto sus armas.

Había limpiado y bruñido el bocal y el serretón de su caballo, Beleno, al que cuidaba y alimentaba con más celo del que ponía en ocuparse de sí mismo. Se había provisto de una lanza nueva, adaptada a su tamaño y por tanto mayor de lo normal, forjada especialmente para él. Le habían fabricado igualmente un escudo circular de roble templado a fuego y recubierto de hierro, que llevaría colgado a la espalda mientras no entrara en combate. De su cinto pendían una espada corta con empuñadura de hueso a la izquierda, y a la derecha un hacha de doble filo, ligera y fácil de lanzar, tan adaptadas ambas a sus manos que parecían formar parte de ellas. Completaban su armamento el yelmo, adornado con un penacho de crines negras, y finalmente una cota de malla algo chica para su envergadura, que apenas le llegaba a la cintura. Por lo demás, su atuendo sería el de siempre: túnica corta y pies descalzos para la estación calurosa, con calzas de piel, abarcas y un manto grueso de lana cuando llegara el invierno.

La víspera de la fecha prevista para la partida todo su arsenal de combate estaba dispuesto, afilado, engrasado y revisado hasta el más mínimo detalle. En las alforjas del chico su hermana había colocado provisiones abundantes, una buena manta y un par de ungüentos con los que tratar las heridas, además de un obsequio especial destinado a protegerle de todos los males que pudieran acecharle en esa nueva vida de soldado: un pequeño círculo de plata con un trisquel labrado toscamente emulando al sol. Un amuleto tan antiguo como el batallar incansable de los astures, que Pintaio se encontró reproducido en muchas aras de piedra colocadas en los cruces de los caminos, junto a símbolos que nunca fue capaz de descifrar y que formaban un código llamado «escritura», según le dijo un soldado más instruido que él.

Únicamente quedaba un rito por cumplir antes de que la columna partiese hacia levante al despuntar el día. Una tradición sagrada que todos los guerreros del castro habían practicado desde los tiempos en que los abuelos de sus abuelos empezaron a levantar sus muros de pizarra negra. El baño de purificación, primero con vapor ardiente y después con agua helada, que limpiaría a los hombres de toda mancha a fin de que acudieran a su cita con la muerte como quien acude a su boda, con el cuerpo resplandeciente y el ánimo jubiloso.

Así fue como se despidieron de sus familiares: felices, orgullosos de marchar por fin a la guerra, soñando sueños de gloria perfumados de inmortalidad. Tiempo tendrían para descubrir el hedor del miedo al enemigo, solo superado por el de los cadáveres pudriéndose en el fango tras la batalla. El hambre, los calambres, la fatiga. La vergüenza de sentir el chorro de orina tibia que resbala por las piernas ante la inminencia del combate. La mirada que se nubla por la falta de sueño llevada hasta los límites de la resistencia humana. El dolor de las heridas que no tienen la misericordia de matar rápidamente. La expresión de las mujeres violadas y reducidas a esclavitud. La súplica de los derrotados instantes antes de ser pasados por las armas...

Tiempo tendrían.

—Ha llegado el momento de concertar tus esponsales, Huma —la abordó una mañana su padre, al poco de partir Pintaio—. Con tu hermano lejos de aquí, arriesgando la piel cada día, hay que asegurar la continuidad de nuestra sangre casándote con alguien de estirpe similar a la nuestra.

Aravo volvía a la carga. Privada de la protección de Naya o de Pintaio, Huma estaba más que nunca a la merced de un padre y una abuela empeñados en consolidar sus dominios y privilegios a través de una alianza matrimonial que sirviera dichos intereses. Tenían ya seleccionado al candidato, pactada la dote que este habría de pagar por la mano de la mujer más poderosa de la comarca y prevista incluso la fecha de la boda. Únicamente faltaba el consentimiento de la novia, imprescindible para rematar el acuerdo. Consciente de la magnitud del envite, incluso Clouta intentó mostrar una desconocida faceta amable:

—Deberías escuchar a tu padre y mostrarte agradecida. El esposo que te ha buscado, Docio, es mucho más de lo que podrías esperar encontrar por ti misma. Desciende del antiguo linaje de los albiones, es joven, apuesto y sano. ¿Recuerdas aquel muchacho que acompañaba a la delegación de notables que acudió desde Veranes a rubricar un viejo pacto de hospitalidad? Él sí se fijó en ti y te pretende. Es una suerte que escaseen las mujeres por allí, porque de otro modo dudo mucho que hubieras tenido esta oportunidad. En todo caso, no la desaproveches o te arrepentirás toda tu vida.

—No me casaré con alguien a quien no amo y a quien no he escogido. —El tono de Huma era sorprendentemente decidido, aunque no desafiante. Conocía la brutalidad de su padre. No deseaba provocarle, pero recordaba la valentía con que su madre había defendido su derecho a elegir. Un comportamiento que no le permitía a ella despreciar ese legado irrenunciable—. Sabéis, padre, que mi corazón pertenece a Noreno, aquel a quien los dioses me destinaron. Me conocéis lo suficiente para adivinar también que no me doblegaré a vuestra voluntad, por mucho empeño que pongáis en ello.

El primer impulso de Aravo fue responder con un golpe, como tantas veces había hecho. Se contuvo, no obstante, pensando en la necesidad de encontrar un argumento más convincente, e insistió:

—Ese vaquero no es digno de ti. ¡No puedes deshonrarnos a tu madre y a mí mezclando nuestra sangre con la suya! ¿Es que no te das cuenta? Tienes una alta responsabilidad con tu pueblo, con tus antepasados y con Coaña, que habrás de gobernar junto con tu esposo cuando yo falte. Necesitas un hombre a tu lado capaz de llevar estas riendas y hacerte muchos hijos que recojan la herencia. El tiempo se te acaba. Te lo advierto, si no te decides pronto es muy posible que Docio cambie de opinión y se busque otra esposa. Y si tal cosa ocurre y tú persistes en tu actitud, será Pintaio quien recoja la heredad, en cuyo caso tú te quedarás sin nada.

El silencio es la mejor respuesta cuando nada hay que decir. Huma tenía aprendido, además, que era el mejor modo de desarmar a esos dos extraños que compartían su techo. Su voluntad era tan firme como su decisión, pese a lo cual no haría méritos para ganarse una paliza innecesaria. Prefirió llenar el puchero de agua y colgarlo sobre el fuego, previamente cebado con leña seca, anunciando que salía al campo en busca de castañas para el potaje.

El otoño había vestido de color marrón oscuro los helechos abundantes por todas partes, que se arrugaban como para resguardarse del frío. Los árboles componían una sinfonía de tonalidades a cual más hermosa, desde el verde oscuro de los tejos al ocre de las hayas o el amarillo pardusco de los castaños en trance de desnudarse. El suelo del sendero era una alfombra de hojas muertas, más hermosas, si cabe, que cuando la savia corría por sus venas. La vida se dormía a su alrededor y eso habría querido hacer ella; dormir un sueño largo, sin pesadillas, para despertar en ese mundo interior de seres indefinibles en el que Noreno y ella reinarían sobre hermosas criaturas.

Pero tenía que seguir despierta.

A menos de media milla de la aldea estaba situada la primera de las varias *xoxas* en las que desde antiguo se almacenaban por esas fechas los frutos de los castaños, con el fin de conservarlos durante todo el invierno. En épocas de escasez eso era lo que comían tanto personas como animales, ya fuera en crudo, asadas, cocidas o en puré. Castañas, castañas y más castañas, hasta formar una argamasa en las tripas que Huma debía disolver con tisanas de fresno y alcachofera.

Aun así, las castañas mataban el hambre engordando bien el caldo, por lo que se ponía buen cuidado en recogerlas recién caídas del árbol para guardarlas con su erizo intacto dentro de esos pozos de piedra antes de taparlas con varias capas de musgo y helechos. De ese modo se iban abriendo poco a poco, de arriba abajo, lo que permitía estirar la cosecha hasta la primavera.

En esos depósitos se abastecían todos los habitantes del castro a medida que lo necesitaban, pues las castañas, como el resto de las reservas guardadas en hórreos y paneras, pertenecían a todos los que habían trabajado en la recolección de alimentos.

—¡Qué cara más seria traes para un día tan bonito! —la saludó al llegar Zoela, quien acababa de llenar su cesto—. ¿Te has encontrado un fantasma o has vuelto a discutir con tu padre?

—¡Ojalá fuese lo primero! Padre está empeñado en casarme con un tal Docio, de Veranes, que ha debido ofrecerle un trato muy ventajoso. Sigue negándose a oír hablar de Noreno. Pero lo peor es que él, Noreno, está dispuesto a hacer una locura sin que yo encuentre el modo de convencerle para que lo olvide.

—Algo nos ha comentado, sí, aunque no gran cosa. Últimamente ha salido mucho e incluso ha pasado alguna noche fuera de casa. Dicen que lo han visto rondando por los acantilados, oteando el horizonte como si buscara algo y descolgándose por la pared de roca hasta una playa a la que es muy difícil acceder si no es desde la mar. ¿Tiene eso algo que ver con sus planes?

—Eso me temo. Si me juras guardarme el secreto, te lo cuento.

—¿Necesitas que lo haga? ¿No te fías de mí?

—Claro que sí. Es que me da miedo incluso decirlo... Noreno pretende cazar una ballena él solo. Hacerse a la mar en un bote que se ha construido y enfrentarse a un monstruo de esos que vemos pasar tan a menudo, lanzando al cielo su aliento blanco a la vez que gimen como si les doliera hacerlo. ¿Comprendes que esté aterrada? Le he pedido, le he suplicado que huyamos juntos a cualquier lugar lejos de mi padre y de este castro, pero se niega a escucharme.

—No te preocupes, mujer. Él es fuerte, podrá hacerlo. Si ha sobrevivido a las heridas y a la fiebre, si ha sido capaz de desafiar a muchos guerreros desarmado y salir airoso del trance, también podrá con el monstruo. Sabe lo que hace. Confía en él.

—Ojalá tengas razón —trató de darse aliento Huma—, aunque mi presentimiento no es ese. Llevo días arrastrando un desasosiego que no me abandona. Al principio pensé que era por la marcha de Pintaio, aunque ahora sé que mi hermano nada tiene que ver en ello. Algo malo va a suceder, Zoela. Lo sé. Lo presiento. Me lo dicen los vigías invisibles que guardan las puertas de la muerte. Algo terrible está a punto de ocurrir y no hay forma de que lo impida. Pero mi destino es él, tan seguro como que nací en una noche sin luna. Si él cruza ese umbral, nada ni nadie impedirá que yo le siga.

El océano era un espejo plomizo y frío. Noreno había divisado al fin, desde su atalaya de observación, los perfiles oscuros de esos gigantes surcando el agua, lo que le había empujado a la mar en su embarcación de fortuna: una chalupa de unos doce pies de eslora, impermeabilizada a conciencia con borra de ballena y forrada de piel en la proa con el propósito de hacerla más resistente. En el suelo, junto al banco en el que se afanaba a los remos, descansaban cuatro arpones tan largos como un hombre, de mango grueso con cabeza de hierro en forma de flecha, atados a sogas largas. Estas estaban perfectamente enrolladas para no enredarse entre sí y rematadas con flotamientos de madera que habrían de cansar al animal mientras pugnara por escapar de su perseguidor con esas lanzas clavadas en el cuerpo.

Lo tenía todo pensado: cómo acercarse a las fieras, cómo sorprender a una de las más pequeñas a fin de poder arrastrarla después sin más fuerza que la de sus brazos, cómo clavarle los dos primeros hierros desde la distancia, apuntando a la cabeza, y cómo rematarla con el tercero, una vez que hubiese perdido la sangre suficiente. El cuarto le serviría para darle la puntilla.

Había oído leyendas aterradoras, por supuesto. Cuentos de pescadores que hablaban de seres enormes, fosforescentes como luciérnagas, con enormes brazos dentados que surgían de las profundidades sin previo aviso y arrastraban a un hombre al abismo en menos de lo que se tarda en decirlo. Historias de monstruos provistos de espadas en lugar de bocas, capaces de seccionar limpiamente a quien tuviera el infortunio de caer al agua, partirlo por la mitad y tragárselo de un bocado. Relatos sobre peces voraces provistos de dientes como cuchillas o bien otros que aludían a gargantas semejantes a cuevas en las que podía hundirse una galera con todos sus remeros sin dejar huella.

Todo eso había oído, y aun cuentos más terroríficos. Rumores sobre entidades malignas pertenecientes a otros mundos, puestas ahí por los dioses en un tiempo anterior a la era de los mortales, cuya misión no era otra que guardar el acceso a su morada secreta. «Cosas» innombrables, cubiertas de escamas, con los pies torcidos, la boca y la nariz anchas y grandes espinas negras a modo de cabello, que llegaban de cuando en cuando a la costa entre las olas, al subir la marea, empeñadas en raptar a las doncellas más hermosas para luego violarlas y engendrar en ellas linajes por siempre malditos.

Nada de lo que sabía o intuía había bastado, empero, para asustarle hasta el punto de hacerle abandonar su propósito. Por eso había llenado su morral de comida y su cantimplora de agua dulce, enroscado una vieja piel de serpiente entre su ropa, a fin de conjurar el peligro de naufragio, empuñado sus peculiares armas y abordado su nave hacia la aventura, con el ánimo decidido y el cuerpo dispuesto a todo.

El sol iba a esconderse ya detrás de la franja costera

cuando llegó junto a las presas que perseguía. Desde cerca más parecían escolleras que animales, aunque no mostraran intenciones hostiles hacia el cazador que las acechaba. De hecho, saltaban, se hundían y volvían a salir a la superficie como si de un juego se tratara, ignorando por completo al hombre prácticamente paralizado por el miedo y la sorpresa que las contemplaba boquiabierto.

De haber conocido la prudencia, Noreno habría huido cuando aún estaba a tiempo de hacerlo. Lo suyo era, sin embargo, un valor rayano en la temeridad, ajeno a toda cordura. Forzándose a actuar conforme a sus planes, localizó una cría algo mayor que su chalupa, aunque mucho más pequeña que el resto de las componentes del banco, a la que se aproximó despacio. Sin pensárselo dos veces, le lanzó el arpón con todas sus fuerzas, apuntando al orificio por el que salía de cuando en cuando un chorro de líquido blanquecino. Se disponía a repetir el gesto con un segundo hierro, antes de dar tiempo a que el animal se hundiera, cuando de la nada surgió una montaña de color gris oscuro, profiriendo un bramido similar al trueno, que se interpuso entre el cazador y su presa.

A punto estuvo Noreno de perder el equilibrio y caer al mar, pues la barca comenzó a zozobrar sobre las aguas embravecidas que la ballena batía con su inmensa cola. Furiosa por el ataque sufrido por su cría, determinada a protegerla a cualquier coste, aquella bestia golpeaba cuanto se ponía a su alcance. Era solo cuestión de tiempo que destrozara la cáscara de nuez que la amenazaba, aunque Noreno no pensaba darle facilidades. Con destreza maniobraba para esquivar los golpes, a la vez que intentaba acercarse al ballenato, empecinado en darle muerte.

No podía saber que hacen falta muchos hombres valientes a los remos y otros tantos empuñando los arpones para vencer a esa fuerza desatada con que los dioses han poblado los mares. No imaginaba siguiera la magnitud de las olas que es capaz de levantar una de esas criaturas al sumergirse, ni la fiereza con la que defienden a sus pequeños, a los que jamás desamparan, aun a costa de sus propias vidas. Siempre las había visto nadando tranquilamente en la distancia o varadas en la playa, como un presente de abundancia servido en bandeja de arena.

Un crujido siniestro a sus espaldas le indicó en plena faena que la barca se partía. Ya era casi noche cerrada, sin luna que alumbrara su sepulcro líquido.

Noreno comprendió entonces que todo había terminado. Aunque intentara nadar hacia la costa, cuyos perfiles no divisaba, ni el frío ni el cansancio le permitirían dar más que unas pocas brazadas. En ese instante sintió un arrebato de pánico ante la certeza del final y lanzó al aire su agonía en forma de alarido. No quería morir. No podía abandonar a Huma ni renunciar a su amor. Habría deseado volver atrás en el tiempo hasta esa hora mágica que habían compartido juntos, para recoger la súplica de su amada y renunciar a esa locura. Le habría gustado tener otra oportunidad, pero la vida rara vez las concede y menos a quienes, como él, se empeñan en desafiar su suerte.

El instinto le obligó a mantenerse a flote mientras pudo, aun sabiendo que sería inútil. Los restos del bote se alejaban con la corriente, junto a las ballenas agrupadas alrededor de la cría herida, en dirección a la gran catarata que marca el confín del mundo. Su mente pugnaba por alejar las imágenes horrendas que le asaltaban, recordando las antiguas leyendas sobre monstruos marinos. Y así fue librando una batalla contra el terror, que poco a poco consiguió ganar a medida que la mar se hizo madre acogedora y cálida.

Primero dejó de tener frío. Luego experimentó una honda sensación de paz. No hubo nadie, salvo él, que presenciara lo que sucedió a continuación, pero dos sirenas fueron a buscarle para ayudarle a recorrer, de su mano, el tramo final del camino.

El Cantábrico siempre fue un mar poblado de sirenas, cuyas risas se escuchan, a veces, cuando llega la galerna. Los mortales temen su canto hipnótico, que adormece a quien lo escucha, aunque a Noreno le pareciese la música más hermosa que jamás hubiese oído. Se dejó arrullar por ella. Bailó al son de sus notas límpidas y una mujer de melena negra, con pechos desnudos de hembra joven sobre una cola escamosa de pez, le llevó hasta su morada de coral.

Tenía el rostro de Huma.

No muy lejos de allí, en su abrigado lecho de Coaña, Huma despertó sobresaltada por una visión tan clara como la luz del sol, cuyo significado captó al instante. Su amante estaba en su cuarto, ante ella, rodeado de fuego. Tan real que habría podido tocarle, pero sin carne, ni mirada, ni calor. Venía a despedirse de la única forma en que podía hacerlo, acaso transportado en los brazos de la Madre. Noreno acudía en espíritu a darle su último adiós. De haber estado con vida, enviándole sus pensamientos a través de la distancia, ella lo habría sentido latir en su corazón. Pero su corazón no palpitaba más que de angustia.

Él, su visitante nocturno, estaba muerto. En paz, como indicaba la claridad que aureolaba su cuerpo, pero muerto. Y ella se dispuso a ir tras él, cumpliendo la promesa que se había hecho a sí misma.

En su botica guardaba una provisión suficiente de veneno de tejo, seguro, eficaz y rápido. Un sorbo bastaría para llevarla deprisa hasta donde deseaba ir. Un trago apenas, tal vez dos. Después, el sueño.

Se levantó en silencio, caminó descalza hasta la antesala que le servía de almacén, con el cuerpo y el alma entumecidos de dolor, para buscar sin tardanza el jarro que contenía la pócima deseada. Quería tomársela antes de que despertara la casa. Dormir, olvidar, dejar de luchar al fin. ¿Qué sentido tenía empeñarse en continuar? Nadie iba a echarla de menos.

X

Tiempo de conquistas

Tierra de nadie, finales de otoño de la era de 786

—¿Quién luchará conmigo?

—¡¡¡Yo!!! —tronaron millares de voces al unísono.

—¿Quién morirá por mí?

—¡¡¡Yo!!! —bramaron de nuevo los guerreros enardecidos, golpeando sus escudos con la espada a fin de incrementar el estruendo.

—¿Quién retrocederá ante el enemigo?

Silencio. Un silencio espeso como la bruma que empezaba a levantar respondió a esta última proclama en forma de provocación, que Alfonso repetía cual letanía sagrada antes de cada batalla. Revestido de su coraza de metal bruñido, tocado con su yelmo rematado por tres penachos de crin oscura, marcial, magnífico, empuñando el arma heredada de su suegro, Pelayo, parecía el arcángel san Miguel conduciendo a su hueste hacia la victoria.

La espada del príncipe era un acero de Damasco que había pertenecido al mismísimo Alqama, derrotado y muerto por el caudillo legendario en las faldas del Auseva. Su dureza, flexibilidad y resistencia al desgaste se habían demostrado insuperables, hasta el punto de alimentar toda clase de habladurías sobre posibles encantamientos. Mas nada había de sobrenatural en ese filo finísimo y duradero que ningún herrero cristiano había sabido igualar hasta entonces. El secreto estaba en la aleación, celosamente guardada por sus creadores árabes, que forjaba unas hojas centelleantes de color claro veteado de azul, como haciendo aguas, capaces de partir en mil pedazos cualquier escudo que se les opusiera. Templada en la sangre de innumerables adversarios, esa espada era comparable a la del franco Carlos Martel, ganada en combate a Abderramán el Gafeki en la batalla de Poitiers. Con una hoja semejante en la mano cualquiera se sentía invencible.

—¡Marchad entonces —prosiguió el príncipe, cuyo aliento producía nubes de vaho que le proporcionaban una extraña aureola—, marchad conmigo hasta vencer o morir!

Sus hombres conocían bien la arenga. La habían escuchado en multitud de ocasiones a lo largo de la década precedente a las puertas de Lucus, Bracara, Chaves y Viseo, en territorio de la Gallecia bracarense; en Mabe, Amaja y Saldania, al sur de Cánicas, en las estribaciones de la meseta norte, y frente a las murallas de Legio ese amanecer del día de Difuntos.

Era la cuarta campaña que Ickila emprendía junto con su rey, a quien para entonces veneraba con devoción ilimitada. También él, como los demás componentes de esa turba ruidosa, se desgañitó ofreciéndose a dar la vida por él, callando en actitud ofendida cuando el soberano habló de mostrar la espalda al sarraceno.

¿Quién haría una cosa así? Los desertores eran tratados sin piedad fuera cual fuese el bando en que lucharan, pues en ambos la cobardía se pagaba con una muerte indigna a manos del verdugo. Pero antes incluso que el miedo a terminar de ese modo infame, lo que disuadía a cualquier soldado de darse a la fuga en plena lucha eran los lazos de compañerismo trenzados con sus hermanos de armas en el transcurso de los años. Retroceder significaba exponer doblemente al guerrero que uno tenía al lado. Desguarnecer su costado equivalía a condenarle. Todos se reconocían igualmente vulnerables y dependientes del valor ajeno, lo que los impulsaba a combatir codo con codo hasta caer exhaustos. El honor no les exigía menos.

—Sé muy bien que tenéis frío —reanudó el soberano su soflama, irguiéndose sobre su caballo para proyectar la voz mientras recorría de un extremo a otro el frente de guerreros formados en filas para el combate, con la infantería alineada en el centro y la caballería, casi tan numerosa como la gente de a pie, dispuesta de la manera precisa para proteger sus flancos—. ¡Yo también lo tengo!

Una nueva ovación saludó esta confesión que los hombres sabían sincera, puesto que Alfonso no aceptaba privilegio alguno cuando marchaba a la guerra. Si había rancho comían todos; en caso contrario, él era el primero en ayunar. Y otro tanto podía decirse de las tiendas, las mantas, el fuego o la cerveza con que calentar el gaznate en las largas noches de acampada. Esa era una de las razones por las que su ejército, compuesto a partes iguales por astures, cántabros y refugiados godos procedentes de toda Hispania, le profesaba una adoración comparable a la que muchos de sus integrantes más veteranos habían sentido por Pelayo. Una de las razones, pero no la principal.

El auténtico secreto de su carisma, el motivo por el cual empujaba a sus tropas al combate con la fuerza arrolladora de una galerna, radicaba en su inquebrantable fe en la victoria, tan ajena a las circunstancias objetivas de la contienda como contagiosa.

Ickila la había leído en sus ojos durante su primer encuentro con él, aunque la veía multiplicarse hasta el infinito cuando se acercaba el momento de la verdad, sonaban los cuernos que presagiaban el choque inminente y se hacían audibles los gritos del enemigo, pugnando por imponerse a los propios. Era una corriente de tal intensidad que alcanzaba hasta al último escudero.

Para quienes estaban más cerca del monarca, como el propio Ickila, actuaba como un resorte que espoleaba a su montura y la lanzaba a la carga sin pensar en lo que iba a encontrarse. En este embate, además, el joven combatiría a dos pasos de donde descansaba su padre en un sepulcro improvisado excavado a toda prisa lejos del suelo sagrado, lo que le impulsaba a mostrarse todavía más digno de su noble linaje. Ese hombre a quien había arrastrado con él a un exilio mortal no se merecía menos. Desde donde estuviera ahora, en una morada eterna que él esperaba alcanzar algún día, podría mostrarse orgulloso de su hijo. Al menos tendría ese consuelo.

Ickila era a esas alturas uno de los capitanes más valiosos del Cántabro, si bien matar no le producía ya emoción alguna. Casi había olvidado el vértigo de culpabilidad experimentado cuando dio muerte al jefe de la guardia de Recópolis y hasta el goce algo salvaje que le procuró abatir al primer jinete moro que se cruzó en su camino durante su bautismo de fuego, hacía poco más de tres años. Luchar se había convertido para él en una tarea rutinaria, que llevaba a cabo con enorme destreza ajeno a cualquier sentimiento. Su único empeño era mantenerse vivo. Ni odiaba, ni temía, ni sentía lástima alguna por esas figuras sin rostro en cuya carne hundía su hierro antes de que lo hicieran ellas. Había aprendido a avanzar entre cadáveres siguiendo a su señor, que siempre era el primero en la matanza, degollando, cortando, golpeando y empujando escudo en mano con eficacia letal, hasta quedar literalmente empapado de sangre enemiga.

La suya, su sangre, era igual de roja que la de sus adversarios, como se había sorprendido pensando alguna vez, y se mezclaba a menudo con ella sin producirle el menor dolor. En más de una ocasión, acabada la batalla, había descubierto una herida abierta en su cuerpo, necesitada de costura, sin lograr recordar el origen del desgarro. Una vez metido en faena era como si le abandonara su propio yo y se apoderara de él un espíritu extraño. Un espíritu voraz, feroz, similar al del lobo, que le asustaba por la violencia con la que le arrebataba la conciencia, decidido a someterle a su voluntad implacable.

Él mismo se había encargado de alimentarlo al principio. Mientras se preparaba para esa primera campaña de conquista, preguntándose si estaría a la altura de lo que se esperaba de él, había hecho todo lo posible por endurecer su corazón y su aspecto. Lo primero le resultó relativamente fácil en cuanto empezó su entrenamiento militar, ya que el mensaje que le inculcaron era de una sencillez meridiana: matar o morir. Cuando llegara el momento de la verdad no tendría más opciones. Lo de cambiar su apariencia, en cambio, le pareció más complejo.

Aunque su cara de niño travieso enloquecía a las mujeres, que para él no eran más que un pasatiempo fugaz, habría cedido su alma a Satanás a cambio de poder exhibir un rostro como el de Alfonso, curtido, viril, capaz de amedrentar a cualquiera con solo lanzarle una mirada fiera. A los veinte años cumplidos (ahora ya pasaba de los veintitrés, pero seguía igual), él mostraba por el contrario una piel sonrosada, apenas cubierta en la barbilla y el bigote por un suave vello rubio, una nariz respingona, diminuta, motivo de chanza entre sus compañeros, y una boca que parecía hecha para el amor y no para la amenaza. Por eso buscó adornos susceptibles de alterar esos rasgos infantiles, hasta que encontró exactamente lo que necesitaba.

Fue en la herrería que abastecía al palacio, adonde había acudido con el propósito de hacerse adaptar alguna cota de malla de segunda mano, a falta de recursos con los que costearse una de nueva fabricación. Disponía de montura propia, espada, hacha, escudo y yelmo, equipamiento superior al que la mayoría de los soldados aportaba al incorporarse a filas y suficiente, en todo caso, para ser adscrito a la caballería en la que siempre habían combatido los guerreros de su alcurnia. No pensaba adquirir, por tanto, ninguno de esos pertrechos, cuando llamó su atención un casco depositado sobre un viejo yunque en desuso abandonado en una esquina del local.

Era un objeto antiguo, de bronce oxidado por la acción de la humedad y el tiempo, que resultaba sin embargo imponente. En lugar del cono desnudo con que se cubrían los integrantes del ejército astur-cántabro, incluidos los reclutas godos, aquella pieza parecía dotada de un poder especial para atemorizar al enemigo. Resultaba un arma temible en sí misma, con esa formidable cornamenta auténtica de toro incrustada a ambos lados del yelmo como para transmitir su bravura a quien lo llevara puesto, esas carrilleras de triple disco descolgándose sobre las orejas hasta cubrir la parte más vulnerable del cuello y esa pieza maciza destinada a cubrir la nuca, aparentemente indestructible. Se quedó mirándolo con tal embeleso que el herrero no pudo evitar preguntarle:

—¿Os gusta, mi señor?

—Es ciertamente impresionante, no cabe duda. ¿De dónde procede esa pieza tan singular?

—Por lo que yo sé, siempre estuvo aquí. Dicen que apareció en tiempos de mi bisabuelo junto a un montón de huesos, en un lugar que debió de ser el escenario de alguna batalla, pues además de lo que veis se recuperaron de allí algunas puntas de lanza, espadas y un pectoral de bronce labrado muy similar en su factura al yelmo, que mi padre vendió hace unos años a un caballero distinguido, como vos. ¿Os interesaría mirarlo de más cerca?

Fingiendo desinterés con el fin de no estimular en exceso la codicia del vendedor, Ickila se aproximó con desgana, al tiempo que comentaba:

—Es curioso, en verdad, pero muy poco práctico. Debe de pesar una barbaridad. Además, el óxido habrá destruido la resistencia del metal...

—En absoluto —objetó el herrero—. Os garantizo que no encontraréis armadura más segura para vuestra cabeza. Podría pulirlo hasta dejarlo resplandeciente. Y en cuanto al peso, un hombre robusto y joven como vos no debería tener dificultades para soportarlo. Os lo dejaría a buen precio sabiendo que vais a combatir con nuestro príncipe Alfonso. Animaos, mi señor, parece hecho para vos.

El hombre se había puesto de puntillas a fin de poder colocar el armatoste a su cliente, disimulando con zalamería la conciencia de estar estafándolo. Ickila, sin embargo, podía sentirlo perfectamente adaptado a su anatomía. Pesaba, en efecto, mucho más que el yelmo al que estaba acostumbrado, aunque por algún motivo extraño le hacía sentir muy cómodo, además de protegido. Como decía el artesano, evidentemente interesado en sacar unas monedas por ese trasto que no hacía más que acumular polvo, parecía fabricado para él, aunque se cuidó muy mucho de decirlo. Antes al contrario, insistió en subrayar las pegas:

—No creo que me sea de gran utilidad en la batalla. Mejor me quedo con el mío, forjado en acero de Toletum.

—Pensadlo bien, mi señor. Os aseguro que os sienta a las mil maravillas. Deberíais ver el porte regio que tenéis con él... No habrá sarraceno que no tiemble a la vista de tan aguerrido luchador.

Era justo lo que el godo quería oír y produjo el efecto deseado.

—Está bien, en atención a su valor como reliquia, podría cambiároslo por el que traigo.

—¡Pero si vale el triple!

Tras un regateo que se prolongó durante un buen rato, el trueque se produjo en los términos propuestos por Ickila, si bien este se avino a pagar un poco más caro el arreglo de la cota de malla que había ido a buscar.

Habían pasado cien batallas desde entonces y ese yelmo sin igual, ahora pulido y reluciente, diferenciaba a Ickila de cualquier otro combatiente. Su hombría estaba ya sobradamente demostrada. No necesitaba adornos para hacerse respetar, pero su cornamenta era como un pendón que permitía a cualquiera reconocerle desde lejos, incluso en medio del magma humano que formaban dos ejércitos empeñados en destruirse.

Esa era una situación familiar para la práctica totalidad de los reunidos en ese amanecer otoñal frente a las puertas de la ciudad de Legio, conscientes de que muchos de ellos no verían el anochecer. De ahí que tensaran los músculos a fin de aplacar los nervios, sintieran una flojera en las tripas que más de uno era incapaz de controlar, temblaran, no solo de frío, esperando el momento de entrar en acción y liberaran la angustia profiriendo aullidos bestiales en respuesta a la arenga de su soberano:

—A vuestras espaldas está la cordillera y, detrás de ella, vuestro hogar, vuestras mujeres, vuestros campos, vuestros hijos. ¿Queréis dejarlos nuevamente a merced de los adoradores de Alá?

—¡¡¡No!!!

—¿Vais a permitir que violen a vuestras hijas e incendien vuestras cosechas? ¿Pagaréis tributos de sumisión? ¿Os volverán a esclavizar?

—¡¡¡No!!!

—¡Pues adelante entonces! Hagámosles sentir todo el peso de esa determinación. El botín será cuantioso. Podréis volver a casa con vuestras esposas... y acaso os acompañe alguna sierva complaciente con la que aliviar la espera. ¡Adelante por el reino y por la Santa Cruz! ¡Adelante por Jesucristo hijo del Dios verdadero! ¡Muerte a los sarracenos!

La embestida fue brutal. En un abrir y cerrar de ojos las huestes cristianas arrasaron al contingente árabe que había salido a hacerles frente, pero los supervivientes se hicieron fuertes en la ciudad atrancando sus sólidas puertas. No sería tarea fácil superar esas defensas levantadas por los romanos y reforzadas desde entonces por cuantos invasores se habían enseñoreado de la plaza. Para tomarla al asalto harían falta un largo asedio y máquinas de guerra cuya construcción llevaría tiempo, que era precisamente lo que no tenía Alfonso.

Tras consultar con sus capitanes reunidos en consejo, el príncipe decidió volver grupas y conformarse de momento con el producto de su victoriosa campaña, gracias a la cual sus dominios estaban rodeados ya por un extenso cinturón de tierra libre de enemigos, desierta, baldía, que les proporcionaba el foso defensivo más seguro al que pudieran aspirar.

El invierno se les echaba encima. Todo el mundo sabía que esa estación no era la propicia para la contienda, sino para el hogar, la caza, las borracheras, el sueño, la risa, la holganza con la mujer y los hijos. Era hora de regresar.

Legio tendría que esperar a la primavera, aunque sería conquistada. Si sus habitantes celebraban la suerte de haber escapado al destino que les aguardaba, se equivocaban de plano. Su condena había sufrido un aplazamiento necesario, aunque se ejecutaría, implacable, en los términos dictados por Alfonso, príncipe de Asturias.

El camino de regreso fue lento. Un ejército compuesto por millares de soldados no transita con fluidez a través de calzadas estrechas, por bien construidas que estén, y en su caso, además, la impedimenta era cuantiosa. Arrastraban consigo carros y carros de cereal, armas y armaduras arrancadas a los vencidos, algunas piezas de gran valor, en su mayoría cálices y otros objetos de culto recuperados del botín de los ismaelitas, así como ganado vivo, refugiados y cautivos. Se movían por tanto con lentitud, como un animal pesado, especialmente en los tramos más angostos o abruptos donde era preciso extremar la precaución para evitar despeñarse. Esa tardanza en avanzar exasperaba a Fruela, de naturaleza impaciente, quien se quejaba a su hermano:

—Este peregrinar de un lado a otro de la cordillera no tiene sentido. ¿Por qué no extender las fronteras del reino y ocupar el terreno ganado a costa de tanta sangre? Tenemos fuerza para ello. Llevamos diez años demostrándolo. ¿No sería más lógico dejar guarniciones en las plazas capturadas en lugar de ir y venir una y otra vez a través de estas gargantas?

—¿Y con qué tropas defenderíamos tan vasto territorio? ¿Cómo se abastecerían? Mira a tu alrededor. Los campos que antaño dieron de comer a buena parte de la población de Hispania hoy están yermos. La sequía acabó con el trigo antes incluso de que los incendiáramos. El hambre y la peste han matado con más saña que cualquier guerra, lo que por cierto nos ha facilitado considerablemente la tarea de expulsar de aquí a los invasores.

Sabes bien cuántos colonos muslimes han cruzado voluntariamente el río Durius en su huida hacia el sur en busca de mejores horizontes, empujados por la miseria.

—Precisamente por eso deberíamos aprovechar la ocasión para apropiarnos del espacio que han dejado libre.

—¿Y desguarnecer el reino? La juventud te ciega, Fruela. Aún tienes mucho que aprender. La sangre no siempre es buena consejera. ¿No te das cuenta de lo vulnerables que seríamos a un ataque masivo de su ejército en esas llanuras, en una situación de abrumadora inferioridad y sin la protección de los montes? ¿Cuánto crees que duraría esa ocupación que me propones?

—Nunca lo sabremos si no lo intentamos. Muchos hombres estarían dispuestos, me consta. Yo mismo podría quedarme al frente del contingente que permaneciera en territorio cismontano, mientras tú conducías al grueso de la tropa de regreso a casa.

—Sosiega tu impaciencia. Refrena el corazón, hermano. La guerra no se gana únicamente con arrojo, sino que requiere estrategia. En este momento el enemigo está débil por las luchas intestinas que enfrentan a berberiscos contra árabes y a estos últimos, veteranos de la conquista, contra sirios recién llegados. Esas son las noticias que nos traen los informadores de Corduba y hemos de congratularnos de ellas. Hemos conseguido romper temporalmente el asfixiante cerco a que nos tenían sometidos, pero tal situación no durará eternamente. Pronto o tarde una de las facciones se impondrá a las demás y retomará las riendas, empleando todo su poderío en el empeño de destruirnos. Debemos prepararnos para ese momento, hacernos fuertes, asegurarnos de que, llegado el caso, Asturias resistirá.

—No te comprendo, Alfonso. Si ese es nuestro propósito, ¿no deberíamos establecer una primera línea defensiva al sur de la cordillera, con el fin de impedir el paso de los sarracenos antes de que su furia alcance nuestros hogares?

—Sería fantástico poder hacerlo, pero carecemos de los medios necesarios para ello. No tenemos suficientes soldados. Lo más que podemos conseguir es crear un desierto a nuestro alrededor que dificulte su avance. Yermar la tierra que nos circunda con el fin de impedir que encuentren un solo lugar en el que aprovisionarse desde el Durius hasta Asturias. Eliminar a cuantos caldeos podamos y llevarnos con nosotros a los cristianos, en aras de incrementar el número de brazos susceptibles de repeler un eventual ataque. En ello estamos desde que me ceñí esta espada al cinto —dijo señalando el tesoro que llevaba guardado en una vaina de cuero repujado—. No me pidas más.

En casa de Ickila, donde aguardaban el regreso del señor como se espera el banquete de Pascua tras el largo ayuno de Cuaresma, las preocupaciones eran otras. Cánicas no resultaba ciertamente el lugar más adecuado para una dama como Ingunda, en edad de merecer y sin padre que la protegiese, por lo que cada vez que su hermano marchaba al frente la muchacha sufría algo parecido a un encierro entre las cuatro paredes de su estancia.

Badona compartía con ella charla y labores, intentando entretenerla, sin dejar de padecer un instante por el peligro que acechaba a su hijastra en aquella urbe que seguía pareciéndole selvática. Percibía esa amenaza con angustiosa claridad, lo que la impulsaba a compartir sus temores con Adriano cuando este abandonaba su responsabilidad en la escuela, convertida ya en un centro próspero con varias decenas de estudiantes, para sentarse a la mesa de sus viejas amigas.

—La niña acaba de alcanzar la mayoría de edad —se desahogaba esa mañana Badona, aprovechando la ausencia de la joven que había ido con Marcia al mercado— y puede actuar a su antojo, administrando lo poco que heredó de su padre. No es que me haya dicho nada, pues como sabéis es dócil además de prudente, pero a los veinte años debería estar ya casada, bajo la tutela de un buen marido. Si su hermano pensara menos en guerrear y más en encontrarle un partido conveniente entre los caballeros del príncipe...

—Ya lo hará, no os preocupéis. En cuanto regrese de la campaña, cosa que parece inminente, hablaré con él para conminarle a concertar la boda. Pretendientes no faltan, ya lo sabéis, pues todos los solteros de la ciudad darían lo que poseen por una mujer así. No solo es hermosa como la que más, sino que su virtud carece de fisuras. Podéis estar orgullosa de su educación. Ingunda es un joyel de rectitud que contradice lo que los Santos Padres nos advierten sobre las representantes del género femenino. En ella no hay sombra de la lujuria con la que Eva condujo a Adán a su perdición y la nuestra. Es humilde, callada y obediente, como corresponde a una hija de María, lo que tiene un mérito añadido en este entorno de féminas chillonas, henchidas de arrogancia.

—Lo que decís es verdad —respondió satisfecha la madrastra—. Ingunda es dulce, sincera, recatada. Tan transparente y limpia como el agua de manantial. Mas no puede decirse lo mismo del ambiente que la rodea. La tentación la acecha en cada esquina cada vez que se asoma a la calle. Su cuerpo rebosa de apetitos inconfesables y aunque me consta que se mantiene casta, la naturaleza la empuja a ceder a los impulsos que la inducen a pecar. Si no la casamos pronto, el día menos pensado puede darnos un disgusto.

Badona no creía tener más responsabilidad en lo que le quedara de vida que asegurar un futuro a sus hijastros acorde con lo que habría deseado el difunto Liuva. Había desechado tiempo atrás la posibilidad de entregar a su pequeña al Señor, dada la oposición de su esposo así como la ausencia de vocación en la chica, lo que la obligaba a garantizarle un futuro feliz con un matrimonio conveniente.

No pasaba un día sin que se acordara igualmente de Clotilde, abocada a un destino atroz a sus ojos en manos de un marido idólatra. La encomendaba a la misericordia divina en cada una de sus oraciones. En cuanto a Ickila, en alguna ocasión le había mencionado la necesidad de plantearse la cuestión, a lo que el chico había respondido con una negativa rotunda. Su condición masculina le permitía decidir por sí mismo cuándo y con quién desposarse, amén de negociar las condiciones de su casamiento, potestad que no tenía la menor intención de ejercer por el momento. Carecía de tiempo para esas cosas —protestaba enérgico cada vez que salía el tema a colación—, estaba demasiado ocupado en defender el reino cristiano de los enemigos de Dios. Ante ese argumento inapelable, Badona renunciaba a insistir, resignándose a los contactos furtivos de su hijastro con mujerzuelas de mala vida. La consolaba la idea de que, actuando de ese modo, al menos no mancillaría el honor de una muchacha decente.

Se acercaban ya las celebraciones del nacimiento de Jesús cuando las campanas anunciaron el regreso de las tropas. Todo Cánicas se echó a la calle para recibir a sus héroes con las debidas muestras de júbilo, dando rienda suelta a la tensión acumulada durante meses.

Era el momento de descubrir si el hijo o el esposo regresaban sanos y salvos, cargados de botín, o se contaban entre las bajas. La oportunidad de abrazar al fin a quien tanto se había añorado o de empezar a llorarle. Horas de felicidad para algunas mujeres y amargas para otras. En esa ocasión, gracias al cielo, Ickila estaba entre los vivos y volvía, una vez más, con las alforjas repletas.

Traía una pieza de tela fina que regaló a su hermana para su traje de novia, una cruz de plata destinada a Adriano, una alfombra digna de su antigua mansión en Recópolis, procedente de la tienda de uno de los jefes vencidos, así como chucherías varias y una buena provisión de trigo. Venía malhumorado por el fracaso de Legio, aunque se mostró cariñoso con su familia.

La vida militar era tan ardua, ponía a prueba de tal modo el carácter de los hombres, que los empujaba a los extremos. De manera que algunos se volvían hoscos, cerriles e insensibles, mientras otros, por el contrario, aprendían a valorar lo que de bueno les daba la vida.

Fuera del campo de batalla, Ickila parecía decantarse, hasta la fecha, por esa segunda opción. No había olvidado ni por un instante la promesa que le hiciera a su padre en su lecho de muerte. Tampoco se había desprendido por completo del sentimiento de culpa que arrastraba desde su partida hacia el exilio. Sentía que debía a las damas de su familia toda la protección que se esforzaba en proporcionarles, aunque había más. Algo mucho más profundo: anhelaba su cariño. Su corazón necesitaba el calor que ellas le daban, por más que evitara hablar de esa necesidad. Era un guerrero cristiano y como tal se comportaba. Pero ¿puede alguien vivir totalmente ayuno de amor?

En Asturias, algunos soldados e incluso señores con feudos dignos de consideración se hacían acompañar en el campo de batalla por sus damas, muchas de las cuales participaban en la contienda con un arrojo similar al de sus maridos. Al principio esta práctica tan ajena a su modo de concebir las cosas le había sorprendido, provocándole un rechazo visceral hacia quienes practicaban esa costumbre bárbara, aunque con el tiempo se había acostumbrado hasta considerarla algo normal. Él, sin embargo, soñaba con otro tipo de esposa, deseaba a alguien muy especial, única, diferente, que le hiciera sentirse hombre sin necesidad de empuñar la espada. Ese era su anhelo secreto y no se conformaría con menos. En algún momento, en algún lugar —se decía a sí mismo—, encontraría a esa mujer capaz de atarle al hogar. Hasta entonces, tendría que aferrarse a su madrastra y a su hermana, cuyas caricias eran tan dulces como el sabor del hidromiel deslizándose por su garganta.

—Creo haber dado con un esposo ideal para Ingunda —les anunció en la cena, después de dar buena cuenta de un capón asado, un trozo de lengua de buey en salsa, dos fuentes de higaditos de pollo rehogados con cebolletas y un sinfín de dulces de almendra, miel y avellanas, suficientes para reventar a diez comensales.

—¡Esa sí que es una buena noticia! —se congratuló Badona, al tiempo que la aludida se sonrojaba hasta las orejas—. ¿Le conocemos? ¿Es alguno de tus amigos?

—No. Se trata de un capitán a quien he tenido ocasión de tratar con asiduidad a lo largo de esta campaña. Un cántabro con algo de sangre goda afincado en la Transmiera, que ahora va precisamente camino de allí conduciendo a un contingente de inmigrantes que hemos traído con nosotros. Él se encargará de instalarlos en su nuevo asentamiento. Después de eso, si queda tiempo antes de que volvamos al combate, se acercará a conocerte —explicó dirigiéndose a su hermana. Ante la mirada decepcionada de esta, que ya se había hecho ilusiones, añadió—: No temas. Es un buen hombre, leal, honrado y valiente. Se llama Rulfo. No posee una gran fortuna, pero el príncipe le aprecia y premiará sin duda su entrega con nuevas posesiones y privilegios que le permitirán darte una posición acorde a tu rango. Se ha ofrecido a pagar una buena dote por ti, que incluye parte de sus tierras. Pasarán a ser de tu propiedad en cuanto firmemos el compromiso nupcial. Está deseando que llegue el momento de la boda, y eso que aún no te ha visto. Si no hay mayores inconvenientes, podemos fijarla para dentro de un año.

¿Cómo iba a rechazar semejante oferta? Ingunda sabía que el tiempo se le escapaba. A su edad debería ser ya madre de varios hijos, como de hecho lo habría sido de no haber mediado en su vida la circunstancia del destierro. Todavía se mantenía hermosa, fresca y lozana, empero, gracias a la existencia ociosa que llevaba. Tal como le decían las miradas de los varones con los que se cruzaba en la calle, su cuerpo resultaba aún muy deseable. Mas la sombra de la vejez acechaba a la vuelta de la esquina.

Su madrastra apenas tenía unos años más que ella y ya parecía una anciana, incrustados como llevaba en la piel los hábitos y la actitud de viuda. La oportunidad que le ofrecía Ickila era lo que esperaba desde que tenía memoria. De ahí que se apresurara a contestar:

—Si esa es tu elección, seguro que me gustará. Porque me gustará, ¿verdad, hermano? —añadió con coquetería.

—Así lo espero. Tiene más o menos mi edad y mi estatura, el cabello y la barba oscuros y los modales rudos de un soldado, aunque de cuna elevada. Sabrá respetarte como mereces. Pierde cuidado. ¡Y si no lo hace se las verá conmigo! —añadió, abrazando a la pequeña de la casa.

Todo quedaba pues atado sin necesidad de más trámites, ya que la palabra dada constituía el compromiso más firme que pudiese contraer un caballero. Las mujeres tendrían tiempo suficiente para preparar el ajuar que llevaría la novia consigo a su nuevo hogar, al oriente de los picos nevados, en tanto que los hombres se solazarían pensando en los festejos del enlace que celebraría Adriano, con toda la solemnidad posible, en la iglesia de la Santa Cruz. Antes, sin embargo, Ickila habría de enfrentarse nuevamente con la muerte.

El invierno pasó pronto entre cacerías y siestas al calor de la lumbre. Ickila engordó, como todos los demás, aguardando el momento de volver a la batalla. Aprovechó cada momento de solaz sin imaginar siquiera lo que le preparaba el destino, empeñado en poner a prueba por enésima vez su ya demostrada resistencia a la adversidad que se cebaba con él.

Sucedió a principios de verano del año 786, en el transcurso de una batida de exploración igual a otras muchas misiones idénticas llevadas a cabo con éxito. Se encontraban a unas millas de distancia de Legio, a la que en esta ocasión no pensaban perdonar, acampados en espera de averiguar si las defensas de la ciudad habían sido o no reforzadas a lo largo de los meses pasados. Ickila era ya perro viejo, de la máxima confianza del príncipe, por lo que fue elegido para acercarse todo lo posible con el fin de informar al detalle sobre lo que iban a encontrarse en la ciudad. Le acompañaría un guerrero jovencísimo, de nombre Pintaio, llegado del lejano castro de Coaña y que se había distinguido durante la anterior campaña por su fiereza ante el enemigo.

Apenas se conocían los dos, puesto que nunca habían coincidido en posiciones cercanas. Uno era rubio, godo, orgulloso de su linaje noble, ferviente cristiano e implacable amo de los siervos que había podido salvar, uno de los cuales, Lucio, iba con él a todas partes para encargarse de su montura y asegurar su intendencia. El otro era cetrino, de pura sangre astur, igualmente ufano de su milenaria tradición guerrera, incapaz de comprender que un hombre necesitara de otro para atender a su caballo, la más preciada posesión de cualquier soldado, y absolutamente ajeno a ese dios crucificado que muchos de sus compañeros llevaban colgado del cuello.

Pintaio había lucido en su momento el amuleto regalado por su hermana, con el fin de que le protegiera, mas no había tardado en quitárselo al observar la reacción desconfiada, hasta llegar a la hostilidad, que el medallón suscitaba entre muchos integrantes de la tropa, convencidos de estar ante un símbolo del diablo. Aprendía muy rápidamente, pese a carecer de instrucción, y se daba perfecta cuenta de que ciertos ritos relacionados con su infancia no tenían cabida en el mundo al que se había incorporado por voluntad propia.

Era mucho lo que los separaba a Ickila y a él, pero mucho más aún era lo que los mantenía unidos: la lealtad incondicional a Alfonso, así como la voluntad de vencer. Ambos eran buenos exploradores y mejores jinetes, poco dados a la charla que despista los sentidos, por lo que emprendieron la tarea que se les había encomendado decididos a cumplirla con prontitud.

No habían cabalgado ni medio día cuando vieron venir de frente a una columna de ismaelitas que los sorprendió en medio de un páramo, sin un lugar en el que esconderse. Para empeorar aún más las cosas, se dieron cuenta enseguida de que a juzgar por las prisas que llevaban debían de haberlos detectado desde lejos y se disponían a darles caza. Serían por lo menos media docena, si había que hacer caso del polvo que levantaban, lo cual no amilanó al godo, quien desenvainó la espada al tiempo que aceleraba el paso, dispuesto a plantarles cara.

Jamás habría esperado que su camarada, ese muchacho enorme de quien le habían contado maravillas, detuviese en seco a su bruto, se diese la vuelta y huyese a galope tendido, dejándolo abandonado ante el peligro. Ya lo pagaría, se dijo Ickila furibundo. Si salía con bien de esta, él mismo se encargaría de ajustarle las cuentas haciéndole arrepentirse de tan cobarde conducta.

Por el momento, sin embargo, tenía cosas más urgentes que hacer. Encomendándose a la Virgen, arremetió contra el primer guerrero que se puso a su altura, decapitándolo de un único tajo certero. Detrás venían varios más, que hicieron un círculo a su alrededor decididos, al parecer, a capturarlo con vida. Eso era justo lo último que deseaba. Ya había estado preso una vez y con esa le bastaba, pensó mientras se revolvía buscando el modo de alcanzar con su hierro al primero que se pusiera a tiro.

Su caballo relinchaba, aterrado, obligado a caracolear por la presión conjunta de riendas y espuelas manejadas sin contemplaciones. Él mismo gritaba enloquecido, desafiando a sus contrincantes a acercarse para rematarle, consciente de que morir de una forma rápida sería mil veces mejor que ser vendido como esclavo o reducido a la condición de siervo de algún potentado árabe. A medida que la desesperación iba abriéndose paso en su interior, las sienes le latían como si fuera a estallarle la cabeza, hasta el punto de nublarle el juicio. Entonces sintió un golpe seco en la nuca y después nada. Oscuridad. Un sueño profundo y negro como el que precede a la muerte.

Lo primero que experimentó al despertar fue dolor. Un dolor agudo en la base del cráneo, donde un hilillo de sangre manaba de la herida que le había dejado sin sentido. Luego fue abriendo poco a poco los ojos, la única parte de su cuerpo que podía mover, para descubrir que había caído ya la noche y se encontraba atado dentro de una tienda sumida en las tinieblas, junto a un hombre del que únicamente percibía su descomunal tamaño.

Un arrebato de pánico estuvo a punto de arrancarle un grito, que a duras penas ahogó en la garganta recurriendo a toda su voluntad. Si quería tener alguna posibilidad de escapar —se dijo—, tendría que administrar sus fuerzas, controlando al mismo tiempo sus emociones. Era indispensable mantener la cabeza fría y la mente despierta. Si hubieran querido matarle —razonó— lo habrían hecho ya, por lo que debían de preferir llevárselo con ellos hacia el sur, adonde sin duda se dirigían. Eso le daba un margen de tiempo precioso para preparar la fuga.

Hizo varios intentos por soltar sus ligaduras, sin conseguir aflojarlas siquiera. Le habían amarrado bien manos y pies con correas de cuero húmedo, que se le incrustaban en la carne a medida que pugnaba por liberarse. No tardó en convencerse, por tanto, de que lo mejor sería descansar mientras pudiera, ya que el dolor no dejaba de torturarle. Algo en su interior le advertía de que las horas siguientes serían decisivas. Tardó en entregarse nuevamente al sueño, aunque acabó por conseguirlo. La aurora le sorprendió nuevamente dormido, hasta que una enérgica patada lo devolvió a la realidad.

—¡Arriba, perro! —le espetó su guardián en lengua árabe, con una expresión que Ickila conocía a la perfección por habérsela oído a menudo a sus carceleros de Recópolis.

Tenía ante sí a un gigante. A una montaña humana de piel oscura, cabello rizado negro azabache, rostro afeitado y ojos de pez, vacíos, sin vida en la mirada. Sus brazos parecían los de un coloso. Las venas recorrían sus músculos poderosos con la fuerza de un río, mientras se balanceaba ligeramente sobre sus dos piernas, en actitud de desafío, como esperando que su víctima intentara algo a pesar de estar inmovilizada. Su torso enorme y descubierto carecía de vello, aunque por el tamaño podría haber sido el pecho de un oso adulto y, al igual que este, ser capaz de apretar contra él a cualquier hombre hasta aplastarle los huesos. Su respiración era tan pesada que emitía sonidos guturales con cada bocanada de aire. No debía de ser muy astuto, aunque sí fuerte como un buey. Si tenía que enfrentarse a él, pensó Ickila en una fracción de segundo, luchando por controlar su miedo, más le valdría pillarle completamente desprevenido.

Apenas le dieron un sorbo de agua antes de atar sus ligaduras a la silla de un caballo, obligándole a caminar al paso que marcaba la bestia. Si tropezaba y caía sería arrastrado por el suelo hasta que consiguiera levantarse, lo que no haría sino empeorar su situación. Su única opción era seguir adelante, esperando su oportunidad para burlar la vigilancia. El hambre le producía calambres en las tripas, la cabeza le hacía padecer hasta lo indecible, pero lo peor de todo era, con mucho, el sufrimiento de su alma.

¿Sería ese el castigo que recibía al fin, aunque de forma tardía, por su pecado de juventud? ¿Terminaría sus días esclavo en tierras lejanas, vencido en su orgullo, doblegado, reducido a una sombra de sí mismo a semejanza de ese Abdul que le había relatado la derrota de los sarracenos en el monte Auseva sin mostrar ni un asomo de rabia? ¿Conseguirían sus captores domarle a base de golpes, tal como habían hecho los suyos con ese desgraciado muslim? ¿Se dejaría envilecer hasta ese extremo o encontraría el modo de acortar esa agonía? ¿Y qué sería de su madrastra y de su hermana sin la protección de un hombre? ¿Quién cuidaría de ellas una vez que Adriano rindiera el alma al Señor, lo que no podía tardar mucho en suceder?

El tórrido sol de la meseta hacía casi insoportable el tormento de la sed, que al final de la jornada dejaba profundas grietas en los labios del cautivo. Ante sus ojos se abría un horizonte circular, chato, repetido hasta el infinito sin que se apreciara el menor cambio. Tras una marcha agotadora, durante la cual no recibió más alimento que un mendrugo de pan, acamparon junto a un riachuelo. El jefe de la patrulla debió de apiadarse de él, visto su lamentable estado, ya que ordenó que le aflojaran las ataduras y le permitieran darse un baño con el que aliviarse del calor, quitándose además el polvo que le cubría.

Nunca había disfrutado tanto del agua como en aquel momento bendito, por el que dio gracias a Dios, ignorando por completo en sus plegarias al hombre cuya clemencia lo había hecho posible.

Esa segunda noche de cautiverio fue aún peor que la primera. Aunque el agotamiento le venció inmediatamente, sumiéndole de golpe en una pesadilla, no halló un instante de descanso, asaltado por terrores que le impedían conciliar el sueño. Dolorido y acalambrado como consecuencia de la inmovilidad impuesta por las correas que le sujetaban las extremidades, pasó un infierno hasta ver renacer al astro de la mañana, que pronto se alzó sobre su trono, arrojando dardos ardientes sobre la tierra calcinada.

La rueda volvía a girar exactamente igual que la víspera. Más cansancio, polvo, sufrimiento y angustia. Le asaltaban constantemente imágenes aterradoras, como la de los beréberes crucificados a las afueras de Recópolis en compañía de un cerdo vivo, o la de Burdunelo asado al fuego dentro de un toro de bronce. Aunque pugnaba con todas sus fuerzas por apartarlas de su mente, veía su propio rostro en cada uno de esos supliciados. Claro que mucho peor aún era la idea de someterse, abandonarse al destino y sucumbir al designio de sus verdugos.

Poco a poco, sin embargo, forzado por la necesidad, empezó a resignarse a su suerte, sin renunciar a desligar su cuerpo de su voluntad. Se convenció de que mientras quedara una brizna de esperanza en su corazón su espíritu se mantendría libre y eso le permitiría escapar. Se aferró a esa idea con furia. Encontró en ella una tabla a la que asirse para mantener la cordura en espera de una ocasión para intentar la fuga. Recobró el ánimo, hizo acopio de fortaleza, siguió caminando en silencio, con fiera determinación, musitando en su interior propósitos de venganza.

En su tercera noche de tormento dormía profundamente cuando la presión de una mano en su boca le hizo temer lo peor. Despertó sobresaltado, tratando inconscientemente de echar mano al cuchillo, para encontrarse frente a frente con Pintaio, quien se llevaba el dedo índice a la boca indicándole que no hiciera ruido. A su lado, el coloso de los ojos de pez yacía moribundo con la garganta rebanada de oreja a oreja, en medio de un charco oscuro que se extendía rápidamente por el suelo a medida que las convulsiones de su corpachón inerme hacían brotar chorros de sangre de la hendidura abierta en el gaznate.

No era un cobarde. No le había abandonado. Su compañero estaba allí, jugándose la vida para socorrerlo, después de haberlos seguido todo ese tiempo a una distancia segura, hasta encontrar el momento más propicio para intervenir. Con la pericia de quien está acostumbrado a moverse en la oscuridad, el joven astur cortó las ligaduras de Ickila a la vez que le indicaba, mediante gestos, que debían salir por la parte trasera de la tienda, donde un tajo apenas visible en la tela indicaba el camino que había seguido al entrar.

Parecía tarea fácil, aunque no lo era tanto. El recién liberado tenía los músculos tan entumecidos que apenas podía andar, por lo que le costó arrastrarse hasta la luz de la luna que alumbraba el campamento. Junto al fuego, apenas un rescoldo ya, otro integrante de la patrulla había rendido el alma a su dios, degollado por la espalda sin tiempo para dar la alarma. Si se alejaban de allí sin despertar a los demás, antes de que se dieran cuenta estarían lejos, camino del norte, fuera del alcance de sus espadas.

Tendrían que montar los dos el caballo de Pintaio, pues recuperar el del godo los habría obligado a acercarse hasta el lugar en el que descansaban las bestias, cuyos relinchos habrían podido delatarlos. Era menos arriesgado fiarse de Beleno, un fornido asturcón acostumbrado a la brega, que los conduciría hasta un punto lo suficientemente distante como para poder continuar andando sin miedo a ser nuevamente capturados.

Antes de partir, sin embargo, Ickila debía hacer una última cosa.

Para estupefacción del joven astur, que le habría golpeado gustoso por ponerlos a ambos en semejante peligro, el godo regresó sobre sus pasos, llegó hasta la tienda en la que descansaba el jefe, situada casi en el extremo opuesto, y se introdujo en ella silencioso. ¿Se había vuelto loco? ¿Quería que los mataran a los dos para darse el gusto de vengarse? ¿Se habría equivocado él de medio a medio buscando el modo de salvarlo en lugar de preocuparse de su propio pellejo y huir?

Al cabo de un rato que se le hizo eterno, aunque en realidad debieron de ser unos instantes, reapareció con aire triunfal, llevando en la mano su espada, así como ese casco espantoso del que tanto le gustaba presumir y por el que acababa de arriesgar el cuello.

Una luna redonda preñada de promesas alzaba su silueta sobre las colinas, rodeada de nubes plateadas. La belleza del paisaje, la serenidad que parecía emanar del cielo contrastaba violentamente con la brutalidad de los hombres. «Allí arriba están los dioses —pensó el muchacho evocando a su madre, quien sin duda compartía con ellos esa paz reservada a los justos—. Aquí abajo, nosotros».

Cuando estaban ya fuera de peligro, divisando en la distancia las blancas cumbres de la cordillera que les serviría de muralla, Ickila fue el primero en hablar. Se sentía abrumado de gratitud ante ese adolescente de gesto huraño, mirada franca y corazón generoso que le llevaba a la grupa. Pese a ello, apenas acertó a decir:

—Mereces una disculpa que te ofrezco de corazón. Maldije tu nombre e incluso pensé en ajusticiarte yo mismo con mis propias manos, por cobarde, cuando en realidad no hacías más que utilizar el ingenio. Fuiste el más astuto de los dos y yo un imbécil. De no ser por ti, sabe Dios dónde habría acabado. Te debo la vida. Nunca lo olvidaré.

—Yo habría pensado lo mismo, no te preocupes —replicó Pintaio, quien no tenía la sensación de haber hecho nada extraordinario—. Lo importante es que estamos a salvo y a tiempo, así lo espero, de entrar en Legio con Alfonso. Estoy deseando ver lo que esconden esos muros de piedra.

Legio cayó, en efecto, poco después de su regreso, ante el empuje arrollador del ejército cristiano. Las pocas alquerías de sus alrededores que habían sobrevivido a la campaña anterior fueron incendiadas antes, como lo habían sido años atrás por los conquistadores árabes, los godos que los precedieron y todos los demás pueblos que escogieron esa tierra como campo de batalla.

Hacia el sur, a uno y otro lado del Gran Río, se encontraban las vastas extensiones de tierra fértil que sirvieron de asentamiento a los antepasados de Ickila en tiempos del rey Alarico, cuando el pueblo visigodo cruzó los montes Pirineos para establecerse en Hispania. En esa meseta fértil, bañada por el Durius, cultivaron el trigo y la vid sin perder de vista a los vascones, cántabros y astures que acechaban desde sus bastiones, prestos siempre a rebelarse. Desde allí fueron extendiéndose a todos los rincones de la península, vigilando de cerca a esos pueblos reacios a someterse a su dominio. Aquella era la tumba de muchos bravos guerreros y el escenario de innumerables choques armados.

Ickila recordaba claramente la respuesta de una vieja campesina a quien él mismo había preguntado en su día por su religión y que se mostraba incapaz de decantarse entre la fe recibida con el bautismo y la que habían traído consigo los mahometanos, cuya adopción significaba para cualquier converso liberarse a partir de entonces de la obligación de pagar el diezmo debido al señor:

—¿Dios? —había dicho la mujer, escupiendo con desprecio—. Dios está demasiado ocupado peleando junto a los soldados. Se ha olvidado de sus otros hijos.

No era sin embargo esta una cuestión baladí. De acuerdo con las estrictas órdenes de Alfonso, todo guerrero sarraceno que opusiese resistencia era decapitado sobre la marcha, salvo que su captor quisiese llevárselo consigo en calidad de botín de guerra. En cuanto a los civiles, los de credo musulmán engrosaban las cuerdas de esclavos destinados a los peores trabajos en tanto que los cristianos eran conducidos al norte por la fuerza, aunque a sabiendas de que serían realojados en nuevas presuras que pasarían a ser de su propiedad.

Los magnates terratenientes eran arrancados de igual modo de sus posesiones, antaño tan prósperas, si bien recibían un trato algo más deferente. Se les autorizaba a llevarse consigo a sus siervos, se les proporcionaba algo más de tiempo para cargar en una carreta las escasas posesiones que pudieran transportar y poco más. Los carros llamados a cruzar los abruptos pasos de montaña que guardaban el reino no debían ser muy anchos ni muy pesados, por lo que el equipaje se reducía a las cosas de mayor valor: oro, joyas, ropas, libros y algún otro objeto precioso, salvados del fuego dejado a sus espaldas al marcharse.

El camino del exilio nunca fue una senda alegre. Cada palmo de su trazado estaba pavimentado con las lágrimas y el dolor de quienes lo habían recorrido antes. Ickila lo sabía bien, aunque nunca lo dijo en voz alta.

Después de la antigua ciudad fundada por la Legio VII romana, con su muralla de dos paños tan celebrada como inútil, le llegó el turno a Astúrica, donde las tropas de Alfonso hicieron asimismo gran matanza. Ickila y Pintaio combatieron codo a codo, con idéntica eficacia pero tácticas diferentes. El primero cargaba como una furia con grandes mandobles del hierro largo que llevaba en la diestra, empleando su escudo igualmente voluminoso para golpear con él a quienes se le acercaban por la izquierda. El astur, entre tanto, hacía honor a las tácticas de combate de sus ancestros.

Habían sido estos expertos en el arte de la guerrilla, consistente en tender emboscadas aprovechando el terreno o atacar desde la distancia mediante hondas y jabalinas, aunque tampoco se quedaban cortos en campo abierto. Recordando las historias que contaba la Narradora, cuyos detalles había interiorizado hasta impregnarse de ellos, Pintaio se lanzaba al cuerpo a cuerpo empuñando en una mano el hacha de doble filo y en la otra una espada corta. A degüello. La batalla lo transformaba en uno de los personajes de leyenda que habían nutrido las fantasías de su infancia, hasta el punto de no reconocerse a sí mismo. Y cuando todo acababa y las tinieblas caían sobre un campo sembrado de cadáveres, le invadía una sensación de vacío imposible de explicar, que hasta entonces no se había atrevido a compartir.

—¿Tú los odias? —le lanzó un buen día a un derrengado Ickila que bebía cerveza junto a él, aún cubierto de sangre y polvo.

—¿Qué quieres decir? —replicó este desconcertado—. ¿Acaso no lo haces tú?

—Mi problema es que no puedo conseguir ese tipo de emociones puras —adujo Pintaio sin atreverse a mirarlo, buscando en el fondo de su vaso la respuesta a sus dudas—. Me ocurría ya en el castro con mi familia y me sigue pasando aquí, por más que me empeñe en negarlo. Siempre he odiado y amado a mi padre con la misma intensidad. Mi madre me inspiraba una ternura infinita, aunque ella parecía no tener ojos más que para mi hermana, lo que me llenaba de envidia. Y a ella, a Huma, la quiero más que a cualquier otra persona en este mundo, pese a lo cual en ocasiones noto cómo el rencor se apodera de mí al recordar esa relación de la que yo nunca formé parte. Es para volverse loco. A veces me pregunto si será esa la razón por la que siempre me he sentido tan solo, tan incapaz de entender y hacerme entender por los demás.

—Ahora estás aquí. Ya eres un hombre. ¿Qué tiene que ver todo eso que me cuentas con los caldeos a los que hemos dado muerte?

—Es que siempre hay algo de nuestro enemigo que nos gusta y algo de nuestro ser querido que nos disgusta. Por más que me esfuerce en no ver su rostro, pienso que esos hombres tienen madre o hijos; un hogar, como nosotros. Admito su valentía al atreverse a llegar hasta aquí. Pensé que nunca lo haría, pero es así. Los respeto, aunque daría todo lo que tengo por odiarlos sin matices.

—Si te hubieran hecho lo que a mí no hablarías de ese modo —se enfadó Ickila, incapaz de comprender a ese amigo cuya extrema juventud ofrecía la única explicación posible a semejante discurso.

—¿Crees que ellos no tienen miedo como nosotros?

—Por supuesto que lo tienen. Y más habrían de tener si supieran lo que les espera.

—¿Nunca has deseado mostrar clemencia? —se sinceró del todo Pintaio, recordando las enseñanzas de Naya—. ¿Nunca te has puesto en la piel del otro y te has preguntado qué estará sintiendo?

Aquella flecha dio en la diana. Un fogonazo de la memoria retrotrajo al godo al momento en que un enemigo desconocido le había permitido bañarse en el río y saciar en él su sed, cuando todo parecía perdido. Recordó igualmente a Isaac, un judío cómplice de los invasores, un hijo del pueblo que crucificó al Señor, merced a cuya generosidad él estaba allí en ese momento. Y al evocar a Isaac se encontró con su padre, sintiendo un latigazo de vergüenza por las muchas ocasiones en las que había confundido su sensatez y empeño por sacar adelante a la familia con una pusilanimidad que nada tenía que ver con Liuva. Ninguno de esos pensamientos, no obstante, le haría bien alguno en ese momento. Ninguno le ayudaría a vivir la vida en la que se había embarcado. Por ello contestó tajante:

—La clemencia no conduce a nada. Si vacilas en la batalla solo conseguirás que te consideren un débil y te maten. Deja atrás tus niñerías, compórtate como un hombre y haz honor a ese pueblo de guerreros al que perteneces. Lo que necesitas es una mujer que te haga olvidarte de tu madre... Cuando regresemos a Cánicas te presentaré a unas cuantas. ¡Ya verás cómo dejas de pensar en todas esas sandeces!

Llegó el otoño y con él la vuelta a casa, cargados de botín hasta los topes. Pintaio no deseaba ir a su aldea, por lo que fue admitido en calidad de huésped por la familia de Ickila, que lo colmó de atenciones tras escuchar el relato de los sucesos protagonizados por ambos.

Les costó adaptarse unos a otros, pues poco o nada tenían en común sus respectivos modos de vida. El recién llegado no tardó en aprender los modales refinados de sus anfitriones, tan distintos de los imperantes en el castro, lo que no le evitaba sentirse profundamente incómodo ante la presencia de siervos en la casa, siempre prestos a complacer cualquier deseo, y más aún ante la deferencia sumisa con que le trataban Badona e Ingunda.

Esa compañía le abrumaba. Prefería salir al alba, desafiando el hielo para probar suerte con la caza, toda vez que las tabernas y el burdel a los que le había conducido Ickila, cumpliendo su promesa, tampoco le habían procurado el menor placer. Las matronas orondas y lascivas que se había encontrado allí le habían parecido opuestas a su ideal de mujer, por lo que le había costado mirar a la cara a la que le cayó en suerte mientras se satisfacía en ella. Agradeció a su amigo el desahogo y hasta repitió en alguna ocasión cuando este se lo propuso, pero en general prefería mantenerse alejado de la urbe.

Ingunda, entre tanto, ya tenía listo su vestido de novia. Lo habían cosido y bordado las mejores costureras de Cánicas, siguiendo el patrón marcado por su madrastra, hasta conseguir un modelo propio de una princesa: una túnica del mejor lino color crudo entreverado de hilos de plata, ceñida a la cintura por un fino cordón, con las mangas cerradas hasta el puño rematadas en forma de pico a la altura del dedo anular y sobre esta un manto de lana forrado de armiño colgando de la espalda, a modo de capa, que le llegaba hasta las rodillas. Adornando su cabello rubio, trenzado con flores a falta de perlas, llevaría una toca de gasa perteneciente a Badona, que le cubriría el rostro durante la ceremonia hasta que su marido obtuviera el permiso del sacerdote para levantarla.

La chica anhelaba que llegara ese momento, conteniendo apenas la impaciencia. Ickila sería el padrino que la llevaría al altar adornado con ramos de acebo y ella estaría tan hermosa que su esposo tendría motivos para sentirse orgulloso. Tras la bendición de Adriano, saldrían juntos de la iglesia cogidos de la mano y se dirigirían al banquete que se celebraría en su casa. Después, mientras los invitados bailaran, ahítos de vino y comida, ellos se retirarían a la alcoba perfumada de incienso y sábanas recién lavadas donde Ingunda entregaría su virginidad al nuevo dueño de sus días.

No sabía prácticamente nada de lo que debía esperarse llegado ese momento, pues su madrastra respondía a sus preguntas con evasivas. A juzgar por su actitud reacia a entrar en detalles, la muchacha temía que el amor carnal no fuera tan agradable como cuchicheaban las mujeres del mercado entre risotadas. Pero fuera lo que fuese, ella se entregaría a él con la mejor disposición. Estaba decidida a complacer a su esposo de todos los modos posibles, pues encaraba el matrimonio como una unión placentera con un hombre de su misma alcurnia a quien amaría, honraría y respetaría tanto como esperaba ser amada, honrada y respetada por él.

Demostraría la dignidad propia de una mujer de su educación, lo que no era obstáculo para plantearse la felicidad como un anhelo irrenunciable. Una felicidad sencilla, hecha de cosas pequeñas. No se resignaría a ser la prenda de una alianza coyuntural, como su hermana Clotilde, ni se conformaría con el papel de instrumento en un enlace motivado únicamente por la necesidad de engrandecer y reforzar los dominios familiares. Ella aspiraba a más. Pondría todo su esfuerzo en construir un hogar dichoso, buscando su propia dicha en la de su esposo, tal como había aprendido observando a su madrastra.

Rulfo, por su parte, resultó ser más apuesto de lo que había asegurado Ickila y se comportó de manera galante ante su futura esposa. El fraile los casó una mañana de enero, entre repiques de campana que lanzaban al aire la buena nueva. Hubo comida abundante y bebida de sobra. Todo salió tal y como estaba planeado, hasta el último detalle. Nada comentó nunca Ingunda sobre lo acaecido en esa alcoba durante su noche de bodas, pero la sonrisa que iluminaba sus labios al día siguiente era la prueba evidente de que las tenderas tenían razón mientras Badona se equivocaba.

A partir de ese momento, el tiempo empezó a correr para ella a toda prisa. Tiempo de despedirse de su familia, ya que su lugar estaría en la casa solariega de su marido, allá en la Transmiera, y tiempo de decirle adiós también a él, pues se le escapó a la guerra, la más ardiente de las amantes, cuando más necesitaba ella sus caricias.

¿Existe alguna diferencia entre una batalla y otra? ¿Puede el nombre de una ciudad cambiar el color de la sangre, el llanto de los vencidos, la desesperación callada de quienes ven arder una y otra vez el fruto de su trabajo?

Aquel verano y los que le siguieron fueron pródigos en conquistas. Tras los estandartes reales se adentraron los guerreros sin temor en territorio enemigo, hasta devastar regiones enteras. Cayeron en sus manos Viseo, Semure, Septemmanca, Letesma, Salmántica, Abela, Secobia, Oxoma y muchas más cuyos nombres ha borrado la historia. Todas ellas las vaciaron, reduciéndolas luego a cenizas, en el empeño de proteger con esa tierra quemada el pequeño enclave cristiano que les servía de refugio.

Eso era lo que repetía Alfonso a todo el que quisiera escucharle. Junto con él seguía combatiendo su hermano Fruela, cuya lealtad jamás mostró la menor fisura, y a su círculo de fideles se habían incorporado caras nuevas, como las de sus hijos, Fruela y Vímara, o la de su sobrino, Aurelio. Todos ellos compartían el privilegio de asistir a los consejos y escuchar de primera mano las reflexiones del soberano en materia de estrategia, en la cual demostraba un talento sobresaliente. Ickila, Pintaio, Rulfo, millares de hombres anónimos, movilizados como ellos cada primavera para servir a su rey, se limitaban a luchar, matar para no caer, obedecer, cumplir, olvidarse de pensar... marchar, siempre marchar, hasta vencer o morir.

Así alcanzaron el año 794, con la consabida caravana de cristianos a su cargo. En esa ocasión no eran tan numerosos como otras veces, dado que las sucesivas campañas de despoblamiento habían hecho un trabajo concienzudo. Apenas medio centenar de campesinos y ciudadanos libres, con dos docenas de siervos y otros tantos cautivos moros reducidos a esclavitud. Hasta entonces los reasentamientos de esos desdichados se habían concentrado en territorio primoriense, alcanzando por el sur la Vardulia y hacia el oriente la margen izquierda del río Nervión, límite occidental de Vasconia, por lo que Pintaio se preguntaba el motivo de que su comarca, próxima a la Gallecia, fuese excluida de antemano.

Estaba cansado de pelear. Echaba de menos su hogar, que no había visitado en todo ese tiempo, y necesitaba un pretexto para regresar como un triunfador, aureolado de gloria. Había recibido noticias del castro a través de guerreros procedentes de las sucesivas reclutas, por los cuales conocía que todo seguía más o menos igual en lo que al poder de Aravo se refería. No tenía intención, por tanto, de presentarse ante su padre con las manos vacías.

Aprovechando el favor del que gozaba ante el monarca, admirador de su valentía, se atrevió a proponer:

—Señor, quisiera obtener vuestro permiso para conducir a estas gentes a mi castro, en Coaña, donde abundan los pastos para el ganado y queda mucho bosque por roturar. Allí sobra monte y faltan campesinos dispuestos a trabajar duro. Estoy seguro de que encontrarían buena acogida —mintió, a sabiendas de que el encuentro con los habitantes del poblado desataría un incendio.

—¿Dónde se encuentra exactamente Coaña? —replicó Alfonso, cuyo origen cántabro había guiado siempre sus pasos en esa dirección, postergando la parte occidental de sus dominios.

—A orillas del río Nalón, cerca del mar, allá donde el paisaje se aplana y las montañas se convierten en colinas.

—Sea pues. Haré que mi escriba —un fraile que hacía funciones de secretario— redacte la documentación necesaria para que, una vez allí, sean puestas a tu nombre las tierras que tú mismo acotes en concepto de pago por tus servicios y que al mismo tiempo se les entreguen a estas gentes las correspondientes presuras. Te daré plenos poderes a fin de que te asegures de que se cumplen mis órdenes. ¿Puedo confiar en ti?

—Empeñaré en ello mi vida si es necesario —respondió Pintaio—. Mi padre es el jefe del castro, por lo que podéis estar tranquilo. Todo se hará según vuestra voluntad.

Y allí estaba el joven Pintaio, con veinte años cumplidos, camino de su viejo castro como apoderado del rey. Se había jurado a sí mismo demostrar a todos su valía y lo había logrado. La Guardiana de la Memoria podría inspirarse en él para tejer nuevas fábulas que perpetuarían su nombre hasta el fin de los siglos. Huma tendría motivos para presumir de su hermano.

Huma... ¿Qué habría sido de ella? Mientras conducía a la columna de refugiados por caminos desconocidos en compañía de Ickila, quien se había ofrecido a ir con él, no dejaba de pensar en ella. La nostalgia le había asaltado de golpe, liberando las compuertas que permanecían cerradas a cal y canto desde su partida de Coaña, hacía una eternidad.

El valle se ensanchaba en algunos tramos y en otros se encajonaba entre picos cubiertos de vegetación espesa. A medida que se aproximaban al castro, huertos de frutales aparecían dispersos aquí y allá, en las inmediaciones de algún caserío aislado. En ocasiones los viajeros se veían obligados a seguir el curso del río caminando en fila india por sus márgenes estrechas, bajo el abrazo de los árboles, utilizando la espada para desbrozar la maleza que les impedía el paso. Otras veces daban grandes rodeos para sortear obstáculos insalvables de otro modo. Llevaban mulas de carga, aparte de ganado menudo, pues tanto Pintaio como Ickila se habían negado a transportar carretas que habrían sido un engorro en semejantes senderos.

¿Cuántos cautivos astures habrían recorrido esa misma ruta en dirección contraria, encadenados, en tiempos de la dominación romana? —se preguntaba Pintaio rememorando los cuentos de la Narradora—. ¿Cuántos habrían sobrevivido?

Aquel paisaje era endiablado. Una sucesión de precipicios, torrenteras y selvas tupidas que había marcado a los lugareños con su impronta fiera. Los había hecho recios, indoblegables, abruptos como la naturaleza que los rodeaba. Aquel paisaje era la savia que les corría por las venas. Era su naturaleza, su hogar, su legado.

Cuando al fin el poblado fortificado se hizo visible en la cresta de un altozano, con sus negros muros de pizarra desafiando al tiempo, Pintaio tuvo la sensación de no haber salido nunca de allí. Luchando por esconder las lágrimas de emoción que le nublaban la vista, le dijo a Ickila:

—Ahí tienes mi casa, que es la tuya. Sé bienvenido a Coaña.

XI

Duelos de titanes

Coaña, era de 789

Huma estuvo a punto de cruzar el umbral. Se asomó a los barrancos desdibujados que pueblan sus confines. Escuchó los ecos de criaturas sin rostro que la llamaban por su nombre, susurrando vagas promesas de olvido. Permaneció durante algún tiempo más próxima a ese mundo que a este.

En la oscuridad de una noche infinitamente más negra que la entrevista al nacer, elaboró una receta milenaria mezclando veneno de tejo, agua de lluvia sagrada, hierbabuena de San Juan y unas gotas de miel pura. Con la mente invadida por un dolor similar al causado por el hielo cuando se agarra a los dedos y corta la respiración, se acicaló para el viaje: ungió su rostro con aceite perfumado, vistió la túnica que guardaba para las grandes ocasiones, se calzó unas abarcas sin estrenar y dedicó un rato largo a peinar esa melena que tanto le gustaba acariciar a Noreno.

Deseaba estar resplandeciente para él. Quería que la viera hermosa como un lirio en su reencuentro. Sin hacer ruido, salió en dirección a la parte alta del castro, donde pensaba reunirse con su hombre en el mismo lugar en el que tantas veces se habían amado en secreto, lejos de

Aravo y de sus amenazas, al abrigo de las piedras que bendecían sus besos.

El cielo derramaba un llanto sordo. Los perros, heraldos de la muerte que aullaban su presencia al viento siempre que ella andaba cerca, producían un concierto de ladridos lastimeros. Su estruendo era tal que habría delatado a la muchacha y tal vez frustrado sus planes en caso de que alguno de los habitantes de Coaña hubiera sabido descifrar su lenguaje. Pero ella era la única capaz de hacerlo —se dijo Huma con cierta ironía desgarrada, mientras avanzaba a tientas entre callejones sombríos—. «La última de un pueblo condenado a morir», le vino a la mente de improviso.

Como si un cuchillo hubiera rasgado el velo de tinieblas que envolvía su corazón, la muchacha se detuvo en seco. Ese recuerdo fortuito le hizo rememorar de golpe fragmentos enteros de la profecía que en su día le había revelado su madre y se vio a sí misma transportada a un paraje remoto por esa voz de timbre familiar, cuya resonancia era absolutamente real. Tanto, que habría podido jurar sin mentir estar oyendo a Naya susurrarle al oído las palabras secretas, acunando con ellas su agonía.

Sus sentidos entraron a partir de ese momento en una suerte de trance parecido a una ensoñación, aunque infinitamente más intenso, que la llevó a emigrar de su cuerpo para volar a un plano distinto de aquel en el que se mueven los simples mortales, encadenados a un sinfín de limitaciones. Alguien tiraba de ella con fuerza. La Hija del Río estaba allí, a su lado, repitiendo cual letanía el augurio del tempestiario:

... No temas a la noche ni a la oscuridad, pues hay un mañana que alumbra ya y la luz no llega sino tras las sombras. El sueño precede al despertar. La vida se perpetúa transformándose y la propia Daganto, la Madre, te ha escogido como morada... Por dos veces llamarás a la muerte, buscarás su abrazo helado y ella te ignorará, pero cuando venga sabrás que acude y estarás preparada.

«¿De verdad habrá un mañana? —clamó en su interior una parte de su ser—. ¿Es posible, es concebible el renacer de una esperanza en medio de este vacío?».

Luego esa otra Huma que habitaba en ella, o quién sabe si el espíritu de Naya, argumentaba:

«La muerte te buscó una vez, envuelta en olas, de las que un muchacho audaz supo salvarte. Seguramente fue entonces cuando una sirena solitaria se enamoró de él y empezó a tejer la red con la cual atraparle. Aquella mañana gris, mientras Noreno desafiaba a la mar que te arrastraba hacia el fondo, ella le vio, sintió celos de su amor por ti y urdió su trampa. Comenzó a atraerle con su canto zalamero en ese mismo instante, hasta emponzoñarle la razón con sus promesas de gloria. Se metió en sus pensamientos. Le empujó hacia sus dominios con ardides de ramera. Te lo robó sin remedio. Él está ahora allí, con ella, en la quietud de las aguas mansas tanto como en las tormentas. Acéptalo. No contemples el rostro de la muerte antes de tiempo. No le implores que acuda ni le supliques que te abrace. No busques refugio en su seno sabiendo que no ha llegado tu hora. ¿Has olvidado lo que dijo el viejo asceta? Estaba escrito en las cenizas de la hoguera. Por más que la invoques a gritos, tampoco hoy responderá la muerte a tu llamada. Cuando venga, a su debido tiempo, sabrás que acude y estarás preparada».

¿Qué puede hacer un horóscopo frente a la determinación de un alma rota? Nada. ¿Qué valor tienen las palabras de un loco como el que ella había visto a la entrada de la gruta escondida, cuando la vida te ha golpeado con más violencia de la que puedes soportar? Ninguno. En cuanto se recuperó de la impresión producida por la intensidad de la emoción que acababa de experimentar, Huma, La Que Mana, retomó su camino hacia la ciudadela vieja, decidida a llevar a término lo que se había propuesto.

El brebaje que se disponía a ingerir seguía intacto dentro del ungüentario que sujetaba con fuerza. La aldea continuaba durmiendo. Nadie la molestaría mientras la poción hiciera su trabajo lento en el interior de sus entrañas, paralizando uno a uno todos los órganos. Incluso si no podía evitar gritar con los últimos estertores, nadie llegaría a tiempo para salvarla. Acudiría a su cita con Noreno, dijera lo que dijese un sacerdote alucinado por el consumo excesivo de ciertas hierbas.

De tu vientre nace un río caudaloso...

Más que formar en su mente una idea, la vio. La imagen de ese río caudaloso tomó cuerpo súbitamente en su cabeza, en contra de su voluntad, como si de nuevo un poder ajeno a ella se hubiese adueñado de su persona. La profecía la asaltaba una vez más con furia, hasta el punto de detener sus pasos. Y junto al río, o más bien por encima de él, Huma vio al águila que la visitaba en los últimos años de su niñez atormentando sus sueños. Contempló con nitidez cómo una loba solitaria paría a un único cachorro a las puertas de su casa, en Coaña, mientras ella asistía al alumbramiento, aunque al mismo tiempo habitaba en la loba y era su vientre el que se derramaba en ese parto. Lo supo sin sombra de duda, al igual que lo había sabido cuando narró esa extraña visión a su madre, quien no supo darle explicación alguna. Sintió la mirada fija de los ojos amarillos de la bestia mientras acariciaba su pelaje sedoso. Y al conseguir ver finalmente a la criatura recién parida, hija suya y de la loba, descubrió que era un águila enorme cuyas garras destrozaban a un tiempo sus entrañas y las de la fiera. Pero no experimentó dolor, como tampoco lo hizo el animal. Este siguió tumbado en su regazo, lamiéndose las heridas, mientras el águila volaba cada vez más alto, recorría todo el paisaje que abarcaba la vista y se perdía más allá de las montañas, hacia el sur, superando las más altas cumbres...

Todo eso vio Huma en un instante y en ese instante comprendió.

> ... De tu vientre nace un río caudaloso, crece, se bifurca y alimenta innumerables arroyos, para verter luego sus aguas en el gran océano, donde alcanzan la catarata y se adentran en ella, pero no desaparecen. Por eso tu nombre ha de ser Huma, que significa «la que mana».

No podía ceder a su deseo de dormir un sueño eterno. El espíritu de Naya le enviaba una señal que había tardado en comprender, pese a que fuera tan clara como el amanecer de un día de verano: Noreno había dejado en ella su simiente, cual regalo postrero destinado a perpetuar su estirpe. En el transcurso de ese encuentro en el que por fin se habían amado sin reservas ni fronteras, explorando cada rincón de sus cuerpos hambrientos, conquistando hasta el último baluarte de una intimidad compartida a partir de esa hora bendita, ella había recibido su flujo vital y engendrado con él a una criatura que seguramente crecía ya en su vientre. Ese era el significado de la extraña aparición que la mantenía clavada en el sitio, incapaz de seguir caminando.

Respondiendo a un reflejo inconsciente, se llevó las manos a ese lugar que acababa de evocar, a fin de acariciar al niño que en su imaginación empezaba a cobrar forma definida, anhelos propios, rasgos similares a los de su amante, perdido para siempre en el océano al que su hijo habría de regresar un día, tal como le había anunciado el Anciano. Y en esa promesa de continuidad encontró el consuelo necesario para recobrar la confianza en un mañana que mereciese la pena conocer. Se aferró a ella con toda la fuerza de su voluntad, susceptible de medirse con los mismísimos dioses. Hizo voto solemne de resistir fueran cuales fuesen las pruebas a las que la sometiese el destino, que parecía encontrar un placer perverso en cebarse con ella, como si su natural fortaleza le brindase la contrincante perfecta para un duelo entre gigantes una y mil veces repetido.

Huma había salido airosa del trance más difícil de su vida. Destapando el pomo que aún llevaba fuertemente asido, vertió en el suelo hasta la última gota de ponzoña, no fuera a flaquearle el ánimo en el último momento. Después tomó el camino de regreso a casa, con las huellas de la batalla que acababa de librar marcadas para siempre en el rostro.

La noticia de la desaparición del vaquero corrió como el fuego por un campo de rastrojos. Algunos familiares de Zoela hablaron de su barca escondida, un pescador dijo haberlo visto alejarse en busca de un banco de ballenas e inevitablemente se desataron las lenguas, llenando de fantasía exaltada el relato de su trágica aventura. Aravo fue de los primeros en enterarse, avisado por uno de sus informantes habituales. Inmediatamente le invadió una satisfacción tan honda como su sensación de triunfo, ya que de ese modo, pensó, al fin su hija le obedecería accediendo a concertar un matrimonio ventajoso para todos. El instinto de perro viejo le llevó, no obstante, a actuar con suma cautela. Fingiendo un pesar que estaba lejos de sentir, se acercó a Huma esa misma tarde con impostada ternura:

—Ya me he enterado de que Noreno se ha perdido en la mar, persiguiendo a un monstruo. ¿Quién le mandaría a ese chico embarcarse en semejante locura? Sabes que no le apreciaba demasiado, pero lo siento... En fin, no te angusties, que hay más de un hombre esperando por ti ahí fuera con muchos más méritos que él para convertirse en tu esposo. Un clavo saca a otro clavo. Verás como no tardas en olvidarlo.

—En cuanto las aguas devuelvan su cuerpo —contestó Huma con una mirada glacial de la que había desaparecido el último vestigio de infancia—, celebraremos los funerales debidos a un gran guerrero. Nadie antes se había enfrentado de ese modo a un gigante de las profundidades marinas, como hizo él, y aunque solo sea por eso, merece honores de héroe. Estoy segura de que su muerte fue digna del hombre valiente que siempre demostró ser. Coaña le debe al menos ese tributo postrero.

Sorprendido por la firmeza del tono de su hija, en el que no había miedo ni afán de retar ni mucho menos duda, sino la autoridad que emana de quien manda por derecho propio, Aravo concedió:

—Sea pues. Se hará como deseas. Celebraremos sacrificios en su memoria, correrá la sidra del lagar y sus restos descansarán junto a los de tu madre, bajo las piedras de los ancestros que guardan los acantilados. Cuando haya concluido tu luto, volveremos a hablar de tu boda.

—No lo haremos —replicó ella—. Os dije hace tiempo que me casaría con Noreno o renunciaría a casarme y su muerte no cambia nada. Podéis disponer las cosas de manera que Pintaio os suceda en la jefatura del castro. Yo me ocuparé de buscarle esposa, tal como establece la tradición. En cuanto a mí, seguiré procurando aliviar el sufrimiento de quienes acudan a esta casa en busca de remedio para sus males. El poder no me interesa. Vuestro poder no me interesa. Haced con él lo que os plazca.

—La ira y el dolor son malos consejeros —insistió Aravo, armándose de paciencia, consciente de que la mano de Huma se cotizaba mucho más entre los caudillos locales que la de un hijo cuyo paradero exacto ignoraba, pues se encontraba guerreando junto al príncipe Alfonso en tierras del otro lado de la cordillera, sin intención aparente de regresar al castro para aprender de sus mayores el arte de gobernar—. No tomes ahora una decisión de la que puedas arrepentirte mañana. Deja que sanen las heridas. Sabes tan bien como yo que Pintaio es demasiado joven y no tiene tu inteligencia.

»Piensa en tu madre —disparó su dardo después de una breve pausa, sabedor del efecto que esa mención perfectamente medida produciría en la chica—. ¿Habría querido ella que renunciaras a la herencia que te dejó? ¿Se alegraría de verte abandonar la lucha? ¿Estaría orgullosa de ti sabiendo que un simple mal de amores te apartó de tu obligación como descendiente de su antigua estirpe?

Aquello fue demasiado incluso para Huma. Esgrimir como argumento a Naya, que se había dejado jirones de piel en defensa de sus derechos, enfrentándose sin temor a la furia de su esposo, era una bajeza muy propia de él. Ni en vida de su mujer ni después de su muerte le había importado lo más mínimo lo que ella pudiera sentir, pensar o querer, como nada le importaba lo que sintiera, pensara o quisiera su hija. Huma era consciente de ello. Pero en su caso la voluntad y los sueños de Naya sí eran un motivo de peso para la reflexión. Un acicate susceptible de contrarrestar sus propios impulsos y obligarla a anteponer la obligación al deseo. En todo caso, no era el momento de tomar esa decisión.

Cuando naciera su pequeño, al cabo de unas nueve lunas, ya buscaría las respuestas que ahora se le escapaban.

Sin molestarse por tanto en responder a esa última trampa de su padre, se marchó de casa para vagar por el bosque, carente de rumbo, dejando que su mente se fundiera con el verde de los helechos y el perfume de la tierra húmeda.

La mar nunca devolvió a Noreno. Debió de quedarse entre las algas que danzan al ritmo de las mareas, atrapado por los brazos de esa enamorada celosa mitad mujer y mitad pez, que le entretendría con los secretos de su universo silencioso. Transcurrida prácticamente una estación desde que él emprendiera su fatal travesía, cansada de esperar en vano, Huma celebró su banquete a solas, obligándose a engullir los manjares debidos al vencedor de un gran combate singular. Y en esa despedida desgarrada dijo adiós también, con llanto quedo, a sus sueños de maternidad inminente.

El flujo menstrual había llegado a su debido tiempo, como siempre hacía, barriendo a su paso las últimas defensas levantadas por su espíritu con el fin de contener la tentación de rendirse. Claro que para entonces esa tentación ya estaba en franco retroceso. Pese a ello, el mañana se presentaba idéntico en todo al ayer. Del mismo gris sin matices. Una hora tardaba tanto en pasar como un día, un mes o un ciclo entero. La cosecha se plantaba y recogía en un único instante detenido en el tiempo. Su alma estaba en barbecho, yerma o tal vez difunta. Su ser había dejado de fluir. Huma no era ya La Que Mana. Era agua estancada, turbia, donde la vida se iba ahogando en su propia amargura hasta amenazar con desaparecer.

¿Qué dolía más, la pérdida de su amante o la de la fe sin fisuras que había guiado su quehacer desde la niñez?

No habría sabido decirlo. Destruida la confianza depositada en esa profecía que, se suponía, había de forjar su destino, no le quedaba prácticamente nada a lo que agarrarse. El viejo mago a quien debía su nombre había demostrado ser un fantoche. Sus augurios, los desvaríos de una mente nublada por la demencia. ¿Serían embustes también todas las enseñanzas de Naya sobre la Luna, los dioses y el culto antiguo?

No, no podían serlo. Ella percibía la presencia de la Madre en todos los seres vivos: las rocas, el musgo, los pájaros. La notaba en su interior, alumbrando el don que le permitía ver y escuchar prodigios vedados a los demás mortales. ¿Sería todo ello producto de un engaño de los sentidos? Nadie a su alrededor estaba ya en condiciones de contestar a esa pregunta. A medida que transcurrían los años, el sentimiento de orfandad se hacía más lacerante, llenando sus días de tristeza y sus noches de insomnio.

Cuando se marchó Naya, siendo ella casi una niña, sufrió un vacío similar, que Noreno logró llenar, empero, con su risa, su alegría, su energía desbordante y su amor. Ese amor a prueba de prudencia, capaz de superar cualquier obstáculo. En aquel tiempo dichoso Pintaio fue su aliado, su cómplice, su compañero, su acompañante. Un hermano con el que contar para lo bueno y lo malo, fueran cuales fuesen las circunstancias.

De aquellos días dorados, le repetía ahora machaconamente el desánimo, no quedaba nada. Ni Pintaio, que desde su partida no daba señales de vida, ni Noreno, perdido para siempre en la mar. Ni rastro del amor en el que ella se había sentido abrigada. Ese amor incondicional, tan raro como precioso, que nos hace valientes sin esfuerzo al llenarnos el corazón de audacia. Ese amor mullido, cálido, seguro. Ese amor sin el cual no hay inocencia posible, ni certidumbre, ni paz. Ese amor en cuya ausencia nos sabemos y sentimos huérfanos.

«Ama sin reservas ni medida si quieres llevarme siempre contigo», le había dicho su madre poco antes de dejarla sola. ¿A quién? ¿Dónde estaba el depositario de ese amor que Naya le había ordenado mantener ardiendo, una vez muerto Noreno y huido Pintaio? El amor escapaba de ella como si fuera víctima de una maldición sombría. El amor se le escabullía entre las manos apenas empezaba a dibujar su esbozo. Ella era hija, hermana y esposa de la soledad. La soledad era y sería siempre su única compañía. Estaba persuadida de ello.

Incapaz de afrontar un dolor más intenso que cualquiera de los conocidos, se refugió en las plantas. Las conocía bien. Eran sus aliadas. Recurría a la valeriana, la amapola o algo más fuerte en grandes dosis, cada vez que necesitaba dormir un sueño similar a la muerte para escapar de su tortura. Quemaba ciertos hongos secados y triturados con el fin de aspirar sus efluvios, siempre que la añoranza le llevaba a buscar en el recuerdo lo que le había sido robado. Esos trances, que prolongaba sin medida arriesgándose a no despertar, la llevaban a vagar por ese mundo mágico que tanto la asustaba de pequeña, cuando su don la introducía en él sin necesidad de llaves ni de pócimas. Pero a diferencia de lo que sucedía entonces, sus encuentros no eran con criaturas luminosas, juguetonas y aureoladas de colores, sino con seres deformes cuya visión resultaba aterradora.

Cuanto más se empeñaba en abrir las puertas prohibidas invocando al espíritu de Noreno o al de Naya, más absoluto era el vacío que poblaba sus ensoñaciones febriles. Estepas heladas. Planicies sacudidas por vendavales furiosos en las que nada habita ni puede habitar, si no es la desesperación. Covachas dispersas aquí y allá de cuyas bocas asomaban ojos de fuego y garras encadenadas. Pero ni rastro de su amante o de su madre. Ellos no podían encontrarse en aquel lugar siniestro. Su morada era necesariamente soleada e inaccesible para Huma en tal estado de tristeza. Ella, sin embargo, seguía empecinada en dar con ellos equivocando el camino. De ese modo iba convirtiéndose en fango, incapaz de reflejar nada.

Dondequiera que habite un alma atormentada, los poderes oscuros que desean alimentarse de su desgracia también están ahí, igual que los seres resplandecientes acompañan a la inocencia y los hijos del crepúsculo revolotean de aquí para allá entre la multitud de vagabundos que pueblan ese territorio intermedio. Quien, como era el caso de la muchacha, posee por nacimiento la facultad de penetrar en su morada oculta puede ver con claridad a quienes una vez fueron hombres o mujeres, a quienes todavía lo son, aunque estén lejos, e incluso a quienes nunca vivieron en la tierra y se mueven lentamente con una malicia más sutil. Huma lo sabía y se empeñaba en prolongar sin medida esa peregrinación absurda a través de lo sombrío, a pesar de intuir que con la melancolía como única guía nunca alcanzaría un buen puerto.

Las fuerzas del mal, cuya fealdad adopta formas de horror infinito, se agarran a nosotros como los murciélagos a las ramas de un viejo árbol. Solo necesitan que les demos la ocasión de hacerlo. Las criaturas luminosas son mucho más esquivas. Nos pasamos la vida intentando encontrar su hermosura en este mundo, movidos por un anhelo de belleza imposible de colmar, pero únicamente en contadas ocasiones, cuando los dioses nos miran con ternura, llegamos a percibir sus perfiles. ¿Querría la Madre algún día volver a mirarla de ese modo? ¿Se habría olvidado de Huma?

No. La Madre seguía ahí, velando por su criatura.

Y así, puesto que todo tiene un fin, tanto lo malo como lo peor, las heridas de su alma empezaron a cicatrizar. En parte fue debido a la acción del tiempo, cuyo fluir silencioso actuó como un suave bálsamo, y en parte a la imagen recurrente del augur de la cueva sagrada.

Mientras cebaba su pipa con una cantidad creciente de polvo generador de visiones, obcecada en la idea de acceder a lo prohibido, se le aparecía el mago tal como lo había visto la última vez que acudió a él: con la mirada extraviada, la cabellera enredada en una maraña inmunda recorrida por los piojos y el cuerpo escuálido envuelto en violentos espasmos. Lo recordaba rodeado de excrementos, babeante, transformado en una siniestra caricatura de sí mismo.

Sabía de sobra que su deplorable estado obedecía no solo al hecho de haber perdido el favor de los dioses, sino también al consumo continuo de ciertas drogas, cuya potencia era tal que acababa cegando a aquellos que las usaban sin medida. Ella había sido instruida con celo por su madre, quien le enseñó los efectos que cabía esperar de cada hierba advirtiéndole sobre los riesgos escondidos en algunas de las más atractivas. Era consciente, por tanto, de estar bordeando el abismo con su desesperada búsqueda.

Llevaba varios años sometiendo a su cuerpo menudo a un régimen capaz de matar a un hombre. Si continuaba deslizándose por esa pendiente no tardaría en reunirse con el viejo servidor de Lug, dondequiera que su deriva atroz le hubiera conducido, pues nadie daba razón de él desde hacía una eternidad. Y no era eso lo que deseaba. Perder el control de sí misma, adentrarse en la bruma perenne que anula el poder de la mente mientras nubla los sentidos, le parecía un destino más aterrador aún que afrontar la vida sin Noreno. Fuera lo que fuese

ese designio singular que la Diosa había dispuesto para ella, por más que hasta la fecha su marca fuese el dolor, quería ser dueña de sus facultades a fin de apurar hasta el fondo la copa que se le sirviera. Nada sería peor que convertirse en un guiñapo zarandeado por el azar. De modo que una tarde cualquiera, en lugar de inhalar el humo familiar de la evasión hacia ninguna parte, optó por empuñar de nuevo las riendas de su existencia.

Rescatada de las garras de la locura por su férrea voluntad, ese legado de Naya que impregnaba todo su ser como la marea impregna la arena de la orilla, Huma se detuvo en su huida mortal sin rumbo y volvió poco a poco a su ser: Preparar pócimas como siempre había hecho, recoger plantas en el campo y atender a los enfermos que acudían a ella, sin descuidar la salud de los animales domésticos.

Solía deambular días enteros por el bosque, alimentándose apenas, aunque siempre regresaba de esos vagabundeos tan entera como al partir, con una abundante provisión de materia prima destinada a sus mezclas: verbena para los hechizos de amor, ruda contra las pulgas, caracoles cuya carne triturada devuelve la suavidad a la piel agrietada o quemada, artemisa, lavanda y milenrama, compuestos de una pomada infalible contra los abscesos. Agrimonia y roble, que preparados en infusión combaten los peores cólicos. Laurel como remedio universal. Y serpientes. Culebras, la mayoría de las veces, pero también víboras, si es que alguna se ponía a su alcance.

Todo el cuerpo de ese animal atesoraba un gran poder. Su piel, mezclada con ciertas resinas, proporcionaba alivio contra el dolor de cabeza cuando se ponía en contacto con la zona afectada. Su grasa, cocida junto a algunos aceites esenciales, producía un ungüento eficaz en el empeño de aplacar el dolor de huesos propio de la edad avanzada. Y su esqueleto, hervido hasta hacer un caldo espeso, era de gran ayuda para las personas tullidas. Huma conocía a la perfección todos los secretos de esos preparados, algunos aprendidos de su madre y otros de creación propia. Los elaboraba con paciencia, dejando que los principios activos de cada ingrediente fuesen diluyéndose en su almirez o su olla, a la vez que recitaba fórmulas mágicas en la lengua antigua. Había superado con creces el talento sanador de Naya.

El ganado era igualmente merecedor de sus atenciones. Su reputación como curandera de personas y de bestias había ido creciendo a medida que se involucraba más y más en la tarea, lo que entrañaba una gran responsabilidad a la hora de actuar. Una vaca con las ubres llagadas, imposible de ordeñar, era señal inequívoca de mal de ojo, además de una desgracia equiparable para sus dueños a la desdicha de tener un hijo enfermo. Un buey remiso a caminar y tirar del arado ponía en peligro la cosecha, lo que condenaba a pasar hambre a toda la familia de su propietario.

Cuando sobrevenía uno de estos flagelos, Huma hallaba la forma de resolverlo sin tardanza. Se presentaba en casa de los vecinos necesitados de ayuda y observaba con mirada experta al animal en apuros, para regresar al cabo de un rato provista de lo necesario a fin de curarlo: un ramo de laurel con el que esparcía por el cuerpo de su paciente agua de la fuente sagrada y trataba sus ubres con alguna clase de unte. Un colmillo de lobo que pasaba por las patas del castrón perezoso mientras le daba de comer la flor amarilla de la «hierba de la envidia» reducida a polvo. Y por supuesto siempre su «huevo mágico».

Ese amuleto especial, que portaba prendido del cuello dentro de un saquito de cuero, era el más poderoso de cuantos había poseído Naya. Producido entre los anillos de siete serpientes y fraguado con el veneno de siete machos, el mero roce de su textura áspera era capaz de curar no solo las mordeduras de estas criaturas, incluida la víbora, sino un amplio elenco de males. En apariencia no se trataba más que de una piedra de color gris claro, de tamaño mediano y forma extraña, como si las colas de tres langostas se hubiesen alineado muy juntas para formar un único bloque. Mas con ese prodigio de energía entre sus manos no había enfermedad, herida, malestar o aojamiento que pudiera resistírsele.

A pesar del escepticismo nacido de su desengaño con la profecía, Huma mantenía también como podía el sagrado culto a la Madre, temiendo a las fuentes, dando su pan al fuego, encendiendo velas los días de fiesta grande en los cruces de caminos e incluso convocando, mientras fue posible hacerlo, los ritos de fertilidad que agradecían la cosecha y recibían en la comunidad de adultas a las niñas convertidas en mujeres.

Llegó a presidir unas cuantas celebraciones secretas, con un número de acólitas cada vez más reducido, buscando emplazamientos recónditos en el empeño imprescindible de burlar al número creciente de espías dispuestos a denunciar esas prácticas. Mezcló el brebaje gracias al cual la alegría reinaría durante una noche despojada de vergüenzas. Emuló lo mejor que supo la actuación de su madre como maestra de ceremonias. Danzó, bebió el néctar liberador que ella misma preparó, lució sus mejores joyas, rio, gozó de esas horas carentes de normas, invocó a la Diosa, adoró al gran falo...

Todo eso hizo, y mucho más, antes de que llegara el sacerdote.

Era un hombre rudo de mediana edad, mal afeitado y peor tonsurado, que apareció por Coaña un día de verano del año 793. Otros habían pasado por el castro antes que él, aunque siguieron su camino al percatarse de la fría acogida que se les brindaba. Fedegario, que así se llamaba el nuevo clérigo, optó en cambio por permanecer, se instaló en una de las chozas vacías de la parte baja, cercana a los corrales, cuyo tejado arregló con ayuda de los pocos cristianos que vivían en la aldea y empezó a predicar la palabra de Jesús.

Lo hacía esgrimiendo a tal fin un libro, el primero que veían tanto Huma como la mayoría de sus vecinos, en cuyo interior, aseguraba él, se hallaba la llave para acceder a la vida eterna, venciendo a la muerte que llega tras los padecimientos de este mundo, tránsito inexorable hacia aquella.

La llave en cuestión no se veía por ninguna parte, ya que el objeto que manejaba el predicador no contenía más que láminas y más láminas de cuero fino, decorado con símbolos incomprensibles dibujados en tinta negra, que él en cambio, parecía descifrar sin dificultad. Cada cosa que decía respondía según él a lo que el hijo de su dios —«el único dios verdadero», insistía una y otra vez— había dicho o hecho, recogido más tarde por distintos escribas que habían compartido su tiempo. Se trataba en consecuencia de una llave imaginaria cuyo poder, no obstante, superaba según el sacerdote todo lo que los aldeanos habían conocido hasta entonces.

Para acceder a ese poder y asegurarse la resurrección tanto del alma como de la carne existía una sola condición: renunciar a todos los falsos ídolos; es decir, a las deidades a las que ellos habían rendido culto desde antiguo, y obedecer los mandamientos del Señor. Su papel de pastor que cuida con amor de su rebaño consistía en enseñarles esos mandamientos y guiarlos con su luz por la senda de la redención —les explicaba, paciente, abriendo los brazos a cada nuevo converso—. Ese era el propósito que le había llevado hasta ellos.

A quienes acudieron a escucharle Fedegario les habló con ardor de la misión apostólica que se había impuesto a sí mismo. Empeñado en llevarla a buen término, había abandonado su ciudad natal de Lucus, una vez recibida la orden de presbítero tras una instrucción somera en la escuela correspondiente, y ya investido con el poder de impartir los sacramentos se había propuesto desarrollar su ministerio eclesiástico allá donde resultaba más necesario, que era precisamente entre los riscos, los bosques y las piedras paganas de un lugar como Coaña.

Las buenas gentes de la aldea, cautivadas por su verbo encendido, quisieron saber cómo podían alcanzar la gloria que prometía, a lo cual él respondió trasladándoles su deseo de levantar una iglesia en la que rendir culto a Jesucristo, ese crucificado que se decía hijo de Dios y redentor de los hombres a través de su sacrificio. Les advirtió de que estaban todos en grave peligro, viviendo como vivían a su albedrío, ajenos a la religión cristiana y sujetos aún al yugo de la idolatría. Después les pidió un humilde estipendio destinado a su manutención, apenas lo necesario para llevarse un mendrugo a la boca y remendar la túnica gastada que le cubría el cuerpo flaco. Y por último les prometió conducirlos hacia la salvación eterna a cambio de aceptar con mansedumbre sus enseñanzas.

La mayoría de los lugareños siguieron haciendo lo que hacían antes de su llegada; esto es, trabajar sin descanso, orar de cuando en cuando, más por costumbre que por devoción, e invocar a los viejos dioses tanto como al nuevo en busca de auxilio, cada vez que una enfermedad, una tormenta o un parto les recordaba lo frágil y quebradizo de su propia naturaleza. Sin embargo, las palabras del sacerdote no cayeron en saco roto.

Los cristianos que con el correr de los años habían ido instalándose por la zona, no tanto en el castro en sí como en los campos ganados al monte, eran una comunidad pequeña, aunque creciente, a la que se sumaron unas cuantas almas gracias a la predicación de Fedegario. El fervor de esas gentes era tan ardiente, no obstante, como pobre su hacienda. Por eso apenas pudieron responder a la solicitud de contribuciones necesarias para levantar el templo que deseaba el diácono, quien hubo de conformarse con alguna limosna compuesta por un trozo de queso de cabra o un cuenco de potaje.

La falta de recursos no significaba, empero, tibieza de ánimo, y de hecho los hermanos se congratularon sinceramente de la presencia de un ministro del Señor, quien les permitió celebrar su primera eucaristía en mucho tiempo. Lo hicieron con gran solemnidad en una de las plazoletas del castro, pocos días después de su llegada, ante la mirada atónita de quienes no comprendían que pudiera comerse el cuerpo de un difunto en forma de pan y beberse su sangre transformada en vino; un licor que el celebrante había traído consigo en un pequeño odre desde su ciudad de origen, cual tesoro de rareza impagable y extraordinario valor.

Huma, por su parte, recibió al que consideraba un intruso con abierta hostilidad. En realidad, por un azar del destino, ese servidor de un dios ajeno sobre cuyo poder letal le había advertido el mago («Eres hija de un tiempo que ha quedado atrás. La era de la Madre toca a su fin. Este nuevo dios crucificado es hombre y es pastor. Es simiente que fecunda, no tierra que anhela ser fecundada. Eres la última, al igual que yo, de un pueblo condenado a morir...») resultó ser el acicate que necesitaba para reencontrar el rumbo de su propia vida. Se convirtió en su enemigo y en su razón de existir. Le brindó un motivo de peso para enfrentarse con brío, no con resignación hastiada, a cada nuevo amanecer. Le dio un propósito: mientras le quedara aliento, se prometió a sí misma, la hija de Naya no permitiría que en el castro de Coaña se levantara una iglesia cristiana.

El sacerdote y la sacerdotisa evitaron durante semanas encontrarse, lo que no resultaba nada fácil teniendo en cuenta la angostura de las calles del poblado y lo reducido de su extensión. Cuando no visitaba a sus parroquianos de las granjas cercanas, Fedegario transitaba fundamentalmente por el barrio más humilde del castro, situado en el norte y adosado a la muralla, más expuesto que cualquier otro a la pestilencia de las pocilgas y al riesgo de inundaciones. Huma, entre tanto, reinaba en su lujosa casa, dispensaba sus remedios con un toque de altanería que jamás había mostrado antes e incluso participaba en las reuniones del Consejo de la aldea adoptando un papel activo absolutamente inédito hasta entonces, que tenía sorprendidos a todos, empezando por Aravo.

—Veo que tu duelo ha concluido —le dijo un día a su hija mientras cenaban, en presencia de una Clouta a la que Huma debía dar de comer a la boca y asear cada día, pues había perdido el control de su cuerpo y sobrevivía perdida en un océano de confusión, sin reconocer nada ni a nadie—. Me alegra verte recuperar las fuerzas y las ganas de vivir.

—Mi duelo no tendrá fin —contestó Huma lacónica, adivinando las intenciones de su padre—. Si pretendéis volver a la carga con vuestras propuestas de matrimonio, perdéis el tiempo. Mi corazón está seco y así seguirá hasta que vaya a reunirse con el de Noreno en las praderas soleadas que guarda la Madre. Pero si os referís al castro, tenéis razón. Hay asuntos graves de los que debemos ocuparnos sin tardanza y que requieren movimientos calculados. La presencia de ese sacerdote cristiano constituye una amenaza muy seria, que supongo habréis calibrado y ante la que tendréis planeada alguna respuesta...

—¡Ya vuelves a comportarte como tu difunta madre! —replicó Aravo elevando el tono, evidentemente molesto por la seguridad casi insultante que demostraba su hija—. ¡Tenían que salir a relucir vuestras creencias absurdas y vuestro empeño en aferraros a un pasado que no volverá! ¿Por qué habría de ser una amenaza ese hombre inofensivo que ha venido en son de paz y sirve al mismo dios que el rey Alfonso? En realidad, lo he estado pensando y he llegado a la conclusión de que nos interesa cultivar su amistad. Al fin y al cabo, su religión es la que se ha impuesto en todo el reino, lo que demuestra que su dios es más fuerte que los nuestros, mal que te pese. El crucificado ha vencido. Tal vez incluso me bautice para conseguir ese don de la inmortalidad que, según dicen los cristianos, se adquiere al sumergirse uno en agua previamente bendecida. Y te recomiendo que hagas lo mismo. Ya sé que ignoras mis consejos y desobedeces la prohibición que mil veces te he reiterado respecto de los ritos que llevas a cabo en el viejo santuario o en el bosque, pero si él descubre esas prácticas te acusará de brujería y hará que te conduzcan a Cánicas para responder ante la justicia del príncipe, en cuyo caso yo no podré ayudarte.

Con el transcurso de los años y los enfrentamientos, Huma y su padre habían llegado a un armisticio tácito. La resistencia de la muchacha ante las palizas de su progenitor había terminado por aplacar a Aravo, que se reconocía incapaz de doblegar el carácter de su hija. De cuando en cuando le propinaba aún una bofetada o intentaba en vano amedrentarla a gritos, incapaz de contenerse, aunque sabía de sobra que no le sacaría nada de ese modo. Clouta tampoco podía ayudarle ya, puesto que yacía junto al fuego como un viejo saco de piedras sin el menor vestigio de humanidad. De ahí que él espaciara sus estallidos de cólera tanteando otros caminos, sin renunciar del todo a sus antiguas prácticas y mucho menos a sus pretensiones de siempre.

El tiempo había templado también la personalidad de ella, tan firme como siempre, pero dotada además del aplomo que da la certeza de no tener nada querido que perder. Su inteligencia era asimismo más aguda. Ya no se oponía abiertamente al hombre a quien debía respeto, sino que buscaba el modo de conducirle hasta donde quería que fuera, sin que se apercibiera de que era ella y no él quien señalaba el camino. Su sabiduría era ahora pareja a su atractivo físico, que superada la barrera de los veinte años se hallaba en un punto álgido que a nadie pasaba desapercibido.

La sanadora de Coaña, servidora del culto a la Madre, ya no era únicamente un partido deseable por su poder e influencia. Su rostro era sereno, algo triste y con una expresión opaca, aunque de una belleza rara que parecía pulirse, refinarse y perfeccionarse cada día que pasaba. El óvalo que lo conformaba había adquirido la proporción que un artista habría definido como exacta, enmarcado en una melena azabache perfumada de lavanda que le llegaba prácticamente hasta las rodillas. Sus ojos, dos almendras color de miel, miraban con una intensidad capaz de traspasar el tiempo y el espacio, sumergiendo en su profundidad verdosa a cualquiera cuya valentía le permitiera sostener el envite. La boca carnosa, sensual, escondía una dentadura completa que ella mantenía blanca además de sana, frotándosela a menudo con una pasta hecha a base de sal marina y menta. Su piel seguía siendo un regalo de la Luna que la bendijo en la cuna con su palidez resplandeciente. Huma era la encarnación misma de la seducción capaz de colmar el apetito más exigente. Una mujer tan extraordinaria como inaccesible, empeñada en ese momento en conducir a su padre hasta su terreno.

—De modo que estáis pensando en aceptar el bautismo —comentó como restando importancia al asunto—, Fedegario estará encantado de saberlo. En ese mismo instante os convertiréis en un miembro más de su rebaño, sujeto a las normas que él dicte. Los cristianos le conceden ya más autoridad a él que a vos —deslizó sinuosa, sabiendo el efecto que producirían sus palabras—, pero no temáis. Vos siempre seréis el jefe del castro, aunque el poder real, el que mueve o paraliza a los hombres, le pertenecerá a él.

—No lo había visto desde ese ángulo —admitió Aravo, quien conocía bien la agudeza de su hija para captar aquello que a él se le escapaba, además de ser consciente de que le superaba con creces en ingenio, por más que nunca lo hubiera reconocido ante nadie—. Efectivamente ese sacerdote está logrando atraer a algunos de los nuestros hacia su religión. Sus sermones son escuchados con tanta atención como lo eran las historias de la Narradora, lo que no significa que pretenda arrebatarme el puesto en el Consejo. He enviado informantes a escucharle y nunca le han oído decir o sugerir siquiera que esté dispuesto a desafiarme. De hecho, por lo que me han contado, siempre está hablando de peces, de pescadores, de carpinteros y de cosas así. No creo que represente el menor peligro.

—Le escuchan con reverencia, en efecto. Yo diría que lo hacen incluso con más interés del que ponen en oíros a vos —argumentó Huma, haciendo acopio de paciencia y astucia para llevar a su padre a tomar la decisión que ella buscaba sin que él se percatara de su influencia—. Pero la cuestión no es esa. Lo realmente importante es que la Narradora, que la Madre haya acogido en su seno, relataba sagas que ensalzaban las hazañas de nuestro pueblo. Historias y leyendas que hablaban del valor y el coraje de los héroes que resistieron ante nuestros enemigos gracias a caudillos como vos. Fedegario en cambio sirve a un dios que sacrifica a su propio hijo en una cruz. Enseña que la respuesta ante la brutalidad es la mansedumbre, que ante una bofetada hay que poner la otra mejilla o que el reino de los cielos pertenece a los pobres y los desheredados. ¿Qué clase de guerreros vais a lograr reclutar si el tonsurado convence a nuestros jóvenes de que ese es el proceder correcto?

—Alfonso es cristiano, lo cual no le impide luchar sin miedo, como el más fiero de los guerreros, contra los sarracenos...

—... Hoy sí. Pero ¿qué sucederá mañana? ¿Quién empuñará la espada para defender el reino si empiezan a construirse iglesias y monasterios que llamen a los más jóvenes a encerrarse tras sus muros para servir a su dios? Las cosas del espíritu siempre han sido propias de las mujeres. Es la Madre Tierra quien nos protege de la furia de las tormentas y bendice cada cosecha con Sus frutos. Guardaos de ese sacerdote o acabaréis arrepintiéndoos.

Algo en la voz de su hija hizo estremecerse a Aravo. Conocía el extraño don que anidaba en su interior, merced al cual era capaz de ver lo que nadie más veía. Temía su capacidad para descifrar misterios aparentemente insondables, provocar la lluvia, sanar a los enfermos o comunicarse con los poderes del más allá, de cuya existencia no dudaba aunque más de una vez la hubiese negado ante su difunta esposa. En el fondo, la consideraba una hechicera, lo cual le llenaba de terror. Además, alguna razón tenía al advertirle de que cuanto más predicamento alcanzara Fedegario entre sus gobernados menos autoridad le quedaría a él.

Sin dar del todo su brazo a torcer, lo que habría significado rebajarse ante su propia hija, zanjó la discusión de una forma aparentemente neutral, que era exactamente la que Huma había esperado:

—Está bien. Aplazaré de momento cualquier decisión hasta ver cómo respira nuestro huésped.

—¿Le negaréis la ayuda que pide para levantar su templo?

—Me las arreglaré para mantener a todo el mundo ocupado en otras cosas y le tendré vigilado. Si, como dices, ha venido con la intención de robarnos, me encontrará preparado.

No tardaron en hallar la ocasión de someter esa discusión a la prueba de los hechos.

Apenas habían transcurrido un par de días desde la conversación, cuando un hombre se presentó en su casa a la caída del sol, diciendo que su pequeña necesitaba urgentemente ayuda. La chiquilla —relató angustiado el padre, que venía caminando desde una de las granjas más alejadas— sufría terribles convulsiones que habían obligado a encerrarla dentro de un hórreo, ante el riesgo de que hiciese daño a alguien o bien se lastimara a sí misma. Su esposa le había enviado a buscar al cura, que ya había sido avisado, pero él conocía la reputación de Huma como sanadora y le suplicaba que acudiera también a visitar a la niña, aunque no tuvieran con qué pagarle.

Ella no perdió un instante. No era su costumbre escatimar sus servicios a nadie, pero en ese caso, además, la lucha abierta con el sacerdote constituía un aliciente más para darse prisa y acertar en el diagnóstico. Cargando en una cesta algunos frascos con los productos más básicos de su botica, se dirigió a la cuadra donde ensilló un caballo para ella y otro para el afligido padre. Antes del ocaso los dos galopaban campo a través hacia el caserío en el que habitaba la enferma, donde llegaron prácticamente a la par que Fedegario.

Apenas si se saludaron. No había tiempo que perder en formalidades absurdas. La pequeña, de diez años, había sido rescatada de su encierro por su madre, quien hacía esfuerzos ímprobos por sujetarla con la ayuda de dos chicos algo mayores que debían de ser sus hermanos. Ella, con las ropas desgarradas y la piel repleta de arañazos, aullaba como un animal herido, se retorcía de dolor, agitaba los brazos y las piernas sin control y lanzaba mordiscos a todo el que se ponía a su alcance. Una espuma amarillenta y densa, como la del mar batido por las olas, le salía de la boca entreabierta. La sanadora ya había visto antes otros casos como aquel. Conocía el final horrible que aguardaba inexorablemente a la muchacha. De ahí que se mostrara sorprendida y aún más indignada al escuchar al sacerdote decir:

—Esta criatura está poseída por una fuerza maligna. El diablo se ha apoderado de su cuerpo, que lucha con todas sus fuerzas por expulsarlo. ¿Lo veis? Es menester ayudarla con plegarias y agua bendita.

La mera visión del agua hizo que la chiquilla se revolviera con más desesperación en el regazo de la mujer. Una vez que el frío líquido con el que la rociaban tocó su piel, reaccionó como si la quemara el fuego. Una actitud que, según Fedegario, confirmaba más allá de cualquier duda la posesión diabólica de esa desdichada.

No cabía sino rezar con fe confiando en la misericordia del Altísimo —sentenció— y esperar a que Él obrara el milagro de curarla.

—Ni tu fe ni todas las plegarias del mundo salvarán a esta pequeña de su destino —intervino Huma, que hasta entonces se había mantenido deliberadamente en un segundo plano, a fin de observar el comportamiento de su adversario—. Más bien deberíamos ayudarla a sobrellevar el trance, puesto que su hora ha llegado. ¿Ha sido mordida por alguna fiera en las últimas semanas?

—Teníamos un perro que se volvió loco —respondió el padre— y hubo que sacrificarlo precisamente después de que atacara a la niña. Nunca había hecho una cosa así, pero a raíz de una pelea que mantuvo con una loba empezó a gruñir a todo el mundo, dejó de comer y beber y acabó por morder a Nadia. Entonces fue cuando decidí matarlo, aunque me costó acercarme a él. Después de ser como un cordero con nosotros durante toda su vida, parecía una bestia furiosa. Pero de eso ya hace tiempo; más de una luna, diría yo.

—Él también debió de enfermar antes de morder a tu hija —explicó Huma con su habitual tranquilidad, a modo de justificación.

—¡Tonterías! —terció Fedegario—. Lo que padece esta criatura no es una enfermedad del cuerpo, sino del espíritu. Es demasiado joven para ser una bruja, por lo que no cabe sino concluir que se trata de una víctima inocente de la maldad de Satán.

Sin molestarse en replicar al sacerdote, la sanadora se dirigió a la madre de la chiquilla, que poco a poco iba agotando sus fuerzas:

—No dejes que te lastime. Átala si es necesario. Si consigues abrirle la boca, hazle tragar unas gotas de esta pócima que apaciguará su agonía —dijo tendiéndole un frasquito de color ámbar. A continuación, pese a saber que no pasaría de la siguiente noche, añadió—: Volveré a verla en unos días y así recogeré el pomo.

No se encomendó a la Madre en voz alta por miedo a posibles represalias, aunque tampoco mencionó al dios de los cristianos. En su pugna feroz por imponer su dominio, ni Huma ni Fedegario parecían dispuestos a apiadarse realmente de la niña. Claro que tampoco su muerte supondría un gran quebranto para sus padres y hermanos, acostumbrados a convivir con esa visitante asidua. La muerte formaba parte de la vida y como tal era aceptada por las gentes más sencillas. Significaba simplemente un paso más, el definitivo, hacia la morada eterna. Un ciclo cerrado. Una vida que se acababa mientras otra se abría paso. Traerían más hijas al mundo y a alguna la llamarían Nadia. De ese modo la recordarían.

Unos días después de ese episodio fue el diácono quien llamó a la puerta de la sanadora. Venía solo y con las manos vacías, rompiendo así la costumbre de ofrecerle un presente a cambio de su saber, porque no venía a consultarla sino a medirse con ella.

—La paz sea contigo, Huma —se presentó solícito.

—Te saludo, Fedegario —respondió ella en tono gélido, deseosa de marcar las distancias desde el principio con ese huésped indeseado ante el que todo su instinto le gritaba que estuviera alerta. Ante él parecía otra mujer, despectiva y desagradable, a la que ni ella misma era capaz de reconocer—. ¿A qué debo esta visita? —añadió—. ¿Me traes acaso la noticia de que la infeliz a quien fuimos a ver se encuentra mejor de su mal?

—Me temo que no —contestó él manteniendo la misma actitud obsequiosa, todavía en el quicio de la puerta—. Sabes tan bien como yo que Dios la tiene ya en sus brazos. Sin embargo, hacía tiempo que deseaba venir a hablar contigo, pues he oído de la grey que pastoreo en esta aldea grandes cosas referidas a tu persona.

—No hace falta que me adules —cortó ella en seco—. Aborrezco el servilismo. Por si nadie te lo ha dicho, esta es una tierra de hombres y mujeres libres, donde el orgullo se considera una virtud digna de aprecio.

—Te suplico que perdones mi humildad —se disculpó él agachando la cabeza, para exasperación de Huma que le habría abofeteado gustosa—. Siervo nací y siervo he sido durante buena parte de mi vida, hasta que la Santa Madre Iglesia, a cuya familia rústica tuve la fortuna de pertenecer, me envió a predicar por los caminos la palabra de Dios. Gracias a ella pude recibir instrucción en la escuela presbiteral, conocer a Jesucristo y aprender a amarle, lo que constituye un regalo más valioso aún, si cabe, que la manumisión que me fue otorgada junto con la orden del diaconado, merced a la cual ejerzo mi ministerio eclesiástico con la ayuda del Todopoderoso. ¿No me invitas a entrar?

—Entra, si ese es tu deseo, pero será mejor que te des prisa en decir lo que hayas venido a decir, pues tengo muchas cosas que hacer.

—Hoy es domingo, hermana. El día del Señor, quien merece ser honrado observando el descanso que sus mandatos establecen.

—Tal vez tú puedas permitirte ese descanso. Yo tengo un padre y una abuela que atender, un hogar que sacar adelante y un buen número de enfermos que necesitan mis remedios.

—¡Cuidado mujer! —la interrumpió el sacerdote, abandonando súbitamente su deje almibarado para tornarse amenazador. Con el brazo derecho levantado y el dedo índice apuntándole directamente a la cara, advirtió—: Hechizar hierbas, encender velas a piedras, árboles, cruces de caminos y manantiales, como dicen que haces tú; ornar la casa y la mesa con ramas de laurel o celebrar el día de los ídolos no son sino formas abyectas de rendir culto al diablo. Derramar grano y sidra sobre los troncos de los árboles, poner pan en las fuentes o arrojar sal a la lumbre, invocar a la Madre, a Minerva o a Venus mientras se siembra o se teje, es una manera vil de adorar al Maligno. Y se paga con la hoguera. Adivinar lo que está por venir o festejar las vulcanales y las calendas ofende al único Dios verdadero, que no manda a los hombres conocer el futuro, sino vivir siempre en su temor, procurando de ese modo obtener de Él protección y auxilio para su vida.

—Nadie puede haberme acusado de hacer alguna de esas cosas —se defendió Huma sin dejar de mostrarse altiva, confiada en que ninguna de las mujeres que habían participado en la última ceremonia secreta, celebrada hacía ya tiempo, se hubiera atrevido a contárselo a un extraño. Tampoco creía que la hubieran denunciado sus vecinos, beneficiarios de sus remedios, por lo que añadió, segura de sí misma—: Yo me limito a emplear hierbas para sanar o aliviar el dolor de mis hermanos. Nada hay de malo en ello. Se trata de un saber que aprendí de mi madre y que a ella le legó la suya sin más mediación que la de las plantas. No sé quién es ese diablo que mencionas. No lo conozco siquiera, por lo que difícilmente puedo haberle invocado nunca.

—Te creo, hija, te creo —la tranquilizó Fedegario, volviendo a su papel de padre y pastor—. Pero te vigilaré de cerca. La salvación de tu alma está en mis manos, puesto que el Señor me ha puesto en tu camino. No dejaré que se pierda. En todo caso, si te asaltara la tentación, recuerda que el fuego purificador aguarda a las hechiceras, magas, adivinadoras y servidoras de cultos paganos. Un fuego que no se apaga con agua ni con vinagre. Llamas eternas.

Huma se propuso que aquel hombre se marchara de Coaña cuanto antes. Bajo esa apariencia de manso ternero —se dijo— era más peligroso de lo que había temido. Si se terminaba de instalar en la aldea, acabaría por imponer su dominio a todos, incluida ella, que vería así derrumbarse todo aquello que daba sentido a su vida. Era imprescindible actuar sin tardanza. En caso de que no quedara otro remedio, le entregaría a su padre lo que él más anhelaba con tal de obtener su auxilio.

La vida del castro seguía entre tanto su curso, ajena a la disputa feroz que libraban dos de sus moradores. El otoño había llegado precozmente, con temperaturas muy bajas que obligaban a adelantar la matanza de los gorrinos a fin de conservar su carne para el invierno. En ello estaba Zoela esa mañana, con el sol ya alto, cuando apareció en su casa Huma, dispuesta a compartir faena e intercambiar confidencias.

A diferencia de su amiga, Zoela se había casado poco después de cumplir los diecisiete años, como era costumbre entre las lugareñas. A esas alturas ya había visto morir a su hijo mayor poco después de nacer, lo que no le impedía tener a otros dos varones colgados cada uno de un pecho, el menor todavía en mantillas y el otro dando sus primeros pasos. Su hermana Neva se ocupaba de ellos ese día, mientras ella se encargaba de dar muerte al animal que había estado criando durante meses con los escasos restos de su puchero, castañas rancias y bellotas, hasta lograr engordarlo.

Llegada la hora de sacrificarlo, después de atarle las patas con una soga le había clavado en el cuello un cuchillo casi tan largo como una espada, hasta traspasarle el corazón. Tras la estocada certera, lo había colgado boca abajo de una viga con la ayuda de su marido, a fin de recoger su valiosa sangre en un recipiente de barro de gran tamaño que también se utilizaba para blanquear el lino.

Eso había sucedido al alba. Desde entonces, y a lo largo de una jornada que prometía resultar agotadora, Zoela había quemado la piel del animal muerto para eliminar de ella todo el pelo y la había raspado a conciencia, en aras de poder aprovecharla antes de separarla de la carne que picaba en ese momento sobre una tabla. Su hombre se había llevado los jamones y paletillas, debidamente marcados, hasta el hórreo comunal en el que serían salados y puestos a secar, al tiempo que ella emprendía la laboriosa tarea de entripar el resto del magro, previa limpieza de los intestinos que servirían de receptáculo.

Era un trabajo tan pesado que la llegada de Huma le pareció una bendición. No necesitó pedirle ayuda. La sanadora venía provista de un delantal enorme, como el que cubría a su anfitriona, que se anudó sin dejar un palmo de túnica desguarnecido antes de meter las manos en el revoltijo de sangre medio coagulada, cebolla, ajo y demás ingredientes que, una vez amasados, enfundados en su correspondiente tripa y curados sobre el fuego de la lumbre, se convertirían en morcillas. Sin dejar de picar, mezclar, separar o juntar distintos tipos de magro y grasa que constituirían el alimento más consistente de la familia durante los meses de carestía, las dos compañeras se pusieron a charlar de las cosas que las unían, a pesar de que sus vidas avanzaran en direcciones opuestas.

—He oído que has tenido noticias de tu hermano —inquirió Zoela, quien quería a Pintaio casi tanto como a Huma—. ¿Qué tal está? ¿Cuándo piensa venir a vernos?

—Está bien, según parece. El emisario que nos trajo nuevas de su paradero lo había visto recientemente en Cánicas, donde se preparaba con el resto del ejército para una nueva campaña de conquista. Precisamente de él quería hablarte...

—¿Le sucede algo malo? ¡No me asustes!

—Todo lo contrario. Dicen que se ha convertido en un guerrero formidable, tal como siempre soñó, además de alcanzar el favor del príncipe Alfonso. También que se ha hecho inseparable de un caballero godo, llamado Ickila, con quien ha tejido lazos de auténtica hermandad. ¿Te imaginas a Pintaio hermano de un godo?

—¿Qué hay de malo en ello?

—¿Qué hay de malo en que un perro y un gato intimen? Nada. Salvo que es una intimidad imposible. Los godos y los astures siempre hemos sido enemigos jurados. Sus reyes intentaron someternos durante siglos y enviaron numerosas expediciones contra nuestra tierra sagrada hasta que fueron sojuzgados ellos mismos por los sarracenos. ¿No recuerdas las historias que contaba la Guardiana de la Memoria? He oído decir que nuestros antepasados, hasta fecha no muy lejana, tenían por costumbre sacrificar a los dioses a los enemigos que capturaban, incluidos esos godos, con el fin de que los augures inspeccionaran sus entrañas y pudieran determinar el desenlace de la guerra. ¿Cómo van a ser hermanos Pintaio y el tal Ickila? ¡A saber cómo habrá logrado ese forastero envolverle!

—El tiempo pasa, Huma. Hoy muchos godos se han instalado aquí, incluso en Coaña, entre nosotros, sin que perdure enemistad alguna.

—Los enemigos tan enconados nunca dejan de serlo. Pero en todo caso no venía yo a hablarte de la historia, sino de mi hermano. Ha cumplido ya los veinte años, lo que significa que necesita una esposa. ¿Qué te parecería tu hermana pequeña?

Zoela se quedó muda. Era consciente del origen humilde de su familia, que colocaba a alguien como el hijo de Aravo completamente fuera de su alcance. A pesar de haberle cuidado en compañía de Huma cuando no era más que un niño, a pesar de haber compartido con él juegos y travesuras, a sus ojos Pintaio era alguien parecido a un dios. Un héroe a quien se mira desde abajo, con la reverencia debida a un ser superior en todos los sentidos. Por eso contestó con gesto triste:

—Sabes que tu padre jamás aprobaría esa elección. Neva no posee ni siquiera una casa, puesto que yo heredé esta cuando murieron nuestros padres. No podría aportar nada al matrimonio. Incluso en el caso de que Pintaio la aceptara, tu padre la rechazaría seguro.

—Deja que yo me ocupe de mi padre. Pintaio siempre miró a tu hermana con ojos tiernos cuando vivía aquí. Sé que le gustaba y que más le gustará ahora, cuando vea la belleza en la que se ha convertido. Ella es dulce, está sana y no le asusta el trabajo. ¿Qué más puede desear un hombre? Si tal como dicen es cierto que mi hermano ha logrado un buen puesto en la corte, ya se encargará Alfonso de darle tierras. En caso contrario, yo le cederé parte de mi herencia. Solo necesito tu consentimiento y el de Neva.

—Sea pues —concedió Zoela, con las manos y el rostro embadurnados de embutido—. No necesito preguntar a Neva, pues hemos hablado un millón de veces de Pintaio como del hombre que toda mujer evoca en sus sueños. Si él y tu padre acceden a la boda, ella será la novia más feliz del mundo. ¡Además, tú y yo emparentaremos al fin! Pero dime, ¿cómo piensas convencer a Aravo?

—Ya lo verás. Es posible que en Coaña se celebren dos bodas a la vez...

—¡¿Vas a casarte y me lo dices ahora?!

Zoela no daba crédito a lo que acababa de oír. Había visto sufrir a Huma de tal modo tras la desaparición de Noreno que llegó a pensar que perdería el juicio. De mil y una maneras se había esforzado por mostrarle el lado amable del matrimonio, la dicha de criar hijos, el goce de compartir el lecho con un hombre decente, como el de ella, sin hacer la menor mella en el ánimo de su amiga. Tan cerrada estaba ella a la cuestión, que su compañera ya se había resignado a verla envejecer soltera. Y ahora resultaba que no, que un pretendiente desconocido acechaba desde las sombras.

—¿Quién es él? —quiso saber al instante—. ¿Lo conozco yo?

—No lo conozco ni yo —replicó Huma con cierta amargura.

Durante el resto de la tarde la sacerdotisa explicó a su futura cuñada el miedo que le infundía Fedegario. La puso al corriente de la conversación mantenida entre ambos, así como de su decisión de expulsarle del castro a cualquier precio. La forma de conseguirlo pasaba por otorgar a su padre vía libre para escogerle marido, pero el trueque merecía la pena. Sería un matrimonio sin amor, pues el amor había muerto en su corazón al mismo tiempo que Noreno. En cuanto a lo demás, ya se encargaría ella de conquistar el respeto de su esposo. La Madre seguiría a salvo en Su santuario de Coaña y Naya la bendeciría desde la morada soleada donde descansaba eternamente.

Llegado el momento de cerrar el trato con su padre, no se anduvo por las ramas. Era inútil intentarlo con un hombre como Aravo, a quien ni siquiera la muerte de su querida madre, acaecida coincidiendo con las primeras nieves, había logrado provocar un duelo auténtico. Tampoco Huma lloró a Clouta, quien falleció mientras dormía, sin el menor dolor o agonía, por una extraña injusticia del destino. Lo que sí produjo la marcha de la anciana fue un cierto reblandecimiento de su hijo. Una desconocida disposición al entendimiento o acaso un proceso de apocamiento de su persona, como si privado del apoyo incondicional que la vieja le brindaba se sintiese de repente más vulnerable ante los demás.

Aprovechando esa circunstancia, Huma planteó su oferta en términos inequívocos: si él se las arreglaba para echar del castro al sacerdote, ella daría el sí a un marido «adecuado». Al fin y al cabo, en ausencia de Noreno, nada tenía que perder y sí mucho que defender. El jefe aceptó de inmediato, dando carta blanca al mismo tiempo a que su hija negociara el matrimonio de Pintaio en los términos que estimara oportunos. Estaba a punto de realizarse al fin el plan que llevaba años urdiendo. Su poder se consolidaría a través de la boda de Huma, quien finalmente se había plegado a su voluntad. ¿Qué importancia podía tener lo demás?

A partir de ese momento el día a día de Fedegario se convirtió en un infierno. Aravo puso todo su empeño en perseguirle con saña, obligando al conjunto de los habitantes del poblado a mostrar un rechazo que la mayoría de ellos no sentía. Aplazó con mil pretextos el comienzo de las obras de la iglesia, que los cristianos estaban dispuestos a realizar robando tiempo al descanso, hasta que el invierno se les echó encima impidiendo cualquier trabajo de construcción. Cargó a los seguidores del diácono con un sinfín de tareas tan penosas como extraordinarias, a fin de disuadir futuras conversiones. Inventó cada día una nueva manera de atormentarle, sin arriesgarse, eso sí, a ser acusado de herejía. De una manera sutil que sorprendió a la propia Huma.

El efecto buscado tardó poco en producirse. En cuanto llegaron los primeros brotes anunciando la primavera, Fedegario comunicó a todos que se marchaba. No confesó que se daba por vencido, aunque parecía evidente que así era. Según él, su misión apostólica le llevaba a explorar nuevos territorios hacia el oriente, donde abundarían las almas necesitadas de salvación. Coaña ya había recibido la semilla de la luz de Cristo, consoló a sus fieles. A partir de ese momento germinaría por sí sola, aunque él no estuviera con ellos.

El sacerdote se marchó tal y como había llegado, con las manos vacías. Huma celebró su partida con un júbilo salvaje, saboreando su victoria sin pensar en el precio que habría de pagar por ella. Ya lo haría más adelante, cuando llegara el momento de conocer a los candidatos seleccionados por su progenitor. Esa era la hora de felicitarse por haber salvado el castro del avance arrollador de ese dios crucificado a quien percibía como la peor amenaza a la que jamás se hubiese enfrentado su mundo. De ese dios, padre y pastor, enemigo jurado de la Madre.

Pese a ello, la sanadora sabía que nada volvería a ser como antes; lo veía con toda la claridad de sus ojos interiores. La sombra del presbítero permanecería entre ellos como una mancha indeleble. Su presencia, reflejada en los hombres y mujeres que habían abrazado su fe, sería suficiente para terminar de liquidar las antiguas tradiciones que sobrevivían desde tiempos inmemoriales, obligándola a esconderse bien si quería mantener el culto debido a su Diosa. Su triunfo no era, por tanto, más que un aplazamiento de la inevitable derrota que sobrevendría pronto o tarde. Pero esa batalla concreta la había ganado ella, con astucia, arrojo y determinación. No había sido una victoria gratuita, por supuesto. Como todas, había dejado heridas en su interior que probablemente no sanarían nunca. Destrozos irreparables en ese lugar oculto donde mora la inocencia, además de un cansancio más parecido al hastío que a la fatiga, que poco a poco iba mermando sus fuerzas. Con todo, la fortuna se había puesto de su lado, lo cual merecía ser celebrado.

Al poco sonaron los cuernos anunciando nuevas de importancia. La voz de los vigías de la torre sur se proyectó por toda la aldea, avisando de que se acercaban extraños. Por un instante cundió el pánico ante la posibilidad de que la aldea fuera objeto de un ataque, lo que provocó que se cerraran las puertas a toda prisa, los niños fueran enviados a un lugar seguro y los hombres corrieran a coger sus armas. Sin embargo, todas esas precauciones resultaron innecesarias. Se trataba de una falsa alarma.

A la luz anaranjada del atardecer, uno de los guardas de la fortificación, el que gozaba de mejor vista, reconoció a quien había sido su compañero de juegos en la infancia y lo llamó por su nombre, a gritos, sin terminarse de creer que fuese él precisamente el oficial al mando de semejante columna. Su voz resonó con tintes de júbilo hasta el rincón más remoto de la antigua ciudad de piedra:

—¡¡¡Pintaio!!!

XII

Un encuentro anunciado

Coaña, era de 794

El pueblo entero se lanzó a la calle para recibir al héroe que regresaba a casa victorioso. Las hogueras anunciaron la buena nueva a las granjas vecinas. Sonaron cuernos y trompetas hasta ensordecer a la población aglomerada al pie de las torres de vigilancia. Se abrieron las puertas de par en par.

En lugar de sumarse al gentío, Huma y Aravo fueron a recibir a Pintaio al edificio del Consejo, siguiendo el dictado de la tradición, aunque ella habría preferido mil veces salir al encuentro de su hermano en pleno campo nada más ser alertada de su presencia, ya que estaba ansiosa por sentir su abrazo. Era consciente, no obstante, de que la dignidad de sus respectivas figuras les impedía dar rienda suelta a un desahogo semejante, impropio de su alta cuna, por lo que tendrían que conformase en público con un saludo protocolario seguido del banquete de rigor. Ya encontrarían después la oportunidad de reunirse a salvo de miradas indiscretas.

Pintaio, entre tanto, se disponía a hacer su entrada triunfal en Coaña aureolado de gloria, cumpliendo con ello un viejo sueño. Los refugiados que había arrastrado desde la vega del río Durius se quedarían temporalmente acampados extramuros del castro, mientras se estudiaba la forma de instalarlos en las presuras prometidas. Él avanzaría sin más compañía que la de Ickila, de quien esperaba la deferencia de acceder a caminar unos pasos por detrás para así saborear al máximo ese instante irrepetible por el que se había jugado una y otra vez la piel en el campo de batalla. Su lento desfile a caballo por las callejuelas que le habían visto nacer, dejándose aclamar por una multitud enfervorecida, sería un placer del que disfrutaría prácticamente en solitario, ya que su amigo godo, un forastero desconocido allí, no le robaría un ápice del protagonismo que se había ganado con su sangre.

¡Qué momento!

¿Cómo describir la felicidad de unas gentes acostumbradas a padecer infortunios ante la contemplación de ese hijo del pueblo que regresaba convertido en todo un personaje? ¿Cómo definir el sentimiento de esos hombres y mujeres encadenados a la tierra y al ganado, sin más horizonte que el trabajo extenuante, al ver al joven Pintaio, a quien conocían desde que era un niño, marchar ufano sobre su viejo Beleno con el cuerpo cosido a cicatrices y el rostro endurecido por la experiencia de la guerra, aunque resplandeciente de gozo?

La mayoría de quienes lo jaleaban en ese trayecto hacia la culminación de su triunfo pensaban que las personas que habían llegado con él serían cautivos traídos como esclavos en calidad de botín, que los sustituirían en las faenas más penosas. No podían imaginar que se trataba de nuevas bocas con las que compartir los frutos que tanto costaba arrancar a la tierra, amén de nuevos vecinos llamados a cuestionar su forma de vivir, su modo de gobernarse o el dios al que adorar. Tiempo tendrían para descubrirlo. El tiempo de ese atardecer soleado era tiempo de celebración, tiempo de alegría desbordada, tiempo de reencuentro.

Al llegar a la gran casa que albergaba el Consejo, situada frente a la del astur en la plaza más espaciosa del castro, Pintaio e Ickila desmontaron. Llevaban los yelmos y escudos bruñidos hasta el punto de lanzar destellos con los rayos del sol y lucían sus mejores galas: túnicas de lino limpias, abarcas uno y sandalias otro, en ambos casos recién salidas del taller del zapatero, mantos de colores vivos sujetos por fíbulas de bronce y las melenas recogidas del mismo modo en sendas coletas morena y rubia. Eran casi igual de altos, aunque el extranjero superaba en algunas pulgadas al hijo de Aravo, que podía considerarse un gigante. Los dos mostraban miradas desafiantes, así como musculaturas forjadas en el entrenamiento cotidiano; brazos y piernas desnudos semejantes a troncos de árbol. Por separado cada uno de ellos habría podido aspirar con éxito a la condición de guerrero más feroz del ejército cristiano. Juntos ofrecían una imagen capaz de poner en fuga a cualquiera.

En pie junto a su padre, bajo el dintel de piedra negra que abría hueco al amplio portón de la entrada, Huma experimentó algo parecido a una sacudida interior al contemplar a esa representación viviente del dios astur de las batallas. Una emoción de intensidad desconocida para ella, que a falta de mejor explicación quiso atribuir a la dicha de volver a encontrarse con ese hermano querido a quien tanto había extrañado. Este, tras saludar brevemente a su progenitor con gesto más propio del soldado que rinde cuentas a su señor que del hijo que vuelve al hogar, la levantó del suelo a fin de estrecharla contra su pecho con un entusiasmo que cerca estuvo de ahogarla. Acaso lo habría hecho de no haber intervenido Ickila, quien cortó la efusión de su amigo, cautivado al instante por la belleza misteriosa de esa mujer:

—¿Es que no vas a presentarme a tu familia? —le retó.

Se hicieron los honores al uso. Pintaio habló del godo como de un hermano con quien se comparte todo, lo que indicaba a los suyos que se alojaría en casa y habría de ser tratado con la mayor deferencia. A la recíproca, expuso brevemente a su compañero de armas los títulos y prerrogativas del caudillo local, Aravo, así como el papel de Huma, transmisora del linaje y referente espiritual. Obvió su condición de sanadora a fin de no complicar las cosas, pues era consciente de la profunda brecha cultural que separaba su mundo ancestral y mágico de la sociedad en la que siempre se había desenvuelto el godo, que a él mismo le resultaba todavía ajena pese a los muchos años pasados en Cánicas.

Ickila, aturdido por el impacto causado por esa doncella de la que tanto había oído hablar sin acercarse en su imaginación a la realidad que se iba a encontrar, escuchaba solo a medias. Comprendía a la perfección las funciones del jefe del castro, que Pintaio le había explicado en más de una ocasión y no diferían gran cosa de las de cualquier magnate con mayor o menor poder territorial. El rango de Huma, en cambio, así como su quehacer, constituían misterios que le resultaban indescifrables, aunque no estaba lejos el día en que habría de enfrentarse a ellos.

Era evidente en todo caso que no se trataba de una mujer cualquiera. Toda ella emanaba un magnetismo especial, una fuerza salvaje, casi animal, que le había turbado sobremanera nada más oler su perfume de campo bañado por la lluvia. Esa mirada suya capaz de doblegar la voluntad más firme, esa voz que parecía proceder de las profundidades de la tierra cálida, en lugar de salir de su garganta, la convertían en un ser distinto de todo lo que él hubiera conocido hasta entonces. Una dama única, poderosa, increíblemente sensual pese a la rigidez de su actitud. Una hembra por quien sintió una intensa oleada de deseo.

Huma le atrajo con violencia hacia ella desde el mismo instante en que sus manos se tocaron fugazmente, sumiéndole al mismo tiempo en un océano de desconcierto. Jamás había visto en su entorno nada parecido a una sacerdotisa, si es que a eso se refería el astur al insistir en la capacidad de su hermana para aglutinar en torno a su persona los sentimientos y creencias de los habitantes de Coaña. Lo de la «transmisión del linaje» se le hacía todavía más incomprensible, ya que desde su punto de vista tal concepto se limitaba a la facultad de la mujer para engendrar y parir a los hijos de su esposo.

En el mundo del que procedía, las representantes del sexo femenino eran seres débiles por naturaleza a los que era preciso brindar protección puesto que resultaban imprescindibles para la perpetuación de la familia. A lo sumo, criaturas hermosas que merecía la pena cuidar en función del placer que podían proporcionar debidamente aleccionadas. Pero en todo caso personajes irrelevantes a la hora de gestionar los asuntos de la vida pública. La mujer que tenía ante sí no encajaba en modo alguno en los moldes al uso en la capital y mucho menos en los que había dejado atrás en Recópolis. Era única.

Huma a su vez se erguía ante Ickila alzándose sobre su dignidad y desafiándolo con los ojos, en un intento desesperado de evitar que notara la confusión que le causaba su presencia. Era mucho más menuda que él, lo que la obligaba a dirigir la vista hacia arriba. Pese a llevar puesta la vestimenta más lujosa que poseía, imaginaba que ese godo habituado al boato de Cánicas la vería semejante a una vulgar campesina. Hablaba la lengua romance correctamente, aunque sin la soltura que demostraba él, beneficiario de una educación esmerada que se reflejaba en su lenguaje tanto como en sus formas corteses. Y por si todo ello no bastara para hacerla sentir incómoda, estaba realmente impresionada por su físico. Por ese cuerpo y ese rostro que hacían de él un hombre realmente atractivo. Claro que nada en su porte o su actitud tradujo ni por un instante el menor asomo de inseguridad, sino todo lo contrario.

Ella estaba en su terreno. Era la anfitriona de ese forastero arrogante al que habría de vigilar muy de cerca, dado que Pintaio parecía haber cedido por completo a sus encantos. Se trataba de un animal hermoso, desde luego, y como tal peligroso. Un hombre galante, refinado, valiente, que invitaba a bajar la guardia y relajar las defensas. Pero eso era justamente lo que no debía hacer ella. Su obligación era mantenerse alerta ante esa amenaza evidente que pesaba sobre todos ellos, por mucho que su corazón, helado desde la muerte de Noreno, latiera con inusual rapidez en su presencia, que su piel anhelara ser acariciada por esas manos callosas en las cuales intuía un manantial de ternura o que una voz hasta ese momento muda la indujera a entregarse a él.

¡No!

No se dejaría engañar por la acuciante llamada de unos sentidos sedientos. No podía olvidar que Ickila pertenecía a un pueblo cuya enemistad con el de los astures era tan antigua como su presencia en Hispania. Lo que ella experimentaba en ese primer contacto le recordaba demasiado a lo que solía contarle su madre sobre el cortejo al que la había sometido Aravo dejando ver su mejor cara, para mostrar su auténtica naturaleza cuando ya era demasiado tarde. También a Naya le había sorprendido gratamente el hombre caballeroso que fingía ser su padre antes de quitarse el disfraz. Tanto como para dejarse atrapar en su pegajosa tela de araña y aceptar casarse con él sin conocerle de verdad. Ella no caería en la misma trampa. Cerraría el paso a las emociones susceptibles de destruir el muro creado en torno a su corazón y se guiaría únicamente por la cabeza. No viviría en un infierno similar al que había padecido Naya.

Y sin embargo había en él algo tan seductor, tan puro, tan espiritual, tan evocador del sonido de la risa o del sabor de la fruta madura...

Durante todo el banquete se estuvieron observando con disimulo, desviando rápidamente la mirada cada vez que se descubrían el uno al otro espiándose. Ambos aparentaban escuchar el relato pormenorizado de Pintaio relativo a sus hazañas guerreras, expuestas con evidente fruición, mientras se evaluaban en silencio, curiosos, acaso asustados por la fuerza de sus confusas percepciones, tratando de penetrar los pensamientos del ser que tenían enfrente. Ella luchaba entre su recelo natural hacia cualquier extraño y la inexplicable corriente que la arrastraba hacia él. Él trataba de mostrarse distante, como correspondía a un caballero de su rango, sin lograr desentenderse de esas pupilas acuáticas que le invitaban a sumergirse en ellas.

Finalizado el capítulo de las batallas, aderezadas con la dosis habitual de fanfarronería celebrada por la concurrencia con gritos, aplausos, pateos y generosas rondas de sidra, llegó el momento de plantear ante el Consejo en pleno la misión que los había llevado al poblado. A tal fin, Pintaio se puso en pie, dejó caer su vaso y sacó de su zurrón el pergamino que consignaba por escrito, con el sello real bien visible, los títulos que le habían sido concedidos por Alfonso para administrar a su leal entender las tierras adyacentes a Coaña y acomodar en ellas a todos los refugiados.

A medida que hablaba, explicando cuál era la voluntad del soberano respecto de esas gentes y lo que se había hecho en otros lugares, un silencio inquieto se impuso al ambiente festivo que había reinado hasta entonces. Aravo comprendía claramente lo que significaba ese escrito que ni él ni ninguno de los presentes eran capaces de leer. No hacía falta saber hacerlo para darse cuenta de que su hijo le había suplantado en la práctica, convirtiéndose de hecho en el apoderado del rey en Coaña y por tanto en la verdadera autoridad local. Los ancianos, cuya opinión se había tenido siempre en cuenta, eran reacios a someterse a un príncipe tan alejado de ellos como lo estaba Cánicas del castro. Rechazaban que pudiera tomar decisiones vitales para una comunidad acostumbrada a regirse a sí misma, sin más guía que la antigua usanza.

Huma por su parte percibía con dolorosa clarividencia las consecuencias inherentes a ese movimiento migratorio que, de forma paradójica, venía de la mano de su propio hermano: nuevos usos, nuevas tradiciones, nuevas formas de entender la vida que chocarían frontalmente con las vigentes desde tiempos inmemoriales. Una fuente segura de conflictos que no tardaría en brotar en cuanto saltara una chispa. Al ver que nadie más se atrevía a decir en voz alta lo que muchos musitaban para sus adentros, interpeló a Pintaio:

—¿Con qué derecho distribuye el rey lo que no le pertenece a él sino a todos nosotros? ¿No le basta con los tributos que le pagamos a cambio de su protección?

Ickila lanzó una mirada fulminante a su amigo, que vacilaba pensando en el modo de responder a ese desafío abierto, y se adelantó él:

—El rey es dueño y soberano de cada piedra, cada árbol y cada palmo de tierra en Asturias. Y lo es no solo por derecho de sangre, sino por haberlo ganado en el campo del honor.

—No es contigo con quien hablo, godo —replicó Huma despectiva, sin dignarse siquiera apartar los ojos de Pintaio—. No me interesa la opinión de un extranjero sobre cuestiones que no son de su incumbencia.

—En eso te equivocas —se defendió Ickila, anonadado ante el descaro de esa doncella que osaba contradecirlo en público y humillarle con su actitud en presencia de los varones de su familia, sin que estos la mandaran callar—. Todo lo que atañe al reino me incumbe por mi condición de caballero y guerrero del ejército de Alfonso. Todo lo que atañe al rey me atañe a mí, que he tenido y espero volver a tener el privilegio de combatir a su lado y defender con mi espada sus dominios.

Huma se disponía a devolverle la andanada, cuando Pintaio terció en la polémica, alarmado ante el cariz que estaban tomando las cosas.

—Las tierras que constituirán las nuevas presuras no serán las mismas que actualmente trabajan nuestros hermanos, sino las que hurtemos al monte. No hay motivo de preocupación en ese aspecto. Antes al contrario, serán campos ganados al bosque, desbrozados por esos nuevos brazos.

—Tierras de nadie —subrayó Ickila desafiante, dirigiéndose directamente a Huma.

—Tierras de todos —corrigió ella, no menos altiva, dando la espalda ostensiblemente al invitado.

Aravo calló en aquel momento, incapaz de sobreponerse a la impresión que le habían causado los poderes exhibidos por su hijo, pero la primera porfía grave entre ambos surgió, como era previsible, transcurridos apenas unos días. Pintaio se había puesto a repartir a su albedrío entre los inmigrados las parcelas que consideraba oportunas, limitándose a comunicar sus decisiones al caudillo una vez tomadas. Este se resistía a ceder sus prerrogativas de buenas a primeras, máxime porque quien se las arrebataba era su hijo pequeño, quien a su modo de ver habría debido mostrarle sumisión y respeto. ¿Dónde estaba la buena crianza de antaño?, se quejaba a menudo. ¿Qué sería de un mundo en el que los ancianos fueran tratados de aquel modo por los jóvenes?

Lo que el jefe destronado no alcanzaba a comprender era que su pugna con Pintaio nada tenía que ver con el respeto debido a un padre. De hecho, el muchacho mostraba ante su progenitor toda la deferencia debida, renunciando incluso a exigir una propiedad para él, como habría podido hacer con arreglo a las disposiciones reales. El asunto de fondo era de otra índole. No se trataba de generaciones, sino de eras, que es cosa bien distinta. Y Huma parecía la única capaz de aproximarse a la percepción del envite en curso. La única en darse cuenta de que Aravo se aferraba a un pasado condenado a desaparecer en tanto que Pintaio representaba el futuro. Un futuro que a ella le resultaba tan aterrador como inevitable y que asimilaba de algún modo a Ickila, ese fanfarrón pagado de sí mismo que aún pretendía de vez en cuando silenciarla, sin conseguirlo, al tiempo que la trataba con una galantería a la que solo a duras penas lograba ella resistirse.

No estaba en todo caso el ambiente para pensar en bodas. Ni siquiera se le pasó por la cabeza a la muchacha plantearle la cuestión a su hermano, como tampoco su padre insistió en presentarle candidatos. Se corrió un tupido velo sobre el particular, que habría de esperar a mejor ocasión hasta ver resueltos los problemas que planteaba la irrupción súbita en la aldea de ese medio centenar largo de forasteros de distinta clase y condición: algunos señores con sus siervos rurales obligados a abandonar sus posesiones, otros ciudadanos desalojados de sus urbes de origen, que llevaban consigo a sus esclavos domésticos, y los más campesinos pobres. Gentes cuyo único punto de unión era el hecho de haber sido forzados a trasladarse hasta allí dejando atrás sus hogares y la mayor parte de sus propiedades. Prófugos, apátridas despojados de sus raíces cuya desconfianza respecto de los lugareños era similar a la que estos experimentaban al verlos transitar por sus calles.

Ickila era otra cosa. Él tenía su familia en Cánicas, a donde regresaría pronto. Si había aceptado la hospitalidad de su amigo era para ayudarle en los primeros momentos. Le acompañaba a recorrer los campos en busca de asentamientos posibles, le daba su opinión sobre las zonas de bosque más susceptibles de ser desbrozadas y zanjaba con su mera presencia cualquier pensamiento rebelde, además de respaldarle tácitamente ante su padre. En suma, le brindaba el apoyo pleno e incondicional que se le debe a un hermano que te ha salvado la vida. Pero no tenía intención alguna de permanecer más tiempo del indispensable en aquel lugar alejado de la mano de Dios.

La primera noche, al regresar de la reunión del Consejo, se había sentido herido por el silencio de Pintaio en la discusión mantenida con Huma y habría querido recriminarle su proceder, aunque por prudencia se abstuvo de decir nada. Al cabo de varios días, no obstante, le pudo esa comezón y sacó a relucir el tema reavivando la llama de la disputa hasta el extremo de convertirla en incendio. Mientras saboreaban unas jarras de cerveza caliente junto a la lumbre, espetó a su anfitrión:

—No me habías dicho que en Coaña los hombres se dejan dominar por las mujeres.

—Porque no ocurre tal cosa —respondió Pintaio sorprendido—. No se trata de dominar, sino de respetar las tradiciones ancestrales. Además, Huma no es cualquier mujer. He intentado explicártelo. Nuestra madre era la hija y heredera de los caudillos de este castro, como lo será ella, junto con su marido, a la muerte de Aravo. Lo que dijo en la ocasión a la que aludes no hacía más que expresar su punto de vista, que por otra parte es idéntico al de la mayoría de los lugareños; estoy seguro de ello. Ya te acostumbrarás...

Huma, que había oído la conversación desde la estancia en la que trabajaba en una de sus fórmulas, irrumpió en la habitación y en la charla con la furia de una marea viva.

—Y si no te acostumbras, godo, tendrás siempre la puerta abierta para marcharte. Me sorprende que con tanta enseñanza como habrás recibido de tus numerosos maestros nadie te haya dicho nunca que es de buena crianza no ofender a las personas que te dan cobijo y alimento.

—No era mi intención ofenderte, pero tampoco puedo permitir que lo hagas tú. Y el modo en que te dirigiste a mí en el transcurso de aquella asamblea fue un ultraje.

—¡¿Ultraje, dices?! —rebatió ella sin alzar la voz, aunque con el rostro encendido por la ira—. ¿Y qué crees que significa para mí tu actitud desdeñosa, tu modo de contemplarme como si no vieses nada más allá de la piel y esa forma que tienes de hablar con Pintaio o con mi padre como si yo no estuviera presente? Tal vez vuestras mujeres estén dispuestas a soportar ese trato, pero te aseguro que no es el caso de las astures. No labramos los campos, acarreamos agua y leña, parimos a los hijos, luchamos en la guerra cuando es menester luchar y calentamos la cama una vez que pasa el peligro para recibir ese pago.

Anonadado ante la osadía de esa mujer singular, escandalizado por su descaro a la par que fascinado y desarmado por la valentía con la que exponía su causa, mirándole a los ojos sin mostrar el menor temor y con la belleza realzada por la rabia, Ickila retrocedió:

—Si es así como te sientes, te ruego aceptes mis disculpas. Tendré que sujetar mejor mis ojos y atar en corto mi lengua. No ha sido mi intención faltarte al respeto y mucho menos deshonrar vuestra hospitalidad.

Luego, dirigiéndose a Pintaio, ya que Aravo dormía entre ruidosos ronquidos, añadió:

—También a ti te pido mil perdones, amigo, puesto que al parecer no he sabido comportarme ni estar a la altura de las circunstancias. No volverá a suceder una cosa así, te lo aseguro.

Acto seguido se levantó para retirarse a su lecho, ya que no había en la casa otro lugar en el que buscar algo de soledad a fin de rumiar su humillación e intentar contener la avalancha de emociones contradictorias que le asaltaba en presencia de esa hembra misteriosa, frágil e inquebrantable, tan menuda como un jilguero y tan fiera como un ave de presa.

Divertido por la escena que acababa de presenciar, amén de apiadado ante el desconcierto evidente de su compañero, Pintaio le detuvo:

—No te vayas. Apuremos la cerveza, que es bebida propia de dioses. Estoy seguro de que Huma no hablaba en serio cuando ha dicho eso de la puerta abierta...

—Por supuesto, puedes permanecer con nosotros todo el tiempo que desees —intentó conciliar ella también sonriente, una vez alcanzado su propósito de bajar los humos a ese hombre cuyo desdén le resultaba insoportable precisamente por lo mucho que le gustaba—. Como dice mi hermano, acabarás familiarizándote con nuestras costumbres y con la vehemencia que dejo desbordarse de tarde en tarde.

A partir de ese día intentaron evitarse tanto como pueden evitarse dos personas que conviven en el exiguo espacio de una construcción castreña. Presa de terror ante sus propios sentimientos, que el encontronazo no había hecho sino exacerbar, Ickila rehuía a Huma cuanto podía, lo mismo que hacía ella con él. La presencia constante de Aravo o del propio Pintaio en la casa les privaba de una intimidad que acaso hubiera podido acercarlos, derribando las defensas levantadas con obstinado empeño por ambos. De modo que jugaban a ser como el agua y el aceite, encerrados en sus respectivas ánforas, mientras la Madre se divertía entretejiendo sus destinos.

Así fue pasando el invierno.

De día todo eran carreras, polémicas y trabajo de titanes para cumplir con un cometido que no habían imaginado tan arduo. Durante las largas veladas junto a la lumbre, después, Huma y él seguían mirándose a escondidas con una mezcla de atracción y recelo, sin que la pasión contenida en esos gestos pasara desapercibida a Pintaio. Este no se había atrevido a confiar en que una llama semejante pudiese prender entre dos seres tan queridos para él, máxime viendo el modo en que habían chocado al principio, aunque llevaba mucho tiempo abrigando ese anhelo. Temía sin embargo abordar directamente con preguntas a cualquiera de los dos, por miedo a suscitar una reacción adversa. Prefería dejar que el tiempo y la convivencia hiciesen su trabajo callado, confiando en que el amor se fuera abriendo paso entre montañas de prejuicios. No podía imaginar que tiempo era, precisamente, lo único que no tenían.

La noticia que ninguno de ellos habría deseado recibir jamás llegó a primeros de marzo del año 795, a través de un buhonero de los que visitaban Coaña en primavera y verano vendiendo objetos imposibles de fabricar en casa: cacharros de cocina de hierro, tejidos lujosos tales como el paño de lana de color carmesí o alguna pieza de seda traída de los mercados de al-Ándalus, fíbulas, botones, esencias aromáticas y cosas así. Había partido de Cánicas hacía unos pocos días, aprovechando el buen tiempo, a fin de alcanzar la próspera Gallecia antes que sus competidores. Traía junto a sus productos una información reciente: Alfonso, dicho el Cántabro, acababa de morir.

El anuncio corrió como un viento de galerna por las callejuelas atestadas de gente deseosa de adquirir o cuando menos ver de cerca alguna de esas rarezas. Antes de que el comerciante hubiese cerrado su primera venta, ya había llegado a oídos de Pintaio, quien se la comunicó a Ickila con el semblante ensombrecido por la pena. Una pena auténtica, sincera, sentida en lo más profundo del alma ante la pérdida de un príncipe al que ambos habían servido con devoción, en condiciones de indecible dureza.

Deseosos de conocer lo antes posible todos los detalles de lo acontecido, los dos amigos se abrieron paso a través del gentío hasta el lugar en el que se había instalado el chamarilero, asediado en ese momento por una nube de curiosos en la que las mujeres eran mayoría. Su autoridad, visible tanto en el porte como en la forma de vestir y dirigirse a los viandantes, se impuso al instante. No tuvieron que preguntar dos veces, ya que a la primera el hombre habló por los codos, con ese sonsonete característico de su oficio que le llevaba a embellecer con adornos todo lo que exponía a fin de elevar su precio. En ese caso lo haría sin cargo alguno, aunque con redoblada elocuencia, por el mero placer de saberse el dueño y señor de la escena ante tan selecto público.

—Dicen que acaeció mientras dormía, en el calor del lecho nupcial, a esa hora en la que...

—Al grano, farsante —se impacientó Ickila—. ¿Cuál fue la causa de la muerte? ¿De quién la mano asesina?

—Que yo sepa, mi señor, no hubo tal. Por lo que cuentan, Dios todopoderoso se lo llevó al cielo con Él sin que mediara violencia alguna. Al parecer, a principios del invierno regresó de una cacería con calentura y ya no salió de palacio. Su tránsito hacia la vida eterna fue el reservado a los justos, en su cama, rodeado de sus hijos y sus fideles, sin más dolor que el que a todos nos ha de producir abandonar para siempre este mundo.

»Aunque eso no es todo —añadió bajando levemente el tono de voz, como quien se dispone a hacer una confidencia—. Según pude saber a través de uno de los hombres que montaban guardia en la puerta de la estancia real cuando se produjo el óbito, esa noche se obró un auténtico prodigio.

Un murmullo de expectación recorrió las filas de oyentes, ávidos de escuchar un suceso de ese tenor pues nada había que placiera más a la muchedumbre que la noticia de milagros, portentos o maravillas. Tales hechos alimentaban la esperanza y distraían el aburrimiento, lo que contribuía a que corrieran de boca en boca con incuestionable veracidad, por inconcebibles que parecieran.

¿Hay algo más verosímil que aquello que deseamos creer? ¿Algo más convincente que lo que el alma ansía? El buhonero era un maestro en el arte de vender sueños, por lo que prosiguió con su asombroso relato para solaz de la concurrencia:

—Justo en el momento en el que el príncipe exhalaba su último suspiro, los miembros del Oficio Palatino que le acompañaban oyeron voces angélicas que entonaban un responsorio por el monarca difunto. Un coro de criaturas celestes que recitaban al unísono: «He aquí cómo es llevado el justo y cómo, apartado de los espectros de la iniquidad, ha de ser en paz sepultado».

Esas últimas palabras produjeron el efecto de dejar momentáneamente callados a todos los presentes, convencidos de haber perdido a un soberano, pero ganado a cambio un protector en el cielo. Incluso los paganos creían a pies juntillas la historia del mercader, pues todos sabían que Alfonso había sido cristiano y cristiana había de ser, por tanto, la recompensa que le aguardara en la otra vida en premio por sus muchos méritos. No en vano había luchado hasta la extenuación contra los caldeos, levantado múltiples iglesias y brindado auxilio a innumerables refugiados. La suya había sido una existencia entregada al servicio de Dios, siempre con la espada a cuestas en nombre de la Santa Cruz, sin desfallecer ni mostrar la más leve fisura en la fe que le guiaba.

Profundamente emocionado, Ickila hizo su particular aportación al episodio narrado poniéndole el punto final:

—Varón magno donde los haya, fue digno de ser amado por Dios y por los hombres.

A la mañana siguiente partieron Pintaio y él rumbo a Cánicas a toda prisa. Huma los despidió esforzándose por ocultar su pena, con el alma dolorida por la marcha de su hermano y encendida de una extraña pasión por ese godo que tanto la turbaba. Ellos iban distraídos en sus mundanales cuitas, decididos a participar en la elección del sucesor, que adivinaban reñida.

Fruela y Vímara aspirarían legítimamente al trono, sin descartar al bastardo Mauregato, lo que auguraba una pugna feroz entre hermanos, muy diferentes los unos de los otros.

—¿Por quién apuestas tú? —preguntó el astur, menos ducho que su acompañante en cuestiones relativas al arte palaciego de la conspiración y compraventa de respaldos para hacerse con el poder.

—Por el mismo que tú, imagino —respondió el godo—. Fruela es el primogénito y a él corresponde la responsabilidad de continuar con la obra de su padre, tal como lo veo yo. Además, lleva años deseándolo.

—Deseándolo demasiado, diría yo.

—¿A qué te refieres?

—Sabes perfectamente a qué me refiero, Ickila. La ambición de Fruela es tal que haría cualquier cosa por conseguir ser elegido. Cualquier cosa. ¿Me entiendes? Los hombres así me asustan, máxime siendo él como es, tan vehemente, tan cruel, tan incapaz de controlar sus emociones, tan violento como hemos tenido ocasión de presenciar más de una vez, en la guerra y en la paz.

—No estoy de acuerdo contigo. Fruela es muy parecido a como era su padre, a quien tú y yo hemos servido hasta el día de hoy. ¿En qué se diferencia de él? Tú le has visto combatir al lado de Alfonso. Sabes de su coraje, de su empuje, de su voluntad inquebrantable de vencer. ¿Es más propenso a la cólera de lo que era su padre? En efecto, le hierve la sangre con facilidad. ¿Qué importancia puede tener una cosa así? Lo esencial es que nació con los atributos de un caudillo y lo será, si Dios no dispone otra cosa.

Ante la falta de respuesta de Pintaio, señal inequívoca de que el alegato que acababa de pronunciar no había hecho la menor mella en él, Ickila insistió:

—La historia de mi gente está repleta de luchas y traiciones fratricidas que no trajeron sino infortunio. Nuestro deber es apoyar a Fruela y no contribuir a un enfrentamiento fatal para todos. Demasiadas divisiones ha sufrido ya este reino. Demasiados conflictos que deberían haberse evitado. Nada será peor que una contienda entre nosotros, créeme. Hay que renunciar a lo mejor para dar una oportunidad a lo bueno.

—Sigo pensando que a Fruela le falta la prudencia de Alfonso e incluso de ese hermano del príncipe difunto con quien comparte el nombre. No ha heredado su templanza, la habilidad que siempre mostró el rey a la hora de decidir cuándo avanzar y cuándo optar por retirarse, pero sobre todo su integridad. ¿No has entrevisto nunca algo malvado en esa mirada suya tan negra como la pez? ¿No has sentido vértigo al asomarte a sus ojos en medio de la batalla y descubrir en ellos la llama de un placer malsano? Fruela ansía el trono más que cualquier otra cosa en este mundo. Lo que todavía no sé con claridad es para qué.

—¿Para qué ha de ser? Para seguir con las conquistas de su padre y de su abuelo. ¿No es eso lo que deseas tú? Es exactamente lo mismo que ansía Vímara, quien peleará si puede por desplazar a su hermano, estoy seguro. Claro que en ese momento me encontrará enfrente, pues el primogénito es Fruela, quien acumula por añadidura más experiencia tanto en palacio como en el campo de batalla, lo que juega claramente a su favor. En todo caso se hará lo que la mayoría de los magnates decida, pues es lo que mandan la ley y la tradición.

Ya que no iba a persuadir a Ickila con sus argumentos ni tampoco a dejarse convencer por los de su compañero, Pintaio optó por desviar la charla hacia otros derroteros.

Entretenidos con la conversación, se les había ido agotando la luz y la proximidad de la noche les obligaba a disminuir el ritmo para buscar un buen lugar donde acampar. Una vez que lo hicieran, encenderían el fuego, darían un bocado rápido al queso y al pan que llevaban como provisión y se rendirían inmediatamente al sueño. El momento de plantear la pregunta que le quemaba en la garganta al astur era exactamente ese, pues difícilmente encontraría otro más propicio después.

—A propósito de miradas —apuntó como sin dar importancia a la cosa—, he notado cómo miras a Huma...

Ickila agradeció que la luz fuese ya lo suficientemente rojiza como para justificar el color del que debieron teñirse sus mejillas al escuchar ese comentario. Discutir

375

con su amigo sobre el sucesor de Alfonso, recordar una batalla o hacer chanzas de cuartel sobre las mujeres que frecuentaban en Cánicas le resultaba divertido, pero dejarle hurgar en su corazón era otra cosa bien distinta. Una violación de su intimidad que le incomodaba sobremanera.

Lo que sentía en presencia de Huma era algo tan complejo que ni siquiera era capaz de ponerle nombre. Esa mujer hermosa le atraía como ninguna otra lo había hecho antes, por mucho que se empeñara en combatir esa fascinación. Se sentía cautivado por la sensualidad natural, sin artificio o intención, que desprendía cada uno de sus movimientos. Todo ello le llevaba a intentar conquistar ese corazón que adivinaba tan fiero como el de cualquier guerrero, a juzgar por el aplomo con el que se había enfrentado a él y encaraba las situaciones más complejas para resolverlas sin esfuerzo aparente, con una mezcla asombrosa de intuición, inteligencia y autoridad.

Al mismo tiempo, sin embargo, le provocaba un rechazo visceral la arrogancia que manifestaba ante su padre, su hermano o él mismo, tratándolos poco menos que de igual a igual. Le aterraba, aunque jamás se lo confesaría a nadie, la posibilidad de que le superara en carácter, lo que le llevaba a repetirse a sí mismo que en realidad no eran la razón o el entendimiento los que guiaban acertadamente sus actos, sino más bien algo que Adriano habría definido como un atributo bien distinto, peligrosamente engañoso y típicamente femenino llamado astucia o a lo peor obstinación. Y además estaba su educación tan deficiente, tan absolutamente carente de los modales que caracterizan a una dama, tan huérfana del temor de Dios que ha de conducir los pasos de una mujer decente...

No, definitivamente Huma no era la esposa que le convenía, por más que una mano invisible tirase de él hacia ella con una fuerza que en ocasiones parecía estar a punto de vencerle.

Mostrándose lo suficientemente huraño como para cortar en seco la incursión de Pintaio en ese terreno que él no deseaba abrirle, contestó:

—La miro con el respeto debido a la hermana de mi anfitrión, como no podía ser de otro modo siendo yo un caballero. Creo que ya zanjamos esa cuestión tras el desagradable incidente surgido a raíz de la pregunta que te hice en su día sobre el papel que otorgabais a las mujeres en Coaña.

—No te enojes, no hay motivo —replicó el astur, sorprendido por la reacción de su amigo—. Únicamente me ha parecido notar cierto interés por tu parte, como también por la suya, he de decir, a pesar de que las apariencias puedan sugerir otra cosa. ¿No es así?

—Tu hermana es ciertamente muy hermosa. Me resulta incomprensible que aún no se haya casado.

—Tuvo un amor juvenil que terminó en desastre —explicó Pintaio, resumiendo brevemente la historia de Noreno y su trágico final, tal y como se la había contado la propia Huma—. Nuestro padre lleva años intentando a toda costa buscarle un marido, a lo cual ella se niega. Ya te habrás dado cuenta de que es tozuda. Así son nuestras mujeres: bravas, fuertes, decididas. Solo se casará con quien ella escoja y creo que te mira con buenos ojos...

—No te lo tomes a mal, hermano —se zafó Ickila sonriendo abiertamente a Pintaio con cierta retranca—, pero aunque tu hermana no se hubiera encargado de dejarme bien claros cuáles son los sentimientos que le inspiro, que no son precisamente los más propicios para hablar de boda, el matrimonio no entra en mis planes en este momento. Tengo otras muchas cosas que hacer, como por ejemplo elegir a un rey. Sin embargo, cuando decida desposarme, tendré muy en cuenta tu oferta.

—No es tal oferta, amigo mío. Yo me he limitado a darte mi opinión, aunque tal vez haya malinterpretado lo que veía. Huma será quien elija a su marido y probablemente también a mi esposa. Así están las cosas por Coaña: son las hermanas quienes disponen el matrimonio de los hermanos y no al contrario, como hacéis vosotros.

—Curiosa forma de entender la vida, sí, señor —comentó el godo, guardándose para sí lo que pensaba realmente de tan insensata costumbre propia de bárbaros.

—A mí me resulta conveniente —zanjó el asunto Pintaio, que en las últimas semanas, a raíz de su regreso triunfal al castro, se mostraba más jovial que nunca—. Si tuviese que elegir por mí mismo, acabaría casándome con Beleno.

Llegaron a Cánicas justo a tiempo de participar en el tramo final de la elección. Tal y como habían previsto, la pugna entre Fruela y Vímara había sido enconada, dejando cada cual a sus más cercanos fideles la tarea de exponer ante la asamblea de electores los méritos y virtudes que adornaban a sus respectivos señores, al mismo tiempo que buscaban el modo de desacreditar al contrario.

Ambos se consideraban con más derecho que el otro a empuñar las riendas del poder, lo que los impulsaba a disputárselo por las buenas o por las malas; una tradición tan antigua como el pueblo godo del que descendían por línea paterna, cuyas consecuencias no iban a tardar en vislumbrarse en el naciente reino de Asturias.

En esa hora decisiva en la que iba a ser aclamado el nuevo soberano, el gran patio del palacio estaba repleto de hombres vociferantes que discutían con acritud. A simple vista estaba clara la superioridad numérica de los partidarios del primogénito, quien erguía su maciza figura entre su círculo de fideles luciendo una capa de piel de oso que le distinguía entre todos los demás. Era algo más alto que su padre, velludo, de cabello, barba y tez oscuros, mirada fiera, voz tonante y cólera a flor de piel. Daba por hecha su designación, demostrando con su actitud un desprecio manifiesto por su hermano menor, quien parecía intentar lograr respaldos de última hora impartiendo instrucciones de urgencia a sus lugartenientes.

Al igual que Fruela, Vímara era moreno, aunque de piel y ojos claros, más menudo que el primogénito, pero no menos ambicioso. Había movido todos los resortes a su alcance a fin de hacerse con el trono prometiendo tierras, cargos, prebendas y privilegios varios a todos los condes susceptibles de cambiar de bando, con escaso éxito. Aunque algún apoyo tenía, especialmente entre los magnates de la remota Gallecia recientemente incorporada al reino, la capacidad de infundir terror de su hermano mayor superaba con creces a la suya propia, lo que muy a su pesar motivaba que muy pocos hombres estuvieran dispuestos a arriesgar el cuello por él.

Todos habían tenido ocasión de comprobar hasta qué punto podía ser implacable Fruela con sus enemigos y sabido es que el miedo auténtico, el que hace que se te encojan y aflojen las tripas ante la inminencia de un suplicio que adivinas inhumano, constituye un acicate mil veces más potente que la codicia o la lealtad. De ahí que las fuerzas estuvieran desequilibradas en claro detrimento del intrigante Vímara y a favor de su resolutivo hermano mayor.

Cuando al fin llegó el momento de proclamar al sucesor, un estruendo de voces entre las que se contaba la de Ickila coreó el nombre de Fruela, quien fue alzado sobre el escudo y llevado en andas entre vítores hasta el asiento de roble tallado que hacía las veces de trono. El perdedor se retiró discretamente de la escena, seguido con la mirada por Pintaio, a quien algo le decía que la lucha no acabaría ahí. Él había permanecido mudo, observando con inquietud el desarrollo de los acontecimientos, mientras se preguntaba qué clase de influjo mágico ejercía en la mayoría de los hombres el poder. Qué veían en ese sillón oscuro, incómodo y desgastado como para perseguirlo con semejante ahínco y derramar tanto odio por él.

En el otro extremo de la península, entre tanto, las cosas discurrían por derroteros bien distintos. El sirio Abd al Rahman, vencedor del emir Yusuf al Fihri en la batalla de la Almozara, hacía frente a los coletazos de las guerras civiles que habían ensangrentado al-Ándalus a lo largo de treinta años, sometiendo a su autoridad a los últimos rebeldes musulmanes que habían osado hacerle frente desde Emérita o Toletum. El único superviviente de la familia Omeya, cuya bravura iba unida a una grandísima prudencia, había llegado a Hispania después de atravesar desiertos y montañas, para terminar de una vez por todas con las conspiraciones, alzamientos y discordias responsables del debilitamiento de los musulmanes frente al pujante reino del norte brumoso. Él se disponía a recobrar el territorio perdido, liquidando de una vez por todas ese reducto de resistencia cristiana que se obstinaba en plantarle cara.

Habían acabado para siempre los días de tregua que permitieron a Alfonso avanzar hasta el gran río Durius y poblar sus dominios con las gentes traídas desde el sur. Su sucesor tendría que soportar las embestidas de un caudillo sarraceno resuelto a reconquistar lo perdido e ir incluso más allá, empleando para ello al ejército más formidable de cuantos se hubiesen visto desde la caída del Imperio del Águila. Fruela y cuantos integraban las huestes del humilde enclave asturiano no tardaron mucho en averiguar la magnitud de lo que se les venía encima.

Antes de dar tiempo a Ickila y Pintaio para regresar al castro, del que habían partido prácticamente sin despedirse, los espías destacados en Corduba informaron al nuevo rey de que se preparaba una gran ofensiva para ese mismo verano, sin que fuese posible conocer cuál era su destino exacto. Toda Asturias estaba amenazada: desde los confines de la Vasconia, buena parte de la cual había sido incorporada por Alfonso a su heredad, hasta la costa atlántica de la Gallecia, igualmente integrada al reino asturiano por el esposo de Ermesinda, yerno del legendario Pelayo. La totalidad de las tierras comprendidas entre el litoral cantábrico y la cordillera, regidas desde Cánicas por su hijo Fruela, podían sufrir el embate de los ismaelitas, con la consiguiente devastación. Era menester recuperar cuanto antes la unidad, engrasar la maquinaria de guerra y prepararse para la defensa.

Al volver a su hogar, Ickila se encontró una situación no menos desoladora. Durante su ausencia su maestro y preceptor, Adriano, había entregado el alma al Señor, prácticamente a la vez que el rey y con idéntica paz. Su aliento se había apagado de pronto mientras escribía, dejándole tendido en el suelo en medio de un charco de tinta, pues hasta los mayores hombres nacen para morir y mueren como nacieron: solos, desposeídos de toda gloria, hermanados en esa hora con los esclavos que les sirvieron.

Él, al menos, había dejado una huella indeleble de su paso por este mundo, que sobreviviría al correr del tiempo cuando sus huesos se hubiesen convertido en polvo. Varias generaciones de clérigos salidos de la escuela por él fundada bendecirían cada día su nombre, mientras cumplían su anhelo de dotar al reino de un ejército de escribas y jurisconsultos. Además, tal como había soñado en su querido monasterio de San Justo, los siglos venideros conocerían los sucesos de su tiempo a través de su manuscrito; del compendio de saberes y experiencias al que había dedicado sus desvelos, hasta verlo finalmente concluido poco antes de fallecer.

¿Cabe pedir más a la fortuna?

Badona acusó la ausencia de su confidente y confesor sufriendo un vacío más cruel aún del que había seguido a la muerte de Liuva, de tal manera que en el espacio de unos pocos meses se convirtió en una anciana de cuarenta años, encerrada en sus vestiduras de viuda y sin más alicientes para seguir viviendo que lograr ver casado a su hijastro.

La transformación de la mujer que le había hecho de madre impresionó a Ickila dolorosamente. Privada de la compañía de Ingunda, quien había abandonado definitivamente Cánicas para trasladarse a la casa de su esposo, y carente asimismo del consuelo del fraile, su único amigo en esa tierra salvaje, ella se pasaba las horas muertas mirando al fuego. La vista no le permitía ya bordar ni leer —le explicó con voz cansada a su «pequeño», después de abrazarlo envuelta en llanto—, aunque algo cosía o hilaba cuando la luz era buena. Rezaba mucho por sus seres queridos, todos alejados de su lado en esa etapa final de la existencia en la que tan necesario resulta el calor de la familia, como si un cruel maleficio pesara sobre sus espaldas. Extrañaba cada día más Recópolis, su sol, sus colores, sus aromas. Vivía, le confesó, abrumada por la nostalgia.

¿Cómo confortar su corazón doliente de exiliada? ¿Con qué caricia endulzar la amargura que en el espacio de un par de estaciones le había llenado el rostro de surcos? ¿Qué palabras emplear para mitigar su tristeza? Solo la fe inquebrantable en Dios podía obrar tal proeza. Ella hablaba con Él con una familiaridad creciente, tal como había hecho Liuva en sus últimos días. Se acogía a Su misericordia, confiando en que el amor que había dado en esta vida sin recibir gran cosa a cambio alcanzara su recompensa en la morada eterna. Transitaba entre dos universos, más cercana ya al celeste que al mundo brutal de Cánicas.

No había nada que Ickila pudiera hacer por paliar la soledad de su madrastra, excepto compartir con ella el poco tiempo que le dejaban los preparativos de la inminente campaña militar a la que todos los hombres disponibles del reino estarían llamados en cuanto llegara el calor. Entretenerla con historias sobre sus aventuras y lo que había visto en Coaña, ahorrándole, eso sí, los detalles más truculentos de las batallas así como los confusos sentimientos que le producía esa extraña mujer llamada Huma. Eso pertenecía a su santuario privado, a ese rincón oculto en lo más profundo de sí mismo cuya existencia nadie sospechaba y del cual él mismo dudaba a menudo.

A los ojos de los demás, e incluso a los suyos propios, él era solo un guerrero. Un ser nacido para la lucha, leal, disciplinado, dotado de una fuerza formidable unida a una capacidad de sufrimiento tan grande como su determinación, que hacían de él un soldado de los pies a la cabeza. Esa era su naturaleza. Cosas como el amor, la ternura o la emoción le resultaban ajenas.

Desde el amanecer hasta bien entrada la noche alternaba los ejercicios militares con reuniones de palacio en las que se analizaban los distintos escenarios posibles a fin de disponer los medios necesarios para enfrentarse a un ejército compuesto por muchos millares de hombres (unos decían que cincuenta mil, otros incrementaban incluso esa cifra) que ya había iniciado su avance hacia el norte, tal como confirmaban las patrullas enviadas a informar de su evolución. Y fue precisamente en el transcurso de uno de esos cónclaves cuando se topó de bruces con la última persona que habría esperado encontrarse allí: su antiguo mayordomo, Claudio.

Ickila salía a orinar al patio, sumido en un mar de preocupaciones. El antiguo siervo manumitido se encontraba entre un grupo de hombres, la mayoría con aspecto de campesinos, que habían acudido a enrolarse desde los cuatro puntos cardinales del reino ante los rumores crecientes de que se preparaba una invasión. Fue él quien reconoció a su amo de antaño, a quien llamó como habría hecho años atrás en Recópolis:

—¡Señor!

Nadie respondió.

—¡Señor, señor! —insistió Claudio, que a la sazón rozaba la cuarentena, abriéndose paso entre los congregados con el fin de hacerse visible.

De nuevo, silencio.

Finalmente, haciendo un gran esfuerzo por pronunciar el nombre de pila de quien había sido su dueño, el sirviente gritó:

—¡Ickila!

Esta vez sí el aludido se giró, sorprendido de que alguno de esos desgraciados lo reconociese. Mucho mayor fue su sorpresa al encontrarse con un fantasma del pasado, rescatado de su infancia, que lo miraba con una mezcla de temor y esperanza, no sabiendo exactamente a qué atenerse.

Sin pensárselo dos veces, el godo corrió hasta él y lo saludó con afecto, pues ese hombre envejecido, cuyas facciones parecían haber cedido al peso de la edad descolgándose de sus emplazamientos originales, le traía a la memoria un torrente de imágenes asociadas a la felicidad, gracias a esa capacidad que tienen los recuerdos para embellecerse por sí mismos con el paso del tiempo.

Tras los cumplidos de rigor y la promesa del magnate de recomendarle para un buen puesto en la tropa, el antiguo esclavo se dispuso a desgranar su historia, empezando por la parte que anhelaba poder contar desde hacía largos años.

—Debéis saber, mi señor, que cumplí el encargo de vuestro padre.

—¿De qué encargo me hablas? —inquirió Ickila con recelo—. No sabía que mi padre te hubiese hecho ninguno.

—Antes de entregarme este documento —prosiguió Claudio, sacando su carta de manumisión de un saquito de cuero que llevaba colgado al cuello—, me pidió que encontrara a vuestra hermana Clotilde para implorar su perdón e informarla de los motivos de vuestra partida.

Una punzada de dolor sacudió a Ickila en pleno estómago. Hacía mucho tiempo que se obligaba a no pensar en Clotilde, pues las pocas veces en que lo haría le invadía una sensación de culpa insoportable. Era consciente de lo ruin que había sido su conducta con ella a raíz de su matrimonio impuesto con un caudillo sarraceno de Valentia. Le habría gustado retroceder en el tiempo, abrazarla, consolarla de su infortunio en lugar de castigarla con su desprecio, tal como había hecho en su momento, cegado por la arrogancia de la juventud. Pero no tenía ya la posibilidad de volver sobre sus pasos. Su hermana se había perdido para siempre en la desgracia de un destino que él imaginaba mucho peor que la muerte. Le daba pánico preguntar a su viejo siervo cómo la había hallado, temeroso de que la respuesta le sumiese en una pena aún más profunda, cuando esta llegó por sí sola.

—Ella estaba radiante —aseguró Claudio jovial—, esperando su segundo hijo.

—¿Radiante, dices? ¡No me engañes!

—¡Os lo juro por lo más sagrado, señor! Estaba más bella de lo que nunca la hubiera visto antes, suavemente maquillada, perfumada, con la melena rubia ungida de ricos aceites y las manos y los pies decorados con alheña. ¡Tan hermosa! Parecía además muy feliz, riendo y bromeando con otras mujeres en el edificio de los baños, el hammam, tal como lo llaman los muslimes, donde tuve la oportunidad de intercambiar unas palabras con ella.

—¿Cómo diste con su paradero? —urgió Ickila a su antiguo siervo, reacio todavía a creer lo que escuchaba.

—Una vez llegado a Balansiya, tras varias jornadas de viaje, la busqué por toda la ciudad, tal como me había ordenado mi amo. Pregunté por ella en los puestos del mercado e interrogué a los guardias de la casa, hasta que con el dinero que me había entregado vuestro padre pude sobornar a una de sus siervas para que me permitiese verla. Según me informó la esclava, únicamente salía de su hogar con el fin de acudir a los baños, de manera que el encuentro quedó fijado unos días más tarde, dentro de aquel recinto, en aras de no ser vistos por los soldados de su escolta y así ahorrarle problemas.

»Si me permitís decirlo, señor —añadió Claudio con el orgullo asomado a la sonrisa—, creo que vuestra hermana se alegró de verme. Me trató con deferencia e incluso insistió en entregarme las monedas que llevaba en la faltriquera, a pesar de mi negativa a ser recompensado dos veces por un mismo servicio.

—¿Qué fue lo que te dijo? ¡Habla, en nombre de Dios! No me hagas perder la paciencia.

—Como ya os he explicado —prosiguió el manumitido con eficaz parsimonia, demostrando que en lo sustancial la libertad no le había cambiado—, vuestro padre me había encomendado que le hiciera entrega de una carta en la que, según me dijo, le expresaba su pesar por haberla obligado a casarse en contra de su voluntad y fe, así como su dolor al verse obligado a abandonarla debido a las circunstancias que vos conocéis mejor que nadie. Le di el escrito, que ella leyó de inmediato, llorando con emoción, después de lo cual le conté lo ocurrido.

—Pero dime de una vez, ¿qué fue lo que te dijo? ¿Cuál fue su respuesta?

—Me rogó que si volvía a veros a vos o a vuestro padre os transmitiera que no os guardaba rencor. Me juró que su esposo la colmaba de atenciones y cubría holgadamente sus necesidades y las de sus hijos, tal como ordena el libro sagrado por el que se rigen los mahometanos. Que la vida en el harén le resultaba placentera en su sencillez, pues disfrutaba de la compañía de otras dos mujeres con las que compartía las horas de holganza, y que había abrazado con sinceridad la fe de los islamitas, en la que encontraba respuestas que daban sentido a su vida, así como consuelo al dolor que le causaba la brusca separación de su familia. Vi a la misma dama Clotilde de siempre, con su sonrisa, su humildad y su voluntad de agradar. Creo que había aceptado su suerte con esa disposición alegre que siempre tuvo desde que era niña. Y olvidaba deciros que había adoptado el nombre de Fátima.

—Júrame por tu salvación que no me mientes —amenazó Ickila, incrédulo aún ante lo que oía.

—Lo juro. Que me condene al infierno si falto a la verdad o la exagero. Vuestra hermana había hallado una paz que se reflejaba en su rostro. Creedme cuando os digo que era dichosa, o lo aparentaba a la perfección, lo cual no sería propio de ella. ¿Querréis hacérselo saber a vuestro padre?

—Murió hace años, aunque confío en que el perdón de Clotilde le haya alcanzado allá donde mora ahora, del mismo modo que llena mi corazón de alegría. Gracias por tu lealtad, que no quedará sin recompensa, Claudio. ¿Cómo puedo mostrarte mi gratitud por lo que has hecho?

—Ya me lo agradeció vuestro padre librándome de la esclavitud, haciéndome el honor de confiar en mí y entregándome, por añadidura, una cantidad de oro que me permitió llegar hasta aquí para asentarme en mi propia tierra. Tengo una granja al sur de Cánicas, donde crío ovejas con la ayuda de mi esposa y mis tres hijos. Pero ahora no es tiempo de pastorear rebaños, sino de defender lo nuestro. Espero poder contribuir a ello pese a no haber empuñado nunca una espada.

—Lo harás, no temas. Yo te buscaré un puesto donde tus cualidades como intendente puedan ser aprovechadas, pues no solo de guerreros se compone un ejército. Hacen falta hombres como tú, capaces de proveer a las necesidades de la tropa. Y cuando todo haya terminado, regresarás a tu mujer, tus hijos y tus ovejas con mi gratitud eterna.

Unas semanas más tarde marchaban en formación hacia Gallecia.

Los exploradores enviados al otro lado de la cordillera habían confirmado que las huestes mahometanas se dirigían hacia esa región, de más fácil acceso que cualquier otra por carecer de fortificaciones naturales, lo que obligaba al nuevo rey a buscar un lugar propicio para ofrecer resistencia. Era preciso estirar las jornadas hasta el agotamiento, pues la abrumadora inferioridad numérica de los cristianos les imponía llegar antes que el enemigo a fin de ocupar el mejor terreno para la batalla. La supervivencia del reino no permitía otra cosa.

Fruela cabalgaba en la vanguardia de la formación, tal como había hecho siempre su padre, flanqueado por sus fideles. Detrás iba su hermano Vímara, acompañado por los suyos. Rara vez se los veía juntos. El odio que se profesaban mutuamente era tan evidente como el desconcierto que tal situación provocaba en el ejército, necesitado de una guía única, firme y segura ante el choque que se avecinaba. Un enfrentamiento que prometía ser feroz.

En ello pensaba Ickila sin dejar de observar cualquier movimiento a su alrededor, oteando el entorno con ojo de sabueso fiel en busca de cualquier indicio de conspiración. No sentía una especial simpatía por el soberano, si bien tampoco una aversión semejante a la de su amigo Pintaio. Le guardaba las espaldas como si de las suyas propias se tratara, al margen de sentimientos u opiniones, cumpliendo así con su deber. Esa era su concepción de una conducta recta, según lo aprendido de Liuva, de Adriano y de la propia historia. No le correspondía a él juzgar a un rey.

Al atardecer de un día de canícula llegaron a las inmediaciones de un puente sobre el río Umia, construido como parte de la antigua calzada romana que unía Brácara con Astúrica. Esa era la vía que seguía la tropa invasora desde el sur, por lo que esperarla allí ofrecería la ventaja de aprovechar el cuello de botella con el que se encontraría en ese punto. El vado más cercano estaba a muchas millas de distancia, por lo que los caldeos tendrían que conquistar el puente previamente ocupado por los astures o dar un largo rodeo. Lo más probable era que confiaran en su superioridad y optaran por la primera posibilidad, proporcionando a sus adversarios una oportunidad de oro para tenderles una emboscada.

Y así lo hicieron.

Los arqueros y honderos de Fruela fueron situados en puntos estratégicos de la orilla, desde los cuales podrían disparar contra los ismaelitas según cruzaban el puente, como si se tratara de blancos fijos en una exhibición de tiro. La infantería se desplegó a una distancia prudencial, en formación compacta, al tiempo que los jinetes tomaban una posición elevada que les permitiría controlar el desarrollo de la batalla y perseguir eventualmente a los soldados de Alá que lograran superar el cerco.

Cuando los primeros estandartes verdes se hicieron visibles en la distancia, todo estaba preparado para darles la bienvenida.

El comandante de la fuerza árabe era un muchacho llamado Omar, hijo del mismísimo Abd al Rahman, habido de su primera esposa. Un joven inexperto, henchido de vanidad, que se metió en la trampa con el entusiasmo de la adolescencia. La visión de los hombres que había venido a combatir, un puñado de bárbaros que proferían gritos salvajes provocándole desde el otro lado del río, le cegó hasta el punto de hacerle olvidar cualquier prudencia. De modo que ordenó a los suyos cargar, antes incluso de inspeccionar el terreno, enviándolos a una muerte segura.

Las primeras oleadas de la caballería fueron diezmadas por las flechas y las piedras, obstaculizando el paso de los que venían detrás. En vano intentaron auxiliarlos los afamados guerreros de a pie, presa fácil para sus oponentes dada la imposibilidad de atacar en masa en esa posición incómoda. Desde su atalaya en las faldas de una colina, sin necesidad de intervenir en la refriega, Ickila presenció incrédulo cómo caían a racimos los sarracenos, incapaces de sobreponerse a la sorpresa inicial. Junto a él, Pintaio contemplaba las aguas del Umia teñirse de rojo, sin expresión en el rostro, hastiado de ver correr esa sangre por la que tanto había suspirado antaño. El desenlace era indudable.

Tras largas horas de matanza, saldadas con escasas bajas en el bando cristiano, el propio Omar se lanzó al ataque al frente de los restos de su ejército, demostrando un coraje digno del padre que lo había engendrado. No se resignaba a regresar a Corduba derrotado, aunque podría haber huido salvando con ello la vida. En lugar de ceder a esa tentación, fue al encuentro de su suerte montando un brioso purasangre árabe, de color negro, que sorteó las flechas enemigas para lanzarse a buscar el pecho del rey cristiano, reconocible por su armadura labrada sobre la que una capa de piel de oso le señalaba incluso en el calor del verano. Este aceptó el envite y espoleó a su montura, profiriendo un alarido de júbilo.

Se encontraron en campo abierto, uno contra uno, blandiendo cada cual su espada. Ambos rechazaron el auxilio de sus guardias personales, decididos a medirse en combate singular. Pero Omar era poco más que un niño sin posibilidad alguna de vencer a Fruela, cuya destreza en el combate quedó demostrada en los primeros lances. Primero derribó a su adversario, luego desmontó él, y tras levantar al muchacho del suelo cogiéndole por los pelos, le cortó la cabeza de un tajo, entre vítores enfervorecidos de sus guerreros.

La lucha había concluido con una victoria en toda regla. Los supervivientes sarracenos que no lograron escapar fueron cargados de cadenas y reducidos a esclavitud, pues tal es el destino del vencido cuando no alcanza el honor de morir a hierro.

En esa ocasión se había conjurado el peligro para Asturias, aunque nadie dudaba de que los derrotados volverían a vengar a sus caídos. Solo quedaba enterrar a los cristianos, recoger el botín y regresar a casa para pasar el invierno. No podían sospechar que a la vuelta del camino les esperaba otra guerra, mucho más cruel que cualquiera que hubieran conocido hasta entonces y que no se detendría ante las nieves.

XIII

Sangre y conjuras

Occidente de Asturias, era de 795

La vía que iba de Lucus a Gegio, para enlazar después
con la que conducía a Cánicas, se bifurcaba a una jornada de camino de Coaña. El ramal principal continuaba
hacia el nordeste por su trazado empedrado abierto por
los ingenieros de Roma, mientras un sendero de barro
señalizado con una antigua estela se internaba en el bosque en busca del mar, siguiendo la ruta más corta. Hasta
esa encrucijada viajaron juntos Ickila y Pintaio, comen-
tando las incidencias de la batalla, sin osar preguntarse
el uno al otro por sus respectivos planes para el futuro
inmediato. Llegados a ese punto, fue el godo quien tomó
la palabra con evidente pesar:

—Aquí nos despedimos, amigo. Yo sigo a la tropa
mientras tú te desvías.

—Confiaba en que serías nuevamente nuestro huésped. Nos marchamos del castro de una forma tan abrup-
ta que apenas hubo tiempo para la despedida.

—Así fue, en efecto, aunque no por nuestra voluntad. Confío en que tu familia haya sabido perdonar tamaña descortesía. Sin embargo, como pudiste comprobar tú mismo, mi madrastra languidece sola en nuestra
residencia de Cánicas, a la que hubo de trasladarse desde

su Recópolis natal por culpa mía. No puedo abandonarla. Sabes bien cuánto desearía acompañarte, pero el deber me impone otra cosa.

—Huma también lo lamentará —insistió zalamero Pintaio, quien se había ilusionado con la posibilidad de unir a las dos personas más cercanas a su corazón—. Creo que se sentirá decepcionada al verme aparecer por el castro sin mi acompañante de la vez anterior.

—Llévale mis saludos respetuosos —respondió Ickila algo molesto con la insinuación, tanto más incómoda cuanto que le recordaba dolorosamente su propio deseo de volver a contemplar en carne y hueso a esa mujer con cuyo cuerpo esbelto soñaba a menudo despierto—. Ella entenderá mejor que nadie que cumpla con mi obligación de atender en su ancianidad a la mujer que me dedicó sus años mozos.

—Sea pues, ya que te conozco lo suficiente como para estar seguro de que no cambiarás de opinión. Pasaré el invierno en mi casa, donde tengo más de un asunto pendiente, y regresaré a la corte con los primeros brotes. Ya se lo he comunicado al príncipe, quien me ha dado su permiso. Ve con tu Dios, hermano.

—Que Él te guarde siempre, Pintaio. Echaré de menos vuestro puré de castañas —bromeó, pues jamás había mostrado el menor aprecio por la receta en cuestión, que consideraba más adecuada para las bestias que para los cristianos. Luego, ya en serio y con un toque de nostalgia en la voz, añadió—: Y, por supuesto, extrañaré vuestro hogar.

No hubo abrazos ni lágrimas. A la luz grisácea de un atardecer nublado Ickila se alejó con el grueso del ejército hacia la oscuridad de la noche, al tiempo que Pintaio enfilaba la senda que le conduciría a su aldea y a su destino. Un destino que pasaba inevitablemente por enfrentarse cara a cara con su padre. Nunca volvería a huir ni a mostrar temor ante ese hombre a quien había odiado desde lo más profundo de su ser, sin dejar de amarle un solo instante. No permitiría que se le muriera, como había sucedido con Naya, sin confesarle lo que pensaba y experimentaba desde niño en su presencia, aunque fuese una única vez. Era tiempo de saldar cuentas.

Coaña se había convertido en una olla repleta de conflictos hasta rebosar, en la cual los rencores hervían con la desconfianza, los enfrentamientos y la maledicencia hasta componer un brebaje mortal que envenenaba la convivencia. Los nuevos habitantes venidos desde el meridión despreciaban los usos y costumbres locales, ignoraban los mandatos de Aravo y pugnaban por imponer sus propias reglas, lo que había producido ya más de un encontronazo violento.

Instalados en parcelas de tierra ganadas al monte que hasta ese momento habían sido comunales, las consideraban de su propiedad y las vallaban a cal y canto, para indignación de los lugareños que veían drásticamente disminuido el espacio disponible para la caza o la recolección de frutos silvestres indispensables en su dieta. Unos querían plantar trigo o frutales, siguiendo la tradición de sus mayores, mientras los otros eran y siempre habían sido pastores. Aquellos se agarraban a sus presuras como el molusco a la roca, temerosos de volver a sufrir el martirio del desarraigo, en tanto que estos percibían esos títulos reales como meros trozos de pergamino sin valor tangible alguno.

De poco servían los intentos de mediación del jefe, asistido por su Consejo de Ancianos, ya que los inmigrantes se acogían a las disposiciones del *Liber Iudiciorum*, o a lo poco que conocían de él, para rehuir cualquier otra autoridad que no fuera la del rey o su representante directo. Tenían un profundo sentido de la jerarquía, en virtud del cual el señor rechazaba todo contacto con el campesino libre por quien no sentía el menor aprecio al tiempo que este último negaba la condición de ser humano al siervo. Una fragmentación social implacable y estanca, que jamás se había dado en la aldea y que amenazaba con liquidar cualquier posibilidad de integración.

En Coaña siempre había habido algún esclavo, parte del botín conquistado por los guerreros locales que estos incorporaban a la hacienda colectiva del poblado en cuanto volvían a casa. Esos siervos dormían juntos en una choza situada junto a los corrales y eran empleados en las tareas más penosas, tales como el desbroce de bosques o la limpieza de las pocilgas, de utilidad para la comunidad en su conjunto. Los esclavos traídos por los colonos de Pintaio, en cambio, no trabajaban más que para sus amos, vivían con ellos o con sus animales y con el apoyo de sus dueños rechazaban incorporarse a cualquier otra tarea, lo que enconaba los ánimos y desataba pendencias.

De ahí que el segundo regreso del héroe, nuevamente vencedor de los moros, no fuera acogido por el pueblo con el mismo entusiasmo que la vez anterior.

Huma le esperaba con una impaciencia impropia de su carácter. Se repetía a sí misma que era a su hermano a quien anhelaba abrazar, aunque no conseguía engañarse. Desde que Pintaio e Ickila habían partido de Coaña, hacía ya varias lunas, no pasaba un solo día sin que el recuerdo del gigante rubio la atormentara. Por mucho que se esforzara en borrarle de su mente, su imagen inconfundible la asaltaba en los momentos más intempestivos, tal como le ocurría de niña con las criaturas pertenecientes a universos desconocidos. Y, al igual que le sucedía entonces, cualquier intento de resistirse a la acometida resultaba del todo inútil.

Ickila se le aparecía en pleno día, súbitamente, mientras preparaba una poción o charlaba con su amiga Zoela, llamándola con esas manos enormes que habrían podido estrangularla sin esfuerzo o colmarla de tiernos placeres. La visitaba en sueños, a veces en forma de pájaro, otras transfigurado en fuego y, las más con el aspecto de Noreno, el amado y llorado Noreno, quien caminaba a su lado por aquel acantilado cómplice, descansaba junto a ella en un prado recién segado o gozaba de su amor en su rincón escondido del castro, exhibiendo los rasgos del godo. ¿Qué le decía la Madre con esos extraños signos? ¿Por qué razón incomprensible la turbaba de ese modo ese forastero hostil, enemigo de su pueblo, adorador de un dios lejano, exponente de un modo de entender la vida que condenaba el de los suyos a la desaparición?

Ansiaba su regreso como la tierra ansía la lluvia tras una larga sequía. Deseaba ardientemente verle cabalgar junto a Pintaio, oír su respiración en la noche y aspirar el olor acre de su piel en el momento de acercarle la escudilla junto a la lumbre, sintiendo fugazmente su calor al rozarle la piel sin intención aparente. Claro que se guardó mucho de confesarlo. Cuando vio aparecer a su hermano solo, con las huellas de la fatiga reflejadas en el gesto, lo colmó de atenciones, lavó su cuerpo cansado, ungió su melena con aceite perfumado de hierbabuena y le sirvió un buen trozo de asado. De sus labios no salió ni una palabra sobre Ickila.

—¿Qué nuevas me das del castro? —preguntó Pintaio una vez repuesto de sus fatigas, confiando en que el juicio de Huma le sería tan valioso como el suyo propio.

—Crece, como habrás podido comprobar. Se restauran las viejas casas abandonadas, se reconstruyen los tejados, se reparan las canalizaciones y se devuelve la vida a barrios abandonados desde la noche de los tiempos, lo que no puede ocultar el hecho de que está enfermo, hermano —contestó ella con esa serenidad de mar en calma, imperturbable ante la galerna que se acerca—. El odio y la desconfianza anidan entre nosotros. Los dioses nos han vuelto la espalda. Ignoro hacia dónde caminamos, aunque me estremezco al recordar la profecía que formuló el tempestiario para mí y que nuestra madre, Naya, me transmitió antes de morir: «El castro se resquebraja. Tal vez no lo vean tus ojos, o tal vez sí, pero el jinete que trae la destrucción a la aldea, ese lugar rescatado de un ayer que no puede ser mañana, ya cabalga a lomos de una montura veloz...».

—¡Tonterías! Solo es cuestión de tiempo y de adaptación. Los nuevos se acostumbrarán a nosotros y nosotros a ellos. Ya encontraremos el modo de limar asperezas.

—Ojalá sea así. Por el momento, sin embargo, padre parece incapaz de hacerlo y a mí me faltan las ganas. Si te soy sincera, no veo en qué pueden beneficiarnos esas gentes con las que no compartimos nada: ni la fe, ni las costumbres, ni siquiera los temores.

—Compartimos una lengua que va siendo la de todos, pues ni tú misma utilizas ya el habla antigua más que para tus conjuros. Compartimos esta tierra, que únicamente con su ayuda y su fuerza unida a la nuestra podremos defender del avance de los sarracenos. Compartimos un destino, pues si los ejércitos de Abd al Rahman logran abrirse paso hasta nosotros, todos acabaremos muertos o vendidos como esclavos en los mercados de Mauritania. ¿Te parece poco? ¿No crees que merece la pena intentarlo al menos?

Huma guardó silencio, pues nunca se había planteado las cosas de aquella manera y las palabras de Pintaio llenaban su corazón de dudas. «Eres hija de un tiempo que ha quedado atrás —resonaban en su mente las inquietantes palabras de la profecía—. Eres la última, igual que yo, de un pueblo condenado a morir». ¿Había llegado ya la hora? ¿Acaso nadie más que ella se daba cuenta con dolorosa claridad de que había llegado a su fin una era familiar, conocida, empedrada de certezas, para dar paso a una noche de oscuridad e incógnitas? Y en medio de todo, ese godo, ese rostro de barba rubia cuyo nombre le quemaba en la garganta, atrapado entre el deseo y el orgullo.

—¿Qué ha sido del feroz temperamento de nuestro padre? —prosiguió Pintaio su puesta al día, sorprendido por las noticias que le trasladaba Huma—. Me cuesta creer, la verdad, que sea incapaz de imponerse a los recién llegados.

—Aravo no ha sido el mismo desde que te enfrentaste a él con los poderes de Alfonso en la mano. A partir de ese momento los miembros de su Consejo comprobaron que eres tú quien ostenta el mando real y no necesito explicarte lo que eso significa...

—Nunca fue mi intención humillarle.

—Lo sé. Como tú sabes que no hay piedad para el perdedor. En todo caso, también los años han hecho mella en él y su salud ya no es tan buena como antaño. Se le olvidan las cosas, le flaquean las piernas y la vista, ya no son sus flechas las que derriban los venados, aunque sigue participando en las partidas de caza, e incluso conmigo ha cambiado de actitud.

—¡No me digas que ha renunciado a buscarte esposo!

—Por lo menos no me castiga con ese asunto a toda hora. Yo creo que tampoco abundan los pretendientes en este tiempo de guerra y tribulación, lo cual facilita las cosas. Además, me ve muy ocupada intentando amparar a nuestros hermanos ante la presión constante de tus refugiados, proteger a nuestras mujeres de sus aproximaciones e incluso defenderme a mí misma de algunas de sus insinuaciones, ya que han empezado a circular rumores sobre mi condición de sacerdotisa de la Diosa.

—¡Dime quién propaga tales murmuraciones y le cortaré la lengua!

—Calma, fiera. Te comportas exactamente igual que cuando eras un chiquillo. Si hemos de compartir unos y otros este techo de Coaña, deberemos tener paciencia. No pienso renunciar a mis creencias, que fueron las de nuestra madre, pero soy consciente de que habré de mostrarme discreta. Logré expulsar de aquí a Fedegario, que pretendía levantar su iglesia entre los muros de nuestro castro, pero no puedo hacer lo mismo con todos esos invitados que nos has traído. No es su desconfianza hacia mi persona lo que me preocupa.

—Si alguien se atreve a faltarte al respeto, lo mataré con mis propias manos.

—Eso será si logras adelantarte a mí, lo cual te será difícil. Pero ya que mencionabas el asunto de mi casamiento, te diré que te he buscado una esposa que creo será de tu agrado.

Era lo último que esperaba Pintaio en ese momento. Estaba tan enfrascado en la conversación sobre el castro, tan preocupado por la necesidad de sincerarse con su padre, a quien había encontrado envejecido hasta el extremo de inspirarle lástima, que el anuncio de su hermana le cayó como una pedrada lanzada a traición. De ahí que le costara reaccionar, aunque tras unos instantes de titubeo preguntó temeroso:

—¿De quién se trata?

—¿Recuerdas a la hermana pequeña de Zoela, que nos acompañaba de niños cuando íbamos a recoger fresas o a buscar nidos?

—¿Neva?

—Veo que la recuerdas, en efecto. Siempre te ha mirado con devoción y es una mujer fuerte, trabajadora, inasequible a la fatiga y adivino que buena hembra, que te tratará como mereces.

—Si esa es tu elección —contestó Pintaio rojo de vergüenza ante la última afirmación de su hermana—, la acepto gustoso, pues confieso que no me desagrada. Era una chica guapa y divertida en la que he pensado muchas veces. Si no ha cambiado demasiado y además desea unirse a mí, ya hemos andado sin esfuerzo un buen trecho del camino.

—Solo hay un problema —advirtió Huma, restando gravedad a la cosa—. Neva carece de herencia, al ser la segundona de una familia humilde. Ya le he dicho yo a Zoela que esa circunstancia no te incomodaría, pero es mi obligación serte franca. Esta casa, como sabes, me pertenece a mí, lo que os obligará a buscar acomodo en otra parte.

—Más que un obstáculo, eso que me dices es una ventaja. Mi apego por el castro nunca fue semejante al tuyo. De no ser por ti, acaso ni siquiera habría regresado. Si Neva acepta acompañarme lejos de aquí, allá donde el rey me conceda tierras, empezaremos los dos una nueva vida con otros horizontes, otros paisajes y otras gentes.

—¡Eso habrá que verlo! —le recriminó Huma, forzando un gesto de enfado—. No sé si llegaré a casarme, pero en caso de hacerlo me gustaría que mis hijos tuvieran en su tío Pintaio el brazo protector siempre presto que ordena la tradición. ¿De verdad nos abandonarías después de haber sumido al castro en el caos con tu partida de inmigrantes? De haberlo sospechado, habría concertado tu matrimonio pensando en una soltera gruñona con casa a dos manzanas de aquí.

—Bueno, ya hablaremos del futuro una vez celebrada la boda. ¿Has hablado de ello con padre?

—No. Te dejo esa responsabilidad a ti. Así podrás desprenderte del peso con el que cargas desde que eras un niño.

—¿Qué sabes tú de eso? —inquirió Pintaio, sorprendido ante el hecho de que Huma hubiese leído en su interior.

—¿Has olvidado quién soy y cuáles son mis poderes? Te conozco mejor de lo que te conoces tú mismo y nunca te has alejado de mí, aunque tú creyeras lo contrario. Ve, habla con él, y encuentra al fin esa paz que tanto anheláis los dos.

Aravo pasaba mucho tiempo en el edificio del Consejo, como si encontrara allí refugio ante los problemas que le acuciaban. Todo su orden se había venido abajo en un espacio muy corto de tiempo, coincidiendo con un deterioro físico alarmantemente rápido que le hacía sentir una terrible impotencia. Los músculos, incluido el ariete de su virilidad maltrecha, no obedecían como antaño las órdenes de su voluntad. El dolor de huesos lo acompañaba a todas partes, especialmente cuando el aire era húmedo. Los ojos le fallaban en los momentos cruciales. Conservaba tan pocos dientes que apenas podía comer nada que le gustara. Ahora bien, su altanería ancestral de caudillo astur permanecía intacta. El genio endiablado que le había caracterizado en su juventud había ido limándose con el paso de los años, al igual que la dentadura, si bien asomaba aún de cuando en cuando para terror de quienes lo sufrían. Él no era ni sería nunca de los que se rinden a la adversidad, por lo que se arrojaría al mar desde lo alto de un acantilado antes de asumir el papel de anciano merecedor de piedad.

Su misión al frente del castro se había puesto difícil. Carente de fuerza real, privado súbitamente por la vía de los hechos de la potestad ejercida durante lustros, se devanaba los sesos buscando en vano la manera de salir de ese atolladero. ¡Cuántas veces había maldecido a Pintaio por traer la desgracia al castro! ¡Cuántas había renegado de la hora en que lo engendró! Ese hijo a quien había enseñado a combatir con la espada en la mano, a pelear con los puños desnudos, a cazar, poner trampas, despellejar animales o degollar carneros sin pestañear; ese único varón de sus entrañas a quien siempre había subestimado por considerarlo un alunado muy parecido a su madre, no había regresado al hogar más que para humillarlo robándole lo que era suyo. Y, sin embargo, era tan grande su satisfacción al verlo convertido de pronto en un hombre triunfador. Tan honda su dicha de padre que ve encumbrado a su vástago, que le costaba mantener vivo el rencor.

La apariencia, no obstante, tenía que reflejar suficiencia. De ahí que se irguiera todo lo que le daba de sí la espalda al ver entrar a su hijo, permaneciera sentado en espera de oír lo que venía a decirle y le mirara a los ojos, desafiante, acaso rememorando con cierta nostalgia los días en que una mirada así era capaz de amedrentar al guerrero que ahora tenía ante sí.

—Salud, padre —se arrancó Pintaio tras una respetuosa inclinación, sintiéndose inmediatamente incapaz de repetir el discurso que traía ensayado ante el hombre que más le había intimidado siempre. En lugar de sincerarse, anunció lacónico—: Vengo a hablaros de mi matrimonio.

—No sabía que tuvieras planes de boda —contestó Aravo, sorprendido por la noticia.

—En realidad, yo tampoco. Huma acaba de comunicarme que ha estado en conversaciones con la familia de Neva a fin de arreglar el enlace, lo cual, he de reconocer, me complace más de lo que yo mismo habría creído. Siempre sentí afecto por esa muchacha.

—¿Y dónde vais a instalaros? —saltó Aravo como un resorte, temeroso de sufrir un nuevo desplazamiento insospechado—. Esa familia no tiene más casa que aquella en la que vive Zoela con su esposo y tú te pasas la vida batallando. ¿Cómo piensas arreglártelas?

—No temáis, padre, que ya he pensado en eso. Confío en que el rey me conceda una presura en alguna de las muchas tierras conquistadas recientemente, pues sabe de la lealtad con que he derramado mi sangre.

—¿Te marcharías del castro, entonces?

Lo que Pintaio descubrió en el tono de esa pregunta no era miedo. Tampoco alegría. No era esperanza, decepción, alivio, reproche o victoria, sino un poco de cada cosa. Una amalgama de emociones en las que Aravo condensaba su incapacidad de expresarle su amor o confesarle su inquina. Y entonces lo vio todo claro. Lo que su padre sentía hacia él debía de ser muy parecido a lo que él mismo experimentaba. Los dos se amaban y se aborrecían, se llamaban y se rehuían, se admiraban y se temían. Al fin y al cabo los dos llevaban la misma sangre, aunque por las venas de Pintaio corriera igualmente la de Naya. También en el interior de su madre se habían librado violentas batallas de sentimientos encontrados hacia ese marido que nunca la correspondió. Solo ella sabía lo mucho que había sufrido sin caer jamás en la amargura o el resentimiento. ¿Iba a ser él distinto?

—Es posible que me vaya, sí —contestó intentando dar calor a sus palabras. De pronto había visto a su padre como un ser desvalido, débil, perdido en un mundo que corría a una velocidad imposible de alcanzar a sus años y necesitado de apoyos—. Me marcharé si no me mandáis otra cosa. Pero antes deberíamos intentar poner orden en la aldea donde, según me dice Huma, los refugiados que vinieron conmigo no terminan de comportarse como se esperaba de ellos.

—¡Hatajo de malnacidos! —se desahogó Aravo, de nuevo en el papel de caudillo, confortado por la actitud humilde de Pintaio—. Por cierto, ¿qué ha sido de ese amigo tuyo, Ickila, que te acompañó en tu última visita?

—Por lo que yo sé estará en Cánicas, junto con su madre viuda.

—Pues tal vez deberías intentar traerle de nuevo a Coaña. Lo he estado pensando detenidamente y creo que sería un excelente esposo para tu hermana. Al fin y al cabo él es godo, como la mayoría de los que vinieron contigo, por lo que le resultaría más fácil gobernarlos. Conoce sus leyes, procede de una estirpe de guerreros y goza, al igual que tú, del favor del príncipe Fruela. ¿Me equivoco?

—En absoluto, padre. Yo también he considerado esa posibilidad en alguna ocasión, aunque no estoy seguro de que él esté interesado o de que Huma le acepte.

—Tu hermana ha jurado acatar mi decisión y cumplirá su palabra. En cuanto a él...

Ickila recibía en ese mismo momento la orden de prepararse para marchar a la guerra. A las puertas del invierno, con el hielo trepando a marchas forzadas por las faldas de los montes, en los confines más remotos del reino había estallado una revuelta en toda regla, que intentaba aprovechar la estación sin caer en la cuenta de que Fruela no era precisamente de los que aplazan la respuesta.

Los vascones. Otra vez los vascones.

Tras la marcha de los romanos, se habían expandido hacia poniente adueñándose del territorio antaño perteneciente a várdulos y caristios, que conservaron más o menos mermado hasta la ocupación sarracena. Los reyes de Toletum lucharon por someterlos y lo lograron parcialmente, como atestiguaba la ciudad de Victoriaco, fundada por Leovigildo en el corazón de Alaba para conmemorar su victoria sobre esos montaraces lugareños. Ellos, no obstante, se mantuvieron insumisos en sus rincones más abruptos, oponiéndose una y otra vez a cualquier intento de dominación, hasta el punto de que el mismo Rodrigo, y con él la Hispania cristiana, sucumbió ante Tariq por encontrarse lejos de la Bética cuando la tropa invasora cruzó el estrecho, combatiendo una insurrección vascona. Claro que su derrota, la derrota de los godos, fue también la de ese pueblo pagano del confín septentrional de la península.

Sufrieron como todos los demás el azote de las aceifas, vieron sus tierras arrolladas una y otra vez por el empuje brutal de los guerreros de Alá y tuvieron que enviar a sus hijas a los harenes de los caldeos a fin de obtener clemencia. En busca de auxilio se aliaron con el rey que moraba en Cánicas, único capaz de resistir la embestida, del mismo modo que sus hermanos del otro lado de la cordillera pirenaica buscaron la protección de Carlos, soberano de los francos. Sellaron un pacto de fraternidad libre y voluntariamente. Escogieron el reino de Asturias como hogar y fortaleza.

Al lado del sucesor de Pelayo combatieron los fieros vascones en más de una batalla junto a godos, cántabros y astures. Una vez muerto Alfonso, no obstante, dieron por difunta la alianza, sin preocuparse de argumentar las razones de esa ruptura. Fruela no era de su agrado. El nuevo monarca no gustaba de acordar, sino de imponer por la fuerza. Se parecía demasiado en sus actitudes y actuaciones a la propia forma de ser de esos súbditos suyos paganos como para que fuera posible un entendimiento. De modo que un amanecer sombrío de finales de otoño, asaltaron las guarniciones reales, pasaron a cuchillo a los hombres que las integraban e hincaron sus cabezas en picas, que clavaron en la cima de los peñascos a fin de hacer bien visible su desafío.

Informado de lo sucedido por uno de los escasos supervivientes de la matanza, Fruela no se amilanó. Preso de la ira, decidido a hacerles pagar cada vida arrebatada a sus soldados con cien de las suyas, armó un ejército a toda prisa y puso en marcha una expedición de castigo que partió hacia tierras de Alaba a comienzos del año 796.

Al encontrarse en la capital en el momento de ser movilizada urgentemente la tropa, Ickila se convirtió en uno de sus capitanes. Pintaio, en cambio, no llegó a moverse de Coaña. Los hombres partieron de hecho sin apenas tiempo para equiparse, a pesar de saber que iban a enfrentarse al invierno en uno de sus santuarios más duros. Los más pudientes llevaban botas de cuero bien curtido, calzas largas de piel de oveja bajo la túnica y gruesas pellizas de lobo, oso o nutria sobre las espaldas. Quienes no podían pagarse tales prendas habían de conformarse con mantos de lana basta y acostumbrarse a llevar los pies mojados. Más de uno moriría antes de ver a un enemigo, víctima de la congelación, sin que los galenos que acompañaban a la tropa pudieran hacer nada por impedirlo: un hombre incapaz de moverse es un lastre que ningún ejército puede permitirse arrastrar consigo.

A medida que se adentraban en territorio hostil, forzando marchas extenuantes, la furia de Fruela iba en aumento. Los rebeldes no daban la cara en campo abierto, sino que tendían emboscadas aprovechando pasos estrechos, valles cerrados o gargantas cortadas a cuchillo entre picos cubiertos de bruma. Se comportaban exactamente igual que los astures en su enfrentamiento con los sarracenos. Y esas tácticas en las que el propio rey cristiano era un auténtico maestro iban diezmando sus fuerzas sin darles ocasión de defenderse, llevando con ello hasta el paroxismo las ansias de venganza de un príncipe entre cuyas virtudes no figuraban ni la paciencia ni la templanza. Al cabo de pocos días, su furia dejó de diferenciar entre hombres, mujeres y niños.

Cada aldea conquistada fue pasto de las antorchas. Cada enemigo prendido resultó muerto allí mismo, incorporado a la cuerda de parias reducidos a servidumbre o desprovisto de las manos mediante un hachazo certero destinado a convertirlo en una carga para su familia. Cada caserío acabó incendiado. Cada bestia susceptible de servir de alimento fue devorada por los miembros de la expedición o dejada en pasto a los carroñeros. Cada pozo, envenenado por el procedimiento de arrojar en su interior cadáveres. Cada campo, arrasado. Cada mujer, violada una, dos, tantas veces como guerreros dispuestos a hacerlo hubiese en ese momento, sin que la piedad asomase a los ojos del soberano.

Ickila asistió a la masacre asqueado del espectáculo. No era esa la idea que él tenía de la guerra. Era consciente de la traición de los vascones a su rey natural y de la necesidad de castigarla, lo que a su entender, empero, no justificaba una brutalidad como la que estaba mostrando Fruela en la toma de represalias. ¿Acaso eran ellos iguales a esos paganos sin Dios? El godo anhelaba el combate frontal, noble, cuerpo a cuerpo, en el que una espada se medía con otra empuñadas ambas por soldados. Le repugnaba matar o morir por la espalda, contemplar el asesinato de campesinos inermes o ver caer criaturas bajo los golpes de sus infantes. Se avergonzaba de estar allí, aunque no por ello ponía en duda la lealtad debida a su señor. Él era el rey, suyo era el poder y un forastero venido de Recópolis no era quién para cuestionar sus decisiones.

Habían pasado ya varias semanas cuando alcanzaron un poblado algo mayor que los demás, situado en lo alto de una peña elevada, en el corazón mismo de Alaba, no lo jos de la fuente del río que llaman Nervión. Para entonces la sed de sangre de Fruela parecía haberse calmado algo, aunque su justicia siguiera sin conocer la clemencia. Aquel enclave era, a decir de los prisioneros interrogados bajo tormento, el feudo del clan responsable del comienzo de la insurrección. Arrancar esa información había hecho necesario cegar a más de un hombre con brasas ardientes, cortar algunas narices, e incluso amenazar con cosas peores a ciertos chiquillos en presencia de sus padres, pues la resistencia de esas gentes a delatar a sus caudillos resultaba enconada. Al final, sin embargo, todos tenían un umbral que no lograban traspasar, lo que convertía al dolor, la amenaza o el terror en un método infalible para soltar cualquier lengua.

En el enclave donde se encontraban había saltado la chispa de la revuelta. En esa casona de piedra y las que la rodeaban se habían urdido los planes que acabaron con la degollina de las dotaciones asignadas a las guarniciones astures. El rey no podía, no quería mostrar piedad. Una vez tomada la plaza, todos los hombres que habían participado en su defensa fueron ejecutados, uno a uno, empezando por el caudillo local y sus dos hijos. Su única hembra, una muchacha de unos catorce o quince años que se había resistido como una fiera a ser capturada, resultó ser del agrado del monarca, quien la tomó para sí como parte del botín reservado a su persona.

Hasta entonces no había mostrado mayor interés por las cautivas, que entregaba a la lujuria de sus guerreros. Aquella fierecilla, no obstante, era distinta a cualquier otra. Era fuerte sin dejar de ser hermosa. De una belleza salvaje, semejante a la de las piezas de caza mayor, que invitaba a intentar domarla. Sus rasgos prominentes denotaban orgullo ancestral de raza, algo difícil de encontrar en una mujer tan joven cuya piel, cuyos labios, cuyo sexo no habían conocido aún los placeres del lecho. Profería gritos estruendosos en su lengua incomprensible, alternándolos con escupitajos significativos del desprecio que pretendía escenificar. Habría agredido al mismo rey, igual que al hombre que la había apresado, de no haber llevado las manos fuertemente atadas. Ickila nunca había visto nada igual y Fruela tampoco. De ahí su encaprichamiento.

Esa noche y las siguientes Munia, que así se llamaba la cautiva, compartió la tienda del príncipe. Lo hizo durante meses. Al principio inmovilizada, pues de otro modo habría resultado peligrosa. Luego, transcurrido algún tiempo, de manera voluntaria.

Bajo su influjo benefactor fueron reduciéndose las bárbaras crueldades infligidas a la población, toda vez que la insurrección ya había sido aplastada. Hasta el carácter de Fruela sufrió un cambio apreciable. Estaba de buen humor. Era capaz de perdonar, si la demanda de perdón llegaba en el momento oportuno. Ya no buscaba pendencias por cualquier motivo e incluso le vieron bailar al son de un tambor y una flauta. En el campamento corrió el rumor de que el rey se había enamorado.

De vuelta a Cánicas, avanzada la estación de la cosecha, la vascona cabalgaba junto a él, libre ya de ligaduras, chapurreando el romance que se hablaba en todo el reino. Esa intimidad ostentosa del príncipe de Asturias con la hija del caudillo derrotado, tratada con la dignidad de una concubina y no con el desprecio que inspira una esclava cualquiera, era la mejor prueba de la reintegración de los habitantes de Alaba en el reino, una vez concluida la revuelta. El modo más elocuente de demostrar a todos, ya fueran vascones, astures o cántabros, que sus respectivas comunidades mantenían viva su alianza y la reforzaban con el lazo más sólido que cabe emplear para ligar el destino de dos pueblos: la unión carnal entre mujer y hombre.

A una distancia prudencial Ickila observaba a su señor sin perder de vista a esa extraña acompañante, temeroso de que fingiera sabe Dios qué a fin de ganarse su confianza y encontrar así la oportunidad de clavarle una daga. No en vano ella había visto morir a sus seres más queridos ante sus propios ojos, mientras su pueblo sufría un castigo feroz. ¿Cómo era posible —se preguntaba el capitán— que fuera sincero el amor de esa mujer por su verdugo?

La respuesta era muy sencilla. En su vientre, Munia sentía el despertar de una vida nueva. Un hijo, suyo y del rey, al que protegería a cualquier precio. Por supuesto que no había olvidado el modo en que aquel hombre la había forzado después de matar a su padre y a sus hermanos. Por supuesto que debía obligarse cada noche a mostrar ternura en lugar de rencor, tragándose las lágrimas y los reproches. ¿Qué otra cosa podía hacer? ¿Cómo habrían sobrevivido su pequeño y ella en ese universo hostil prescindiendo del favor real? Las prisioneras no podían permitirse el lujo de tomar en consideración los sentimientos y mucho menos atenerse a su gobierno. Forzada por las circunstancias había sabido encender la pasión de Fruela, ganarse su cariño, acaparar su atención. Ahora debía mantener esas conquistas fuera como fuese. Le iba en ello el futuro. El suyo y el del niño que alentaba en su interior.

Ese hijo inesperado había puesto patas arriba la existencia del soberano. Él, que jamás había otorgado valor a las cosas del amor. Él, que se había desposado con una dama de su alcurnia por la que jamás experimentó emoción alguna, quien se vengaba de esa indiferencia, sospechaba Fruela, privándole de descendencia. Él, que había tomado a la vascona más por afán de someter en ella a su pueblo que por auténtico deseo, esperaba ese alumbramiento con la ilusión desbordada de quien ve cumplirse un sueño.

Acaso tuviera otros vástagos con alguna de las concubinas que a menudo le daban solaz, pero de ser así lo ignoraba. Nunca se había preocupado por averiguarlo ni habría dado el menor crédito a la que se hubiera arrogado ese mérito. Esa mujer en cambio, esa chiquilla a la que había desvirgado entre arañazos y mordiscos, procurando sin saber por qué evitar hacerle daño, esa muchacha altanera que se le entregaba sin escatimar ardor le había sorbido el seso. Y ahora que se disponía a perpetuar su linaje, la pasión que le inspiraba se veía acrecentada por una honda gratitud.

Con el fin de complacerla, había contenido la violencia de la represión asegurándose, eso sí, de liquidar de raíz cualquier tentación futura. El tiempo que había pasado con ella entre barrancos abruptos, aplazando deliberadamente la hora del regreso a fin de apurar hasta el fondo el goce de esa libertad, le había parecido el más dichoso de su vida. Pero había tocado a su fin y era menester volver a la realidad de Cánicas.

La corte sería para Munia una jaula insoportable además de peligrosa —era muy consciente de ello—. Las conjuras de palacio la colocarían a ella y a su hijo bajo la amenaza permanente de una muerte disfrazada de accidente o enfermedad, que ni toda la protección del rey sería capaz de conjurar. Ni su esposa celosa de esa rival ni su hermano Vímara, insatisfecho con el papel de segundón, aceptarían otorgar a esa bárbara otro papel que el de esclava. Encontrarían el modo de hacerla desaparecer. Si Fruela quería preservarla de sus intrigas, tenía que alejarla de esa capital en la que todo eran envidias. Y así lo hizo.

En el centro mismo de su reino se alzaba una colina de perfiles amables, conocida con el nombre de Ovetao, protegida en sus flancos sur y sudoeste por los ríos Nalón y Nora. Era un paraje de gran belleza, alejado de todo bullicio y poblado únicamente por los miembros de una comunidad monástica fundada poco tiempo atrás merced a los buenos oficios del presbítero Máximo, quien se había instalado allí con sus siervos después de importunar al monarca una y otra vez con sus demandas de una tierra en la que llevar a cabo su proyecto. Tal había sido la insistencia del clérigo, que Fruela había organizado una partida de caza en la región con el fin de visitar la zona y calibrar la oportunidad de acceder a la petición. Convencido por lo que vio, firmó los documentos necesarios, dando con ello vía libre a que Máximo y sus gentes aplanaran y roturaran el monte antes de registrar la correspondiente presura.

Ovetao era ahora un lugar agradable, sembrado de frutales, sumamente adecuado en su opinión para la fundación de una villa en la que instalar a su concubina embarazada. Garantizar su seguridad y la de la criatura que esperaba, así como supervisar simultáneamente el desarrollo de las obras de construcción constituía una tarea delicada, que debía confiar a alguien de su máxima confianza. De ahí que pensara inmediatamente en Ickila. Ese godo noble y entregado que había servido a su padre sin dar jamás la espalda al enemigo, igual que le servía a él rechazando con vehemencia cualquier crítica a su persona era el hombre ideal para actuar en su nombre. Cuando estaban ya cerca de la capital, le llamó a su presencia a fin de cursarle las órdenes que llevaba tiempo rumiando:

—Tengo una misión para ti que no puedo encomendar a nadie más.

Halagado por la manifestación de estima que se desprendía de esas palabras, Ickila respondió:

—Honor que me hacéis, majestad. Pedidme cualquier cosa y os obedeceré.

—La cautiva Munia está preñada de un hijo mío que ha de nacer y crecer con salud por el bien del reino. Sabes tan bien como yo que en el palacio de Cánicas correrían grave peligro, por lo que he decidido alejarlos de allí. Hoy mismo seleccionarás a una guardia de medio centenar de hombres y partirás junto con ella hacia el sur, rumbo a un cenobio situado en la colina de Ovetao. ¿Lo conoces?

—No, mi señor, pero sabré encontrarlo. ¿Qué he de hacer una vez allí?

—Munia se alojará con los hermanos hasta que se le haya levantado una residencia adecuada a su rango y el de mi hijo. Tú te asegurarás de que no le falte de nada e iniciarás la edificación de mi ciudad, en la que quiero fundar al menos dos templos: uno dedicado al Salvador y otro a los santos Julián y Basilisa. Te proveeré de los siervos necesarios, así como del oro que precises. Cuando me sea posible acudiré a supervisar los trabajos y visitar a esa mujer que significa para mí mucho más que una simple rehén o la prenda de una alianza, como te habrás dado cuenta.

»¡Protégela como si te fuera en ello la vida! —añadió Fruela, recuperando el tono feroz que lo caracterizaba—. Te hago responsable de su suerte.

—Perded cuidado, mi señor. La... —vaciló pensando en el término adecuado para referirse a esa mujer que había subyugado a su captor— dama estará en buenas manos.

Adiós a sus sueños. Adiós a su madre. Adiós, sobre todo, a la posibilidad de regresar a esa aldea de los confines occidentales de Asturias en la que otra mujer de mirada acuosa y melena perfumada lo llamaba a gritos con una voz que solo él era capaz de oír. El deber era un sentido tan arraigado en su pecho que ni siquiera se le pasó por la mente la posibilidad de protestar. Su príncipe le mandaba escoltar a su concubina y erigir para ella una urbe.

Así se haría.

Nació un niño fuerte, robusto y hermoso al que se impuso en la pila bautismal el nombre de Alfonso, en honor a su abuelo. Era rubio y de ojos claros, igual que su madre, lo que hacía que su padre lo mirara con redoblado amor. Su porvenir se había convertido en una obsesión, casi tan compulsiva como la que le llevaba a los brazos de la vascona siempre que tenía ocasión. Ella también debía de amarle algo, según le parecía a Ickila, a juzgar por la alegría que manifestaba al recibir la noticia de una próxima visita de su amante, tanto como por la fidelidad estricta que siempre le guardó.

El miedo era, sin embargo, una constante en sus vidas. Las huestes de Abd al Rahman llevaban a cabo incursiones cada verano, golpeando en sitios distintos y dejando a su paso muerte y devastación, a la vez que las conjuras internas se multiplicaban por doquier. Vímara intrigaba con todos los descontentos y en Gallecia algunos potentados locales alentaban la sedición.

Temeroso de perder a su hijo, amenazado en todos los frentes, Fruela decidió enviarle a un lugar escondido en el que estuviera a salvo y resolvió hacerlo cuanto antes, al amparo de las tinieblas. Únicamente él, Munia e Ickila, además de los soldados de su guardia, conocerían el paradero del pequeño, sacado de su casa en plena noche envuelto en mantas, introducido en una carreta cerrada y conducido a toda prisa hasta Samos, donde sería protegido, educado e introducido en la fe de Cristo por una comunidad monástica de inmigrantes mozárabes.

Los monjes de ese cenobio, construido en un valle situado a orillas del Sarria, no lejos de una antigua vía romana, debían su existencia al favor real, por lo que estaban sumamente agradecidos a su soberano. Urgidos por este a jurar lealtad a su vástago, respondieron todos al unísono que velarían por él con devoción, hasta el extremo de entregar la vida. Pero cuantas menos visitas reales recibiera el monasterio, sugirió humildemente el prior, mejor guardado estaría su secreto. De manera que la despedida fue un adiós definitivo.

El alejamiento de Ovetao del pequeño príncipe cuando contaba poco más de tres años de vida hizo posible también el de Ickila, quien para entonces había visto consagradas las dos iglesias que le había mandado construir su señor: una mayor, dedicada al Sagrado Nombre del Salvador, con sus doce altares elevados a los doce apóstoles, y otra de fábrica más humilde que recordaba a los mártires Julián y Basilisa, forzados a contraer matrimonio por sus padres cuando su deseo era entregarse al Señor, que llevaron pese a ello una vida casta, conservando intacta su virginidad. No guardaba relación alguna esa forma de actuar con la que manifestaba el concupiscente Fruela con su carácter pendenciero, pero esos y no otros eran los santos por quienes sentía el rey mayor devoción y en su memoria levantó un templo.

El destino parecía cebarse con hombres que estaban lejos de merecer ese trato inicuo mientras otros, más arteros, embusteros, hipócritas o violentos recibían sus bendiciones.

Ickila había purgado con creces los pecados de su juventud. Se había arrepentido de su soberbia pasada, imponiéndose la penitencia de servir con entrega incondicional a su Dios y a su señor. Ahora extrañaba más que nunca el calor de una familia. Los años empezaban a pesarle, las metas que se había propuesto alcanzar ya no le parecían tan importantes como antes, echaba de menos a su padre, sus hermanas, su madrastra y por encima de todos ellos a esa mujer misteriosa que poblaba sus sueños noche tras noche sin que supiera nada de su paradero. ¿Le recordaría ella? ¿Se habría casado con otro? Algo en su corazón le decía que tuviera fe y conservara la esperanza de reencontrarse con ella, por más que los acontecimientos se empeñaran en mantenerle alejado de su piel. Con crueldad. Con ensañamiento. De una forma muy parecida a como se comportaba su rey.

En el otoño del año 800, cuando por fin se disponía Ickila a recuperar su libertad, estalló una rebelión en la Gallecia marítima que obligó a todo el ejército de Fruela a ponerse en camino hacia allí a paso ligero, con prisa por sofocarla. Y junto al monarca, vestido de hierro, formó como tantas otras veces su mejor capitán godo. ¿Qué otra cosa podía hacer?

El extremo occidental del reino no se parecía en nada a la salvaje Vasconia. Ambos territorios habían sido incorporados a la corona por Alfonso el Cántabro, pero nada más tenían en común. Mientras los vascones eran paganos apenas romanizados o en algunos casos sin contacto alguno con la civilización del imperio, los habitantes de la región próxima al *finis terrae* eran cristianos de viejo cuño, muy impregnados del modo de vida de los romanos y acostumbrados a la servidumbre. Los latifundios de los potentados patricios habían dejado paso de forma natural a las grandes posesiones de los señores locales, quienes se habían acostumbrado a administrar sus dominios a su libre albedrío, sin la menor tutela real. De ahí que a muchos de ellos les costara aceptar la sumisión al gobierno de Cánicas, por más que este se ejerciera dejando amplio margen de actuación a esos magnates.

Sea como fuere, se produjo una insurrección armada muy similar a cualquier otra, con matanzas en las guarniciones, negativa a pagar los tributos, asesinato de los recaudadores y proclamas independentistas, seguida de una represión no menos sanguinaria: aldeas devastadas, cabecillas despellejados vivos en presencia de sus deudos, mujeres e hijas de próceres desleales entregadas como premio a la soldadesca, violaciones, destrucción, furia, saqueo.

Fruela, el de las ásperas costumbres y carácter feroz, no escatimó sufrimiento a quienes le habían desafiado. En ausencia de una figura equivalente a Munia, su brutalidad no conoció límites. La clemencia había desaparecido nuevamente de su corazón.

En medio de aquel horror, sin embargo, a Ickila le aguardaba una grata sorpresa que llegó cabalgando hasta la tienda del soberano en la que él y otros capitanes celebraban esa mañana un consejo destinado a evaluar la situación. Se encontraban para entonces en las inmediaciones de Brigantium, vencida ya toda resistencia por la fuerza bestial de la represión. Poco quedaba por hacer sino ordenar la retirada escalonada a fin de terminar de ajustar cuentas en Cánicas, donde a juicio del monarca se encontraba el auténtico instigador del levantamiento: su hermano Vímara quien —eso pensaba él— no había dejado nunca de intrigar para robarle el trono.

Declinaba la reunión cuando el centinela anunció que un guerrero de alto rango, llamado Pintaio, solicitaba ser recibido por el rey.

—¿Pintaio has dicho? —saltó Ickila, antes incluso de que el monarca tuviese tiempo para reaccionar.

—Ese es el nombre que me ha dado, señor.

—Hazle entrar —autorizó Fruela—, hace tiempo que no sé nada de él; en concreto, desde que vino a la corte a solicitarme unas tierras. Pero siempre fue un buen soldado. Amigo tuyo, ¿no es así? —se dirigió al godo.

—Así es, mi señor —respondió Ickila—. Un amigo querido al que hace demasiado que no veo.

Pintaio saludó a los presentes con frialdad marcial, expuso lo que había venido a referir, sobre una incursión perpetrada en una de las últimas haciendas que permanecían en manos enemigas, y salió sin más ceremonia. Tras él abandonó la tienda Ickila, después de pedir y obtener permiso para ir al encuentro de su antiguo compañero.

Se abrazaron con violencia, dándose fuertes palmadas en la espalda y ahogando a duras penas lágrimas de emoción. El astur parecía dolido por la súbita desaparición del hombre que le debía la vida, hasta que este le narró con detalle su peripecia y las razones por las que se había visto obligado a mantenerse alejado de todo. Por su tono se notaba que decía la verdad y él era el primero en lamentar lo sucedido.

—¿Qué ha sido de ti en todo este tiempo? —preguntó a su vez Ickila, impaciente por saber y sin embargo temeroso de conocer la respuesta—. ¿Cómo están tu padre y tu hermana? ¿Qué me cuentas del castro?

—Huma sigue sin casarse, si eso es lo que te preocupa —respondió Pintaio con cierta guasa, adivinando en las palabras de su amigo un interés más profundo que el debido a la urbanidad—. Te sorprenderá saber que el último pretendiente que le buscó nuestro padre no fue rechazado por ella, aunque desapareció sin dejar rastro.

—¡¿Quién cometería tamaña felonía?! —se indignó Ickila.

—Lo tengo delante de mí. Se trata de un godo que me acompañó hasta Coaña al frente de una partida de refugiados cristianos procedentes del valle del Durius, se alojó en nuestra casa y me ayudó a instalarlos en el castro, cosa nada sencilla. Pero no te inquietes. Tú no tienes la culpa de ese desengaño, dado que ni siquiera eras consciente de los planes de mi padre. Aravo pensaba y piensa aún que Huma y tú seríais capaces de gobernar el pueblo con sus dos comunidades ahora enfrentadas, dando con ello continuidad a su obra. No estaba mal visto, la verdad, pero las cosas rara vez salen como uno quisiera. ¿Verdad?

Ickila evitó añadir nada más a ese respecto, incapaz de reaccionar a lo que acababa de oír. ¿Qué podía decir? ¿Cómo confesar a Pintaio la zozobra que le producía el regreso constante de Huma a sus pensamientos? Y por otro lado ¿a quién se le ocurría urdir un matrimonio a sus espaldas sin siquiera consultarle? Aquello no era propio de gentes civilizadas.

Orillando la cuestión, retomó su pregunta inicial.

—Me hablas de todos menos de ti. ¿Hay algo de lo que deba enterarme o sigues siendo un solitario impenitente como yo?

—Pues no. He conocido los placeres del matrimonio y te los recomiendo vivamente. Tal vez recuerdes a Neva, una muchacha del castro de la que alguna vez te hablé. Nos casamos el mismo año de tu partida y hemos criado ya a un par de mocosos. Como ni ella ni yo teníamos propiedades en Coaña, nos trasladamos lejos, al sur de Brácara, cerca del Gran Río, donde nos hemos hecho con una presura considerable. Allí está mi pan ahora, hasta que se me ordena unirme a las tropas con motivo de alguna acción como esta. Aunque te diré que estoy ahíto de sangre. Creo que tú y yo hemos luchado demasiado para el tiempo de una sola vida.

—Crees bien, amigo. Yo también echo de menos el calor de un hogar. Te envidio, aunque me alegro de verdad de tu dicha. ¿Es bella esa dama tuya?

—No tanto como Huma, pero es bella, sí, además de dulce. Y trabaja sin descanso. Soy un hombre afortunado. ¿Por qué no me acompañas a casa y la conoces?

—Me temo que ninguno de los dos va a ir a casa por el momento. El rey nos ordena marchar con él a Cánicas, donde quiere verse las caras con Vímara, a quien culpa de esta rebelión. Me gustaría equivocarme, pero creo que la sangre no ha terminado aún de correr.

El palacio se había convertido en un nido de víboras. Las dos facciones enfrentadas por el poder recurrían a la delación cuando no al asesinato en beneficio de sus respectivos caudillos, mientras un grupo considerable de nobles encabezados por Aurelio, hijo de ese otro Fruela que había combatido junto a su hermano Alfonso por las tierras ribereñas del Durius, asistía a la contienda procurando no tomar partido, aterrado ante las consecuencias que podrían derivarse del renacer de esas bárbaras tradiciones godas.

La esposa legítima del rey acababa de morir víctima de las fiebres o de un envenenamiento, según se rumoreaba, lo que había atizado aún más la ira del soberano, si tal cosa fuera posible. No porque amara a esa mujer con la que hacía mucho que no compartía la cama, sino por el desafío que llevaba implícito el crimen. A pesar de que esa muerte le permitía al fin casarse con la madre del pequeño Alfonso, legitimando de esa forma tanto su amor como a su hijo, sus implicaciones últimas le enfurecían. En su mente, el culpable de esa y otras muchas vilezas era el taimado Vímara, que siempre había ambicionado el trono. Era la gota que desbordaba el vaso de su paciencia.

Nada más llegar a Cánicas, Fruela llamó a su presencia al acusado, quien negó con vehemencia todas las imputaciones. Interrogado en el salón de los banquetes, en presencia de todos los fideles y magnates de la corte, así como de una nutrida representación de guerreros entre los que se encontraban Ickila y Pintaio, el hijo pequeño del Cántabro se declaró en un principio inocente de todos los cargos que se le formularon, tratando de mostrarse seguro de sí mismo. Pero no perseveró mucho en su intento. Intimidado por el furor de su hermano mayor, quien elevaba la intensidad de sus reproches asaeteándole a preguntas al tiempo que presentaba testigos que juraban haber oído a Vímara conspirar contra él, no tardó en arrojarse al suelo implorando clemencia, sin reconocer, no obstante, ni una sola de las faltas que se le imputaban.

Tampoco una confesión habría logrado salvarle. La ira del soberano rayaba a esas alturas del juicio en la locura y locura fue lo que movió su brazo. Sin dejarse conmover por la humillación pública de su hermano, desenvainó el puñal que llevaba siempre con él y de un certero corte lo degolló, limpiando a continuación el cuchillo con la túnica del muerto, como si acabara de rematar a un ciervo en una montería. Luego se marchó a grandes zancadas, seguido por los guardias de su escolta, en medio de un silencio sepulcral.

Los presentes no daban crédito a lo que acababan de contemplar. Su príncipe, el último caudillo de la cristiandad hispana, acababa de cometer el pecado más nefando que pudiese mancillar el alma de un hombre. Su culpa era la de Caín, condenado a purgar la abominación de asesinar a Abel hasta el fin de los siglos. Había quitado la vida a su hermano de sangre con sus propias manos, en un arrebato de cólera. ¿En qué le convertía eso?

—Este monstruo no merece mi lealtad —proclamó Pintaio dirigiéndose a Ickila, sin molestarse en bajar la voz.

—Sigue siendo el rey mal que te pese —contestó este—, por lo que no deberías emplear ese lenguaje para referirte a él. Tampoco a mí me ha gustado lo que acaba de ocurrir, pero ni tú ni yo somos quién para juzgar sus motivos. Seguramente él sepa cosas que nosotros ignoramos.

—¿Cosas que justifican el asesinato de un hermano? No te reconozco, Ickila. Nunca creí que te escucharía decir algo así. Fruela se ha convertido en una fiera salvaje. ¿No lo ves? ¿Qué más pruebas necesitas? Tenemos que encontrar cuanto antes el modo de deshacernos de él.

—¡Cuidado, amigo, no te hagas reo de alta traición! Sabes que te debo la vida y por eso voy a actuar como si no hubieras pronunciado esas últimas palabras. Pero si volvieras a decirlas, me vería obligado a denunciarte. El aprecio que siento por ti es enorme, aunque no puede anteponerse a mi lealtad al rey. Tu rey, nuestro rey. El rey al que hemos visto combatir a los sarracenos sin retroceder. El que tantas veces nos ha conducido a la victoria. El que fue elegido por los magnates tras la muerte de Alfonso. El designado por Dios, único legitimado para regir nuestros destinos. No me obligues a escoger entre él y tú.

—¿Cómo puedes confundir la lealtad con la sumisión propia del siervo? ¿No te das cuenta de que Fruela ha perdido el poco juicio que tenía? Me consta que eres un hombre recto, que siempre ha actuado movido por los principios. Pues bien, en nombre de esos principios te suplico que reconsideres tu actitud.

—Ahora soy yo quien no te reconoce a ti. Los dos juramos fidelidad al rey y empeñamos en ello nuestra palabra. ¿Tan escaso valor tiene a tus ojos un juramento así? Me hablas de principios. Pues bien; hacer honor a la palabra dada es uno de los más sagrados para mí. Obedecer a mi soberano es otro, tan importante como respetar el orden natural de las cosas, que sitúa a Fruela en un plano muy superior al que ocupamos cualquiera de nosotros dos.

—¿Y qué hay de la justicia, de la equidad o de la misericordia? ¿No son esas virtudes que pondera vuestro Dios? ¿Tan distinto del mío es tu orden natural de las cosas como para que no quepan en él la confianza en el hombre, la discrepancia con las actuaciones del caudillo cuando estas son tan bárbaras como la que acabamos de contemplar o la posibilidad de rebelarse ante la iniquidad manifiesta? ¿En qué nos convierte a todos semejante orden?

—Así es como funciona el mundo, nos guste o no. He visto suficientes rebeliones como para saber de qué modo terminan, y no contribuiré a un nuevo derramamiento de sangre. Sabes en cuánta estima te tengo. Eres mi familia, el único amigo de verdad que jamás haya conocido. Puedes disponer de mi vida cuando quieras. Mas no me pidas que traicione a mi rey o aliente la sedición.

—Siendo así, adiós, hermano —sentenció Pintaio con tristeza y rabia, tendiendo la mano a ese hombre a quien en otras circunstancias habría abrazado con todas sus fuerzas—. Aquí se separan nuestros caminos. Yo no cabalgaré más si puedo evitarlo junto a ese fratricida que ha perdido mi respeto, por mucho que un lejano día me pusiera a su servicio. En cuanto a ti, espero que la suerte te sonría, pues yo ya no estaré a tu lado para guardarte las espaldas. Cuídate mucho y recela de ese rey a quien valoras tanto como para tomar la senda que has elegido. Si ha sido capaz de asesinar a su hermano, no vacilará en mandarte al reino de los muertos sin pestañear siquiera.

—Que Dios te acompañe, Pintaio —respondió Ickila con idéntico dolor por la amistad que se quebraba y demasiado triste como para seguir porfiando—. Siempre te llevaré en mi corazón.

Ese adiós era el fin de grandes esperanzas, la despedida de un proyecto destruido antes de nacer, el punto final a una aventura que habría podido ser magnífica.

Adiós a Huma, a su perfume, a la promesa de nadar en el océano de sus caderas. ¿Por qué se empeñaba su corazón en decirle lo contrario? ¿En virtud de qué poderoso influjo seguía soñando con ella?

Aquel invierno, el del año 803, lo pasó Ickila en Cánicas, junto con su madrastra, que se aferraba muy a su pesar a una existencia triste y gris como si la muerte se negara a llevársela. Entre tanto Fruela intentaba purgar su pecado extremando sus devociones, al tiempo que depuraba con extremado rigor uno de los males más extendidos en su Iglesia: la proliferación de clérigos casados o amancebados.

No era una situación nueva ni que hubiera causado la menor extrañeza hasta entonces. Desde los días del penúltimo rey de los godos, o acaso antes, había ido extendiéndose una permisividad merced a la cual la convivencia de mujeres con sacerdotes, presbíteros o incluso prelados era contemplada como la cosa más natural. Era verdad que con ello rompían estos sus votos de castidad, pero era fácil comprender que, como cualquier cristiano, necesitaran el cariño de una familia para salir adelante.

A juicio del rey, por el contrario, esa laxitud debía estar en el origen de las muchas desgracias que se habían abatido sobre Hispania con la llegada de los musulmanes. Dios había castigado a su pueblo por los yerros de unos pocos, que debían ser sancionados. De modo que mandó azotar a todos los tonsurados reos de amancebamiento, encerró en conventos a quienes se resistieron y prohibió tajantemente a partir de ese momento el matrimonio de los sacerdotes. Los que ya tenían esposa se vieron forzados a repudiarla, renegando igualmente en ese acto de su prole. Hubo grandes penitencias para todos. Con ello el Padre estaría satisfecho, pensaba el rey, y volvería a otorgar su favor a sus afligidos hijos.

Aunque no fue exactamente así como sucedieron las cosas.

Ese verano de 804 un ejército islamita entró en tierras de Alaba cual plaga de langosta. Lo comandaba un liberto de Abd al Rahman, llamado Badr, que gozaba de toda su confianza por haberle acompañado en su destierro, negociado su entrada en Hispania y comandado con frecuencia sus ejércitos, ejecutando las misiones más ingratas de sumisión y represión de cuantos rebeldes habían osado alzarse contra el soberano Omeya de al-Ándalus.

La campaña fue devastadora. En vano intentaron detener la invasión los guerreros astures, arrollados desde el principio por la abrumadora superioridad de los caldeos. Estos saquearon, violaron, sometieron a los supervivientes al pago de onerosos tributos y se llevaron consigo largas cuerdas de esclavos. Cuando ya estaban de retirada, Fruela intentó una última maniobra prácticamente suicida destinada a redimir su honra. Presentó batalla en campo abierto, cegado por ese carácter salvaje que tantas otras veces le había traicionado, y envió a una muerte segura a muchos millares de hombres.

En la formación, antes del choque inminente con un enemigo letal, los cristianos hacían cuanto podían por no mostrar el miedo que roía sus entrañas. Morir no era cosa fácil, por más que dijeran lo contrario los capitanes en sus arengas, y menos en la flor de la vida. En ausencia de Pin taio, Ickila había trabado amistad con un magnate de origen cántabro llamado Favila, igual que el rey devorado por un oso, poseedor de un pequeño dominio en la cercana Primorias. Era un hombre aproximadamente de su edad, padre de varios vástagos, al que conocía vagamente desde antiguo por haber combatido ambos a las órdenes del gran Alfonso. Entretener con él la espera que precede a la embestida era mejor que afrontarla en solitario, aunque el veterano capitán extrañaba con pena a su viejo amigo astur. Por influencia suya hacía tiempo que no llevaba consigo un siervo que le atendiera durante las campañas, pues se había acostumbrado a arreglárselas solo, tal como hacía Pintaio. Con lo cual ni siquiera podía pedir que le sirvieran un trago con el que aliviar la angustia. Únicamente tenía con él su miedo, su valor y sus armas.

Finalmente sonaron los cuernos de guerra, fueron lanzadas las proclamas de rigor y los soldados comenzaron a gritar mientras golpeaban el escudo con la espada. Era su manera de darse ánimos.

A corta distancia de ellos, ocupando toda la extensión del valle, una marea de sarracenos, tocados con sus turbantes y blandiendo sus aceros de increíble filo los esperaba como la araña a la mosca. Sin prisa, sin temor, seguros del desenlace.

Ickila era un guerrero acostumbrado a obedecer. Un leal vasallo. Nunca se había arrogado el derecho de pensar por sí mismo en el campo de batalla. Su rey le ordenaba cargar y él cumplía ese mandato sin volver la espalda al enemigo. Desde su punto de vista, esa era la madera de la que están hechos los hombres de verdad.

A la voz de «¡En el nombre de Dios y de Asturias, adelante!», se lanzó en tromba junto con los demás contra el muro de hierro que tenían ante sí. Cortó, clavó, desgarró, se abrió paso a mandoblazos entre las filas de guerreros de Alá, sin experimentar el menor dolor. Cuando le faltaron las fuerzas y su visión empezó a nublarse, perdida completamente la noción del tiempo, se dio cuenta de que su cuerpo estaba cosido a heridas. Varias en piernas y brazos, una en el hombro, que parecía superficial, y otra más en el costado, cuyo aspecto era ominoso.

Iba a morir desangrado. No había duda. Perdería pronto el sentido, se caería del caballo y moriría aplastado o rematado por una lanza. Empezó a rezar un padrenuestro, aferrándose a las riendas y luchando por vencer el pánico. «Morir es fácil», se dijo sin convicción, sintiendo girar el mundo a su alrededor cada vez más deprisa. Entonces tuvo una visión fugaz, que atribuyó a la inminencia del final. Le vio galopar hacia él, derribando a cuantos guerreros se cruzaban en su camino, y le oyó llamarlo a gritos:

—¡Ickila, no te rindas!

No era posible. Se trataba de un engaño de su mente, que le jugaba una mala pasada en ese postrero instante.

—¡Ickila, resiste!

No era posible, no. Y sin embargo...

XIV

La cólera de los esclavos

Tierras de Alaba, era de 800

Pintaio estaba allí, a su lado, protegiéndole escudo en mano del golpe de gracia que pretendía asestarle un jinete sarraceno con su alfanje. Había aparecido como por arte de magia desde el extremo opuesto de la formación, respondiendo a la llamada silenciosa de una voz interior que le urgía a socorrer al hermano en peligro. Una voz tan misteriosa y al mismo tiempo tan real como la fuerza que le había guiado a través de las filas enemigas sorteando obstáculos, derribando a cuantos soldados habían intentado oponerse a su carrera, avanzando a gran velocidad entre muertos y moribundos, hasta alcanzar a Ickila.

Este se sujetaba a duras penas sobre su montura gracias a la resistencia de su naturaleza de gigante, aunque parecía un eccehomo a punto de rendir el alma. La sangre manaba a borbotones de su cuerpo martirizado. El casco, ese yelmo inconfundible de bronce bruñido adornado con cuernos de toro, se había inclinado hacia atrás en el fragor del combate, dejando su frente descubierta. Había perdido la rodela y el hacha. Se balanceaba con la mirada extraviada a un lado y otro de su formidable corcel de guerra, que permanecía inmóvil, tranquilo a pesar del ensordecedor ruido, intentando evitar la caída de su jinete.

La derrota estaba cantada. Los cristianos se habían batido con increíble valor, sabiéndose incapaces de vencer, pero había llegado la hora de tocar a retirada. Si los supervivientes de la matanza lograban esfumarse a través de alguno de los cañones que rodeaban el valle, dispersándose después por el terreno escarpado que los rodeaba, lo más probable era que no fueran perseguidos. Los caldeos darían sepultura a sus muertos, cortarían unas cuantas cabezas cristianas que serían expuestas en los muros de la medina de Corduba a modo de trofeo y continuarían con su marcha de regreso a al-Ándalus. Consumada su campaña victoriosa, Badr abandonaría Alaba llevándose consigo un magro botín compuesto sobre todo de esclavos, no sin antes asegurarse de sembrar la destrucción a su paso.

En tales consideraciones andaba sumido en esa hora el rey astur, quien intentaba agrupar a sus mermadas huestes con el propósito de salvarlas de la aniquilación total. Pero para Pintaio, que se consideraba liberado de cualquier deber de lealtad a ese soberano fratricida cuya llamada se había visto no obstante obligado a responder, lo que le sucediera al resto de la tropa carecía de importancia. Su empeño estaba puesto en rescatar a Ickila de las garras de la muerte, que parecían a punto de cerrarse sobre él.

Algo había aprendido de pequeño observando trabajar a su madre. Lo suficiente para practicar al herido una cura de emergencia. Antes, sin embargo, era menester alejarse lo más deprisa posible de aquel lugar, para lo cual no existía otro medio que jugarse el todo por el todo. Es decir, confiar en que el godo fuese todavía capaz de sostenerse sobre su caballo, empuñar sus riendas y espolear los flancos de Beleno, el tercer corcel al que daba el mismo nombre, a fin de salir volando de ese infierno.

El astur sabía bien que no hay mejor arma que la sorpresa ni acicate más poderoso que la necesidad. Su amigo y él, además, contaban con la ayuda de entidades cuya existencia ni siquiera sospechaban, aunque fueran en gran medida las tejedoras de sus destinos. Fuerzas que habían hablado un día lejano de tormenta junto a una piedra de poder incrustada en el corazón de un monte sagrado, mientras una niña, hija de la Luna negra, escuchaba junto a su madre la voz de la profecía.

En cuanto perdieron de vista el campo de batalla, Pintaio se detuvo junto a un arroyo con el propósito de auxiliar a un Ickila que a esas alturas había perdido la conciencia. Era preciso detener el flujo de sangre que seguía manando de la llaga de su costado, lentamente, como si se estuviera agotando el caudal y no quedara más fluido. No conocía otro método que el del fuego, por lo que encendió una hoguera a toda prisa y esperó a que la leña seca hiciera brasas. En cuanto una de las ramas estuvo a punto, desnudó a su compañero, lavó superficialmente su cuerpo con el propósito de poner al descubierto sus heridas y aplicó el ascua a las más feas, empezando por la que aún sangraba.

La operación arrancó un aullido inhumano al paciente, que obligó a Pintaio a taparle la boca con la mano que tenía desocupada ante el peligro de que el estruendo los descubriera. Luego el godo se sumió en un sueño profundo, poblado de fantasmas a juzgar por sus quejidos, del que se mantuvo preso prácticamente hasta Coaña. Allí lo condujo el astur después de vendarle con jirones de su propia túnica, atarle a la montura y alimentarle con miel y agua que le obligaba a tragar, después de un viaje interminable a través de un reino que exhibía por doquier las huellas de la devastación sufrida.

La historia parecía repetirse para Huma, cerrando el trágico bucle que había marcado su existencia.

Cuando vio llegar a su hermano acompañado de una sombra de lo que había sido Ickila, febril, demacrado y en los huesos, vio en él con toda claridad el rostro amado de Noreno. De nuevo tendría que luchar a brazo partido con la muerte para robarle una presa escogida. Una vez más sería puesta a prueba su destreza, amén de su dedicación, en un combate decisivo entre el mal que roe las entrañas y el afán de vivir de un hombre en plenitud de sus facultades. Y también en esta ocasión saldría airosa del trance. Estaba segura de ello.

Lo estaba asimismo Pintaio, quien acaso por ello no se quedó para asistir al final del duelo. Le aguardaban a la vera del Durius su mujer y sus retoños; su hogar, su vida, su futuro. El castro había quedado atrás el mismo día en que partió con Neva a labrarse un porvenir lejos de aquel poblado que les negaba a ambos un techo. No había sido una despedida fácil, pues ninguna lo es, y menos cuando hay que arrancar de la tierra las raíces que dan forma a tu ser, pero ese adiós era definitivo. No había regreso posible ni tampoco lo deseaba él.

Ickila ya estaba a salvo. Huma sabría sanarle y conquistar su corazón, por el bien de esa reliquia de piedra negra encaramada a un altozano que para ella representaba un legado irrenunciable. Se cuidarían mutuamente con lealtad. En cuanto a él, actor secundario de un drama que los dioses habían escrito para otros protagonistas, se afanaría en descubrir su propio destino. Perseguiría a la suerte. Se agarraría con uñas y dientes a esa dicha que tantas veces hasta entonces se le había escapado de entre las manos. La buscaría lejos de Coaña, en la frontera entre dos mundos en abierta pugna, pues prefería esa confrontación de espadas en la que se manejaba con soltura a la lucha sorda, soterrada y traicionera que se libraba en su aldea natal entre dos modos opuestos de concebir la vida, ninguno de los cuales encajaba totalmente con su persona.

Por eso se fue de Coaña sin apenas decir nada. Escribió su último adiós en el abrazo prolongado, cálido, en el que envolvió a su hermana, cerrando los ojos con el ánimo de evocar en un instante todo lo bueno y menos bueno que habían pasado juntos. Le transmitió en ese gesto toda la fuerza de su corazón bondadoso, después de lo cual ensilló a Beleno, le acarició la cabeza y salió a galope tendido sin volver la vista atrás.

La recuperación del enfermo fue lenta. Al despertar y encontrarse en una casa conocida, rodeado de atenciones, Ickila preguntó cómo había llegado hasta allí, pues sus recuerdos estaban impregnados de bruma. Primero Aravo, que se preocupaba de su bienestar mucho más de lo que jamás se hubiera preocupado por nadie, y después Huma, siempre atenta a calmar sus dolores, le explicaron el modo en que Pintaio lo había rescatado de un final horrible. Le contaron los muchos desvelos que habían sido necesarios para impedir su marcha prematura al otro mundo y le animaron a descansar, alejando de su mente cualquier asunto que no fuera su restablecimiento.

El castro seguía sacudido por las disputas entre comunidades, a duras penas contenidas por la decadente autoridad de Aravo, quien con la repentina aparición del godo herido había visto renacer la esperanza de concertar un matrimonio sumamente oportuno para él, para su hija y para el empeño común de zanjar definitivamente los conflictos. Huma estaba dispuesta a cumplir la promesa de obediencia hecha a su padre respecto de su desposorio, tanto más cuanto que el hombre que yacía inerme en la antigua cama de su hermano no había abandonado sus pensamientos ni un solo instante desde que irrumpiera bruscamente en su vida.

A pesar de su desaparición durante años, ella nunca había perdido la certeza de que estaba bien, de que la extraña atracción que sentían el uno por el otro seguía latiendo y de que ninguna otra mujer había logrado desplazarla en el corazón de él. Lo sabía del mismo modo en que conocía la forma de invocar a la lluvia o adivinar la dolencia de un animal simplemente tocándole. Le bastaba para ello escuchar su propio lenguaje interior, abrir la mente a esas imágenes que desde la infancia la habían transportado a universos ocultos de hondo significado, en los cuales todo cobraba un sentido distinto del habitual pero mucho más comprensible.

Además, estaba esa sentencia de la profecía que volvía a su memoria como una letanía:

Un hombre venido de tierra extraña conquistará tu corazón y otro vendrá a robártelo.

¿Era Ickila el conquistador? Y si lo era, ¿quién o qué había sido Noreno? ¿Era este último el «hombre venido de tierra extraña» al que se refería el presagio, lo que convertía a Ickila en un vulgar ladrón?

Fuera como fuese, él estaba allí, a su merced, más vulnerable que nunca y al mismo tiempo irresistible. El sufrimiento constante había dulcificado su expresión, devolviéndole ese encanto infantil que había llegado a perder con el paso del tiempo y los combates. Sus ojos miraban a Huma con una mezcla de deseo, gratitud y admiración, capaz de encender la pasión en la más fría de las mujeres. Y la sanadora de Coaña, servidora de la Madre, era cualquier cosa menos una mujer fría. Su cuerpo era experto en interpretar la danza ancestral de la fertilidad. Había sido educado en los secretos del placer. Estaba preparado para convertir el amor carnal en una experiencia mística, siguiendo las enseñanzas que Naya prodigaba a sus neófitas en aquella iniciación a la vida adulta que ella misma había transmitido después a varias generaciones de chicas:

«Esto es lo que has de hacer para someter a un hombre a tu dominio. Usa tu poder, hija. Siente ese poder en cada poro de tu piel y aprende a servirte de él para enloquecer a tu esposo. Niégale lo que te pida para luego dárselo poco a poco. Prométele, pero nunca le entregues todo lo que desee. Hazle siempre sentir que eres tú quien enloquece, aunque midas hasta el más mínimo suspiro. La Luna será tu cómplice».

Sí, estaba preparada para enloquecer a Ickila.

En ese duermevela propio de quien camina en la frontera entre el reino de los vivos y el de los muertos, Ickila también se había sentido transportado a lugares ignotos, poblados por seres irreales, hijos de su fantasía. Tan pronto era consciente de la actuación de Huma, quien le administraba cocimientos de sabor amargo, esparcía en sus llagas ungüentos calmantes o le daba de comer caldo a pequeñas cucharadas, demostrando una paciencia infinita, como se sumía de lleno en el delirio. Y en medio de este, una y otra vez, volvía a rememorar la vieja historia que le había contado aquella primera sierva de Cánicas, Arausa, sobre una sacerdotisa del antiguo culto practicado por los astures.

Según narraba la leyenda, durante la celebración de una ceremonia esa joven sin nombre, que en su ensoñación tenía los rasgos de Huma, había entrado súbitamente en un profundo estado de trance que se había prolongado a lo largo de siete días con sus siete noches.

Al despertar, había jurado que una fuerza desconocida la había llevado a viajar por el tiempo hasta descubrir todo lo que está por venir, aunque se había negado a desvelar lo contemplado. Únicamente había mencionado a un guerrero extranjero que llegaría hasta la tierra de los astures procedente de un reino meridional para fecundar a una hija de ese pueblo a fin de engendrar en ella a una nación de gigantes. ¿Podía ser que esa fábula tuviese visos de cumplirse al menos parcialmente? ¿Era él ese guerrero venido de tierra extraña y Huma la madre de esa nación de gigantes?

En todo caso, era una mujer única. Su belleza no podía equipararse a la de antaño, aunque suplía la falta de lozanía con una serenidad que convertía su mirada en un estanque de aguas plácidas en el que descansar cualquier fatiga. Seguía sin mostrar la humildad o el recato propios de una dama de alta cuna, cierto, pero tenía motivos para estar orgullosa de sí misma. Su dominio de las plantas era extraordinario. Su capacidad para curar superaba todo lo que Ickila hubiese visto hasta entonces, lo que le otorgaba un estatus ante los vecinos igual o superior al de cualquier hombre. Además, a diferencia de la mayoría de sus congéneres, ella era silenciosa y jamás se expresaba a gritos. Su actitud, sus movimientos, el calor que desprendían sus manos, la agilidad con la que se movía eran una invitación a nadar en sus profundidades aun a riesgo de perecer ahogado.

Pasó la estación de los vientos, cayeron las primeras nieves e Ickila comenzó a salir por los alrededores de la casa. Muchos lo reconocían al haber viajado con él hasta Coaña desde sus antiguos hogares y aprovechaban para formularle toda clase de quejas o cuitas. Que si la presura conseguida al cabo de tanto trabajo no se correspondía con lo prometido, que si los ancianos de la aldea no respetaban la ley, que si no había un clérigo que celebrase misa ni siquiera una vez al año. Nada que no pudiera rebatirse con apelaciones a la buena voluntad, hasta que aparecieron las primeras muestras de maledicencia referidas a su anfitriona:

—No deberíais compartir techo con la bruja, señor —le espetó un día susurrando una campesina entrada en años y prácticamente desdentada, que se santiguaba mientras hablaba. Antes de darle tiempo para contestar, añadió bajando todavía más el tono de su voz cascada—: Tiene tratos con el diablo, que es quien le ha dado esos poderes con los que dice aliviar la enfermedad... ¡Mentira! Aunque parece que sana los cuerpos, lo que hace en realidad es entregar almas inocentes al maligno, que fue su padrino de bautismo. ¿Sabíais que nació en una noche negra como la pez, en la que la luna ocultó su rostro precisamente mientras ella venía al mundo? ¡No os fieis de sus encantos, señor, está maldita a los ojos de Dios!

Ickila sintió la cólera ascender hasta su garganta con un grado de intensidad que no recordaba en mucho tiempo. Fue presa de una indignación tal que habría estrangulado allí mismo a la anciana, de no haber estado demasiado débil para realizar semejante esfuerzo. La ignorancia, de la que siempre había abominado su padre, se sumaba a la superstición para alimentar un infundio tan inverosímil como injusto y peligroso para esa mujer generosa, que prodigaba su talento sin exigir nada a cambio. Pugnando por contenerse, aunque con acero en la voz, respondió a la acusadora:

—No te atrevas a proferir nunca más semejante calumnia. ¡¿Me oyes bien?! Esa a la que ensucias con tus embustes es mil veces mejor que tú, que no eres digna ni de rozarle la túnica. No vuelvas a escupir esa hiel sobre

Huma o yo mismo me encargaré de hacer que te arrepientas.

La vieja se alejó todo lo rápido que le permitieron las piernas, aterrada por las amenazas del caballero, diciéndose que debía estar ya hechizado sin remedio. En lugar de apreciar en todo su valor la información que le acababa de proporcionar, este salía en defensa de la bruja, cargando contra una pobre desvalida. ¿Cómo luchar contra un contubernio semejante, capitaneado por el propio Satanás? Era mejor callar y agachar la cabeza, que al fin y al cabo era lo que habían hecho siempre las gentes de condición humilde ante los poderosos.

Ickila, entre tanto, se quedó sorprendido de su propia reacción. La imputación era ciertamente inmerecida, lo que no justificaba por sí solo el enfado que le había producido. ¿Qué podía importarle a él lo que dijera una pobre desdichada de Huma, con quien a fin de cuentas no le unía lazo alguno? ¿O es que tales lazos sí existían? Rebuscando en su interior, desbrozando capas y capas de temor, prevención, prejuicios e inseguridades, llegó a la conclusión de que los sentimientos que le inspiraba esa mujer eran profundos. No se trataba de una simple atracción pasajera, toda vez que llevaba años obsesionándole, ni tampoco de un capricho. Había algo más. Algo potente. Algo imposible de explicar, aunque tangible.

Él era ya un hombre maduro, cercano a la cuarentena. No había hecho otra cosa en su vida que luchar, cumplir con su deber y sufrir apretando los dientes. Había purgado hasta la saciedad el pecado de su juventud. Estaba cansado. Le pesaba la soledad. Recordaba con frecuencia las palabras escuchadas de labios de su padre justo antes de morir, cuando apenado por la culpa que percibía en sus ojos le había dicho: «Yo te he perdonado, hijo. Aprende tú a perdonarte a ti mismo. Aprende a amar y a comprender, o el odio que llevas dentro acabará contigo».

Había llegado la hora de poner en práctica ese consejo. Tomó su decisión mientras regresaba lentamente al hogar que le había acogido, imbuido de una placentera sensación de paz. El Ickila impulsivo de su juventud volvía a imponerse al hombre maduro y responsable. En esta ocasión iba a obedecer al mandato de la intuición, rechazando cualquier objeción procedente del cálculo.

Hacía mucho frío en Coaña. Las dos puertas de la casa permanecían cerradas a fin de guardar el calor del hogar, por lo que el aire estaba muy cargado de humo. Junto a la lumbre, envuelto en un manto de lana, Aravo dormitaba antes de comer, esperando el regreso de su hija, que había salido para atender la llamada de un enfermo. Sin pensárselo dos veces, su huésped le despertó con una ligera sacudida, mostrando una expresión grave en el rostro:

—¿Qué sucede? —se asustó Aravo—. ¿Ha ocurrido algo malo?

—Vengo a pediros la mano de vuestra hija —contestó Ickila solemne, esforzándose por demostrar aplomo.

El caudillo se quedó de piedra. Tanto tiempo aguardando ese momento, tantos planes abocados a un fracaso tras otro y de repente aparecía ese godo indeciso, le despertaba de su siesta y le espetaba una cosa así, cuando menos se lo esperaba. A pesar de todo no era cuestión de hacer remilgos a lo que con tanto ahínco había buscado, por lo que no demoró la respuesta:

—No se me ocurre un mejor marido para ella. Tendrás que contar con su consentimiento, pues ya conoces nuestras tradiciones, pero tengo para mí que ella también aceptará tu propuesta. Los dos habéis superado con creces la edad a la que es habitual desposarse, por lo que no tenéis tiempo que perder. Y yo llevo ya demasiados años esperando.

Ickila era un caballero godo. Un exiliado, perseguido, expulsado de su patria, pero no por ello un patán. Había vivido lo suficiente entre astures como para saber que pese a sus diferencias culturales Huma era perfectamente equiparable a él en términos de dignidad y linaje, tal como imponían la ley y las costumbres de su pueblo germánico a la hora de escoger mujer. Le pesaba por ello en el orgullo no poder ofrecerle una dote acorde con su rango, al carecer de más fortuna que su espada de guerrero y la destartalada residencia de Cánicas en la que vivía su madrastra. Apurado por esa carencia, confesó a su futuro suegro:

—En este momento no dispongo de medios para entregar a vuestra hija un presente digno de ella, que selle nuestro compromiso matrimonial, pero confío en poder hacerlo en un futuro próximo. Acudiré al rey, que en más de una ocasión me ha demostrado su favor, y le solicitaré las tierras que hasta ahora nunca había ambicionado. Huma no carecerá de nada, os lo prometo.

—Ella es la propietaria de esta casa —lo tranquilizó Aravo—, e incluso diría que de este castro, que habrá de gobernar contigo. Tenéis una ardua tarea por delante. La convivencia entre mis gentes y las tuyas no está resultando tan fácil como creíamos, lo que va a obligaros a los dos a trabajar para imponeros. Yo ya estoy llegando al final. Ahora os toca a vosotros. Solo puedo desearte suerte y recomendarte mano dura, pues vas a necesitarla. ¡No te dejes dominar por Huma, que tiene la tozudez de su difunta madre! Si consigues domarla, será una buena esposa. Pero te lo repito: ¡mano dura! Luego no digas que no te advertí.

Ickila no añadió más. Él siempre estaría a las órdenes de su rey, ya fuera en Coaña o en cualquier otro lugar en el que se necesitaran sus servicios, pero era inútil entrar a discutir con Aravo la naturaleza de estos servicios o el modo en que habría de relacionarse con su esposa una vez que estuvieran casados. Sospechaba que no iba a ser fácil someterla a su autoridad, dada su ancestral rebeldía de matriarca astur, aunque confiaba en encontrar el modo de convencerla o dejarse convencer, según el caso. Claro que, para eso, antes tendría ella que aceptarle.

Cuando Aravo salió aquella tarde a pesar de la intensa nevada, pretextando ir a tratar un asunto urgente, Huma sospechó que algo estaba por suceder. Notaba a Ickila inquieto, dando vueltas de un lado para otro cual oso enjaulado, y además había creído adivinar una mirada cómplice en su padre al despedirse de él. Sí, algo importante se cocía en el ambiente y ella creía saber de qué se trataba.

¿Cuál sería su respuesta? ¿Dejaría atrás el pasado y se atrevería a afrontar una vida junto a ese godo que, lejos de encarnar la imagen hostil que siempre se había representado ella de esa raza enemiga, parecía encerrar un alma noble dentro de un cuerpo de atleta? ¿Rompería al fin esa promesa de fidelidad eterna hecha a un difunto cuyo abrazo nunca podría brindarle calor en las largas noches del invierno; cuyos besos no encenderían su pasión; cuya piel no se estremecería de placer con sus caricias? ¿Se olvidaría de la profecía?

Un hombre venido de tierra extraña conquistará tu corazón y otro vendrá a robártelo...

¿Y si la profecía se refiriera también a Ickila?
Sabía desde hacía tiempo qué era lo que iba a decirle. Fuera el hombre que la providencia le tenía reservado o

fuera otro, era un hombre; un hombre de carne y hueso. Era valiente, cortés, audaz y respetuoso con ella, especialmente desde que ella le había puesto en su sitio en el transcurso de su primera visita a Coaña, plantando cara a su arrogancia y estableciendo con claridad cuál era el lugar de cada uno. Él había comprendido con el tiempo cómo funcionaban las cosas por allí, de modo que podría ayudarla a mantener vivo el castro a pesar de las muchas dificultades a las que habrían de enfrentarse juntos. Con la bendición de la Madre, además, le haría hijos fuertes que darían continuidad a su linaje.

Nunca la maltrataría y menos aún la golpearía como había hecho Aravo con Naya; de eso estaba segura. Ni creía que estuviera en su naturaleza hacerlo ni ella lo consentiría. Además, según le había contado él, su madrastra vivía lejos, en la capital, lo cual le evitaría tener que cargar con su suegra, tal como les sucedía a la mayoría de las mujeres del poblado. Aquello representaba un acicate más, en absoluto despreciable, dada su experiencia pasada. Tal vez Badona no fuera parecida a la mezquina Clouta, pero era mejor no verse en la necesidad de comprobarlo.

Sin embargo, todos esos argumentos resultaban insignificantes en comparación con la razón de fondo que anidaba en su corazón. Ella no quería ser una amargada resentida con la vida como había sido su abuela. Tampoco una víctima resignada, siguiendo el ejemplo de su madre. Si no podía ser plenamente feliz, pues así lo habían dispuesto los dioses cuando le arrebataron a Noreno, al menos tendría paz. Si no se cumplía el destino especial y único que le había sido asignado al nacer, tal como le repetía siempre Naya, al menos tendría una vida. Un compañero. Alguien con quien compartir la manta cuando soplara el viento del mar con sus aullidos furiosos.

Ickila no se decidía. Cada vez que iba a abrir la boca se paraba en seco, incapaz de encontrar las palabras adecuadas. Huma acudió en su ayuda, a su manera silenciosa, tomando las manos de él entre las suyas y llevándolas hasta su pecho. Emocionado, mucho más enamorado de lo que habría reconocido, le dijo al fin:

—¿Te casarías conmigo?

—Lo haré, si así lo deseas, aunque antes de que se formalice nuestro compromiso hay algo de mí que debes saber. Tal vez entonces no quieras ser mi marido.

—Nada de lo que digas me hará cambiar de parecer.

—¿Estás seguro?

Ickila calló, alarmado ante el cariz que tomaba la conversación. Deseosa de acabar cuanto antes con la tensa situación creada, Huma confesó:

—No soy doncella.

Para un caballero de sangre germánica desposar a una mujer que hubiese pertenecido antes a otro era poco menos que inimaginable, a menos que se tratara de una viuda escogida por razones de conveniencia patrimonial, lo que no era el caso. De acuerdo con las convicciones ancestrales de Ickila, el bien más preciado de una mujer era su virginidad. Esa virginidad era la que retribuiría el día siguiente a la noche de bodas con el *morgengabe* o «regalo de la mañana», que agradecía ese impagable obsequio entregado por la novia en el lecho con una compensación simbólica. Únicamente la virginidad garantizaba que los hijos habidos con ella fuesen suyos y no de otro. ¿Cómo iba él a sobreponerse a semejante impedimento?

Consciente de la gravedad que a los ojos de su pretendiente revestía esta circunstancia, Huma le contó a grandes rasgos su romance con Noreno, incluida esa única vez, mágica y pura, que había permanecido intacta en su recuerdo. Habría podido ocultárselo —le dijo—, pero de haberlo hecho no habría sido digna de la consideración que le demostraba él con su proposición. Si habían de emprender un camino juntos, no podían empezar con una mentira. Él era libre, por supuesto, de retirar sus palabras, lo que no alteraría en modo alguno la amistad que los unía.

—Cásate conmigo, te lo ruego —insistió él al cabo de un rato.

La sinceridad de esa mujer valía más que unas manchas de sangre en las sábanas. Se había entregado al muchacho con quien había compartido una historia de amor apasionada que Ickila ya conocía por Pintaio. ¿Y qué? ¿Podía invalidar esa circunstancia la deuda de gratitud que tenía contraída con ella, las muchas virtudes que la adornaban y por encima de todo la corriente de emociones que le arrastraba hacia ella? La hubiera preferido doncella, por supuesto, pero creía poder perdonarla. Quería hacerlo. Su confesión había encendido aún más en su interior el deseo de explorar hasta el último rincón de esa piel que adivinaba ardiente, pues el modo en que había relatado su encuentro, lejos de manifestar vergüenza, arrepentimiento o culpa, demostraba lo placentera que le había resultado la experiencia. Había amado a Noreno con un amor total, rotundo, pleno, del que no renegaba. ¿Conseguiría él despertar en ella un sentimiento parecido?

—Seré tu esposa en cuanto florezcan los manzanos —aceptó Huma con una sonrisa en la que parecía reflejarse todo el sol de la estación cálida—. Para entonces espero que hayas recuperado la salud, pues el festejo será sonado. Hace mucho tiempo que no se celebra en Coaña una boda semejante.

En lugar de responder, Ickila la tomó en sus brazos, venció la inicial rigidez con la que ella recibió la caricia y se dio cuenta enseguida de que lo que estaba por descubrir superaría con creces todas sus expectativas.

Aravo estaba tan complacido por el modo en que sus proyectos parecían al fin tomar cuerpo que propuso a su huésped una cacería destinada a festejar el compromiso. Se sentía rejuvenecido y deseaba probar suerte con la lanza contra una presa digna de la alcurnia de su futuro yerno: el jabalí, muy abundante en los bosques próximos al castro, venerado desde antiguo por su fuerza, su ferocidad y el coraje con el que se enfrenta a su perseguidor hasta la última gota de sangre, matando o muriendo en el empeño pero sin huir jamás. Una representación perfecta de los guerreros de esa tierra.

Irían Ickila y él solos. Acecharían a la fiera más grande que pudieran encontrar para regresar con sus defensas colgando de una soga a modo de trofeo. Ni siquiera se molestarían en despellejarla para conseguir su carne. No sería una partida de caza al uso, sino un ritual de fraternidad en el que un viejo caudillo exhausto cedería la vara de mando a un sucesor vigoroso, capaz de continuar su obra.

A tal propósito, desecharon más de una pieza por escuálida antes de dar con un animal que mereciera la pena. Cuando lo encontraron, al atardecer del segundo día, estaba abrevando en un arroyo, con el viento soplando en la dirección precisa para delatarle la presencia de sus perseguidores. Era un ejemplar imponente, del tamaño de un cerdo doméstico de los que se utilizan para montar hembras, cuyos colmillos parecían casi tan grandes como los cuernos que adornaban el yelmo de Ickila. En cuanto vio a los intrusos, se dio la vuelta con sorprendente agilidad, dispuesto a cargar contra ellos. Aravo se asustó y le arrojó su jabalina, pero erró el tiro por poco. El cochino emitió entonces un gruñido siniestro y embistió contra el cazador, quien se tropezó al retroceder precipitadamente, cayendo de espaldas sobre un lecho de barro y musgo. No había tiempo para ensayar un segundo lanzamiento.

Empuñando su espada con las dos manos y separando ligeramente las piernas a fin de conservar el equilibrio, pues todavía se sentía débil, Ickila se interpuso entre su futuro suegro y la fiera que se abalanzaba sobre él, asestándole un profundo corte en el cuello. La sangre caliente del jabalí le salpicó la cara, mientras este pugnaba por levantarse a pesar de tener la yugular abierta. Quería vender cara la piel. Había peleado con el valor característico de su especie, merced a lo cual obtuvo la gracia de recibir un tajo en el corazón que puso fin a su agonía de forma inmediata.

Aravo exultaba de gozo. El hombre al que iba a entregar a su hija reunía todos los atributos que necesita un caudillo para hacerse respetar: valentía, nobleza y decisión. Tal vez le faltara algo de ambición, pero suplía esa carencia con un alto sentido del deber que no dejaba lugar a la duda. Coaña tendría un mañana luminoso.

De regreso al castro contó a todo el mundo con detalle los pormenores de lo sucedido, ponderando, henchido de orgullo, la actuación de su futuro yerno. Este restaba importancia a su intervención, alegando que había sido Aravo el auténtico protagonista de la gesta. Huma asistía incrédula a la transformación de su padre, a quien le costaba reconocer en ese anciano jovial que se desvivía por complacer al godo.

Integrado ya sin reservas en la vida de la comunidad, Ickila pronto empezó a participar en las reuniones del Consejo de Ancianos, donde se tomaban las decisiones importantes. A esos encuentros se habían incorporado desde su llegada algunos representantes de los refugiados traídos por Pintaio, quienes protagonizaban agrias polémicas con los miembros veteranos del cónclave. Discutían por los tributos, por el modo de entender y aplicar la justicia, por el señalamiento de las fiestas de guardar, por la consideración de la propiedad individual y la comunal... por todo.

Recientemente había sido inaugurado el primer cementerio cristiano a las afueras de la aldea, con el enterramiento de una mujer practicante de esa religión, aunque todavía no habían logrado los miembros de la parroquia fundada por Fedegario hacerse con un sacerdote que consagrara ese suelo. De cuando en cuando pasaba un clérigo ambulante que celebraba misa a cambio de techo y comida, pero ninguno se quedaba. Y eso que el número de seguidores de Cristo iba en aumento a gran velocidad, lo que constituía un factor añadido de enfrentamiento entre dos modos opuestos de concebir el mundo.

Huma se esforzaba por practicar sus ritos con la máxima discreción, ocultando sus quehaceres sagrados de la vista de su prometido. Este correspondía a la hospitalidad que se le brindaba haciendo cuanto podía por facilitar la convivencia entre los antiguos habitantes del poblado y los que habían viajado con él desde distintos lugares del valle del Durius. Al fin y al cabo, se decía, esos hijos del pueblo astur y las gentes de sangre germana compartían más de una tradición común: por ejemplo, el amor a la libertad. O la costumbre de resolver los asuntos de la guerra, la política y la economía mediante la celebración de asambleas populares en las que todos eran escuchados por igual. O la infinita capacidad de sufrimiento y resistencia a la fatiga. O el ancestral orgullo. O la bravura que los llevaba a crecerse ante la adversidad ignorando el peligro. O la dificultad para aceptar más vasallaje que aquel que cada cual quisiera imponerse a sí mismo, escogiendo servir a un caudillo.

Lo que los unía era mucho más de lo que los separaba, tal como había intuido Pintaio, por más que a muchos les resultara difícil fijar su atención en esos vínculos en lugar de acentuar las diferencias. Todos los esfuerzos de Ickila se centraban por tanto en convencer a unos y otros de que se entendieran entre ellos sobre esas normas básicas para la organización de su pequeña sociedad, pues si no lo conseguían vendrían de fuera otros que les obligarían a hacerlo.

En Corduba reinaba un soberano poderoso, implacable e insaciable deseoso de recaudar sus tributos y esquilmar su tierra, sin pararse a considerar si los siervos que incorporaba a su cuerda de cautivos procedían de raíz astur o goda. Se llamaba Abd al Rahman. Era la única alternativa al príncipe cristiano de Cánicas.

Empezaba ya a percibirse el deshielo en las cumbres, cuando un emisario de la corte llegó repentinamente al castro cabalgando sobre un corcel llevado hasta el límite de sus fuerzas un mal día del año 806. Él también venía agotado. Iba recorriendo toda la región en busca de ciertos magnates, a fin de comunicarles cuanto antes la noticia: el rey Fruela había sido asesinado en su palacio pocos días antes, por manos desconocidas, aunque de su mismo entorno. El caos amenazaba con apoderarse del reino. Próceres de toda Asturias se dirigían en ese instante hacia la capital, con el propósito de conjurar el peligro de una guerra civil.

Ickila llenó unas alforjas con lo indispensable, mandó ensillar su caballo y partió a toda prisa hacia allí, maldiciendo en voz alta esa herencia endemoniada que llevaba a los potentados de estirpe goda a destrozarse unos a otros. Hacía mucho que nadie llegaba tan lejos como para cometer un magnicidio, pues los últimos monarcas destronados antes del desembarco de Tariq habían salvado la vida a cambio de profesar en un monasterio, lo cual no hacía sino evidenciar que los peores vicios del pasado revivían en la pequeña corte asturiana. ¿Cómo iban a lograr así recuperar lo que había sido suyo? ¿Con qué fuerzas harían frente a los caldeos si el espectro de la división diezmaba sus filas antes de entablar batalla?

No había respuesta para tales interrogantes. Solo frustración y rabia.

En una posada situada a la altura de Gegio engulló un guiso de pescado, descansó unas pocas horas y continuó con una nueva montura su carrera hacia el escenario del crimen, decidido a castigar duramente al regicida. Si lo descubría, si conseguía esclarecer lo sucedido, él mismo se encargaría de que el culpable o los culpables recibieran un escarmiento proporcional a la magnitud de su traición.

Al reunirse con el resto de los magnates acudidos al palacio desde diversos puntos del territorio, se dio cuenta, no obstante, de que la mayoría no parecía interesada en averiguar nada, sino en correr un tupido velo sobre la suerte de Fruela a fin de proceder cuanto antes a la elección del sucesor. Allí estaba, por ejemplo, ese Favila junto con el cual había combatido en la última refriega librada contra los sarracenos en Alaba, quien, tras expresarle su alegría por verle restablecido de sus heridas, echó un jarro de agua fría sobre sus esperanzas:

—Olvídate de buscar la verdad —fue su contestación a las preguntas de Ickila referidas a las indagaciones llevadas a cabo hasta ese momento—. Aquí todos parecen dar por hecho que el asesinato del rey ha sido una venganza merecida por lo que él mismo le hizo a su hermano. Un acto de justicia en el que la mano del hombre no ha hecho más que empuñar la espada de Dios. «Ojo por ojo», siguiendo el mandato del libro sagrado. Nadie que yo conozca reclama una investigación formal.

—¡Pero ¿cómo ha sido?! ¡¿Qué se sabe?! —inquirió el recién llegado, profundamente decepcionado ante lo que oía.

—Fruela murió con la espada en la mano; poco más puedo decirte. Lo encontró un siervo en este mismo salón a medianoche, con el cuerpo cosido a puñaladas, lo que demuestra que intentó defenderse de sus agresores. Sus cuatro guardias yacían igualmente en el suelo, exangües. Es evidente que fueron varios los conjurados que llegaron hasta aquí sin llamar la atención, pues sería habitual su presencia en estas estancias. Llevaron a cabo su sanguinaria acción y salieron de igual modo. Si alguien vio algo, no quiere hablar. Sospecho que el alcance de la conspiración debe de ser mayor de lo que podemos imaginar, pues como ya te he dicho no existe el menor interés por descubrir la verdad. Acaso tengan razón y esa verdad sea tan espantosa que merezca permanecer por siempre oculta.

—¡No hablas en serio! ¿Cabe algo más vil y aterrador que la traición perpetrada al amparo de la noche? ¿Puede quedar impune el asesinato de un rey?

—Mucho me temo que eso es exactamente lo que va a ocurrir, ya que al tratarse de un tirano fratricida sus asesinos son vistos con indulgencia. Esto es lo que hay, mal que nos pese. Yo en tu lugar no daría un paso al frente para exigir otra cosa, ya que no solo tu vida correría grave peligro, sino que no conseguirías nada. Tanto los antiguos fieles de Fruela como los que rodearon a Vímara se han puesto ya de acuerdo en la persona de Aurelio, quien no despierta los recelos de nadie. Es cierto que tampoco suscita entusiasmos, pues todos le hemos considerado siempre un mediocre, pero esa parece ser precisamente su mejor baza. Hasta ahora había pasado desapercibido, como corresponde a un príncipe de tan escasa estatura personal como la suya. Eso le ha librado de granjearse enemigos.

»Además —continuó fríamente su exposición Favila— después de un reinado frenético, muchos ansían un periodo de tranquilidad. Así las cosas, el hecho de que la camarilla que rodea a este segundón nunca se haya distinguido por su arrojo juega doblemente a su favor. De ese modo ninguna de las dos facciones enfrentadas por el poder se considera lo suficientemente amenazada como para oponer resistencia y otro tanto sucede con los señores levantiscos de Gallecia o con los caudillos vascones. Aurelio será el elegido porque de momento todos se sienten cómodos con él y confían en poder manejarle. Está por ver, por supuesto, cuánto durará esa placidez, pero tú sabes bien que la mirada de los hombres rara vez se dirige al horizonte lejano.

Ickila ahogó una protesta en la garganta. En el fondo, el sensato Favila tenía toda la razón y él era consciente de ello, por más que su honra de caballero le empujara a rebelarse. ¿Con qué fin? ¿Con qué posibilidades de éxito? Ninguna. En esa época convulsa en la que quien más quien menos todos aspiraban a conservar su pequeña parcela de poder, influir en la corte en beneficio propio o aprovechar una oportunidad para alzarse con una buena canonjía, el hijo de ese otro Fruela hermano de Alfonso el Cántabro, que a diferencia de su padre nunca se había caracterizado por su ardor guerrero, era el candidato ideal para una porción considerable de los condes congregados en Cánicas. No era un gran estratega, aunque tampoco un cobarde. Carecía de méritos sobresalientes en el campo de batalla, a cambio de lo cual parecía mostrar una disposición favorable a mantener la paz con los mahometanos. Y todos estaban cansados de guerra. También Ickila, que acababa de pedir a Huma en matrimonio.

—Que así sea pues —zanjó la conversación—, ya que la suerte parece echada. Al fin y al cabo, por sus venas corre sangre goda mezclada con la de Pelayo. Si los próceres le elevan hasta el solio real, no será este viejo soldado quien se oponga. Ahora bien, que nadie se llame a engaño. El talante de este Aurelio es ciertamente más conciliador que el del monarca asesinado, lo que puede inducir a algunos a pensar que el trato con él será más fácil. ¡Craso error! La serpiente nunca ataca de frente, como el oso o el jabalí, sino que clava sus colmillos a traición, lo que convierte su mordedura en algo mucho más peligroso. Yo no pienso quedarme a esperarla. Voy a prestar un último servicio al rey a quien juré lealtad, después de lo cual me retiraré al feudo de mi esposa y colgaré para siempre la espada. ¡Que Dios se apiade de nosotros cuando los caldeos decidan atacarnos de nuevo!

Nadie le había ordenado que acudiera en auxilio de Munia. Ickila era consciente, no obstante, del grave riesgo que corría la vida de la vascona ahora que su esposo y protector había muerto, lo cual bastó para que su antiguo escolta tomara la iniciativa de ir a socorrerla a Ovetao. Sin esperar a la proclamación del nuevo soberano, quien nunca le había inspirado simpatía alguna, partió a uña de caballo hacia la villa que él mismo había contribuido a fundar unos años antes en una colina emplazada al oeste de la capital, decidido a rescatar a la reina viuda y recibir de ella las instrucciones pertinentes respecto de su hijo Alfonso.

Tras varias jornadas agotadoras en las que apenas se detuvo a descansar, llegó a la residencia de la antigua cautiva casi a la vez que la noticia del asesinato, por lo que la encontró sumida en una profunda tristeza, aunque entera. No era mujer dada a exteriorizar sus emociones con llanto y rechinar de dientes, por mucho que su pena fuera más auténtica que la de esas plañideras que había visto en la corte.

Él sabía que con el correr del tiempo esa joven aparentemente indomable había llegado a amar con pasión a su marido. Sabía del cariño auténtico que le inspiraba ese hombre quien, a su vez, había terminado sinceramente hechizado por ella. Conocía y envidiaba el amor que compartían, construido lentamente a partir de un hecho violento y cimentado después sobre una convivencia percibida como único antídoto contra la soledad que ambos padecían. Era consciente del vínculo de mutua admiración que los unía el uno al otro, seguramente por tratarse de personas muy parecidas, con almas demasiado inquietas como para darse el lujo de encontrar una dicha duradera. Él podría dar fe de que su dolor no era fingido.

—Señora —se dirigió a ella, hincando la rodilla en tierra, en la modesta sala de audiencias donde fue recibido a su llegada—, he venido para ayudaros a huir cuanto antes, pues habéis dejado de estar segura aquí.

—Agradezco tu gesto, Ickila. ¡Qué razón tenía Fruela al confiar ciegamente en ti! Sin embargo, no sé si tengo ganas de emprender esa fuga que me aconsejas. No puedo abandonar a mi hijo Alfonso. No debo rendirme a los enemigos de mi esposo sin intentar siquiera luchar. Te confieso que estoy perdida, lo que no significa que tenga miedo —precisó, en un arranque de dignidad muy propio de su carácter vascón.

—Debéis hacerlo, señora. Vengo ahora mismo de Cánicas y puedo garantizaros que no os quedan amigos allí. Los que fueron partidarios del rey Fruela se han pasado vergonzosamente al bando de Aurelio, donde esperan encontrar acomodo incruento. Acaso halláramos un puñado de nobles dispuestos a defender vuestra causa, que es la del legítimo heredero, pero serían insuficientes para derrotar al sobrino de vuestro difunto esposo, quien probablemente a estas horas ya haya sido coronado. Marchad, os lo ruego, no me obliguéis a asistir impotente a vuestra derrota sangrienta.

—¿Y qué será de nuestro hijo? ¿Quién lo protegerá si yo me voy? No, no puedo hacer lo que me pedís, por más que os agradezca vuestra preocupación por mí.

—Los monjes de Samos cuidarán del niño y le instruirán, estad tranquila. Mientras permanezca entre esos sagrados muros, donde prácticamente ningún hermano conoce su verdadera identidad, estará seguro. Nadie en la corte parece acordarse demasiado de él, pues todos están sumidos en sus escaramuzas por el poder. En cuanto vos desaparezcáis, Alfonso caerá en un olvido que puede salvarle la vida. Os lo suplico, permitid que os acompañe hasta vuestra tierra de Alaba, donde vos también hallaréis amparo y podréis preparar un refugio para el príncipe, en caso de que un día llegara a necesitarlo. Es lo que el rey, mi señor, habría querido que hicierais, no tengo la menor duda.

Munia calló durante unos interminables minutos, como si valorara los pros y contras de la propuesta que le acababa de hacerle ese soldado de cabello rubio del que tenía sobrados motivos para fiarse. Quisiera ella o no aceptar la negra realidad de los hechos, el godo estaba en lo cierto. No había más opción que la fuga o la muerte, a la que arrastraría probablemente a su único vástago. Tenía que decir adiós a Ovetao. Buscar el abrigo de sus riscos salvajes. Regresar a la tierra que la había visto nacer para intentar construir allí un hogar en el que cobijar a Alfonso si lograba salir con bien del escondite donde se ocultaba.

A tal fin, no obstante, era indispensable mantener toda la operación en el más riguroso de los secretos. De ahí que cuando finalmente habló le exigiera a Ickila un nuevo juramento de lealtad, que él cumplió sin rechistar, aunque percibiendo la petición como una ofensa innecesaria a su honor.

—Júrame que nunca revelarás a nadie el paradero del legítimo heredero de Fruela ni tampoco el mío.

—Lo juro por Dios, mi señora. Mis labios quedan sellados. Os doy mi palabra de que jamás ha de saber nadie por mi boca nada relacionado con el príncipe o con vos. Puesto que me ordenáis callar, no solo callo, sino que olvido.

Y así lo hizo.

Se demoraron únicamente el tiempo necesario para empaquetar algunas provisiones y pertrechos necesarios para su viaje a los altos de Orduña, donde la vascona encontraría la protección de su clan. Ickila la escoltaría hasta que pudiera dejarla en manos amigas, pues de nuevo anteponía su deber al deseo de regresar cuanto antes a Coaña, celebrar su boda con Huma y cambiar su vestimenta de guerrero por la de caudillo local de un próspero castro situado en la linde con la Gallecia junto con la mujer que poblaba desde antiguo sus fantasías.

En Cánicas, entre tanto, Aurelio no había tenido tiempo de disfrutar de su triunfo. Apenas pasados los fastos de la entronización, el reino se vio sacudido por un flagelo desconocido hasta entonces, que a punto estuvo de socavar sus cimientos todavía frágiles.

No era, en esa ocasión, la bárbara embestida de las tropas sarracenas. Tampoco un levantamiento protagonizado por alguno de los pueblos sometidos en sus confines. No se trataba ni de hambruna ni de peste, viejos jinetes del Apocalipsis heraldos de la peor muerte. No. Fue algo completamente diferente, inconcebible y como tal aterrador: una rebelión de siervos semejante a la protagonizada por Espartaco en tiempos anteriores al nacimiento del Salvador, que desató la venganza de sus protagonistas sobre las gentes desprevenidas con la furia de un temporal.

Habían llegado a Asturias en gran número, si bien poco a poco en el transcurso de los años, acompañando a los fugitivos de la invasión mora que se instalaban en suelo cristiano, ya fuera voluntariamente, ya forzados por la política de vaciamiento del valle del Durius puesta en marcha por el rey Alfonso. Procedían de distintos lugares de Hispania, aunque compartían una misma lengua y un mismo destino atroz, toda vez que su suerte, ya de por sí mísera, se había visto agravada con el exilio de sus amos y su realojamiento en esa tierra áspera.

Eran muchos; demasiados tal vez para un entorno en el que la servidumbre resultaba extraña a las costumbres ancestrales, ajenas a cualquier esclavitud que no fuera la reservada a los derrotados en la guerra. Se habían encontrado confinados en un espacio mucho más reducido que el de las antiguas posesiones de sus amos, por lo general dueños de grandes fincas agrícolas aisladas, lo que les había dado la oportunidad de relacionarse entre sí, intercambiar lamentos y, en el caso de los más audaces, urdir planes de revancha. Aurelio era la oportunidad que llevaban tiempo aguardando, pues a diferencia de Fruela no parecía tener los redaños necesarios para sofocar una insurrección bien organizada.

De ahí que se alzaran en armas.

Con las mismas guadañas que empleaban para segar la hierba de los campos, las tijeras de esquilar ovejas, las hoces de podar huertos o los cuchillos utilizados en las cocinas domésticas, esos siervos rebelados dieron muerte a sus señores de forma brutal. Forzaron a las damas a las que habían servido dócilmente hasta ese día. Quemaron sus cadáveres en el altar de un odio antiguo. Incendiaron las mansiones de los amos tras saquear su interior y luego huyeron, junto con sus hijos y sus compañeras, de las presuras, monasterios, urbes, aldeas y castros en los que habían sido escarnecidos. De cualquier lugar en el que hubieran permanecido encerrados, compartiendo destino y labor con las bestias de tiro.

Formaron grandes partidas que se desplazaban sin rumbo fijo de un sitio a otro, sembrando el terror a su paso. Llegaron a adueñarse de algunos pueblos en los que impusieron su ley, para espanto de unos lugareños impotentes ante la magnitud de la revuelta. Destruyeron granjas, asesinaron a cuantos intentaron interponerse en su camino y durante un tiempo que a muchos se les hizo eterno dieron curso a una venganza cobrada con furia insaciable por cada afrenta recibida, siendo estas incontables.

Mientras el nuevo rey trataba en vano de someter a los alzados, persiguiéndolos campo a través en compañía de una parte de su ejército, Cánicas quedó parcialmente desguarnecida y sufrió las consecuencias de tamaña imprudencia. Los más afortunados, atrincherados en sus residencias similares a fortalezas, se libraron de la cólera de los esclavos, pero otros, como Badona, no tuvieron tanta suerte.

En ausencia de Ickila, la viuda compartía vivienda con su vieja criada Marcia, quien apenas podía ya moverse y estaba completamente ciega, el caballerizo Paulo, encargado de las faenas pesadas, y la buena de Arausa, ya entrada en años, pero que aún se las arreglaba para cocinar y mantener la casa en orden. Su existencia era tranquila, toda vez que la señora apenas recibía visitas. Nada permitía sospechar que la violencia desatada por los siervos fuera a alcanzarlos a ellos. Todos habían olvidado hacía mucho el incidente provocado por Paulo con el robo de una fíbula. Todos menos él, que aún lucía en la espalda las cicatrices de la paliza recibida como castigo a una conducta que le habían imputado sin motivo.

No había sido el ama quien lo había azotado, pero eso a él le daba lo mismo. Era ella la que estaba allí al alcance de su mano y ella pagaría por el daño que le había sido infligido de manera tan brutal como inmerecida, puesto que siempre negó ser el autor de aquel robo, perpetrado por su compañero Lucio, vendido poco después del episodio a una familia conocida. Ella saciaría la sed de revancha que padecía él desde entonces. Y cuando Ickila se enterara del modo en que había hallado la muerte su madrastra, sabría lo que es sufrir como lo sabía él desde siempre.

La oportunidad que se le presentaba era única. Aunque la ciudad se mantenía bajo el control de la autoridad real, todo el mundo estaba al tanto de que los insurrectos no estaban lejos, lo cual le permitiría unirse a ellos cómodamente si hacía bien las cosas. Solo tenía que preparar meticulosamente su plan de acción.

En plena noche, mientras Cánicas dormía, se acercó con sigilo hasta la habitación de Badona armado de una navaja. El instinto despertó a la señora, quien gritó asustada al ver al caballerizo junto a su cama con un cuchillo. Marcia, que descansaba en un jergón a su lado, hizo lo mismo, sin poder ver ni comprender lo que sucedía. Y sus voces fueron el resorte que desencadenó la tragedia.

Nervioso, aterrado por las consecuencias de su atrevimiento, temeroso de ser descubierto y capturado, Paulo degolló con precisión de matarife a la anciana, que era la que estaba más cerca. Su gesto hizo enmudecer a Badona, incapaz de dar crédito a lo que acababa de contemplar. Para ella Paulo era algo tan familiar como los muebles que la rodeaban. Un objeto de su propiedad, incapaz de causar daño. ¿Cómo, en nombre del cielo, podía haber enloquecido hasta el extremo de actuar de ese modo? Estaba a punto de reprenderle como se reprende a un niño, convencida de que una palabra suya bastaría para apaciguarlo, cuando sintió el filo del acero desgarrarle la garganta.

Murió de forma instantánea, con una expresión de incredulidad en los ojos. No llegó a experimentar pánico, pues para ello habría tenido que adivinar las intenciones asesinas de su siervo, cosa que le resultaba inconcebible. Había oído, como todos, las historias estremecedoras que circulaban de boca en boca sobre los crímenes protagonizados por la horda de esclavos huidos, aunque nunca se había sentido aludida por esos relatos. Una cosa eran los siervos agrarios, no muy alejados a su modo de ver de los animales, y otra muy distinta su fámulo. ¿Cómo iba a temer ella algo malo de ese muchacho a quien había alimentado desde que era un niño? Murió sin esperárselo, sin sospecharlo siquiera, de un único corte fulminante que la liberó de su soledad.

Ickila no llegó a tiempo de dar sepultura cristiana a la mujer que le había hecho de madre. Cuando regresó a su hogar, después de un viaje endemoniado a través de un país azotado por la violencia, se lo encontró vacío. Antes de huir, Paulo se había apropiado de todos los objetos de valor que poseían, incluidas las joyas de la familia, sin dejarle siquiera una sortija, un prendedor o un colgante que regalar a su prometida. Pero en ese momento amargo su preocupación era otra: ¿Cómo habrían sido los últimos instantes de Badona? ¿A qué clase de vejaciones la habría sometido ese perro antes de acabar con ella?

Maldijo una y mil veces el nombre de su esclavo, prometiéndose despellejarlo lentamente con sus propias manos si lograba capturarlo vivo. No se le ocurrió pensar que aquel asunto del broche robado hubiese tenido influencia alguna en el proceder de ese criado traidor, cuya conducta atribuyó exclusivamente a la abyección intrínseca propia de su condición servil. Eso era lo que cabía esperar de ellos. Tal era su naturaleza vil, necesitada de la tutela implacable de los amos y la razón de que fuera indispensable combatir sin piedad a los que habían osado desafiar el orden establecido. Por eso no eran de fiar príncipes engendrados en el vientre de una sierva como Mauregato, a quien consideraba instigador o cuando menos cómplice necesario en el asesinato del rey Fruela.

El Ickila iracundo, feroz, ayuno de misericordia, imprevisible, cruel, vehemente y brutal volvió a adueñarse de su persona, transformada por el asesinato de su madrastra en un océano de odio. Un ser primario, que se defendía del sufrimiento transformándolo en rabia, para quien no había más consuelo que la seguridad de tomarse de algún modo la revancha.

No albergaba duda alguna sobre cuál sería el desenlace de la revuelta y esperaba vivamente poder participar en él. Más pronto que tarde —estaba persuadido de ello—, acabaría con todos los cabecillas colgando de un bosque de horcas, mientras el resto de los siervos levantiscos serían reducidos de nuevo a la autoridad de sus dueños, después de recibir el correspondiente castigo. Así habría de ser y así sería, pues la ley se cumpliría de manera inexorable. Esa certeza, empero, no lograba disminuir un ápice su dolor, agravado por la sensación de culpa que le invadía al pensar que de haber estado él allí nada de lo sucedido habría llegado a producirse.

Arausa le tranquilizó, asegurándole que el rostro de su difunta madre no denotaba angustia alguna y que su honra no había sido mancillada. Le contó los pormenores de su funeral, celebrado por uno de los discípulos de Adriano, y le condujo hasta el cementerio donde sus restos descansaban en una tumba sin lápida. Allí aguardaría el día de la resurrección de los muertos, en el que despertaría a la eternidad con el semblante radiante de sus veinte años.

Ickila no se sentía ya tan cercano a ese dios al que siempre había servido sin escatimar esfuerzos. Estaba enojado con él. Profundamente decepcionado. Deseoso de pedirle cuentas aun a costa de acabar porfiando, como le sucedía a menudo siendo adolescente al juzgar la conducta de Liuva. ¿Por qué le pagaba el Padre de ese modo su incansable batallar en las huestes cristianas? ¿Qué más debía hacer para purgar un pecado que parecía recaer una y otra vez sobre las espaldas de sus seres queridos? ¿Cuándo encontraría al fin la paz junto a los suyos?

Ese pensamiento trajo consigo otro, que le llenó de espanto. De pronto se acordó de Huma, a la que había apartado momentáneamente de su corazón abrumado por la pena, y la posibilidad de que también a ella le hubiera sucedido algo malo le heló la sangre. ¿Sería esa la razón de que llevara varios días sin encontrarla en sus sueños? ¿Habría alcanzado Coaña la furia de los alzados, llevándose consigo a esa mujer que constituía su última esperanza de hallar la felicidad en esta vida?

Olvidando sus deseos de venganza y su ira justiciera, partió ese mismo día hacia el castro, rezando en silencio por que su prometida estuviera a salvo. Temeroso de que sus reproches quedos hubieran ofendido al Señor, le pidió perdón con humildad, pues había comprobado muchas veces hasta qué punto puede ser dura la penitencia que nos impone. Sentía en ese momento mucho más miedo que amor y no quería provocar Su ira. Imploró misericordia, suplicó, prometió...

Si Huma estaba bien, si estaba a salvo, si todo seguía igual, si aún le amaba...

XV

Alana

El país volvía a ser víctima de la devastación. Esa revuelta de siervos, mucho más numerosos de lo que el propio Ickila hubiera llegado a sospechar, había dejado una gran parte de los campos yermos, a falta de brazos dispuestos a labrarlos, amén de un sinfín de granjas destruidas. Tanto trabajo, tanta esperanza, tanto esfuerzo perdido en un estallido de cólera incendiaria condenado de antemano al fracaso...

Mientras avanzaba en dirección a poniente tratando de esquivar partidas de fugitivos desesperados, evitando de igual modo encontrarse con alguna patrulla real a la que seguramente le habrían pedido que se incorporara y maldiciendo el nombre de ese hijo de Satanás asesino de su madre, su mente era un hervidero de inquietud. Le atormentaba la idea de que Huma pudiese haber sufrido algún daño, pues se daba cuenta por vez primera, con increíble lucidez, de que toda su vida no había sido sino un tortuoso camino hacia ella, última meta de una aventura cuyo final adivinaba próximo.

Su precipitada salida de Recópolis, su rechazo visceral al compromiso con cualquier dama de las muchas que estaban a su alcance en la corte, la manera extraña en la que había entablado amistad con Pintaio y la forma mucho más desconcertante aún en la que este le había rescatado de una muerte segura, para conducirle hasta ese castro remoto en el que la ciencia de su hermana le había devuelto la salud, no podían explicarse de otro modo.

Y, por si quedara alguna duda, ahí estaba esa muerte trágica y prematura de Badona, unida a la lejanía de sus dos hermanas, que le liberaba definitivamente del juramento de velar por ellas hecho formalmente a su padre mientras este rendía el alma a Dios. No había querido escribir a ninguna de las dos para contarles lo sucedido en la residencia familiar de Cánicas, a fin de ahorrarles el disgusto que sin duda les habría producido la noticia. Clotilde e Ingunda tenían sus propias vidas, sus esposos y sus hijos lejos de allí. Habían cortado tiempo atrás el lazo que las había unido un día a él, pues se debían en cuerpo y alma a los hombres a los que habían jurado honrar y obedecer. Tal era el destino de la mujer en el mundo del que procedían. Él tenía que buscar el suyo en otra parte.

Por alguna razón incomprensible, la Providencia le empujaba hacia esa hembra de ojos felinos elegida por Su voluntad para ser su esposa. Los avatares de su azarosa existencia, los prodigios que la habían jalonado y el dolor que invadía su alma herida constituían pruebas irrefutables. Huma era la respuesta a todas sus incertidumbres. Nada podía ser más importante que ella.

Cabalgó noche y día, preso de una preocupación febril. Vio cosas que le revolvieron las tripas, pese a ser un hombre curtido en todos los sufrimientos que es capaz de causar el ser humano a sus semejantes. Hasta llegó a rematar con su espada a un par de desgraciados que agonizaban atados a un poste con el torso despellejado y las cuencas de los ojos vacías, sin preguntar si eran esclavos alzados o víctimas de su ira. Necesitaban auxilio y él les proporcionó el único que estaba en su mano. Aquel gesto espontáneo le dijo que aún alentaba en él con más fuerza el caballero capaz de apiadarse de un cristiano que el bárbaro ejecutor sediento de venganza, lo que trajo algún sosiego a su conciencia. Y, poco a poco, a medida que se acercaba a su meta, fue reconciliándose consigo mismo.

Finalmente, al cabo de siete agotadoras jornadas cruzando el reino de oriente a occidente, alcanzó Coaña cuando ya el sol dormía hacía tiempo, bajo una llovizna capaz de calar hasta las entrañas.

Nada presagiaba que el drama acaecido en otros lugares se hubiese repetido allí, aunque Ickila sabía por propia experiencia que las apariencias engañan con facilidad. Las macizas puertas de roble reforzado estaban cerradas, como correspondía a la hora tardía, lo que podía ser una señal de normalidad o indicar que los sublevados se habían hecho fuertes en el castro. Para mayor confusión, en medio de la oscuridad resultaba imposible identificar a los centinelas que las custodiaban.

Lo más sensato habría sido esperar al amanecer para hacerse una idea clara de la situación, pero él no estaba en condiciones de aguardar ni un segundo. El corazón iba a desbocársele en cualquier momento, azuzado por la incertidumbre. De modo que a riesgo de recibir allí mismo una descarga de flechas, gritó a pleno pulmón:

—¡Ah de la torre, este jinete pide paso franco!

—¿Quién va? —le respondió una voz desconocida, cuyo acento era muy parecido al de los antiguos moradores de la aldea—. ¿Qué buscáis aquí a estas horas?

—Soy Ickila de Cánicas, huésped en casa de Huma y Aravo. Regreso después de un largo viaje y solicito paso franco.

Su petición obtuvo el silencio por respuesta. Ni una palabra, ni tampoco la agresión temida. Solo oscuridad, recorrida por los sonidos propios de la noche, durante la cual el repiqueteo de las gotas de agua en los árboles, las ramas que crujían con el viento o el canto de la lechuza adquirían tonalidades siniestras.

Los guardianes de la entrada podían haber ido a preguntar en casa de sus anfitriones si esperaban al caballero que se presentaba a hora tan intempestiva o tal vez estuvieran preparándole una trampa. Intranquilo, insensible al miedo o más bien impulsado por el pavor que sentía ante la posibilidad de que Huma estuviese en dificultades, insistió, con voz semejante a un rugido:

—¡Ah de esa torre! ¿Podéis oírme? Estoy empezando a cansarme y cuando se colme mi paciencia alguien va a pagarlo muy caro...

Al cabo de pocos instantes, una de las enormes hojas de roble macizo se abrió con un chirrido de metal oxidado, al tiempo que el muchacho que tiraba de ella se deshacía en excusas:

—Perdonad, señor, es que tenemos órdenes de no dejar entrar a nadie.

—¡Quítate de mi camino! —le apartó de un empujón Ickila, que para entonces había desmontado.

Con una mano en la empuñadura de su espada y todos los sentidos alerta dejó suelto a su caballo y enfiló a todo correr la cuesta que conducía hacia esa casa que ya había empezado a considerar suya. A medio camino se dio de bruces con un Aravo envejecido y somnoliento, acurrucado en su pelliza de oveja, que arrastraba las madreñas por el pavimento resbaladizo en dirección contraria a la suya. Verle fue como contemplar el rostro de la esperanza renacida.

—¿Estáis todos a salvo? —preguntó cogiendo a su

futuro suegro por los hombros—. ¿No ha llegado hasta aquí ese vendaval de sangre que recorre el reino?

—Llegó, pero pasó de largo —respondió el viejo jefe con parsimonia, molesto por que lo hubieran sacado de la cama—. Deja que me seque junto al fuego y te lo contaré más despacio.

Huma estaba en pie, recortada contra la pared de piedra, más hermosa que nunca, oteando la negrura de la noche en busca de su prometido. Se había echado un chal de lana sobre la camisa de dormir y había cepillado su melena, recorrida ya por alguna hebra blanca. Seguía descalza. Le habría resultado imposible pensar en el frío, la humedad o el riesgo de enfermar cuando al fin ese hombre que se le había incrustado entre la piel y los huesos volvía a aparecer de repente, lo que ya venía siendo costumbre, como si la Madre se divirtiera enredando los hilos de sus respectivos destinos y haciéndolos bailar una danza absurda de marionetas.

Venía empapado, con la túnica rasgada y aferrando todavía el mango de su hierro, sin terminar de fiarse del todo de lo que iba a encontrarse al llegar. Se tranquilizó, empero, al verla a ella serena, con una leve sonrisa en los labios, los ojos alegres y la mano tendida para invitarle a entrar al calor de un hogar que le pareció un palacio a pesar del humo, del olor rancio de la comida recalentada o de lo exiguo de sus estancias. Aceptó un pedazo de pan, saboreó con deleite una jarra de cerveza caliente y se sentó en el banco de piedra que antaño había ocupado Clouta, auténtico lugar de honor, para desgranar su historia después de escuchar el relato de los hechos acaecidos en Coaña.

—Nos alertaron las hogueras de los poblados situados a levante —explicó Aravo algo más dispuesto, después de tragarse de un sorbo un brebaje fuerte y especiado que le dio a beber su hija—. De ese modo supimos que algo grave sucedía, por lo que enviamos a un par de jinetes de avanzada. Regresaron al cabo de pocos días para informar de la revuelta de esos perros —acompañó la palabra de un elocuente escupitajo—, antes de que nuestros siervos se enteraran, y así pudimos tomar medidas: dimos la voz de alarma a todas las presuras de los alrededores a fin de que tuvieran los ojos bien abiertos, encerramos a los esclavos en sus barracones y echamos el cerrojo a las puertas del castro, redoblando la vigilancia...

Huma callaba. No había dejado de observar a Ickila, cuya pena era patente, mientras se preguntaba qué sería lo que empañaba de tal modo el brillo de su mirada generalmente tan viva. Percibía su dolor. Lo veía. Era como si sangrara por un millón de heridas y no fuera capaz de gritar. Ella no osaba preguntarle, pues habría sido algo así como hurgar en esas llagas que adivinaba profundas, aunque estaba segura de que más pronto que tarde él mismo se abriría a ella. Entre tanto, su padre se había animado y desgranaba su narración, adornándola con pinceladas épicas.

—... Cuando la primera turba de insurrectos apareció por aquí, los recibimos como se merecían, lo que debió de quitarles las ganas de regresar. Media docena quedaron tendidos en el fango, traspasados por las flechas de los arqueros, mientras los chiquillos ensayaban la puntería con sus hondas desde lo alto de las murallas. No les dimos opción. Desde entonces no hemos vuelto a saber de su paradero y atamos a los nuestros bien corto, impidiendo que hablen entre sí o se distraigan de sus faenas. Es preciso dedicar a casi todos los guerreros a esa labor infame de custodiar a gente tan baja, pero a juzgar por las noticias que llegan de los alrededores, merece la pena ese esfuerzo. ¿Qué es lo que ha ocurrido en Cánicas? ¿Vienes de allí?

—De allí vengo, sí, sin detenerme, y puedo aseguraros que lo contemplado por el camino es como para pensar que Dios se haya olvidado de nosotros. La devastación es cuantiosa. Esos hijos de mala madre han...

La voz se le quebró en ese punto. Relajada por fin la tensión que le había atenazado el alma durante días, al comprobar que Huma no había sufrido daño, el temor se le convirtió en rabia y esta enseguida en tristeza. No lloraría delante de su mujer, exponiéndose al ridículo, pero tampoco podía seguir hablando. Se refugió en la cerveza, como si el líquido rubio fuera un elixir milagroso capaz de aliviar su angustia.

Aravo no entendía nada. Huma empezaba a vislumbrar la explicación, si bien le faltaban elementos para componer el cuadro entero. Deseaba comprender a fin de poder sanar, mas no incurriría en la indiscreción de interrogarle. En lugar de hacerlo, se sentó junto al godo doliente, tomó sus manos heladas entre las suyas al tiempo que le susurraba palabras de resonancia cálida en la lengua antigua y dejó que su poder fluyera a través de la piel de ambos, hasta alcanzar el corazón del soldado derrotado.

Transcurrido un buen rato, este encontró la fuerza necesaria para contar lo ocurrido en la capital, y más concretamente en la residencia que había dejado atrás y a la que nunca regresaría.

—Esos hijos de una perra rabiosa asesinaron a mi madre —confesó, mirando al suelo y apretando con fiereza los puños que había hurtado a la caricia de Huma—. Lo hizo un siervo venido con nosotros desde Recópolis, que había nacido en nuestra casa y a quien habíamos vestido y alimentado desde la cuna. Un ingrato traidor que arderá en el infierno por esa sangre.

—Debería arder antes en una hoguera —le respaldó Aravo, horrorizado por lo que acababa de oír—. ¿Precisas ayuda para perseguirle? No necesito decirte que puedes disponer con libertad de los hombres y medios que te hagan falta.

—Sería inútil. Sabe Dios dónde andará ese malnacido ahora y no están las cosas como para dejar el castro desguarnecido. Paulo pagará su crimen, estoy seguro, al igual que el resto de los rebeldes. El rey Aurelio les da ya caza con lo mejor de sus tropas. No tienen la menor posibilidad de escapar y cuando sean capturados les aguarda un castigo a la medida de su osadía. Nada de lo que yo pueda hacer devolverá la vida a mi madrastra. Además, si puedo seros franco, estoy cansado de luchar. Hastiado. Tenemos una boda que celebrar y me gustaría hacerlo cuanto antes.

Llevaban casi un año de retraso. Una vida entera, en realidad, durante la cual la fortuna se había encargado de acercarlos y alejarlos al albur de su capricho, hasta convertirlos en una pareja de amantes ciertamente peculiar. Un hombre y una mujer de nobles linajes y rostros hermosos, ajados por el paso de las estaciones y sin embargo radiantes. Dos náufragos asidos a una tabla tanto más segura cuanto mayor fuese la fuerza con la que la sujetaran. Dos supervivientes empeñados en salir de ese mar helado y disfrutar de una existencia plácida.

«Eres hija de un tiempo que ha quedado atrás —había dicho el Anciano tras conjurar la tormenta—. Eres la última, igual que yo, de un pueblo condenado a morir. Mas no temas a la noche ni a la oscuridad, pues hay un mañana que alumbra ya y la luz no llega sino tras las sombras. El sueño precede al despertar. La vida se perpetúa transformándose y la propia Daganto, la Madre, te ha escogido como morada...».

La profecía parecía empezar a cumplirse.

El enlace se celebró sin alharacas un día de otoño del año 807, reinando en Asturias el príncipe Aurelio y siendo Abd al Rahman, el de las blancas vestiduras, emir de al-Ándalus. Huma tenía a la sazón treinta y seis años e Ickila treinta y nueve. Se unieron en matrimonio merced a los oficios de un sacerdote que hubo que ir a buscar a la vecina Gegio, dándole escolta hasta Coaña, pues en medio de la tribulación causada por los esclavos alzados pocos clérigos se aventuraban a transitar por los caminos.

Él no habría consentido hacerla su esposa sin recibir el santo sacramento. Ella se avino a esa bendición sin renunciar a su fe, confiando en que la Madre supiera comprenderla. Ni uno ni otra pusieron el menor empeño en abordar a fondo la cuestión de sus respectivas creencias o mucho menos tratar de convencer al otro, probablemente porque intuyeran que sería un esfuerzo baldío. Se instalaron desde el primer día en el confortable espacio de la tibieza en el que nadie se veía obligado a mentir. Al fin y al cabo, se decían cada uno por su cuenta, sus respectivos dioses les habían pedido tanto a lo largo de sus tortuosos caminos que bien podían ahora transigir un poco.

El godo estaba de luto, lo que hacía impensable una celebración seguida de jolgorio, tal y como habían planeado Aravo y su hija. La reciente muerte de Badona imponía algo mucho más austero, que Huma aceptó de buen grado haciendo gala de su generosidad. No hubo por tanto baile ni borrachera, aunque sí una guirnalda de flores adornando la cabeza de la novia, una túnica nueva sobre su cuerpo esbelto, bordada de vivos colores, y música de flautas acompañando al cortejo que se desplazó despacio, sobre una alfombra de hojas secas, hasta el salón del Consejo donde se celebró la ceremonia. Una vez allí, en presencia de todos sus miembros convocados en calidad de testigos, Ickila depositó en las manos de su mujer once monedas de plata, último vestigio de su fortuna familiar, al tiempo que recitaba en voz alta la fórmula habitual en estos casos:

—Te entrego estas arras, Huma, en prenda de mi amor y consideración por ti. En este acto te declaro mi esposa y juro tratarte con la dignidad debida a tu rango, cuidarte, protegerte y honrarte hasta la muerte.

—Yo recibo este don, Ickila —contestó Huma emocionada—, con el corazón alegre y el ánimo dispuesto a colmarte de felicidad. Serás mi esposo hasta la muerte y como tal te honraré. Juro serte fiel y cumplir con los deberes de esposa.

No dijo nada de amarle ni mucho menos de obedecerle, tal y como esperaba él ateniéndose a la costumbre. Tampoco se refirió al débito conyugal, que se comprometía no obstante a pagar con rigurosa puntualidad por el mero hecho de aceptar las arras. Tuvo que aguardar hasta después del banquete, más frugal de lo previsto y reservado a un pequeño número de íntimos entre los que echó de menos a Pintaio, para averiguar hasta qué punto las delicias que soñaba se quedaban raquíticas en comparación con lo que aconteció.

Después de comer y beber con moderación se retiraron temprano, a fin de gozar de unas horas de intimidad antes de que Aravo regresara a casa. Huma había perfumado el lecho con esencia de flores que ella misma destilaba y que se había rociado igualmente sobre el cuerpo, en los rincones más escondidos, después de darse un baño purificador en el recinto sagrado del castro, rayando el alba. Todo estaba dispuesto para poner en práctica las enseñanzas ancestrales.

Ickila no había conocido más goce que el que se compra en cualquier burdel. Su experiencia en la materia había oscilado siempre entre la lascivia y la culpa, por lo que se sentía incapaz de tratar a una mujer respetable como esta espera ser tratada. ¿Debía tomarla con pasión y expresarle de ese modo el deseo que le desbordaba? ¿Sería más prudente contenerse en atención al recato propio de una esposa decente? Se debatía en un océano de incertidumbre, cuando se percató de que era Huma, transfigurada en diosa del amor carnal, la que tomaba la iniciativa para conducirle con mano sabia hacia universos de placer insospechado.

En tu lecho, la loba amamantará al cordero, el águila arrullará al ratón y la osa abrazará al cazador.

Ella, la sacerdotisa de Coaña servidora del culto a la Madre, experta conocedora de ese antiguo arte secreto, desplegaba sus saberes ante ese godo cristiano. ¿Sería el modo enrevesado que escogían los poderes de la luz para cumplir su designio, o estaba engañándose a sí misma en su afán por borrar de su mente torturada hasta el último vestigio del recuerdo de Noreno?

La satisfacción experimentada con el éxtasis que los unió en un mismo grito le proporcionó algo parecido a una respuesta. No desmereció en absoluto la disfrutada años atrás en aquel encuentro mágico con su pastor, ni en lo tocante a la piel ni tampoco en cuanto a la emoción. Ickila la tomó con idéntico arrebato y mayor sabiduría que la demostrada por su amante perdido. Una sabiduría que ella contribuyó a acrecentar noche tras noche a partir de entonces, pues ambos se buscaban con deleite entre las mantas en cuanto Aravo empezaba a roncar.

Para Huma era un modo placentero de someter a Ickila a su control, colmándolo al mismo tiempo de la dicha prometida. Su esposo, entre tanto, se preguntaba cómo había podido vivir todo ese tiempo sin ella. Sin su ternura. Sin esa sensación de paz que los invadía a ambos después de hacer el amor, en la que no quedaba ni un resquicio por el que pudieran colarse la vergüenza o la culpa. Sin la gracia con la que ella se desnudaba ante sus ojos, demostrando en cada gesto cuánto se gustaba a sí misma y deseaba gustarle a él. Sin el afán con el cual él buscaba nuevos caminos para sorprenderla o aprendía, entusiasmado, los muchos que ella le enseñaba.

Ese invierno murió el jefe de la aldea. Lo atraparon las fiebres coincidiendo con lo peor del frío y ni todos los remedios de su hija fueron capaces de disputar sus huesos a la vieja hambrienta que se relamía a los pies de su lecho.

Le costó no obstante dejarse ir, porque en el último momento le asaltaron los terrores sobre la clase de vida o de suplicio que le esperaría en el otro mundo y se dio cuenta de los escasos merecimientos que podría exhibir ante el custodio del cielo encargado de franquearle el paso, fuera cual fuese el nombre por el que hubiera que dirigirse a él. Eso decía en sus delirios, que parecían sumirle de lleno en ese juicio inmisericorde. Su padecer fue tan intenso que hasta Huma se sintió conmovida y se desvivió por ayudarle con pócimas destinadas a conciliar el sueño y así acelerar su tránsito. Lo enterraron una mañana de sol, cerca de donde descansaba Naya, aunque no tanto como para que pudiera alcanzarla con sus gritos.

Poco después empezó a alentar una nueva vida en su hija.

El reino gozaba de un periodo de prosperidad. La revuelta de siervos había sido definitivamente sofocada en los términos aventurados por Ickila y una tregua tácita los libraba temporalmente de las aceifas sarracenas. El emir de los infieles combatía a la sazón la enésima sublevación de un caudillo levantisco, conocido como el Fatimí, que lo mantuvo una larga temporada ocupado por los valles de los ríos Tagus y Fluminus Anae, que los árabes denominaban Guadiana, persiguiendo a ese alza do que luchaba cuando podía vencer y se acogía a las montañas si la suerte le era adversa. Una bendición de Dios a ojos de los cristianos, toda vez que sus incursiones habían causado estragos en ciudades enemigas como Santarem, Emérita o Metellinum.

Por si las andanzas de ese renegado no fueran suficientes para robarle el sueño a Abd al Rahman, tuvo que hacer frente también durante esos años a dos cabecillas yemeníes, al Hadrami y al Yahsubi, que lograron atraer a su causa a un número considerable de beréberes y levantar a la ciudad de Isbiliya. Sofocada la revuelta, el castigo que padecieron los habitantes de esa urbe fue tan cruel y despertó tal inquina entre los pobladores árabes de Hispania que el emir se vio obligado a comprar a marchas forzadas todo un ejército de esclavos en aras de constituir fuerzas de choque capaces de aplastar nuevos alzamientos protagonizados por sus hermanos de fe.

Dadas las circunstancias, el sarraceno se vio apartado durante una buena temporada de lo que llamaba «guerra santa», lo que proporcionó a los cristianos del norte un paréntesis de paz obtenido por mor de la Providencia, sin necesidad de someterse ni mucho menos pagar tributos.

La suerte favorece a menudo a quien menos la merece y tal vez por ello el mediocre Aurelio, ese príncipe sin gloria en el campo de batalla, ni hazañas con las que dorar sus blasones, ni más mérito que el de haber estado en el lugar adecuado en el momento oportuno, reinó tranquilo hasta rendir el alma, lo que acaeció en la era de 812. Nunca tuvo que empuñar la espada más que para ajustar las cuentas a una horda de siervos huidos. Adriano se habría avergonzado de recoger en su crónica semejante reseña.

Durante ese tiempo en Coaña sucedieron muchas cosas.

De tu vientre nace un río caudaloso...

Al anochecer de un día de verano de 809 Huma sintió desbordarse ese río.

La preñez la había llenado de una felicidad desconocida hasta entonces. Como cualquier mujer, y más a su avanzada edad, había sufrido las molestias propias de ese estado, ninguna de las cuales podía contrarrestar a sus ojos la alegría de esa maternidad. Ni siquiera los rumores que volvieron a desatarse en la aldea respecto de los presuntos tratos habidos entre «la bruja» y el diablo, indispensables, a decir de los malévolos, para hacer posible ese embarazo a sus años. La cadena de chismes fue cortada por Ickila junto con una de las lenguas más bífidas y no logró empañar, pese a intentarlo, la magia de esos meses únicos.

Huma sufrió mareos y dolores, vómitos, vértigos y cansancio, mas no dejó de trabajar sin descanso siguiendo el ejemplo ancestral de las astures, que parían a menudo en los campos en los que habían estado doblando la espalda como cualquiera, a pesar de la barriga. Multiplicó sus ofrendas a la Madre, implorándole benevolencia, y cuando llegó el momento en que ese río de la vida se derramó a borbotones, preludiando el inminente alumbramiento, se dirigió tranquilamente a su casa, que había sido la de Naya, pues era allí donde quería que viese la primera luz su hija.

Tumbada en el lecho que compartía con Ickila soportó los dolores del parto sin proferir un solo grito, como habían hecho antes que ella todas las madres de su pueblo bravo. Con la ayuda de la partera, que se dirigía a ella en el lenguaje de sus antepasados, trajo al mundo a la criatura más hermosa que jamás hubiese visto el cielo. Una niña larga, esbelta, de manos y pies delicados, con una cabecita calva que anunciaba un cabello color de avena similar al de su padre y una piel tan perfectamente nívea como la de Huma. Sus ojos, que no tardó en abrir acompañando el gesto de un esbozo de sonrisa, eran dos lagos de aguas mansas al atardecer. La luna y el sol nunca brillaron sobre alguien tan bello. Tan bonita era esa hija suya; tan resplandeciente su rostro adornado de rubor en las mejillas, que la sacerdotisa sintió pavor.

Los dioses odian a los humanos que logran aproximarse a ellos en atributos. Les enfurece que un hombre o una mujer puedan disputarles una perfección que consideran potestad exclusiva suya. Están persuadidos de que la belleza inmaculada, la absoluta bondad, la fealdad sin matices o la maldad suprema son rasgos reservados únicamente a su naturaleza divina. Y cuando la envidia o el rencor anidan en sus corazones, ay de aquel o de aquella que haya tenido la desdicha de cruzarse en su camino. Su venganza puede ser atroz.

Ese pensamiento aterrador acudió a la mente de Huma al contemplar a su recién nacida, que descansaba en sus brazos, todavía sucia de los humores del alumbramiento y a pesar de ello radiante. Tendría que suplicar la clemencia de la Madre y mostrarse más devota que nunca, a fin de obtener su amparo para la chiquilla. Enseñar a esa hija suya a ser humilde y esconder bajo siete capas de sencillez los dones que le habían sido otorgados. Prevenirla contra las tentaciones de la vanidad, la soberbia o la coquetería, pues si alguno de los habitantes del reino celestial se veía amenazado por sus gestos, percibía su actitud como un desafío o se enamoraba de ella, la vida de su pequeña se convertiría en un infierno.

No quería ni imaginar lo que podrían llegar a urdir esos seres imprevisibles que tan pronto se entretenían golpeándose con sus espadas para desencadenar tormentas como se apiadaban de los mortales y hacían crecer la cosecha. Era menester, no obstante, sobreponerse a la inquietud y hacer gala de fortaleza, dado que la suerte estaba echada. No era tiempo de lamentarse por lo que pudiera venir, sino de celebrar el nacimiento de esa hembra anunciada años atrás por el mago de la cueva sagrada.

De tu vientre nace un río caudaloso...

Tan dolorida como satisfecha, se levantó del lecho ensangrentado, se aseó, sabiendo que durante los siguientes días sufriría incómodas pérdidas, y lavó a su pequeña con el agua tibia que tenía preparada. Luego la fajó con cuidado de forma que las vendas de lino fino sujetaran bien su diminuto cuerpecito y la depositó un instante en su cuna, mientras se peinaba la melena revuelta.

Ya con la niña dormida en sus brazos, apartó la cortina que separaba el dormitorio de la estancia principal y se acercó sonriente a Ickila, que aguardaba el desenlace del alumbramiento mordiéndose las uñas de impaciencia. Pese al dolor, caminaba más erguida que nunca. Quería que su hombre cogiera a la recién nacida y se acostara en la cama, todavía sucia de la sangre del parto, mientras ella retomaba sus faenas habituales, como si fuese él quien la hubiese traído al mundo. Ese era el modo en que las mujeres del pueblo astur implicaban a sus maridos en la crianza de los hijos. Su modo de decirles que el fruto de la unión entre ellos era de los dos y no únicamente de la que lo había parido. Su elocuente manera de demostrarles que el niño, o en este caso la niña, procedía de las entrañas de él tanto como de las de ella, con lo que eso significaba de tranquilidad y honra para unos hombres permanentemente inseguros en cuanto a su paternidad.

«Los hijos de mis hijas, mis nietos son —reza un antiguo refrán asturiano—. Los de mis hijos, lo serán o no».

Desconocedor de esa tradición y más aún de su significado, Ickila rechazó airado el gesto de su esposa, confundiendo su invitación a compartir el evento más importante de sus vidas con una muestra de sumisión absolutamente impropia de su naturaleza y por lo tanto incomprensible. Huma no insistió, consciente de la inutilidad de intentar explicar lo que ella misma percibía únicamente desde la emoción y el sobreentendido. A cambio, le ofreció al bebé para que lo estrechara contra su pecho, cosa a la que él se mostró reacio en un principio, temeroso de aplastarlo. En esa ocasión, a diferencia de la anterior, ella sí se empeñó en lograr su propósito, pues sabía el bien que esa criatura podría hacer en el corazón endurecido de su esposo.

Y así fue.

La llamaron Alana casi desde el principio. Ickila propuso ese nombre, que había escuchado en su familia y le traía reminiscencias de la tierra de sus ancestros. Huma lo aceptó sin protestar. El Guardián que le había desvelado en su día su horóscopo, otorgándole al mismo tiempo esa identidad cuyo significado era «la que mana», se había esfumado tiempo atrás sin dejar rastro ni sucesor. La costumbre de llevar a los niños a su gruta en busca de respuestas estaba perdida para siempre. La nueva fe avanzaba con tal fuerza que la sanadora no se había atrevido a contar a su marido nada de todo aquello, por miedo a despertar sus recelos o colocarle en una situación comprometida. Ickila nunca supo, por tanto, que se dirigía a su mujer utilizando un apelativo acuático, aunque cada vez que se zambulló para nadar entre sus olas tuvo la certeza absoluta de alcanzar orillas inexploradas.

A pesar de la discreción impuesta por los tiempos, la Madre recibió lo Suyo. Aprovechando sus incursiones en el bosque en busca de plantas medicinales, la sacerdotisa hizo ofrendas en ciertos claros donde elevaban su figura al cielo las viejas piedras de poder, a la vez que entregaba puntualmente pan al fuego, sal a las fuentes y luz en forma de velas a las deidades que guardaban los cruces de los caminos. También introdujo un símbolo de fecundidad en un saquito de tela que cosió a las ropas de su hija de manera tal que resultara invisible, con el fin de salvaguardarla del mal de ojo, las envidias y la enfermedad. Siempre que permaneciera en contacto con el cuerpo de la niña hasta que esta cumpliera los dos años, esa figurita sagrada de azabache engarzado en plata sería la mejor custodia de su cachorro de piel de seda.

También la cuna, fabricada en madera de castaño con su característico aroma a bollos de mantequilla, estaba repleta de signos equivalentes a conjuros contra el maligno: trisqueles solares, medias lunas y cruces tallados u horadados en aparente desorden tanto en el cabecero como a ambos lados y a los pies, cuya función era brindar protección a la criatura que dormía allí. Toda precaución era poca. Toda prevención, insuficiente ante la enormidad de los peligros que se cernían sobre ella.

Acaso merced a la formidable guardia desplegada a su alrededor, Alana fue creciendo sin contratiempos, rodeada de cuidados destinados a mantenerla sana, mientras sus padres llevaban adelante una existencia plácida, sumidos cada cual en sus quehaceres. Habían quedado definitivamente atrás aquellos días de desencuentro en los que sus respectivos caracteres chocaban como toros enfurecidos. La convivencia, la cercanía y el empeño mutuo de aferrarse a la felicidad lograda a costa de tanto dolor habían obrado el milagro.

Ella velaba por la salud de todos los habitantes de la comarca, seguía defendiendo los derechos de sus hermanos frente a las pretensiones de los inmigrantes y participaba con regularidad en las asambleas de notables donde se tomaban las decisiones importantes para la comunidad, sin dejar de atender a sus obligaciones de madre y esposa. Él había sucedido a Aravo a todos los efectos y, como había hecho este en el pasado, ejercía de jefe de la aldea, presidía los consejos, resolvía las disputas entre vecinos, velaba por la defensa militar del castro y, de cuando en cuando, viajaba a la corte con el propósito de negociar el importe de los tributos debidos al rey o reclamar la justicia de este en algún asunto que escapara a su autoridad. Gozaba de un gran respeto entre las gentes sujetas a su jurisdicción, pues solía mostrarse ecuánime y clemente, excepto con los siervos a los que castigaba con brutal severidad ante la menor falta. Nunca había perdonado su crimen a Paulo, a quien veía reflejado en el rostro de cada esclavo.

De puertas adentro de su hogar, veía aumentar día a día su amor por Huma, buscando mil maneras de complacerla. Ella disfrutaba de ese amor hasta donde se lo permitían las dudas persistentes en su interior, pues no conseguía deshacerse por completo del recuerdo de Noreno y la maldita profecía:

Un hombre venido de tierra extraña conquistará tu corazón y otro vendrá a robártelo... El dolor será tu fortuna y la fortuna, dolor, aunque conocerás placeres que les serán vedados a la mayoría de las hijas de la Diosa...

¿Qué diablos significaban esos augurios? ¿Cómo explicaban los sucesos pasados y presentes de su vida? Le resultaba imposible descifrar esos enigmas, por lo que procuraba seguir adelante sin hacerse demasiadas preguntas, poniendo toda su voluntad en gozar de un esposo enamorado que jamás la maltrató ni puso la mano encima a su hija, a diferencia de lo que había hecho Aravo con Naya, con Pintaio y con ella misma. Probablemente por eso, por la entrega incondicional que siempre percibió en Ickila, se mostró dispuesta a satisfacer todos sus deseos, incluso cuando estos chocaban con sus creencias más profundas.

Así, atendiendo la petición expresa de su marido, renunció a introducir a Alana en los secretos de su culto, a cambio de lo cual tampoco él mostró excesivo interés en darle una educación cristiana. También aceptó mansamente que muchos en la aldea conocieran a su pequeña como «la hija de Ickila», si bien otros tantos se referían a ella como «la hija de Huma». Evitó mencionar cualquier referencia al sexo cuando la chica fue haciéndose mujer, dado que el recato de su hija en ese campo era algo de vital importancia para el hombre ante el cual ella se desnudaba cada noche; un godo que identificaba la virtud de la mujer con un elevado sentido del pudor, a pesar de lo que parecía holgarse en el deliberado descaro de su esposa. Por el mismo motivo accedió igualmente a que ambos se trasladaran al altillo de la casa, convertido en dormitorio, con el fin de preservar su intimidad de las miradas de la niña.

Transigió sin combate por la bondad de su hombre en todo lo que Naya había defendido a brazo partido de la brutalidad de Aravo. Incluso el derecho de la muchacha a elegir ella misma a su esposo. Claro que para eso faltaban aún unos años.

¡Cuánto añoraba Huma a su hermano ahora que él habría tenido que apadrinar a su sobrina! De haber estado en Coaña en lugar de parar quien sabía dónde, a orillas de un río lejano, Pintaio habría ejercido todas las funciones propias de un tío materno, similares a las de un padre según la tradición de los astures. La habría cuidado y defendido ante cualquier peligro, enseñándole todo lo necesario para obtener lo mejor del campo o salir con bien de una contienda. Por el designio caprichoso de los dioses, no obstante, Alana se vio privada de esa figura. Tampoco la tendrían sus vástagos, si es que la Madre se los daba. Tal como había augurado el tempestiario a Huma, esa hija estaba predestinada a ser única.

Cuando su primogénita empezaba a caminar con soltura, dando pruebas inequívocas de haber superado esa etapa inicial de la vida en la que cada día es un regalo, Huma quedó nuevamente encinta. Ni lo había buscado ni trató de impedirlo. Nunca se había prestado a practicar abortos, como era habitual que hicieran la mayoría de las curanderas, no por miedo a la ley, que condenaba a muerte o a servidumbre tanto a las responsables de realizar ese tipo de intervenciones como a las madres consentidoras, sino por respeto a sus convicciones. Todo cuanto vivía era sagrado a sus ojos y nada lo era más que una criatura indefensa. Si se aseguraba de no lastimar a una planta a menos que necesitara sus raíces; si evitaba matar a cualquier animal salvaje, hasta los más insignificantes, y hacía lo posible por no verse obligada a sacrificar personalmente un ternero o un cochino antes de asarlo, ¿cómo iba a destruir con sus manos a un hijo de la Diosa?

Conocía los secretos de ciertas plantas que reducen la posibilidad de concebir, así como el influjo de la luna en los ciclos de fertilidad. Compartía esos secretos con las mujeres que la consultaban, pues era consciente de los riesgos que corrían estas al afrontar una preñez tras otra. Pero siempre se había negado a ayudarlas a matar al fruto de su vientre abultado. Incluso cuando sospechaba que el recién nacido sería abandonado a su suerte en pleno bosque o bien entregado a una familia que lo alimentaría de sobras a cambio de hacerle trabajar como un esclavo, lo que sucedía con demasiada frecuencia en épocas de carestía. Ella, para mal o para bien, no había tenido que enfrentarse a ese dilema. La Madre solo le dio dos hijos, de los cuales uno no tardó mucho en regresar al lugar luminoso del que procedía.

Nació un varón de noche a la luz de una candela, cuyo llanto anunció desde el comienzo que su andadura sería breve. Era un chiquillo escuálido, de mirada apagada, que siempre parecía tener hambre. El pecho de Huma estaba seco, a pesar de los esfuerzos que hacía por comer y beber el doble de lo habitual, y la leche de vaca que le daba al bebé con ayuda de una tripa de cordero recental perforada le sentaba mal al niño. Vomitaba y sufría constantemente el temido flujo de vientre. Vivía una agonía constante que encogía el alma de sus padres, quienes no llegaron a ponerle nombre. ¿Para qué? Era evidente que no superaría el mal que le roía por dentro. De ahí que el día en que dejó finalmente de llorar se sintieran aliviados más que tristes. Lo enterraron con los abuelos, cerca de un acantilado, y volcaron todo su amor en Alana.

De tu vientre nace un río caudaloso...

Uno y no más. Tal era la voluntad divina. Pero el pesar de Ickila era tan profundo como el que le había abrumado tras perder a su padre.

—Lamento no haberte podido dar ese hijo que tanto ansiabas —le dijo una tarde Huma, leyendo sus pensamientos—. Estaba escrito que Alana no tendría hermanos.

—Todo hombre desea un heredero —respondió él en tono sombrío— y toda mujer necesita alguien que la proteja. ¿Quién continuará mi linaje, que se remonta hasta los tiempos del gran Alarico? ¿Quién cuidará de Alana cuando yo falte?

—Sabrá cuidarse ella sola, no te preocupes. Recuerda que lleva mi sangre además de la tuya. Ella será quien recoja nuestro legado y lo perpetúe. Ni tu linaje ni el mío están condenados a desaparecer. Créeme que lo sé. Confía en mí.

—Sabes que respeto vuestra tradición, pero aun así no me resigno. Y no me sirven tus visiones o tus intuiciones, por más que te empeñes en convencerme. Este es un mundo de hombres, lo quieras o no. Un mundo de guerreros, de violencia y de sangre. Una mujer sola estaría sometida a mil peligros a los que no quiero exponer a mi hija. Habrá que buscarle un esposo cuanto antes, a fin de que sea él quien vele por ella si es que a mí me sucede algo malo.

Huma recibió las palabras de Ickila como un golpe en el corazón, aunque se guardó de manifestar su enfado. No merecía la pena discutir por algo en lo que jamás iban a ponerse de acuerdo y que habrían de resolver, como tantas otras cosas, cediendo un poco de cada lado. Pero tampoco pensaba callar ante lo que constituía una ofensa manifiesta a su orgullo:

—Si no llevaras tantos años viviendo entre nosotros podría comprender tu inquietud. Sin embargo, después de lo que tú mismo has visto, me parece mentira estar oyendo lo que dices. ¿Acaso necesito yo un protector? ¿Lo necesitan Zoela o cualquiera de nuestras vecinas?

—Lo necesitáis, sí, por mucho que os neguéis a asumirlo. Más allá de los muros del castro acechan la amenaza sarracena, la de las partidas de harapientos desesperados que nos dejó la última revuelta de esclavos y otras muchas que ni siquiera acierto a contemplar. ¿Qué haríais Alana o tú si alguno de esos desgraciados os atacara mientras andáis por los campos? Una mujer no tiene ni la fuerza de un hombre ni su determinación. Así lo ha dispuesto el Padre y por eso Su Hijo, nuestro Señor, nació varón. De ahí que me hubiera gustado ver crecer a nuestro lado a un muchacho fuerte, enseñarle a luchar, contarle mis aventuras y sentirme orgulloso de sus avances...

Huma se sintió ofendida por el reproche velado que contenía el discurso de Ickila. Ella tenía otra idea sobre la naturaleza de la Diosa, Madre, Mar y Tierra, pletórica de vida y enemiga de la guerra. Sin embargo, renunció a porfiar. Solo conseguiría irritar más a su marido, hasta llevarle a decir cosas de las que luego se arrepentiría. Optó pues por callar y evidenciar claramente su humillación, cosa que él no pretendía provocar en modo alguno.

—... Pero no es culpa tuya ni tampoco mía —concluyó Ickila—. Agradezcamos al Altísimo el don que nos ha hecho con esta hija, que es una auténtica bendición, y disfrutémosla hasta que llegue el momento de entregársela a un buen esposo.

La pequeña no tardó en acompañar a Huma a sus excursiones campestres en busca de hierbas, a la playa a recolectar moluscos o al pequeño recinto que hacía las veces de botica, mientras preparaba sus fórmulas. Alana aprendía más observando a su madre que escuchándola, puesto que esta siempre había sido persona de pocas palabras. Cuando su hija iba aún en mantillas, mientras la amamantaba o la vestía, solía decirle alguna ternura en la lengua antigua, aunque normalmente empleaba el romance que hablaba con Ickila y que se había impuesto definitivamente en la aldea. Ese otro vocabulario, aprendido de Naya, quedaba reservado para las invocaciones a los dioses o las plegarias que era perentorio recitar mientras se preparaban determinadas recetas curativas. Cuando lo utilizaba en presencia de la niña, siempre la conminaba a guardar la reserva debida, conservar celosamente los secretos que le desvelaba y asegurarse de no llevar a cabo ciertos ritos propios de sus raíces astures en presencia de los cristianos, ya que serían incapaces de comprender su significado y podrían enfadarse con ella.

Seguía estando sumamente inquieta por la desgracia que pudiera acarrearle a Alana el físico con el que había sido favorecida, o más bien maldecida, pues a medida que iba creciendo sus rasgos se perfeccionaban. Era una mezcla perfecta de lo mejor de su padre y su madre. Una criatura angelical a quien todos señalaban en el castro como la encarnación misma del ideal femenino, cosa que enorgullecía a Ickila hasta hacerle hincharse como un gallo al tiempo que desataba las alarmas de Huma. Semejante belleza nunca había traído felicidad a nadie, no dejaba de repetirse la angustiada madre, regañando enérgica a su esposo cada vez que este presumía de la chiquilla:

—¡No tientes a la suerte! —le reprochaba con severidad.

No provoques a los dioses, pensaba para sus adentros.

Ickila, pese a todo, se sentía incapaz de evitarlo. Amaba a su hija con locura. Veía en ella a todos los seres queridos que echaba en falta y había volcado en ella los sentimientos y atenciones que habría prodigado a un chico, multiplicados. Trataba de entregarle asimismo el cariño que había negado a su padre y a sus hermanas, a Badona y hasta a Pintaio, de quien nunca se había olvidado. Disolvía en la dulzura de la niña todas las amarguras acumuladas a lo largo de una existencia entregada a la guerra. Satisfacía todos sus caprichos. La malcriaba de todas las formas posibles, pese al ojo avizor de Huma, partidaria de una educación más severa y acorde con sus tradiciones.

Noche tras noche, mientras su mujer cosía, hilaba, preparaba ungüentos en su botica o cocinaba algo sabroso para la cena, él entretenía a la chiquilla con historias sobre sus andanzas, ahorrándole los detalles más crudos y poniendo el acento en los tintes heroicos de las batallas. Le describía las hazañas llevadas a cabo por el valle del Durius en compañía de Alfonso el Cántabro. Le narraba la peripecia de ese príncipe imprudente que, habiendo salido a cazar un oso en solitario, había muerto despedazado por la fiera. Le relataba con emoción los pormenores de sus muchos enfrentamientos con los caldeos. Le quitaba importancia al miedo que había experimentado al ser capturado por ellos, insistiendo en el valor con el que su tío Pintaio le había rescatado de sus garras. Ahuyentaba con la magia de sus palabras la noche que a ella tanto le asustaba nutriendo su mente de fantasía..., pero nunca le dijo una palabra de Munia, la esposa del difunto Fruela y madre del pequeño Alfonso refugiado en el monasterio de Samos al cuidado de los monjes. Había jurado olvidar y había olvidado.

Después de uno de sus viajes a Cánicas, Ickila regresó anunciando la visita inminente de su amigo el conde Favila, con quien había seguido manteniendo tratos. Acudiría muy pronto en compañía de su hijo para pedir la mano de Alana. Esta había cumplido los diez años y había que ir pensando en su futuro, le dijo a su esposa. Por supuesto no se trataba de casarla aún, pero sí de concertar los detalles del contrato matrimonial. No podían arriesgarse a que la muchacha se viera abocada a la soledad en un mundo tan peligroso si a ellos les pasaba algo.

Alana, que adoraba a Ickila tanto como él a ella, aceptó la idea entusiasmada. Se veía a sí misma convertida en mujer, objeto de las atenciones de un príncipe, y se imaginaba a ese novio joven, apuesto y cortés. Como les sucedía a todas las muchachas de su entorno, profundamente imbuidas ya de las costumbres traídas por los refugiados, su mayor anhelo era casarse con un hombre de su mismo rango y darle hijos, aunque ella tenía también otros planes complementarios. Soñaba con ir a la guerra al lado de su caballero y emular, multiplicándolas, las proezas de su padre. Quería ser tan valiente como él.

Huma a su vez se veía incapaz de luchar contra una corriente que resultaba imparable, por lo que se propuso fluir con ella. Olvidó todo aquello que había dado sentido a su vida y procuró enseñar a su hija lo que necesitaría saber para afrontar con la mayor dicha posible un futuro que sabía inevitablemente enmarcado en las tradiciones que representaba Ickila.

En ese mundo reinaba a la sazón Silo, quien había sucedido a Aurelio en el año 812, después de que este fuera llamado a rendir cuentas al Juez Supremo de forma natural y pacífica. Silo era el marido de Adosinda, hermana de los difuntos Vímara y Frucla, hija del gran Alfonso, dicho el Cántabro, y nieta por tanto del mismísimo Pelayo. Ella había hecho valer su linaje para elevar a su esposo hasta el solio real vacante, dada la ausencia de hijos del último monarca finado. Se trataba de una mujer poderosa, luchadora e inteligente, digna de la sangre extraordinaria que corría por sus venas.

Privada por la Fortuna de descendencia propia, Adosinda había adoptado al huérfano de su hermano, escondido hasta entonces en Samos, y se lo había llevado a la corte, trasladada desde Cánicas a la pequeña localidad de Passicim, situada en una latitud más meridional, al sudoeste de la primera, con un clima relativamente benigno y un entorno fértil en el que florecían los frutales. La nueva capital no gozaba de la protección de un baluarte natural como el que defendía a Cánicas, pero disponía a cambio de una mejor red de comunicaciones que facilitaba al soberano desplazarse con rapidez a cualquier punto de sus dominios. Una ventaja, según Favila, que no terminaba de convencer a Ickila.

—Silo ha cometido un error garrafal situando su residencia en un lugar tan expuesto —sostenía esa tarde el anfitrión ante su invitado, quien había cumplido su promesa de acudir a Coaña junto con su hijo—. En cuanto los sarracenos nos ataquen de nuevo, arrasarán la ciudad entera sin que sea posible defenderla. ¿En qué pensaba ese hombre al tomar semejante decisión?

—Su enemigo no son los musulmanes —replicó el conde—, sino los señores levantiscos de la Gallecia, que vuelven a desenvainar sus espadas. Ese es el peligro que se cierne ahora sobre nosotros, como ya ocurrió hace unos años. De ahí que el monarca quiera estar en una posición que le permita desplazarse rápidamente con sus tropas a sofocar cualquier levantamiento. En la región de Passicim, además, se asientan sus tierras y tiene a sus hombres de máxima confianza, lo que resulta indispensable en un ambiente tan viciado como el de palacio.

—Los señores gallegos o vascones pueden alzarse en un momento dado, pero no son adversarios para un rey. El enemigo siempre viene del sur. Quien no quiera ver esa realidad comete un error fatal.

—Ojalá pudiera darte la razón, querido amigo, pero la historia nos demuestra que el peor enemigo siempre es el más cercano; el que duerme con nosotros y come nuestro mismo pan, especialmente en esta tierra hispana.

»Silo vive en paz con el emir —continuó el visitante su explicación— merced a los buenos oficios de su madre, quien como tal vez sepas es de origen árabe. Su padre, un magnate godo procedente del mismo levante soleado que te vio nacer a ti, la desposó siendo ella muy joven, a fin de sellar una alianza con los nuevos amos de al-Ándalus. Se trata de una dama de la más noble estirpe entre los mahometanos, cuya familia ejerce una gran influencia en Corduba. Es por ello poco probable que Abd al Rahman la emprenda contra nosotros, máxime ahora que anda enfrascado en sofocar nuevas revueltas de sus súbditos.

—¿Y cuánto tiempo gobernará el Omeya? ¿Cuánto Silo? Sigo pensando que es una temeridad prescindir del resguardo de esos montes que siempre han constituido una muralla infranqueable. Fiarse del enemigo es uno de los mayores errores que puede cometer un rey, por mucho que su madre le diga lo contrario. ¿Qué saben las mujeres de estrategia militar? Lo suyo es el tálamo, no la batalla.

Alana escuchó ese último comentario con cierto disgusto, pues su corazón infantil rebosaba ardor guerrero. En honor a la verdad tampoco le prestó mucha atención, ya que su interés estaba centrado en el muchacho larguirucho sentado a su lado que no se atrevía a dirigirle una mirada. En vez de fijarse en ella, parecía seguir con fruición la conversación que se desarrollaba entre los dos veteranos soldados, cuyas palabras sorbía como si le fuera en ello la vida.

—Acaso tengas razón o acaso sea el rey quien acierte con su cálculo —rebatía en ese momento su padre—. En todo caso, la medida es irreversible. Passicim crece ya a ojos vista bajo el impulso de la corte, mientras Cánicas languidece.

—Quiera Dios que no tengamos que arrepentirnos. Pero dime, ¿qué juicio te merece el joven Alfonso? —inquirió Ickila, sin traicionar el juramento hecho a Munia ni desvelar la participación que había tenido él en la custodia de ese niño cuando apenas se tenía en pie—. ¿Guarda algún parecido con su padre?

—Afortunadamente no, salvo por su bravura. Es inteligente, prudente y el príncipe más culto que jamás ha aspirado al trono de Asturias. Los hermanos de Samos le han instruido bien, además de inculcarle un profundo amor a Dios que se refleja en todos sus actos. Habla y escribe a la perfección tanto el romance como el latín y se defiende en lengua árabe. Pero no te lo imagines como un clérigo incapaz de empuñar las armas. Es diestro en el manejo de la espada, fuerte, a pesar de su grácil figura, y un jinete de los mejores que he visto. Será un gran rey, con la ayuda del Señor.

Huma les sirvió dulces de miel acompañados de una generosa cantidad de vino caliente especiado, auténtico lujo reservado a una ocasión como aquella. Avivó el fuego de la hoguera, que languidecía a falta de combustible, y se sentó junto a su esposo, con semblante sereno, a escuchar las noticias que traía el forastero. Saber que Silo pensaba vivir en paz con los mahometanos era bálsamo para sus oídos, pues su existencia y la de su familia había discurrido por cauces sumamente agradables desde que imperaba la paz en Asturias. Cada día, en sus plegarias, rogaba a la Madre que la mantuviera.

Alana e Índaro, que así se llamaba el mozo venido a pedir su mano, permanecían algo apartados, sentados en sendos taburetes, observando la escena sin osar intervenir. Él era algo mayor que su prometida, desgarbado como lo son todos los adolescentes, rubio e inseguro en sus ademanes. Ella lucía con coquetería la túnica nueva bordada de flores que su madre le había cosido a toda prisa, atendiendo a sus insistentes ruegos, para que pudiera estrenarla ese día.

—La reina está preparándole el camino hacia el trono —continuó Favila su explicación sobre Alfonso, respondiendo a la pregunta de Ickila—. Es una mujer de gran talento, que demuestra querer sin medida a ese sobrino al que ha adoptado como hijo. Merced a su influencia el heredero ha sido asociado por Silo a las tareas de gobierno y administra ya el palacio mientras su tío combate en la Gallecia o resuelve asuntos graves lejos de la capital. Pero pregunta a mi chico, que lo conoce mejor que yo puesto que le sirve en calidad de escudero y pasa todo el día con él, así en el patio de armas como en el salón o la capilla.

Índaro enrojeció hasta las orejas al ser aludido por su padre, pero no tardó en rehacerse y se dirigió a Ickila, quien lo interrogaba con la mirada:

—Yo le sirvo con lealtad, señor, y es un gran honor hacerlo. No ha habido mejor príncipe que él.

—Tiene a quien parecerse —asintió Ickila, rememorando a la extraña pareja que lo había engendrado—. Pero ¿qué hay de los magnates de palacio? ¿Le profesan el mismo amor que vosotros? ¿Defenderán su causa cuando llegue el momento de decantarse, a la muerte del actual rey?

—Así lo espero —contestó de nuevo el conde—. Claro que, como no necesito recordarte, la traición abunda entre nosotros más que la mala hierba en los campos. Hoy por hoy toda la corte le obedece y no hay un potentado que se atreva a discutir una orden suya. Se da por hecho que sucederá a su tío, pues no solo ha sido oficialmente designado por él, sino que lleva en sus venas la sangre de Pelayo a través de Ermesinda y de Fruela.

—¡Basta pues de política! —zanjó la cuestión Ickila, golpeándose un muslo con la mano izquierda mientras alzaba con la diestra la copa de licor—. Brindemos por el rey y vayamos a lo nuestro.

—¡Que así sea! —convino Favila, levantando igualmente el vaso. Y tras el brindis, negociaron.

No fue difícil llegar a un acuerdo. Tanto Ickila como Favila deseaban con ese enlace acrecentar sus respectivos patrimonios, fundiéndolos en uno solo, al tiempo que consolidaban una vieja y fecunda amistad convertida en alianza a través del matrimonio de sus vástagos. Alana era la heredera del poder en Coaña y su comarca. Cuando faltaran sus padres, Índaro tomaría posesión de un dominio situado en territorio de Primorias, con su correspondiente dotación de siervos. Juntos constituirían un señorío de notable envergadura, tanto más influyente cuanto que el muchacho estaba llamado a convertirse en uno de los fideles del futuro soberano y, como tal, en magnate del palacio. Por una vez en su vida, Ickila estaba radiante de felicidad, convencido de que, ahora sí, la Fortuna reía con él a carcajadas.

Huma renunció a luchar. Había librado tantas batallas en su vida que se le habían agotado las fuerzas. Cada enfrentamiento con Aravo, con Fedegario, con los inmigrantes llegados de la mano de su hermano y sobre todo consigo misma le había robado una porción de energía. Cada combate, ganado o perdido, había desgastado su resistencia de manera proporcional a la intensidad de la disputa. Y bien sabía la Madre cuántas y cuán violentas habían sido sus porfías.

Renunció a luchar por respeto a Ickila y por amor a Alana. Ella parecía encantada. Miraba con ojos tiernos a ese joven larguirucho que la contemplaba a su vez con embeleso y deseaba unirse a él. Lo decía su actitud. Se leía en su sonrisa.

Eres hija de un tiempo que ha quedado atrás...

Lo había presagiado con implacable lucidez la profecía.

Así es que se selló el compromiso con un apretón de manos entre los padres, sin la menor oposición de Huma. Fue depositada la correspondiente cantidad de oro, a modo de adelanto sobre la dote que pagaría el novio por su esposa, y los visitantes regresaron a Passicim, dejando a sus espaldas a una muchacha sumida en sueños de boda, a un viejo guerrero satisfecho y a una madre con el alma demediada.

La vida siguió su curso plácido, sin más sobresaltos que los habituales, hasta que las hogueras volvieron a anunciar nuevas inquietantes en el invierno del año 821. Hombres armados procedentes del sur se acercaban a la aldea.

Las puertas se cerraron a cal y canto y el castro activó las defensas. Los varones en edad de combatir se prepararon para la contienda. Ante el temor de que nuevamente los sarracenos hubieran decidido atacar, a pesar de la estación fría, fueron despachados hacia las estribaciones de la cordillera observadores encargados de informar sobre la naturaleza de la amenaza. Pero no era ese el flagelo que estaba a punto de caer sobre Coaña. Eran los recaudadores del nuevo monarca.

Llegaron en gran número y actitud poco amistosa. Un portador del estandarte acompañado de una tropa de ocho hombres en vanguardia, a la que seguían otros tantos cubriéndoles las espaldas. Venían a recoger los tributos debidos al rey, aunque traían un sello diferente del que Ickila conocía como propio de Silo. Dedujo que este habría fallecido recientemente, cediendo su trono a Alfonso, y no pudo evitar alegrarse por ese príncipe a quien le unían lazos de un cariño extraño y hondo.

Con la imprudencia que le caracterizaba, aventuró:

—¿Ha sido ya coronado el nuevo soberano, Alfonso?

El hombre que mandaba la delegación, un sujeto malencarado de voz atiplada, respondió:

—El nombre del rey es Mauregato. ¡No lo olvides! Cualquiera que vuelva a pronunciar ese que tú acabas de mencionar perderá su lengua. Quedáis advertidos.

Ickila calló, muy a su pesar, consciente de la inutilidad de presentar batalla ante los hechos consumados que acababa de comunicarle ese lacayo de un traidor. Mauregato. ¡Cuántas veces había maldecido a ese felón, hijo de una sierva, a quien sabía implicado en el asesinato de Fruela, sin pruebas, pero con certeza absoluta! ¡Cuántas se había dicho que alguien tendría que haberlo quitado de en medio por el bien del reino! ¡Cuántas se había despreciado a sí mismo por no tener el valor de hacerlo!

—A partir de ahora —prosiguió el recaudador su perorata, recitada seguramente en cada castro y cada aldea—, vendremos por estas fechas, una vez recogida la cosecha, para cobrar las gabelas debidas a nuestro señor. Y ya os advierto que probablemente subirán, pues el rey está en tratos con el emir a fin de pactar una paz duradera a cambio de tributos que habrán de ser actualizados a medida que se queden cortos.

Los años siguientes revistieron tintes claroscuros. La paz, efectivamente alcanzada a costa de sumisión, trajo prosperidad al reino de Asturias, que vivía sin embargo recluido en sus estrechos confines y bajo la amenaza constante de perecer si el gigante del sur pedía más de lo que podía pagársele. Con el propósito de satisfacer su voracidad, la carga fiscal que soportaban los súbditos se hacía cada vez más pesada, sembrando por doquier el descontento y la sensación de indignidad.

Alana no había vuelto a saber de su prometido, al que trataba en vano de olvidar, pues lo más probable era que hubiese perecido en palacio junto al príncipe Alfonso durante el sangriento golpe que encumbró a Mauregato. Ickila se carcomía por dentro, odiándose por no hacer nada, mientras procuraba gobernar el castro de la mejor manera posible para que sus habitantes soportaran la situación sin sufrir hambre. De cuando en cuando caminaba hasta la cima de una colina desde la que en los días claros se divisaban las cumbres nevadas del oriente donde Pelayo había encontrado su fortaleza y rememoraba la batalla del monte Auseva, añorando la valentía y el honor de esos hombres que prefirieron perecer luchando antes que llevar una existencia mísera dejándose en ello la honra. Huma sentía que algo oscuro los amenazaba a todos. Estaba inquieta, desazonada, más sumida que nunca en su propio universo oculto, sin que los remedios que preparaba, sus conjuros o las ramas de laurel que escondía por los rincones buscando una protección imposible le sirvieran de consuelo.

El mal cabalga un corcel silencioso...

Llegaron al castro una tarde de vientos preñados de lluvia que anunciaban tormenta. Eran muchos, como siempre; suficientes para neutralizar cualquier conato de rebelión y hacer valer la autoridad del tirano.

Presa de la curiosidad, como el resto de los muchachos de la aldea, Alana quería verlos desde lo alto de las murallas, pero Ickila la envió a avisar a su madre con una orden que no daba lugar a protestas. Estaba enfadado, rabioso, enfermo ante la necesidad de tratar con deferencia a esos hombres que consideraba esclavos de una serpiente, y necesitaba la ayuda de su esposa.

Esta se encontraba en su habitación de trabajo, mezclando ingredientes para elaborar una receta contra el dolor de muelas. Seleccionaba hierbas, hojas y raíces, las machacaba en su almirez, quitaba, añadía, ajustaba la dosis mientras recitaba palabras en la lengua antigua, tan absorta en lo que hacía como para no enterarse del revuelo causado en el castro por la irrupción de los legados reales.

—Padre me manda deciros que el recaudador del rey ha llegado —interrumpió la faena su hija.

De nuevo estaban allí, como el pulgón en los brotes nuevos tras la lluvia. Era preciso atenderlos, agradarles, causarles la mejor impresión y mostrarse sumisos ante ellos, so pena de sufrir su ira. Y para Huma nada era más importante que preservar a su familia y sus hermanos de la furia de esos hombres. Su orgullo ancestral de astur tendría que soportarlo.

Tras concluir con rapidez lo que estaba haciendo, cursó a Alana las órdenes oportunas para prepararlo todo, después de lo cual se dirigió a la Casa del Consejo donde serían recibidos los recién llegados. Sabía que su presencia allí resultaría indispensable para sujetar a Ickila, que cada año aguantaba peor ese trance. Ella era capaz de convertirse en hielo y dejar resbalar sobre su superficie la hiel que derramaban ellos. Él no.

Aun así, cuando vio entrar al que parecía el jefe, cuya mirada encerraba toda la miseria que cabe en el alma humana, algo en su interior estuvo a punto de hacerla gritar. No habría podido explicar el porqué de esa aversión inmediata y absoluta, pero la percibió con claridad diáfana. Sus ojos, los ojos que captaban lo que nadie más era capaz de ver, le dibujaban a ese hombre en su verdadera naturaleza, más parecida a la de las criaturas pobladoras de sus pesadillas que a la de cualquier hijo de la Madre. El don que la había acompañado desde niña la conminaba con el clamor de mil campanas a estar alerta.

Sumida en esos pensamientos, prestó muy poca atención a lo que acontecía a su alrededor, hasta que se fijó en que Alana ofrecía una bandeja con bebida y alimento a ese extraño.

—¿Quién es esta sirvienta? —quiso saber él, con un tono de voz ominoso.

—Mi hija, señor —respondió Ickila—. Es un honor para ella servirte con sus propias manos.

—¿Es hija de tu linaje? —añadió el recaudador.

—De mi propia sangre —confirmó su marido.

—Y su madre es una princesa astur, ¿no es así? —insistió el intruso, sin tener la cortesía de dirigirse a ella directamente, puesto que estaba allí.

Pese a la ofensa, dadas las circunstancias, Huma se armó de paciencia para responder:

—Heredé de la mía la jefatura del clan que antaño construyó este castro, señor.

—Excelente. Esto que me decís constituye una magnífica noticia, porque este año no habíamos logrado reunir totalmente el grupo de cincuenta doncellas nobles y otras tantas plebeyas que nos exige el emir de Corduba para completar el tributo que hemos venido a recaudar. Ella redondeará la cifra.

XVI

Un corcel silencioso

Un hombre venido de tierra extraña conquistará tu corazón y otro vendrá a robártelo.

Ahora Huma ya no tenía dudas. El corazón al que se refería la profecía no era el suyo; no en el sentido que ella había dado a la expresión a lo largo de todos esos años. Era el corazón de Alana. Mejor dicho; era la misma Alana, esa hija que le arrancaban de las entrañas amputándole con ello el deseo de seguir viviendo.

Ese extraño surgido de la niebla, que miraba a su pequeña con ojos lascivos mientras enumeraba a los presentes los privilegios de los que gozaría la elegida en el harén del emir de Corduba, cumplía la misión augurada por los dioses de robarle el corazón, y no precisamente enamorándola, sino de la manera más cruel, despojándola de aquello que más amaba.

La muerte vive en la bruma. Guárdate de los jinetes de la niebla, Huma. El mal cabalga un corcel silencioso.

Movida por la desesperación, la orgullosa jefa del clan de Coaña, la altiva matriarca astur, hizo lo que nunca había hecho: se humilló ante el recaudador, suplicándole que no se llevara a Alana. Le propuso a cambio ganado y esclavos, se ofreció a sí misma, arrodillada ante el legado real, a la vez que Ickila rogaba clemencia, invocando la inocencia de la adolescente tanto como su compromiso con el hijo de un conde. Todo fue en vano. Vitulo, el enviado de Mauregato, se mantuvo firme y les anunció que al día siguiente sus hombres cargarían las contribuciones en especie que habían venido a buscar, incluida la muchacha, tras lo cual seguirían su camino.

—¡No lo consentiré! —tronó Ickila poco después al abrigo de su casa, paseando de un lado a otro como una fiera enjaulada—. Levantaré a los guerreros del castro, pasaremos a esas sanguijuelas a cuchillo mientras duermen. ¡No se llevarán nuestros víveres y a nuestra hija ante mis ojos sin que intente detenerlos!

—¿Y de qué serviría eso? —le contestó su esposa, bajando la voz hasta convertirla en un susurro, al tiempo que intentaba aplacar su cólera con una caricia en la espalda—. Alguien nos delataría al rey, que enviaría inmediatamente a sus soldados a castigar tamaña ofensa. Te torturarían a ti, nos matarían a Alana y a mí, salvo que prefirieran reducirnos a servidumbre después de violarnos, y es probable que incendiaran la aldea con todos sus habitantes encerrados dentro de las casas. ¿Es eso lo que deseas?

—Deseo salvar a Alana —se revolvió él furibundo, demostrando a su mujer una hostilidad hasta entonces inédita—, que es lo mismo que deberías querer tú. ¿O piensas quedarte sentada esperando a ver cómo se la llevan?

Alana, que había asistido a la escena acaecida en la Casa del Consejo sin comprender del todo el alcance de lo que se estaba diciendo y solo ahora empezaba a vislumbrar la cruda realidad que se le venía encima, terció en la disputa:

—Yo podría huir cuando la luna esté bien alta para esconderme en el bosque. Conozco decenas de lugares en los que no me encontrarían nunca y sé que sería capaz de aguantar esa situación durante todo el tiempo que fuera necesario. Soy fuerte.

Ese arranque de valentía, tan propio del carácter de su hija como inviable, les hizo recapacitar a ambos. Los dos sabían que la suerte estaba echada, aunque Ickila no lo quisiese admitir. Era inútil resistirse a los designios de un tirano pusilánime como Mauregato, que compraba la paz con los mahometanos enviando doncellas a sus harenes mientras sometía a sus súbditos a toda clase de atropellos. Suyas eran la fuerza y el poder en ese momento, por lo que no quedaba más alternativa que doblegarse o morir, arrastrando a la muerte a muchos de sus vecinos y amigos. Ni Huma ni su esposo estaban dispuestos a llegar tan lejos.

—Eres fuerte, en efecto —la tranquilizó su madre— y por ello sé que soportarás esta dura prueba que no supone ni mucho menos el fin. Esta casa es tu heredad, Alana. En esta tierra hundes tus raíces. Ten por seguro que regresarás. Ahora debes tener fe y prepararte para afrontar cualquier cosa. Tu padre y yo no te abandonaremos.

Aquella noche no durmieron. Huma preparó un baúl con algunas ropas, la más valiosa de las cuales era una capa de piel que había pertenecido a Ickila, y cosió unas raspaduras de oro en el dobladillo de la túnica de su hija, sin dejar de invocar a la Madre en silencio. El metal podría abrir alguna puerta, pero solo Ella, en su misericordia, sería capaz de ablandar los corazones con los que habría de toparse Alana a partir de entonces. Y era todavía tan chica, tan inocente, tan desprovista de recursos con los que plantar cara a ese lado oscuro de la vida que hasta entonces Ickila y ella misma se habían encargado de mantener a raya...

Su esposo, entre tanto, maldecía a Mauregato, renegaba de su impotencia y se golpeaba la cabeza contra la pared, en un intento fútil de desahogar la ira que le carcomía por dentro. Estaba librando el combate más duro de su vida. Una lucha a muerte entre su amor de padre y sus responsabilidades de caudillo, de la que no saldría vencedor alguno; solo dolor, derrota y deshonor que le acompañarían hasta que recuperara a su hija o perdiera la vida en el intento.

Al amanecer se dieron un último abrazo desgarrado, bañado en lágrimas, antes de ver partir a la comitiva de saqueadores encabezada por ese rufián de aspecto sarnoso que abandonaba el poblado con aire satisfecho, llevándose con él lo más valioso que poseían.

> Un hombre venido de tierra extraña conquistará tu corazón y otro vendrá a robártelo.

Vitulo era el nombre del ladrón. Ya solo faltaba dilucidar cuál era el del conquistador, aunque a esas alturas la cuestión había dejado de interesar a Huma. Tenía otras cosas en las que pensar, otros tormentos que padecer y un marido gravemente herido a quien rescatar del pozo en el que le había hundido el rapto de Alana, si es que no le fallaban las fuerzas.

El tiempo pareció detenerse en ese instante sombrío. Ni el ánimo de los vecinos, ni los ofrecimientos de ayuda, ni las sonrisas de Zoela, ni las hierbas, ni siquiera los llamamientos a la venganza de los hombres más lanzados fueron capaces de sacar a la pareja del mutismo en el que se encerró. No era el suyo un duelo de los que se superan fácilmente, pues a la pena por la pérdida de su única hija se sumaba el sentimiento de culpa que los corroía a ambos cada vez con mayor virulencia por haber consentido que se la llevaran sin oponer resistencia. De nada les valía ya la certeza de que tal pretensión habría resultado inútil. Se miraban sin hablarse y sin palabras se reprochaban el uno al otro su pasividad ante lo sucedido. El hogar que tanto habían tardado en construir se desmoronaba a ojos vista. El cielo no mostraba con ellos signo alguno de piedad.

No temas a la oscuridad, pues hay un mañana que alumbra ya y la luz no llega sino tras las sombras. El sueño precede al despertar...

¿Cuándo despertaría ella de esa pesadilla? ¿Qué clase de luz traería un mañana cargado de nubarrones? Por si tales pensamientos no le hicieran sufrir lo suficiente, la tercera noche después de la partida de Alana recibió una visita aterradora. Una visión tan real que a punto estuvo de hacerla chillar, aunque no tardó en darse cuenta de que se trataba de una mala pasada de ese sexto sentido suyo, ajeno a cualquier control, que la asaltaba sin previo aviso desde que era niña.

No supo si lo que la despertó fue la punzada de dolor agudo o el rostro ensangrentado de su pequeña, pegado al suyo, sobre la almohada. El sobresalto le hizo dar un brinco e incorporarse en la cama donde dormía sola, toda vez que Ickila se pasaba las noches deambulando sin rumbo por el castro, con un odre de sidra en la mano, incapaz de hallar paz para su mente torturada. Huma vio a su hija con la misma claridad con la que veía el resplandor del fuego. Por un momento temió que la sangre que manaba de sus ojos significara que había muerto violentamente y que por eso su alma desorientada acudía a ella en busca de auxilio. Sin embargo, desechó esa idea al comprobar que la pulsión vital de Alana latía en su propio corazón; que su respiración acelerada era la misma que le sacudía a ella el pecho; que ambas sentían idéntico miedo ante un daño desconocido. Su hija estaba viva. No era un espíritu necesitado de guía, sino la carne de su carne doliente, asustada, sometida a alguna clase de suplicio, que aullaba su angustia con tanta fuerza como para traspasar la barrera del espacio y llegar hasta sus oídos.

—¡Alana! —aulló cual loba a la Luna.

Arrasada por la pena y la impotencia, Huma lloró aquella noche el llanto más negro de su vida. Imploró a la Diosa que aceptara tomarla a ella a cambio de su hija, invocó a su madre difunta, recordando la promesa que le había hecho de mantenerse siempre cerca para velar por ella, juró, se desesperó, mil veces sucumbió a la angustia y otras tantas se rehízo, concentrándose en lograr que su retoño sintiera el calor de su amor a través de la distancia. Solo así podía ayudarla y en ello puso su empeño, hasta que rayando el alba supo que lo peor había pasado, aunque el mal siguiera acechando. Cuando Ickila regresó de su correría nocturna, le interpeló sin miramientos.

—Tienes que ir a buscarla ahora mismo. No importa lo que suceda después ni el precio que paguemos por nuestra desobediencia. Alana corre grave peligro y no hay tiempo que perder.

Él conocía lo suficientemente bien a su mujer como para saber que no hablaba a humo de pajas ni tenerle que preguntar por el origen de sus temores. Había recibido sobradas pruebas de ese don secreto y único que otorgaba a Huma la capacidad de percibir lo que nadie más atisbaba. Aun así, la urgencia contenida en sus palabras le llenó de estupor, al tiempo que disolvía cualquier bruma que hubiera podido causar la bebida en su cabeza, llevándole a interrogarla con idéntica premura.

—¿Qué es lo que has visto? ¿Qué le sucede?

—Nada concreto, pero sí lo suficiente como para saber que nos necesita sin demora. Has de ir tras ella, Ickila, y traerla de regreso a casa. Algo horrible le ha pasado, he sentido su aflicción con una intensidad desconocida hasta ahora y sé que nos está llamando a gritos. Ve a por ella, te lo suplico. No le falles.

—Prepárame un zurrón con vituallas para una semana. Voy a por mi caballo y partiré ahora mismo yo solo, pues no quiero involucrar a nadie en esta locura. No sería justo. Bastante riesgo van a correr ya todos con mi desafío. Si logro dar con Alana y rescatarla de sus verdugos, te enviaré recado para que te reúnas con nosotros, pues no necesito decirte que habremos de vivir como proscritos, al menos mientras reine Mauregato. En caso de que me maten, sé que defenderás el castro con valor, como has hecho siempre.

Habría querido besarla, pero por alguna razón no se atrevió a hacerlo. Tampoco ella lo intentó, pese a desearlo de igual modo. Un muro invisible de reproches sordos se había levantado entre ellos, precisamente cuando más habrían debido aferrarse el uno al otro. Se miraron, no obstante, como se mira a un claro en el horizonte cuando descarga la tormenta, conscientes de que lo que hubieran de tragar, apurándolo hasta las heces, sabría menos amargo si se lo bebían juntos.

En tu lecho la loba amamantará al cordero, el águila arrullará al ratón y la osa abrazará al cazador.

¿Con qué finalidad? ¿Por qué motivo? ¿Hacia qué puerto de arribo?

Ickila ya no era un hombre joven. La espalda se le rebelaba sobre la silla de montar, infligiéndole un dolor a duras penas soportable, y los ojos empezaban a fallarle. Todas las fatigas del pasado se conjuraban para frenar su avance en el momento en que más vital le resultaba volar sobre su corcel, a fin de alcanzar a Alana antes de que atravesara esa cordillera cuyas cumbres nevadas divisaba en la lejanía. Detrás de ella se encontraban al-Ándalus, el harén de Abd al Rahman y el adiós definitivo a su única hija.

Sacando fuerzas de flaqueza, espoleó a su asturcón sin perder las huellas del recaudador, quien —pensó— debía de avanzar muy despacio dada la impedimenta de carga que arrastraban sus carros. Él también necesitaba detenerse con frecuencia para descansar, muy a su pesar, por lo que llegó a Passicim sin haber conseguido dar caza a la caravana encabezada por Vitulo. Y para su desgracia, todas las gestiones que intentó allí se dieron de bruces con evasivas o portazos.

Ninguna de las personas a las que preguntó sabía o quería saber nada de las muchachas traídas de distintos lugares del reino para ser entregadas en calidad de tributo al emir. Ni el propietario de la posada en la que se alojó, ni el sacerdote de la iglesia de San Juan, edificada algunos años atrás por el difunto rey Silo, tal como rezaba una inscripción labrada en piedra en la fachada, ni los muchos viandantes a quienes interrogó alternando la súplica con la amenaza, dependiendo de su estado de ánimo. Nadie le dio razón.

Trató de ser recibido en palacio, pero no logró pasar de la puerta exterior. Su aspecto y su edad delataban los servicios prestados a los soberanos Alfonso y Fruela, enemigos jurados del monarca actual, cuya camarilla ejercía una tutela feroz del rey, impidiendo el paso de cualquiera que pudiese suponer una amenaza para él y en consecuencia para ellos. Anduvo de aquí para allá, como un alma en pena, hasta que llegó a la conclusión de que perdía el tiempo y era mejor encaminarse hacia Primorias en busca del conde Favila, más afecto a la corte y sus intrigas, a quien suponía interesado en averiguar el paradero de la prometida de su hijo Índaro. Desde hacía mucho tiempo carecía de noticias suyas, aunque no se le ocurría qué otro rumbo tomar. Por primera vez en su existencia se sentía completamente desvalido.

Salió en dirección a levante cuando todavía era de noche, sin sospechar que Alana partiría poco después hacia el meridión, rodeada de escoltas armados. Transitó por caminos conocidos y otros recientemente desbrozados que nunca había recorrido, guiándose por el instinto y con prisa por llegar a Cánicas. Una vez agotadas las provisiones que llevaba consigo, compró queso y pan en algunos caseríos, pero pronto se quedó sin monedas con las que pagar y empezó a pasar hambre.

Ignoraba el emplazamiento exacto de las posesiones de su amigo y futuro consuegro, con quien siempre se había encontrado en palacio o en el campo de batalla. No era sencillo orientarse en un territorio muy cambiado respecto de lo que él recordaba, donde las nuevas presuras y los senderos abiertos por los colonos que las roturaban constituían un rompecabezas prácticamente indescifrable. Además, las patrullas con las que se cruzaba se mostraban cada vez más hostiles, hasta el punto de que temió verse acusado de traición o espionaje, cargado de cadenas y arrojado a un calabozo del que probablemente no saldría.

Al cabo de un tiempo imposible de calcular con exactitud, tomó la decisión de rendirse. Simplemente no pudo más y cambió en la herrería de una aldea su daga con empuñadura de plata por algo de forraje para su caballo y un saco de vituallas para él.

Se sentía viejo, derrotado, inútil. Le faltaba coraje y le pesaban los años. Todas sus culpas pasadas, sus mezquindades, sus cobardías, la dureza despiadada con la que había tratado a su hermana Clotilde, la indiferencia que le había demostrado a Badona, la suficiencia empleada al juzgar a su padre o la crueldad mostrada en demasiadas ocasiones frente al enemigo le iban minando el ánimo, lastrando su caminar. Y así emprendió el camino de regreso, abrumado por la vergüenza, sin saber qué le diría a Huma cuando ella le preguntara por el resultado de sus pesquisas.

La esposa que le esperaba no necesitaba hacerlo. Últimamente se le había agudizado esa visión interior capaz de escudriñar lo oculto, con lo cual adivinaba los pasos de su hija, al igual que los de su esposo, dejándose llevar únicamente por el don. De algún modo que le resultaba incomprensible, la Madre había dado sosiego a su corazón torturado. Desde que le había visto marchar ya no sentía rencor hacia Ickila, e incluso anhelaba estrecharle entre sus brazos, amarle, compartir con él la calma que diluía sus ansias en un mar claro de esperanza, sin que hubiera una explicación lógica para esa sensación tan absurda como irrebatible. Regalarle paz.

Hay un mañana que alumbra...

Sí, un verano más, otra primavera acaso, un perpetuarse de esa vida que no dejaba de transformarse, según los designios de Daganto, la Madre que la había escogido como morada. Habría aún más de un despertar que la sorprendería abrazada a su hombre, si bien el tiempo de ambos tocaba a su fin. Lo intuía. Lo leía en el vuelo de los pájaros. Se lo decía la mar cuando bajaba a recorrer la playa en busca de algas para sus remedios. Estaba escrito en las fuentes a las que ofrendaba pan y sal en las fechas señaladas.

Eres hija de un tiempo que ha quedado atrás... Eres la última, igual que yo, de un pueblo condenado a morir... Mas no temas a la noche ni a la oscuridad, pues hay un mañana que alumbra...

Poco a poco se acostumbraron a vivir sin Alana. La felicidad que habían conocido se cubrió de un velo de escarcha, lo que no les impidió seguir adelante con sus quehaceres. Huma procuraba no pensar en la profecía, pues temía sucumbir a la locura en esa búsqueda desesperada de un sentido que se le escapaba. Se conformaba con las visiones que la asaltaban frecuentemente, transportándola hasta algún lugar remoto en el que le era permitido atisbar a su hija viva. Ickila, a su vez, gobernaba Coaña con justicia, tratando de hurtar la máxima riqueza posible a las fauces siempre hambrientas del rey. Por la noche, al regresar a casa, seguía sumergiéndose en los ojos tranquilos de su esposa, cuyo seno idolatrado nunca volvió a rechazarle. El reino y sus miserias quedaban fuera de esos muros de pizarra oscura que había convertido en su refugio. El castro, al igual que Huma, le acogía con amor en su regazo.

Más allá de ese recinto, sin embargo, la historia seguía su curso.

En Corduba, tras la muerte de Abd al Rahman, su hijo Hixam había subido al trono decidido a liquidar ese foco de resistencia cristiana que osaba desafiarle en Asturias. El nuevo emir, de tez muy blanca y pelo rojizo, herencia de su madre hispana, destacaba por un celo religioso incompatible con la paz que había mantenido su padre con el pequeño reino norteño. No aceptaba tributos ni prendas de sumisión. Su fe le obligaba a declarar la guerra santa a los politeístas, tal como denominaban los mahometanos a los seguidores de Cristo creyentes en el Dios trino, hasta borrarlos de la faz de al-Ándalus. Solo entonces podría descansar aquel a quien los suyos ponderaban por su piedad, virtud y magnanimidad.

Antes de lanzarse a la conquista del territorio astur, no obstante, era menester vencer la oposición de sus propios hermanos de sangre, tan deseosos como él de ceñirse la corona que había llevado el Omeya llegado de Siria. En ello hubo de empeñar sus fuerzas Hixam durante los primeros tiempos de su mandato, hasta que, libre ya de toda amenaza interna, dirigió sus ojos hacia el septentrión nevado, decidido a cruzar con sus huestes el vasto territorio yermo creado por Alfonso el Cántabro al norte del río Durius, atravesar la cordillera Cantábrica que a guisa de muralla servía de frontera a los dominios rebeldes y aplastar sin misericordia al reyezuelo infiel que todavía rehusaba abrazar la verdadera fe.

Pese a su reducido tamaño y a su pobreza, tan evidente a ojos de los andalusíes como la fealdad de una tierra privada de sol, de pan blanco o de olivas con las que obtener aceite, Asturias se había convertido en un quebradero de cabeza para cualquier emir empeñado en culminar la conquista de la península ibérica. Y Hixam anhelaba ardientemente ofrecer ese presente a su dios, Alá, a quien elevaba sus plegarias puntualmente, respondiendo a la llamada del almuédano cinco veces cada día.

Guardada por sus defensas naturales, poblada por la marea constante de inmigrantes que se habían refugiado allí huyendo del avance del islam y organizada de un modo más o menos similar al que habían seguido en su día los godos de Toletum, si bien con matices propios de la tradición local, la monarquía asturiana se consolidaba como bastión independiente y fiel a Cristo; algo que Hixam, apodado el Piadoso, no podía tolerar.

A diferencia de sus predecesores, que siempre menospreciaron la importancia del enclave cristiano al considerarlo una región inhóspita carente de interés alguno y sin más atractivo que la posibilidad de llevar a cabo en ella incursiones periódicas en busca de botín y esclavos, el hijo de Abd al Rahman comprendió el peligro que podría encerrar a la larga la pervivencia de ese enemigo y tomó las medidas necesarias para eliminarlo.

Le sobraban medios destinados a tal fin. Contaba con tropas suficientes para enviar cada verano dos ejércitos perfectamente pertrechados y autónomos, uno hacia la Gallecia y el otro en dirección a Bardulia y Alaba, obligando con ello a su adversario a dividir sus escasos recursos y a distanciarlos además del núcleo central del reino, alejado ahora de las cumbres que siempre habían amparado a los pueblos astur-cántabros. Disponía asimismo de excelentes generales, algunos de los cuales se habían curtido en las bárbaras disputas libradas por su padre contra sus oponentes musulmanes, mientras los más jóvenes ansiaban acumular méritos con los que adornar de gloria sus historiales. Tenía recursos prácticamente ilimitados con los que dotar a esas huestes de las armas, bestias y provisiones necesarias para afrontar la travesía hasta el campo de batalla. Nada se interponía entre su afán de victoria y las víctimas designadas para inmortalizar su nombre.

En Passicim, Mauregato había rendido el alma antes de cumplirse el sexto año desde su fraudulento ascenso al solio real. El usurpador que se había levantado, hinchado por la soberbia, para expulsar del trono con malas artes a su legítimo propietario, Alfonso, hijo de Fruela y Munia, murió de forma natural, demostrando de nuevo, en opinión de Ickila, que la justicia divina en la que muchos creían ciegamente dejaba mucho que desear. Los designios de Dios —se decía a menudo el veterano soldado— eran en exceso tortuosos para su mente sencilla. Él habría preferido ver sucumbir a ese traidor después de sufrir un tormento similar al que padecía él desde aquella mañana aciaga en que le habían robado a su pequeña. Y, sin embargo, su tortura y la de Huma no tenían fin, mientras Mauregato descansaba en paz en un sepulcro de piedra, después de recibir todos los honores debidos a un gran rey. ¡Así ardiera para siempre en el infierno —juraba escupiendo con rabia en el suelo— sin que hallara a un alma buena que le diese de beber!

Aunque hubiese dejado de importarle gran cosa, Ickila sufrió una nueva decepción al enterarse de que el sucesor de Mauregato no sería Alfonso, tal y como habría impuesto el derecho de sangre, sino Bermudo: un hombre de edad avanzada, ordenado como diácono, a quien los magnates de palacio arrastraron a un destino que le venía muy grande, con el único fin de seguir mandando en la sombra. Bermudo era hijo de ese otro Fruela, hermano del gran Alfonso, que había batallado con él a ambos lados de la cordillera, asegurando con su audacia y su valor los confines del reino cristiano. A diferencia de su padre, cuya sangre no parecía la misma, su vocación no era la de un guerrero ni se trataba de un hombre valiente, sino de un servidor de la Iglesia, carente de ambición y de coraje, a quien unos cuantos aduladores empujaron a casarse antes de obligarle a empuñar la espada y traicionar sus votos.

Fue en el año 829, 175 de la Hégira por la que se regían los caldeos. Todos los elementos se habían confabulado en beneficio de Hixam, quien saboreaba de antemano su gran triunfo, consciente de la inferioridad de unos enemigos reblandecidos por varios reyes holgazanes que habían preferido someterse a luchar. Un reino debilitado, uncido al yugo, gobernado en ese momento por un soberano sin vigor, ni carisma, ni valor, que difícilmente encontraría fuerzas para afrontar una invasión como la que se le venía encima.

Las tropas se pusieron en marcha.

Todo quedó en manos de Dios.

De nuevo fueron las hogueras las que avisaron a Coaña del peligro que se aproximaba. Unos fuegos gigantescos, encendidos en las cimas de las colinas circundantes, visibles incluso a través de la densa niebla que cubría la comarca desde hacía varios días. Inmediatamente se despachó a dos guerreros a verificar la situación, pero mucho antes de que regresaran Huma tuvo conciencia de lo que estaba por llegar y se lo dijo a Ickila:

—Este es el fin. Lo sé. No vayas a su encuentro, te lo suplico. Quédate conmigo y afrontemos juntos lo que tenga que suceder.

Luego, como si recitara una letanía o se hubiese sumido en alguna suerte de trance, añadió:

La muerte vive en la bruma. Guárdate de los jinetes de la niebla. El mal cabalga un corcel silencioso...

—Sabes de sobra que no puedo hacerlo —respondió Ickila sorprendido—. Soy el jefe de la aldea. ¿Cómo voy a abandonar a estas gentes precisamente ahora, cuando más me necesitan? No tengas miedo. Ya me las he visto anteriormente con esos sarracenos y no son tan fieros como parecen, por mucho que intenten intimidarnos con esos lienzos enrollados en la cabeza que les cubren la cara y apenas dejan entrever sus miradas oscuras. En el río Umia, de hecho, contemplé con mis propios ojos cómo el rey Fruela cortaba la cabeza a uno de sus caudillos, mientras los demás huían como conejos. No temas nada, amor mío —añadió mirándola con ternura—, no pienso abandonarte. Lucharemos para impedir que entren en el castro y conseguiremos que pasen de largo, después de lo cual regresaré a tus brazos a recibir mi premio.

—Deja que sean los jóvenes quienes combatan. Tú ya has hecho más de lo que puede pedírsele a cualquier hombre. Hazlo por mí... No quiero estar sola hoy.

En su mente, suspendida en el tiempo y el espacio como si todo se hubiese detenido a su alrededor y ella pudiese abandonar su cuerpo para volar alto y ver desde arriba lo que estaba por ocurrir, el terrible augurio de la profecía resonaba como una fatal condena:

Coaña se muere. El castro se resquebraja. Tal vez no lo vean tus ojos o tal vez sí, pero el jinete que trae la destrucción a la aldea, ese lugar rescatado de un ayer que no puede ser mañana, ya cabalga a lomos de una montura veloz. No tiene rostro, ni boca ni nariz. No tiene alma. Únicamente ojos, negros como la pez y como la pez viscosos...

—Pero ¿qué te ocurre? —la abrazó él con fuerza, alarmado ante esa actitud tan impropia de su esposa—. Esta será una escaramuza más de las muchas que he librado. No me ofendas llamándome anciano —bromeó—. Me sobra vitalidad para llevarme por delante a todos los ismaelitas que se atrevan a desafiar mi espada.

El Ickila fanfarrón y pendenciero resucitaba ante la inminencia de la batalla y la necesidad de proteger a su mujer y sus vecinos. Se erguía de nuevo sobre su estatura de gigante, rebuscando en el fondo de un arcón la armadura oxidada que luciría una vez más con orgullo para encabezar a la fuerza heterogénea de guerreros, campesinos y siervos que intentaría defender Coaña del ataque sarraceno.

Un brillo de felicidad salvaje parecía iluminar esa sonrisa que Huma creía perdida sin remedio y que reaparecía de pronto, en esa mañana última, mientras se preparaba para hacer lo que mejor había hecho siempre. Volvía a ser joven y fiero.

Habría sido cruel por parte de ella seguir insistiendo en un empeño inútil, de modo que correspondió al abrazo de su esposo sin reservas, entregando en él todo el amor que era capaz de darle. Se derramó hasta la última gota en ese beso, que Ickila se bebió sin dejar nada. Luego él se calzó las botas, ajustó como pudo la coraza sobre su túnica corta, conteniendo la respiración mientras ella le ataba las correas, se ciñó a la cintura el hacha y la espada, las armas que manejaba con mayor soltura, y apoyó contra la pared su viejo escudo lleno de golpes, a fin de liberar las manos para colocarse el yelmo, que parecía haber duplicado su peso. Nada quedaba ya por hacer, salvo encomendarse al Señor con una última plegaria y despedirse de su mujer, que lo miraba embelesada desde abajo, como si fuese la primera vez que lo veía.

Y es que eso era exactamente lo que le estaba pasando. Huma acababa de descubrir en Ickila al hombre venido de tierra extraña a conquistar su corazón. Al contemplarle vestido de guerrero, con su característico yelmo adornado con cuernos auténticos, un destello de lucidez había alumbrado el pasado más remoto para traer a su recuerdo las palabras del tempestiario:

El uro es tu tótem. Su espíritu te acompaña desde este mismo instante. El uro te protege y viaja contigo, aunque tal vez no sepas distinguir su voz en medio del ruido que hacemos los hombres. El uro es tu amigo y tu aliado, pero acaso no sepas verlo y pienses que te deja sola.

Todos esos años extrañando a Noreno desde el convencimiento obstinado de que él y solo él era el compañero que le había asignado el destino. Toda una vida malgastada en añorar a un amor perdido, cuando el amor verdadero, el hombre enviado por la Madre para colmarla de felicidad, amarla, protegerla, acompañarla y cumplir en ella el designio de los dioses se hallaba a su lado, compartiendo su lecho, susurrándole palabras dulces y enloqueciéndola de goce. ¿Por qué se había cebado en ella el azar de un modo tan despiadado?

El dolor será tu fortuna y la fortuna, dolor, aunque conocerás placeres que les serán vedados a la mayoría de las hijas de la Diosa.

Estaba escrito en las cenizas que descifró el augur de la gruta sagrada. El dolor de perder a Noreno, engullido por las aguas, debía preceder a la fortuna de encontrarse con Ickila y aun suplantar esa alegría en su corazón. La fortuna de hallar al padre de Alana, de gozar de sus caricias con un deleite prohibido a las mujeres cristianas y descansar en la certeza de su fidelidad tenía que abocarla al dolor de la duda insuperable. Condenarla a convivir con una barrera invisible permanentemente alzada entre su esposo y ella. Castigarla a compartir su dicha con el fantasma de su primer amante. La Diosa teñía con sangre los hilos de su tapiz.

La propia Daganto, la Madre, te ha escogido como morada.

¿Era imprescindible a tal fin semejante ensañamiento?, se dijo a sí misma.

Curiosamente, se sentía tranquila. La dicha de comprender se sobreponía en su ánimo a la angustia que se había apoderado de ella instantes antes, al ver partir a su esposo camino de una muralla de la que no regresaría. De eso estaba tan segura como de que él, Ickila y no otro, era el hombre al que el destino la había unido con lazos indestructibles desde mucho antes de que apareciera en su aldea y en su vida. Tenía la certeza de que no lo volvería a ver en este mundo, aunque ya no le importaba. «Quien sabe amar no morirá jamás», le había dicho Naya con su último aliento. Ella había tardado en aprender y entender, pero ahora sabía. Le había amado desde el comienzo, pese a que la sombra de Noreno oscureciera la luz de ese sentimiento, y en esta hora bendita descubría ese amor en toda su dimensión mágica, con una fuerza arrolladora. Se amarían hasta el fin de los tiempos. Ninguno de los dos moriría.

Ahora lo captaba todo con absoluta nitidez y sabía exactamente lo que tenía que hacer. Allí mismo, en su botica, disponía de agua, miel y veneno de tejo para preparar la mezcla. El jinete sin rostro que cabalgaba en la bruma a lomos de un corcel silencioso no llegaría a tiempo de satisfacer en ella su lujuria. La morada de la Madre estaría por siempre a salvo. Un trago sería suficiente y luego nada, el olvido, la paz de las praderas bañadas por un sol eterno junto a él.

Por dos veces llamarás a la muerte, buscarás su abrazo helado y ella te ignorará, pero cuando venga sabrás que acude y estarás preparada...

Lo estaba. La muerte la había buscado entre las olas de un océano furioso, del que la rescató Noreno, su querido y leal pastor, cuyo trágico final la llevó a invocarla de nuevo. Estuvo a punto de probar entonces el sabor amargo de la ponzoña, la misma que se llevaba en ese momento a los labios, pero se detuvo a tiempo. Su hora no había llegado y por eso ella, la bestia de fauces hambrientas pasó de largo, rechazando la presa que se le ofrecía. Ahora en cambio la veía. Estaba ahí, bajo el quicio de su puerta, aguardando con la misma impaciencia con la que la recordaba acechando el lecho de su madre moribunda. Sentía su presencia gélida. Podía oír sus jadeos. Y, sin embargo, no tenía miedo.

Ella trae la respuesta. Es la mensajera de un destino que te será desvelado con el último aliento de vida. Pues lo que aquí vemos no son sino sombras de lo que los dioses han dispuesto para nosotros. Solo su piedad hace que no nos sea dado conocer lo que no podemos cambiar.

¿Qué era eso tan terrible que los dioses, en su infinita piedad, habían decidido ocultarle? ¿Qué destino era aquel que estaba a punto de conocer al fin, pese a haberlo padecido desde que el Anciano se lo reveló a la Hija del Río para que esta se lo transmitiera a ella? La respuesta llegó con el primer calambre doloroso en el vientre, preludio de la parálisis que acabaría apagándola. Fue un fogonazo repentino. Un grito que resonó en su memoria desde la lejanía de los años transcurridos, rompiendo el velo que la cubría como los rayos habían rasgado el cielo aquella noche de tormenta en la que el último de los sacerdotes de Lug profetizó su futuro:

Guárdate mucho de entregar tu corazón, porque todo lo que ames te será arrebatado.

Naya le había ahorrado en su bondad esa sentencia implacable. Había alimentado su esperanza con el licor sabroso de la ilusión, dejando que el amor anidara en su pecho aunque estuviera condenado de antemano. Y así ella amó a su madre, amó a su hermano y amó a Noreno, que fueron marchándose uno tras otro. Amó también con pasión al marido que desposó resignada, sin sospechar la enorme cantidad de dicha que encontraría a su lado. Y ahora que finalmente alcanzaba a penetrar ese amor, sintiéndose invadida de gratitud y rogando a la Madre que también Ickila, como ella, se hubiese sentido amado, le veía partir hacia su final, sabiendo que no volvería.

Todo lo que ames te será arrebatado...

El veneno iba alcanzando los distintos rincones de su cuerpo, sumiéndola en un sopor agradable. Fuera, en las murallas, la lucha alcanzaba su punto culminante entre alaridos de guerra y chocar furioso de espadas. Los defensores de las puertas habían ido cayendo arrollados por unos asaltantes muy superiores en número, que estaban a punto de entrar en el poblado. Únicamente los hombres capaces de combatir, los viejos y los enfermos permanecían en su interior, puesto que casi todas las mujeres y los niños habían huido al bosque, donde conocían desde antiguo grutas y valles ocultos en los que esconderse hasta que pasara el peligro. También Huma habría podido escapar, pero ni se planteó hacerlo. Su sitio estaba allí, en ese castro resquebrajado que, pese a todo, era su legado. Allí había visto la primera luz y allí también cerraría los ojos.

Entre jirones de niebla, más espesa aún que la que envolvía Coaña, recordó ese sueño recurrente que ni Naya en su momento ni tampoco ella misma habían sido capaces de descifrar hasta entonces. Evocó a la loba solitaria que paría a un único cachorro a las puertas de su casa, en el castro entonces intacto, y se vio a sí misma joven, casi adolescente, contemplando el alumbramiento y siendo al mismo tiempo la loba. Sintió su vientre

derramarse en ese parto. Lo supo, aunque los ojos amarillos de la bestia la miraran fijamente y ella acariciase su
pelaje sedoso. Cuando finalmente consiguió ver a la
criatura recién parida, hija suya y de la loba, descubrió
que era un águila enorme cuyas garras les destrozaban
las entrañas. Pero no experimentó dolor, ni tampoco la
loba. Ella siguió tumbada en su regazo invisible, lamiéndose las heridas, mientras el águila volaba cada vez más
alto, recorría todo el paisaje que abarcaba la vista y se
perdía más allá de las montañas, hacia el sur, superando
las cumbres...

Alana. Ella era la explicación de ese prodigio aparentemente inexplicable. Alana era el águila que volaba cada
vez más alto hasta superar las cumbres más altas, desga-
rrando las entrañas de su madre sin que ella experimen-
tara dolor, y Huma era la loba, tan fiera como sedosa,
dispuesta a morir por ella.

Un guerrero sarraceno sin rostro, ni boca, ni cabello, ni
nariz, cubierto con un turbante de color azul oscuro, entró en una de las casas más ricas del pueblo en busca del
merecido botín. Le había costado mucha sangre llegar
hasta ese fortín perdido en medio de un territorio áspe-
ro, donde el sol ocultaba su cara y el frío calaba hasta los
huesos incluso en pleno verano. No confiaba en encontrar grandes tesoros, pues esos cristianos del norte vivían
como los ascetas, privados del menor lujo, pero esperaba
al menos hallar a alguna mujer con la que desahogarse. A
esas alturas de la campaña le daba lo mismo que fuese joven o vieja. Se conformaba con un cuerpo femenino y el
que vio tumbado en una cama, con la cabeza ligeramente
ladeada, le pareció mucho mejor de lo que esperaba.

Le sorprendió que pudiera dormir en medio de aquel
estruendo, aunque estaba demasiado excitado como para

andarse con preguntas. Se acercó, musitando palabras obscenas en su lengua, para descubrir que esa hembra con la que pensaba yacer tenía la piel fría de un cadáver. Se le había escapado por poco y le había aguado la fiesta, como en tantas ocasiones había visto hacer a las mujeres de esa tierra. Esta, además, parecía haber disfrutado con esa burla, ya que su rostro era la imagen misma de la serenidad y mostraba, incluso después de muerta, una sonrisa satisfecha.

Salió de allí mascando rabia, en busca de alguna otra víctima en la que volcar su frustración. Salió convencido de que esa arpía cristiana se reía de él y de sus hermanos en la fe, vengando de ese modo pueril la derrota sufrida por las tropas de su rey. ¿Cómo habría podido deducir, en su ignorancia, otra cosa?

En realidad, Huma, la sacerdotisa de la Madre, última de un pueblo condenado a morir, sonreía a la certeza de un mañana en el que la luz llegaría tras las sombras. En su postrero instante de consciencia, con su último aliento de vida, escuchó una vez más las palabras del augur:

> De tu vientre nace un río caudaloso, crece, se bifurca y alimenta innumerables arroyos, para verter luego sus aguas en el gran océano, donde alcanzan la catarata, se adentran en ella, pero no desaparecen...

Y un nombre acudió a sus labios...
Alana.

Dramatis personæ

ABD AL AZIZ: primer valí de Hispania (714-716). Se casó con
Egilona, viuda de Don Rodrigo.

ABD AL RAHMAN BEN MUAWIYA (731-788): Abderramán I el
Justo. Primer emir independiente de Córdoba, desde 756.
Nieto del califa Hisham de Damasco, sus más de treinta
años de reinado sufrieron continuas rebeliones; una de
ellas contó con el apoyo de Carlomagno, quien dirigió una
expedición contra Zaragoza; la ciudad, aunque tomada por
los rebeldes, no se entregó al rey de los francos y, en la precipitada retirada, este perdió su retaguardia, bajo el ataque
de montañeses vascos en el desfiladero de Roncesvalles
(gesta celebrada en la *Chanson de Roland*); las divisiones
entre los rebeldes permitieron que Abderramán realizara
una espectacular demostración de fuerza, con una campaña militar que recorrió Navarra, Aragón y Cataluña.

ABDERRAMÁN EL GAFEKI: combatió en Poitiers y fue derrotado por Carlos Martel.

AKHILA II (h. 681-716): hijo de Witiza, a la muerte de este en
710 fue nombrado monarca en la zona norte del reino visigodo mientras Don Rodrigo ocupaba el sur. El enfrentamiento entre ambos favoreció la entrada de los musulmanes.

ADOSINDA: nieta de Pelayo, hija de Alfonso I y Ermesinda,
hermana de Fruela y de Vímara; se casó con Silo, gracias a

lo cual este accedió al trono asturiano. Al morir Silo en 783 sin descendencia proclamó a su sobrino Alfonso como Alfonso II, pero cuando Mauregato expulsó a este del trono, la posición de Adosinda en la corte se hizo bastante delicada, con lo que ingresó en el monasterio de San Juan de Pravia el 26 de noviembre de 783.

ADRIANO: este personaje ficticio representa al autor anónimo de la llamada *Crónica mozárabe*, de 754, escrita por un monje cristiano que vivió bajo la dominación musulmana y recogió los sucesos más importantes de su tiempo. Gracias a esta crónica, algunos de cuyos párrafos se reproducen textualmente en la novela, se ha conservado la memoria de esos años convulsos y oscuros de nuestra historia.

AKHILA (o Agila) (549-555): se hizo con el poder tras el asesinato de Tendiselo y fue derrotado por el noble Atanagildo apoyado por el ejército bizantino.

AL-HURR: valí de al-Ándalus entre 716 y 719.

ALFONSO I, el Cántabro o el Católico (693-757): hijo del duque de Cantabria y yerno de Pelayo por su matrimonio con Ermesinda. Rey de Asturias desde 739. Aprovechó las luchas intestinas en al-Ándalus para conquistar, con ayuda de su hermano Fruela, Galicia y León, así como buena parte del valle del Duero. Basó su estrategia en dejar vacíos los pueblos conquistados, matando a los habitantes musulmanes y llevándose a los cristianos al norte. Así creó el «desierto del Duero» entre el río y la cordillera Cantábrica.

ALFONSO II DE ASTURIAS (760?-842): apodado el Casto, fue rey de Asturias entre los años 791 y 842. Hijo de Fruela y Munia. A la muerte de Silo fue elegido sucesor, pero su tío Mauregato consiguió deponerlo. Cuando Bermudo I renunció al trono debido a su derrota en la batalla del río Burbia, Alfonso regresó a Asturias y fue proclamado rey el 14 de septiembre de 791. Fijó su corte en Oviedo.

ALQAMA (m. 722): general musulmán al que el gobernador de Asturias, Munuza, encomendó la misión de acabar con la revuelta de Don Pelayo. Murió en la batalla de Covadonga.

ANBASA IBN SUHAYM AL KALBÍ: valí de al-Ándalus del 721 al 726. Duplicó los impuestos que pesaban sobre los cristianos y ordenó confiscar bienes a los judíos.

ARDABASTO: hijo de Witiza.

AURELIO (740?-774): sobrino de Alfonso I, rey de Asturias del 768 al 774. Fue escogido por los nobles asturianos para suceder a su primo Fruela. Durante su reinado se produjo la revuelta de los siervos.

BERMUDO I DE ASTURIAS, el Diácono: hermano del rey Aurelio, fue rey de Asturias del 789 al 791. Durante su reinado sufrió las aceifas musulmanas en Álava y Galicia. Tras una dura derrota abdicó del trono para regresar a su antiguo estado clerical.

CARLOMAGNO (742-814): rey de los francos y emperador de Occidente. Sometió a aquitanos, lombardos, bávaros y sajones, y dirigió contra los árabes de España una expedición en la que su retaguardia fue derrotada en Roncesvalles (778). En 800 fue coronado emperador de Occidente por el papa León III.

CARLOS MARTEL (686-741): al mando del ejército franco venció a los musulmanes en la batalla de Poitiers (732) y frenó su avance hacia el norte.

EGILONA (659-718): última reina visigoda, esposa de Don Rodrigo. A la muerte de su marido fue desposada por el primer valí de al-Ándalus, Abd al Aziz, en un intento de este por dar legitimidad a su gobierno.

ERMESINDA: hija de Don Pelayo y esposa de Alfonso I. Al morir su hermano Favila sin descendencia, su sangre dio legitimidad a Alfonso como nuevo rey de Asturias.

FAVILA I: hijo de Don Pelayo y rey de Asturias entre 737 y 739. Según la leyenda murió en su enfrentamiento con un oso.

FROILIUBA: esposa de Favila.

FRUELA (722-768): hijo de Alfonso I, rey de Asturias desde 757. Durante su reinado debió enfrentarse tanto a los árabes, ya afianzados en al-Ándalus, como a cuestiones internas, debido a la heterogeneidad de las regiones que controlaba, ya que Galicia y Vasconia se rebelaban contra el poder central. Murió asesinado en Cangas de Onís.

FRUELA DE CANTABRIA: hermano de Alfonso I y padre de Aurelio y Bermudo. Combatió junto con Don Pelayo y su hermano Alfonso.

HIXAM I (757-796): fue elegido por su padre Abd al Rahman I para sucederle en el emirato de Córdoba, en detrimento de su hermano mayor, Sulaiman. Este se consideró agraviado, por lo que se rebeló contra el nuevo emir, pero fue derrotado en su intento por ocupar el poder. Le sucedió su hijo Al-Hakam I.

MAUREGATO: rey de Asturias entre los años 783-789. Se le supone hijo bastardo del rey Alfonso I y una sierva. Al morir el rey Silo, Mauregato organizó una conspiración para apartar del trono al heredero designado por este, Alfonso, y consiguió hacerse con la corona, mientras el sucesor legítimo tuvo que retirarse a tierras alavesas bajo la protección de su madre, Munia.

MÁXIMO: se considera a este abad fundador de la ciudad de Oviedo en el año 761.

MUNIA: cautiva alavesa, esposa del rey Fruela I de Asturias y madre de Alfonso II.

MUNUZA: gobernador moro al norte de al-Ándalus, con residencia en Gijón. Fue derrotado y muerto por Pelayo en el año 722.

MUZA (640-718): caudillo árabe que envió a Tariq a apoderarse de España en 711. En 712 viajó a proclamar, en Toledo, al califa de Damasco soberano de las tierras conquistadas.

OLMUNDO: hijo del último rey godo, Witiza, y hermano de Akhila.

OMAR: comandante de la hueste sarracena enviada por Abd al Rahman a conquistar Galicia en el año 764. Fue muerto en combate por el rey Fruela. La leyenda cristiana le considera no solo general, sino hijo del emir.

OPPAS: obispo de Sevilla y hermano del rey Witiza. Buscando apoyos para su sobrino Akhila, pidió ayuda a los bereberes del norte de África y propició la traición que provocó la derrota de Rodrigo en la batalla del Guadalete, al retirarse del combate parte de las tropas comandadas por sus partidarios. Según la leyenda también intentó mediar entre los musulmanes y Don Pelayo antes de la batalla de Covadonga.

PEDRO DE CANTABRIA: duque de Cantabria y padre de Alfonso I.

PELAYO (699-737): noble visigodo que tras la conquista árabe de la península huyó al norte montañoso y venció al ejército invasor en Covadonga. Se convirtió en el primer rey de Asturias.

RODRIGO: fue nombrado rey por parte de la nobleza visigoda y reinó en el sur del país entre 710 y 711, fecha en que los nobles contrarios a él permitieron la entrada de los musulmanes en la península. Fue derrotado en la batalla de Guadalete.

SILO: rey de Asturias de 774 a 783. Se casó con Adosinda, hija del rey Alfonso I. Al acceder al trono, trasladó la capital del reino de Cangas de Onís a Pravia.

TARIQ BEN ZIYAD: lugarteniente de Muza ben Nusayr, venció al rey Rodrigo en 711 posibilitando la conquista árabe del sur de España. Dio su nombre a Gibraltar (*Gebel-Tariq*, «montaña de Tariq»).

THAWABA BEN SALAMA AL CHUHAWI: valí de al-Ándalus de 745 a 746.

VÍMARA (m. 765): segundo hijo de Alfonso I y Ermesinda. Fue asesinado por su hermano Fruela.

WAMBA (672-688): rey visigodo de España, sufrió en sus primeros años de reinado una revuelta nobiliaria que motivó una ley por la que se obligaba a nobles y eclesiásticos —bajo pena de destierro y confiscación de bienes— a formar tropas en caso de invasión o rebelión. Disgustados con la medida de Wamba, el metropolitano de Toledo, don Julián, intervino en la conjura que acabó con el poder del rey. Wamba fue narcotizado, tonsurado y vestido con el hábito religioso, lo que le obligaba a renunciar a la corona. Cuando recuperó la conciencia, se retiró a un monasterio, donde murió en el año 688.

WITIZA: asociado al trono en el 698 por su padre y antecesor, Égica, a la muerte de este en 702, reinó como único monarca hasta su muerte en 710. Decretó una amplia amnistía a los castigados por su padre y designó como heredero a su hijo Akhila, lo que ocasionó ulteriores conflictos con los partidarios de Don Rodrigo.

YUSUF AL FIHRI: fue el último valí de al-Ándalus, entre 747 y 756, antes del desembarco de Abd al Rahman I.

Toponimia

Abela: *Ávila*
Alaba: *Álava*
Al-Munastyr: *Almonaster (Huelva)*
Astúrica Augusta: *Astorga (León)*
Bedunia: *castro de Cebrones (León)*
Brácara: *Braga (Portugal)*
Brigeco: *castro de El Peñón (Asturias)*
Brigantium: *A Coruña*
Cánicas: *Cangas de Onís (Asturias)*
Chaves: *Chaves (Portugal)*
Coaña: *castro de Coaña (Asturias)*
Corduba: *Córdoba*
Elvira: *Elvira (Granada)*
Emérita Augusta: *Mérida (Cáceres)*
Gallecia: *Galicia*
Gegio: *Gijón (Asturias)*
Híspalis, Isbiliya: *Sevilla*
Lancia: *yacimiento de Villasabariego (León)*
Legio: *León*
Letesma: *Ledesma (Salamanca)*
Lucus: *Lugo*
Mabe: *ciudad romana cercana al nacimiento del Ebro*
Metellinum: *Medellín (Badajoz)*
Miacum: *yacimiento de Collado Mediano (Madrid)*

Niebla: *Niebla (Huelva)*
Orduña: *Orduña (Vizcaya)*
Ovetao: *Oviedo (Asturias)*
Oxoma: *El Burgo de Osma (Soria)*
Passicim: *Pravia (Asturias)*
Pompaelo: *Pamplona (Navarra)*
Primorias: *Primorias (Cantabria)*
Recópolis, Medinat Raqqubal: *yacimiento en la provincia de Guadalajara*
Saldania: *Saldaña (Palencia)*
Salmántica: *Salamanca*
Samo: *Samos (Lugo)*
Santarém: *Santarém (Portugal)*
Secobia: *Segovia*
Segisamo: *Sasamón (Burgos)*
Segóbriga: *yacimiento en la provincia de Cuenca*
Semure: *Zamora*
Septemmanca: *Salamanca*
Tagua, río: *Tajo*
Tarif: *Tarifa (Cádiz)*
Tarraco: *Tarragona*
Titulcia: *yacimiento en la provincia de Madrid*
Toletum: *Toledo*
Tolosa: *Tolosa (Guipúzcoa)*
Valentia, Balansiya: *Valencia*
Veranes: *castro de Veranes (Asturias)*
Victoriaco: *Vitoria*
Viseo: *Viseu (Portugal)*

Mapa de la península ibérica
a mediados del siglo VIII

Burdigula

REINO FRANCO

○ Pompaelo

○ Caesaraugusta

○ Tarraco

Río Ebro

Río Turia

○ Balansiya

Río Júcar

MARE NOSTRUM

PENÍNSULA
IBÉRICA
MEDIADOS DEL
SIGLO VIII

Índice